CB069523

Günter Grass
O TAMBOR

TRADUÇÃO
Lúcio Alves e Rachel Valença

APRESENTAÇÃO
João Gilberto Noll

25ª EDIÇÃO

EDITORA
NOVA
FRONTEIRA

Título original: *Die Blechtrommel*

© PROVEEDOR GOTTINGEN 1997
Esta edição foi publicada mediante acordo com a Steidl GmbH & Co. OHG, por intermédio da International Editors e da Yañez' Co.

Direitos de edição da obra em língua portuguesa no Brasil adquiridos pela EDITORA NOVA FRONTEIRA PARTICIPAÇÕES S.A. Todos os direitos reservados. Nenhuma parte desta obra pode ser apropriada e estocada em sistema de banco de dados ou processo similar, em qualquer forma ou meio, seja eletrônico, de fotocópia, gravação etc., sem a permissão do detentor do copirraite.

EDITORA NOVA FRONTEIRA PARTICIPAÇÕES S.A.
Av. Rio Branco, 115 – Salas 1201 a 1205 – Centro –
20040-004
Rio de Janeiro – RJ – Brasil
Tel.: (21) 3882-8200

CIP-Brasil. Catalogação na fonte
Sindicato Nacional dos Editores de Livros, RJ

G796t   Grass, Günter

O tambor/ Günter Grass; tradução por Lúcio Alves, Rachel Valença; apresentação por João Gilberto Noll. - 25.ed. - Rio de Janeiro: Nova Fronteira, 2025.
608 p.; 15,5 x 23 cm.; (Clássicos de ouro)

Título original: *Die Blechtrommel*

ISBN: 978-65-5640-961-0

1. Literatura alemã - ficção histórica. I. Alves, Lúcio. II. Valença, Rachel. III. Título.

CDD: 833
CDU: 821.112.2

André Felipe de Moraes Queiroz – Bibliotecário – CRB-4/2242

CONHEÇA OUTROS LIVROS DA EDITORA:

Para Anna Grass

Sumário

Apresentação — João Gilberto Noll 11

Livro I 13

As quatro saias 15
Debaixo da balsa 25
A mariposa e a lâmpada 38
O álbum de fotografias 50
Vidro, vidro, vidro quebrado 62
O horário 74
Rasputin e o ABC 86
Canto de longo alcance do alto da torre da cidade 98
A tribuna 111
Vitrines 127
Nenhum milagre 138
Cardápio de Sexta-feira Santa 150
Estreitamento até o pé 163
As costas de Herbert Truczinski 173
Níobe 187
Fé Esperança Amor 201

Livro II 211

Ferro-velho 213
O correio polonês..226
O castelo de cartas 241
Ele jaz em Saspe 252
Maria...264
Pó efervescente...276
Comunicados especiais 288
Oferenda da impotência à sra. Greff...299
Setenta e cinco quilos 313
O Teatro de Campanha de Bebra...326
Inspeção do cimento ou místico, bárbaro, maçante.........................337
A sucessão de Cristo 354
Os Espanadores..368
Brincadeira de presépio..379
A trilha das formigas 391
Devo ou não devo? 405
Desinfetantes 417
Crescimento no vagão de carga...428

Livro III 439

Pedras de isqueiro e pedras sepulcrais 441
Fortuna Norte...457
Madona 49 470
O Ouriço...485

No guarda-roupa 498
Klepp 509
Sobre o tapete de fibra de coco 521
Na adega das Cebolas 532
Junto ao muro do Atlântico: as casamatas não podem livrar-se de seu cimento 549
O anular 565
O último bonde ou adoração de um boião 577
Trinta 593

APRESENTAÇÃO

Quem é esse homem anão, corcunda, "agasalhado" no ninho de serpentes de sua Alemanha, em anos que culminam no imediato do pós Segunda Guerra? Estamos agora em 47, e o protagonista expõe, nessa ressaca dos horrores, a sua disforme anatomia — como modelo vivo numa escola de arte. Quem é esse homem que, na visão de algumas alunas, exibe no entanto uma genitália de um homem "normal"? O carvão na cartolina branca retrata-o numa insaciável volúpia de sombras. Lá fora (ruínas ainda fumegantes), as brasas custam a ceder...

Um homem, ao início e ao fim do romance, no leito de um hospício; jazendo num presente perpétuo, equivalente à duração dessa epopeia do irrisório, dedicada ao esforço de relatar a saga de um alguém numa série infindável de improvisos picarescos. Ele joga em vários papéis, inclusive o de marmorista, inscrevendo na pedra nomes dos finados, datas-limites de cidadãos sem história, epitáfios...

Contudo, ele tem um dom: o de tocar seu tambor. Num momento, com a percussão conhece uma certa resposta dos demais. Viaja pela Alemanha a convites. E sempre volta para seu quarto de pensão. Ali conhece uma enfermeira. Ocupação de primeira necessidade no país arrasado. Alguém que, além de curar feridas, lhe transmite uma espécie de outra face da libido. Como se Eros só pudesse emergir do seu antídoto. Uma aguda perversão o faz violar o guarda-roupa da mulher. Seus cintos, saias, sapatos o reavivam. O amor secou, resta o fetiche.

Olhem-no mirando a praia, num turismo no vácuo, sem contemplações minimamente conectadas ao esmero da paisagem... Sim, ele não está em consonância com a árdua reconstrução da Europa daqueles anos... Espiem..., ele assiste a uma revoada de freiras entrando pelo mar. Certo desejo desperta? Ao cabo perdura apenas a imagem angelical, a candura atravessando guerras, hecatombes, sempre igual a si mesma, independente das paixões das feras.

De repente mais nenhum sentimento, tão só a imagem das irmãzinhas libélulas como se destacadas do resto... Súbito, sobra este olhar atônito do protagonista, aqui mesmo, como se não reconhecesse mais o mundo...

Talvez estejamos aí num dos instantes altos de um "romance de formação", quando o herói, depois de quase toda uma vida de aprendizado existencial, ritualiza secretamente seu desencanto com o sentido canônico das coisas. "Como um vulcão brotava a felicidade, e sedimentava-se em pó, e me rangia entre os dentes."

Eis um relato com a alternância narrativa entre o "eu" e a terceira pessoa. Günter Grass fala de um indivíduo parcamente sobrevivente e, ao mesmo tempo, da prostração de todo um país em ruínas. Somente uma psicologia do anti-herói, avulsa, não daria conta da culpa coletiva que amargou a Alemanha em tal período. Eis um épico incomum, de forças dizimadas. Eis um romance único. Um clássico.

João Gilberto Noll

LIVRO I

As quatro saias

Admito: sou interno de um hospício. Meu enfermeiro está me observando, quase nunca tira os olhos de mim; porque na porta há um postigo e os olhos do meu enfermeiro são desse castanho que não consegue penetrar o azul dos meus.

Meu enfermeiro não pode, portanto, ser meu inimigo. Afeiçoei-me a ele; quando o olheiro detrás da porta entra no meu quarto, conto-lhe incidentes da minha vida para que ele, não obstante o postigo existente entre nós, possa me conhecer. Parece apreciar minhas narrativas, porque, mal lhe invento uma boa mentira, ele, para também se deixar conhecer, me mostra por sua vez a sua última criação de nós. Não está ainda definido se ele é um artista. Todavia, uma exposição de seus trabalhos seria bem acolhida pela imprensa e atrairia para cá alguns compradores. Ele ata barbantes comuns que recolhe e desenreda após os horários de visita nos quartos de seus pacientes, criando com eles fantasmas elaborados e retorcidos; mergulha-os a seguir em gesso, espera até que endureçam e os atravessa com agulhas de tricô que finca em pequenos pedestais de madeira.

Sente-se com frequência atraído pela ideia de colorir suas obras artísticas. Eu, porém, tento dissuadi-lo: mostro minha cama de metal laqueada de branco, a mais perfeita das camas, e sugiro que a imagine colorida. Então, horrorizado, ele leva as mãos de enfermeiro à cabeça, tenta exprimir no rosto um pouco tenso demais todos os seus temores ao mesmo tempo, e abandona os seus projetos policromáticos.

Minha cama metálica de hospício, laqueada de branco, tornou-se, portanto, uma medida de comparação. Para mim ela é mais do que isso: minha cama é a meta finalmente alcançada, o meu consolo, e podia até se tornar a minha fé, se a direção do hospício me permitisse algumas mudanças: gostaria que elevassem sua grade para que ninguém mais chegue muito perto de mim.

Uma vez por semana, o dia de visita interrompe a calma tecida entre suas barras brancas de metal. É quando chegam aqueles que querem me salvar, para os quais gostar de mim é divertido; os que, através de mim, pretendem recobrar sua autoestima e seu autorrespeito, conhecendo-se a si próprios. Como são cegos, nervosos e mal-educados! Arranham a superfície branca das barras de minha cama com suas tesourinhas de unhas, rabiscam no esmalte, com esferográficas e lápis azuis, indecentes homenzinhos longilíneos. Meu advogado, cada vez que irrompe no quarto com seu retumbante "olá", cobre com o chapéu de náilon a coluna esquerda do pé da cama. Esse ato de violência destrói meu equilíbrio e minha serenidade pelo tempo que dura a visita — e advogados sempre têm muito o que contar.

Depois que meus visitantes depositam os presentes na mesinha coberta com uma toalha branca de plástico, embaixo da aquarela das anêmonas, depois que conseguem me apresentar suas tentativas de salvação, em curso ou apenas planejadas, e me convencem, a mim que tentam infatigavelmente salvar, da nobre importância de sua caridade, recobram então o prazer de sua própria existência e me deixam. Aí meu enfermeiro entra no quarto para arejá-lo e apanhar os barbantes dos embrulhos de presentes. Muitas vezes, depois do arejamento, ele ainda encontra tempo para se sentar ao lado da minha cama e, desembaraçando os seus barbantes, espalhar um silêncio tão longo que acabo identificando Bruno com o silêncio e o silêncio com Bruno.

Bruno Münsterberg — agora me refiro ao meu enfermeiro, já não jogo com as palavras — comprou a meu pedido quinhentas folhas de papel para escrever. Caso essa provisão não baste, Bruno, que é solteiro, sem filhos e natural de Sauerland, irá de novo à pequena papelaria, que também vende brinquedos, e me trará mais um pouco do espaço em branco de que preciso para o que espero seja o registro exato de minhas memórias. Nunca poderia ter pedido esse favor aos meus visitantes, ao advogado, por exemplo, ou a Klepp. A solícita afeição prescrita para o meu caso teria certamente impedido os meus amigos de me trazer algo tão perigoso como papel em branco e pô-lo à disposição das sílabas que o meu espírito segrega incessantemente.

Quando eu disse para Bruno: "Oh, Bruno, você me compraria quinhentas folhas de papel virgem?", ele, olhando o teto e com o dedo indicador apontado na mesma direção em busca de um termo de referência, replicou: "De papel branco, sr. Oskar?"

Insisti na palavrinha "virgem" e pedi a Bruno para dizer exatamente isso na papelaria. Ao fim da tarde, quando voltou com o embrulho, me deu a impressão de estar agitado por seus pensamentos. Várias vezes fitou o teto, de onde costuma retirar inspiração, e finalmente disse: "O senhor me sugeriu a palavra exata; pedi papel virgem e a vendedora enrubesceu intensamente antes de trazê-lo."

Temendo longa digressão sobre balconistas de papelaria, me arrependi de ter denominado virgem o papel e fiquei calado, esperando que Bruno deixasse o quarto, e só então abri o embrulho com as quinhentas folhas. Por algum tempo levantei e sopesei o maço resistente. Contei dez folhas e guardei o resto na mesa de cabeceira. Na gaveta, ao lado do álbum de fotografias, encontrei a minha caneta-tinteiro: está cheia, tinta não é problema; como começarei?

Pode-se começar uma história pelo meio e avançar e retroceder, embrulhar ousadamente as coisas. Pode-se ser moderno, eliminar toda e qualquer menção a tempo e distância, e no final proclamar, ou deixar que alguém proclame, que por fim e na última hora se resolveu o problema do espaço-tempo. Pode-se também logo no início afirmar que nos nossos dias é impossível escrever um romance, mas, por assim dizer, dissimuladamente produzir um bem grande, para posar como o último dos romancistas possível. Também me asseguraram que é bom e modesto começar afirmando que um romance já não pode ter herói, porque se acabaram os individualistas, porque a individualidade pertence ao passado, porque o homem — cada homem e todos os homens igualmente — está só e sem direito à solidão individual e constitui uma massa solitária anônima e sem herói. Tudo isso pode ser verdade. No que diz respeito a mim, Oskar, e a meu enfermeiro Bruno, quero, contudo, deixar claro: somos ambos heróis, heróis bastante diferentes, ele atrás do postigo e eu na frente; e quando ele abre a porta, ambos estamos longe de ser, apesar de toda nossa amizade e solidão, uma massa anônima e sem herói.

Vou começar muito antes de mim, pois ninguém deve descrever sua vida sem ter a paciência de, antes de datar a própria existência, recordar ao menos a metade de seus avós. A todos vocês que, fora do hospício, levam vida agitada, a vocês, amigos e visitantes semanais que não suspeitam de meu estoque de papel, apresento a avó materna de Oskar.

Minha avó, Anna Bronski, se achava sentada em meio a suas saias, ao cair da tarde de um dia de outubro, na orla de um campo de batatas. De manhã se podia observar a habilidade de minha avó para fazer montículos regulares com as folhas secas das batatas. Ao meio-dia comeu uma fatia de pão besuntado de banha e melaço, depois trabalhou no campo uma última vez e agora se achava sentada em meio a suas saias entre dois cestos quase cheios. Diante das solas de suas botas, que se mostravam em posição vertical e quase se tocavam nas pontas, ardia sem chama um fogo de folhas secas de batatas, que de vez em quando se avivava em espasmos asmáticos e espalhava sobre o solo ligeiramente inclinado uma fumaça baixa e incômoda. Era o ano 99. Ela se achava no coração da terra caxúbia, perto de Bissau, mais perto ainda de uma olaria, diante de Ramkau, atrás de Viereck, em direção da estrada para Brenntau, entre Dirschau e Karthaus, tendo às costas a floresta negra de Goldkrug. Ali estava ela, empurrando batatas para baixo das cinzas quentes com uma varinha de avelã carbonizada na ponta.

Se acabo de fazer menção expressa às saias de minha avó, dizendo — assim espero — com suficiente clareza que estava sentada em meio a suas saias, se intitulei o capítulo "As quatro saias", é porque sei bem o quanto sou devedor a essas peças de vestuário. Minha avó usava não apenas uma, mas quatro saias, uma em cima da outra. E não pensem que era uma saia e três anáguas; não, eram três saias verdadeiras: uma suportava a outra e ela suportava todas, segundo um determinado sistema, isto é, a ordem das saias era mudada a cada dia. A que ontem estava por cima ficava hoje em segundo lugar; a segunda se tornava a terceira. A que ontem era a terceira hoje ficava junto do seu corpo. Aquela que ontem lhe ficava mais próxima, hoje revelava claramente o seu estampado ou sua falta de estampado: as saias de minha avó Anna Bronski optavam todas pela mesma cor de batata. É de supor que essa cor lhe caísse bem.

Além dessa coloração, distinguiam-se as saias de minha avó pela exagerada profusão de tecido que cada uma consumia. Rodavam e inflavam amplamente quando o vento soprava, crepitavam ou murchavam conforme a corrente soprava ou cessava, e todas quatro esvoaçavam à sua frente quando tinha o vento às suas costas. Quando se sentava, juntava as saias à sua volta.

Afora as quatro saias constantemente infladas, penduradas, fazendo pregas ou rígidas e vazias junto de sua cama, minha avó possuía uma quinta. Essa peça em nada diferia da cor de batata das outras quatro. Nem essa quinta saia era sempre a quinta saia. Tal como suas irmãs — visto que saias são do gênero feminino — ela estava sujeita ao rodízio, fazia parte das quatro em uso, e, do mesmo modo que estas, quando o seu tempo chegava, ou seja, toda sexta-feira de cinco em cinco semanas, ia para o tanque, no sábado para a corda diante da janela da cozinha e, uma vez seca, para a tábua de passar.

Após esses sábados de estafantes afazeres domésticos, cozinhando, lavando e passando, depois de ter ordenhado e dado de comer à vaca, minha avó mergulhava de corpo inteiro na tina d'água e, depois de ter deixado um pouco de si na lixívia e derramado a água, sentava--se na beira da cama envolta em uma grande toalha florida, e as quatro saias usadas e a recém-lavada se espalhavam no chão diante dela. Apoiando no indicador direito a pálpebra inferior de seu olho direito, ela refletia e, sem se deixar aconselhar por ninguém, nem mesmo pelo irmão Vinzent, tomava rapidamente uma decisão. Ficava de pé, descalça, e chutava para um lado a saia mais suja de gordura e que mais perdera sua coloração de batata. A peça limpa tomava o lugar daquela.

No domingo seguinte de manhã ia à missa em Ramkau, inaugurando a nova ordem das saias em homenagem a Jesus, sobre quem tinha ideias bastante definidas. Onde minha avó usava a saia lavada? Ela não era apenas uma mulher asseada; era também algo vaidosa: deixava à vista a melhor peça, de modo que, se o tempo estivesse bom, ela ficava ao sol.

Agora, contudo, era segunda-feira à tarde e minha avó estava sentada junto ao fogo no campo de batatas. A saia de domingo avançara uma camada em direção ao seu corpo, enquanto a que se aquecera ao calor de sua pele no domingo se lhe colava melancolicamente às ancas, sobre as outras, numa disposição de ânimo bem típica das segundas-feiras. Ela emitiu um assobio sem melodia e puxou com a varinha de avelã a primeira batata assada das cinzas. Afastou-a do monte de folhas ardentes a fim de que esfriasse ao vento. A seguir, com uma vara pontiaguda, espetou a batata chamuscada e, ao se abrir a crosta, aproximou-a da boca que já não assobiava, dos lábios ressequidos e gretados pelo vento, soprando a casca para desprender a cinza e a terra.

Enquanto soprava, minha avó fechou os olhos. Quando julgou ter soprado o suficiente, tornou a abri-los, um depois do outro; com os incisivos um tanto afastados, mas perfeitos, deu uma mordiscada e em seguida liberou os dentes: mantinha a meia batata, farinhenta e fume-gante, ainda quente demais para engolir, na cavidade da boca aberta, aspirando a fumaça e o ar de outubro, enquanto seus olhos arregalados fixavam-se no horizonte próximo, cortado pelos postes telegráficos e pelo terço superior da chaminé da olaria.

Algo se movia entre os postes telegráficos. Minha avó fechou a boca, mordeu os lábios, revirou os olhos e pôs-se a mastigar a batata. Algo se movia entre os postes telegráficos. Algo saltava. Três homens corriam entre os postes, três em direção à chaminé, depois rodavam em torno dela, e um deles, afastando-se com uma meia-volta repentina, punha-se de novo a correr. Baixinho e gordo, ele atravessava o pátio da olaria, enquanto os outros dois, altos e delgados, perseguindo-o, deixavam-se ver de novo entre os postes. Mas o pequeno e troncudo corria em zigue-zague e parecia ter mais pressa que os outros, obrigados a voltar em direção à chaminé, pois o baixinho já se lançara de novo para lá como uma bala exatamente no momento em que, a apenas dois passos dele, tomavam novo impulso; de repente desapareciam como se tivessem desistido, e também o baixinho sumia atrás do horizonte, em pleno salto para trás da chaminé.

Aí ficavam, talvez descansando ou mudando de roupa, ou fazendo tijolos e recebendo o pagamento correspondente.

Quando minha avó quis aproveitar a pausa e apanhar uma segunda batata, espetou o ar, errando o alvo. Aquele que parecia baixinho e gordo, sem ter trocado a roupa, saltou de volta por cima do horizonte, como se este fosse uma arca atrás da qual ele tivesse deixado seus perseguidores, entre tijolos ou na estrada para Brenntau. Com pressa, queria ser mais rápido que os postes telegráficos, dava saltos longos e lentos pelo campo, espirrando barro das solas dos sapatos. No entanto, por mais longe que saltasse, arrastava-se sempre e tenazmente pelo barro. Parecia às vezes estar colado ao chão e logo a seguir estar tanto tempo suspenso no ar que podia enxugar a cara, baixinho e gordo, antes que sua perna livre tocasse novamente o campo recém-lavrado, que se estendia à margem dos cinco acres de batatas e se afunilava numa trilha em depressão.

Dirigiu-se para lá; no entanto, mal ele, baixinho e gordo, desaparecera, logo os outros dois, altos e delgados, que tinham provavelmente estado à sua procura no pátio, saltaram por cima do horizonte e pesadamente se arrastaram pelo barro, tão magros (embora não fracos) e altos que minha avó mais uma vez não conseguiu comer sua batata: afinal, não é coisa que se veja todos os dias, três homens crescidos, ainda que de talhes diferentes, saltando entre postes telegráficos, por um triz quase quebrando a chaminé da olaria e depois, a intervalos, primeiro o baixinho e gordo, em seguida os altos e magros, todos sempre com a mesma dificuldade e teimosia, cada vez acumulando mais barro nas solas dos sapatos, atravessando aos pulos o campo que Vinzent tinha arado há dois dias, e sumindo na trilha.

    Agora que os três tinham desaparecido, minha avó se aventurou a espetar nova batata, a essa altura já quase fria. Soprou maquinalmente a cinza e a terra da casca e meteu-a na boca, enquanto pensava, se é que pensava: "Esses devem ser da olaria". E mastigava ainda quando um deles saltou da trilha, olhos enfurecidos sobre um bigode negro, alcançou a fogueira em dois pulos, saltou para a frente, para trás, para o lado do fogo, tremendo de medo, praguejando, sem saber para onde ir: para trás não podia, pois daí vinham os altos e magros. Golpeava os joelhos, os olhos quase lhe saltando da cara; da testa brotava e escorria o suor. Arquejante, com o bigode a tremer, ele se permitiu chegar rastejando gradativamente mais perto de minha avó, ou das solas de suas botas, olhando-a como um animalzinho baixo e gordo. Isso a fez suspirar; já não podia mastigar a batata e deixou que as solas de suas botas se separassem. Não pensava mais na olaria dos tijolos, dos tijoleiros: levantou a saia, não, as quatro saias de uma só vez e tão alto que aquele que não era da olaria pôde, baixinho e gordo, se meter inteiro debaixo e desaparecer com seu bigode. Agora não parecia mais um animalzinho, não era nem de Ramkau nem de Viereck. Seu medo estava sob as saias e já não golpeava os joelhos, não era baixinho nem gordo, e mesmo assim ocupou o seu lugar, esqueceu o arfar, o tremor e os tapas nos joelhos. Tudo estava tranquilo como no primeiro dia da criação, ou no último, um vento suave acariciava o fogo de folhas secas, contavam-se os postes telegráficos em silêncio, a chaminé da fábrica se mantinha firme e ela, minha avó, alisava sensatamente a saia superior sobre a segunda. Quase não o sentia debaixo da quarta saia, e com a terceira ainda não tinha apreendido o que acontecia de novo e surpreendente junto à sua pele. E por ser surpreendente, embora a saia de cima estivesse sensatamente esticada e a segunda e a terceira de nada soubessem, tirou das cinzas duas, três batatas, pegou quatro cruas no cesto sob seu cotovelo direito, meteu-as uma a uma no rescaldo, cobriu-as com mais cinza e atiçou o fogo até que a fumaça se reavivasse — o que mais podia fazer?

    Mal as saias de minha avó sossegaram, mal a fumaça espessa do fogo de folhas secas, que perdera sua direção devido aos violentos tapas no joelho, mudanças de lugar e atiçamentos, retomou à mercê do vento seu curso rastejante e amarelo em direção sudoeste, surgiram como uma aparição os dois altos e magros, em busca do baixinho e gordo, alojado agora debaixo das saias; emergiram da trilha e podia-se ver que, altos e magros, usavam, por motivos profissionais, o uniforme campestre da Guarda Nacional.

Por pouco não passam correndo por minha avó. Um deles não chegou mesmo a saltar a fogueira? Mas subitamente lembraram-se de que tinham botas com tacões e nos tacões estava o seu juízo; os uniformes e as botas frearam, viraram, deram grandes passos, pararam em meio à fumaça, tossiram, saíram de dentro da fumaça e, ainda tossindo, voltaram-se para minha avó e lhe perguntaram se tinha visto Koljaiczek; ela devia tê-lo visto, porque estava sentada junto da trilha e ele, o tal Koljaiczek, tinha escapado por esse caminho.

Minha avó não vira nenhum Koljaiczek porque não conhecia nenhum Koljaiczek. Queria saber se ele era da olaria: os únicos sujeitos que conhecia por ali eram de lá. Mas, segundo os uniformes, esse Koljaiczek nada tinha a ver com tijolos: era antes baixo e troncudo. Minha avó se lembrou de ter visto alguém assim correndo, apontou a varinha com a batata fumegante na ponta para o lado de Bissau, que, a julgar pela batata, devia ficar entre o sexto e o sétimo poste telegráfico, contando da chaminé para a direita. Mas se o tal que corria era Koljaiczek minha avó não sabia dizer. Justificou sua ignorância com a fogueira diante das solas de suas botas: o trabalho que esta lhe dava já era suficiente, pois ardia muito mal, de modo que não tinha tempo de se preocupar com a gente que passava por ali correndo ou que ficava no meio da fumaça; de resto, ela nunca se interessava por gente que não conhecia, e os únicos que conhecia eram de Bissau, Ramkau, Viereck e da olaria — e esses lhe bastavam.

Dito isso, minha avó suspirou um pouco, mas foi o suficiente para que os uniformes quisessem saber o que havia ali para suspirar. Ela inclinou a cabeça para a fogueira, querendo insinuar que tinha suspirado por causa do fogo que custava a arder e um pouco também pela gente que permanecia no meio da fumaça. Depois, com seus incisivos afastados, mordeu metade da batata e entregou-se por completo ao ato de mastigá-la, revirando os olhos para cima, à esquerda.

O olhar ausente de minha avó nada disse aos uniformes que, incapazes de decidir se deviam ou não procurar Bissau atrás dos postes telegráficos, começaram a espetar as baionetas em todas as pilhas de folhas secas que ainda não tinham ardido. De repente, assaltados por uma súbita inspiração, entornaram os cestos de batatas debaixo dos cotovelos de minha avó e se surpreenderam bastante ao ver apenas batatas rolando de dentro e nada de Koljaiczek. Cheios de suspeita, cercaram o monte de batatas, como se Koljaiczek tivesse tido tempo de alojar-se nele, espetaram-no com as baionetas e estranharam não ouvir nenhum grito. As suas suspeitas abrangeram cada arbusto, cada buraco de rato, uma porção de montes de toupeiras e acima de tudo minha avó, que se sentava ali como se estivesse enraizada, suspirando, revirando os olhos até se ver o branco neles, desfiando o nome de todos os santos caxúbios — tudo por causa do fogo que não queria arder bem e dois cestos de batatas entornados, segundo dava a entender.

Os uniformes permaneceram ali uma boa meia hora. Aproximavam-se do fogo e recuavam, orientavam-se, tomando como ponto de referência a chaminé da olaria, e falaram em ocupar Bissau, mas logo protelaram o ataque e estenderam as mãos de púrpura sobre o fogo, até que minha avó, sem parar de suspirar, deu a cada um uma batata tostada. Ao mastigar, porém, os uniformes lembraram-se de que estavam de uniforme e deram um pulo do tamanho de uma pedrada roça adentro, ao longo da fileira de tojos que margeava a trilha, afugentando uma lebre que, no entanto, não se chamava Koljaiczek. De novo junto ao fogo recuperaram os tubérculos que jaziam no rescaldo e decidiram pacificamente, se bem que esgotados, juntar as batatas e repô-las nos cestos que pouco antes o seu dever tinha mandado derrubar.

Somente ao anoitecer, quando começou a cair uma chuvinha oblíqua de outubro e o crepúsculo cor de nanquim toldou o céu, eles atacaram, com pressa e sem entusiasmo, um marco escuro longe da roça e logo desistiram quando este lhes pareceu suficientemente abatido. Esticaram um pouco mais as pernas, estenderam as mãos em forma de bênção sobre o fogo meio apagado, tossiram uma última tosse sobre a fumaça esverdeada, derramaram uma última lágrima sobre a fumaça amarelada e logo, ainda entre tosses e lágrimas, afastaram suas botas em direção a Bissau. Se Koljaiczek não se encontrava ali, teria de estar em Bissau. Guardas nunca conhecem mais do que duas possibilidades.

A fumaça, que agora se extinguia lentamente, envolvia minha avó como se fosse uma quinta saia, tão espaçosa que, com suas quatro saias, seus suspiros e seus santos, cabia, tanto quanto Koljaiczek, debaixo dela. E somente quando os uniformes não passavam de dois pontos oscilantes fundindo-se lentamente na escuridão, entre os postes telegráficos, minha avó se levantou dolorosamente, como se tivesse criado raízes e interrompesse, extraindo consigo fibras e terra, o crescimento apenas iniciado.

Koljaiczek sentiu frio quando se achou subitamente sem proteção debaixo da chuva, pequeno e troncudo. Fechou rápido a braguilha que o medo e uma infinita necessidade de refúgio o haviam feito abrir debaixo das saias. Manejava ligeiro os botões, porque temia o resfriamento imediato de seu membro, já que o tempo continha todas as ameaças de resfriado de outono.

Foi minha avó que achou mais quatro batatas sob as cinzas. Deu três a Koljaiczek e ficou com a quarta; antes de mordê-la, perguntou se ele era da olaria, embora soubesse perfeitamente que Koljaiczek podia vir de qualquer parte, menos da olaria. Mas também não deu importância à sua resposta, suspendeu o cesto mais leve sobre as costas dele, tomou para si o mais pesado, com a mão livre segurou o ancinho e a enxada. Com o cesto, batatas, ancinho e enxada, seguiu em direção a Bissau-Abbau.

Bissau-Abbau não era propriamente Bissau. Ficava mais perto de Ramkau. Deixando a olaria à esquerda, seguiram em direção à floresta negra onde se situa Goldkrug e, atrás desta, Brenntau. Num vale, antes da floresta, ficava Bissau-Abbau. Incapaz de se desprender das saias de minha avó, para lá seguiu o pequeno e troncudo Koljaiczek.

Debaixo da balsa

Não é nada fácil, daqui, desta cama luzidia de hospício e da dupla vigilância do postigo e do olho de Bruno, reconstituir a fumaceira que subia do fogo de folhas secas de batatas caxúbias ou os raios inclinados de uma chuva de outubro. Se eu não tivesse meu tambor que, usado com astúcia e paciência, me dita todos os pormenores necessários para fixar no papel o essencial, e se não contasse com a autorização da administração do hospital para tocar de três a quatro horas diárias, seria um pobre coitado sem poder provar quem foram meus avós.

Em todo caso, meu tambor diz: nessa tarde de outubro do ano 99, enquanto no sul da África tio Krüger escovava suas hirsutas sobrancelhas anglófobas, entre Dirschau e Karthaus, não longe da olaria de Bissau, debaixo de quatro saias de cor idêntica, em meio a fumaça, medos, suspiros e dolorosas invocações de santos, sob a chuva oblíqua e os olhos lacrimejantes de dois guardas com perguntas descabidas — foi nessa tarde que minha mãe Agnes foi gerada pelo pequeno mas troncudo Joseph Koljaiczek.

Na mesma noite, às escuras, minha avó Anna Bronski mudou seu sobrenome com a ajuda de um sacerdote generoso em matéria de sacramentos, foi transformada em Anna Koljaiczek e seguiu Joseph, senão para o Egito, pelo menos à capital da província às margens do rio Mottlau, onde Joseph encontrou trabalho como balseiro e paz temporária no que se referia à perseguição da Guarda Nacional.

Somente para aumentar o *suspense*, não digo ainda qual era a cidade na foz do Mottlau, embora não me falte uma boa razão para fazê-lo agora, pois foi lá que minha mãe nasceu. Em fins de julho do ano zero zero — justamente quando acabava de se decidir a duplicação da frota imperial de guerra — minha mãe veio ao mundo sob o signo de Leão. Autoconfiança e exaltação, generosidade e vaidade. A primeira casa, conhecida também como *Domus Vitae*, no signo do ascendente: Peixes, facilmente influenciável. A Constelação do Sol em oposição a Netuno, sétima casa ou *Domus Matrimonii Uxoris*, haveria de trazer complicações. Vênus em oposição a Saturno, que, como é sabido, provoca enfermidade no baço e no fígado e é por isso chamado o planeta ácido; que reina em Capricórnio e celebra seu fim em Leão, que oferece enguias a Netuno e recebe em troca a toupeira; que gosta de beladona, cebolas e beterrabas; que expele lavas e azeda o vinho; que compartilha com Vênus a oitava casa, a casa da morte, e augura acidentes mortais, enquanto a concepção no campo de batatas prometia felicidade precária sob a proteção de Mercúrio na casa dos seus afins.

Aqui devo lavrar o protesto de minha mãe, que sempre negou haver sido concebida em um campo de batatas. Na verdade, seu pai tentara ali mesmo — isso ela admitia —, mas a posição dele e a de Anna Bronski não favoreciam, nessa memorável ocasião, os requisitos necessários à fecundação.

"Deve ter ocorrido durante a fuga, de noite, talvez na carroça do tio Vinzent, ou quem sabe só mais tarde ainda, em Troyl, quando os balseiros nos acolheram debaixo de seu teto."

Minha mãe gostava de datar o começo de sua existência com palavras assim, e minha avó, que devia saber a verdade, inclinava pacientemente a cabeça e dava logo a entender aos presentes: "Claro, minha filha, só pode ter sido na carroça ou mais tarde em Troyl. No campo é que não pode mesmo ter sido, por causa da ventania e daquela chuva toda."

Vinzent era o nome do irmão de minha avó. Depois da morte prematura de sua mulher, empreendera uma peregrinação a Tschenstochau, onde recebera da Matka Boska Czestochowska a ordem de ver nela a futura rainha da Polônia. Desde então passava os dias lendo livros raros e estranhos, onde cada frase confirmava as pretensões da Mãe de Deus ao trono da Polônia, e deixava à irmã os encargos de cuidar da casa e dos poucos acres de terra. Jan, o filho dele, naquela época tinha quatro anos de idade e era uma criança frágil, sempre disposta a chorar; cuidava dos gansos, colecionava estampilhas coloridas e — precocidade fatal! — selos postais.

Para essa granja consagrada à Rainha Celestial da Polônia minha avó levou os cestos cheios de batatas e Koljaiczek; e quando Vinzent se inteirou do sucedido, correu a Ramkau e acordou o padre para que, provido dos sacramentos, viesse unir Anna e Joseph em matrimônio sagrado. Mal o reverendo, ainda bêbado de sono, proferiu a bênção entrecortada de bocejos e, munido de um bom pedaço de toucinho, virou-lhe as costas sagradas, Vinzent atrelou o cavalo à carroça, acomodou os recém-casados em uma cama de palha e sacos vazios, sentou junto a si no banco dianteiro Jan, seu filho, que sentia frio e choramingava, e deu a entender ao cavalo que agora se tratava de andar direito e ligeiro em plena escuridão, pois o casal em lua de mel tinha pressa.

A madrugada ainda estava escura, embora já bastante adiantada, quando o veículo chegou ao porto madeireiro da capital da província. Alguns amigos que, como Koljaiczek, exerciam o ofício de balseiros, acolheram o par fugitivo. Vinzent pôde então voltar para Bissau: uma vaca, a cabra, a porca com os leitões, oito gansos e o cão mastim esperavam para ser alimentados, sem falar no pequeno Jan, que estava ligeiramente febril e precisava ir para a cama.

Joseph Koljaiczek ficou escondido durante três semanas; adaptou o cabelo a um novo penteado com risca, raspou o bigode, providenciou para si papéis impecáveis e, com o nome de Joseph Wranka, arranjou trabalho como balseiro. Mas por que precisava Koljaiczek dos papéis do balseiro Wranka, que, atirado debaixo da balsa, morrera afogado no rio Bug, um pouco acima de Modlin, ao visitar negociantes de madeira e donos de serrarias, em consequência de uma briga, sem que as autoridades disso tomassem conhecimento? Porque, tendo abandonado o ofício de balseiro e ido trabalhar em uma serraria perto de Schwetz, arranjou problemas com o patrão por causa de uma cerca que ele, Koljaiczek, provocativamente pintara de vermelho e branco. Certamente para justificar a expressão segundo a qual se pode provocar um conflito sem mais nem menos, o chefe arrancou uma tábua branca e uma vermelha e despedaçou as duas tábuas polacas nas costas caxúbias de Koljaiczek. Foi motivo de sobra para que o espancado Koljaiczek esperasse a noite seguinte, uma noite estrelada, e fizesse com que a serraria recém-caiada de branco se transformasse em vermelho ardente, em homenagem a uma Polônia dividida, sem dúvida, mas justamente por isso mais unida.

Koljaiczek tornou-se, assim, um incendiário, e reincidente, porque, através da Prússia Ocidental nos anos que se seguiram, serrarias e parques de madeira abasteceram seus inflamados sentimentos nacionais bicolores. Como sempre quando o futuro da Polônia está em jogo, todos os incêndios tinham a participação da Virgem Maria e havia testemunhas — algumas ainda devem estar vivas — que teriam visto a Mãe de Deus, cingida com a coroa da Polônia, sobre os telhados de várias serrarias que desmoronavam. A massa, que sempre está presente nos grandes incêndios, teria entoado hinos a Bogurodzica, a Mãe de Deus. Podemos crer que os incêndios de Koljaiczek eram coisa solene: faziam-se inclusive juramentos.

Enquanto o incendiário Koljaiczek era acusado e procurado, o balseiro Joseph Wranka, em contrapartida, fora sempre um homem honrado, órfão, inofensivo, mesmo limitado, que ninguém perseguia e que poucos conheciam: um indivíduo que repartia em rações diárias o fumo que mascava, até o dia em que o rio Bug o acolheu em seu seio; deixou atrás de si como herança, nos bolsos do casaco, os documentos, além de três porções de fumo de mascar. E como o afogado Wranka não mais podia se apresentar no trabalho e ninguém formulara a seu respeito perguntas indiscretas, eis que Koljaiczek, com mais ou menos a estatura e o crânio arredondado do outro, se apoderou primeiro do casaco, a seguir dos documentos e, finalmente, entrou na pele do outro sem antecedentes penais; largou o cachimbo, deu para mascar fumo e ainda adotou o que havia de mais pessoal em Wranka, sua gagueira. De modo que, nos anos que se seguiram, foi um honrado balseiro, parcimonioso e ligeiramente gago, que fazia o transporte de florestas inteiras sobre o Niemen, Bobr, Bug e o Vístula até o vale. Deve ser dito também que ele fez de Wranka, que ainda não prestara serviço militar, ex-cabo do Corpo de Hussardos do príncipe, sob as ordens de Mackensen; Koljaiczek, quatro anos mais velho que o afogado, servira como artilheiro em Thorn, onde ficara conhecido por má conduta.

Em meio a suas ocupações, os mais perigosos ladrões, assassinos e incendiários esperam a oportunidade de um ofício sério. Para alguns, com efeito, por esforço próprio ou por sorte, esse momento chega: sob a identidade de Wranka, Koljaiczek foi excelente esposo, tão bem curado do seu ardente vício que a simples visão de um fósforo lhe dava calafrios. Nem a mais inofensiva das caixas de fósforos, abandonada por descuido sobre a mesa da cozinha, estava a salvo dele — que bem podia ter sido seu inventor. Atirava pela janela a tentação. Minha avó sofria toda sorte de apuros para ter a comida pronta ao meio-dia e levá-la quente à mesa. Frequentemente a família ficava às escuras nos serões, porque nada havia com que acender o candeeiro de petróleo.

Wranka não era, porém, um tirano. Aos domingos acompanhava sua Anna Wranka à igreja, na parte baixa da cidade, e permitia a ela, sua esposa legítima, usar as quatro saias superpostas, tal como o fizera antes no campo de batatas. No inverno, quando os rios congelavam e os balseiros não tinham trabalho, deixava-se ficar tranquilamente em Troyl, onde viviam somente balseiros, estivadores e trabalhadores dos estaleiros, supervisionando o crescimento da filha Agnes, que em muita coisa parecia ter saído ao pai: quando não se encontrava debaixo da cama, é porque tinha se metido dentro do guarda-roupa, e, na presença de visitas, ficava invariavelmente debaixo da mesa com suas bonecas esfarrapadas.

O essencial para a pequena Agnes era ficar escondida e encontrar no esconderijo a mesma segurança que Joseph um dia descobrira debaixo das saias de Anna, ainda que os prazeres fossem diferentes. Koljaiczek, o incendiário, era suficientemente escaldado para entender a necessidade de abrigo da filha. Por isso, quando foi necessário construir uma coelheira na espécie de sacada da casa de um cômodo e meio, juntou-lhe uma pequena toca nas medidas da filha. Ali ficava minha mãe, quando criança, brincando de boneca, e assim ela cresceu. Mais tarde, quando já estava na escola, parece que abandonou as bonecas e, brincando com bolas de gude e plumas coloridas, mostrou seu precoce sentido da beleza perecível.

Como estou ardendo de vontade de anunciar o começo de minha própria existência, gostaria que me permitissem deixar sem mais comentários que a balsa familiar dos Wranka deslize até o ano 13, aquele em que o *Columbus* foi lançado à água nos estaleiros de Schibau; foi então que a polícia, que nada esquece, deu com a pista do falso Wranka.

Tudo começou em agosto do ano 13, quando Koljaiczek, como em todo fim de verão, teve de conduzir a grande balsa descendo de Kiev, pelo Pripat, pelo canal, pelo Bug até Modlin e daí pelo Vístula abaixo. Embarcaram ao todo 12 balseiros no rebocador *Radaune*, a serviço da serraria para a qual trabalhavam, de Neufahr-oeste pelo remanso do Vístula até Einlage; logo remontaram o Vístula, passando por Käsemark, Letzkau, Czattkau, Dirschau e Pieckel, e ao anoitecer ancoraram em Thorn. Aí o novo mestre da serraria, que supervisionaria a compra de madeira em Kiev, subiu a bordo. Quando o *Radaune* levantou âncora, às quatro da manhã, soube-se de seu embarque. Koljaiczek o viu pela primeira vez na cozinha, na hora do café da manhã. Estavam sentados uns diante dos outros, mascando e sorvendo café de cevada. Koljaiczek o reconheceu imediatamente. O homem troncudo e já meio careca mandou trazer vodca e servi-la nas canecas de café vazias. Enquanto uns mastigavam e, na outra ponta, continuavam servindo vodca, apresentou-se: "Para que todos tomem conhecimento, sou o novo mestre da serraria, meu nome é Dückerhoff e exijo disciplina."

A pedido seu, os balseiros, na ordem em que estavam sentados, foram dizendo um após o outro seus nomes e esvaziando as respectivas canecas, fazendo mexer os pomos de adão. Koljaiczek esvaziou a sua e disse, olhando-o nos olhos: Wranka. Dückerhoff inclinou ligeiramente a cabeça como fizera com os outros, e repetiu o sobrenome "Wranka" da mesma forma que repetira antes os dos demais balseiros. Koljaiczek teve, porém, a impressão de que Dückerhoff havia pronunciado o sobrenome do balseiro afogado com uma entonação algo especial: não exatamente aguda, mas um tanto apreensiva.

Com a intervenção dos pilotos que se revezavam e evitando habilmente os bancos de areia, o *Radaune* cabeceava contra a corrente lamacenta de fluxo constante. À direita e à esquerda, atrás dos diques, a paisagem era sempre a mesma, montanhosa quando não plana e invariavelmente ceifada por cima. Sebes, veredas, uma depressão coberta com giestas, aqui e ali uma fazenda isolada, um cenário feito para ataques de cavalaria, para uma divisão de ulanos operando uma conversão à esquerda na depressão arenosa, para hussardos saltando por cima das sebes, para os sonhos de jovens capitães de cavalaria, para a batalha que já aconteceu uma vez e volve sempre, exigindo um quadro histórico: tártaros achatados contra os pescoços de seus cavalos, dragões encabritados, cavaleiros teutônicos que caem, o grão-mestre tingindo com seu sangue o manto da ordem, sem que falte um só detalhe em suas couraças, até o último, aquele que o duque de Masóvia abate com seu sabre; cavalos brancos como não se veem em nenhum circo, nervosos, cheios de borlas, os tendões delineados com extrema precisão, as narinas dilatadas em vermelho-carmesim, das quais saem pequenas nuvens atravessadas por lanças com bandeirolas apontadas para baixo, e, despedaçando o céu e o ocaso, as espadas; e ali, ao fundo — porque toda pintura tem um fundo —, colado firmemente, no horizonte, um pequeno povoado, cujas chaminés fumegam aprazivelmente entre as patas traseiras do garanhão negro, uma aldeola com suas choças cobertas de colmo musgoso e paredes argamassadas de palha; atrás das choças, providencialmente em reserva, os lindos tanques blindados que sonham com o dia por vir, em que eles também poderão figurar no quadro e desembocar na planície pouco antes dos diques do Vístula, como potros brejeiros em meio à cavalaria pesada.

Perto de Wloclawek, Dückerhoff tocou com o dedo o ombro de Koljaiczek: "Diga lá, Wranka, você não trabalhou há alguns anos na serraria de Schwetz, aquela que pegou fogo, hein?" Koljaiczek sacudiu a cabeça pesadamente, como se tivesse o pescoço enrijecido, e logo imprimiu ao olhar uma expressão tão triste e cansada que Dückerhoff, exposto a ela, se absteve de mais perguntas.

Quando, ao chegar em Modlin, o *Radaune* dobrou na confluência do Bug com o Vístula, Koljaiczek, como fazem todos os balseiros, cuspiu três vezes sobre a amurada; Dückerhoff, que estava ao lado com o charuto apagado, pediu-lhe fogo. Ao ouvir isso e a palavrinha "fósforo" em seguida, Koljaiczek mudou de cor. "Que se passa, homem? Não precisa corar só porque pedi fogo. Você não é uma menina, hein?"

Só depois que deixaram Modlin para trás Koljaiczek perdeu o rubor, que nada tinha a ver com vergonha, mas com o reflexo tardio da serraria que ele pusera em chamas.

Entre Modlin e Kiev, ou seja, subindo o Bug, através do canal que une este ao Pripet, e até que o *Radaune*, seguindo pelo Pripet, chegasse ao Dnieper, não aconteceu nada digno de menção entre Koljaiczek--Wranka e Dückerhoff. No rebocador, entre os balseiros, entre estes e os maquinistas, entre o timoneiro, os maquinistas e o capitão, e entre este e os pilotos em rodízio constante, aconteciam muitas coisas, como as que se diz que acontecem, e seguramente acontecem, entre os homens. De minha parte, posso imaginar facilmente uma disputa entre os balseiros caxúbios e o timoneiro, natural de Stettin, ou ainda uma escaramuça de motim: reunião na popa, tiram-se as sortes, distribuem--se contrassenhas, afiam-se navalhas. Mas deixemos isso. Não houve disputas políticas, nem punhaladas teutopolonesas, nem nenhuma atração principal em forma de motim provocado por injustiça social. Devorando tranquilamente carvão, o *Radaune* seguia seu curso; em certa ocasião — creio que pouco depois de Plock — encalhou em um banco de areia, mas logo se desprendeu por seus próprios meios. Uma breve controvérsia entre o capitão Barbusch, de Neufahrwasser, e o piloto ucraniano foi tudo: o diário de bordo nada mais consignou.

Se eu quisesse ou tivesse de lavrar um diário de bordo dos pensamentos de Koljaiczek, ou, ainda, da vida interior de um mestre de serraria como Dückerhoff, teria de fato muitos incidentes e aventuras a consignar: suspeita, confirmação, desconfiança e, quase ao mesmo tempo, repressão pressurosa da desconfiança. Medo, tinham-no os dois. Dückerhoff mais que Koljaiczek, pois achavam-se na Rússia. Dückerhoff poderia facilmente ter caído na água, como outrora o pobre Wranka; poderia se encontrar — porque agora já estavam em Kiev, com aqueles gigantescos parques madeireiros, tão vastos que a gente pode facilmente se perder do anjo da guarda em semelhante labirinto de madeira — debaixo de uma pilha de troncos que de repente desmorona e que nada pode deter. Ou podia também ter sido salvo. Salvo por Koljaiczek, pescado por ele para fora do Pripet ou do Bug, ou resgatado dos parques madeireiros de Kiev, carente de anjo da guarda, subtraído no último momento a uma avalancha de troncos. Que lindo seria poder contar agora que Dückerhoff, meio afogado ou meio esmagado, respirando com dificuldade e com a sombra da morte nos olhos, teria dito ao ouvido do suposto Wranka: "Obrigado, Koljaiczek, obrigado", e logo depois da pausa indispensável: "Agora estamos quites, não se fala mais nisso!"

E com amizade rude se teriam medido sorrindo meio confusos, com os olhos varonis turvados de lágrimas, mudando logo para um aperto de mão algo tímido e caloso.

Já vimos essa cena em filmes de perfeita técnica fotográfica, quando ao diretor ocorre converter na tela irmãos inimigos, que têm excelente atuação, em companheiros unidos doravante na fortuna e na adversidade e destinados a viver juntos mil aventuras.

Mas Koljaiczek não achou oportunidade nem de deixar que Dückerhoff se afogasse, nem de arrancá-lo das garras da morte sob a avalancha de troncos. Atento aos interesses de sua empresa, Dückerhoff comprou em Kiev a madeira, vigiou a composição das nove balsas, distribuiu entre os balseiros, conforme o costume, um bom punhado de dinheiro em moeda russa para a viagem de volta e tomou um trem que, passando por Varsóvia, Modlin, Deutsch-Eylau, Marienburg e Dirschau, o levou aonde estavam seus negócios: a serraria ficava no porto madeireiro entre os estaleiros de Klawiter e os de Schichau.

Antes de deixar que os balseiros desçam de Kiev, passem a seguir pelo canal e cheguem finalmente ao Vístula, durante semanas de trabalho árduo, pergunto-me se Dückerhoff estava seguro de haver reconhecido em Wranka o incendiário Koljaiczek. De minha parte eu diria que, enquanto se achava a bordo do mesmo barco com o inofensivo e subserviente Wranka, de quem todos gostavam apesar de suas limitações, o mestre da serraria esperava não ter por companheiro de viagem um Koljaiczek disposto a tudo. Essa esperança não o abandonou até que se visse sentado no aconchegante compartimento do trem. E quando o trem chegou ao terminal, a estação central de Dantzig — agora eu o digo —, Dückerhoff havia tomado suas próprias decisões: mandou sua bagagem para casa numa carroça, dirigiu-se em passo ligeiro, visto que não carregava peso, ao quartel-general da Polícia em Wiebenwall, que ficava ali perto, subiu de dois em dois os degraus até a porta principal e, depois de uma breve busca pressurosa, achou o compartimento mobiliado com a sobriedade ideal para um informe sucinto, limitado exclusivamente aos fatos. Não é que o mestre de serraria tenha apresentado uma denúncia. Ele simplesmente solicitou à polícia que investigasse o caso Koljaiczek-Wranka, do qual a autoridade prometeu se ocupar.

Durante as semanas seguintes, enquanto a madeira, com suas cabanas de junco, e os balseiros deslizavam rio abaixo, várias repartições foram se enchendo de folhas de papel. Havia, em primeiro lugar, a ata de serviço militar de Joseph Koljaiczek, soldado raso do regimento de número tal da artilharia na campanha da Prússia Ocidental. Duas vezes tivera de cumprir o mau artilheiro três dias de prisão por haver prosapiamente berrado slogans anarquistas, metade em alemão, metade em polonês, completamente embriagado. Tais nódoas foram buscadas em vão nos papéis do cabo Wranka, que tinha prestado serviço no segundo regimento dos hussardos da guarda, em Langfuhr. O tal Wranka se distinguira gloriosamente na qualidade de homem de ligação de seu batalhão e havia causado no príncipe herdeiro, por ocasião das manobras, uma excelente impressão, tendo recebido deste, que sempre levava táleres no bolso, um táler de presente. Claro que esse táler não figurava na folha de serviço do cabo Wranka; foi minha avó Anna que o trouxe à baila, entre grandes lamentos, ao ser submetida a interrogatório juntamente com seu irmão Vinzent.

E não foi somente o referido táler que ela invocou para opor ao qualificativo de incendiário. Podia exibir papéis que provavam reiteradamente que já no ano zero quatro Joseph Wranka havia ingressado no corpo de bombeiros voluntários de Dantzig-Niederstadt, e durante os meses de inverno, nos quais todos os balseiros faziam pausa, havia combatido mais de um incêndio. Existia também um boletim oficial atestando que, quando do grande incêndio do depósito da ferrovia de Troyl, no ano zero nove, o bombeiro Wranka não só havia extinguido o fogo, como também resgatado dois mecânicos aprendizes. Em termos idênticos, expressou-se o capitão Hecht, dos bombeiros, citado como testemunha. Este declarou o seguinte: "Como pode ser incendiário aquele que vimos apagar um incêndio? Não o vejo ainda no alto da escada, quando ardeu a igreja de Heubude? Qual fênix surgindo dentre as cinzas e as chamas, apagava não apenas o fogo, mas o incêndio deste mundo, e aplacava a sede de Nosso Senhor Jesus Cristo. Em verdade lhes digo: aquele que conspurcar o nome do homem com o capacete de bombeiro, que tem prioridade de passagem nas ruas, que é amado pelas companhias de seguro e que sempre leva um pouco de cinza no bolso, seja como símbolo, seja por causa de seu ofício; aquele que a essa fênix magnífica quiser chamar de galo vermelho, este merece em verdade uma mó de pedra atada em torno do pescoço..."

Vocês se deram conta de que o capitão Hecht, dos bombeiros voluntários, era um pastor eloquente, que todo domingo subia ao púlpito de sua paróquia, a de Santa Bárbara de Langgarten, e que, enquanto duraram as investigações contra Koljaiczek-Wranka, não desistiu de inculcar em seus devotos, com palavras desse estilo, parábolas do celeste bombeiro e do incendiário infernal.

Os funcionários da polícia não iam, contudo, à igreja de Santa Bárbara e, por outro lado, a palavrinha "fênix" lhes soara mais como uma ofensa contra Sua Majestade que como a justificação de Wranka; a atividade deste como bombeiro voluntário converteu-se, pois, em um fardo adicional.

Mandaram-se colher testemunhos de vários proprietários de serraria e apreciações dos municípios de origem: Wranka vira a luz do dia em Tuchel, ao passo que Koljaiczek era natural de Thorn. Pequenas contradições nas declarações de alguns balseiros mais velhos e de parentes distantes. Tantas vezes vai o púcaro à fonte... que ao fim não lhe resta outro remédio senão quebrar. Nessa altura dos interrogatórios, a grande embarcação acabava de atingir o território do Reich, e a partir de Thorn ela passou a ser discretamente controlada e observada nos portos de escala.

Meu avô só se deu conta de que estava sendo seguido depois de Dirschau. Esperava por isso. É provável que aquela letargia beirando a melancolia, que de vez em quando o invadia, o impedira de tentar em Letzkau, ou talvez em Käsemark, uma fuga que ali, numa região que lhe era tão familiar, e com a ajuda de alguns balseiros abnegados, ainda teria sido possível. A partir de Einlage, ao entrarem as balsas lentamente, chocando-se umas contra as outras, no remanso do Vístula, ele notou um barco pesqueiro com tripulação acima do necessário que dissimuladamente, e não tão dissimuladamente, o seguia. Pouco depois de Plehnenhof, as duas lanchas motorizadas da polícia portuária saíram de repente de entre os juncais da margem e, ziguezagueando sem cessar, principiaram a agitar com seus sulcos as águas cada vez mais salobras que já anunciavam o porto. Passada a ponte de Heubude, começava o cordão dos "azuis". Nos parques madeireiros em frente aos estaleiros de Klawitter, nos estaleiros menores, no porto madeireiro que ia se alargando cada vez mais até Mottlau, nos píeres das diversas serrarias, no cais de embarque de sua própria empresa, no qual o esperava a família: por toda parte se viam "azuis". Exceto do lado de Schichau, onde tudo estava embandeirado: aqui algo diferente ocorria, parecia que um navio estava sendo lançado à água, grande multidão, as próprias gaivotas estavam excitadas, ali havia uma festa — uma festa para meu avô?

Somente quando meu avô viu o porto madeireiro repleto de uniformes azuis e quando as lanchas começaram a marcar um curso cada vez mais sinistro, jogando ondas por cima das balsas, ao compreender que o luxo daquela ostentação de forças lhe era dedicado, foi que nele despertou seu antigo coração incendiário de Koljaiczek: então, vomitando para longe de si o manso Wranka, livrando-se da pele do bombeiro voluntário Wranka e despedindo-se em alta voz e sem gaguejar do gago Wranka, fugiu, fugiu sobre as balsas, fugiu pelas vastas superfícies flutuantes; descalço, como a pular por um poleiro rústico, de um tronco a outro, em direção a Schichau, onde as bandeiras ondeavam alegremente ao vento; sempre adiante, rumo à cerimônia de lançamento à água, onde as águas carregam sempre pranchas, onde belos discursos estavam sendo feitos, onde ninguém proclamava o nome de Wranka e muito menos o de Koljaiczek, e as palavras vibravam: Eu te batizo com o nome de *S. M. S. Columbus*, linha da América, mais de quarenta mil toneladas de deslocamento, trinta mil H.P., navio de Sua Majestade, salão de fumantes de primeira classe, cozinha de segunda classe a bombordo, sala de ginástica de mármore, biblioteca, linha da América, navio de Sua Majestade, túnel do eixo, coberta de passeio, saúde a ti, ó vencedor entre lauréis, a bandeirola do porto de matrícula, o príncipe Henrique ao timão; e meu avô Koljaiczek, descalço, roçando apenas os troncos com a ponta dos pés, a charanga sonora, um povo que tem tais príncipes, de balsa em balsa, o povo solta gritos de júbilo, saúde a ti, ó vencedor entre lauréis, e as sirenes de todos os estaleiros e de todos os barcos e rebocadores ancorados no porto, e as dos iates, *Columbus*, América, liberdade; e duas lanchas que o perseguem com feroz alegria de balsa em balsa, as balsas de Sua Majestade, e que lhe cortam a marcha, e obrigam o desmancha-prazeres a se deter, logo agora que ia tão arrojado. E ele ali solitário sobre uma balsa, abandonado a si mesmo, vislumbrou a América; mas as lanchas chegam e ele não tem remédio senão jogar-se ao mar — e ali se viu nadar o meu avô: nadava rumo a uma balsa que entrava no Mottlau. Mas teve de submergir por causa das lanchas, e por causa delas teve de permanecer debaixo d'água, e a balsa flutuava por cima dele, interminavelmente, sem parar, cada balsa engendrando outra balsa: balsa de tua balsa, por toda a eternidade, balsa.

As lanchas pararam seus motores. Olhos inexoráveis escrutaram a superfície da água. Mas Koljaiczek já se despedira para sempre e se subtraíra da banda de música, das sirenes, dos sinos dos navios e do navio de Sua Majestade, do discurso batismal do príncipe Henrique e das gaivotas loucas de Sua Majestade; subtraíra-se definitivamente da América e do *Columbus*, das investigações da polícia, embaixo da madeira infinita.

Jamais se encontrou o cadáver de meu avô. E eu, ainda que firmemente convencido de que ele achou a morte debaixo da balsa, vou ter de reproduzir aqui, por amor à verossimilhança, todas as versões de possíveis salvamentos milagrosos.

Disseram alguns que debaixo da balsa ele teria achado uma fenda entre duas vigas, suficiente para lhe permitir manter os órgãos respiratórios sobre a superfície da água. Para cima a fenda se afunilava tão estreitamente que escapou à vista dos policiais que ficaram revistando as balsas até alta noite, inclusive as cabanas de junco sobre as mesmas. Então, ele se teria deixado levar pela corrente sob o manto da escuridão e alcançado, com bastante sorte, embora extenuado, a outra margem do Mottlau e o terreno dos estaleiros de Schichau; aqui se escondera em um depósito de sucata e, mais tarde, provavelmente com o auxílio de marinheiros gregos, logrou subir a bordo de um desses petroleiros graxentos, que já teriam dado asilo a outros fugitivos.

Outros asseguraram que Koljaiczek, que era bom nadador e contava ainda com melhores pulmões, teria conseguido atravessar por debaixo da água não somente a balsa interminável, mas também a largura restante, aliás considerável, do Mottlau e, com sorte, alcançara a margem do lado dos estaleiros de Schichau; aqui se misturara dissimuladamente aos trabalhadores dos estaleiros e, finalmente confundido com a multidão entusiasta, havia entoado com ela "Saúde a ti, ó vencedor entre lauréis" e escutado e aplaudido ruidosamente o discurso do príncipe Henrique a propósito do *Columbus*; depois do que, uma vez acabado venturosamente o lançamento à água e com a roupa ainda úmida, teria escapado discretamente, para se juntar no dia seguinte como clandestino — e aqui as duas versões de salvamento coincidem — a um daqueles petroleiros gregos de má fama.

Para completar, vai aqui ainda uma terceira fábula absurda, segundo a qual meu avô, qual um tronco flutuante, teria sido levado pela corrente até alto-mar, onde alguns pescadores de Bohnsack o teriam recolhido e entregue, fora das três milhas jurisdicionais, a uma balandra sueca. E ali, na Suécia, a fábula o deixava se recuperar lenta e milagrosamente, chegar a Malmö et cetera et cetera.

Tudo isso não passa de asneiras e blá-blá-blá de pescadores. Eu, por minha parte, não daria um só centavo pelas afirmações dessas testemunhas oculares, charlatães de todos os portos, que pretendiam ter visto meu avô em Buffalo, nos Estados Unidos, pouco depois da Primeira Guerra Mundial. Com o nome de Joe Colchic exploraria o comércio de madeira com o Canadá. Descreviam-no como acionista de fábricas de fósforo, fundador de companhias de seguro e homem imensamente rico, ou solitariamente sentado em um arranha-céu detrás de uma enorme escrivaninha, com anéis de pedras ofuscantes em todos os dedos, adestrando seus guarda-costas, vestidos de uniformes de bombeiro, que cantavam em polonês e eram conhecidos como a Guarda da Fênix.

A mariposa e a lâmpada

Um homem abandonou tudo o que possuía, cruzou a vastidão líquida, chegou à América e fez fortuna. Basta, no que concerne ao meu avô, independentemente de ele ter se chamado Goljaczek em polonês, Koljaiczek em caxúbio ou Joe Colchic em americano.

Não é fácil extrair de um simples tambor de lata, que se pode adquirir em qualquer casa de brinquedo ou bazar, balsas de madeira que correm pelos rios quase até o horizonte. Não obstante, consegui sacar dele o porto madeireiro, toda a madeira flutuante que balouça nos ancoradouros dos rios e se enreda nos juncais, e, com menor fadiga, dos estaleiros de Klawitter, dos numerosos estaleiros menores — em parte dedicados somente a reparos —, o depósito de sucata da fábrica de vagões da estrada de ferro, os rançosos depósitos de coco da fábrica de margarina, e todos os esconderijos da ilha de depósito que me são tão familiares. E agora ele está morto, não dá resposta nem mostra interesse algum pelos lançamentos de navios imperiais à água, pela decadência de um navio, que se inicia com o lançamento à água e se prolonga com frequência pelo espaço de algumas décadas; nesse caso, chamava-se *Columbus* e era também designado como o orgulho da frota; como é natural, fazia a rota da América, até que um dia foi afundado, ou foi a pique por si mesmo, ou talvez tivesse sido levado à restauração e transformado e rebatizado ou, finalmente, convertido em sucata. Também é possível que o *Columbus* apenas submergisse, imitando meu avô, e que hoje continue à deriva, digamos, a seis mil metros de profundidade, pela fossa marítima das Filipinas ou de Emden, com suas quarenta mil toneladas, seu salão para fumantes, sua sala de ginástica de mármore, sua piscina, suas cabines de massagem e tudo o mais, o que se pode verificar no *Weyer* ou nos anais da frota. Parece-me que o primeiro *Columbus*, ou talvez o segundo, foi a pique porque o capitão não quis sobreviver a alguma desonra relacionada com a guerra.

Li para Bruno parte de meu relato da balsa e, rogando-lhe que fosse objetivo, formulei-lhe minha pergunta.

— Bela morte! — declarou Bruno entusiasmado, e imediatamente, servindo-se dos barbantes, começou a plasmar meu avô mergulhado em uma de suas modelagens de nós. Devia me dar por satisfeito com sua resposta e não permitir que meus pensamentos temerários emigrassem à América em busca de uma herança.

Meus amigos Klepp e Vittlar vieram me ver. Klepp me trouxe um disco de jazz com King Oliver nos dois lados; Vittlar me ofereceu, com muita afetação, um coração de chocolate suspenso de uma fita cor-de-rosa. Fizeram todo tipo de besteiras, parodiaram cenas de meu processo, e eu, de meu lado, para deixá-los contentes, me mostrei de bom humor e ri, até mesmo com as piadas mais lúgubres. Antes que Klepp pudesse disparar sua inevitável conferência didática sobre as ligações entre o jazz e o marxismo, contei a história de um homem que no ano 13, ou seja, pouco antes de o tiroteio começar, foi parar debaixo de uma balsa interminável e não tornou a aparecer; sequer seu cadáver foi encontrado.

Ante minha pergunta — feita com desinteresse e em tom de tédio manifesto —, Klepp moveu mal-humorado a cabeça sobre a nuca adiposa, desabotoou e voltou a abotoar o colete, efetuou movimentos de natação, fez como se se encontrasse embaixo da balsa e, finalmente, desculpou-se por não me responder, dando como pretexto o adiantado da hora da tarde.

Vittlar, por sua vez, manteve-se teso, cruzou uma perna sobre a outra, atento para não alterar os vincos da calça, mostrou aquele orgulho bizarro, de raias finas, que só deve ser familiar aos anjos no céu, e disse: "Me encontro sob a balsa. É bem bom debaixo da balsa. Os mosquitos não me picam: é agradável. Eu podia viver debaixo da balsa, creio, se não tivesse ao mesmo tempo a intenção de me deixar picar pelos mosquitos que vivem sobre a balsa."

Vittlar fez aqui a inevitável pausa, me observou, arqueou as já por si elevadas sobrancelhas, como sempre faz quando quer se parecer com uma coruja, e adotando um tom teatral, frisou: "Suponho que o homem debaixo da balsa era seu tio-avô ou talvez até seu avô. Procurou a morte porque, como seu tio-avô ou, ainda, em medida muitas vezes maior, como seu avô, sentiu que lhe devia isso, pois nada resultaria mais opressivo para você do que ter um avô vivo. O que faz de você, por conseguinte, não apenas o assassino de seu tio-avô, mas também o assassino de seu avô. Como todos os verdadeiros avós, contudo, ele queria punir você um pouco; simplesmente, não deixar a você a satisfação de neto que, apontando um cadáver inchado de afogado, usasse com orgulho estas palavras: vejam, este é meu avô morto. Foi um herói! Atirou-se na água ao se ver perseguido. Seu avô subtraiu do mundo e do neto seu cadáver. Por quê? Para que a posteridade e seu neto pudessem continuar se ocupando dele pelos anos vindouros."

Em seguida, saltando rapidamente de um tom para outro, astuto, inclinou-se ligeiramente para frente, fingindo com mímica de prestidigitador uma reconciliação: "América, alegre-se, Oskar! Você tem um objetivo, uma missão. Vão absolver, pôr você em liberdade. E aonde iria senão à América, onde se acha tudo o que se perdeu, inclusive um avô desaparecido?"

Por mais sardônica e até ofensiva que tenha sido a resposta de Vittlar, infundiu-me mais segurança que a mal-humorada recusa de Klepp em se decidir entre vida e morte, ou a resposta de Bruno, o enfermeiro que só achava bela a morte de meu avô porque a seguir o navio *Columbus* entrara na água levantando ondas. Além do mais, prefiro a América de Vittlar, conservadora de avós, objetivo que aceito, modelo que servirá para me soerguer, quando, cansado da Europa, quiser depor as duas coisas, o tambor e a caneta: "Continue escrevendo, Oskar; faça-o pelo vovô Koljaiczek, imensamente rico porém já cansado, que em Buffalo, nos Estados Unidos, se dedica ao comércio de madeira, brincando solitário com palitos de fósforo em seus arranha-céus!"

Quando Klepp e Vittlar se despediram e finalmente saíram, Bruno expulsou do quarto, arejando-o com vigor, todo o incômodo odor de meus amigos. Ato contínuo voltei ao meu tambor, mas não para evocar os troncos das balsas encobridoras de morte; não, pus-me a bater no ritmo rápido, alerta, que comandou os movimentos de toda a gente por algum tempo depois de agosto do ano 14. Isso me permite, apenas de passagem, tocar na vida, até a hora de meu nascimento, do pequeno grupo de inconsoláveis que meu avô deixou atrás de si na Europa.

Quando Koljaiczek desapareceu debaixo da balsa, minha avó, sua filha Agnes, Vinzent Bronski e seu filho Jan, de 17 anos de idade, estavam entre os parentes dos balseiros na passarela da serraria, olhando cheios de angústia. Um pouco à parte, encontrava-se Gregor Koljaiczek, irmão mais velho de Joseph, que fora intimado a comparecer à cidade por ocasião dos interrogatórios. Gregor tinha sempre a mesma resposta preparada para a polícia: "Mal conheço meu irmão. No fundo o que sei mesmo é que se chamava Joseph e que, quando o vi pela última vez, teria uns dez ou, digamos, 12 anos. Costumava me limpar as botas e nos trazer cerveja, quando minha mãe e eu queríamos cerveja."

De modo que, embora indicasse que minha bisavó tinha sido uma bebedora de cerveja, a resposta de Gregor Koljaiczek de pouco serviu à polícia. Em compensação, de grande proveito haveria de ser a existência do primogênito dos Koljaiczek para minha avó Anna. Gregor, que havia passado alguns anos de sua vida em Stettin, em Berlim e finalmente em Scheidemühl, arranjou-se em Dantzig, encontrou trabalho na fábrica de pólvora do "Bastião dos Coelhos" e, transcorrido um ano, depois que todas as complicações do matrimônio com o suposto Wranka ficaram aclaradas e arquivadas, casou-se com minha avó, que pelo visto tinha uma queda pelos Koljaiczek e que nunca teria casado com Gregor, ou em todo caso não tão rapidamente, se ele não fosse um Koljaiczek.

O trabalho na fábrica de pólvora livrou Gregor do uniforme colorido que pouco depois haveria de se tornar cinza-esverdeado. Viviam os três no mesmo apartamento de um cômodo e meio que durante tantos anos servira de refúgio ao incendiário. Revelou-se então que um Koljaiczek não é necessariamente igual ao anterior, porque, apenas transcorrido um ano de matrimônio, minha avó se viu obrigada a arrendar a mercearia no subsolo do edifício onde moravam em Troyl e que precisamente se achava desocupada. Vendendo toda a sorte de mercadorias, que iam desde alfinetes até repolhos, teve de ganhar o sustento da família, já que Gregor, apesar de na fábrica ganhar bom dinheiro, não trazia para casa nem o mínimo para a sua subsistência: gastava tudo em bebida. Ao contrário de meu avô Joseph, que raramente engolia um traguinho de conhaque, Gregor era um verdadeiro cachaceiro, qualidade que provavelmente herdara de minha bisavó. Não bebia porque estivesse triste. E mesmo quando estava contente, uma situação rara, pois era dado a estados de melancolia, não bebia por estar feliz. Bebia porque era um homem completo, que gostava de chegar ao fundo das coisas: das garrafas, assim como de outras coisas. Enquanto viveu, ninguém viu Gregor Koljaiczek deixar um só pingo no fundo de seu copo.

Minha mãe, então uma menina roliça de 15 anos, fez-se útil tanto em casa como na loja; colava os cupões de racionamento, entregava aos sábados a mercadoria e escrevia cartas de cobrança, desajeitadas mas criativas, para aqueles que compravam a crédito, admoestando-os quanto a liquidarem suas contas. Pena que não possuo nenhuma dessas cartas. Que esplêndido seria se a essa altura pudesse citar alguns desses gritos de desespero, meio infantis meio juvenis, das epístolas de uma semiórfã! Pois Gregor Koljaiczek nunca foi um padrasto completo. Pelo contrário, foi somente com grande dificuldade que minha avó e sua filha conseguiram ocultar o cofre que consistia em dois pratos de lata superpostos, contendo mais cobre que prata, do olhar melancólico, típico de um Koljaiczek, do sequioso moedor de pólvora. Somente quando Gregor Koljaiczek morreu de gripe no ano 17 os lucros da mercearia incrementaram um pouco. Mas não muito: o que havia para vender no ano 17?

A alcova do apartamento de um cômodo e meio, que se achava desocupada desde a morte do moedor de pólvora, porque minha mãe tinha medo de fantasmas e se recusava a dormir nela, foi mais tarde ocupada por Jan Bronski, o primo de minha mãe, a essa altura com cerca de vinte anos. Ele havia deixado Bissau e seu pai Vinzent para iniciar agora, provido de um bom certificado da escola secundária de Karthaus e tendo concluído seu aprendizado no escritório do correio da capital do distrito, a carreira administrativa no correio central de Dantzig. Além da mala, Jan trouxe à residência da tia sua volumosa coleção de selos. Começara a colecioná-los desde muito criança, de modo que a relação entre ele e o serviço do correio não era apenas profissional, mas também pessoal e sempre circunspecta. Era um moço franzino que caminhava ligeiramente encurvado, com uma bela cara oval, um pouco demasiado suave talvez, e um par de olhos suficientemente azuis para fazer com que mamãe, então com 17 anos, se enamorasse dele. Três vezes Jan tinha sido convocado para o alistamento e sempre fora declarado incapaz por causa de sua deplorável constituição física; isso de fato lança muita luz sobre sua natureza enfermiça, naqueles dias em que qualquer homem que pudesse parar meio ereto era mandado a Verdun para, em solo francês, submeter-se a uma radical mudança de postura, da vertical para a perpétua horizontal.

Na verdade, o namoro deve ter começado quando examinavam selos juntos, quando as duas cabeças jovens se curvavam ao mesmo tempo sobre algum denteado dos exemplares particularmente raros. Mas só foi realmente declarado depois que Jan foi convocado pela quarta vez. Minha mãe o acompanhou ao quartel-general do distrito, visto que de todo jeito tinha de ir à cidade, e esperou-o perto da guarita ocupada por um guarda local, convencida, tal como Jan, que dessa vez ele teria de ir à França para curar ali, naquele ar saturado de ferro e chumbo, seus pulmões deficientes.

É possível que minha mãe se tenha posto a contar repetidamente, com resultados contraditórios, os botões do guarda. Posso imaginar que os botões de todos os uniformes estejam dispostos de tal maneira que, ao contá-los, o último signifique sempre Verdun, uma das numerosas colinas do Hartmannsweiler ou algum riacho: o Soma ou o Marne.

Quando, transcorrida apenas uma hora, o moço convocado pela quarta vez saiu da porta do quartel-general, tropeçou pelos degraus abaixo e, envolvendo o pescoço de minha mãe com os braços, murmurou ao seu ouvido uma frase doce de ouvir naqueles tempos: "Não podem me segurar nem pelo cangote nem pelo chifre: mais um ano!", minha mãe apertou-o pela primeira vez contra seu peito, e não sei se em alguma outra ocasião pôde voltar a fazê-lo com tanta felicidade.

Os detalhes desse amor de tempo de guerra me são desconhecidos. Jan vendeu parte de sua coleção de selos para atender às exigências de minha mãe, que tinha vivo gosto por tudo que era belo, elegante e caro; parece que mantinha naquela época um diário íntimo que mais tarde, por desgraça, se perdeu. Minha avó, pelo visto, mostrou-se tolerante com a afinidade entre os dois jovens — pode-se admitir que ia além do mero parentesco —, porque Jan continuou usando seu aposento no diminuto apartamento de Troyl até pouco depois da guerra. Deixou-o somente quando a existência de um tal sr. Matzerath fez-se manifesta, impossível de negar por mais tempo. Mamãe deve tê-lo conhecido no verão de 18, quando trabalhava como auxiliar de enfermagem no hospital de Silberhammer, perto de Oliva. Alfred Matzerath, natural de Renânia, jazia ali com a coxa atravessada por um tiro de lado a lado, e não tardou em se converter, com a tradicional maneira renana de se comunicar, no favorito das enfermeiras. Já quase curado, coxeava pelo corredor de braço com uma e outra enfermeira e ajudava a srta. Agnes na cozinha, porque a pequena touca de enfermeira combinava com sua carinha redonda e também porque ele, um cozinheiro apaixonado, tinha jeito para transformar sentimentos em sopas.

Uma vez recuperado do ferimento, Alfred Matzerath continuou em Dantzig e sem demora conseguiu trabalho como representante da firma renana, um importante negócio no ramo de papelaria, para a qual trabalhara antes da guerra. A guerra estava nas últimas. Tratados de paz, assentando bases para novas guerras, estavam sendo improvisados:

a região ao redor da foz do Vístula — delimitada grosseiramente por uma linha partindo de Vogelsang sobre o Nehrung ao longo do Nogat até Pieckel e daí seguindo o curso do Vístula até Czattkau, onde formava um ângulo reto até Schönflies e logo uma bolsa ao redor da floresta de Saskosch até o lago Ottomin, deixando para um lado Mattern, Ramkau e Bissau de minha avó e alcançando o Báltico perto de Klein-Katz — fora proclamada Estado livre sob a tutela da Liga das Nações. Dentro dos limites da própria cidade, a Polônia recebeu um porto livre, o Westerplatte, incluindo o depósito de munições, a administração da estrada de ferro e um serviço próprio de correio na praça Hevelius.

Enquanto os selos do Estado livre emprestavam à correspondência postal um fausto hanseático de naves e escudos de armas em ouro e vermelho, os poloneses franqueavam suas cartas com cenas macabras em cor roxa que ilustravam as histórias de Kasimir e Batory.

Jan Bronski mudou-se para o correio polonês. A conversão, bem como sua opção em favor da Polônia, foi espontânea. Muitos acharam que a causa da aquisição da cidadania polonesa era mamãe. No ano vinte, quando o marechal Pilsudski derrotou o exército vermelho em Varsóvia, milagre que Vinzent Bronski e outros como ele atribuíram à Virgem Maria e os peritos militares ao general Sikorski ou ao general Weygand — nesse ano eminentemente polonês —, minha mãe ficou noiva do alemão Matzerath. Inclino-me a acreditar que tanto minha avó Anna quanto Jan desaprovavam tal procedimento. Deixando a mercearia de Troyl, a essa época já bastante próspera, para sua filha, mudou-se para a fazenda de Vinzent em Bissau, também em território polonês, assumiu a administração da fazenda, com seus campos de beterrabas e batatas, tal como o fizera na era pré-Koljaiczek, deixou o irmão em crescente estado de graça dialogando com a Rainha Virgem da Polônia e voltou a sentar-se em meio a suas quatro saias detrás dos fogos outonais de folhas secas de batatas, com os olhos atraídos para o horizonte que os postes telegráficos continuavam dividindo.

As relações entre minha mãe e Jan só foram melhorar quando este conheceu e se casou com Hedwig, uma moça caxúbia da cidade, mas que ainda possuía algumas terras em Ramkau. A história informa que os dois pares teriam se encontrado casualmente no baile habitual do café Woyke e então minha mãe teria feito as apresentações entre Jan e Matzerath. Os dois homens, de natureza tão diversa apesar da similaridade de seu sentimento por mamãe, simpatizaram um com o outro, embora Matzerath tenha usado o franco tom renano para qualificar a transferência de Jan para o correio polonês como uma ideia provocada pela bebida. Jan dançou com mamãe e Matzerath com a ossuda e imponente Hedwig, cujo inescrutável olhar bovino fazia as pessoas pensarem que estivesse grávida. A seguir dançaram com, ao redor e de encontro um ao outro, trocando de pares pelo resto da noite, pensando sempre no próximo ritmo, um tanto adiantados de si próprios na polca, algo descompassados na oscilação da valsa inglesa e finalmente recobrando autoconfiança no *charleston* e na morosa sensualidade do foxtrote, a qual tocava as raias do místico.

No ano 23, quando ainda se podia forrar de papel um quarto pelo preço de uma caixa de fósforos, Alfred Matzerath casou-se com mamãe. Jan e um tal Mühlen, merceeiro, serviram como testemunhas. Não há muito que contar acerca de Mühlen. Merece ser mencionado apenas porque, justamente quando se introduzia o marco consolidado, Mühlen vendeu a mamãe e Matzerath a agonizante mercearia do subúrbio de Langfuhr, arruinada pela venda a crédito. Em pouco tempo, mamãe, que no subsolo de Troyl aprendera a tratar com toda variedade de maus pagadores e, além disso, possuía acurado tino comercial e resposta sempre pronta, pôs o negócio nos eixos. Matzerath logo se viu obrigado a abandonar a representação no ramo de papel — cujo mercado, de qualquer forma, achava-se saturado — para ajudar na mercearia.

Os dois completavam-se admiravelmente. A audácia de minha mãe atrás do balcão era equiparada à habilidade de Matzerath em tratar com vendedores e atacadistas. Mas o que realmente tornou a associação deles perfeita foi a paixão que Matzerath sentia pelas ocupações culinárias, que se estendia inclusive à limpeza das louças — verdadeira dádiva para mamãe, hábil apenas no trivial.

Comparado com a moradia de Troyl, que só conheço de ouvir contar, o apartamento contíguo à mercearia, embora pequeno e pessimamente construído, apresentava um caráter suficientemente pequeno-burguês. Pelo menos nos primeiros anos do casamento, mamãe sentiu-se à vontade ali.

Além do corredor longo e meio sinuoso, normalmente cheio de embalagens de sabão em barra, havia a cozinha, também meio atulhada de mercadorias: latas de conservas, sacos de farinha e pacotes de aveia em flocos; a sala, com duas janelas que davam para a rua, e um pequeno jardim decorado com conchas do Báltico no verão. No papel de parede dominava o vermelho-vinho, enquanto o sofá era estofado em tom quase de púrpura. Uma mesa extensível, arredondada nas quinas, quatro cadeiras de couro e uma mesinha redonda de fumar, que haveria de mudar constantemente de lugar, sustentavam-se com seus pés pretos sobre o tapete azul. Entre as janelas, dourado e preto, o relógio de parede. Preto contra o púrpura do sofá, o piano, primeiro de aluguel, a seguir pago lentamente em prestações, com o banquinho giratório sobre a pele espessa, de longos pelos branco-amarelados, de algum animal. Em frente, o aparador. O aparador preto, com portas corrediças de vidro biselado, emolduradas por óvulos, e com as portas de baixo, que encerravam a louça e as toalhas de mesa, ornadas de frutas esculpidas em preto fosco; os pés pretos em forma de garra ladeando o remate de perfil preto — e entre a taça de cristal com frutas decorativas e a jarra verde ganha em uma rifa, aquele vazio que mais tarde, graças ao tino comercial de mamãe, seria preenchido pelo rádio cor café-claro.

No quarto, que dava para o pátio do prédio de quatro andares, impunha-se o amarelo. Acreditem, por favor: o dossel da larga cama conjugal era azul-claro, e na cabeceira, em luz azul clara, via-se, estendida em uma grota, Madalena arrependida, recoberta de vidro, em cor de carne natural, suspirando no canto direito superior do quadro e tapando o peito com tantos dedos que não se podia deixar de contá-los de novo, para se certificar de que não eram mais de dez. Em frente ao leito conjugal, o guarda-roupa laqueado de branco com portas providas de espelhos; à esquerda, um pequeno toucador, e à direita, a cômoda com tampo de mármore; a iluminação do dormitório descia do teto em dois braços de latão, mas não era revestida com cetim como na sala e sim manipulada em quebra-luzes de globos de porcelana ligeiramente rosada, dentro dos quais as lâmpadas sobressaíam.

Rufei hoje uma longa manhã em meu tambor, fiz-lhe perguntas, queria saber, por exemplo, se as lâmpadas elétricas de nosso quarto contavam quarenta ou sessenta watts. A inquirição é da maior importância e não é a primeira vez que pergunto isso a mim e a meu tambor. Com frequência, passam-se horas antes que consiga voltar àquelas lâmpadas. Tenho de me livrar de uma selva de lâmpadas elétricas, com um bom rufar sem floreios ornamentais para esquecer os milhares de mecanismos luminosos que acionei, acendendo ou apagando, ao entrar em inumeráveis habitações, e então evocar o lustre de nosso quarto em Labesweg.

Mamãe deu à luz em casa. Quando as dores começaram, achava-se ainda na mercearia, enchendo de açúcar sacos de papel de uma libra e meia libra. Era muito tarde para ser transportada ao hospital; uma antiga parteira, que só de vez em quando pegava sua maleta, teve de ser convocada na Hertastrasse, uma rua vizinha. No quarto, portanto, ajudou-nos, a mamãe e a mim, a separar-nos um do outro.

Foi assim, sob a forma de duas lâmpadas de sessenta watts, que vi pela primeira vez a luz deste mundo. Por isso as palavras da Bíblia, "Faça-se a luz, e a luz foi feita", ainda me parecem o slogan publicitário mais bem bolado da firma Osram. Exceto pela não rara ruptura do períneo, meu parto transcorreu suavemente. Não tive dificuldade em me livrar da posição de cabeça tão apreciada pelas mães, fetos e parteiras.

Para que fique logo claro: fui uma dessas crianças de ouvido fino, com formação espiritual já completa no instante do nascimento e que mais tarde só necessita de mera confirmação. No momento em que nasci, contemplando imperturbável minha imagem refletida nas águas maternas, adotei uma atitude extremamente crítica em relação às primeiras expressões que emanavam de meus pais debaixo da luz das lâmpadas. Meu ouvido era acuradamente alerta. E ainda que minhas orelhas fossem pequenas, meio amassadas e coladas, mas nem por isso menos graciosas, o fato é que conservaram todas e cada uma daquelas palavras, tão importantes hoje para mim, tempestade. Dos pica-paus dizem que, tocando tambor, fazem as larvas sair de seus esconderijos. E, finalmente, o homem batuca em tímbales, pratos, bumbos e tambores. Ele fala de tambor de revólveres, de fogo de tambor; com o tambor puxam-se as gentes de suas casas, ao som do tambor se congregam as pessoas e ao som do tambor se vai para a tumba; crianças e rapazes tocam tambor. Mas há também compositores que escrevem concertos para cordas e percussão. Eu devia mesmo recordar a Grande e a Pequena Retreta e aludir aos intentos de Oskar até o presente: pois bem, tudo isso é nada comparado com a orgia tamborística executada pela mariposa noturna em torno das duas medíocres lâmpadas de sessenta watts. Talvez haja negros no mais escuro da África e outros na América que ainda não esqueceram a África, que, com sua célebre aptidão rítmica, possam ter sucesso percutindo o tambor em imitação das mariposas africanas — conhecidas por serem maiores e mais bonitas que as mariposas da Europa Oriental — com paixão disciplinada; de minha parte, devo me ater apenas a meus padrões europeus orientais e me orientar segundo aquela mariposa de tamanho mediano, empoada e parda, da hora de meu nascimento.

Eram os primeiros dias de setembro. O sol estava no signo de Virgem. De longe aproximava-se através da noite, movendo caixas e armários de um lado para outro, uma tormenta de fins de verão. Mercúrio fez-me crítico, Urano fantasioso, Vênus fez-me acreditar numa escassa felicidade, Marte em minha ambição. Libra, subindo na casa do ascendente, fez-me sensível e dado a exageros. Netuno entrava na décima casa, a da metade da vida, estabelecendo-me definitivamente entre o milagre e a simulação. Foi Saturno que, em oposição a Júpiter na terceira casa, pôs minha filiação em dúvida. Mas quem enviou a mariposa e lhe permitiu, ribombando como um diretor de escola no meio de uma tempestade de fins de verão, aumentar em mim o gosto pelo tambor de lata porque constituíram minhas primeiras impressões. Ainda mais: tudo o que eu captava sofria a seu tempo o crivo de meu discernimento, e, depois de haver refletido minuciosamente sobre o que escutara, decidia fazer certas coisas e, de modo nenhum, realizar outras tantas.

— É macho — disse aquele sr. Matzerath, que se presumia meu pai. — Quando crescer vai tomar conta do nosso negócio. Agora sabemos enfim para quem nos matamos de trabalhar.

Mamãe pensava menos no negócio que no enxoval do bebê: "Já sabia que ia ser um menino, mesmo tendo dito alguma vez que podia ser uma menina."

Assim, em idade prematura, conheci os meandros da lógica feminina; e ouvi atrás de mim: "Quando o pequeno Oskar completar três anos, vai ganhar um tambor de brinquedo."

Pesando e contrabalançando cuidadosamente as promessas materna e paterna, observei e escutei uma mariposa noturna que se extraviara para dentro do quarto. De tamanho mediano e corpo hirsuto, voejava em torno das duas lâmpadas de sessenta watts, projetando sombras que, desproporcionalmente grandes em relação à verdadeira envergadura das asas abertas, cobriam, preenchiam e aumentavam em movimentos vibrantes o quarto e os móveis. Mais do que o jogo de luz e sombra, o que me impressionou foi o som produzido pelo diálogo entre mariposa e lâmpada: a mariposa tagarelava sem cessar, como se tivesse urgência de se esvaziar de seu saber, como se estivesse diante da impossibilidade futura de colóquios com as fontes de luz, como se esse diálogo fosse sua última confissão; e como se, depois do gênero de absolvição que as lâmpadas costumam conferir, não houvesse mais lugar para o pecado e a paixão.

Hoje Oskar diz simplesmente: a mariposa tocava o tambor. Tenho ouvido coelhos, raposas e ratazanas tocando tambor. Rãs, ao tambor, podem concitar um prometido por minha mãe e torná-lo um instrumento cada vez mais manejável e desejável?

Enquanto exteriormente gritava e dava a impressão de um recém-nascido cor de carne, tomei a decisão de rechaçar claramente a proposição de meu pai e tudo o que se relacionasse às transações na mercearia e, em contrapartida, examinar com simpatia e no devido momento, ou seja, na ocasião do meu terceiro aniversário, o desejo de mamãe.

À parte essas especulações sobre meu futuro, confirmei rapidamente que mamãe e aquele pai Matzerath não eram pessoas suficientemente capacitadas para em algum momento compreender ou respeitar minhas decisões. Só e incompreendido, ficava Oskar debaixo das lâmpadas imaginando como as coisas ainda continuariam assim por sessenta ou setenta anos, até o dia em que um curto-circuito final viria interromper a corrente de todos os mananciais luminosos; perdeu, em consequência, o entusiasmo, antes mesmo que sua vida debaixo das lâmpadas tivesse começado. Foi unicamente a perspectiva do tambor de lata que me impediu de conferir expressão mais categórica ao impulso de retornar ao útero materno.

De resto, a parteira já cortara meu cordão umbilical. Nada havia a fazer.

O ÁLBUM DE FOTOGRAFIAS

Guardo um tesouro. Durante todos esses duros anos constituídos unicamente de dias de calendário, conservei-o, escondi-o, tornei a olhá-lo; durante a viagem naquele vagão de carga apertava-o preciosamente contra o peito e, quando eu dormia, Oskar dormia sobre seu tesouro: o álbum de fotografias.

Que poderia fazer sem esse jazigo de família que torna tudo tão perfeitamente claro e evidente? São cento e vinte páginas. Em cada uma, quatro ou seis ou às vezes apenas duas fotos coladas com cuidado, algumas vezes simetricamente, em outras nem tanto, mas sempre nessa disposição orientada pelo ângulo reto. Está encadernado em couro, e quanto mais velho fica tanto mais o couro cheira. Houve tempos em que o afetavam o vento e a intempérie. As fotos se soltavam e pareciam tão desamparadas que me apressava a restituí-las com cola a seu lugar hereditário.

Que romance — ou que outra coisa no mundo — poderia ter a dimensão épica de um álbum de fotografias? Peço a Deus — esse diligente amador que todos os domingos nos fotografa de cima, portanto em perspectiva distorcida e com iluminação mais ou menos favorável, para nos colar em seu álbum — que me guie através do meu, impedindo-me de me demorar excessivamente por mais agradável que seja, e desencorajando Oskar de sua fome de labirintos tortuosos; pois tudo o que desejo é passar o mais rápido possível das fotos aos originais.

Passo então? Pois bem: uniformes de todos os tipos, modas e cortes de cabelo mudam, mamãe fica gorda e Jan mais flácido, há pessoas que não conheço e nesse caso é permitido adivinhar quem tirou a foto; finalmente a decadência: a foto artística de princípios do século degenera-se na técnica utilitária de nossos dias. Por exemplo, aquele monumento de meu avô Koljaiczek e a foto de passaporte de meu amigo Klepp. A simples comparação do retrato pardacento do avô com a foto brilhante de Klepp, que parece clamar atrás de um selo oficial, basta para me fazer entender aonde o progresso nos conduziu em matéria de fotografia. Sem falar da parafernália dos tais retratos instantâneos. A esse respeito, efetivamente, eu deveria culpar mais a mim mesmo que a meu amigo Klepp, já que, como dono do álbum, devia me sentir obrigado a zelar por seu nível. Se algum dia formos para o inferno, um dos tormentos mais refinados consistirá, sem dúvida, em encerrar juntos em um mesmo compartimento o homem nu e as fotos emolduradas de seu tempo. Rápido, um pouco de oratória: Ó homem entre instantâneos, entre fotos-surpresas e fotos de um minuto! Ó homem sob o fulgor das lâmpadas de flash, ereto ante a torre inclinada de Pisa; homem do estúdio, que terá de deixar iluminar a orelha direita para que a foto seja digna do passaporte! Oratória à parte, talvez o dito inferno resulte afinal tolerável, pois as piores fotografias são aquelas que apenas se sonham, mas não se batem, ou, se batidas, nunca são reveladas.

Klepp e eu mandamos tirar fotos em nossos primeiros dias na Jülicherstrasse, quando comíamos espaguete juntos e nos tornávamos amigos. Naqueles dias eu nutria planos de viagem. Isto é, andava tão entediado que resolvi fazer uma viagem, e para esse fim precisava de um passaporte. Entretanto, como não tinha dinheiro suficiente para uma verdadeira viagem incluindo Roma, Nápoles ou pelo menos Paris, alegrei-me pela falta de recursos, pois pode haver algo mais sombrio que empreender uma viagem em estado de depressão? Assim, já que dispúnhamos do suficiente para o cinema, Klepp e eu frequentávamos salas onde, de acordo com seu gosto, víamos filmes de faroeste ou, por meu desejo, fitas onde Maria Schell era a enfermeira chorosa e Borsche, como cirurgião, tocava sonatas de Beethoven com as portas da sacada abertas, após uma operação dificílima, mostrando ao mesmo tempo um sublime senso de responsabilidade.

Ficávamos insatisfeitos com o fato de as sessões durarem apenas duas horas. Teríamos revisto alguns dos programas com prazer. Com frequência, levantávamos ao final de alguma sessão com o propósito firme de comprar as entradas para a próxima. Mas assim que deixávamos o hall e víamos a fila esperando em frente do guichê, nossa coragem se evaporava. Não somente a lembrança de um segundo encontro com o bilheteiro, mas também o insolente olhar de gente totalmente desconhecida perscrutando nossas fisionomias, deixavam-nos envergonhados de aumentar ainda mais a fila.

O resultado era que, depois de quase cada sessão, íamos a um estúdio de fotografia não muito longe da praça Graf Adolf e mandávamos tirar retratos de passaporte. Éramos bastante conhecidos e à entrada saudavam-nos com um sorriso; contudo, por sermos clientes bons pagadores, tratavam-nos com polidez. Mal a cabine ficava livre, éramos empurrados para dentro por uma mulher jovem — tudo o que lembro dela é que era bonita. Agilmente arrumava nossas cabeças no ângulo certo, primeiro a minha, depois a de Klepp, e ordenava que fixássemos os olhos num determinado ponto; um momento mais tarde um flash de luz e um sinal sonoro sincronizado anunciavam que fôramos fixados seis vezes consecutivas na chapa.

Mal fôramos fotografados, ainda tensos nos cantos da boca, éramos empurrados para confortáveis cadeiras de vime pela mulher jovem, que simpaticamente, mas não mais que simpaticamente, e simpaticamente trajada também, nos pedia para termos paciência por cinco minutos. Estávamos felizes por esperar. Pois agora tínhamos alguma coisa por que esperar — nossos retratos de passaporte — e estávamos curiosos para ver como teriam saído. Em exatamente sete minutos a moça simpática, mas insignificante, passava-nos dois pequenos envelopes de papel e nós pagávamos.

Aquele triunfo nos olhos ligeiramente protuberantes de Klepp! Assim que tínhamos nossos envelopes, tínhamos também um pretexto para entrar na próxima cervejaria; porque ninguém gostaria de contemplar a própria imagem em plena rua poeirenta, em meio ao ruído, convertido em obstáculo para os demais transeuntes. Da mesma forma que éramos fiéis ao estúdio, entrávamos sempre na mesma cervejaria na Friedrichstrasse. Pedíamos cerveja, chouriço com cebolas e pão preto; e, antes mesmo que nosso pedido chegasse, esparramávamos as fotografias ligeiramente úmidas sobre a mesinha redonda e, enquanto nos servíamos da cerveja e do chouriço que haviam chegado, nos afundávamos na contemplação de nossas próprias expressões faciais.

Sempre levávamos outras fotografias, de ocasiões anteriores, de outras sessões de cinema e que permitiam estabelecer comparações; e, havendo oportunidade para comparações, havia também para um segundo, terceiro, quarto copo de cerveja, a fim de criar alegria ou, como se diz na Renânia, atmosfera.

Não estou afirmando que um retrato de passaporte possa curar um homem triste da melancolia sem razão; tristeza profunda é, por natureza, algo sem motivo; uma tal melancolia (a de Klepp e a minha, pelo menos) não pretendia derivar de nada concreto e revelava, em sua quase jovial falta de objetividade, uma força impossível de ser atenuada. Se existia alguma forma de nos familiarizarmos com nossa tristeza, esta era a contemplação das fotos, porque na série de instantâneos descobríamos uma imagem de nós mesmos que, embora não exatamente nítida, era — e isso era o essencial — passiva e neutralizada. Proporcionavam-nos certo tipo de liberdade para nosso comportamento; podíamos beber cerveja, triturar nosso chouriço, criar atmosfera e brincar. Dobrávamos e pregueávamos as fotos menores, e as aparávamos com as tesourinhas que trazíamos sempre para esse exato propósito. Fazíamos a justaposição de retratos velhos e novos, fazíamo-nos vesgos ou dotados de três olhos, colávamos narizes em nossas orelhas, falávamos ou calávamos com nossas orelhas direitas, combinando queixos e testas. As montagens eram feitas não apenas com cada um e a própria imagem; Klepp tomava emprestado traços da minha pessoa, e eu da dele: assim conseguíamos fazer novas e, esperávamos, mais felizes criaturas. Eventualmente atirávamos fora um retrato.

Nós — falo exclusivamente de Klepp e de mim, deixando de lado todas as personalidades fotossintéticas — adquirimos o hábito de doar uma foto ao garçom, a quem chamávamos de Rudi, cada vez que íamos lá, e isso acontecia pelo menos uma vez por semana. Rudi, um sujeito de excelente coração, que devia ser pai de 12 filhos e tutor de pelo menos oito, conhecia nosso desespero; tinha dezenas de perfis nossos e um punhado a mais de frontais, e mesmo assim seus olhos brilhavam de simpatia e ele dizia "obrigado" diante da foto que lhe passávamos, depois de longa deliberação e cuidadoso processo de seleção.

Oskar nunca deu uma foto à mocinha do balcão ou àquela outra, de cabelo vermelho, que trazia o tabuleiro de cigarros sobre a barriga; não é bom oferecer fotografias às mulheres, nunca se sabe que uso farão delas. Klepp, contudo, que com toda sua amável corpulência era muito sensível ao sexo frágil, que era comunicativo até as raias da temeridade e requeria apenas a presença de uma mulher para trocar de camisa na frente dela, deve ter oferecido à figurinha feminina do tabuleiro de cigarros uma foto, sem que eu tomasse conhecimento do fato; afinal, ficou noivo da pequena amostra feminina de coisinha açucarada e um dia casou-se com ela, porque queria ter sua fotografia de volta.

Adiantei-me muito e dediquei demasiadas palavras às últimas páginas de meu álbum. Instantâneos insípidos não merecem tanto; tomados como termo de comparação, contudo, eles podem dar uma ideia de quão sublimemente grandioso, quão artístico, o retrato de meu avô Koljaiczek, na primeira página do álbum, me parece ainda hoje.

Pequeno e troncudo, aparece de pé ao lado de uma mesinha torneada. Infelizmente não se deixou fotografar como incendiário, mas como o bombeiro voluntário Wranka. Porém o apertado uniforme de bombeiro, com a medalha de salvamento, e o capacete que confere à mesa um aspecto de altar, quase ocupam o lugar do bigode do incendiário. Que solene seu olhar fixo, prenhe de todas as angústias daqueles anos tormentosos. Esse olhar, onde o orgulho não oculta a tragédia imensa, parece ter sido popular e predominante nos dias do Segundo Império; encontramo-lo de novo em Gregor Koljaiczek, o ébrio fazedor de pólvora, que parece sóbrio nas fotografias. Tirada em Tschenstochau, a fotografia de Vinzent Bronski segurando uma vela consagrada tem um tom mais místico. Um retrato de juventude do débil Jan Bronski constitui um testemunho de virilidade melancólica, obtida com os meios da fotografia primitiva.

As mulheres daqueles dias eram menos hábeis em achar a expressão adequada a suas personalidades. Em fotos tomadas logo antes da Primeira Guerra Mundial, mesmo minha avó Anna, que era — por Deus! — uma personagem, esconde-se atrás de um sorriso insosso e forçado que nada sugere da grande capacidade protetora de suas quatro saias superpostas.

Durante os anos de guerra, continuaram sorrindo para o fotógrafo, que fazia piruetas de bailarina, disparando um clique-clique contínuo debaixo de seu pano preto. Desse período tenho uma fotografia, duas vezes maior que o tamanho de um postal, de um grupo de 23 enfermeiras do hospital de Silberhammer, mamãe entre elas, agrupadas timidamente ao redor de um médico do Exército. Mais desenvoltas aparecem essas enfermeiras na cena que representa um baile a fantasia, do qual participam também soldados convalescentes. Mamãe arrisca uma piscadela e faz um beicinho em bico que, apesar das asas de anjo e dos ouropéis no cabelo, parecem dizer: também os anjos têm sexo. Matzerath, ajoelhado diante dela, veste um traje que de fato gostaria de ter usado todos os dias de sua vida: um engomado uniforme de cozinheiro-chefe, com gorro branco, brandindo uma concha de cepa. Mas, usando sua farda adornada com a Cruz de Ferro de Segunda Classe, como os Koljaiczek e os Bronski, ele também olha de frente, com essa mirada tragicamente consciente, em todas as fotografias, superior às mulheres.

Depois da guerra os rostos mudaram. Os homens têm todos um ar desmobilizado; e agora é a vez de as mulheres, ao se deixarem emoldurar, terem um bom motivo de olhar com solenidade e, mesmo sorrindo, não ocultar o empastado tom de dor que aprenderam. A melancolia chegava para as mulheres dos anos vinte. Com meias-luas de cabelo preto coladas nas frontes, sentadas, de pé ou meio reclinadas, procuravam criar um nexo conciliador entre a Madona e a venalidade.

A fotografia de mamãe aos 23 anos — deve ter sido tirada pouco antes do começo de sua gestação — mostra uma mulher jovem, de cabeça redonda e bem-feita, ligeiramente inclinada sobre um pescoço bem-torneado. Ao mesmo tempo investiga tranquilamente os olhos daquele que contempla a imagem e transfigura os contornos puramente sensuais com aquele sorriso melancólico e um par de olhos que parece acostumado a considerar as almas de seus semelhantes (e a dela também) mais em cinzento que em azul, como objetos sólidos, digamos, como uma xícara de café ou uma piteira. Sem dúvida, o olhar de mamãe não combinaria com a palavrinha "espiritual", caso eu a tivesse usado como adjetivo para ele.

Não mais interessantes, sem dúvida, embora mais fáceis de avaliar e, por conseguinte, mais reveladoras, são as fotos de grupos desse período. Como eram mais belos e mais nupciais os vestidos de noiva ao tempo em que se firmava o Tratado de Rapallo! Na foto de casamento, Matzerath ainda usava colarinho duro. Está bem, elegante, quase intelectual. Com o pé direito um pouco à frente, talvez procurasse parecer-se com um ator de cinema daqueles dias, quem sabe Harry Liedtke. Os vestidos eram curtos. O vestido de noiva de mamãe, branco e plissado, mal chega abaixo dos joelhos, mostrando um par de pernas bem-proporcionadas e os astutos pezinhos de bailarina em sapatos brancos com colchetes. Outras cópias mostram toda a reunião nupcial. Entre circunstantes que vestem e pousam à maneira da cidade, destacam-se, por sua rigidez provinciana e por essa falta de aprumo que inspira confiança, minha avó Anna e seu bem-aventurado irmão Vinzent. Jan Bronski, que, como mamãe, descendia do mesmo campo de batatas de seu pai e de sua tia Anna, tenta dissimular suas origens caxúbias atrás da festiva elegância de secretário do correio polonês. Por pequeno e frágil que pareça entre os homens robustos que ocupam mais espaço, o brilho extraordinário nos olhos e a regularidade das feições quase femininas fazem-no, contudo, o centro de cada foto, mesmo que apareça no canto.

Por algum tempo estive contemplando um grupo fotografado pouco depois do casamento. Tenho de recorrer a meu tambor para procurar evocar com as baquetas, diante do retângulo baço e descolorido, o trio que identifico sobre o cartão.

A ocasião dessa foto deve ter se oferecido na esquina da Magdeburgerstrasse com o Heeresanger, junto à Casa dos Estudantes Poloneses, ou seja, na casa dos Bronski, porque mostra o fundo de um balcão ensolarado, meio encoberto por uma trepadeira de feijoeiro, tal como costumavam ostentar apenas as casas do bairro polonês. Mamãe está sentada, Matzerath e Jan Bronski em pé. Mas como está sentada e como estão os outros de pé! Por algum tempo procurei tolamente, com a ajuda de um compasso escolar que Bruno teve de me comprar, uma régua e um esquadro, medir a constelação desse triunvirato: já que mamãe valia bem por um homem. Ângulo de inclinação do pescoço, um triângulo escaleno; procedi a translações paralelas, a equivalências forçadas, a curvas que se cortavam significativamente mais adiante, ou seja, na folhagem da trepadeira, e forneciam um ponto; porque eu buscava um ponto, acreditava em um ponto e necessitava de um ponto: ponto de referência, ponto de partida, ponto de contato, ponto de vista, se é que não aspirava ao ponto crítico.

Tudo que consegui com minha geometria metafísica foi furar alguns orifícios minúsculos, porém irritantes, na superfície da foto valiosa, onde trabalhara com o compasso. O que existe de tão notável nessa cópia? O que me levava a buscar (e encontrar, caso se queira) nesse retângulo relações matemáticas e, o que é mais ridículo, cósmicas? Três seres: uma mulher sentada e dois homens em pé. Ela, de cabelo preto, com permanente; Matzerath, louro crespo; e Jan, de cabelos castanhos, pegajosamente puxados da testa para trás. Os três estão sorrindo: Matzerath mais que Jan Bronski (ambos mostram os dentes superiores) e os dois juntos cinco vezes mais que mamãe, que apenas ostenta um esboço de sorriso na comissura dos lábios e absolutamente nenhum nos olhos. Matzerath pousa a mão esquerda sobre o ombro direito de mamãe, ao passo que Jan se limita a apoiar a mão direita levemente no espaldar. Ela, com os joelhos voltados para a direita e de frente para a câmera da cintura para cima, segura um caderno que por algum tempo tomei por um dos álbuns de selos de Bronski, depois por uma revista de modas e, a seguir, por uma coleção de atores de cinema cortada de carteiras de cigarro. As mãos dela dão a impressão de que ia folhear o álbum no momento em que a foto foi batida. Os três parecem felizes e como que tolerantes um em relação ao outro, no que diz respeito àquele tipo de surpresas que só ocorrem quando um membro do pacto a três anda com segredos ou os oculta desde o princípio. Em sua solidariedade tripartite, pouco precisavam da quarta pessoa, a esposa de Jan, Hedwig Bronski, Lemke em solteira, que a esse tempo devia estar grávida do futuro Stephan; tudo que queriam dela era que lhes apontasse a câmera, perpetuando assim a felicidade triangular deles, nem que fosse pela técnica fotográfica.

Descolei outros retângulos do álbum para comparar com este. Vistas onde mamãe aparece com Matzerath ou com Bronski. Em nenhuma delas o irrevogável, a última solução possível parece tão clara como na foto da sacada. Jan e mamãe juntos: esta cheira a tragédia, a aventura e a extravagância que leva à saciedade, saciedade que arrasta consigo a extravagância. Matzerath ao lado de mamãe: aqui destila um amor de fim de semana, o frigir dos escalopes de vitela, as discussões antes do jantar e os bocejos depois; aqui, para conferir ao matrimônio um fundo espiritual, tem-se de contar piadas ou lembrar a declaração de imposto de renda antes de se ir para a cama. Todavia, prefiro tal tédio fotografado ao repugnante instantâneo de alguns anos mais tarde, que mostra mamãe no colo de Jan Bronski, na floresta de Oliva, próximo de Freudental; porque essa obscenidade — a mão de Jan desaparece debaixo da saia de mamãe — não faz mais que provar a paixão cega do infeliz casal, mergulhado no adultério desde o primeiro dia do matrimônio de mamãe; Matzerath, suponho, é o fotógrafo complacente. Nada se percebe daquela serenidade da sacada, daquelas atitudes cautelosamente cúmplices, que provavelmente ocorriam somente quando os dois homens se punham ao lado ou atrás de mamãe, ou estendidos a seus pés, como no balneário de Heubude: vide foto.

Tenho ainda outra fotografia que mostra, formando um triângulo, os três personagens mais importantes de meus primeiros anos. Embora não tão concentrada como a da sacada, irradia aquela paz tensa que provavelmente só pode se estabelecer, e possivelmente se firmar, entre três pessoas. Por muito que se possa criticar a técnica triangular apreciada no teatro, pergunto: que resta a duas pessoas sozinhas no palco senão dialogar até a exaustão ou secretamente ansiar por um terceiro? Em minha pequena foto estão os três. Estão jogando *skat*.* O que

---
* Jogo de cartas de que só podem participar três pessoas. (N.T.)

quer dizer que têm as cartas em leque bem dispostas nas mãos, mas não miram seus trunfos, como se estivessem jogando, e sim olham para a câmera. A mão de Jan, exceto pelo indicador ligeiramente erguido, repousa ao lado de um monte de moedas; Matzerath crava as unhas no pano e mamãe se permite, segundo me parece, um gracejo: com efeito, sacou uma carta e a exibe à objetiva da câmera, sem contudo mostrá-la aos outros jogadores. Com que facilidade, mediante um simples gesto, mediante a mera exibição da dama de copas, é possível evocar um símbolo discreto! Pois quem não juraria pela dama de copas?

O *skat* — que, como é sabido, só se pode jogar a três — era para mamãe e os dois senhores não somente o jogo mais adequado, mas também seu refúgio, o porto a que volviam sempre que a vida queria levá-los, nesta ou naquela combinação de dois, a praticar jogos tolos como o gamão ou o sessenta e seis.

Chega já dos três que me trouxeram ao mundo, embora não lhes faltasse nada. Antes de chegar à minha pessoa, uma palavra a propósito de Greta Scheffler, a amiga de mamãe, e seu esposo, Alexander Scheffler. Ele, calvo, ela rindo com uma dentadura equina composta por boa metade de ouro. Ele, de pernas curtas, sem alcançar o tapete quando sentado; ela, em vestidos confeccionados por si mesma, com uma infinidade de motivos ornamentais. Mais adiante, outras fotos dos dois Scheffler, ou na frente dos botes de salvamento do transatlântico *Wilhelm Gustloff* ou sobre o piso do tombadilho do *Tannemberg*, do serviço marítimo prussiano oriental. Ano após ano faziam viagens e traziam lembranças de Pillau, Noruega, dos Açores, da Itália, para sua casa de Kleinhammerweg, onde ele assava roscas no forno e ela adornava fronhas de travesseiro com dentinhos de gato. Quando não falava, Alexander Scheffler umedecia incessantemente o lábio superior com a ponta da língua, o que o amigo de Matzerath, o verdureiro Greff, que vivia do outro lado da rua, quase defronte de nós, criticava como indecente falta de gosto.

Embora casado, Greff era sem dúvida mais chefe de escoteiros que marido. Uma fotografia o mostra fornido, saudável, sério, em uniforme de calças curtas com distintivos de chefe e o chapéu de escoteiro. Ao seu lado encontra-se um rapaz louro de uns 13 anos, de olhos talvez demasiado grandes; Greff põe-lhe a mão sobre o ombro, puxando-o contra si em sinal de afeto. Não conheci o rapaz, mas Greff eu haveria de conhecer e compreender através de sua esposa Lina.

Estou me perdendo entre instantâneos de turistas da organização "A Força pela Alegria"* e testemunhos de um delicado erotismo escoteiro. Salto rapidamente algumas folhas para chegar à minha primeira reprodução fotográfica.

Fui um lindo bebê. A foto foi tirada no dia de Pentecostes do ano 25. Contava então oito meses, dois menos que Stephan Bronski, que figura no mesmo tamanho na página seguinte e irradia uma vulgaridade indescritível. O cartão-postal, impresso provavelmente em certo número de exemplares para uso da família, apresenta borda ondulada, recortada com arte, e tem pautas na parte posterior. O medalhão fotográfico mostra sobre o retângulo alargado um ovo excessivamente simétrico. Despido e representando a gema do ovo, encontro-me estendido sobre a pele branca que algum urso polar fizera chegar a um fotógrafo europeu oriental especializado em retratos de crianças. Como para tantas outras fotos da época, também se escolheu para meu primeiro retrato aquele cálido tom castanho inconfundível, que de minha parte chamaria humano, em oposição às cópias em branco e preto inumanamente brilhantes de nossos dias. Uma mancha baça e esbatida, provavelmente pintada, faz o fundo que só é aliviado por esparsos salpicos luminosos. Enquanto meu corpo liso, saudável, repousa em posição plana e ligeiramente diagonal sobre a pele e deixa que nele se reflita a pátria polar do urso, levanto muito alto, com grande esforço, uma cabeça perfeitamente redonda e fito o espectador eventual de minha nudez com olhos brilhantes.

Dir-se-á: uma foto como todas as fotografias de bebês. Mas façam-me o favor de fitar as mãos e terão de convir que meu primeiro retrato se distingue marcadamente das inúmeras obras de arte de muitos outros álbuns que mostram sempre o mesmo desabrochar de dedos infantis. A mim se vê de punhos cerrados. Nada de dedos em salsicha brincando distraidamente, com um impulso ainda vagamente fetal, com as madeixas da pele de urso. Meus pequenos punhos, ao contrário, concentram-se seriamente dos lados de minha cabeça, sempre a ponto de se deixarem cair e darem o tom. Que tom? O do tambor!

Ele ainda está ausente, a fotografia não mostra sinal do tambor que, debaixo das lâmpadas elétricas de minha criação, me foi prometido para meu terceiro aniversário; contudo, para qualquer especialista em

---

* *Kraft durch Freude*, organização nazista encarregada de providenciar lazer regimentado aos membros da classe operária da Alemanha. (N.T.)

fotomontagem, seria simples a inserção de um clichê correspondente, ou seja, um clichê reduzido de um tambor de criança, sem necessidade do menor retoque na posição de meu corpo. Precisava-se, isso sim, retirar a absurda pele do animal, da qual não faço a menor questão. Constitui, com efeito, um corpo estranho a essa composição por demais feliz, que tem por tema a idade sagaz e vidente em que os primeiros dentes de leite lutam por desabrochar.

Mais tarde não voltaram a me instalar sobre peles de urso. Teria um ano e meio quando, em um carrinho de rodas altas, empurraram-me diante de uma cerca gradeada, cujas pontas e travessas destacam-se em tal grau sobre o fundo de uma capa de neve que sou obrigado a supor que a fotografia tenha sido tirada em janeiro de 26. O estilo rústico da cerca, que parece desprender um cheiro de madeira alcatroada, associa-se para mim, se me detenho a contemplá-la, ao subúrbio de Hochstriess, cujos vastos quartéis albergaram primeiro os hussardos de Mackensen e, ao meu tempo, a polícia do Estado livre. Como não me lembro de ninguém que vivesse lá, a fotografia provavelmente foi tirada durante visita única de meus pais a pessoas que nunca, ou talvez raramente, voltamos a ver.

Apesar do frio, mamãe e Matzerath, com o carrinho de bebê entre eles, não usam sobretudo. Mamãe exibe uma blusa russa cujos ornamentos bordados se adaptam à paisagem invernal, dando a impressão de que no coração da Rússia faz-se uma fotografia da família do czar; Rasputin encarrega-se da câmera, eu sou o czarévich, detrás da cerca agacham-se mencheviques e bolcheviques confeccionando bombas manuais com o propósito de acabar com minha autocrática família. O ar pequeno-burguês, eminentemente centro-europeu, de Matzerath, grávido — segundo oportunamente se verá — de futuro, quebra a violenta aspereza do ambiente lôbrego que dormita em tal reprodução. Estávamos provavelmente no aprazível subúrbio de Hochstriess, saímos por um momento da casa de nosso anfitrião, sem vestir os sobretudos, deixamo-nos fotografar pelo dono da casa, com o pequeno Oskar fazendo uma manha no meio, para logo voltar ao interior aquecido e passar, com café, bolo e creme batido, um momento agradável.

Há ainda uma dúzia ou mais de instantâneos do pequeno Oskar: de um ano, de dois anos, de dois anos e meio; deitado, sentado, engatinhando, andando. As fotos são todas mais ou menos boas e formam um conjunto de preliminares àquele meu retrato de corpo inteiro que haveriam de tirar no dia de meu terceiro aniversário.

Aqui já o tenho, o meu tambor. Novinho, com seus triângulos pintados em vermelho e branco, colado à minha barriga. Eu, plenamente consciente e com expressão decidida, cruzo as baquetas sobre a superfície de lata. Trago um suéter rajado e resplandecentes sapatos de couro envernizado. Tenho os cabelos arrepiados como uma escova ávida de entrar em ação, em cada um de meus olhos azuis reflete-se uma ganância de poder que dispensa vassalos ou sequazes. Cheguei a uma atitude que não teria motivo algum para abandonar; disse, resolvi e me decidi a não ser político em hipótese alguma e, muito menos ainda, comerciante de mercearia, a pôr um ponto final e ficar tal qual era: e assim fiquei, com a mesma estatura e o mesmo traje durante muitos anos.

Gente miúda e gente grande, o pequeno e o grande Belt, o pequeno e o grande ABC, Pepino, o Breve, e Carlos Magno, Davi e Golias, Gulliver e os liliputianos; plantei-me em meus três anos na altura do Gnomo e do Pequeno Polegar, negando-me a crescer mais. Por quê? Para me ver livre das distinções como as do grande catecismo, para não me ver chegar a um metro e setenta e dois, na qualidade do que chamam de adulto, e ser entregue a um homem que, ao se barbear diante do espelho, se dizia meu pai, e ter de me dedicar a um negócio que, conforme o desejo de Matzerath, haveria de abrir a Oskar, ao completar 21 anos, o mundo dos adultos. Para não ter de matraquear nenhum gênero de caixa registradora ruidosa, aferrei-me ao meu tambor e, a partir de meu terceiro aniversário, não cresci nem um dedo a mais; estacionei nos três anos, mas também com uma tríplice sabedoria: superado no tamanho por todos os adultos, mas tão superior a eles; sem querer medir minha sombra com a deles, mas interior e exteriormente já acabado, enquanto eles, mesmo em idade avançada, continuavam se infernizando a propósito de seu desenvolvimento; compreendendo o que os outros somente logram com a experiência e frequentemente a duras penas; sem necessitar mudar ano após ano os sapatos e calças para demonstrar que algo crescia.

Contudo — e aqui Oskar tem de confessar que teve algum desenvolvimento — algo crescia, nem sempre para meu bem, e acabou por adquirir proporções messiânicas. Mas que adulto possuía, nos meus dias, olhos e ouvidos para compreender o mistério de Oskar, o tocador de tambor, que mantinha a perpetuidade de seus três anos?

Vidro, vidro, vidro quebrado

Acabo de descrever uma fotografia de Oskar de corpo inteiro com o tambor e as baquetas e ao mesmo tempo revelei que decisões, amadurecidas em três anos, foram definitivamente tomadas por Oskar quando estava sendo fotografado na festa de seu aniversário, não muito distante de um bolo com três velas. Mas agora o álbum pousa silenciosamente ao meu lado, e tenho de falar de certos eventos sobre os quais este nada tem a dizer. Mesmo que não expliquem por que continuei com três anos de idade, não há dúvida de que esses eventos ocorreram e, mais do que isso, eu os fiz acontecer.

Desde o comecinho estava claro para mim: adultos não compreendem. Se você cessa de lhes oferecer qualquer crescimento visível, dizem que você é retardado; arrastarão você e o dinheiro deles para uma dúzia de médicos, procurando uma explicação, senão uma cura, para sua deficiência. Consequentemente, eu, com o fim de manter as consultas dentro de limites toleráveis, senti-me obrigado a prover meu crescimento deficiente de um fundamento plausível, mesmo antes de o médico oferecer sua explicação.

Um dia ensolarado em setembro, meu terceiro aniversário. Atmosfera delicada e transparente de fim de verão; até as risadas de Gretchen Scheffler soam como em surdina. Mamãe ao piano pulsando os acordes de *Barão Cigano*, Jan postado atrás dela, tocando-lhe os ombros, ao sabor das notas, permitindo-se um ar de quem segue a música. Matzerath na cozinha, já preparando a ceia. Vovó Anna com Hedwig Bronski, e Alexander Scheffler movimentando-se para se sentar com Greff, porque o merceeiro sempre sabia histórias, sagas de escoteiros cheios de lealdade e coragem; e, ao fundo, o relógio vertical que não omitia nenhum dos quartos de hora daquela fina tarde de setembro. E já que, como o relógio, estavam tão ocupados e uma espécie de linha corria desde a Hungria do *Barão Cigano* através dos escoteiros de Greff (que escalavam as montanhas dos Vosges), passando pela cozinha de Matzerath, onde cogumelos caxúbios com ovos mexidos e dobradinha fritavam-se na frigideira, e descia pelo corredor para a loja, eu, vagamente exercitando meu tambor, segui essa linha. Logo estava na loja, de pé atrás do balcão — piano, cogumelos e Vosges bastante longe atrás de mim. Então observei que o alçapão que levava à adega estava aberto; Matzerath, que tinha descido para apanhar uma lata de coquetel de frutas para a sobremesa, deve ter esquecido de fechá-lo.

Passou-se apenas um momento até que eu compreendesse o que o alçapão exigia de mim. Não suicídio, certamente não. Isso teria sido demasiado simples. A alternativa, contudo, era difícil e dolorosa; demandava sacrifício e, mesmo aí, conforme tem sido o caso sempre que um sacrifício é requerido de minha parte, tal ideia produziu suor na minha testa. Acima de tudo, meu tambor não podia sofrer nenhum dano; teria de carregá-lo cuidadosamente pelos 16 degraus gastos e escorregadios para baixo, e alojá-lo entre sacos de trigo, propiciando-lhe acondicionamento seguro. Em seguida voltar para o oitavo degrau, não, o sétimo, não, efetivamente o quinto estaria bem. Mas dessa altura seria impossível combinar a segurança do resultado com dano digno de nota. Para trás de novo, demasiado alto dessa vez, para o décimo; finalmente lancei-me então do nono degrau para baixo, carregando comigo no trajeto uma prateleira com garrafas de xarope de framboesa, e aterrissei de ponta-cabeça no piso acimentado da adega.

Ainda antes de se fechar a cortina sobre minha consciência, registrei o êxito do experimento: as garrafas de xarope de framboesa, propositadamente carregadas comigo na queda, fizeram estrépito suficiente para arrancar Matzerath da cozinha, mamãe do piano e o restante da festa de aniversário dos Vosges, todos correndo para dentro da loja, para o alçapão aberto e escada abaixo.

Antes de chegarem, tive tempo de sentir o aroma do xarope de framboesa, observar minha cabeça sangrando e deliberar — nessa hora estavam já nos degraus — se era o sangue de Oskar ou as framboesas que cheiravam tão doce e sonolentamente, mas eu estava encantado por tudo ter corrido tão suavemente e, graças à minha previdência, por meu tambor nada ter sofrido.

Penso que foi Greff que me transportou para cima. Foi somente na sala que Oskar emergiu da nuvem que consistia, sem dúvida, em uma meia parte de xarope de framboesa e outra de sangue infantil. O médico ainda não chegara; mamãe estava berrando e agredindo Matzerath, que tentava acalmá-la, esbofeteando-o no rosto, e não apenas com a palma mas com os nós dos dedos, chamando-o de assassino.

E assim com uma simples queda, não exatamente sem gravidade, mas com um grau de seriedade previamente calculado por mim, não apenas supri com uma razão o meu fracasso em crescer — repetidamente confirmada pelos médicos e, em geral, satisfatória para os adultos que simplesmente precisam de explicações para as coisas —, mas, por acréscimo e sem nenhuma intenção real de minha parte, transformei nosso bom e inofensivo Matzerath em um Matzerath culpável. Ele deixara o alçapão aberto, minha mãe colocou nele toda a culpa e, em todos esses anos, mereceria de mamãe essa censura, embora não demasiado frequente, verdadeiramente inexorável.

Minha queda valeu-me quatro semanas no hospital e depois disso, à parte visitas semanais do dr. Hollatz, deixou-me relativamente isento de tratamento médico. Em meu primeiro dia como tocador de tambor consegui proporcionar ao mundo um signo; meu caso ficou aclarado mesmo antes que os adultos o pudessem compreender, conforme o verdadeiro sentido que eu mesmo lhe dera. Daí em diante a versão oficial era: em seu terceiro aniversário nosso pequeno Oskar caiu pelas escadas da adega; não quebrou nenhum osso, mas desde então parou de crescer.

E comecei a tocar tambor. Nosso prédio tinha quatro andares. Do andar térreo ao sótão subia e, vice-versa, descia tocando. Do Labesweg à praça Max-Halbe, daí à Neuschottland, Marienstrasse, parque Kleinhammer, à Fábrica de Cerveja Sociedade Anônima, ao lago, ao prado Fröbel, à escola Pestalozzi e ao mercado Novo, e de volta ao Labesweg. Meu tambor resistia bem à pressão, os adultos à minha volta é que não o faziam tão bem, sempre querendo interromper meu tambor, cortar-lhe o passo, quebrar minhas baquetas — mas a natureza me protegia.

Com efeito, a faculdade de colocar entre mim e os adultos, por meio de meu tambor de brinquedo, a distância necessária revelou-se pouco depois da queda, quase simultaneamente ao desenvolvimento de uma voz que me permitia sustentar uma nota tão vibrante e demorada em meu canto, meu grito, meu canto gritado, que ninguém se atrevia a me retirar o tambor que lhe estropiava os ouvidos; porque, quando insistiam em fazê-lo, eu gritava e, quando eu gritava, artigos valiosos faziam-se em pedaços: eu tinha o dom de estilhaçar vidro com meu canto; meus gritos quebravam vasos, meu cantar fazia vidraças desmoronarem e as correntes de ar em seguida prevalecerem; como um casto e portanto implacável diamante, minha voz cortava as vitrines e, sem perder sua inocência, arruinava em seu interior os copos graciosos de licor, presentes de alguma mão querida e cobertos com uma leve película de poeira.

Não foi preciso muito tempo para que minhas faculdades se tornassem conhecidas em nossa rua, desde o caminho de Brösen até o loteamento de casas contíguas ao aeroporto. Sempre que chamava a atenção dos moleques da vizinhança, cujas brincadeiras — como "Um, dois, três, esconde-te, burrinho pedrês", ou "Eu vejo uma coisa que você não vê", ou "A bruxa negra está aí?" — não me despertavam o menor interesse, o coro deslavado e fanhoso começava a guinchar:

Vidro, vidro, vidro quebrado,
cerveja sem açúcar misturado,
Pela janela entra a bruxa coroca
e ela o seu piano toca.

Sem dúvida, uma cantilena ridícula e infantil que me incomodava muito pouco; eu seguia o ritmo simples, não destituído de encanto, e marcava o passo por entre o vidro e a bruxa coroca; e, longe de me sentir molestado, encantava-me a sequência, ao compasso de vidro, vidro, vidro quebrado e, embora não fosse o flautista encantador de ratos de Hamelin, puxava atrás de mim um cordão de crianças.

Mesmo hoje, quando, por exemplo, Bruno limpa as vidraças de meu quarto, reservo em meu tambor um lugarzinho para essa pequena música.

Mais irritante que o escárnio lírico das crianças, especialmente para meus parentes, era o dispendioso fato de que toda vidraça quebrada por moleques malcriados na vizinhança recaía sobre mim e minha voz. No começo mamãe conscienciosamente pagava todos os estragos, na maioria das vezes causados por estilingues; finalmente, ela entendeu o que era o que e, assumindo seu glacial olhar de negócios, passou a exigir provas quando alguém reclamava prejuízos. E eu, de fato, estava sendo injustamente acusado. Nada poderia a esse tempo ser mais infundado que supor, a meu respeito, tratar-se de uma criança com índole destrutiva, que estivesse consumida de irracional ódio a vidros e artigos vítreos. Somente crianças que brincam são destrutivas por gosto. Eu nunca brincava, mas trabalhava com meu tambor, e, quanto à minha voz, os poderes miraculosos foram mobilizados, no começo ao menos, somente em autodefesa. Não era senão a preocupação pela continuidade de meu trabalho com o tambor que me fazia utilizar as cordas vocais como arma. Se com os mesmos tons e procedimentos fosse capaz de despedaçar as tediosas toalhas de mesa, bordadas em ponto de cruz, produtos da fantasia ornamental de Gretchen Scheffler, ou destruir o brilho sombrio do piano, teria de bom grado deixado intactos todos os artigos de vidro. Mas infelizmente toalhas de mesa e verniz permaneciam indiferentes à minha voz. Estava também além de meus poderes apagar o estampado do papel de parede com meus gritos, ou engendrar, por meio de duas notas espichadas, alternadamente ascendentes e descendentes e arduamente friccionadas, como na Idade da Pedra, uma contra a outra, o calor suficiente para fazer soltar a chispa que converteria em chamas decorativas as cortinas das janelas da sala, ressequidas e impregnadas de fumaça de tabaco. Nunca consegui arrancar com meu canto uma perna da cadeira na qual poderiam estar sentados Matzerath ou Alexander Scheffler. Com prazer teria defendido minha pessoa de forma menos destrutiva, menos miraculosa, se houvesse outra arma à mão; somente vidro atendia a meus comandos, e tinha de pagar por isso.

    A primeira exibição dessa natureza ocorreu pouco depois de meu terceiro aniversário. Havia quatro semanas que possuía o tambor e, consciencioso como era, já o tinha usado bastante. O chamejante cilindro vermelho e branco mantinha ainda unidos o tampo e o fundo, mas o buraco na superfície superior não podia ser ignorado; e, já que eu desdenhava o fundo como possibilidade alternativa, o orifício ascendeu à categoria de rombo, abrindo-se em várias direções, rompendo as bordas, que se faziam cada vez mais denteadas e cortantes. Partículas de lata gasta, achatadas finamente pelo ribombar impiedoso, caíam para dentro do tambor e, a cada golpe, ressoavam desagradavelmente; minúsculas manchas brancas de esmalte, indiferentes à vida martirizada que levava meu tambor, alojavam-se no tapete da sala e no assoalho vermelho-pardo do quarto.

    Temia-se que eu pudesse me cortar nas bordas afiadas. Particularmente Matzerath, que se tornara excessivamente protetor desde minha queda nos degraus da adega, implorava que eu fosse cauteloso. Já que, ao tocar o tambor, meus pulsos se aproximavam agitadamente das bordas perigosas, devo admitir que os receios de Matzerath, embora exagerados, não eram infundados. Naturalmente podiam evitar toda sorte de preocupação presenteando-me com novo tambor; mas isso não estava em seus planos; simplesmente queriam me privar de meu velho e bom tambor, que me acompanhara na queda, que comigo fora ao hospital e comigo voltara para casa, que me seguia para cima e para baixo e que saía comigo à rua, sobre paralelepípedos e passeios, por entre o "Eu vejo uma coisa que você não vê", através do "Um, dois, três, esconde-te, burrinho pedrês", além de "A bruxa negra está aí?". Sim, queriam arrancá-lo de mim e nada me oferecer em troca. Tentaram me subornar com algum estúpido e velho chocolate. Mamãe estendia-o para mim, contraindo os lábios. Foi Matzerath quem, num fingido excesso de severidade, estendeu a mão sobre meu decrépito instrumento. Agarrei-me a ele com toda força. Ele puxou. Minha força, que mal chegava para tocar o tambor, começou a ceder. Vagarosamente, uma flama vermelha após outra, o cilindro fugia de meu abraço. Nesse momento, Oskar, que até então passara por uma criança quieta, quase bem-comportada, conseguiu imitar aquele grito de extermínio: o disco de cristal biselado, que protegia da poeira e das moscas agonizantes a esfera cor de mel de nosso relógio vertical, caiu e espatifou-se no chão, já que nosso tapete não cobria toda a extensão da base do relógio. No entanto, o interior do precioso mecanismo não sofreu dano; serenamente, o pêndulo continuava seu percurso — se é que se pode falar assim de um pêndulo — e o mesmo em relação aos ponteiros. Nem sequer o carrilhão, que em outras ocasiões costumava reagir de forma demasiado sensível e quase histérica ao menor golpe ou quando os carros de cerveja passavam rodando pela rua, mostrou-se afetado por meu grito. Apenas o vidro se quebrou, mas com o esmero de um bom trabalho.

— Quebrou o relógio! — gritou Matzerath soltando o tambor. Uma olhadela atenta foi suficiente para me convencer de que meu grito não provocara dano algum ao relógio, apenas ao vidro que se partira. Mas para Matzerath, bem como para mamãe e tio Jan Bronski, que cumpria uma de suas usuais visitas de domingo à tarde, o estrago parecia sério. Pálidos, olhos arregalados, fitavam-se desamparadamente; e buscavam apoio estirando a mão para a lareira de azulejos, para o piano, para o aparador; Jan Bronski, com olhos revirados, movia os lábios secos em um esforço que ainda hoje me faz pensar que procurava formular uma prece pedindo a Deus socorro e compaixão, nesse estilo: "Cordeiro de Deus, que tirais os pecados do mundo, *miserere nobis*."

Três dessas, seguidas por um "Senhor, não sou digno de que entreis em minha casa, mas dizei uma só palavra...".

Naturalmente, o Senhor não disse palavra alguma. Além disso, não era o relógio que estava estragado, mas apenas o vidro que se partira. Contudo, a relação entre os adultos e seus relógios é sumamente singular e, mais do que isso, infantil, infantil num sentido em que, como criança, eu nunca fui. Estou inclinado a reconhecer que o relógio é provavelmente a mais extraordinária realização dos adultos. Mas isso só ocorre assim: na mesma medida em que os adultos podem ser criativos e, algumas vezes, com a ajuda da ambição, trabalho árduo e um pouco de sorte, acabam por sê-lo de fato, no mesmo instante em que criam algo, tornam-se criaturas de suas próprias criações sensacionais.

O que é, afinal, um relógio? Sem o adulto, nada. É este quem dá corda, adianta ou atrasa, quem leva o relógio ao relojoeiro para ser limpo e consertado, quando é o caso. Tal como em relação ao cuco quando para de cantar antes do tempo devido, ao saleiro que entorna, aranhas vistas de manhã cedo, gatos pretos que cruzam nosso caminho pela esquerda, o retrato a óleo do tio que se desprega da parede porque o prego afrouxou ao se fazer a limpeza, os adultos, como no espelho, também veem no relógio e detrás do relógio muito mais do que este representa na realidade.

Foi mamãe, que apesar de alguns rasgos de entusiasmo fantasioso possuía uma visão muito sensata e em sua frivolidade sabia interpretar favoravelmente todo possível signo, quem pronunciou naquela ocasião a palavra liberadora.

—Vidro estilhaçado traz sorte! — gritou, estalando os dedos, trouxe pá de lixo e vassoura, e varreu para fora a boa sorte.

Se as palavras de mamãe forem tomadas literalmente, posso dizer então que eu trouxe boa sorte a meus pais, parentes, amigos e mesmo a um bom número de ilustres desconhecidos, quebrando com meu canto ou grito qualquer objeto de vidro de propriedade ou uso de pessoas que me tentavam arrancar o tambor: vidraças, fruteiras de cristal abarrotadas de frutas artificiais, copos cheios de cerveja, garrafas de cerveja vazias, frascos de perfume que cheiravam ao ar da primavera, em suma, toda sorte de artigos de vidro manufaturados pelo vidreiro e postos à venda, como simples vidro ou como vidro artístico.

Para limitar os danos, pois sempre fui um amante dos artigos de vidro, especializei-me, quando tentavam me subtrair o tambor à noite ao invés de me permitir que o levasse comigo para a cama, em despedaçar uma ou mais das quatro lâmpadas no lustre de nosso quarto. Em meu quarto aniversário, no princípio de setembro do ano 1928, horrorizei toda a sociedade reunida — meus pais, os Bronski, vovó Koljaiczek, os Scheffler e os Greff, que me tinham trazido toda sorte de presentes imagináveis, soldadinhos de chumbo, um barco a vela, uma viatura de bombeiros, tudo, menos um tambor; estes, que queriam que eu brincasse com soldados de chumbo e perdesse meu tempo com o desenxabido carro de bombeiros, que planejavam me roubar meu velho e fiel tambor, afaná-lo de mim e deixar no lugar esse barco a vela que ainda por cima estava incorretamente montado para velejar — como eu estava dizendo, horrorizei-os, lançando todos eles, cujo único propósito parecia ser o de não atentar para minha pessoa e meus desejos, numa escuridão semelhante àquela que reinava antes da criação do mundo, mediante um berro circular que derrubou de uma vez as quatro lâmpadas de nosso lustre.

Ah, os adultos! Depois dos primeiros gritos de terror, depois da quase desesperada exigência de luz, acostumaram-se à escuridão. Quando minha avó Koljaiczek, a única que, com o pequeno Stephan, não podia tirar proveito da escuridão, regressou da loja onde fora buscar velas e, com o pequeno Stephan escanchado e agarrado a suas saias, iluminou a sala, o restante da companhia, meio bêbado, apresentou-se à sua vista em uma curiosa distribuição por duplas.

Como era de esperar, mamãe estava sentada, com a blusa em desordem, sobre os joelhos de Jan Bronski. Era quase repelente ver Alexander Scheffler, o padeiro de pernas curtas, meio afogado nas ondas da sra. Greff. Matzerath lambia os dentes áureos e equinos de Greta Scheffler. Apenas Hedwig Bronski estava sozinha, com os mansos olhos bovinos à luz das velas, as mãos cruzadas sobre a saia, perto, mas não muito, do verdureiro Greff, que não havia bebido e contudo cantava, cantava docemente, melancolicamente, cheio de nostalgia, tentando convencer Hedwig Bronski a fazer dueto com ele. Juntos cantavam agora uma canção de escoteiros, sobre um certo Contanabos, que, na condição de fantasma lá confinado e residente, assombrava o monte dos Gigantes.

De mim tinham se esquecido por completo. Debaixo da mesa sentava Oskar com o que lhe restava do tambor, extraindo da lâmina um último vestígio de ritmo. É possível que os sons parcos mas regulares do tambor repercutissem agradavelmente para os que estavam deitados ou sentados na sala, confusos e extasiados. Porque, qual verniz, o tamborilar cobria os ruídos persistentes de estalidos de língua e sucção que escapavam dessas pessoas, em suas arrebatadas e furiosas demonstrações de fervor.

Continuei debaixo da mesa quando minha avó entrou como um anjo da ira com suas flamas, contemplou Sodoma à luz das velas e reconheceu Gomorra; com as velas tremendo nas mãos soltou uma praga, disse que aquilo era uma pouca-vergonha e, colocando as velas sobre pratinhos, pôs fim tanto aos idílios quanto às aparições de Contanabos no monte dos Gigantes; pegou do aparador as cartas de *skat*, colocou-as sobre a mesa e, sem deixar de consolar Stephan que continuava choramingando, anunciou a segunda parte da festa de aniversário. Ato contínuo Matzerath substituiu as lâmpadas, aproximou as cadeiras da mesa, destampou com os correspondentes estampidos outras tantas garrafas de cerveja e se armou sobre minha cabeça uma partida de *skat* a um décimo de *pfennig** o ponto. De começo mamãe propôs que elevassem a aposta para um quarto de *pfennig*, mas tio Jan achou demasiado arriscado, de modo que a partida teria mantido aquela mesquinhez de décimo de *pfennig* se de vez em quando não houvesse falta geral de trunfo, ninguém ganhando, e assim duplicando ou engrossando consideravelmente as apostas.

Sentia-me bem debaixo da mesa, protegido pela toalha. Batendo no tambor levemente, acompanhava o desenvolvimento da partida, punhos que roçavam sobre a superfície da mesa liberando cartas. Ao fim de uma hora verifiquei que Jan Bronski perdia. Tinha boas cartas, mas mesmo assim perdia. Não era de espantar: ele não prestava atenção ao jogo. Sua cabeça perdia-se em coisas muito diferentes de seus valetes de ouros. Desde o princípio, quando ainda conversava com a tia, tentando lhe explicar que a pequena orgia que se organizara no escuro não era digna de maiores preocupações, descalçara um dos sapatos pretos e esticara para frente, além de minha cabeça, uma meia cinzenta com o pé dentro, procurando e achando o joelho de mamãe, que estava sentada diante dele. A esse toque, ela aproximou-se da mesa e Jan, que, reagindo a um lance de Matzerath, tinha acabado de passar, ergueu a bainha de seu vestido com o dedão, podendo assim introduzir primeiro a ponta, depois o pé inteiro, com a meia que felizmente era daquele dia e estava quase limpa, por entre as coxas de mamãe. Toda

---

* Subunidade monetária, centésima parte do marco. (N.T.)

minha admiração vai aqui para mamãe que, apesar da provocação lanífera debaixo da mesa, procurou, lá em cima sobre a toalha esticada, executar as mais arrojadas jogadas, incluindo quatro de paus, acompanhadas por uma torrente de vigorosa conversa. Chegou inclusive a ganhar, enquanto Jan, cada vez mais intrépido debaixo da mesa, perdia em cima várias partidas em que o próprio Oskar teria levado a melhor com a segurança de um sonâmbulo.

Mais tarde o pequeno Stephan, cansado, veio também para baixo da mesa, mas dormiu em seguida, sem compreender por que a perna da calça de seu pai se mexia insistentemente debaixo da saia de mamãe.

Claro a nublado. Chuvinha fina pela tarde. No dia seguinte Jan Bronski voltou, levou o barco a vela que me dera e trocou-o por um tambor na loja de brinquedos de Sigismund Markus. Ligeiramente molhado de chuva, regressou à tarde com um tambor novinho, daquele modelo a que tanto me acostumara, flamas vermelhas e brancas, entregou-me e ao mesmo tempo retirou de mim aquele velho e adorado destroço de lata, do qual restavam apenas fragmentos alvirrubros. Enquanto Jan agarrava o tambor aposentado e eu o novo, os olhos de Jan, mamãe e Matzerath estavam fixados em Oskar; quase desatei a rir; bom Deus, pensaram que eu era um tradicionalista, que ia me aferrar sabe lá a que princípios sagrados?

Sem soltar o grito estrídulo que todos esperavam, sem exteriorizar o canto vitricida, entreguei tranquilamente o tambor velho para dedicar incontinenti as duas mãos ao novo instrumento. Depois de duas horas de exercício atento já me adaptara por completo.

Nem todos os adultos que me rodeavam, todavia, mostraram-se tão perspicazes quanto Jan Bronski. Com efeito, pouco depois de meu quinto aniversário, em 29 — falava-se então muito de um craque da Bolsa de Nova Iorque, e eu me perguntava se acaso também meu avô Koljaiczek, comerciante de madeiras lá na distante cidade de Buffalo, perdera dinheiro —, mamãe, a quem minha falta de crescimento preocupava, começou a me levar pela mão às quartas-feiras ao consultório do dr. Hollatz em Brünshöferweg. Suportei sem reclamar aqueles exames prolongados e sumamente incômodos, porque o uniforme de enfermeira da srta. Inge, auxiliar de Hollatz, de um branco que descansava a vista, me despertava ternura, pois recordava a época de enfermeira de mamãe que eu conhecia da foto; e mais, ao me absorver toda a atenção com suas pregas incessantemente cambiantes, permitia-me ignorar o ruído vigoroso, deliberadamente enérgico às vezes ou empastelado outras, como de algum tio antipático, da verborreia do médico.

Nas lentes dos óculos dele refletia-se o inventário do consultório: havia ali um cromo, níquel e esmalte polido, e, ademais, estantes e vitrines nas quais, em frascos de vidro lindamente etiquetados, viam-se serpentes, salamandras, sapos, embriões de porco, de homem e de macaco. Tragando nos seus óculos a imagem desses monstros em álcool, Hollatz, após os exames, costumava mover a cabeça com ar preocupado, repassava sempre a história clínica de meu caso, fazia mamãe contar uma vez mais a sequência de minha queda na escada da adega, e a tranquilizava quando esta começava a insultar desaforadamente Matzerath, que deixara o alçapão aberto e era, portanto, o único culpado.

Uma quarta-feira, meses depois, o dr. Hollatz, provavelmente para se convencer e à enfermeira Inge de que o tratamento estava surtindo efeito, tentou me arrancar o tambor e então destruí a maior parte de sua coleção de cobras e tudo o que em matéria de fetos de distintas procedências ele havia reunido.

Com exceção de garrafas de cerveja, cheias mas sem tampa, e do vidro de perfume de mamãe, essa foi a primeira vez que Oskar empregou sua voz contra um conjunto de vidros cheios e cuidadosamente tapados. O sucesso foi inédito e esmagador para todos os presentes, mesmo mamãe, que sabia tudo a respeito de minha relação com o vidro. Já com meu primeiro sonido, um grito econômico, rachei a vitrine na qual Hollatz guardava suas abomináveis curiosidades, mandei para o chão uma placa de vidro quase quadrada, da parte da frente da vitrine; sobre o piso de linóleo, ainda preservando sua forma quadrada, esmiuçou-se em milhares de pecinhas. Então, dando continuação a meu brado, com urgência decididamente pródiga e com aquele registro tão ricamente matizado, esborrachei os frascos, um após outro.

Quebraram-se com estalidos de detonação. O álcool verdoengo, parcialmente viscoso, jorrou sobre o linóleo vermelho, arrastando consigo seus macilentos conteúdos que pareciam acorrentados entre si, e encheu o consultório com um odor tão tangível que mamãe sentiu náuseas e a srta. Inge teve de escancarar as janelas que abriam para o Brünshöferweg.

O dr. Hollatz procurou capitalizar a perda da coleção a seu favor. Algumas semanas após meu ato de violência, publicou de sua lavra um artigo sobre mim, Oskar M., o fenômeno vocal vitricida, na revista científica *O Médico e o Mundo*. A teoria com a qual o dr. Hollatz conseguiu preencher mais de vinte páginas despertou atenção em círculos médicos tanto da Alemanha como do exterior, e suscitou uma série de artigos de especialistas, em adesão ou objeção. Ele enviou para mamãe vários exemplares da revista, e o orgulho com que ela se ocupou do assunto me deixava pensativo. Ela não cansava de reler passagens para os Greff, os Scheffler, para o seu Jan e, regularmente após o jantar, para Matzerath. Até mesmo seus fregueses eram submetidos à condição de ouvintes e ficavam cheios de admiração por mamãe, que tinha uma mobilizante maneira imaginativa de pronunciar errado os termos técnicos. Quanto a mim, a primeira aparição de meu nome na literatura periódica me deixou apenas cético. Minha já pungente frieza me levou a julgar o opúsculo do dr. Hollatz pelo que essencialmente era: uma digressão marginal, não de todo isenta de habilidade, de médico que aspira a uma cátedra.

Hoje, enquanto descansa em sua clínica psiquiátrica, incapaz de danificar sequer o pequeno copo da escova de dentes com sua voz, médicos do tipo de Hollatz entrando e saindo, aplicando-lhe testes de Rorschach, testes de associação e testes de toda espécie imaginável, na esperança de encontrar um nome altamente sonoro para o desarranjo mental que levou a seu confinamento, Oskar gosta de pensar relembrando o período arcaico de sua voz. Naqueles primeiros dias estilhaçava vidros apenas quando necessário, mas com minúcia; ao passo que, mais tarde, no período de esplendor e decadência de sua arte, exercitava seu poder mesmo quando não impelido por circunstâncias externas. Sucumbindo ao maneirismo de uma época decadente, começou a cantar por puro passatempo, tornando-se um mero devoto da arte pela arte: empregou vidro como meio de autoexpressão e envelheceu nesse processo.

O horário

Com frequência, Klepp dedica-se a matar o tempo elaborando horários. O fato de durante essa elaboração não parar de engolir chouriço com lentilhas requentadas confirma minha tese segundo a qual todos os sonhadores, sem distinção, são comilões. E a diligência com que preenche seus quadros com horas e meias horas vem justificar a minha outra teoria: só os autênticos preguiçosos são capazes de criar sistemas para evitar o trabalho.

Também esse ano Klepp esforçou-se durante 15 dias para planejar seu dia hora a hora. Ontem ele veio me ver. Por algum tempo comportou-se misteriosamente, depois tirou uma folha do bolso interno da jaqueta, dobrada com cuidado, e passou-me, radiante e feliz: mais um de seus esquemas para economizar trabalho.

Passei os olhos pelo papel; quase nada de novo nele: café da manhã às dez; meditação até o meio-dia; depois do almoço pequena sesta (uma hora), então café, de preferência na cama; exercício de flauta na cama (uma hora); a seguir, de pé, uma hora de gaita de foles dando voltas pelo quarto, e meia hora de gaita de foles ao ar livre no pátio; e, um dia sim outro não, ou duas horas de chouriço com cerveja ou duas horas de cinema; em todo caso, antes do cinema ou durante a cerveja, discreta propaganda a favor do ilegal Partido Comunista da Alemanha, não podendo exceder meia hora — nada de exageros! Três noites por semana tocar música para dançar no Unicórnio; aos sábados, a cerveja da tarde e a propaganda em favor do PC relegam-se para a noite, porque a tarde fica reservada ao banho com massagem na Grünstrasse; e em seguida, no U9, três quartos de hora de higiene com garota; depois com a mesma moça e sua amiga, café com bolo no Schwab e, pouco antes de a barbearia fechar, fazer a barba e cortar o cabelo, um rápido retrato no fotógrafo e logo cerveja, chouriço, propaganda em favor do PC e repouso.

Elogiei o cartão cuidadosamente desenhado por Klepp, pedi-lhe uma cópia e perguntei-lhe de que forma pretendia ocupar as lacunas ocasionais que pudessem aparecer. Depois de breve reflexão revidou: "Dormir ou pensar no PC."

E se eu contasse como Oskar travou relações com seu primeiro horário?

Começou ingenuamente no jardim de infância da titia Kauer. Hedwig Bronski vinha me buscar todas as manhãs e me levava junto com seu Stephan à casa da titia Kauer em Posadowskiweg, onde, com outros seis a dez gaiatos — alguns estavam sempre adoentados —, nos faziam brincar até a náusea. Por sorte, meu tambor era considerado brinquedo, de forma que não me impingiam cubinhos de madeira e somente me montavam em um cavalinho de balanço quando se necessitava de um cavaleiro com tambor e gorro de papel. Em lugar da pauta de música, servia-me, para minhas execuções ao tambor, do vestido de seda da titia Kauer, repleto de mil botões. Posso dizê-lo com satisfação: com minha lata chegava a vestir e despir várias vezes ao dia a magra senhora, feita toda de rugas, abotoando e desabotoando os botões ao som de meu tambor, sem pensar propriamente em seu corpo.

Os passeios da tarde, seguindo as aleias de castanheiros até o bosque de Jeschkental, subindo o Erbsberg e passando em frente ao monumento de Gutenberg, eram tão agradavelmente monótonos e tão deliciosamente insípidos que ainda hoje sinto nostalgia daqueles passeios de livros com gravuras, agarrado à mão apergaminhada da titia Kauer.

Ainda que fôssemos somente oito ou dez moleques, tínhamos de nos submeter aos arreios. Estes consistiam em um varal azul-celeste de carruagem, tricotado, que lembrava um pértigo. À direita e à esquerda desse pértigo de lã saíam seis arreios, também de lã, para um total de 12 rapazes. A cada dez centímetros havia um guizo. Diante da titia Kauer, que segurava as rédeas, trotávamos produzindo um clinclincling e chilreando — e eu tocando densamente meu tambor — pelas ruas suburbanas e outonais. De vez em quando titia Kauer entoava "Jesus, por vós vivo, Jesus, por vós morro" ou ainda "Estrela do mar, eu te saúdo", o que comovia os transeuntes, principalmente quando lançávamos no ar transparente de outubro um "Ó Maria, socorrei-me!" ou "Mãe de Deus, do-o-o-oce mãe". Quando chegávamos à rua principal, o trânsito tinha de ser interrompido. Bondes, automóveis e carros de tração animal acumulavam-se em silêncio enquanto desfilávamos entoando a "Estrela do mar" até a outra calçada. Havia um estalido de papel no ar sempre que titia Kauer acenava com a mão para o policial que dirigia o trânsito.

— Nosso Senhor Jesus Cristo vai lhe recompensar — prometia-lhe, com um fru-fru de seu vestido de seda.

Efetivamente senti muito quando Oskar, na primavera seguinte ao seu sexto aniversário, teve de deixar a srta. Kauer e seus botões por causa de Stephan. Como sempre quando a política está em jogo, houve violência. Mal tínhamos alcançado Erbsberg, titia Kauer tirou-nos os arreios; o arvoredo primaveril brilhava, a folhagem começava a se renovar. Titia Kauer sentou-se em um marco que, sob o musgo abundante, indicava diversas direções para passeios de uma ou duas horas. Qual uma donzela que não sabe o que pensa na primavera, pôs-se a cantarolar trá-lá-lá, com os espasmódicos movimentos de cabeça que comumente se esperam de uma galinha-d'angola, e tecia-nos novos arreios que dessa vez seriam endiabradamente encarnados, mas que eu, por azar, não chegaria a usar. Pois, nesse momento, ouviam-se uivos vindos do bosque, a srta. Kauer levantou-se e, arrastando um fio vermelho atrás de si, disparou em direção ao mato e aos gritos. Segui-a e ao fio vermelho e não tardei a ver algo mais vermelho ainda: o nariz de Stephan sangrava abundantemente, e um tal de Lothar, que tinha cabelos encaracolados e finas veias azuis nas têmporas, estava ajoelhado sobre o peito do raquítico e manhoso camarada, tentando resolutamente meter o nariz dele para dentro.

— Polaco! — silvava entre os golpes. — Polaco. — Quando, cinco minutos mais tarde, titia Kauer nos enganchou de volta nos arreios azuis (eu era o único que andava solto, serpenteando o fio vermelho), recitou-nos a prece que normalmente se recita entre a consagração e a comunhão: "Confuso, cheio de arrependimento e de dor..."

Descemos do Erbsberg e paramos diante do monumento a Gutenberg. Apontando seu indicador comprido para Stephan, que ainda choramingava e apertava o lenço sobre o nariz, titia Kauer emitiu suavemente: "O pobrezinho não tem culpa de ser polonês."

Segundo conselho dela, Stephan teria de ser retirado do jardim de infância. Embora não fosse polonês nem grande admirador de Stephan, Oskar declarou-se solidário com ele. Veio a Páscoa e decidiram matriculá-lo na escola pública. O dr. Hollatz opinou detrás de seus óculos de grossos aros de tartaruga que isso não poderia causar nenhum dano e formulou ato contínuo seu diagnóstico em voz alta: "Isso não fará nenhum mal ao pequeno Oskar."

Jan Bronski, que também planejava mandar seu Stephan à escola pública polonesa depois da Páscoa, não se deixou dissuadir; a cada instante reiterava, perante mamãe e Matzerath, que ele era funcionário polonês e que, por seu trabalho correto no correio polonês, o Estado polonês pagava-lhe corretamente. Além do mais, dizia, era polonês e Hedwig também o seria, tão logo seu requerimento de cidadania fosse deferido. Por outro lado, uma criança esperta e mais que medianamente dotada como Stephan aprenderia alemão em casa; quanto a Oskar — pronunciava meu nome deixando sempre escapar um ligeiro suspiro — este contava seis anos, exatamente como Stephan, e ainda que não falasse bem e fosse bastante atrasado para sua idade em geral, e particularmente quanto ao crescimento, teria de ser matriculado de qualquer jeito. Segundo ele, a obrigatoriedade escolar no final das contas era a obrigatoriedade escolar; desde que, naturalmente, a autoridade escolar não se opusesse.

A autoridade escolar manifestou algum receio e exigiu um atestado médico. Hollatz declarou que eu era um menino sadio: se, quanto ao crescimento, eu parecia ter três anos, quanto ao desenvolvimento intelectual, embora não falasse bem, não era inferior ao de uma criança normal de cinco ou seis anos. Disse também algo sobre minha tireoide.

Submeteram-me a todos os tipos de exames e testes. Mas estava acostumado a esse tipo de coisa e minha atitude variava entre benevolente e indiferente, a menos que alguém tentasse me subtrair o tambor. A destruição da coleção de cobras, sapos e fetos de Hollatz ainda era lembrada com temor.

Foi somente em casa que me senti compelido a desembainhar o diamante de minha voz. Era a manhã de meu primeiro dia de escola, e Matzerath, agindo de maneira irracional, exigiu que eu deixasse meu tambor em casa e atravessasse o portão da escola Pestalozzi sem ele.

Quando recorreu à violência, tentando me tomar aquilo que não lhe pertencia e que não sabia usar, pois faltava-lhe fibra para tanto, parti ao meio um vaso de flores vazio, supostamente autêntico. Quando o vaso autêntico esparramou-se sobre o tapete em forma de autênticos fragmentos, Matzerath, que o estimava muito, levantou a mão para me esbofetear. Nessa altura mamãe pulou, e Jan, que com Stephan e sua clássica mochila passara lá em casa rapidamente e como que por acaso, interpôs-se:

— Alfred, Alfred, por favor! — disse com sua maneira untuosa e tranquila; e Matzerath, acossado pelo olhar azul de Jan e pelo olhar cinzento de mamãe, baixou a mão e enfiou-a no bolso da calça.

A escola Pestalozzi era um prédio novo, em forma de caixa, cor de tijolo, de três andares, retangular e de teto plano, decorada com esgrafito e afrescos, que fora construída pelo Senado para aquele subúrbio de população escolar numerosa sob pressão dos social-democratas, que na época desenvolviam grande atividade. A não ser pelo odor e pelos meninos estilo juventude moderna que nos esgrafitos e afrescos apareciam praticando esportes, eu até gostava daquela caixa.

Na extensão de cascalho fora do portão cresciam algumas árvores raquíticas que com dificuldade se tornavam verdes, escoradas por estacas de ferro que lembravam báculos. De todas as direções despejavam-se mães segurando cartuchos de papel colorido e arrastando atrás de si crianças manhosas ou bem-comportadas. Oskar jamais vira tantas mães convergindo para um mesmo ponto. Pareciam estar a caminho de um mercado onde ofereceriam à venda seus primogênitos ou seus benjamins.

No saguão dominava esse cheiro de escola que tem sido descrito com tanta frequência e que sobrepuja em intimidade qualquer perfume deste mundo. Sobre os ladrilhos da entrada dispunham-se sem nenhuma harmonia quatro ou cinco gigantescas bacias de granito de cujas cavidades brotava água em várias fontes simultâneas. Rodeadas de crianças, algumas de minha idade, lembravam-me a porca de tio Vinzent em Bissau, que às vezes, deitada de lado, tolerava o violento assalto, igualmente sedento, de seus leitões.

Os meninos debruçavam-se sobre os jorros verticais das bacias e, com o cabelo caindo para frente, deixavam que os jorros lhes entrassem pela boca. Não sei se brincavam ou bebiam. Vez por outra dois deles se levantavam quase simultaneamente com as bochechas estufadas, e com um desagradável gorgolejar cuspiam a água tépida contida na boca, misturada certamente com saliva e migalhas de pão, na cara dos outros. Eu que, ao entrar no saguão, havia cometido a imprudência de olhar para a sala de ginástica que se achava ali junto e que estava aberta, senti, à vista do cavalo de couro, das barras e das cordas de trepar e da barra fixa, que parece exigir sempre uma volta completa, uma sede tão irresistível que teria de boa vontade tomado, como os outros meninos, meu gole d'água. Todavia, achava difícil pedir a mamãe, que me segurava pela mão, que levantasse o pequenino Oskar à altura de uma daquelas bacias. Nem subindo no tambor me seria possível alcançar a fonte. Mas, quando com um salto rápido pude espiar sobre a borda e verificar que o escoamento estava bloqueado pelas migalhas gordurosas do pão e que o fundo da bacia se tornara um caldo imundo, a sede que acumulara em pensamento, enquanto meu corpo passeava no deserto de aparelhos de ginástica, extinguiu-se.

Mamãe me conduziu por uma escada monumental, idealizada para gigantes, através de ressoantes corredores, a uma sala em cuja porta havia uma tabuleta com a inscrição i-a. A sala estava cheia de garotos de minha idade. As mães se espremiam contra a parede oposta à das janelas, apertando entre os braços cruzados os cartuchos coloridos, mais altos que eu e cobertos com papel de seda, tradicionais no primeiro dia de aula. Mamãe também carregava um desses cartuchos.

À minha entrada, puxado por sua mão, houve risos entre a gentalha e as mães da gentalha. A um moleque gorducho, que queria bater em meu tambor, dei uns bons chutes na canela, para evitar partir vidros; isso o fez cair e dar com a cabeça, desmanchando seu penteado, sobre uma carteira, o que me valeu por parte de mamãe um sopapo na nuca. O pequeno monstro berrou. Eu não: eu só gritava quando alguém tentava me surrupiar o tambor. Mamãe, para quem tal cena fora muito constrangedora, me meteu na primeira carteira da fila junto das janelas. Naturalmente, a carteira era demasiado alta. Para trás, contudo, onde a gentalha era ainda mais sardenta e grosseira, as carteiras eram ainda mais altas.

Dei-me por satisfeito e sentei-me quieto, porque não havia motivo para estar inquieto. Mamãe, que me parecia ainda constrangida, tentou se dissolver no meio das outras mães. Aqui, na presença de sua igualha, provavelmente se sentiu envergonhada de meu suposto retardamento. As outras mães comportavam-se como se seus jovens imbecis, que para meu gosto tinham crescido demasiado rápido, fossem qualquer coisa digna de orgulho.

Não podia olhar pela janela para o prado Fröbel, pois o nível do parapeito não era mais adequado para minha estatura do que o tamanho da carteira. Muito ruim. De bom grado teria espreitado o prado onde, conforme sabia, escoteiros sob a liderança do verdureiro Greff armavam tendas, jogavam lansquenê e, como sói acontecer aos escoteiros, realizavam toda sorte de ações meritórias. Não que eu estivesse interessado por essa glorificação exagerada da vida de acampamento. O que me interessava era a visão de Greff de calças curtas. Tamanho era seu amor por rapazes delgados, de olhos grandes, ainda que pálidos, que havia adotado o uniforme de Baden-Powell, o pai do escotismo.

Privado pela arquitetura infame de um espetáculo excitante, eu fitava o céu e em breve me sentia apaziguado. Nuvens sempre novas iam passando de noroeste para sudeste, como se essa direção tivesse para as nuvens algum atrativo especial. Apertei meu tambor, que até então não havia sonhado um só instante em peregrinar na direção sudeste, entre meus joelhos e a carteira, cujo encosto, previsto para a espádua, protegia a nuca de Oskar. Atrás de mim grasnavam, vociferavam, riam, choravam e tagarelavam meus chamados condiscípulos. Atiravam-me bolinhas de papel, eu sequer voltava a cabeça, considerando muito mais estético o espetáculo das nuvens que, sem se desviar, seguiam seu curso, do que a vista daquela horda de labregos mal-educados que não cessavam de fazer imundícies.

Acalmou-se um pouco a classe i-a ao entrar uma mulher que se apresentou como srta. Spollenhauer. Não precisei me acalmar, pois já antes me mantivera calmo, à espera dos acontecimentos. Para ser inteiramente sincero, a verdade é que Oskar nem se dera à pachorra de esperar os acontecimentos, já que não necessitava de distração alguma e, por conseguinte, não a esperava: apenas se mantinha sossegado em seu banco, certificando-se da presença de seu tambor e divertindo-se com o desfile das nuvens atrás ou, melhor dizendo, na frente dos vidros da janela, que haviam sido lavados por ocasião da Páscoa.

A srta. Spollenhauer usava um traje justo de corte retilíneo que lhe conferia um adusto aspecto masculino, reforçado por um colarinho duro, apertado na garganta e, segundo me pareceu, postiço. Mal entrou na classe com seus sapatos rasos, quis se fazer simpática aos alunos: "Então, queridas crianças, vamos entoar uma pequena canção?"

À guisa de resposta ouviu-se um rugido coletivo, que ela interpretou contudo como uma afirmação, pois ato contínuo entoou com voz afetadamente impostada a canção primaveril "Chegou o mês de maio", embora estivéssemos apenas na metade de abril. Foi só ela anunciar maio e o inferno se desencadeou; sem esperar o sinal de entrada e sem saber a letra, sem o menor sentido do ritmo elementar da cançãozinha em questão, o coro atrás de mim pôs-se antes a bramir que a cantar, em espantosa confusão e como que para provocar o desmoronamento do reboco das paredes.

Apesar de sua tez amarela, de suas melenas cortadas e da gravata masculina que lhe chegava abaixo do colo, a srta. Spollenhauer me deu pena. Arrancando-me das nuvens, que manifestamente estavam de férias, concentrei-me, saquei com gesto decidido as baquetas dentre meus suspensórios e, de forma sonora e insistente, comecei a marcar com meu tambor o compasso da canção. Mas a banda atrás de mim não tomava tento nem tinha ouvidos para ele. Somente a srta. Spollenhauer me encorajava com movimentos de cabeça e, dirigindo um sorriso ao grupo de mães colado à parede, piscou o olho especialmente para mamãe, o que interpretei como um sinal para continuar tocando, primeiro tranquilamente e logo de forma mais complicada, até acabar em uma exibição completa de minhas faculdades tamborísticas. Fazia algum tempo que a banda atrás de mim deixara de interpor suas vozes bárbaras ao meu tambor. Eu imaginava que o tambor dava aula, isto é, ensinava e convertia meus condiscípulos em discípulos; a srta. Spollenhauer veio à frente de minha carteira, pôs-se a observar minhas mãos e meu tambor, atentamente e como que entendida, e, esquecendo-se de si mesma, tratou de marcar sorrindo o compasso comigo; pelo espaço de um minuto mostrou-se como uma senhorita de certa idade, não destituída de simpatia, a qual, esquecendo sua condição de professora e desembaraçando-se da caricatura de existência que esta acarretava, humanizava-se, vale dizer, fazia-se criança, curiosa, intuitiva, amoral.

Mas como a srta. Spollenhauer não conseguiu captar o ritmo de meu tambor de forma correta, voltou a cair em seu papel anterior retilíneo, insosso e, ainda por cima, mal pago. Sacudiu-se como as professoras devem se sacudir de vez em quando e disse: "Você é o pequeno Oskar, não é? Tenho ouvido falar muito de você. Como toca bem! Não é verdade, crianças, que nosso Oskar é um bom tambor?"

As crianças rugiram, as mamães amontoaram-se mais: a srta. Spollenhauer havia recobrado o domínio de si mesma.

— Mas agora — disse com sua voz de falsete — vamos guardar o tambor no armário, pois ele deve estar cansado e com sono. Depois, no fim da aula, poderá tê-lo de novo.

E enquanto ia desovando esse discurso hipócrita, mostrou-me as unhas aparadas de professora e tentou aproximar as mãos, dez vezes aparadas, de meu tambor que, por Deus, não estava nada cansado nem tinha sono. Primeiro aguentei firme e pus meus braços com as mangas do suéter ao redor do flamejante cilindro vermelho e branco; fitei-a, e logo, vendo que se conservava irredutível em seu olhar rotineiro e ancestral de professora de escola pública, transpassei-a com os olhos e encontrei no interior da srta. Spollenhauer matéria suficiente para encher três capítulos de escândalo; mas, como o que importava era defender meu tambor, retirei-me de sua vida interior e anotei, ao passar o olhar por entre suas omoplatas, sobre a pele relativamente bem-conservada, uma mancha do tamanho de um florim coberta de pelos longos.

Talvez porque se sentira penetrada em suas intenções por meu olhar ou quem sabe por minha voz, com a qual, à guisa de advertência e sem lhe causar dano, eu riscara a lente direita de seus óculos, o fato é que renunciou à pura violência que já lhe pintava de branco as munhecas — talvez não tenha suportado sem calafrios o arranhão do vidro. Retirou com um estremecimento as mãos de meu tambor e disse: "Então, é mesmo um Oskar malvado", e lançando a mamãe, que não sabia onde se esconder, um olhar cheio de reprovação, largou meu tambor, que não dormia em absoluto, deu meia-volta e com o passo marcial de seus saltos baixos dirigiu-se para seu púlpito. Aí, mexendo na escrivaninha, retirou da pasta novo par de óculos, provavelmente os de leitura, tirou do nariz com resolução aqueles cuja lente minha voz assinalara — como se risca com as unhas os vidros das janelas —, agiu como se eu tivesse violado seus óculos, assentou sobre o nariz, esticando as hastes, a segunda armação, ergueu-se fazendo estalar os ossos e, voltando a fuçar a sua pasta, anunciou: "Agora vou ler para vocês o horário."

Tirou da pasta de couro de porco um punhado de cartões, guardou um para si, distribuiu os demais entre as mães, também à minha, e revelou finalmente às crianças de seis anos, que já começavam a se agitar: "Segunda-feira: Religião, Redação, Aritmética, Jogos; Terça: Aritmética, Caligrafia, Canto, História Natural; Quarta: Aritmética, Redação, Desenho, Desenho; Quinta: História Pátria, Aritmética, Redação, Religião; Sexta: Aritmética, Redação, Jogos, Caligrafia; Sábado: Aritmética, Canto, Jogos, Jogos."

Tudo isso a srta. Spollenhauer anunciava como um destino irrevogável, emprestando àquele produto de um comitê pedagógico sua voz severa, sem omitir uma só letra; logo, recordando seus tempos de normalista, foi se suavizando progressivamente para prorromper finalmente em um tom de jovialidade educativa: "E agora, meus filhinhos, vamos repetir todos juntos. Por favor: Segunda?"

A horda bramiu: "Segunda!"

E ela, continuando: "Religião?" Os pagãos batizados bramiram a palavra religião. Eu me abstive, mas fiz em contrapartida ressoar as sílabas religiosas na folha de lata.

Atrás de mim gritavam, alentados pela srta. Spollenhauer: "Re-da-ção!" Três golpes de meu tambor. "A-rit-mé-ti-ca!" Cinco pancadas a mais.

E assim prosseguiram, atrás de mim, os bramidos e, na frente, as incitações da srta. Spollenhauer; e eu, fazendo das tripas coração, continuava marcando moderadamente as sílabas com meu tambor, até que a srta. Spollenhauer — por sugestão não sei de que demônio interior — se levantou de repente, manifestamente aborrecida, não com os energúmenos de trás, mas comigo. Era eu quem lhe punha aquele rubor sanguíneo nas bochechas: o inocente tambor de Oskar era para ela motivo suficiente de escândalo.

— Oskar, agora você vai me escutar: Quinta-feira: História Pátria? — Ignorando a palavra quinta-feira, dei cinco golpes para História Pátria; para Aritmética e Redação, respectivamente, cinco e três golpes, e para Religião, como era cabível, não quatro, mas três golpes trinitários, unos e verdadeiros.

Mas a srta. Spollenhauer não notava as diferenças. Para ela todo rufar era igualmente insuportável. Multiplicando por dez a mostra de suas unhas aparadas, como antes, dispôs-se a lançar as mãos sobre meu tambor com o mesmo número de dedos.

Mas, antes que tocasse a minha lata, soltei o grito vitricida que deixou sem vidros superiores as três gigantescas janelas da sala. Os do meio sucumbiram a um segundo grito. O tíbio ar primaveril invadiu sem obstáculo a sala. Seria supérfluo e até petulante de minha parte que com um terceiro guincho eliminasse os vidros inferiores, porque, já ao cederem os cristais superiores e do meio, a srta. Spollenhauer contraiu suas garras. Em lugar de atentar, por mero capricho, aliás artisticamente discutível, contra as últimas vidraças, Oskar teria sem dúvida feito melhor não perdendo de vista a srta. Spollenhauer que recuava cambaleando.

Só o diabo sabe de onde, como por um passe de mágica, ela sacou a vara. Em todo caso, o certo é que estava ali, vibrando naquele ar primaveril que se mesclava com o da sala de aula. Através do ar misto fê-la sibilar, dotando-a de flexibilidade, dando-lhe fome e sede de se abater sobre a pele sensível, desdobrando-a nos cicios ou nas inúmeras cortinas que uma vara é capaz de sugerir; deixou-a cair tão duramente sobre o tampo de minha carteira que a tinta do tinteiro deu um salto violáceo e, quando subtraí minhas mãos às varadas, deu um golpe em meu tambor. Ela, a srta. Spollenhauer, atingiu meu instrumento. Que razão tinha para atacá-lo? E se estava inclinada a espancar alguma coisa, por que meu tambor? Qual tal os labregos atrás de mim? Tinha de ser o meu tambor? Como era possível que uma mulher que não entendia nada, absolutamente nada da arte de manejar o tambor, se atrevesse a atentar contra o meu predileto? Que espécie de cintilação tinha nos olhos essa besta pronta para sovar? De que zoológico escapara, atrás de que concupiscência, de que presa, se encontrava? A mesma besta invadiu Oskar; algo penetrou nele, subindo de não sei que profundezas através das solas dos sapatos, através das plantas dos pés, e, ocupando suas cordas vocais, o fez emitir um rugido que teria bastado para deixar sem vitrais uma magnífica catedral gótica de belas janelinhas luminosas e refrescantes.

Em outras palavras, compus um grito duplo que pulverizou literalmente as duas lentes dos óculos da srta. Spollenhauer. Com as sobrancelhas ligeiramente ensanguentadas e piscando estrabicamente através dos aros vazios da armação, foi recuando às apalpadelas e pôs-se a choramingar de modo horrível e com uma falta de domínio absolutamente imprópria para uma professora de escola pública. A banda atrás de mim emudecia de terror, alguns desaparecendo debaixo dos bancos, alguns rangendo os dentes de pavor. Outros foram deslizando de banco em banco até suas mães. Mas estas, ao perceberem a magnitude dos estragos, procuravam o culpado e queriam se lançar sobre mamãe, o que sem dúvida acabariam por fazer caso eu, tomando meu tambor, não houvesse deixado a carteira.

Passando diante da srta. Spollenhauer, que estava meio cega, abri caminho até mamãe por entre aquelas fúrias, tomei-a pela mão e arrastei-a da classe i-a, exposta já a todas as correntes de ar. Corredores ressoantes e escadas de pedras para garotos gigantes. Restos de pão em jorrantes bacias de granito. Salão de ginástica aberto com uns rapazolas balançando sob a barra fixa. Mamãe continuava, entretanto, com o cartão na mão. Ante o portão da escola Pestalozzi tomei dela o horário e converti-o em uma inócua bolinha de papel.

Ao fotógrafo, porém, que entre as colunas do portão esperava os pupilos do primeiro ano com as respectivas progenitoras, Oskar permitiu que tirasse uma foto dele e de seu cartucho de papel, que havia saído incólume de toda aquela confusão. Saiu o sol; acima ouvia-se o zumbido da horda diletante que, sempre confusamente, maculava a doce atmosfera primaveril. O fotógrafo ajeitou Oskar diante de um painel com a representação de um quadro-negro onde se lia: Meu Primeiro Dia de Aula.

Rasputin e o ABC

Narrando-lhes o primeiro contato de Oskar com um horário, acabo de contar a meu amigo Klepp e ao enfermeiro Bruno, que me ouve apenas com uma orelha: sobre aquele quadro-negro, que oferecia ao fotógrafo o fundo para seus retratos de tamanho cartão-postal dos meninos de seis anos com suas mochilas escolares e cartuchos de papel, lia-se: Meu Primeiro Dia de Aula.

Claro que as palavras só podiam ser lidas pelas mães que, bem mais excitadas que as crianças, agrupavam-se atrás do fotógrafo. As crianças na frente do quadro-negro só poderiam decifrar a inscrição no ano seguinte, na ocasião do ingresso de novos alunos de primeiro ano, depois da Páscoa, ou então ler, na cópia que guardavam, que aquelas fotografias tinham sido tomadas em seu primeiro dia de aula.

Escrita em caligrafia *Sütterlin*, aquela inscrição, que assinalava com giz o início de uma nova etapa da vida, estendia-se com suas pontas agressivas, falseadas nas curvas pelo enchimento, pela superfície do quadro-negro. De fato, a escrita *Sütterlin* presta-se para coisas marcantes, frases curtas, por exemplo, slogans. Também para alguns documentos, que para dizer a verdade nunca vi, mas que só posso visualizar em letra *Sütterlin*: coisas como certificados de vacina, diplomas desportivos e as sentenças de pena capital escritas a mão. Mesmo naquela época, em que de fato não podia ainda ler a escrita *Sütterlin* mas apenas adivinhá-la, o laço duplo do M sütterliniano com que começava a inscrição — traiçoeira e cheirando a cânhamo — fazia-me pensar no patíbulo. E, no entanto, em vez de apenas pressenti-la obscuramente, teria gostado de poder lê-la letra por letra. É bom que ninguém pense que rufei em protesto revolucionário e estilhacei vidraças tão excelsamente em meu primeiro encontro com a srta. Spollenhauer talvez porque já dominasse o ABC. Oh, não sabia perfeitamente bem que essa instituição acerca da escrita *Sütterlin* não era suficiente, que eu carecia da mais primária cultura escolar. Desafortunadamente, os métodos da srta. Spollenhauer de incutir conhecimentos não agradavam a Oskar.

Por conseguinte, ao deixar a escola Pestalozzi, eu estava longe de decidir que meu primeiro dia de aula deveria ser o último, que já tivera minha cota de lápis e livros, para não mencionar os olhares de esguelha da professora. Nada dessa natureza. Já quando o fotógrafo capturava minha imagem para toda a eternidade, pensei: Aqui estamos diante de um quadro-negro, debaixo de uma inscrição que é provavelmente importante e talvez fatídica. Você pode avaliar a inscrição pelos caracteres da escrita e enumerar associações de ideias como prisão incomunicável, custódia preventiva, liberdade vigiada e pendure-todos-na-mesma--corda; mas o que não pode fazer é decifrá-la. Contudo, com toda sua ignorância que clama aos céus encobertos, você nunca porá os pés de novo nessa escola de horário. Onde, oh, onde, Oskar, você aprenderá o pequeno ABC e o grande?

Que existiam um ABC pequeno e um grande eu havia depreendido, entre outras coisas, da existência inumerável e iniludível de pessoas maiores que se chamavam a si próprias de adultos. Claro que para mim o pequeno bastaria. Mas, com efeito, ninguém se cansa de justificar a cada passo a existência de um ABC grande e um pequeno pela de um catecismo grande e outro pequeno ou de uma tabuada grande e uma pequena, e, em ocasiões das visitas oficiais, costuma-se igualmente falar, em caso de condecoração de diplomatas e dignitários, de uma recepção grande ou de uma pequena.

Nos meses seguintes, nem mamãe nem Matzerath preocuparam-se com minha instrução. Bastara-lhes a única tentativa, de resto dura e humilhante para mamãe, que haviam feito para me levar à escola. Tal como tio Bronski, quando me contemplavam de cima, suspiravam e desatavam a remexer velhas histórias, como, por exemplo, a de meu terceiro aniversário: "O alçapão aberto! Foi você que o deixou aberto, não é verdade? Você estava na cozinha e antes tinha ido à adega, certo? Foi buscar uma lata de coquetel de frutas, certo? Deixou o alçapão aberto, certo?"

Tudo o que mamãe jogava na cara de Matzerath era verdade e, contudo, como sabemos, não o era. Mas ele aceitara a culpa e mesmo algumas vezes chorava; afinal era uma alma sensível. Mamãe e Jan Bronski tinham então de confortá-lo, e falavam de mim, Oskar, como de uma cruz que tinham de carregar, um destino cruel e sem dúvida irrevogável, uma provação que não sabiam como tinham podido merecer.

Certamente, não era possível esperar auxílio algum de tal gente, carregadores de cruz duramente castigados pelo destino. Nem mesmo tia Hedwig, que muitas vezes me levava ao parque Steffen para brincar em montes de areia com sua filha Marga, de dois anos, poderia ter servido como minha professora. Era uma pessoa de natureza bastante boa, mas bronca de espírito como um céu azul. Tinha, por outro lado, de abandonar qualquer esperança em relação à enfermeira Inge, a ajudante do dr. Hollatz, que nem possuía bom coração nem céu azul de estupidez: inteligente, tornara-se, bem mais que uma simples abridora de porta, uma assistente imprescindível do médico, sem tempo para mim.

Várias vezes ao dia eu vencia os degraus — mais de cem — dos quatro andares de nosso edifício e tocava o tambor em busca de conselho em cada patamar. Farejava o que cada um dos vinte inquilinos estava tendo como jantar, mas não batia em nenhuma das portas, pois sabia que meu futuro professor não podia ser o velho Heilandt nem o relojoeiro Laubschad, muito menos a corpulenta sra. Kater ou ainda menos, embora gostasse dela, mamãe Truczinski.

No sótão, sob o telhado, habitava o músico e trompetista Meyn. O sr. Meyn tinha quatro gatos e estava sempre bêbado. Tocava música para dançar no Zinglers Höhe, e na noite de Natal, com mais quatro ou cinco beberrões de sua laia, percorria pesadamente as ruas cobertas de neve, lutando com o combustível de canções natalinas contra o frio rigoroso. Um dia encontrei-o em seu sótão, estendido no piso de barriga para cima, de calças pretas e camisa social branca, fazendo rodar entre os pés descalços uma garrafa vazia de genebra e ao mesmo tempo tocando o trompete deliciosamente. Sem afastar o instrumento da boca, apenas virando os olhos um pouco, me viu plantado atrás de si e tacitamente me aceitou como tambor acompanhante. Para ele a sua lata valia tanto quanto a minha para mim. Nosso duo espantou os quatro gatos para o telhado e fez as calhas vibrarem ligeiramente.

Quando terminamos a música e deixamos os instrumentos, tirei de sob meu suéter um velho exemplar das *Últimas Notícias*, alisei-o, acocorei-me ao lado do trompetista Meyn, estendi-lhe o jornal e pedi que me ensinasse o grande e o pequeno ABC.

Mas, mal tinha posto o trompete de lado, o sr. Meyn caiu em sono pesado. Para ele havia somente três ocupações verdadeiras: a garrafa de genebra, o trompete e o sono. Até que ingressasse como músico na Cavalaria da Seção de Assalto, deixando a genebra por alguns anos, executamos ainda, com frequência e sem ensaio prévio, alguns outros duetos no sótão para as chaminés, as calhas, as pombas e os gatos; mas para professor ele não servia.

Tentei Greff, o verdureiro. Sem meu tambor, porque Greff não gostava do som da lata, visitei em várias ocasiões a loja no subsolo quase em frente da nossa casa. Ali parecia haver todas as condições para estudos profundos, já que por toda parte, na habitação de duas peças, na própria loja, embaixo e atrás do balcão e ainda no porão relativamente seco para as batatas, havia livros: livros de aventuras, livros de canções, o *Peregrino querubínico*, as obras de Walter Flex, a *Vida simples* de Wiechert, *Dafne e Cloé*, monografias de artistas, pilhas de revistas de esportes, inclusive volumes ilustrados cheios de rapazes meio nus que, não se sabe por que razão, corriam atrás de bolas, a maioria das vezes em dunas perto da praia, mostrando uns músculos tão brilhantes que pareciam azeitados.

Já naquela época Greff tinha muitos aborrecimentos com seu negócio. Ao controlar sua balança e seus pesos, alguns inspetores de pesos e medidas haviam comprovado irregularidades. Soou a palavrinha fraude. Greff teve de pagar multa e comprar novos pesos. Cheio de preocupações como andava, só conseguiam distraí-lo os livros e os encontros e excursões de fim de semana com seus escoteiros.

Mal se deu conta de que eu entrara na loja; continuou marcando as etiquetas com os preços, e eu aproveitei a oportunidade para pegar três ou quatro cartões brancos e um lápis vermelho e, com muita diligência e imitando a escrita *Sütterlin*, servindo-me como modelo de algumas etiquetas já marcadas, procurei atrair a atenção do verdureiro.

Mas provavelmente Oskar era demasiado pequeno para ele, e seus olhos tampouco eram bastante grandes nem sua tez bastante pálida. Em vista disso, larguei o lápis vermelho, escolhi um livreto repleto de nus capazes de chamar a atenção de Greff e, colocando-me ostensivamente de lado, de forma que também ele pudesse vê-los, comecei a contemplar as fotografias dos rapazes que se inclinavam para a frente ou se estendiam para trás, e que eu suspeitava podiam lhe dizer algo.

Quando não havia fregueses na loja querendo comprar beterrabas vermelhas, o verdureiro tinha olhos apenas para suas etiquetas de preços. Para motivar seu interesse em minha avidez de leitura eu precisava abrir e fechar o livro ruidosamente ou passar as páginas rapidamente com um estalido.

Para dizê-lo de uma vez: Greff não me entendia. Quando os escoteiros se encontravam na loja — e de tarde havia sempre dois ou três de seus subchefes em volta dele —, Greff absolutamente não se dava conta de Oskar. E quando Greff estava a sós, era perfeitamente capaz de pular de irritação nervosa ao ser perturbado e emitir ordens: "Oskar, deixe esses livros em paz. Não fazem sentido para você! Você é tolo e pequeno demais, vai é estragá-los. Esse aí me custou mais de seis florins. Se quer brincar, aqui há batatas e repolhos mais que suficientes para isso."

E arrancando-me o livreto vermelho da mão, folheava-o sem a menor contração facial, e eu ficava plantado entre vários representantes da família couve, couve-de-bruxelas, couve-lombarda, repolho, repolho roxo, couve-flor, nabos e tubérculos, solitário e abandonado; porque Oskar não tinha consigo seu tambor.

Claro que ainda restava a sra. Greff e assim, após as reprimendas do verdureiro, costumava com frequência deslizar até o quarto do casal. Naquela época a sra. Greff estava de cama havia várias semanas, andava enferma, cheirava a decadente camisola de dormir e, embora suas mãos fossem bastante ativas, uma coisa que nunca tocaram foi em qualquer livro que pudesse me instruir.

Com certa inveja Oskar contemplava naquela época as mochilas dos rapazes de sua idade, em cujos lados eles colavam pedaços de esponja ou trapos usados para apagar lousas. Mesmo assim, não se recorda de ter tido pensamentos deste gênero: você mesmo quis que fosse assim, Oskar, devia ter feito boa cara para o jogo escolar; não deveria ter rompido tão definitivamente com a srta. Spollenhauer; agora esses moleques vão passar a sua frente; seguramente já aprenderam o ABC grande e o pequeno, ao passo que você nem sabe segurar corretamente as *Últimas Notícias*.

Com certa inveja, disse eu; e isso era tudo. Só uma prova olfativa superficial fora suficiente para me afastar definitivamente da escola. Vocês já sentiram por acaso o cheirinho das esponjas e dos apagadores mal-lavados e meio carcomidos desses quadros-negros de orla amarelada, que vão se desgastando e retêm no couro barato das mochilas escolares as emanações da caligrafia, os eflúvios da pequena e da grande tabuada de multiplicar e o suor do giz barulhento, umedecido com saliva, que alternadamente se agarra e resvala? Vez por outra, quando os meninos em seu caminho de volta da escola largavam as pastas para jogar futebol, eu me inclinava sobre as esponjas que tostavam ao sol, e me ocorria um pensamento: se por acaso Satã existisse, essas deveriam ser as acres emanações de seus sovacos.

A escola dos quadros-negros certamente não me atraía. Com isso tampouco Oskar pretende dar a entender que aquela Gretchen Scheffler, que em breve tomaria a responsabilidade de instruí-lo, fosse a encarnação perfeita de suas preferências.

Todo o inventário da habitação dos padeiros Scheffler no Kleinhammerweg ofendia-me. Aquelas toalhinhas de enfeite, as almofadas bordadas com escudos, as bonecas Käthe-Kruse acomodadas nos cantos dos sofás, animais de pano por toda parte, porcelana onde quer que se olhasse, lembranças de viagens em todas as direções, trabalhos inacabados de crochê, tricô, macramê, bordados, pontos de nó e laços com dentinhos de gato. O ambiente era demasiado doce, encantadoramente agradável, sufocantemente reduzido, no inverno superaquecido e envenenado com flores no verão; para isso só encontro uma explicação: Gretchen Scheffler não tinha filhos; ela, que tanto teria apreciado tê-los para lhes tecer coisinhas de tricô, ela que morria — seria culpa de Scheffler ou dela? — por ter um filho para o qual pudesse confeccionar roupinhas de crochê de continhas e fitinhas, a quem pudesse cobrir de beijinhos em ponto de cruz.

E foi aqui que vim parar para aprender o pequeno e o grande ABC. Esforcei-me para que a porcelana e as lembranças de viagem não sofressem dano algum. Deixava minha voz vitricida em casa e, quando Gretchen achava que já havia tamborilado o bastante, mostrando-me em um sorriso seus dentes de ouro acavalados, tirava-me o tambor dos joelhos e punha-o entre os ursinhos Teddy, e eu cerrava um olho.

Fiz amizade com duas das bonecas Käthe-Kruse; apertava-as contra o peito e flertava com as pestanas dessas duas daminhas que me fitavam com perpétuo assombro: e assim, através dessa amizade fingida com as bonecas — que por ser fingida parecia mais real —, eu ia tecendo uma trama de tricô ao redor do coração de Gretchen Scheffler, com duas malhas do lado direito e duas do avesso.

Meu plano não era mau. Já à segunda visita abriu-me Gretchen seu coração, melhor dizendo, desfez suas malhas, como se desmancha uma meia de tricô, e pôs a descoberto seu longo fio, afinado já em algumas partes e caroçudo em outras. Abriu diante de mim todos os armários, todas as caixas e caixinhas, expondo a meus olhos aquelas coisas adornadas com continhas — pilhas de camisinhas bordadas, babadores e calcinhas suficientes para quíntuplos —, estendendo-as até mim, provando-as em mim e tornando a tomá-las de mim.

Em seguida mostrou-me as medalhas de atirador ganhas por Scheffler na associação de ex-combatentes, depois fotos que em parte coincidiam com as nossas, e não foi senão no final, ao recolher toda a roupinha e buscar ainda alguma outra coleção de pequenos objetos, que alguns livros fizeram sua aparição. Oskar havia esperado firmemente que detrás das roupinhas surgiria algum livro, já que ouvira Gretchen falando com mamãe de livros e sabia com que afã as duas, solteiras ainda e logo depois de casadas, quase na mesma época, tinham trocado livros entre si e costumavam tomá-los emprestados à biblioteca junto ao palácio do Filme para, saturadas de leitura, conferir ao matrimônio merceeiro e padeiro um caráter mais cósmico, mais amplitude e mais brilho.

Sem dúvida o que Gretchen podia me oferecer não era muito. Provavelmente ela, que desde que começara a tricotar já não lia, tal como mamãe, que por causa de Jan Bronski já não tinha tempo de ler, havia presenteado os belos volumes da Cooperativa do Livro, da qual ambas tinham sido assinantes, a pessoas que ainda liam porque não tricotavam nem tinham Jan Bronski algum.

Mas também os maus livros são livros e, por isso, sagrados. O que ali achei era uma miscelânea e provinha da prateleira de seu irmão Theo, que encontrara a morte como marinheiro no Doggerbank. Sete ou oito volumes do *Anuário da frota de Köhler*, repletos de navios afundados havia muito tempo, as *Categorias de serviço da Marinha Imperial*, *Paul Beneke, o Herói marinheiro*, tudo que constituía por certo o alimento pelo qual suspirava o coração de Gretchen. Também a *História da cidade de Dantzig*, de Erich Keyser, e aquela *Luta por Roma*, que parece ter sido efetuada por um homem chamado Félix Dahn com a ajuda de Totila e Teja, de Belisário e Narses, e que tinha perdido entre as mãos do irmão marinheiro muito de seu brilho e consistência. Pensei, em contrapartida, que procedia da estante da própria Gretchen um livro que tratava do débito e do crédito, algo sobre as *Afinidades eletivas* de Goethe e o grosso volume ricamente ilustrado que tinha por título *Rasputin e as mulheres*.

Depois de muita hesitação — sendo pequena a possibilidade de escolha, não era fácil decidir-se rapidamente — tomei, sem saber o que tomava, por pura obediência à minha conhecida vozinha interior, primeiro Rasputin e depois Goethe.

A dupla escolha iria delinear e influenciar minha vida, pelo menos a vida que eu pretendia levar para além de meu tambor. Até a presente data — quando Oskar, ávido de instrução, vai atraindo ao seu quarto um após outro os livros da biblioteca do hospício — oscilo, rindo-me de Schiller e seus comparsas, entre Rasputin e Goethe, entre o curandeiro e o onisciente, entre o indivíduo tenebroso que fascinava as mulheres e o príncipe luminoso dos poetas, aquele que tanto gostava de se deixar fascinar por elas. Se temporariamente me inclinava mais para Rasputin e temia a intolerância de Goethe, isso se devia exclusivamente a esta vaga suspeita: Goethe, Oskar, se você tivesse vivido e tocado tambor no tempo dele, só teria visto em você o anormal, teria condenado você como encarnação material da antinatureza, e a natureza dele — que no fim das contas você sempre tem admirado tanto e a que sempre tem aspirado, mesmo quando ela se pavoneia de forma pouco natural — a natureza dele, ele a teria alimentado com confeitos superadocicados, e pulverizado você, senão com o *Fausto*, ao menos com o alentado volume da sua teoria das cores.

Mas voltemos a Rasputin. Com a ajuda de Gretchen Scheffler ele me ensinou o grande e o pequeno ABC, me ensinou a tratar amavelmente as mulheres e, quando Goethe me ofendia, sabia como me consolar.

Não foi nada fácil aprender a ler fazendo-me ao mesmo tempo de ignorante. Isso haveria de ser mais difícil que a simulação, prolongada durante muitos anos, de molhar a cama. Pois nesse último caso tratava-se simplesmente de oferecer prova material de um defeito que me seria inteiramente dispensável. Mas representar o ignorante significava ocultar meu rápido progresso, travar uma constante luta com meu incipiente orgulho intelectual. Se os adultos desejavam me considerar um molhador de cama, eu poderia aceitar isso com uma simples sacudidela de ombros; mas ter de passar um dia sim e outro também por bobo era bastante incômodo para Oskar e para sua professora.

No momento em que resgatei os livros de entre as roupas de bebê, Gretchen, repleta de júbilo, compreendeu imediatamente sua vocação pedagógica. Consegui arrancar essa mulher sem filhos da lã que a mantinha aprisionada, e quase cheguei a fazê-la feliz. Na realidade, teria preferido que eu escolhesse como livro escolar aquele de *Débito e crédito*, mas insisti no Rasputin e fiquei com Rasputin quando, para a segunda lição, ela comprara já um autêntico ABC para principiantes; e, ao ver que voltava sempre com historiazinhas do tipo de *Anão Narigudo* e *O Pequeno Polegar*, decidi-me a falar. "Rapupin", gritava eu;

ou, ocasionalmente: "Rachuchin!" Às vezes fazia-me de perfeito idiota: "Rachu, Rachu!" ouvia-se Oskar balbuciar; a ideia era tornar perfeitamente clara qual matéria de leitura eu desejava e ao mesmo tempo deixá-la em confusão quanto ao despertar de meu gênio literário.

Aprendia rápida e regularmente, sem muito esforço. Ao cabo de um ano sentia-me em casa em São Petersburgo, na habitação privada do autocrata de todas as Rússias, no quarto infantil do czaréviche sempre enfermiço, entre conspiradores e popes, como testemunha ocular das orgias rasputinianas. Aquilo tinha um colorido de que gostava: tudo se movia em torno de uma figura central; era o que diziam também as gravuras contemporâneas espalhadas pelo livro, que mostravam o barbudo Rasputin com seus olhos de carvão em meio a damas que usavam meias pretas, mas despidas quanto ao resto. A morte de Rasputin me impressionou: envenenaram-no com bolo envenenado, com vinho envenenado, e, como pedira mais bolo, crivaram-no de tiros de revólver; e como o chumbo no peito lhe dera vontade de dançar, amarraram-no e enfiaram-no no Neva por um buraco cavado no gelo. Tudo isso fora feito por alguns oficiais masculinos, porque as damas de São Petersburgo nunca teriam dado bolo envenenado ao padrezinho Rasputin, embora, em contrapartida, lhe dessem tudo o mais que lhes pedira. As mulheres acreditavam nele, tanto que os oficiais tiveram de eliminá-lo para poder de novo crer em si mesmos.

É de admirar que não fosse eu o único a achar prazer na vida e no fim do atlético curandeiro? Pouco a pouco Gretchen recobrou o velho prazer da leitura, dos tempos de seus primeiros anos de casada. Por vezes, ao ler em voz alta, fundia-se literalmente, tremia toda ao dar com a palavra orgia, pronunciava a palavra mágica orgia com entonação especial, dispunha-se para a orgia quando dizia orgia e, contudo, não era capaz de representar, sob o nome de orgia, nenhuma orgia verdadeira.

O ruim era quando mamãe me acompanhava ao Kleinhammerweg e assistia, no apartamento de cima da padaria, às minhas aulas. Às vezes a leitura degenerava em orgia, convertia-se em um fim em si mesmo e as lições do pequeno Oskar eram totalmente esquecidas. A cada segunda ou terceira frase brotavam risos forçados, os lábios ficavam secos a ponto de se gretar; as duas mulheres casadas, por simples capricho de Rasputin, iam se juntando mais e mais, punham-se inquietas sobre as almofadas do sofá, ocorria-lhes apertar as coxas uma da outra até que os risos sufocados do começo acabavam por se converter em suspiros. A leitura de umas 12 páginas de Rasputin dava lugar ao que talvez não se houvesse querido nem esperado, mas que de todas as maneiras se aceitava de bom grado, ainda que fosse em plena tarde; e contra isso Rasputin não teria feito objeção alguma; pelo contrário, tê-lo-ia oferecido gratuitamente e continuará oferecendo por toda a eternidade.

Finalmente, depois de as duas mulheres terem exclamado "meu Deus, meu Deus!", recostavam-se na poltrona ajeitando algo confusas o penteado e era a vez de mamãe se sentir um tanto em dúvida: "Tem certeza de que o Oskarzinho não entende?" "Não seja tola", interpunha Gretchen, tranquilizando-a. "Não imagina o trabalho que me dá, sem aprender nada. Se quer ouvir minha opinião honesta, jamais conseguirá ler."

Como testemunho de minha incorrigível ignorância, acrescentava: "Veja só, Agnes: ele arranca as páginas do nosso Rasputin, amassa-as e logo estas desaparecem. Às vezes quero me dar por vencida, mas, quando o vejo feliz com o livro, deixo-o destruir e rasgar. Ademais, já pedi a Alex para nos comprar pelo Natal um novo Rasputin."

No decurso, pois, de três ou quatro anos — Gretchen Scheffler me deu aulas durante esse período e um pouco mais — consegui, como vocês terão observado, depenar mais da metade das páginas do Rasputin. Arrancava-as cuidadosamente, cônscio do ato de travessura, amassando-as, para logo, em casa, em meu rincão de tocador de tambor, sacá-las de sob meu suéter, alisá-las e guardá-las com vista a ulteriores leituras clandestinas, sem que as duas mulheres me estorvassem. Fazia o mesmo com Goethe, o qual eu exigia de Gretchen a cada quatro aulas, gritando "Doethe". Não queria, com efeito, confiar só em Rasputin, porque logo me dei conta de que neste mundo cada Rasputin tem seu Goethe pela frente, que Rasputin puxa atrás de si um Goethe ou Goethe um Rasputin ou, quando isso se torna necessário, inventa-o, para depois poder condená-lo.

Quando Oskar, atarefado com suas folhas desencadernadas no sótão ou na garagem do velho sr. Heilandt, entre bicicletas desmanteladas, mesclava as páginas soltas das *Afinidades eletivas* com outras de Rasputin, à maneira como se embaralham cartas, lia o livro recém-criado com surpresa crescente, mas nem por isso menos divertida: via Otília passeando pelo braço de Rasputin por entre jardins da Alemanha Central, enquanto Goethe, sentado em um trenó com a dissoluta e aristocrática Olga, deslizava de orgia em orgia através de uma São Petersburgo invernal.

Mas voltemos uma vez mais à minha sala de aula do Kleinhammerweg. Ainda que parecesse não haver progresso, Gretchen tirava de minha companhia o mais louco prazer, comparável ao de uma adolescente. Florescia junto a mim poderosamente sob a mão abrasadora do curandeiro russo, mão invisível decerto, mas nem por isso menos cabeluda, arrastando em seu florescer as tílias e seus cactos de salão. Se Scheffler tivesse então retirado, uma que outra vez, os dedos da farinha e substituído os pães da padaria por outros, de outra natureza! Não há dúvida de que Gretchen se deixaria amassar, modelar, pincelar com clara de ovo e assar ao forno. Quem sabe o que teria saído do forno? Talvez um bebê. Valia a pena conceder a Gretchen essa alegria.

No entanto, ficava sentada depois da leitura excitante de Rasputin, com o olhar incendiado e o cabelo ligeiramente em desordem, movendo seus dentes de ouro acavalados, mas sem ter o que morder, e dizia meu Deus, meu Deus! pensando na levedura eterna. E como mamãe, que tinha seu Jan, não podia ajudá-la em nada, os minutos que sucediam a essa parte de minha educação teriam por certo acabado mal, não fosse o fato de Gretchen possuir um coração tão desesperadamente alegre.

Corria rapidamente à cozinha, voltava com um moinho de café, agarrava-o como a um amante e, enquanto o café se convertia em pó, cantava acompanhada de mamãe *Olhos negros* ou *A guitarra vermelha*, levava os olhos negros à cozinha, punha água a esquentar e, enquanto esta aquecia sobre o bico de gás, descia correndo à padaria e trazia, geralmente contra sérias objeções de Scheffler, bolos frescos e outros velhos, enchia a mesa com xícaras floridas, a jarrinha para o creme, o pequeno açucareiro, garfos para bolo, servia o café, entoando melodias do czarévitche, oferecia tortas com cobertura de suspiros, mães-bentas com revestimento de chocolate, "estava um soldado de guarda nas areias do Volga", e coroinhas de Frankfurt salpicadas com estilhaços de amêndoas, "quantos anjinhos tem lá em cima contigo?", assim como merengues dos ditos suspiros, com nata, tão doces, ai!, tão doces; e de bocado em bocado voltava Rasputin à baila, mantendo-se agora todavia a distância, para escandalizá-las, saturadas que estavam de doces e bolos, a propósito daqueles tempos tão abomináveis e tão profundamente corrompidos do czarismo.

Naqueles anos eu comia muitos doces. Como se pode comprovar pelas fotos, Oskar não crescia mas engordava e se fazia disforme. Ocasionalmente, depois das aulas excessivamente adocicadas do Kleinhammerweg, mal chegava no Labesweg não tinha remédio senão me meter atrás do balcão, e quando Matzerath desaparecia, baixar um pedaço de pão seco atado a um barbante até o pequeno tonel norueguês no qual se guardavam os arenques em conserva, esperar até que estivesse bem empapado de salmoura e tornar a subi-lo. Não podem imaginar até que ponto, depois do consumo exagerado de doces, essa pequena merenda atuava como vomitório. Não era raro que, para emagrecer, Oskar devolvesse à privada mais de um florim de doces da padaria Scheffler, o que, naquela época, não era pouco dinheiro.

Ainda pagava as lições de Gretchen de outra maneira. Com efeito, ela, que tanto gostava de costurar e tecer ninharias para crianças, me usava como manequim. Não me restava alternativa senão provar toda espécie de blusinhas, gorrinhos, calcinhas, abriguinhos com ou sem capuzinho e me submeter a eles.

Não me lembro se foi ela ou mamãe que, na ocasião de meu oitavo aniversário, me transformou em um pequeno czarévitche digno de ser fuzilado. Naquela época o culto rasputiniano das duas mulheres havia chegado ao paroxismo. Uma foto de então me mostra junto ao bolo de aniversário, cercado de oito velinhas que não derretem, com uma blusa russa bordada, sob um gorro de cossaco puxado audaciosamente para um lado, atrás de cartucheiras cruzadas, com calças tipo bombacha, brancas, e botas curtas.

Por sorte meu tambor foi admitido na foto. E por sorte também, Gretchen Scheffler, possivelmente a instâncias minhas, cortou, costurou e finalmente provou em mim um traje suficientemente weimariano e eletivamente afim que evoca em meu álbum, ainda hoje, o espírito de Goethe; traje que testemunha minhas duas almas e me permite, com um simples tambor, pousar em São Petersburgo e em Weimar ao mesmo tempo, descer ao reino das mães e celebrar orgias com damas.

Canto de longo alcance do alto da torre da cidade

Dra. Hornstetter, que vem quase todos os dias a meu quarto o tempo exato para fumar um cigarro e que deveria me tratar como médica, mas que, tratada por mim, deixa o aposento após cada visita um pouco menos nervosa, sendo de caráter tão tímido que só experimenta intimidade junto de seus cigarros, insiste em afirmar que padeci de isolamento em minha infância, que nunca brinquei o suficiente com outras crianças.

Bem, no que se refere a outras crianças, talvez não esteja errada. É verdade que estive tão absorvido com as atividades pedagógicas de Gretchen Scheffler, tão desgastado entre Goethe e Rasputin, que mesmo com a melhor das intenções não poderia ter achado tempo para a brincadeira do anel ou do esconde-esconde. Mas sempre que, como os sábios, voltava as costas aos livros, declarando-os sepulcros das letras, e procurava contato com a gente comum, encontrava o pequeno batalhão de canibais que vivia em nosso edifício e, depois do breve contato com eles, sentia-me realmente feliz ao voltar a salvo a meus livros.

Oskar podia sair da casa de seus pais ou através da loja, e sairia então no Labesweg, ou ainda pela porta da frente, que dava para a escada. Daí podia continuar diretamente para a rua ou subir quatro lances de escada para o sótão, onde o músico Meyn soprava o trompete, ou, por último, sair para o pátio do edifício. O pavimento da rua era ensaibrado. A terra batida do pátio era o lugar onde se multiplicavam os coelhos e se sacudiam os tapetes. À parte os ocasionais duetos com o bêbado sr. Meyn, o sótão oferecia uma vista, uma perspectiva, e o agradável, ainda que ilusório, sentimento de liberdade que buscam os que sobem às torres e que faz de todos os moradores de águas-furtadas uns sonhadores.

Enquanto que o pátio estava repleto de perigos para Oskar, o sótão conferia-lhe segurança, até que Axel Mischke e sua gangue o expulsaram dali. O pátio tinha a largura do edifício, mas somente sete passos de profundidade e colidia com uma fileira de postes alcatroados providos na parte superior de acabamento de arame farpado, separando-o de três outros pátios. Do sótão tinha-se uma boa visão panorâmica desse labirinto: as casas do Labesweg, das duas ruas transversais Herta e Lise, adiante a Marienstrasse, a distância, delimitavam um retângulo considerável permeado de pátios onde se encontravam também uma fábrica de pastilhas para tosse e várias oficinas de consertos. Aqui e ali erguia-se nos pátios alguma árvore ou arbusto que indicava a estação do ano. Os pátios variavam de tamanho e desenho, mas todos tinham as instalações para coelhos e para sacudir os tapetes. Enquanto havia coelhos todo dia, os tapetes, conforme regulamento caseiro, só eram sacudidos às terças e sextas-feiras. Nesses dias ficava evidente quão vasto era realmente o conjunto de pátios. Oskar olhava e ouvia do sótão mais de uma centena de tapetes, capachos, passadeiras de corredor e miniaturas de beira de cama, friccionados com couve fermentada, escovados, golpeados e obrigados finalmente a revelar seus padrões. Cem donas de casa assomavam arrastando cadáveres de tapetes, exibiam os braços roliços e desnudos, protegiam o cabelo e o penteado com lenços bem amarrados, estendiam os tapetes sobre as barras arranjadas para esse fim, deitavam mãos aos espanadores de palha trançada e, à custa de pancadas, transgrediam a estreiteza dos pátios.

Oskar odiava esse hino unânime à limpeza. Procurava lutar com seu tambor contra o ruído, embora, mesmo distante, no sótão, tivesse de se reconhecer impotente diante das donas de casa. Cem mulheres sacudindo tapetes são capazes de tomar o céu de assalto e embotar as asas das jovens andorinhas; com uns poucos golpes desmoronavam o pequeno templo que o tambor de Oskar erigia no ar de abril.

Nos dias em que não se sacudiam tapetes, a molecada do edifício praticava exercícios na barra de madeira do sacudidor. Raramente eu ia ao pátio. Somente na garagem do velho sr. Heilandt conseguia brincar com certa segurança, pois só eu era admitido em seu bricabraque; tudo que o velho permitia aos outros garotos era uma olhada em sua coleção de tornos, bicicletas incompletas, roldanas, máquinas de costura, pregos tortos e novamente endireitados que guardava em caixas de charutos. Fizera disso uma ocupação: quando não estava extraindo pregos de velhos caixotes era porque endireitava os que arrancara na véspera. Além de não deixar se perder nenhum prego, também ajudava nas mudanças, em vésperas de festa matava os coelhos e cuspia por toda parte, no pátio, na caixa da escada e no sótão, a saliva de seu fumo de mascar.

Um dia em que os garotos, como costumam fazer as crianças, cozinhavam uma sopa próximo de sua garagem, Nuchi Eyke pediu ao velho Heilandt que cuspisse três vezes no tacho. O velho o fez de longe, e logo desapareceu em seu antro; golpeava já seus pregos quando Axel Mischke adicionou à sopa outro ingrediente: um tijolo triturado. Mantendo-se a certa distância, Oskar contemplava tais ensaios culinários com curiosidade. Com colchas e cobertores, Axel Mischke e Harry Schlager haviam armado uma espécie de tenda de campanha, para isolar a sopa da curiosidade dos adultos. Quando a farinha de tijolo começou a ferver, o pequeno Hans Kollin esvaziou seus bolsinhos e doou à sopa duas rãs vivas que colhera no tanque da cervejaria. Susi Kater, a única menina debaixo da tenda, fez um muxoxo de decepção e desgosto ao ver que as rãs submergiam na sopa sem o canto de cisne e sem tentar sequer um salto lateral. Primeiro foi Nuchi Eyke que desabotoou as calças e, sem a mínima consideração por Susi, mijou na panela. Axel, Harry e o pequeno Hans Kollin seguiram o exemplo. Mas quando o Baixinho quis se mostrar à altura dos garotos de dez anos, não deu certo. Todos então se voltaram para Susi, e Axel Mischke estendeu-lhe um tacho azul-celeste, esmaltado, de bordas irregulares. Oskar pensou em sair; entretanto, esperou até que Susi, que provavelmente não estava de calcinhas debaixo da saia, se agachou agarrando os joelhos, deslizou o tacho para baixo de si, para ficar fitando o vazio e enrugar o nariz no momento em que um tinido metálico nele viesse revelar que Susi tinha com que contribuir para a sopa.

Nesse ponto saí correndo. Não devia ter feito isso; devia ter caminhado calma e dignamente. Como corri, todos os olhos que pescavam na sopa voltaram-se para mim. Ouvi a voz de Susi Kater: "Esse vai nos delatar. Por que corre?" Isso me bateu por trás, e o senti como se me perfurasse à medida que vencia tropeçando os quatro lances de escada até o sótão.

Eu tinha sete anos e meio. Susi talvez nove, o Baixinho exatamente oito, ao passo que Axel, Nuchi, o pequeno Hans e Harry andavam pelos dez ou 11. Havia ainda Maria Truczinski. Um pouco mais velha que eu, ela não brincava no pátio, mas com as bonecas na cozinha de mamãe Truczinski ou com a irmã mais velha, Guste, que era auxiliar em um jardim de infância protestante.

O que há de surpreendente no fato de que ainda hoje me crispa os nervos ouvir uma mulher mijar em urinol? Quando, naquela ocasião, Oskar, tocando tambor, mal havia acalmado seu ouvido e sentia-se em seu sótão abrigado da sopa que borbulhava embaixo, viu chegar de repente todos aqueles que haviam contribuído para seu preparo, alguns descalços, outros com sapatos de amarrar, e Nuchi carregando a panela. Colocaram-se ao redor de Oskar, enquanto o Baixinho protegia a saída. Empurravam-se uns aos outros, cochichando: "Anda, dá você!" Por fim, Axel agarrou Oskar por trás, prendeu-lhe os braços, imobilizou-o, e Susi, rindo-se com a língua entre dentes úmidos e regulares, disse que não havia inconveniente em fazê-lo. Tomou a colher de Nuchi, friccionou-a na perna até devolver-lhe o brilho de metal, submergiu-a na panela fervendo, mexeu lentamente avaliando a resistência do caldo, como o fazem as boas donas de casa, soprou logo sobre a colher cheia para esfriá-la um pouco e, finalmente, deu-a a Oskar. Sim, me fez engolir a sopa: em minha vida não tornei a provar algo parecido, nem é fácil que chegue um dia a esquecer tal sabor.

Quando por fim toda aquela gente excessivamente solícita pelo bem de meu corpo me deixou, porque Nuchi vomitou na panela, consegui me arrastar até o canto do varal, onde no momento não havia senão um par de lençóis, e devolvi as poucas colheradas do caldo avermelhado, mas sem poder descobrir na devolução o menor vestígio das rãs. Trepei numa caixa posta sob a janela aberta da água-furtada. Ruminando o tijolo esfarelado, olhei os pátios distantes e senti extrema necessidade de ação. Mirando as longínquas janelas de casas na Marienstrasse, de vidro reluzente, gritei e cantei naquela direção. Não podia ver os resultados e, contudo, estava tão convencido da possibilidade de ação a longa distância, através do canto, que a partir de então o pátio e todos os vários pátios se tornaram pequenos para mim. Sedento de distância, espaço, panorama, resolvi aproveitar vorazmente toda oportunidade para deixar nosso suburbano Labesweg, sozinho ou pela mão de mamãe, para escapar da perseguição dos fazedores de sopa no pátio, que se tornara demasiado pequeno.

Toda quinta-feira mamãe ia à cidade fazer compras. Geralmente me levava com ela. Levava-me sempre, quando se tornava necessária a aquisição de um novo tambor na loja de Sigismund Markus, na passagem do Arsenal, junto ao mercado do Carvão. Nesse período, mais ou menos entre os sete e os dez anos, eu gastava um tambor em exatamente duas semanas. Dos dez aos 14 eu demolia um instrumento em menos de uma semana. Mais tarde iria conseguir, por um lado, transformar um tambor em frangalhos em um simples dia de atividade e, por outro, com equilíbrio, rufar meu tambor vigorosamente mas com moderação e controle que me deixavam o instrumento intacto, exceto ocasionais fendas no esmalte, por três ou quatro meses.

Mas permitam-me voltar aos dias em que periodicamente escapava de nosso pátio com seu sacudidor de tapetes, com o velho Heilandt batendo pregos e os inventores de sopa, graças a mamãe, que a cada quinzena me levava à loja de Sigismund Markus, onde me era permitido escolher um novo tambor. Algumas vezes me deixava acompanhá-la mesmo quando meu tambor velho estava relativamente em boas condições. Como eram agradáveis tais tardes multicoloridas da cidade velha; sempre tinham alguma coisa de museu, e havia sempre um bimbalhar de sinos de uma ou outra igreja.

Com frequência nossas excursões eram prazerosamente monótonas. Algumas compras no Leiser, Sternfeld ou Machwitz; então nos dirigíamos à loja de Markus. Tornaram-se hábito por parte de Markus todos aqueles cumprimentos elogiosos que dirigia à mamãe. Estava obviamente enamorado dela, embora, tanto quanto sei, nunca tenha avançado além de lhe tomar as mãos, ardentemente descritas como valendo o seu peso em ouro, e depositar um silencioso beijo sobre elas — exceto na ocasião, de que em breve falarei, em que se pôs de joelhos.

Mamãe, que herdara de vovó Koljaiczek a postura arrogante, maciça e ereta, bem como uma amável vaidade associada a um caráter bonachão, aceitava aquelas atenções, tanto mais prazerosamente quanto Sigismund Markus, de vez em quando, mais lhe presenteava que vendia, a preços irrisórios, sortimentos de seda para costurar e meias adquiridas em remarcações mas nem por isso menos impecáveis. Sem falar de meus tambores, alcançados por sobre o balcão a preço ridículo cada duas semanas.

Pontualmente, às quatro e meia, mamãe perguntava a Sigismund se podia me deixar, a Oskar, sob seus cuidados, pois estava ficando tarde e ela tinha ainda muitos assuntos a resolver. Sorrindo maliciosamente, Markus inclinava-se e prometia, com um torneio de frase, assumir a guarda de minha pessoa, Oskar, como da menina de seus olhos, enquanto ela tratava de seus importantes negócios. O tom de gracejo era demasiado débil para gerar ofensa, embora algumas vezes suscitasse certo enrubescimento no rosto de mamãe e a levasse à suspeita de que Markus sabia de algo.

Quanto a mim, sabia tudo sobre as tarefas de mamãe caracterizadas como importantes e cumpridas com tanto esmero e diligência. Por um tempo deixou-me acompanhá-la a uma pensão barata na rua dos Carpinteiros, onde desaparecia na escada por exatamente três quartos de hora, enquanto eu esperava junto da proprietária. Sem uma palavra, a dona, que regularmente saboreava Mampe, instalava diante de mim um copo de limonada sempre detestável, até que mamãe voltasse sem nenhuma mudança claramente perceptível. Com uma palavra de adeus para a proprietária, que não levantava os olhos de seu Mampe, me pegava pela mão e saíamos. Nunca lhe ocorreu que a temperatura de suas mãos podia traí-la. Mão na mão superaquecida, entrávamos a seguir no café Weitzke, na rua dos Tecelões, onde mamãe pedia café expresso, Oskar sorvete de limão, e então esperavam um pouco e, como por acaso, Jan Bronski aparecia, sentava-se a nossa mesa e pedia uma segunda xícara de café expresso, que seria pousada sobre o calmo frescor do mármore da mesa.

Conversavam em minha presença como se eu não estivesse ali e o tema da conversação corroborava o que eu já sabia: que mamãe e tio Jan se encontravam quase toda quinta-feira para gastar três quartos de hora um com o outro em um quarto de pensão da rua dos Carpinteiros, alugado por ele. Provavelmente foi Jan que objetou quanto às minhas idas à rua dos Carpinteiros e ao café Weitzke. Algumas vezes era bastante discreto, bem mais que mamãe, que não via razão por que eu não devesse testemunhar o epílogo de sua hora de amor, de cuja legitimidade parecia estar sempre, mesmo depois, convencida.

Por imposição de Jan, então, eu passava quase todas as tardes de quinta-feira, de quatro e meia até pouco antes das seis, com Sigismund Markus. Era-me permitido contemplar seu estoque de tambores de lata esmaltada e mesmo usá-los — onde mais poderia Oskar tocar vários tambores simultaneamente? Enquanto isso podia olhar a cara de cão triste de Markus. Não sabia de onde seus pensamentos provinham, mas tinha uma clara e justa ideia quanto à destinação deles: iam para a rua dos Carpinteiros e lá ficavam, arranhando as portas numeradas dos quartos ou acocorando-se, igual ao pobre Lázaro, debaixo da mesa de mármore do café Weitzke. Esperando o quê? Migalhas?

Mamãe e Jan Bronski não deixavam migalhas. Comiam tudo, eles próprios. Tinham o apetite voraz que nunca cede, que morde o próprio rabo. Estavam tão ocupados que devem ter interpretado os pensamentos de Markus debaixo da mesa como a incômoda carícia de uma corrente de ar.

Em uma dessas tardes — deve ter sido em setembro, pois mamãe deixara a loja de Markus em seu costume outonal cor de ferrugem — vi Markus perdido, mergulhado, enterrado em pensamentos atrás do balcão. Não sei o que me deu. Tomando meu novo tambor, recém-adquirido, enveredei pela passagem do Arsenal. As laterais do túnel frio e escuro estavam cheias de suntuosas vitrines: joias, livros, comestíveis finos. Por mais desejáveis que tais artigos fossem, estavam fora de meu alcance. Eles não me prendiam; continuei a andar, saindo da passagem para o mercado do Carvão. Emergindo da luz poeirenta, parei para olhar o Arsenal. A fachada de basalto cinza estava entremeada de balas de canhão de diferentes tamanhos, procedentes dos diversos períodos de cerco, que recordavam a história da cidade de Dantzig aos que por ali passavam. As balas de canhão não tinham interesse para mim, particularmente porque sabia que não tinham grudado na parede por conta própria; vivia na cidade um pedreiro empregado e pago conjuntamente pelo Serviço de Construção Pública e pelo de Conservação de Monumentos para que engastasse nas fachadas de diversas igrejas e câmaras municipais, bem como nas paredes de frente e de fundo do Arsenal, as munições dos séculos passados.

Decidi entrar no teatro Municipal, cujo portal de colunas se levantava ali perto, à direita, separado do Arsenal apenas por um beco mal-iluminado. Como esperava, o teatro estava fechado — a bilheteria da sessão noturna só abria às sete da noite. Indeciso e pensando na retirada, fui tocando meu tambor para a esquerda, até que Oskar de repente se viu entre a torre da cidade e a porta da rua principal. Não me atrevi a passar a porta, tomar a rua e, dobrando à esquerda, entrar na rua dos Tecelões, pois ali estavam minha mãe e Jan Bronski ou, em caso negativo, é porque já estariam acabando na rua dos Carpinteiros ou, quem sabe, já a caminho do café revigorante sobre a mesinha de mármore.

Não sei como cheguei a atravessar a pista do mercado do Carvão, entre os bondes que passavam ininterruptamente rente à porta ou que desta saíam tilintando a campainha ou chiando ao pegar a curva para se meter logo pelo mercado do Carvão, através do mercado da Madeira, em direção à estação Central. Provavelmente algum adulto, quem sabe um policial, me tomou pela mão e me conduziu são e salvo por entre os perigos do trânsito.

E agora me achava ao pé da torre da cidade, cuja composição de tijolos levantava-se abruptamente contra o céu, e na verdade foi casualmente ou por puro tédio que introduzi as baquetas de meu tambor entre a obra de alvenaria e o batente guarnecido de ferro da porta da torre. Alcei os olhos para o alto; era-me difícil, contudo, abarcar com a vista toda a fachada, pois a cada momento os pombos se punham em revoada a partir de algum ninho ou das janelas da torre, para pousar ato contínuo em alguma gárgula ou sacada e, após descanso de vários segundos, suficientes para um pombo, voltarem a levantar voo carregando preso o meu olhar.

A brincadeira dos pombos me aborrecia. Doía-me o olhar e, assim, retirei-o deles e me concentrei seriamente em usar as baquetas como alavancas e também para combater o tédio. E eis que a porta cedeu, e antes mesmo que se abrisse por completo, já Oskar se achava no interior da torre, na escada em caracol, e subia sempre levantando primeiro a perna direita e logo depois a esquerda, até chegar às primeiras masmorras gradeadas, e se enroscava cada vez mais até em cima, deixando atrás de si a câmara das torturas com seus instrumentos cuidadosamente conservados e rotulados de maneira didática; e subia mais — agora avançando primeiro a perna esquerda e logo depois a direita — e lançava uma olhadela por uma janela estreita com barrotes, apreciava a altura, calculava a espessura da parede, afugentava os pombos, voltava a encontrá-los uma volta mais acima da escada em caracol, começava de novo com a perna direita e logo depois a esquerda; ao chegar após outra troca de pernas ao alto, Oskar teria podido continuar subindo e subindo ainda por muito tempo, mesmo que tanto a perna esquerda como a direita tivessem se tornado de chumbo. Mas a escada desistira prematuramente. Oskar compreendeu a falta de sentido e a impotência que caracterizam a construção de torres.

Ignoro qual era, e qual é ainda a altura da torre, já que ela sobreviveu à guerra. Tampouco tenho vontade de pedir a meu enfermeiro Bruno que me traga alguma obra de consulta sobre a arquitetura gótica em tijolo da Alemanha Oriental. Avalio que até a ponta da torre haja mais ou menos uns bons 45 metros.

Quanto a mim — e a culpa foi da escada em caracol que me cansou antes do tempo — tive que parar na galeria que circunda a flecha. Sentei-me, enfiei as pernas entre as colunetas da balaustrada, inclinei-me para frente e, envolvendo com o braço direito uma das colunetas e segurando com o esquerdo o tambor que fizera toda a ascensão comigo, olhei para o mercado do Carvão.

Não vou agora aborrecê-los com a descrição de um panorama povoado de torres, ressoantes, de campanários de respeitável antiguidade, pretensamente atravessado ainda pelo sopro da Idade Média e reproduzido em mil boas gravuras: a cidade de Dantzig vista do alto. Tampouco vou me ocupar dos pombos, ainda que amiúde se diga que sobre eles se pode escrever muito. A mim um pombo não diz praticamente nada; prefiro uma gaivota. A expressão pomba da paz não passa de um paradoxo, a meu ver: antes confiaria eu uma mensagem de paz a um açor ou a um abutre que a um pombo, a mais rabugenta das aves debaixo do céu. Enfim: na torre da cidade havia pombos, como de resto em toda torre digna desse nome, que com ajuda de seu zelador se respeite a si mesma.

Meus olhos pousavam em algo muito diferente: o edifício do teatro Municipal que havia encontrado fechado ao sair da passagem do Arsenal. Devido à cúpula, o velho prédio exibia uma semelhança diabólica com um clássico moinho de café, descomunalmente aumentado, ainda que lhe faltasse em cima a manivela que teria sido necessária para reduzir a um horripilante purê, em um templo das musas e da cultura, repleto toda noite, um drama em cinco atos com seus atores, bastidores, pontos, cenários, cortinas e tudo mais. Irritavam-me a construção e as janelas flanqueadas de colunas do saguão que o sol poente, cada vez mais vermelho, resistia em abandonar.

Àquela hora, uns trinta metros acima do mercado do Carvão, dos bondes e dos empregados que saíam dos escritórios, muito acima do barateiro Markus com seu odor adocicado, das frias mesinhas de mármore do café Weitzke, de duas xícaras de café expresso e de mamãe e de Jan Bronski, e deixando muito abaixo nosso edifício, o seu pátio, os pátios, os pregos tortos ou endireitados, as crianças da vizinhança e suas sopas de tijolo, eu, que até então nunca gritara a não ser por motivos coercitivos, me converti em gritador sem motivo ou coerção. E se até o momento de minha ascensão à torre da cidade tinha apenas lançado meus sons penetrantes contra a estrutura de um vaso, contra as lâmpadas ou contra alguma garrafa vazia de cerveja quando queriam me tomar o tambor, agora, em contrapartida, gritei do alto da torre sem que meu tambor nada tivesse a ver com isso.

Ninguém queria tomar de Oskar o tambor e, contudo, ele gritou. E não é que algum pombo tivesse deixado uma imundície cair sobre o tambor para lhe arrancar um grito. Ali em volta havia verde-acinzentado em lâminas de cobre, mas não vidro e, contudo, Oskar gritou. Os pombos tinham olhos brilhantes com reflexos avermelhados, mas nenhum olho de vidro o fitava e, contudo, gritou. E para onde gritou, que distância o atraía? Tratava-se acaso de demonstrar aqui deliberadamente o que do sótão tinha tentado sem propósito fixo, por cima dos pátios, depois da delícia daquela sopa de farinha de tijolo? Que vidro teria Oskar em mente? Com que vidro — e não pode se tratar senão de vidro — queria Oskar efetuar experimentos?

Foi o teatro Municipal, aquele dramático moinho de café, que atraiu para suas janelas iluminadas pelo sol poente meus sons de novo estilo, ensaiados pela primeira vez no sótão e, diria eu, quase maneiristas. Após alguns momentos de sibilo com maior ou menor intensidade, ainda que sem resultado, consegui produzir um ruído quase inaudível e, com satisfação e maldissimulado orgulho, pôde Oskar fazer ato de presença; duas das vidraças centrais da janela esquerda do saguão tiveram de renunciar ao sol da tarde e viam-se dois retângulos negros que exigiam de forma imperiosa novas vidraças.

Era preciso confirmar o êxito. Produzi-me como um desses pintores modernos que, uma vez que dão com o estilo que vinham buscando há muitos anos, ilustram-no oferecendo ao mundo estupefato uma série completa de exercícios manuais, igualmente magníficos, igualmente atrevidos, de igual valor e amiúde de idêntico formato todos eles.

Em menos de um quarto de hora consegui deixar sem vidros todas as janelas do saguão e parte das portas. Diante do teatro juntou-se uma multidão que, conforme eu podia apreciar de cima, parecia excitada. Nunca faltam os curiosos. A mim os admiradores de minha arte não impressionavam muito. No máximo, induziriam Oskar a trabalhar de forma mais eficiente e ainda mais formal. E já me dispunha, por meio de um experimento ainda mais ousado, a pôr a descoberto o interior das coisas, vale dizer, a enviar ao interior do teatro, já escuro àquela hora, através do saguão aberto e passando pelo orifício da fechadura da porta de um dos camarotes, um grito especial que deveria atacar o que constituía o orgulho de todos os assinantes: o lustre central com todos os seus tentáculos de vidro polido, reluzente e cortado em facetas refrangentes, quando de imediato percebi entre a multidão congregada diante do teatro um tecido de cor ferrugem-outono: mamãe já saíra do café Weitzke, tinha saboreado seu expresso e deixado Jan Bronski.

Tenho de confessar contudo que, de qualquer forma, Oskar emitiu ainda um grito dirigido contra o lustre. Mas parece que não teve êxito: os jornais do dia seguinte mencionaram apenas as vidraças do saguão e das portas estilhaçadas de forma enigmática. E pelo espaço de várias semanas ainda, a imprensa diária, em sua parte folhetinesca, deu acolhida a investigações pseudocientíficas e científicas em que se disseram sandices incríveis em várias colunas. As *Últimas Notícias* divagaram sobre raios cósmicos. Gente do Observatório, portanto trabalhadores intelectuais altamente qualificados, falaram das manchas solares.

Desci então pela escada em caracol com toda a pressa que minhas curtas pernas me permitiam e cheguei botando os bofes pela boca diante do portal do teatro, onde a multidão continuava aglomerada. Mas o costume ferrugem-outono de mamãe já não luzia ali: devia se achar na loja de Markus, narrando talvez os danos que minha voz acabara de ocasionar. E o tal Markus, que tomava meu suposto retardamento e minha voz diamantina como a coisa mais natural do mundo, devia estar balançando a ponta da língua, pensava Oskar, e friccionando uma contra a outra as mãos amareladas.

Ao entrar na loja, deparei-me com um quadro que me fez esquecer em um segundo todos os êxitos de meu canto destruidor de vidros a distância. Sigismund Markus estava postado de joelhos diante de mamãe, e com ele pareciam também querer se ajoelhar todos os animais de pelúcia, ursos, macacos, cães e até bonecas com pestanas movediças, bem como os carros de bombeiros, cavalos de balanço e todos os demais títeres que lhe guarneciam a loja. Tinha presas nas suas as mãos de mamãe e, exibindo sobre o dorso das mãos manchas pardacentas recobertas de um pelo claro, chorava.

Também mamãe parecia séria e, de acordo com a situação, atenta. "Não, Markus, por favor", dizia, "não aqui na loja".

Mas Markus prosseguia, e seu discurso tinha uma entonação por sua vez suplicante e exagerada, difícil de esquecer: "Não continue com esse Bronski, já que está no correio, que é polonês, e isso não serve, digo, porque ele está com os poloneses. Não jogue a favor dos poloneses; se quer jogar, jogue com os alemães, porque estes sobem, senão hoje, amanhã, porque já estão subindo, e a sra. Agnes continua apostando no Bronski. Se ao menos apostasse a favor de Matzerath, que já é seu, tudo bem. Ou oxalá quisesse apostar em Markus e vir com Markus, já que este acaba de se batizar. Vamos a Londres, sra. Agnes, onde tenho gente amiga e todos os papéis necessários: ah, se quisesse vir! Mas se não quer vir com Markus porque o despreza, então está bem, desprezo-o. Mas ele lhe roga de todo o coração que não aposte mais nesse louco do Bronski, que continua no correio polonês, e os poloneses vão ser logo liquidados, assim que chegarem os alemães."

E precisamente no momento em que mamãe, confusa ante tantas possibilidades e impossibilidades, estava também a ponto de chorar, Markus me viu à entrada da loja, com o que, soltando uma das mãos de mamãe e acenando para mim com cinco dedos que pareciam falar, disse: "Pois bem, sim, senhor, este também nós levaremos para Londres, e o trataremos como a um príncipe, sim, senhor, como um principezinho."

Então também mamãe voltou-se para mim e em seus lábios desenhou-se um sorriso. Talvez pensasse nas janelas órfãs de vidraças do teatro Municipal, ou a perspectiva da metrópole londrina infundia-lhe bom humor. Mas, para grande surpresa minha, sacudiu a cabeça e disse, com a mesma simplicidade com que se recusa um convite para dançar: "Obrigada, Markus, mas não pode ser; é realmente impossível — por causa de Bronski."

Como se o nome de meu tio tivesse constituído uma senha, Markus levantou-se automaticamente, fez uma inclinação rígida como de faca de mola e disse: "Peço que me perdoe; já sabia que não podia ser, por causa dele; sempre soube."

Ao deixarmos a loja da passagem do Arsenal, ainda que não fosse hora de fechar, o lojista baixou a porta e nos acompanhou até a parada da linha cinco. Em frente ao teatro Municipal continuavam ainda amontoados os transeuntes e havia alguns policiais. Mas eu não sentia medo algum e apenas me recordava de minha vitória sobre o vidro. Markus se inclinou até mim e me sussurrou ao ouvido: "Que coisa você sabe fazer, Oskar! Toca tambor e arma escândalo diante do teatro!"

Gesticulando com a mão, acalmou a intranquilidade que se apoderou de mamãe à vista dos vidros partidos, e ao chegar ao bonde, depois que tínhamos subido no reboque, implorou uma vez mais, em voz baixa, temendo ser ouvido por outros: "Se é assim, fique por favor com Matzerath, que já é seu, e pare de se meter com os poloneses."

Ao rememorar hoje, deitado ou sentado em sua cama metálica, mas tocando seu tambor em qualquer posição, a passagem do Arsenal, os garranchos nas paredes dos calabouços da torre da cidade, a torre mesma e seus instrumentos de tortura bem azeitados, as três janelinhas do saguão do teatro Municipal com suas colunas e de novo a passagem do Arsenal e a loja de Markus, para poder reconstituir os detalhes de um dia de setembro, Oskar evoca ao mesmo tempo a Polônia. Evoca-a com o quê? Com as baquetas de seu tambor. Evoca-a também com sua alma? Evoca-a com todos os seus órgãos, embora a alma não seja nenhum órgão.

E evoco a terra da Polônia, que está perdida, mas que ainda não está perdida.* Outros dirão: logo perdida, já perdida, de novo posta a perder. Aqui onde me encontro procuram a Polônia com créditos, com a Leica, com a bússola, com o radar, com varinhas mágicas e delegados, com humanismo, chefes de oposição e associações que guardam os trajes regionais em naftalina. Enquanto aqui procuram a Polônia com a alma — em parte com Chopin e em parte com desejos de revanche no coração —, enquanto aqui se rechaçam as divisões da Polônia da primeira à quarta e se planeja já uma quinta divisão, enquanto aqui se voa a Varsóvia pela Air France e se deposita compassivamente uma pequena coroa de flores onde outrora se levantava o gueto, enquanto daqui se buscará a Polônia com foguetes, eu a busco em meu tambor e toco: perdida, ainda não perdida, de novo posta a perder, perdida em mãos de quem?, perdida logo, já perdida, Polônia perdida, tudo perdido, a Polônia ainda não está perdida.

---

* Referência ao hino nacional polonês, "Jeszcze Polska Ne Zgnela": a Polônia ainda não está perdida. (N.T.)

A TRIBUNA

Ao trucidar com meu canto as vidraças das janelas do saguão do teatro Municipal, procurava eu, e estabeleci pela primeira vez, contato com a arte cênica. Apesar das solicitações do vendedor de brinquedos Markus, mamãe teve sem dúvida de se dar conta da relação direta que me unia ao teatro, porque, ao se aproximar o Natal seguinte, comprou quatro entradas, para ela, para Stephan e Marga Bronski e também para Oskar, e no último domingo de Advento nos levou os três à função infantil. Estávamos na primeira fila do balcão simples. O soberbo lustre, dependurado sobre a plateia, dava o melhor de si. Alegrei-me de não tê-lo reduzido a pó com o meu canto do alto da torre da cidade.

Mesmo nesse dia havia crianças em excesso. Nos balcões havia mais crianças que mamães, ao passo que na plateia, onde estavam os ricos, menos propensos a procriar, a relação entre crianças e mamães via-se praticamente equilibrada. As crianças! Por que não conseguem ficar quietas? Marga Bronski, sentada entre mim e Stephan, que se portava relativamente bem, deixou-se resvalar de seu assento de sobe e desce, quis voltar a se endireitar, mas achou a seguir que era mais bonito fazer exercícios ali junto ao corrimão do balcão, prendeu de repente os dedos no mecanismo do assento e começou a berrar, embora, em comparação com os demais que berravam a nosso redor, de forma relativamente suportável e breve, pois mamãe encheu de bombons sua boca tola de criança chupando chupeta e prematuramente cansada por seus exercícios de tobogã com o banco. A irmãzinha de Stephan dormiu mal começara a representação, e tinha de ser despertada ao final de cada ato para aplaudir, o que aliás fazia com muito entusiasmo.

Representavam a história do Pequeno Polegar, que me cativou desde a primeira cena e, como se compreenderá, me afetou pessoalmente. Faziam-no bem: não se via o Polegarzinho, apenas se ouvia sua voz, e os adultos iam de um lado para outro procurando o herói titular, invisível, mas muito ativo. Escondia-se na orelha do cavalo, deixava-se vender a um bom preço por seu pai a dois vagabundos, passeava pela copa do chapéu de um deles, gritava dali, deslizava mais tarde para um buraco de rato, a seguir para uma concha de caracol, mancomunava-se com uns ladrões, caía no feno e, com este, na pança da vaca. Mas matavam a vaca, porque falava com a voz do Pequeno Polegar, e a pança da vaca, com seu diminuto prisioneiro dentro, ia dar em um monturo, onde um lobo a tragava. Então o Pequeno Polegar com muita habilidade ia guiando o lobo até a casa e a despensa de seu pai, e, no exato momento em que o lobo se dispunha a roubar, armava um grande escândalo. O fim era tal como ocorre na história: o pai matava o lobo, a mãe abria com uma tesoura o corpo e a pança do glutão, e dali saía o Polegarzinho; isto é, somente ouviam-no gritar: "Ah, papai, estive em um buraco de rato, no ventre de uma vaca e na barriga de um lobo, mas, de agora em diante, ficarei em casa com vocês!"

Esse final me comoveu e, ao levantar os olhos para mamãe, vi que ocultava o nariz em um lenço, pois, tal como eu, ela havia vivido a ação que se desenrolara no cenário de forma intimamente pessoal. Mamãe se enternecia facilmente, e nas semanas seguintes, sobretudo durante as festas de Natal, me apertava com frequência contra seu peito, beijava-me, ora de modo brincalhão, ora com melancolia, e chamava a Oskar: Polegarzinho. Ou: meu Pequeno Polegarzinho. Ou: meu pobre, pobre Polegarzinho.

Foi somente no verão de 33 que se apresentaria uma nova oportunidade de eu ir ao teatro. Verdade é que, devido a um equívoco de minha parte, a coisa correu mal; mas me deixou uma impressão perdurável. A tal ponto que ainda hoje ressoa e se agita em mim, pois aconteceu na Ópera do bosque de Zoppot, onde a cada verão, sob o céu noturno, despejava-se em meio à natureza a música wagneriana.

Apenas mamãe mostrava algum entusiasmo por óperas. Para Matzerath até as operetas eram excessivas. Quanto a Jan, concordava com mamãe, era louco pelas árias, ainda que, apesar de seu ar de músico, fosse absolutamente surdo para a boa música. Em contrapartida conhecia os irmãos Formella, que haviam sido condiscípulos seus na escola secundária de Karthaus e viviam em Zoppot, onde tinham a seu cargo a iluminação do cais, do repuxo em frente ao cassino, do próprio cassino, e atuavam também como encarregados da iluminação nos festivais de Ópera do bosque.

O caminho de Zoppot passava por Oliva. Uma manhã no parque do castelo: peixes coloridos, cisnes, mamãe e Jan Bronski na célebre gruta dos Segredos. De novo peixes coloridos e cisnes que trabalhavam em equipe com um fotógrafo. Enquanto tiravam a foto, Matzerath subiu--me a cavalo sobre seus ombros. Apoiei o tambor sobre sua cabeça, o que provocou o riso geral, até muito tempo depois, quando o retrato já estava colado no álbum. Despedida dos peixes coloridos, dos cisnes e da gruta dos Segredos. Não era domingo apenas no parque do castelo, mas também fora da grade de ferro, no bonde de Glettkau e no cassino de Glettkau, onde comemos, enquanto o Báltico, como se não tivesse outra coisa a fazer, convidava insistentemente ao banho: era domingo por toda parte. Quando, seguindo o passeio que margeia a costa, fomos a pé a Zoppot, o domingo veio a nosso encontro, e Matzerath teve de pagar entradas para todos.

Banhamo-nos no balneário sul, porque parece que havia ali menos gente que no do norte. Os homens trocaram de roupa na seção para cavalheiros, enquanto mamãe me levou a uma casinhola na seção para damas e exigiu que me exibisse nu no compartimento para famílias, enquanto ela, que naquela época transbordava exuberância, verteu as carnes em um maiô amarelo-palha. Para não me apresentar demasiado descoberto ante os mil olhos do banho para famílias, tapei o sexo com o tambor e logo me estendi na areia de barriga para baixo; tampouco quis me meter nas convidativas águas do Báltico e escondi minhas vergonhas na areia, adotando a política do avestruz. Matzerath e Jan Bronski eram tão ridículos com suas barriguinhas incipientes, que quase davam pena, de modo que me alegrei quando ao cair a tarde voltamos às cabines, onde cada um untou de creme a pele queimada pelo sol e, cheirando a creme Nivea, voltou a se meter em seu respectivo traje domingueiro.

Café e bolos no Estrela do Mar. Mamãe queria uma terceira porção de bolo de cinco andares. Matzerath era contra, Jan a favor e contra ao mesmo tempo, mamãe pediu-a, deu um bocado a Matzerath, uma colherada a Jan e, tendo satisfeito assim seus dois homens, pôs-se a engolir, colherzinha a colherzinha, as porções arquiaçucaradas do bolo.

Ó sacrossanto creme amanteigado, ó tarde domingueira, pulverizada de açúcar, de serena a nublada! Perto de nós estavam sentados alguns aristocratas poloneses atrás de seus óculos escuros azuis e limonadas concentradas das quais não faziam caso. As damas brincavam com suas unhas de cor violeta, deixando chegar até nós, com a brisa marinha, o cheiro de naftalina de suas estolas alugadas ocasionalmente para a temporada. A Matzerath isso parecia ridículo. Mamãe também teria com prazer alugado uma estola semelhante, ainda que só por uma tarde. Jan afirmava que o tédio da nobreza polonesa estava naquele momento tão à flor da pele que, apesar das dívidas cada vez maiores, já não se falava francês, mas, por puro esnobismo, polonês do mais vulgar.

Não podíamos permanecer indefinidamente sentados no Estrela do Mar olhando insistentemente os óculos escuros e as unhas violeta da aristocracia polonesa. Mamãe, saturada de bolo, necessitava de movimento. O parque do cassino nos acolheu; aí me puseram sobre um burro e tive de voltar a posar para uma fotografia. Peixes coloridos, cisnes — o que não ocorrerá à natureza! — e mais cisnes e peixes coloridos, que valorizavam a água doce.

Entre teixos penteados, que não sussurravam como costumam, encontramos os irmãos Formella, os Formella iluminadores do cassino e da Ópera do bosque. O menor dos Formella haveria de soltar sempre quantas piadas pudesse recolher seu ouvido de iluminador. O mais velho, que já sabia todas, nem por isso deixava de rir de forma contagiante no momento apropriado, por amor fraternal, mostrando nessas ocasiões um dente de ouro a mais que seu irmão caçula, que só tinha três. Fomos ao Springer beber um copinho de genebra. Mamãe teria preferido ir ao príncipe Eleitor. Sem cessar de nos obsequiar com as péssimas piadas de seu inexaurível estoque, o dadivoso Formella menor convidou-nos a jantar no Papagaio. Ali encontramos Tuschel, e Tuschel era proprietário de uma boa metade de Zoppot e, além disso, de uma parte da Ópera do bosque e de cinco cisnes. Era, portanto, o patrão dos irmãos Formella e se alegrou, como nós nos alegramos, de nos ter conhecido. Tuschel não parava de dar voltas em um anel que usava em um dos dedos, mas que não devia ser de modo algum um anel mágico, já que não acontecia nada, exceto que Tuschel começou por sua vez a contar piadas, as mesmas de Formella, só que muito mais complicadas, pois estava provido de menos dentes de ouro. Ainda assim toda a mesa ria, pois era Tuschel que contava as piadas. Como desfrutavam todos daquelas explosões de riso, por mais fingidas que fossem, tão semelhantes aos cristaizinhos arredondados e coloridos da janela da sala em que estávamos comendo! Tuschel, agradecido, continuava contando piadas sem parar, e mandou trazer aguardente e, afogando-se em riso e aguardente, deu de repente uma volta em seu anel no sentido oposto, e aí sim passou-se algo: Tuschel nos convidou para a Ópera, já que uma parte desta lhe pertence; por desgraça ele não podia ir, compromisso prévio et cetera, mas de qualquer modo o deixaríamos feliz se aceitássemos: era um camarote com poltronas confortáveis, nele se podia dormir, em caso de cansaço; e com uma lapiseira de prata escreveu palavras tuschelianas em um cartãozinho de visita tuscheliano, que nos abriria todas as portas — disse ele — e assim foi efetivamente.

O que sucedeu pode ser contado em poucas palavras: era uma noite tépida de verão, a Ópera do bosque lotada, toda gente de fora. Já desde muito antes de começar haviam chegado os mosquitos. Mas só quando o último mosquito, que chega sempre um pouco tarde apenas porque isso é chique, anunciou zumbindo e sedento de sangue sua chegada, a coisa começou de verdade e nesse mesmo momento. Apresentavam *O navio fantasma*. Um navio, mais caçador furtivo que pirata, saía do bosque que dava nome ao teatro. Alguns marinheiros cantavam às árvores. Adormeci sobre as poltronas de Tuschel e, ao despertar, os marinheiros continuavam cantando ou voltavam a cantar: Timoneiro alerta... mas Oskar tornou a dormir, contente por ver como sua mãe se apaixonava tanto pelo holandês que parecia estar flutuando sobre as ondas e como inflava e desinflava seu seio um sopro wagneriano. Ela não percebia que Matzerath e seu Jan, faces ocultas por trás das respectivas mãos, estavam ambos serrando troncos de espessura diversa, e que eu mesmo escorria por entre os dedos de Wagner, até que Oskar despertou definitivamente, porque, no meio do bosque, uma mulher solitária estava gritando. Ela tinha cabelo amarelo e gritava, porque algum iluminador, provavelmente o mais moço dos Formella, cegava-a com seu foco e a molestava. "Não!" gritava. "Desventurada de mim! Quem me faz isso?" Mas Formella, que era quem o fazia, nem por isso apagava o refletor, e o grito da mulher solitária, que mamãe havia logo de designar como solista, convertia-se em um gemido que de vez em quando se encrespava argentino e, embora fizesse murchar antes do tempo as folhas das árvores do bosque de Zoppot, não afetava absolutamente, nem eliminava o refletor de Formella. Sua voz, ainda que bela, não tinha poderes. Era preciso que Oskar interviesse e, descobrindo o refletor mal-educado, com um grito a distância, mais imperceptível ainda que o zumbido dos mosquitos, o matasse.

O curto-circuito, a escuridão, as chispas e um incêndio florestal que pôde ser dominado, mas que nem por isso deixou de causar pânico, não estavam em meus propósitos. No tumulto perdi mamãe, e os dois homens foram arrancados rudemente de seu sono. Também meu tambor perdeu-se na confusão.

Esse meu terceiro encontro com o teatro deu a mamãe, que começara, depois da noite na Ópera do bosque, a domesticar Wagner em arranjos simples em nosso piano, a ideia de me levar ao circo. Isso foi posto em execução na primavera de 34.

Oskar não se propõe a falar aqui das duas damas prateadas do trapézio, nem dos tigres do circo Busch ou das hábeis focas. Ninguém caiu do alto da cúpula do circo. Não se comeu nenhum domador e definitivamente as focas só fizeram o que haviam aprendido: uma série de malabarismos com bolas, em paga do que lhes davam arenques vivos. Minha dívida com o circo deriva do gosto com que vi as representações infantis e pelo encontro, para mim tão importante, com Bebra, o palhaço filarmônico que tocava *Jimmy, o Tigre* com garrafas e dirigia um grupo de liliputianos.

Encontramo-nos perto das jaulas das feras. Mamãe e seus dois senhores aceitavam toda sorte de afrontas diante da jaula dos macacos. Hedwig Bronski, que excepcionalmente fazia parte do grupo, mostrava a seus filhos os pôneis. Depois que um leão bocejou nas minhas narinas, enfrentei sem maior reflexão uma coruja. Tratei de olhá-la fixamente, mas foi ela quem me olhou com tal fixidez que Oskar, confuso, com as orelhas ardentes e ferido no mais íntimo, correu e se refugiou entre os *traillers* brancos e azuis, onde, afora algumas cabras anãs amarradas, não havia mais animais.

Ele passou junto a mim com seus suspensórios e seus chinelos, levando um balde d'água. Nossos olhares só se cruzaram de modo superficial, e contudo nos reconhecemos imediatamente. Largou o balde no chão, inclinou a cabeça grande para um lado, aproximou-se de mim, e calculei que era uns nove centímetros mais alto do que eu.

— Olhem só — havia uma nota de inveja em sua voz áspera. — Hoje em dia as crianças de três anos já não querem continuar a crescer. — E como eu não respondesse, tornou a experimentar: — Meu nome é Bebra; descendo em linha direta do príncipe Eugênio, cujo pai foi Luís XIV, e não, como se pretende, um savoiano qualquer. — E como eu continuasse calado, soltou-se de novo: — Parei de crescer em meu décimo aniversário. Um pouco tarde, mas, enfim!

Ao ver que falava com tanta franqueza, apresentei-me por minha vez, mas sem alardear árvores genealógicas, nomeando-me simplesmente Oskar.

— Diga-me, estimado Oskar, você deve ter agora uns 14 ou 15, talvez 16 aninhos. O quê? Tem somente nove e meio?

Agora era minha vez de calcular-lhe a idade, e arrisquei deliberadamente demasiado baixo.

— Não passa de um adulador, amiguinho. Trinta e cinco? Isso foi um dia! Em agosto próximo celebrarei meu 53º aniversário. Podia ser seu avô.

Oskar disse-lhe algumas finezas acerca de suas realizações acrobáticas de palhaço, qualificou-o de músico excelente e, movido por ligeira ambição, deu-lhe pequena mostra de sua habilidade. Três lâmpadas da iluminação do circo saltaram em cacos; o sr. Bebra exclamou: "Bravo, bravíssimo!" E queria contratar Oskar imediatamente.

Às vezes ainda hoje lamento ter me negado. Procurei desconversar e disse:

— Saiba, sr. Bebra, prefiro ficar entre os espectadores, e deixo que minha modesta arte floresça às escuras, longe de todo aplauso, mas seria o último a não aplaudir as exibições do senhor.

Bebra levantou o indicador enrugado e me repreendeu:

— Excelente, Oskar, acredite num colega mais experiente. Não devemos estar nunca entre os espectadores. Nosso lugar é o palco ou o picadeiro. Somos nós que temos de representar o jogo e determinar a ação, pois de outra forma seremos manejados por eles, e costumam nos tratar muito mal.

E curvando-se até quase minha orelha, sussurrou-me ao ouvido, ao mesmo tempo em que punha em mim uns olhos imemoriais:

— Eles se aproximam! Ocuparão os lugares da festa! Organizarão desfiles com archotes! Construirão tribunas, encherão as tribunas e pregarão nossa perdição do alto das tribunas! Esteja atento, amiguinho, ao que se passará nas tribunas! Trate de estar sempre sentado na tribuna e de não estar nunca de pé diante da tribuna!

Com isso, como me chamaram por meu nome, Bebra pegou seu balde.

— Estão procurando você, meu estimado amigo. Mas voltaremos a nos ver. Somos demasiado pequenos para nos perder de vista. Além do mais Bebra sempre disse que para os pequeninos como nós há sempre um lugarzinho, mesmo nas tribunas mais abarrotadas. E senão na tribuna, então debaixo da tribuna, mas nunca diante da tribuna. É o que lhe diz Bebra, que descende em linha direta do príncipe Eugênio.

Mamãe, que naquele momento saía de trás de um dos carros, chamando-me, ainda chegou a ver como Bebra me beijava na testa, pegava seu balde e saía, movendo os ombros, para um dos carros.

— Imaginem! — mais tarde mamãe indignava-se na presença de Matzerath e de Bronski. — Estava com os liliputianos! E um gnomo beijou-lhe a testa! Tomara que isso não traga má sorte!

De fato, o beijo de Bebra haveria de significar muito para mim. Os acontecimentos políticos do ano seguinte lhe deram razão: a época das paradas com archotes e das multidões diante das tribunas havia começado.

Assim como segui os conselhos de Bebra, também mamãe tomou em boa conta parte das advertências que Sigismund Markus lhe fizera na passagem do Arsenal e continuava fazendo por ocasião de suas visitas às quintas-feiras. Embora não tenha ido para Londres com Markus — eu não teria tido nada a objetar —, ficou de qualquer maneira com Matzerath e só via Jan Bronski com moderação, vale dizer, na rua dos Carpinteiros, a expensas dele, e nas partidas familiares de *skat*, que iam se tornando cada vez mais dispendiosas para Jan, eterno perdedor. Quanto a Matzerath, em quem mamãe havia apostado e em quem, seguindo os conselhos de Markus, deixou sua aposta, embora sem dobrá-la, Matzerath, dizia eu, ingressou no ano 34 — reconhecendo, portanto, relativamente cedo as forças da ordem — no Partido, apesar do que só haveria de chegar a chefe de célula. Por ocasião dessa ascensão, que como todo fato extraordinário criava oportunidade para uma partida de *skat* em família, Matzerath pela primeira vez deu a suas advertências a Jan Bronski, a propósito de sua atividade burocrática no correio polonês, coisa que afinal nunca deixara de fazer, um tom mais severo, ainda que também mais preocupado.

Quanto ao resto, as coisas não mudaram muito. De cima do piano, tirou-lhe do prego a imagem sombria de Beethoven, presente de Greff, e no mesmo prego foi colocada a imagem igualmente sombria de Hitler. Matzerath, pouco afeito à música erudita, desejava banir inteiramente o músico quase surdo. Mas mamãe, que apreciava as frases lentas das sonatas beethovenianas, que tinha aprendido duas ou três delas em nosso piano e de vez em quando, mais lentamente ainda do que estava indicado, fazia gotejar dele suas notas, insistiu em que, senão acima do divã, Beethoven fosse pelo menos parar acima do aparador. E assim chegou-se à mais sombria das confrontações: Hitler e o Gênio, colocados frente a frente, olhavam-se, adivinhavam-se e, contudo, nenhum dos dois simpatizava com o outro.

Pouco a pouco Matzerath foi comprando os componentes do uniforme, se bem me lembro, começou com o quépi do Partido, que gostava de usar mesmo que fizesse sol, o barbicacho raspando-lhe o queixo. Por algum tempo usou camisa branca e gravata preta com o quépi ou então jaqueta de couro com braçadeira. Quando comprou a primeira camisa parda, queria também adquirir, na semana seguinte, as calças cáqui de montar e as botas. Mamãe opunha-se, e assim transcorreram de novo várias semanas até que Matzerath conseguiu finalmente reunir o uniforme completo.

Havia toda semana várias oportunidades para vestir o uniforme, mas Matzerath limitou-se a participar das manifestações dominicais do campo de Maio, junto à praça de Desportos. Aí, sim, mostrava-se irredutível, por pior que fosse o tempo, negando-se a usar guarda-chuva com o uniforme, e não tardamos a ouvir a expressão que acabaria por se converter em locução permanente: "O dever é o dever", dizia Matzerath, "e a cachaça, a cachaça". E todos os domingos pela manhã, depois de ter preparado o assado do meio-dia, deixava mamãe, pondo-me a mim em apuros, pois Jan Bronski, que logo entendeu a nova situação política dominical, visitava com seus hábitos inequivocamente civis a minha abandonada mãe, enquanto Matzerath andava em formação acertando o passo.

Que poderia fazer senão me safar? Não sentia vocação para atrapalhá-los no divã nem para observá-los. Assim que meu pai uniformizado se perdia de vista e a visita do civil, a quem eu chamava de pai presuntivo, se aproximava, eu saía de casa tocando o tambor e dirigia-me ao campo de Maio.

Por que necessariamente o campo de Maio? perguntarão vocês. Simplesmente porque aos domingos nada havia que fazer no porto; não tinha vontade de passear no bosque e, naquela época, o interior da igreja do Sagrado Coração de Jesus ainda não me atraía. Havia, por certo, os escoteiros do sr. Greff, mas, frente àquele erotismo estreito, preferia, admito, os barulhos do campo de Maio, mesmo sob o risco de que me chamem agora de sequaz ou companheiro.

Discursava ali Greiser ou Löbsack, o chefe de adestramento do distrito. Greiser nunca me chamou particularmente a atenção. Moderado em demasia, substituiu-o mais tarde o bávaro Forster, que era mais enérgico e foi designado chefe de distrito. Löbsack, em contrapartida, teria sido o homem adequado para o lugar do tal Forster. E mais, mesmo que Löbsack não tivesse sua corcunda, dificilmente o homem da Bavária teria conseguido pôr o pé no chão calcetado da cidade portuária. Apreciando Löbsack devidamente e vendo em sua corcunda sinal de grande inteligência, o Partido designou-o chefe de adestramento do distrito. O homem conhecia seu ofício. Enquanto Forster, com sua péssima pronúncia bávara, repetia só e indefinidamente "Volta ao Reich", Löbsack entrava mais em detalhes, falava todas as variantes do dialeto de Dantzig, contava piadas sobre Bollermann e Wullsutzki e sabia como se dirigir aos trabalhadores portuários de Schichau, ao povo de Ohra e aos cidadãos de Emmaus, Schidlitz, Bürgerwiesen e Praust. E quando tinha de se haver com comunistas de verdade ou cortar os apartes impotentes de algum socialista, dava gosto ouvir o homenzinho, cuja corcunda ressaltava ainda mais com o pardo do uniforme.

Löbsack era espirituoso, fazia graça com a corcunda e chamava-a por seu nome, pois a massa sempre aprecia essas coisas. Antes perder a corcunda, afirmava Löbsack, que chegarem os comunistas ao poder. Era fácil prever que não perderia a corcunda, que ela estava ali para ficar. Por conseguinte, a corcunda estava certa e, com ela, o Partido — de onde se pode inferir que uma corcunda constitui a base ideal para uma ideia.

Quando Greiser, Löbsack e mais tarde Forster falavam, faziam-no da tribuna. Tratava-se daquela tribuna que Bebra elogiara. Daí ter eu por algum tempo tomado Löbsack, corcunda e espirituoso quando se achava na tribuna, por um emissário de Bebra, aquele que, sob o disfarce pardo, defendia da tribuna a causa deste e, no fundo, também a minha.

O que é uma tribuna? Não importa para quem tenha sido construída, uma tribuna precisa ser simétrica. Assim, também a tribuna de nosso campo de Maio junto à praça de Desportos era uma tribuna marcadamente simétrica. De alto a baixo: seis cruzes gamadas, uma ao lado da outra. Depois, bandeiras, bandeirolas e estandartes. Depois, uma fileira de SS, uniformizados em preto, com os barbicachos sob o queixo. Logo, duas fileiras de SA que, enquanto cantavam e discursavam, permaneciam com a mão na fivela do cinturão. A seguir, sentadas, várias fileiras de camaradas do Partido uniformizados; detrás do púlpito do orador, mais camaradas, representantes do Senado, à paisana, convidados do Reich e o chefe de polícia ou seu representante.

O pedestal da tribuna via-se rejuvenescido pela Juventude Hitlerista ou, mais exatamente, pela fanfarra regional dos rapazes e pela banda de tambores e cornetas da JH. Em algumas manifestações, encomendava-se um coro misto, sempre disposto simetricamente à direita e à esquerda, com a tarefa de recitar slogans ou cantar o *Vento do Leste*, tão popular e que, conforme o texto, é o mais apto de todos os ventos para o desfraldar de bandeiras.

Bebra, que tinha beijado minha testa, também dissera: "Oskar, não fique nunca diante de uma tribuna. Nós é que devemos estar na tribuna!"

Frequentemente eu achava lugar entre algumas das chefes das organizações femininas. Por azar, durante as manifestações aquelas damas, por motivos de propaganda, não paravam de me acariciar. Não podia me misturar entre os tambores e as cornetas ao pé da tribuna devido a meu tambor de lata, repugnado pelo estilo de lansquenê dos músicos. Por azar, falhou também uma tentativa de aproximação com o chefe de adestramento do distrito, Löbsack. Esse homem me decepcionou gravemente. Não era, como eu supusera, emissário de Bebra, nem soube apreciar, apesar de sua corcunda tão promissora, minha verdadeira grandeza.

Em um dos domingos de tribuna acerquei-me do púlpito, fiz-lhe a saudação do Partido, olhei-o, primeiro sem fitá-lo, mas logo piscando-lhe um olho, e sussurrei-lhe: "Bebra é o nosso Führer!" Löbsack não experimentou a menor revelação, apenas me acariciou à maneira dos membros da organização feminina, para finalmente fazer com que — devia começar seu discurso — levassem Oskar da tribuna; então duas dirigentes da Federação das Jovens Alemãs me acolheram e não cessaram, durante o resto da manifestação, de perguntar por meu "papai" e minha "mamãe".

Assim, não se admirem se lhes disser que, já no verão de 34 e sem que o *putsch* de Röhm tivesse algo a ver com isso, o Partido começava a me decepcionar. Quanto mais contemplava a tribuna, plantado diante dela, mais suspeita se tornava para mim aquela simetria que a corcunda de Löbsack mal podia atenuar. É óbvio que minha crítica se concentrava sobretudo nos tambores e nos músicos da fanfarra; e em agosto de 35, em um domingo abafadiço de manifestação, eu me meti com os músicos e a fanfarra ao pé da tribuna.

Matzerath saiu de casa às nove. Eu o havia ajudado a limpar as polainas de couro pardo para que pudesse sair mais cedo. Já a essa hora matinal o calor era insuportável, e antes mesmo de chegar à rua o suor marcava nos sovacos da camisa do Partido algumas manchas escuras que iam se ampliando. Às nove e meia em ponto, Jan Bronski fez sua aparição, com leve traje claro de verão, sapato cinza elegante com furinhos de ventilação e chapéu de palha. Brincou um pouco comigo, mas em momento algum da brincadeira conseguiu desviar os olhos da figura de mamãe, que na véspera lavara o cabelo. Não tardei a descobrir que minha presença coibia a conversação, conferia a seus atos certa rigidez e punha algo de forçado nos movimentos de Jan. Visivelmente, sua leve calça de verão se tornava muito pequena para ele. Sumi, seguindo as pegadas de Matzerath, embora não o tomasse como modelo. Evitando cautelosamente as ruas cheias de uniformes que conduziam ao campo de Maio, pela primeira vez me aproximei da manifestação passando pelas quadras de tênis contíguas à praça de Desportos. Graças a essa rota indireta, obtive uma perspectiva da parte posterior da tribuna.

Alguma vez viram uma tribuna por trás? Antes de se aglomerar diante de uma tribuna — digo-o somente a título de sugestão —, todo mundo devia se familiarizar com a vista posterior dela. Aquele que alguma vez contemplou uma tribuna por trás estará perpetuamente imunizado, se a observou bem, contra qualquer bruxaria que, de uma forma ou de outra, tenha lugar nas tribunas. O mesmo se pode dizer da visão posterior dos altares das igrejas: mas isso fica para outro capítulo.

Oskar, porém, propenso já a penetrar no fundo das coisas, não se deteve na contemplação da andaimaria descoberta e em sua feiura poderosamente real; recordando as palavras de seu mentor Bebra, acercou-se do púlpito. A tribuna deveria ser abordada apenas de frente, mas ele se achegou à sua retaguarda. Empunhando o tambor, sem o qual nunca saía de casa, meteu-se por entre palanques, esbarrou com a cabeça em uma trave e arranhou o joelho em um prego que despontava aleivosamente da madeira. Ouvia sobre si a pateada de botas dos camaradas do Partido e logo os sapatos das organizações femininas, chegando finalmente ao lugar mais sufocante e mais adequado àquele mês de agosto: sob a tribuna, atrás de uma placa de madeira, encontrou um recanto que lhe permitia saborear com tranquilidade o encanto acústico de uma manifestação política, sem que o distraíssem as bandeiras ou os uniformes lhe ofendessem a vista.

Agachei-me sob o púlpito. À direita, à esquerda e sobre mim mantinham-se de pé os jovens tambores da banda juvenil e os mais velhos da Juventude Hitlerista, como já sabia, com as pernas separadas, cerrando os olhos cegos pela luz do sol. E a seguir a multidão. Eu sentia o cheiro de tudo através dos desvãos do tablado. Este estava de pé roçando cotovelos em trajes domingueiros. Aquele tinha vindo a pé ou de bonde; um outro tinha ido à missa de manhã e isso não o satisfizera; aquele trazia a noiva para lhe mostrar o espetáculo; este queria estar presente enquanto a história estivesse sendo feita, mesmo que isso lhe tomasse a manhã inteira.

Não, disse Oskar para si próprio. Não estaria certo se tivessem vindo em vão. Colou um olho num orifício do palanque e observou a agitação procedente da Hindenburgallee. *Eles* estavam vindo! Sobre sua cabeça ouviram-se vozes de comando, os da fanfarra começaram a soprar como se testassem os instrumentos, a seguir ajustaram os bocais e os colocaram definitivamente às bocas. Como uma horrível coleção de lansquenês, atacaram com seu metal reluzente até fazer Oskar sentir náuseas e dizer consigo mesmo: "Pobre SA Brandt, pobre Jovem Hitlerista Quex, vocês morreram em vão!"

E como para confirmar essa evocação póstuma dos mártires do movimento, misturou-se ato contínuo à ação devastadora das cornetas um tantã surdo de tambores feitos de pele de vitelo esticada. Aquela ruela que por entre a multidão conduzia até a tribuna deixou pressentir de longe a aproximação dos uniformes, e Oskar anunciou: "Agora, meu povo, atenção, meu povo!"

O tambor, já o tinha em posição. Com celestial desembaraço manipulei as baquetas e, irradiando ternura dos pulsos, imprimi à lata um alegre e cadenciado ritmo de valsa, cada vez mais forte, evocando Viena e o Danúbio, até que, em cima, o primeiro e o segundo tambor de lansquenês se entusiasmaram com minha valsa e os tímbales dos mais velhos começaram a compreender e a adotar meu prelúdio. Claro que entre eles havia alguns brutos, carentes de ouvido, que continuavam martelando bumbum, bumbumbum, enquanto o que eu queria era o compasso três por quatro, tão apreciado pelo povo. Oskar já estava quase a ponto de se desesperar quando caiu de repente sobre a fanfarra a inspiração, e os pífanos começaram, ó Danúbio!, a silvar azul. Só os chefes da fanfarra e da banda de tambores, com suas importunas vozes de comando, continuaram descrendo da rainha das valsas; mas eu já os havia destituído; agora era a minha música. E o povo me agradecia. Começaram a se ouvir risadas diante da tribuna, e já alguns me acompanhavam entoando o Danúbio, e por toda a praça, azul, até a Hindenburgallee, azul, e até o parque Steffen, azul, estendia-se meu ritmo envolvente, reforçado pelo microfone a todo volume sobre minha cabeça. E ao olhar para fora pela fenda da madeira, sem deixar de tocar meu tambor com entusiasmo, pude apreciar o quanto o povo se divertia com minha valsa, brincava alegremente, o ritmo subindo-lhe pelas pernas: havia nove pares dançando, e mais um décimo, comandados pela rainha das valsas. Somente a Löbsack, que aparecia no meio da multidão seguido de uma longa corrente de dignitários do Partido, Forster, Greiser, Rauschning e outros, cuja passagem para a tribuna se achava bloqueada pela massa, não agradava, inexplicavelmente, meu compasso de valsa. Tinha habituado sua pessoa a marchas retilíneas enquanto era escoltado para a tribuna. Sonoridades frívolas balançavam sua fé no povo. Através da fenda observei seu sofrimento. Uma corrente de ar entrava através do buraco. Mesmo com risco de contrair uma conjuntivite, tive pena dele e mudei para um *charleston: Jimmy the Tiger*. Lancei o ritmo que o palhaço Bebra tocava no circo com garrafas vazias de água de Seltz; mas os jovens diante da tribuna não compreendiam o *charleston*. Tratava-se de outra geração. Não tinham a menor ideia do que era o *charleston* e *Jimmy the Tiger*. O que esses tambores batiam — ó bom amigo Bebra! — não era Jimmy nem o Tiger, golpeavam como loucos, sopravam na charanga Sodoma e Gomorra. Tanto faz saltar como pular, pensavam os pífanos, tudo para nós tem o mesmo valor. O diretor da charanga praguejava contra fulano e sicrano e, contudo, os jovens da fanfarra e da banda continuavam batucando, silvando ou trombeteando com um entusiasmo dos diabos, e Jimmy se extasiava em pleno dia tigre-canicular de agosto, até que, por fim, os milhares e milhares de camaradas que se apertavam diante da tribuna compreenderam e exclamaram: é *Jimmy the Tiger* que convoca o povo ao *charleston*!

E aqueles que ainda não estavam dançando no campo de Maio se apressaram em lançar mão das últimas damas disponíveis. Todos, com exceção de Löbsack, que tivera de dançar com sua corcunda, porque perto dele não havia uma integrante do sexo frágil disponível, e as mulheres das organizações femininas, que podiam tê-lo ajudado, já tinham escapulido dele e se remexiam por entre os bancos da tribuna.

Entretanto, também ele bailava — aconselhado por sua corcunda —, decidido a aguentar firme ante a horrível música de Jimmy e a salvar o que ainda poderia ser salvo.

Mas já não havia nada para salvar. O povo se foi, dançando, do campo de Maio, depois de deixá-lo bem pisoteado, embora ainda verde, e completamente vazio. O povo, ao som de *Jimmy the Tiger*, foi se perdendo pelos vastos jardins do parque Steffen. Ali encontraram a selva prometida por Jimmy; tigres moviam-se em patas de veludo, um substituto da selva virgem para filhos e filhas da Nação Alemã, que poucos minutos antes tinham se amontoado diante da tribuna. A lei e o sentido de ordem desapareceram com as flautas. Quanto aos que preferiam a civilização, podiam usufruir minha música nas largas e bem-cuidadas aleias da Hindenburgallee, plantadas pela primeira vez no século XVIII, desarborizadas durante o sítio pelas tropas de Napoleão em 1807 e de novo plantadas em 1810 em honra de Napoleão; isto é, em terreno histórico, porque, acima de mim, não haviam desligado o microfone e eu podia ser ouvido até a porta de Oliva. Não afrouxei senão quando, com a ajuda dos bravos moços ao pé da tribuna e do tigre solto de Jimmy, conseguimos esvaziar o campo de Maio, no qual restaram apenas as margaridas.

E mesmo depois que concedi ao meu instrumento um merecido descanso, os rapazes dos tambores se negaram a pôr fim à festa: foi preciso algum tempo antes que minha influência musical deixasse de atuar.

Cumpre acrescentar que Oskar não pôde abandonar o interior da tribuna imediatamente, porque, por mais de uma hora, delegações dos SA e dos SS golpearam com suas botas as tábuas, ao que parece buscando algo entre os paus que sustentavam a tribuna — algum socialista, quem sabe, ou algum grupo de agentes provocadores comunistas — e maculando sua indumentária parda e negra. Evitando enumerar aqui os ardis e estratagemas de Oskar, basta dizer sucintamente que não o encontraram, pois não estavam à altura de Oskar.

Finalmente fez-se a calma naquele labirinto de madeira que teria mais ou menos o tamanho daquela baleia onde permaneceu Jonas, impregnando-se de azeite. Mas não, Oskar não era profeta e, além disso, tinha fome. Não havia ali senhor algum que dissesse: "Levanta-te, vai à cidade de Nínive e prega contra ela!" Para mim tampouco havia necessidade de que algum senhor fizesse crescer um rícino que posteriormente, por ordem do mesmo senhor, um verme viesse a destruir. Eu não lamentava nem o tal rícino bíblico nem Nínive, ainda que esta tivesse por nome Dantzig. Meti meu tambor, que nada tinha de bíblico, debaixo do suéter, pois tinha muito que fazer comigo mesmo, e sem tropeçar em nada ou rasgar a roupa em algum prego, achei a saída das entranhas de uma tribuna para manifestações de toda sorte, e que só eventualmente tinha as proporções da baleia profetófaga.

Quem prestaria atenção naquele pequerrucho que, assobiando ao passo lento de seus três anos, caminhava pela orla do campo de Maio em direção à praça de Desportos? Para além das quadras de tênis continuavam saltitando meus moços do pé da tribuna com seus tambores de lansquenês, seus tímbales, seus pífanos e suas charangas. Exercícios punitivos, constatei, sem sentir senão uma ligeira compaixão ao vê-los saltitar em obediência aos apitos de seu chefe. Afastado de seu amontoado estado-maior, Löbsack passeava para cima e para baixo, com sua solitária corcunda. Nas extremidades do percurso que inventara, onde dava meia-volta sobre seus tacões, conseguira arrancar toda a relva e todas as margaridas.

O almoço já estava na mesa quando Oskar chegou em casa: havia refogado de lebre com batata cozida, repolho roxo e, de sobremesa, pudim de chocolate com creme de baunilha. Matzerath não disse uma palavra. Durante a refeição, os pensamentos da mãe de Oskar vagaram por algum outro lugar. À tarde, em contrapartida, houve sururu em família a propósito de ciúmes e correio polonês. Ao entardecer, uma tormenta refrescante, com aguaceiro e soberbo solo de tambor, nos brindou com uma função bastante prolongada. A lata esgotada de Oskar pôde, enfim, encontrar repouso e escutar.

Vitrines

Por muito tempo, mais exatamente até novembro de 38, com a ajuda de meu tambor, agachado embaixo das tribunas e com maior ou menor êxito, dissolvi manifestações, distraí mais de um orador e converti marchas militares e coros em valsas e foxtrotes.

Hoje, quando tudo isso pertence à História — embora ainda discutido e martelado com ardor, se bem que a frio —, possuo, na minha condição de paciente particular de uma clínica de repouso, a perspectiva adequada para apreciar devidamente meu rufar sob as tribunas. Nada mais distante de minhas intenções do que me conceder agora, por seis ou sete manifestações dissolvidas e três ou quatro marchas ou desfiles estragados por meu tambor, o título de membro da resistência. Essa palavra entrou muito em moda. Fala-se do espírito de resistência e de grupos de resistência. E parece que a resistência pode também se interiorizar, coisa que chamam de emigração interior. Sem falar de tantos respeitáveis e íntegros senhores que durante a guerra, por terem esquecido de escurecer as janelas de seus quartos, foram multados, com a correspondente advertência da defesa antiaérea, e graças a isso se designam hoje a si próprios como membros da resistência, homens da resistência.

Vamos dar uma vez mais uma olhada sob as tribunas de Oskar. Deu Oskar uma verdadeira exibição de sua arte aos que ali se reuniam? Tomou as rédeas da ação em seus punhos seguindo os conselhos de seu mentor Bebra e conseguiu fazer o povo dançar diante das tribunas? Conseguiu desconcertar alguma vez o chefe de adestramento do distrito, Löbsack, aquele Löbsack de resposta sempre pronta e que já fizera de tudo em sua vida? Dissolveu pela primeira vez, em um domingo de prato único do mês de agosto de 35, e depois algumas vezes mais, manifestações pardas graças a seu tambor que, embora vermelho e branco, não era polonês?

Sim, fiz tudo isso. Mas isso faz de mim, interno em um hospital psiquiátrico, membro da resistência? Preciso responder negativamente, e hei de rogar também a vocês, que não são internos em hospital algum, que não vejam em mim senão um indivíduo meio solitário que, por motivos pessoais e evidentemente estéticos, e tomando a peito as lições de seu mentor Bebra, rejeitava a cor e o corte dos uniformes e o ritmo e o volume da música habitual nas tribunas, e que por isso tratava de exteriorizar seu protesto servindo-se de um simples tambor de brinquedo.

Naquele tempo ainda era possível estabelecer contato, mediante um miserável tambor de lata, com a gente que estava nas tribunas e diante delas, e tenho de confessar que, tal como em relação a meu canto vitricida a distância, levei meu truque cenográfico à perfeição. E não me limitei de modo algum a tocar meu tambor contra as manifestações pardas. Oskar agachou-se também sob as tribunas dos vermelhos e pretos, dos escoteiros e das camisas verde-espinafre dos PX, dos Testemunhas de Jeová e da Liga Nacionalista, dos vegetarianos e dos Jovens Poloneses do Movimento de Purificação do Ar. Por mais que cantassem, soprassem, orassem ou pregassem, meu tambor fazia-o sempre melhor.

Minha obra era, pois, de destruição. E o que não conseguia destruir com meu tambor, fazia-o com minha voz. Assim, vim a iniciar, ao lado de minhas empresas diurnas contra a simetria das tribunas, minha atividade noturna: durante o inverno de 36-37 fiz papel de tentador. As primeiras instruções na arte de tentar meus semelhantes partiram de minha avó Koljaiczek, que, naquele árduo inverno, abriu um ponto de venda no mercado semanal de Langfuhr. Acocorada em meio a suas quatro saias atrás de uma banca de mercado, oferecia com voz lamentosa "ovos frescos, manteiga dourada e gansinhos, não muito gordos, não muito magrinhos!", para os dias de festa. Terça-feira era dia de mercado. Por via férrea vinha ela de Viereck; livrava-se, pouco antes de chegar em Langfuhr, das chinelas de feltro previstas para a viagem no trem, apeava deste em umas galochas disformes, enfiava nos braços as alças de dois cestos e se dirigia para seu ponto da rua da estação, onde uma placa informava: Anna Koljaiczek, Bissau. Como eram baratos os ovos naquele tempo! Era possível comprar dúzia e meia por apenas um florim, e a manteiga caxúbia custava menos que a margarina. Minha avó acocorava-se entre duas peixeiras que gritavam "linguado e bacalhau, quem vai?" O frio empedrava a manteiga, mantinha os ovos frescos, afinava as escamas dos peixes como lâminas de barbear extrafinas e proporcionava ocupação e salário a um bom homem chamado Schwerdtfeger, cego de um olho, que aquecia tijolos em um braseiro de carvão de lenha e os alugava, envoltos em papel de jornal, às vendedoras do mercado.

Ao fim de cada hora, minha avó deixava que Schwerdtfeger lhe enfiasse para baixo das quatro saias um tijolo quente. Para tanto, usava Schwerdtfeger um puxador de ferro. Para baixo do tecido, apenas suspendido, empurrava um embrulho fumegante; um movimento de descarga, outro de carga, e o puxador de ferro de Schwerdtfeger saía com um tijolo quase frio de sob as saias de minha avó.

Como eu invejava aqueles tijolos que, envoltos em papel de jornal, conservavam o calor e o difundiam! Ainda hoje gostaria de me resguardar como um daqueles tijolos, trocando-me continuamente comigo mesmo, debaixo das saias de minha avó. Perguntarão vocês: Que é que busca Oskar debaixo das saias da avó? Imitar acaso seu avô Koljaiczek, abusando da anciã? Busca talvez o aquecimento, a pátria, o nirvana final?

Oskar replica: debaixo das saias buscava a África e, eventualmente, Nápoles, que, como todos sabem, tem de ser vista e, depois, morrer. Ali as águas se encontravam; ali sopravam ventos especiais, mas podia também reinar a mais perfeita calma; ali se ouvia cair a chuva e se estava contudo abrigado; ali faziam escala os barcos ou levantavam âncora; ali estava sentado ao lado de Oskar o bom Deus, que foi sempre amante do calor; ali o diabo limpava seu telescópio e os anjinhos brincavam de cabra-cega. Sob as saias de minha avó era sempre verão, ainda que as árvores de Natal estivessem iluminadas, ainda que se procurassem os ovos de Páscoa ou se celebrasse a festa de Todos os Santos. Em nenhum outro lugar eu poderia viver melhor conforme o calendário do que debaixo das saias de minha avó.

Mas ela, no mercado, não deixava que me aboletasse embaixo das saias e, fora deste, só raramente. Sentava-me a seu lado em um caixote, recebendo de seu braço um sucedâneo de aquecimento, e observava os tijolos entrando e saindo. Foi onde aprendi os truques de minha avó para tentar as pessoas. Seu equipamento consistia no velho porta-níqueis de Vinzent Bronski, atado a um barbante. Lançava-o sobre a neve pisoteada do passeio, que os comerciantes de areia haviam sujado a ponto de só eu e minha avó podermos enxergar o barbante.

As donas de casa iam e vinham e nada compravam, embora fosse tudo barato; provavelmente queriam de graça, com mais algum brinde de lambujem. Nesse estado de espírito, alguma dama inclinava-se para apanhar o porta-níqueis de Vinzent, com os dedos espichados.

Minha avó puxava a isca, arrastando um peixe bem-vestido, levemente constrangido, até a barraca: "Bem, prezada senhora, em que posso servi-la? Temos manteiga dourada, alguns ovos, por um florim a dúzia e meia?"

Assim Anna Koljaiczek vendia seus produtos naturais. Quanto a mim, aprendi a mágica da tentação, não o tipo de tentação que atraía os moleques de 14 anos aos sótãos, para ali brincar de médico e enfermeira com Susi Kater. Tal coisa absolutamente não me tentava, e menos ainda depois que os rapazes de nosso edifício, Axel Mischke e Nuchi Eyke, no papel de doadores de soro, e Susi Kater como médica, me fizeram tragar remédios não tão arenosos quanto a sopa de tijolos, sem dúvida, mas mesmo assim com um inesquecível travo de peixe pútrido. Minha tentação era quase incorpórea e mantinha distância de suas vítimas.

Bastante depois do anoitecer, uma hora ou duas após o fechamento do comércio, escapava de mamãe e Matzerath e me enfiava noite de inverno adentro. De pé diante de alguma entrada de casa ou edifício onde pudesse me abrigar do vento, olhava através de ruas silenciosas e quase desertas para vitrines variadas: comestíveis finos, sortimentos de mercearia, sapatos, relógios, joias, coisas desejáveis e fáceis de carregar. Nem todas as vitrines ficavam acesas. E eu inclusive preferia as lojas situadas longe dos postes de iluminação, que mantinham suas ofertas na semiescuridão; pois a luz atrai todos, mesmo os mais vulgares, enquanto a semiescuridão só faz parar os eleitos.

Não me interessavam as pessoas que, ao darem um giro pelas ruas, olhavam de relance as vitrines iluminadas, mais preocupadas com o preço nas etiquetas do que com a mercadoria; tampouco me ocupava com aqueles que batem um olho no vidro para observar, no reflexo, se seus chapéus estão bem-ajeitados. O tipo de cliente que eu esperava, em meio ao frio seco e sem vento, dentro de espessa nevada silenciosa ou sob uma lua que aumentava com a geada, era daqueles que paravam diante das vitrines como que obedecendo a um apelo e não procuravam muito nas prateleiras, mas rapidamente pousavam o olhar em apenas um dos objetos expostos.

Meu propósito era como o de um caçador. Exigia paciência, sangue-frio e uma visão livre e segura. Só quando todas essas condições se reuniam, cabia à minha voz matar a caça de forma incruenta e analgésica: cabia-me induzir. Mas induzir a quê?

Ao roubo. Porque, com um grito absolutamente inaudível, eu cortava o cristal da vitrine, exatamente na altura do plano inferior e, se possível, diante do objeto desejado, com incisões circulares, e com uma última elevação da voz empurrava o vidro recortado até as prateleiras, no fundo, onde se produziria um tinido imediatamente sufocado e que não se parecia com o tinido de vidro partido; eu próprio não podia ouvi-lo, pois Oskar estava demasiado longe. Mas aquela senhora de pele de coelho na gola do abrigo pardo ouvia o tinido e estremecia juntamente com a pele de coelho; queria ir embora através da neve, não obstante ficava, talvez precisamente porque estava nevando, ou porque, quando está nevando e a neve é suficientemente espessa, tudo é permitido. Entretanto, olhava ao redor, desconfiada dos flocos de neve, olhava ao redor como se detrás dos flocos de neve existisse algo além de flocos de neve, e olhava ainda à sua volta quando sua mão saía da manga do abrigo, guarnecida também de pele de coelho. A seguir, sem mais olhar à sua volta, enfiava a mão pelo buraco circular, afastava o disco de vidro que tombara sobre o objeto desejado, recolhia primeiro um dos sapatos de camurça escura, e em seguida o pé esquerdo, sem arranhar os saltos ou ferir a mão nas bordas vivas da abertura. À direita e esquerda desapareciam os sapatos, nos respectivos bolsos do abrigo. Por um instante, o tempo de caírem cinco flocos de neve, Oskar via um lindo perfil, ainda que insosso; e quando começava a pensar que talvez se tratasse de um dos manequins das lojas Sternfeld, ela saía para a calçada e fundia-se com a neve, podia de novo ser vista sob a luz amarelecida do poste de iluminação próximo e então, uma vez fora do cone luminoso, modista emancipada ou jovem recém-casada, desaparecia para o bem de todos.

Realizado meu trabalho — acreditem, um trabalho árduo: espiar, espreitar, sem poder tocar o tambor, encantar e derreter o vidro gelado —, ia também para casa, como a ladra, sem despojos, é verdade, mas com uma chama ardente e um arrepio de frio no coração.

Minha arte de sedução nem sempre era coroada de tão inequívocos sucessos quanto no caso descrito acima. Uma de minhas ambições era tornar um casal de namorados um par de ladrões. Acontecia sempre que ou os dois não queriam ou, quando ele estendia a mão, ela o impedia; ou então era ela quem tinha a coragem enquanto ele se ajoelhava e implorava, até que ela obedecesse — e a partir daí o desprezava para sempre. Certa vez, seduzi um jovem casal que, sob a nevasca, parecia particularmente jovem. Dessa vez era uma loja de perfumes. Ele se fez de herói e roubou um vidro de água-de-colônia. Ela começou a soluçar e declarou que renunciava a todos os aromas. Ele, porém, queria que ela se impregnasse de tal fragrância e, até o poste de iluminação seguinte, impôs sua vontade. Nessa altura, sob a luz do poste, a coisinha dengosa se pôs na ponta dos pés e o beijou — seus gestos eram tão acintosos como se fosse propósito seu me irritar —, recuando, a seguir, para repor o vidro de água-de-colônia na vitrine.

Tive várias experiências semelhantes com senhores de certa idade, de quem esperava mais do que seus passos decididos na neve pareciam prometer. Paravam em frente da vitrine de uma tabacaria, fitavam o interior com devoção, deixavam sem dúvida vagar seus pensamentos por Havana, pelo Brasil ou pelas Ilhas Brissago. Mas quando minha voz executava com exatidão seu corte e finalmente fazia cair o vidro recortado sobre uma caixa de Sabedoria Negra, os senhores se fechavam como canivetes. Davam meia-volta, atravessavam a rua como se remassem com a bengala, passavam a toda pressa junto a mim sem me ver no vão da porta de uma casa qualquer, faziam com que Oskar, vendo suas caras de velhinhos descompostas e agitadas como que pelo diabo, sorrisse: um sorriso mesclado de ansiedade, sem dúvida, pois aqueles pobres senhores — na maioria fumantes inveterados de charuto — suavam frio e quente, expondo-se, especialmente com a mudança do tempo, ao perigo de um resfriado.

Naquele inverno, as companhias de seguro tiveram de pagar às lojas de nosso bairro, seguradas contra roubo, somas consideráveis. Embora jamais permitisse qualquer roubo em larga escala, e propositalmente fizesse minhas incisões tão pequenas que somente um ou dois objetos pudessem ser removidos da vitrine de cada vez, os casos designados como arrombamento acumularam-se a tal ponto que a polícia não tinha mais descanso, o que não impedia que a imprensa a qualificasse de incapaz. De novembro de 36 a março de 37, momento em que o Coronel Koc formou em Varsóvia um governo de frente nacional, contaram-se 64 tentativas de arrombamento e 28 arrombamentos do mesmo tipo. É bem verdade que os funcionários da polícia puderam recuperar parte dos despojos em poder de senhoras de certa idade, de jovens inexperientes, de empregadas domésticas ou de alguns professores aposentados, que de modo algum eram ladrões apaixonados; ou então ocorria-lhes devolver à polícia tais objetos, ao fim de uma noite de insônia, e dizer: "Desculpem, isso não se repetirá, aconteceu que de repente vi que havia um buraco na vitrine, e quando consegui me refazer do susto, já longe da loja, pude constatar que guardava no bolsinho esquerdo de meu sobretudo, de forma ilegal, um par de soberbas luvas para homens, de couro fino, sem dúvida alguma bastante caras, até mesmo inacessíveis para mim."

Mas como a polícia não crê em milagres, tanto os que foram descobertos com objetos roubados quanto os que se apresentaram espontaneamente tiveram de cumprir penas de prisão que iam de quatro semanas a cinco meses.

Eu mesmo, mais de uma vez, fiquei sob prisão domiciliar, porque mamãe suspeitava, é claro, embora não o admitisse intimamente e muito menos o confessasse à polícia, que minha voz vitricida andava metida naquela brincadeira delinquente.

Diante de Matzerath, que se dava ares de honradez e procedeu a um interrogatório em grande estilo, neguei cada acusação e me refugiei, com habilidade cada vez maior, atrás de meu tambor e de minha estatura permanente de criança retardada de três anos. Após esses interrogatórios, mamãe repetia:

— A culpa de tudo é daquele liliputiano que beijou Oskarzinho na testa. Bem que eu sabia que aquilo tinha alguma significação, pois antigamente Oskar não era assim de jeito algum.

Admito que Bebra influiu sobre mim de forma leve e duradoura, pois nem as prisões domiciliares conseguiam impedir que, com alguma sorte e sem pedir permissão, naturalmente, viesse a me safar por uma hora, o bastante para praticar com meu canto, na vitrine de alguma loja, o suspeito rombo circular e converter um jovem admirador da mercadoria exposta em feliz possuidor de uma gravata de seda pura cor de vinho.

Se vocês me perguntam: era o Mal que impelia Oskar a aumentar a tentação, já de si grande, que representa um vidro brilhante de vitrine, mediante uma via de acesso na medida da mão? Tenho de responder: era o Mal, com efeito. Tanto era o Mal, que eu me encontrava em entradas escuras. Porque entradas escuras são, como é sabido, o lugar predileto do Mal. Por outro lado, e sem tratar por isso de minimizar o Mal de minhas tentações, hei de me dizer a mim mesmo e de dizê-lo a meu enfermeiro Bruno, hoje que já não tenho oportunidade para a tentação nem sinto por ela inclinação alguma: Oskar, você não somente satisfez os pequenos e grandes desejos de todos aqueles transeuntes invernais silenciosos, enamorados de algum objeto de seus sonhos, mas também ajudou as pessoas que paravam diante das vitrines a se conhecerem a si próprias. Mais de uma daquelas damas elegantes, mais de um daqueles finos senhores, várias daquelas senhoritas de idade avançada, mas frescas ainda em matéria de religião, jamais teriam suspeitado que sua natureza fosse propensa ao roubo, se a voz de Oskar não os houvesse induzido a isso, metamorfoseando aqueles cidadãos que anteriormente viam em qualquer miserável e inexperiente batedor de carteira um criminoso perigoso e condenável.

Após ter esperado por ele várias noites seguidas e ele se ter por três vezes recusado a roubar para, da quarta vez, se tornar um ladrão — o que a polícia nunca conseguiu descobrir —, Erwin Scholtis, temido advogado e promotor público do Tribunal de Justiça transformou-se em um jurista benigno, indulgente e quase humano em suas sentenças, porque, oferecendo-me um sacrifício, a mim, o semideus dos ladrões, roubou um pincel de barbear de autêntico pelo de texugo.

Uma noite, em janeiro de 37, estive parado por muito tempo, tiritando, defronte de uma joalheria, a qual, apesar de sua situação tranquila em uma avenida de subúrbio ladeada de bordos, gozava de bom nome e reputação. A vitrine expunha joias e relógios como uma presa de tal forma sedutora que, se se tratasse de outras mercadorias, de meias para senhoras, de chapéus de veludo ou de garrafas de licor, eu teria atacado imediatamente e sem hesitação.

Eis o que fazem as joias: a pessoa torna-se caprichosa, lenta a reagir, adapta-se à flutuação de chances íntimas, mede o tempo não por minutos, mas por anos de pérolas; parte do princípio de que a pérola sobreviverá ao pescoço, de que é o pulso e não o bracelete que emagrece, de que se tem encontrado nas sepulturas anéis que os dedos não poderiam igualar em termos de durabilidade, em uma palavra, considera-se a um admirador dessa vitrine demasiado pretensioso para adorná-lo com joias; a outro, demasiado mesquinho.

A vitrine do joalheiro Bansemer não estava excessivamente cheia. Alguns relógios seletos, fabricação suíça de qualidade, um sortimento de alianças sobre veludo azul-celeste e, no centro, seis, ou melhor, sete peças fora de série: uma serpente que se enroscava três vezes sobre si mesma, forjada em ouro de cores diversas, cuja cabeça finamente cinzelada era adornada e realçada por um topázio e dois diamantes, ao passo que os olhos eram de safira. Normalmente não aprecio o veludo preto, mas devo admitir que à serpente do joalheiro Bansemer esse fundo ficava muito bem, assim como o veludo cinza que, sob peças de prata de formas encantadoramente simples e de harmonia pouco comum, difundia um repouso radiante. Engastada num anel, mostrava-se uma gema tão bela que — via-se — teria feito empalidecer as mãos de mulheres igualmente belas, à medida que se tornasse cada vez mais bela, até alcançar o grau de imortalidade que provavelmente é exclusivo das joias. Pequenos colares que ninguém podia usar impunemente, colares lânguidos; e, finalmente, sobre uma almofadinha de veludo amarelo que imitava a forma simplificada de um pescoço, um colar dos mais elegantes: a distribuição fina, o engaste um sonho, a trama um bordado. Que aranha podia segregar seu ouro de forma a que ficassem presos em sua teia seis rubis pequenos e um maior? Onde se escondia? O que esperava? Não estava, certamente, à espera de mais rubis; certamente esperava alguém a quem os rubis aprisionados na teia pareceriam brilhar como gotas de sangue moldado, cativando-lhe o olhar. Em outras palavras: a quem deveria eu, de acordo com meu plano ou com o da aranha tecedora de ouro, oferecer esse colar?

Em 18 de janeiro de 37, sobre uma neve pisoteada que rangia a cada passo, numa noite que cheirava a mais neve, a tanta neve quanto deseja alguém para quem a neve se torna responsável por tudo, vi Jan Bronski atravessar a rua, à direita de meu esconderijo, e passar diante da joalheria sem levantar os olhos, para logo vacilar, ou melhor, parar como que obedecendo a uma ordem: deu meia-volta, ou obrigaram-no a dá-la, e ei-lo diante da vitrine, entre bordos silenciosos carregados de neve.

O refinado Jan Bronski, sempre meio enfermiço, humilde em sua profissão, mas ambicioso no amor, tão estúpido quanto enamorado da beleza; Jan — o que vivia da carne de mamãe; o que, segundo creio ou ainda hoje duvido, me engendrou em nome de Matzerath — estava ali parado, com seu elegante abrigo de inverno que parecia cortado por um alfaiate de Varsóvia, convertido em estátua de si próprio, tão petrificado que quase se oferecia à minha imaginação a visão dele diante da vitrine como um símbolo, o olhar fixo nos rubis do colar de ouro, à maneira de Parsifal, que também ficava de pé na neve e via sangue nela.

Poderia tê-lo detido com um chamado ou com um rufar do tambor que trazia comigo. Sentia-o debaixo do meu sobretudo. Bastava abrir um botão e ele teria emergido para o ar glacial. Levando as mãos aos bolsos do abrigo, estaria de posse das baquetas. São Huberto, o caçador, não disparou quando já tinha na mira do tiro aquele cervo singular. Saulo converteu-se em Paulo. Átila deu meia-volta quando o Papa Leão levantou o dedo com o anel. Mas eu disparei, e não me converti nem dei meia-volta, me mantive caçador, me mantive Oskar, procurando ir até o final: não me desabotoei, não deixei que meu tambor saísse ao ar glacial, não cruzei minhas baquetas sobre a branca e nívea lâmina de lata, nem permiti que a noite de janeiro se convertesse em noite de tambor, mas gritei em silêncio, gritei como gritam talvez as estrelas ou os peixes nas profundezas; gritei primeiro ao céu, para que deixasse cair neve fresca, e logo ao vidro: ao vidro espesso, ao vidro caro, ao vidro barato, ao vidro transparente, ao vidro que dividia em dois os mundos, ao vidro místico e virginal; endereci meu grito ao vidro da vitrine, entre Jan Bronski e o colar, fazendo um corte na medida da mão de Jan, que eu conhecia bem, e deixei que o recorte circular de vidro resvalasse como se fosse uma tampa: como se fosse a porta do céu e do infinito. E Jan não estremeceu, mas deixou que sua mão finamente enluvada emergisse do bolso do abrigo e penetrasse no céu; a luva abandonou o inferno e tirou do céu ou do inferno um colar cujos rubis teriam convindo a todos os anjos, inclusive os decaídos; e fez com que a mão cheia de rubis e de couro voltasse ao bolso; e ele continuava ali, diante da vitrine aberta, ainda que fosse perigoso e já não mais sangrassem ali os rubis que imporiam a seu olhar ou ao de Parsifal uma direção imutável.

Ó Pai, Filho e Espírito Santo! Era preciso recorrer ao espírito, para que a Jan, o pai, nada sucedesse. Oskar, o filho, desabotoou o sobretudo, apanhou rapidamente as baquetas e, sobre a lata, gritou: papai, papai, até que Jan Bronski voltou-se lentamente, atravessou lenta, lentamente a rua, e encontrou Oskar na entrada do prédio em que eu me achava.

Foi maravilhoso que, no momento em que Jan me observava sem expressão, mas próximo já do degelo, começasse a nevar! Estendeu-me a mão, não a luva que havia tocado os rubis, e me conduziu em silêncio mas sem sobressalto para casa, onde mamãe já estava inquieta por mim e Matzerath, como era seu estilo, ameaçava com severidade, embora não a sério, dar parte à polícia. Jan não deu explicação alguma, tampouco quis jogar *skat* para o qual Matzerath, pondo garrafas de cerveja sobre a mesa, o convidava. Ao se despedir, acariciou Oskar, e este não soube se o que queria com isso era um silêncio cúmplice ou sua amizade.

Pouco tempo depois, Jan Bronski presenteou mamãe com o colar. Esta, inteirada sem dúvida da procedência da joia, só a punha quando Matzerath não estava, ou para si mesma, ou para Jan Bronski ou, quem sabe, também para mim.

Logo depois da guerra troquei-a no mercado negro de Düsseldorf por 12 pacotes de cigarros americanos Lucky Strike e uma carteira de couro.

Nenhum milagre

Hoje, na cama de meu hospício, sinto falta daquele poder que tinha então à minha disposição imediata e com o qual derretia, através do frio e da noite, flores de geada, abria vitrines e tomava o ladrão pela mão.

Como gostaria, por exemplo, de eliminar o vidro do postigo do terço superior da porta de meu quarto para que Bruno, meu enfermeiro, pudesse me observar melhor!

Como sofri, no ano precedente a meu internamento forçado, por causa da impotência de minha voz! Quando pelas ruas noturnas emitia um grito, exigindo-lhe êxito em vão, chegou a se dar o caso de que eu, que detesto violência, precisasse recorrer a uma pedra e apontá-la contra alguma janela de cozinha naquele miserável subúrbio de Düsseldorf. Teria apreciado especialmente fazer alguma exibição para Vittlar, o decorador. Quando, depois de meia-noite, o reconhecia, protegido em sua metade superior por uma cortina, com os pés metidos em meias de lã vermelhas e verdes, atrás da vitrine de alguma loja de moda masculina da Königsallee ou de uma perfumaria próxima à antiga sala de concertos, de boa vontade teria aberto o vidro para esse homem que é meu apóstolo, sem dúvida, ou que poderia sê-lo, porque a essa altura continuo sem saber se hei de chamá-lo Judas ou João.

Vittlar é nobre e se atribui o prenome Gottfried. Quando, depois do fracasso de minha tentativa vocal, atraí a atenção do decorador tocando de leve meu tambor diante do vidro intacto, quando ele saiu à rua por 15 minutinhos, conversou comigo e fez troça de sua arte de decorador, tive de chamá-lo Gottfried, porque minha voz já não produzia aquele prodígio que me teria permitido chamá-lo de João ou Judas.

A proeza diante da joalheria, que fez de Jan Bronski um ladrão e de mamãe a possuidora de um colar de rubis, haveria de pôr um ponto final em meu cantar diante de vitrines com objetos cobiçáveis. Mamãe se fez piedosa. O que a fez piedosa? Foi sua relação com Jan Bronski, o colar roubado e a suave fadiga de uma vida de mulher adúltera que a tornaram piedosa e ávida de sacramentos. Como é fácil organizar o pecado! Às quintas-feiras se encontravam na cidade, deixavam Oskarzinho com Markus, extenuavam-se de exercícios, geralmente satisfatórios na rua dos Carpinteiros, reconfortavam-se logo com café expresso e bolos no café Weitzke, mamãe ia depois buscar seu filhinho na loja do judeu, deixava-se prover de galanteios e cortes de seda, tomava o bonde número cinco, saboreava sorrindo e com o pensamento muito distante dali o trajeto entre a Porta de Oliva e a Hindenburgallee, mal percebia aquele campo de Maio junto à praça de Desportos no qual Matzerath passava suas manhãs dominicais, aceitava sem desgosto a volta pela praça de Desportos — como parecia horrível tal construção quando se acabava de fruir algo de belo —, de novo à esquerda, e ali estava, atrás de algumas árvores empoeiradas, o Conradinum com seus estudantes de gorros vermelhos — ai, se Oskarzinho pudesse também estar lá com um gorro vermelho com o C dourado! Acabava de completar 12 anos e meio e podia estar já no quarto ano, começaria com o latim e se comportaria como um pequeno conradino, aplicado, mas também algo insolente e arrogante.

Depois da passagem subterrânea, em direção à colônia do Reich e à escola Helena Lange, perdiam-se os pensamentos da sra. Agnes Matzerath e esquecia o Conradinum e as possibilidades falidas de seu filho Oskar. Outra curva, diante da igreja de Jesus, com seu campanário em forma de bulbo, para descer à praça Max Halbe, defronte da loja do café Kaiser. Uma última olhadela nas vitrines dos competidores e logo, fatigadamente, tal uma *via crucis*, começava a subir o Labesweg: o mau humor incipiente, a criança anormal pela mão, os remorsos e o desejo de repetição. Insatisfeita e saciada a um tempo, dividida entre a aversão e o afeto benevolente por Matzerath, mamãe cobria cansada o trajeto do Labesweg comigo, meu tambor novo e o embrulhinho de seda, até a mercearia, até as caixas de aveia, o querosene ao lado dos barris de arenque, as passas de Corinto e as de Málaga, as amêndoas e as especiarias, até o fermento em pó do dr. Oetker, até Persil Lava Branco, até os queijos Urbin, até as sopas Maggi e Knorr, o tempero Kathereiner e o café Hag, as margarinas Vitello e Palmin, o vinagre Kühne e o doce de quatro frutas, e até aqueles dois apanha-moscas untados de mel que, colocados sobre o balcão, zumbiam em dois tons distintos e seriam trocados no verão a cada dois dias. E a cada sábado, com uma alma igualmente lambuzada de mel, pois tanto fazia verão ou inverno para atrair todo o ano pecados que zumbiam alto e baixo, mamãe ia à igreja do Sagrado Coração para se confessar com o reverendo Wiehnke.

Da mesma forma que me levava às quintas-feiras e me tornava de certo modo seu cúmplice, também me levava aos sábados através do portal até as frescas lajes da igreja católica, metendo-me primeiro o tambor debaixo do suéter ou do pequeno abrigo, já que sem tambor nada podia fazer comigo; sem o metal sobre a barriga nunca teria tocado minha testa, peito e ombros, fazendo o "pelo sinal", nem teria me ajoelhado como se fosse calçar os sapatos, ou ficado quietinho, deixando que fosse lentamente secando a água benta na base do meu nariz, no banco polido da igreja.

Posso ainda lembrar a igreja do Sagrado Coração no dia de meu batismo: houve dificuldades devido a meu nome pagão, insistiram no de Oskar, e Jan, como padrinho, confirmou-o na pia. Então o reverendo Wiehnke soprou-me três vezes a cara, o que devia expulsar de mim Satanás, fez o sinal da cruz, pôs a mão em cima de mim, esparziu um pouco de sal e disse uma série de coisas, sempre contra Satanás. Paramos de novo na pia batismal. Mantive-me quieto enquanto me ofereciam o *Credo* e o *Padre-Nosso*. Pareceu logo conveniente ao reverendo Wiehnke dizer uma vez mais *Vade retro, Satana!*, e imaginou que, tocando o nariz e as orelhas de Oskar, lhe abriria os sentidos, a mim, que desde sempre os tive abertos. Quis então ouvir uma vez mais em voz alta e clara, e perguntou: "Renuncias a Satanás? A todos os seus trabalhos? A toda a sua pompa?"

Antes que eu pudesse sacudir a cabeça — porque não pensava em renunciar a nada —, Jan disse três vezes por minha conta: "Renuncio."

E, sem que eu tivesse dito nada que estremecesse minhas relações com Satanás, o reverendo Wiehnke ungiu-me peito e espáduas. Ante a pia batismal, ainda uma vez o *Credo*, e então, finalmente, três vezes água, unção da pele da cabeça com os santos óleos, uma roupa branca sem nódoas, um círio para os dias escuros, e a despedida. Matzerath pagou; e quando Jan me conduziu através do portal da igreja do Sagrado Coração, onde o táxi nos esperava sob um tempo de sereno a nublado, perguntei ao Satanás que trazia dentro de mim: "Saiu tudo bem?"

Satanás brincou e sussurrou: "Viu os vitrais da igreja, Oskar? Vidro, tudo vidro!"

A igreja do Sagrado Coração foi edificada durante os primeiros anos do Império Germânico e seu estilo, consequentemente, podia ser identificado como neogótico. Já que se empregou para as paredes um tijolo que escurece rapidamente e já que o cobre que reveste o campanário não tardou em adotar o esverdeado tradicional, as diferenças entre as igrejas de tijolo do gótico antigo e as do neogótico só resultaram visíveis e incômodas para os especialistas. Quanto à confissão, a prática era a mesma nos dois tipos de igrejas. Da mesma forma que o reverendo Wiehnke, outros cem reverendos sentados em confessionários aplicavam aos sábados, depois do fechamento dos escritórios e das lojas, outras tantas peludas orelhas sacerdotais às grades polidas e enegrecidas, enquanto os fiéis tentavam escorregar para dentro do ouvido do padre, através da trama de fios da tela, a corrente de seus pecados, onde se alinhava, conta após conta, um colar barato.

Enquanto mamãe, seguindo o exame de consciência, comunicava às instâncias superiores da Igreja Católica, única verdadeira, através do canal auditivo do reverendo Wiehnke, tudo o que havia feito ou deixado de fazer, o que havia acontecido em pensamentos, palavras e obras, eu, que nada tinha a confessar, abandonava a madeira demasiado lisa da igreja e ficava de pé sobre as lajes.

Reconheço que as lajes das igrejas católicas, o odor das igrejas católicas e todo o catolicismo ainda hoje me cativam de forma inexplicável, à maneira de, bem, de uma garota de cabelos vermelhos, embora eu tenha sempre vontade de tingir cabelos vermelhos, e o catolicismo me inspire umas blasfêmias que delatam que continuo batizado segundo o rito católico, talvez em vão, mas irrevogavelmente. Com frequência, por ocasião de afazeres mais triviais, como escovar os dentes ou mesmo quando movimento meus intestinos, surpreendo-me murmurando comentários a propósito da missa, tais como: na sagrada missa se renova o derramamento de sangue de Jesus Cristo a fim de que flua para tua purificação, este é o cálice de meu sangue, o vinho se converte real e verdadeiramente no sangue de Cristo e se derrama, o sangue de Cristo está presente, mediante a contemplação do sagrado sangue, a alma é orvalhada com o sangue de Cristo, o precioso sangue, o corporal manchado de sangue, a voz do sangue de Cristo penetra em todos os céus, o sangue de Cristo difunde um perfume ante a face de Deus.

Terão de convir comigo que conservei certa entonação católica. Houve um tempo em que não podia esperar um bonde sem que imediatamente pensasse na Virgem Maria. Chamava-a cheia de graça, bem-aventurada, bendita, virgem das virgens, mãe de misericórdia, Tu, abençoada entre as mulheres, Tu, veneranda, qual o fruto de teu ventre, doce mãe, mãe virginal, virgem gloriosa, deixa-me saborear a doçura do nome de Jesus qual Tu o saboreaste em teu coração materno, és verdadeiramente digna e justa, conveniente e saudável, rainha, bendita, bendita...

Essa palavrinha "bendita", ao visitar com mamãe todos os sábados a igreja do Sagrado Coração, havia me adoçado e envenenado a tal ponto, mais que qualquer outra coisa, que dava graças a Satanás por ele ter sobrevivido em mim ao batismo e ter me proporcionado um contraveneno que, mesmo blasfemando, me permitia andar ereto sobre as lajes da igreja do Sagrado Coração de Jesus.

Jesus, de cujo coração a igreja tinha o nome, mostrava-se também, além dos sacramentos, nos quadrinhos coloridos da *via crucis*, em forma pictórica e, além disso, três vezes representado plasticamente, se bem que também em cores, em distintas posições.

Havia um de gesso pintado. Com o cabelo comprido, estava de pé com sua túnica azul-prussiano e sandálias sobre um pedestal dourado. A túnica se abria na altura do peito e, contrariamente a toda lei natural, mostrava bem no centro do tórax um coração sangrando cor de tomate, glorificado e estilizado, a fim de que a igreja pudesse ostentar o nome do referido órgão.

Já por ocasião da primeira contemplação atenta desse Jesus de coração aberto comprovei que o Salvador se parecia muito com meu padrinho, tio e pai presuntivo Jan Bronski. Aqueles olhos azuis de sonhador, ingenuamente seguros de si mesmos! Aquela boca florida, em forma de beijo e sempre a ponto de chorar! Aquela dor varonil que sublinhava as sobrancelhas! Faces rechonchudas, rosadas, que convidavam ao castigo. Os dois tinham essa mesma cara feita para os bofetões e que induz as mulheres a acariciá-la. Ademais, as mãos languidamente femininas, cuidadas e ineptas para o trabalho, mostrando os estigmas como obras-primas de um joalheiro a soldo de alguma corte principesca. Torturavam-me aqueles olhos à la Bronski, traçados a pincel na cara de Jesus, com sua incompreensão paternal. Exatamente aquele mesmo olhar azul que eu tinha, que podia apenas entusiasmar, nunca convencer.

Oskar apartou-se do coração de Jesus da nave lateral direita e passou ato contínuo da primeira estação da *via crucis*, na qual Jesus arca com a cruz, até a sétima, na qual sob o peso da cruz cai pela segunda vez, e dali ao altar-mor, sobre o qual o outro Jesus esculpido se achava suspenso. Só que este, seja porque estava exausto ou com o fito de se concentrar melhor, tinha os olhos fechados. Mas, em contrapartida, que músculos! Esse atleta do decatlo me fez imediatamente esquecer o coração de Jesus-Bronski e, cada vez que mamãe se confessava com o reverendo Wiehnke, concentrava-me devotamente contemplando o ginasta diante do altar-mor. Acreditem, como eu rezava! Meu doce monitor, chamava-o, desportista entre todos os desportistas, vencedor na ascensão da cruz com auxílio dos cravos regulamentares. E ele nunca estremeceu! A luz eterna estremecia, mas, quanto a ele, praticava a disciplina com o maior número de pontos possível. Os cronômetros faziam tique-taque. Marcavam-lhe o tempo. Já na sacristia alguns sacristãos de dedos sujos poliam a medalha que lhe era destinada. Mas Jesus não praticava o esporte pelas honrarias. A fé me invadia. Ajoelhava-me, o pouco que meu joelho permitia, fazia o sinal da cruz sobre meu tambor e procurava relacionar palavras como bendito ou doloroso com Jesse Owens e Rudolf Harbig, com a Olimpíada berlinense do ano anterior, o que nem sempre conseguia, porque Jesus não tinha jogado limpo com os mercadores. De modo que o desqualifiquei e, voltando a cabeça à esquerda, recobrei novas esperanças ao perceber ali a terceira representação plástica do celeste ginasta no interior da igreja do Sagrado Coração de Jesus.

— Não me deixe rezar até que o tenha visto três vezes — murmurava eu e voltava a encontrar as lajes com minhas solas, servia-me daquele tabuleiro de xadrez para me dirigir ao altar lateral esquerdo e, a cada passo, dizia-me: está seguindo você com a vista, os santos seguem você com a vista; Pedro, o que crucificaram de cabeça para baixo, e André, que pregaram em uma cruz inclinada — daí, cruz de santo André. Além dessa, há também uma cruz grega, ao lado da cruz latina ou cruz da Paixão. Nos tapetes, quadros e livros se reproduzem cruzes recruzadas, cruzes com âncoras e cruzes graduadas. Eu via cruzada em relevo a cruz em garra, a cruz em âncora e a cruz em trevo. Bela é a cruz de Gleven, cobiçada a de Malta e proibida a cruz gamada, a cruz de Gaulle, a cruz de Lorena; nos desastres navais invoca-se a cruz de santo Antônio: *crossing the T*. Na correntinha a cruz pendente, feia a cruz dos ladrões, pontifícia a cruz do papa, e essa cruz russa que também se designa como cruz de Lázaro. Também há a Cruz Vermelha. E a Cruz Azul. Os cruzeiros fundem-se, a Cruzada me converteu, as aranhas cruzeiras se devoram entre si, cruzamo-nos nas encruzilhadas, prova crucial, as palavras cruzadas dizem: resolvam-me. Cansado da cruz, voltei-me, deixei a cruz atrás de mim, e também à ginástica da cruz, voltei as costas com o perigo de ser atingido por um pé do ginasta na espinha, porque me aproximava da Virgem Maria, que tinha o Menino Jesus sentado sobre sua coxa direita.

Oskar estava diante do altar esquerdo da nave lateral esquerda. A Virgem tinha a mesma expressão que teria certamente a mãe de Oskar aos 17 anos, quando, vendedora da loja de Troyl, não tinha dinheiro para ir ao cinema e, como compensação, extasiava-se contemplando cartazes de filmes de Asta Nielsen.

Mas ela não se dedicava a Jesus, observava a outra criança sobre seu joelho direito, à qual, para evitar equívocos, chamo logo de João, o Batista. Os dois meninos eram do meu tamanho. Para ser exato, Jesus parecia dois centímetros mais alto, embora, segundo os textos, fosse mais jovem que o menino batista. O escultor se comprazeu em representar o Salvador aos três anos, despido e rosado. João, em contrapartida, como mais tarde haveria de ir para o deserto, usava uma pele de carneiro em tons de chocolate, que lhe cobria metade do peito, o ventre e seu pequeno regador.

Oskar teria gostado mais de ficar diante do altar-mor ou, sem compromisso, ao lado do confessionário, do que junto daqueles meninos normalmente desenvolvidos que se pareciam assustadoramente com ele. Naturalmente, tinham os olhos azuis e o mesmo cabelo castanho. A semelhança teria sido perfeita se o escultor-cabeleireiro tivesse dado a seus dois pequenos o corte à escovinha de Oskar, aparando-lhes aqueles ridículos caracóis.

Não quero me deter demais no menino batista, que com o indicador esquerdo apontava o Menino Jesus, como se começasse a lhe dizer: a, e, i, o, u, burrinho como tu. À parte as brincadeiras de crianças, chamo Jesus por seu nome e comprovo: uniovular! Poderia ser meu irmãozinho gêmeo. Tinha a mesma estatura e o mesmo pequeno regador que então só servia mesmo de regador, abria ao mundo uns olhos azul-cobalto absolutamente bronskianos e, para ainda me enfastiar mais, adotava meus próprios gestos.

Meu sósia erguia os dois braços e cerrava os punhos de tal forma que eu tinha uma vontade desesperada de meter qualquer coisa entre eles, por exemplo, minhas baquetas. Se o escultor tivesse feito um tambor vermelho e branco de gesso e posto sobre suas coxas rosadas, teria sido eu, o Oskar mais perfeito, quem se sentaria sobre o joelho da

Virgem e conclamaria os fiéis com o tambor. Há coisas neste mundo que, por mais sagradas que sejam, não se podem deixar tal qual são!

Três degraus atapetados conduziam à Virgem, vestida de verde prateado, à pele de carneiro cor de chocolate de João e ao Menino Jesus cor de presunto cozido. Defronte deles, um altar de Maria com círios anêmicos e flores de preços variados. A Virgem verde, o castanho João e o Jesus rosado traziam pregadas na parte posterior da cabeça algumas auréolas do tamanho de pratos. Ouro folheado valorizava esses pratos.

Se não fossem os degraus diante do altar, eu nunca teria subido. Degraus, trincos e vitrines exerciam sobre Oskar naqueles dias poder de sedução, e, ainda hoje, quando sua cama de hospital lhe deveria bastar, não o deixam indiferente. Ele se deixou seduzir de um degrau para outro, ainda que sobre o mesmo tapete. E junto ao pequeno altar de Maria, as figuras ficavam ao alcance da mão de Oskar, de modo que este pôde tocar com o nó dos dedos os três personagens, entre respeitoso e depreciativo. Suas unhas estavam em condições de executar o arranhão que põe a descoberto o gesso sob a capa da pintura. As dobras da túnica da Virgem continuavam dando voltas, até o escabelo de nuvens a seus pés. A canela apenas entrevista permitia supor que o escultor havia modelado primeiro as carnes, para depois inundá-las com os preguedos. Quando Oskar apalpou detalhadamente o regador do Menino Jesus, acariciando-o e apertando-o com cuidado como se quisesse movê-lo — erroneamente não estava circuncisado —, sentiu, de forma agradável e em parte desconcertante por sua novidade, seu próprio regador, em vista do que se apressou a deixar o de Jesus em paz, para que este deixasse em paz o seu.

Circuncisado ou não, não me preocupei mais com isso, tirei o tambor de debaixo do suéter, livrei-o de meu pescoço e, sem esbarrar na auréola, dependurei-o em Jesus. Por causa de minha estatura a operação exigiu algum trabalho. Para poder prover Jesus do instrumento, tive de trepar na escultura, sobre o escabelo de nuvens que, nesse caso, se confundia com o pedestal.

Isso não aconteceu em janeiro de 36, por ocasião da primeira visita de Oskar à igreja de seu batismo, mas durante a Semana Santa daquele mesmo ano. Por todo o inverno, sua mãe viu-se em apuros para conciliar a confissão e sua ligação com Jan Bronski. De modo que Oskar dispôs de tempo e de sábados suficientes para conceber seu plano, condená-lo, justificá-lo, replanejá-lo, examiná-lo sob todos os aspectos e, finalmente, abandonando todos os planos anteriores, executá-lo simples e diretamente, com a ajuda dos degraus, na segunda-feira da Semana Santa.

Como mamãe sentia necessidade de se confessar antes dos dias que precedem a festa da Páscoa, de grande atividade na loja, tomou-me da mão ao anoitecer da segunda-feira santa e me levou pelo Labesweg até o mercado Novo e logo pela Elsentrasse e Marientrasse, passando em frente ao açougue de Wohlgemuth, até o parque de Kleinhammer; em seguida dobramos à esquerda para atravessar a passagem subterrânea da ferrovia rumo à igreja, em frente ao aterro da estrada de ferro.

Era tarde. Só esperavam em frente do confessionário duas velhinhas e um jovem assustado. Enquanto mamãe procedia a seu exame de consciência — folheava o *Guia do confessor* como se se tratasse de seus livros de contabilidade, umedecendo para isso o polegar, como se estivesse calculando uma declaração de impostos —, deslizei para fora do banco de carvalho e, esquivando os olhares do Sagrado Coração e do Jesus ginasta da cruz, fui diretamente ao altar lateral da esquerda.

Mesmo tendo de agir com pressa, não quis fazê-lo sem o correspondente introito. Três degraus: *Introibo ad altare Dei*. Do Deus que alegra minha juventude. O tambor fora do pescoço, arrastando o *Kyrie* até o escabelo de nuvens, sem me deter no pequeno regador, não, justo antes do *Gloria*, enfiá-lo em Jesus — cuidado com a auréola —, descer outra vez das nuvens, remissão, perdão e absolvição, mas antes ainda pôr as baquetas nos punhos que quase as estavam pedindo: um, dois, três degraus; levanto meu olhar para a montanha, ainda resta um pouco de tapete, e, por fim, as lajes e um pequeno genuflexório para Oskar, que se ajoelha sobre a almofada, junta suas mãos de tambor diante da cara — *Gloria in excelsis Deo* — e espia por entre os dedos Jesus e seu tambor, esperando o milagre: tocará, ou acaso não sabe tocar, ou não se atreve a tocar? Ou toca ou não é Jesus verdadeiro; e, se não toca, então o verdadeiro Jesus é Oskar.

Quando se deseja um milagre, é preciso saber esperar. Pois bem, eu esperei, e a princípio o fiz inclusive com paciência, mas talvez não com a paciência suficiente, pois à medida que ia repetindo o texto "Ó, Senhor, todos os olhares te esperam", introduzindo, à guisa de variante, orelhas em vez de olhares, mais decepcionado se sentia Oskar em seu genuflexório. De qualquer modo, ofereceu ainda ao Senhor toda sorte de oportunidades e fechou os olhos, para ver se Ele, não se sentindo observado, se decidia mais facilmente, depois do terceiro *Credo*, depois do Pai, Criador, visível e invisível, do único Filho, engendrado pelo Pai, verdadeiro de verdadeiro, engendrado, não criado, uno como ele, por ele, por nós e para nossa salvação descendeu de, fez-se, foi morto e enterrado, ressuscitou, subiu aos céus, à direita de, há de vir, sobre os mortos, não terá fim, creio em, será ao seu tempo, falou por, creio na Santa Igreja, una, católica...

Bem, meu catolicismo só sobreviveu em minhas narinas. Não seria apenas questão de fé. Não era o odor que me interessava. Queria outra coisa: queria ouvir meu tambor, queria que Jesus tocasse algo para mim, ainda que não fosse senão um pequeno milagre à meia-voz. Não pretendia um som retumbante, que atraísse o vigário Rasczela e o reverendo Wiehnke, arrastando penosamente suas adiposidades até o milagre; não pretendia um milagre maior que exigisse relatórios para a diocese de Oliva e pareceres do bispado para o Vaticano. Não, eu não era ambicioso; Oskar não aspirava a ser beatificado. O que pedia era um simples milagrezinho para uso pessoal, para ver e ouvir, para decidir de uma vez por todas se Oskar teria de tocar o tambor a favor ou contra: para saber com clareza qual dos dois homozigóticos de olhos azuis podia doravante se chamar Jesus.

Esperava, pois, sentado. Entretanto, pensava eu inquieto, mamãe já deve estar se confessando e já terá passado do sexto mandamento. O velhinho que sempre costuma coxear pelas igrejas já tinha coxeado diante do altar-mor e, finalmente, em frente ao altar lateral, saudou a Virgem com o Menino, e viu talvez o tambor, mas não compreendeu nada. Seguiu seu caminho, arrastando os sapatos e envelhecendo.

O que quero dizer é que o tempo passava e Jesus não tocava o tambor. Ouvi vozes no coro. Por Deus, pensava eu com sobressalto, que a ninguém ocorra tocar o órgão. São bem capazes, enquanto treinam para o dia de Páscoa, de abafar com seu bramido o rufo talvez incipiente, tênue como o primeiro alento, do Menino Jesus.

Mas ninguém tocou o órgão, nem Jesus o tambor. Não se produziu milagre algum. E eu me levantei da almofada, fiz estalar meus joelhos e me dirigi com passos miúdos, aborrecido e de mau humor, sobre o tapete até os degraus; escalei-os um a um, deixando de lado todas as orações de introito que sabia, trepei na nuvem de gesso, derrubei sem querer algumas flores de preço módico e me dispus a sacar o tambor daquele nudista idiota.

Ainda hoje o digo e sempre o direi: foi um erro querer instruí-lo. Não posso imaginar de onde me veio a ideia de lhe tirar as baquetas, lhe deixar o tambor, lhe mostrar a princípio suavemente, a seguir como um professor impaciente, como usar as baquetas. E finalmente, recolocando-as de volta em suas mãos, dei ao falso Jesus a chance de mostrar o que tinha aprendido com Oskar.

Antes que eu tivesse tempo, sem respeito por sua auréola, de arrebatar tambor e baquetas do mais obstinado de todos os discípulos, o reverendo Wiehnke estava atrás de mim — meu batuque percorrera toda a largura e comprimento da igreja —, o vigário Rasczela estava atrás de mim, mamãe estava atrás de mim, o velhinho estava atrás de mim. O vigário me deu um safanão, o reverendo Wiehnke me aplicou uns tabefes, mamãe explodiu em lágrimas, o reverendo Wiehnke me repreendeu em voz baixa, o vigário, genuflectindo prévia e respeitosamente, subiu e retirou as baquetas de Jesus, fez nova genuflexão com as baquetas e subiu de novo para pegar o tambor, lhe sacou o tambor, lhe quebrou a auréola, lhe bateu no regador, rebentou um pouco da nuvem e desceu os degraus, tornou a dobrar os joelhos e não quis me devolver o tambor. Com isso, me deixou ainda mais furioso que antes, me obrigou a chutar o reverendo Wiehnke e envergonhar minha mãe, que na verdade tinha muito de que se envergonhar à altura em que interrompi minha sessão de coices, mordendo e arranhando e me libertando do reverendo Wiehnke, do vigário, do velhinho, de mamãe. E aí, correndo diante do altar-mor, ouvi o Satanás dentro de mim brincando e dizendo, como na ocasião do meu batismo: "Oskar, olhe em volta. Janelas por toda parte. Vidro, tudo de vidro!"

E por sobre o ginasta da cruz, que nem se mexeu, dirigi meu canto aos três altos vitrais da abside, que sobre um fundo azul representavam, em vermelho, amarelo e verde, os 12 apóstolos. Mas não visei Marcos nem Mateus, por cima deles apontei para aquela pomba de cabeça para baixo celebrando o Pentecostes; apontei para o Espírito Santo, fiz ele vibrar, lutando com meu diamante contra o pássaro. Culpa minha? Ou foi o ginasta que, sem se mexer, não o quis? Ou talvez o milagre, que ninguém compreendeu? O caso é que me viram estremecer e lançar gritos mudos contra a abside e, com exceção de mamãe, creram que eu rezava, quando o que eu queria eram vidros partidos. Mas Oskar falhou: seu tempo ainda não chegara. Deixei-me cair nas lajes e chorei amargamente, porque Jesus tinha falhado, porque Oskar tinha falhado e porque o reverendo e Rasczela, interpretando tudo errado, falavam de arrependimento. A única que não falhou foi mamãe. Interpretou minhas lágrimas corretamente, embora tivesse se alegrado por não haver quebra de vidros.

Então mamãe me tomou nos braços, rogou ao vigário a devolução do tambor e as baquetas e prometeu pagar os danos, em continuação ao que recebeu de quebra a absolvição, já que eu havia interrompido a confissão. Também Oskar entrou na bênção, mas isso não me importava.

Enquanto mamãe me levava da igreja do Sagrado Coração de Jesus, eu ia contando nos dedos: hoje segunda-feira, amanhã terça-feira, quarta, quinta e sexta-feiras santas, e tudo estaria acabado para esse sujeito que nem sequer sabe tocar tambor, que não me permite estilhaçar os vidros, que se parece comigo e contudo é falso, que baixará à tumba, ao passo que eu posso continuar tocando e tocando meu tambor, mas sem mostrar desejo de ver um milagre.

Cardápio de Sexta-feira Santa

Contraditórios: esta seria a palavra para expressar meus sentimentos entre segunda e Sexta-feira Santa. Por um lado me irritava aquele Menino Jesus de gesso que não queria tocar o tambor; por outro, estava contente por ser o tambor agora todo meu. E se por uma parte minha voz também falhara diante dos vitrais da igreja, Oskar conservou, por outra, em presença do vidro colorido e imune, aquele resto de fé católica que haveria de inspirar nele ainda muitas outras blasfêmias desesperadas.

Outro paradoxo: se bem que de um lado, ao voltar para casa vindo da igreja do Sagrado Coração, consegui quebrar com minha voz, a título de prova, a janela de uma água-furtada; de outro, meu êxito frente ao profano tornou mais notório meu fracasso no setor sagrado. Paradoxo, digo. E essa ruptura subsistiu e não chegou a ser superada, e continua vigente ainda hoje, que já não estou nem no setor profano nem no sagrado, mas à margem de tudo isso, em uma clínica psiquiátrica.

Mamãe pagou os prejuízos do altar lateral esquerdo. O negócio na Páscoa andou bem, ainda que a loja, por insistência de Matzerath, que aliás era protestante, permanecesse fechada na Sexta-feira da Paixão. Mamãe, que sempre fazia impor sua vontade, cedeu quanto à Sexta-feira Santa, mas exigiu em compensação, por motivos religiosos, o direito de fechar a loja em Corpus Christi, o direito de trocar na vitrine os pacotes de Persil e de café Haag por uma pequena imagem da Virgem, colorida e iluminada com luz elétrica, e de ir à procissão de Oliva.

Tínhamos um cartaz onde se lia: Fechado — Sexta-feira Santa. O lado oposto do cartaz informava: Fechado — Corpus Christi. Naquela Sexta-feira Santa seguinte à segunda-feira santa sem tambor e sem consequências vocais, Matzerath dependurou na vitrine o cartazinho que dizia: "Fechado — Sexta-feira Santa" e, logo após o desjejum, fomos a Brösen de bonde. Voltando à palavra inicial: a cena no Labesweg era também contraditória. Os protestantes iam à igreja, enquanto os católicos limpavam as vidraças das janelas e sacudiam nos pátios internos tudo aquilo que tivesse a mais remota aparência de tapete, e faziam isso com energia e ressonância tal que se tinha a impressão de que alguns esbirros bíblicos cravavam em todos os pátios de edifícios um salvador múltiplo em múltiplas cruzes.

De nossa parte, deixando para trás aquele sacudir de tapetes prenhe de paixão, sentamos na formação de costume, a saber: mamãe, Matzerath, Jan Bronski e Oskar, no bonde da linha número nove, que, atravessando o caminho de Brösen e passando junto ao aeroporto e aos campos de instrução, o antigo e o novo, nos levou à parada junto ao cemitério de Saspe, onde esperamos o bonde descendo de Neufahrwasser-Brösen. A espera propiciou a mamãe fazer, sorrindo, algumas considerações melancólicas. Do pequeno cemitério abandonado no qual se conservavam algumas lápides do século passado, inclinadas e recobertas de musgo, disse que era bonito, romântico e encantador.

— Aqui gostaria de repousar um dia, se estivesse ainda em uso — disse mamãe com ar sonhador. Mas Matzerath achava o solo demasiado arenoso e começou a praguejar contra a invasão de cardos e aveias selvagens que ali proliferavam. Jan Bronski observou que o ruído do aeroporto e dos bondes que saíam e chegavam podia talvez perturbar a paz do lugar, de resto idílico.

Chegou o bonde que descia, embarcamos, o condutor tocou duas vezes a campainha e nos pusemos em marcha, deixando Saspe e seu cemitério para trás, até Brösen, um balneário que naquela época do ano — provavelmente fins de abril — tinha um aspecto triste e desolado. As barracas de refresco fechadas, o cassino cego, a passarela sem bandeiras: no setor de banhos alinhavam-se umas junto às outras duzentas e cinquenta cabines vazias. No painel meteorológico percebiam-se ainda sinais de giz do ano anterior: ar, vinte; água, 17; vento, nordeste; previsão do tempo, claro passando a nublado.

Primeiro queríamos todos ir a pé a Glettkau, mas logo, sem nos consultarmos, tomamos o caminho oposto, o caminho do quebra-mar. O Báltico, largo e indolente, lambia a areia da praia. Até a entrada do porto, entre o farol branco e o molhe com seu semáforo, não encontramos ninguém. Uma chuva caída no dia anterior imprimira na areia sua trama uniforme, que era divertido destruir deixando para trás as plantas de nossos pés descalços. Matzerath fazia saltar sobre a água esverdeada pedaços de tijolo polido do tamanho de um florim, e se mostrava orgulhoso disso. Jan Bronski, menos hábil, entre uma e outra tentativa de lançamento, se dedicava a procurar âmbar, de que efetivamente encontrou algumas estilhas, assim como um pedaço do tamanho de um caroço de cereja, com que presenteou mamãe, que corria descalça, como eu, e a cada instante se voltava e mostrava encantada suas próprias pegadas. O sol brilhava de leve. O tempo era fresco, claro e sem vento; a distância podia-se reconhecer a orla que formava a península de Hela, assim como dois ou três rolos evanescentes de fumaça e, subindo como que por sacudidelas acima da linha do horizonte, as superestruturas de um navio mercante.

Um após outro e a intervalos diversos fomos chegando aos primeiros blocos de granito da base do ancoradouro. Mamãe e eu voltamos a pôr as meias e os sapatos. Ela me ajudou a amarrar os cadarços, enquanto Matzerath e Jan iam saltando de pedra em pedra sobre a crista desigual do molhe para o mar aberto. Barbas túmidas de algas colavam-se em desordem às juntas do cimento. Oskar teria gostado de penteá-las. Mas mamãe me pegou pela mão e seguimos os dois homens, que à nossa frente se divertiam como garotos de escola. A cada passo o tambor me batia no joelho; mas nem aqui deixaria que me arrebatassem o tambor. Mamãe usava um casaco de primavera azul-claro, com enfeites cor de framboesa. Os blocos de granito danificavam seus sapatos de salto alto. Como todos os domingos e dias festivos, eu ia com meu traje de marinheiro, de botões dourados em forma de âncora. Uma velha faixa, procedente da coleção de lembranças de viagem de Greta Scheffler, com a inscrição *S. M. S. Seydlitz*, cingia meu gorro de marinheiro e teria tremulado se houvesse vento. Matzerath desabotoou seu paletó castanho, enquanto Jan, elegante como sempre, não se desprendia de seu úlster com gola de veludo brilhante.

Fomos saltando até o semáforo, na ponta do quebra-mar. Ao pé do semáforo achava-se sentado um homem de certa idade, com um gorro de estivador e jaqueta acolchoada. A seu lado havia um saco de batatas que dava sacudidelas e não parava de se mexer. O homem, provavelmente de Brösen ou de Neufahrwasser, segurava o extremo de uma corda de estender roupa. Enredada de algas, a corda desaparecia na água salobra do Mottlau, que, não clarificada ainda e sem o concurso do mar, chapinhava contra os blocos do quebra-mar.

Ficamos curiosos para saber por que o homem do gorro pescava com uma corda de estender roupa e, obviamente, sem flutuador. Mamãe perguntou-lhe em tom amistoso, chamando-o de tio. O tio se riu ironicamente, nos mostrou alguns tocos de dentes escurecidos pelo tabaco e, sem mais explicações, soltou uma cusparada fenomenal que deu uma pirueta no ar antes de cair no caldo entre as corcovas inferiores de granito untadas de alcatrão e azeite. Ali ficou a secreção balançando, até que veio uma gaivota e pegou-a no voo, evitando habilmente as pedras e trazendo atrás de si outras gaivotas barulhentas.

Dispostos já a andar, porque estava frio e o sol pouco ajudava, subitamente o homem do gorro começou a puxar a corda, braçada após braçada. Mamãe queria ir de qualquer jeito, mas Matzerath tornara-se imóvel. Nem Jan, que de hábito nada lhe negava, quis acompanhá-la. Quanto a Oskar, ficar ou partir lhe era indiferente. Já que ficávamos, porém, observei com atenção. Enquanto o homem, a braçadas regulares e separando as algas a cada puxão, ia recolhendo a corda entre as pernas, notei que o navio mercante, que apenas meia hora antes começava a mostrar suas superestruturas sobre o horizonte, mudara agora seu curso e, bastante enfiado já na água, acercava-se do porto. Se submerge tanto, pensou Oskar, deve ser um sueco carregado de minério.

Quando o homem vagarosamente se pôs de pé, desviei os olhos do sueco. "Bem, vamos ver o que traz", disse, dirigindo-se a Matzerath, que, sem compreender nada, fez ainda assim um gesto de aquiescência. "Vamos ver... vamos ver", repetia o homem enquanto puxava a corda, agora com maior esforço, e, descendo pelas pedras ao encontro da corda — mamãe não se virou a tempo —, estendeu os braços até a espuma que regurgitava entre o granito, buscou algo, agarrou algo, agarrou-o com ambas as mãos, levantou e, pedindo espaço, atirou entre nós algo pesado que jorrava água, um pedaço cintilante de vida: uma cabeça de cavalo, uma cabeça de cavalo fresca como se estivesse viva, a cabeça de um cavalo preto, ou seja, de um cavalo de crinas pretas, que ontem ainda, ou no máximo anteontem, podia relinchar; pois a cabeça não estava em decomposição nem cheirava a nada, exceto à água do Mottlau; mas no quebra-mar tudo cheirava a isso.

E já o homem do gorro — ele tinha agora o gorro deitado para trás, sobre a nuca —, com as pernas separadas, estava sobre o pedaço de rocim, do qual saíam com precipitada fúria pequenas enguias verde--claro. Custava-lhe agarrá-las, já que, sobre pedras lisas e molhadas, as enguias se movem destra e habilmente. As gaivotas e seus gritos também já estavam sobre nós. Precipitavam-se, apoderando-se de três ou quatro enguias de tamanho pequeno ou médio, e não se deixavam afugentar, pois o quebra-mar era seu domínio. Contudo, o estivador, golpeando e metendo a mão entre as gaivotas, conseguiu enfiar umas duas dúzias de enguias pequenas no saco que Matzerath, solícito como sempre, mantinha aberto para ele. Isso o impediu de ver mamãe, que se tornava branca como queijo e apoiava primeiro a mão e depois a cabeça sobre o ombro e a gola de veludo de Jan.

Mas quando as enguias pequenas e médias já estavam no saco e o estivador, cujo gorro caíra da cabeça no correr de seu trabalho, começou a extrair do cadáver do cavalo enguias mais grossas e escuras, mamãe teve de sentar. Jan quis virar o rosto dela, mas mamãe não permitiu: continuou olhando fixamente, abrindo uns olhos bovinos, para a autópsia do estivador.

—Vamos ver! — gemia o outro de quando em quando. —Vamos ver... — e com a ajuda de uma de suas botas de água, abriu a boca do cavalo e introduziu-lhe um pau entre as mandíbulas, de forma que a grande dentadura amarela do animal parecia estar rindo. E quando o estivador — só então se viu que era calvo e tinha a cabeça em forma de ovo — meteu as duas mãos nas fauces do cavalo e extraiu daí duas enguias de uma vez, do tamanho e largura de um braço, também mamãe escancarou a boca e vomitou sobre as pedras do molhe todo o desjejum: albumina grumosa e gema de ovo, que punha uns riscos amarelentos entre massas de pão banhadas de café com leite; e continuava com ânsias, mas não vinha mais nada; porque não havia comido mais que isso, já que tinha excesso de peso e queria emagrecer a todo custo, para o que experimentava todo tipo de dietas que, não obstante, só raras vezes observava — comia às escondidas. A ginástica das terças-feiras na Organização Feminina era a única coisa de que não desistia, apesar de que Jan e inclusive Matzerath se rissem dela, ao ver que ia com seu saco de ginástica à sala daquelas tipas grotescas, praticava, vestida de macacão azul, exercícios com peso, e nem assim conseguia afinar.

Mesmo agora mamãe teria devolvido às pedras não mais que meia libra e, por mais esforço que fizesse, não conseguia ir além disso. Não conseguia tirar de si senão uma mucosidade esverdeada — e vieram as gaivotas. Vieram já quando ela começou a vomitar, giraram mais baixo; deixaram-se cair, lisas e gordas, disputando entre si o desjejum de mamãe, sem medo de engordar e sem que ninguém pudesse afugentá-las — quem o faria? Jan Bronski tinha medo delas e tapava com as mãos seus belos olhos azuis.

Tampouco davam atenção a Oskar, nem mesmo quando este recorreu a seu tambor contra elas, nem mesmo quando tentou opor resistência à brancura delas com um rufo de suas baquetas sobre a laca branca. Isso não surtia efeito; no máximo, tornava as gaivotas ainda mais brancas. Quanto a Matzerath, não se preocupava absolutamente com mamãe. Ele ria e macaqueava o estivador, um feixe de nervos postos à prova. O estivador estava quase terminando. Quando, em conclusão, extraiu uma enorme enguia do ouvido do cavalo, acompanhada de toda a sêmola branca do cérebro do animal, então também Matzerath ficou branco como queijo, mas nem por isso renunciou ao seu ar fanfarrão. Comprou do estivador, por preço irrisório, duas enguias médias e duas grandes, insistindo inclusive num abatimento.

Admirei intimamente Jan Bronski. Parecia que ia chorar e contudo ajudou mamãe a se levantar, passou-lhe um braço em volta, o outro pela frente e levou-a dali; era engraçado, porque mamãe ia saltando de pedra em pedra com seus saltos altos, os joelhos dobrando a cada passo e, ainda assim, não quebrou os tornozelos.

Oskar ficou com Matzerath e o estivador. O estivador, que voltara a pôr o gorro, nos mostrava e explicava por que o saco de batatas estava meio cheio de sal grosso. O sal do saco era para que as enguias se matassem de tanto correr e para lhes tirar ao mesmo tempo as mucosidades de fora e de dentro. Porque uma vez no sal as enguias não param de correr, e continuam correndo até cair mortas e deixam no sal todas as mucosidades. Isso se faz quando se deseja defumá-las. É proibido pela polícia e pela Sociedade Protetora de Animais, mas que importa? De que outra forma se poderia livrá-las da mucosidade externa e purgá-las da interna? As enguias mortas são friccionadas cuidadosamente com turfa e dependuradas, para defumar, sobre fogo lento de lenha de faia.

Matzerath achou correto que se deixassem as enguias correr no sal. Elas rastejavam dentro da cabeça do cavalo, não é verdade? E também nos cadáveres humanos, acrescentou o estivador. Parece que após a batalha naval de Skagerrak as enguias ficaram mais robustas. Há alguns dias um médico do sanatório me contou sobre uma mulher casada que procurava satisfação com uma enguia viva; mas ela ficou presa de tal modo que tiveram de internar a mulher e por causa disso não poderá mais ter filhos.

Fechando o saco com as enguias e o sal, o estivador jogou-o sobre os ombros, não se importando que ainda se mexessem. Dependurou no pescoço a corda de estender roupa, que há pouco recolhera, e, no momento em que o navio mercante fazia sua entrada no porto, se distanciou no passo de suas botas em direção de Neufahrwasser. O navio deslocava umas 1.800 toneladas e não era sueco, mas finlandês, nem levava minério, mas madeira. O estivador com o saco devia conhecer alguém da tripulação, pois fazia sinais com a mão para o casco enferrujado e gritou algo. A turma do finlandês respondeu e também gritou algo. Mas que Matzerath tenha feito sinais e por sua vez gritado uma tolice como "Navio, olé!" continua sendo um enigma para mim. Porque, sendo do Reno, não entendia absolutamente nada de marinha, e finlandeses, não conhecia nem um sequer. Mas esse era seu hábito: sempre fazia sinais quando outros o faziam, e sempre gritava, ria e aplaudia quando os outros gritavam, riam ou aplaudiam. Por isso também, ingressara no Partido relativamente cedo, quando ainda não era necessário, não lhe rendia nada e somente lhe ocupava as manhãs de domingo.

Oskar caminhava lentamente atrás de Matzerath, do homem de Neufahrwasser e do finlandês sobrecarregado. De vez em quando eu me voltava, porque o estivador havia deixado a cabeça do cavalo debaixo do farol. Mas já não se podia ver nada dela, porque as gaivotas a haviam coberto. Um orifício branco, tênue, no mar verde-garrafa. Uma nuvem recém-lavada, que a cada momento podia se elevar limpamente no ar, ocultando com gritos uma cabeça de cavalo que não relinchava, mas gritava.

Quando me cansei daquilo, fugi das gaivotas e de Matzerath, batendo meu pulso no tambor enquanto corria, passei o estivador, que fumava agora um cachimbo curto, e alcancei Jan Bronski e mamãe na entrada do quebra-mar. Jan ainda segurava mamãe como antes, só que sua mão desaparecia agora sob a gola do abrigo dela. Matzerath todavia não podia ver isso, nem que mamãe tinha uma mão dentro do bolso da calça de Jan, pois estava ainda bem atrás de nós, embrulhando em jornal as quatro enguias, que o estivador deixara aturdidas com uma pedrada. Quando Matzerath nos alcançou, parecia vir remando com seu pacote de enguias e disse: "Queria um e cinquenta por elas, mas eu só lhe dei um florim, e basta."

Mamãe já tinha melhor aspecto e as mãos outra vez juntas, e disse: "Não pense que vou comer essas enguias. Nunca mais voltarei a comer peixe, e enguias, então, nem se fala."

Matzerath pôs-se a rir: "Ah, que moça esta! Como se antes não soubesse nada sobre as enguias, e não tivesse comido tantas sempre, inclusive frescas. Vamos ver quando este seu humilde criado as tiver preparado, com todos os ingredientes necessários, e uma porção de verdura à parte."

Jan Bronski, que oportunamente retirara a mão do abrigo de mamãe, não disse nada. E eu me pus a tocar o tambor, para que não voltassem a falar das enguias até que estivéssemos em Brösen. Tampouco na parada do bonde e no carro-reboque deixei os três adultos falarem. As enguias, por sua parte, se mantiveram relativamente quietas. Em Saspe não tivemos de esperar, porque o bonde de volta já estava preparado. Pouco depois do aeroporto, apesar do som do tambor, Matzerath começou a falar de seu enorme apetite. Mamãe não reagiu e continuou olhando à distância, até que Jan lhe ofereceu um de seus Regatta. Quando ele lhe deu fogo e ela pôs a boquilha dourada entre os lábios, fitou sorrindo Matzerath, pois sabia que não gostava que ela fumasse em público.

Descemos na praça Max Halbe, e mamãe, contrariamente ao que eu esperava, se agarrou ao braço de Matzerath e não ao de Jan. Este ia ao meu lado, me tomou pela mão e fumou o cigarro de mamãe até o fim.

No Labesweg, as donas de casa católicas continuavam sacudindo ainda seus tapetes. Enquanto Matzerath abria o apartamento vi a sra. Kater, que morava no quarto andar, ao lado do trompetista Meyn. Com poderosos braços arroxeados ela mantinha em equilíbrio sobre o ombro direito um tapete castanho enrolado. Em ambos os sovacos flamejavam pelos vermelhos que o suor salgava e enredava. O tapete oscilava para frente e para trás. Com a mesma facilidade teria carregado ao ombro um bêbado; mas seu marido já estava morto. Ao passar junto de mim sua massa adiposa envolta em tafetá preto, alcançou-me um eflúvio de amoníaco, pepino e carbonato — devia estar incomodada.

Pouco depois ouvi, vindo do pátio, aquele baticum uniforme de tapete que me perseguia pela casa e me levou finalmente a me refugiar no guarda-roupa de nosso quarto, porque ali os abrigos de inverno, dependurados, absorviam pelo menos a pior parte daqueles ruídos pré-pascais.

Mas não foi apenas a sra. Kater com seu bater de tapete que me fez me refugiar no armário. Mamãe, Jan e Matzerath nem haviam tirado ainda os respectivos abrigos e já começavam o bate-boca a respeito do almoço de Sexta-feira Santa. A coisa não se limitou às enguias, e até eu mesmo voltei à baila com minha célebre queda da escada da adega: "Você é o culpado, não, a culpa é sua, agora mesmo preparo a sopa de enguias, não seja tão delicada, faça o que quiser, contanto que não sejam enguias, existem conservas suficientes na adega, pegue alguns cogumelos, mas feche o alçapão, que não volte a acontecer, acabe de uma vez com suas baboseiras, haverá enguias e basta, com leite, mostarda, salsa e batatas refogadas e uma folha de louro a mais, e um cravo, mas não, Alfred, não insista se ela não quer, você não se intrometa, ou pensa que comprei as enguias à toa, vou lavar e limpar bem, não, não, já veremos, espera que estejam sobre a mesa e já veremos quem come e quem não come."

Matzerath bateu violentamente a porta da sala e desapareceu na cozinha, onde o ouvimos trabalhar de forma particularmente ruidosa. Matou as enguias com dois cortes em cruz na base da cabeça, e mamãe, que tinha uma imaginação excessivamente viva, teve de se estender sobre o sofá, no que Jan Bronski a imitou em seguida; pouco depois, de mãos entrelaçadas, sussurravam em caxúbio.

Quando os três adultos se distribuíram dessa forma pelo apartamento, eu ainda não tinha ido para o armário, estava também na sala. Havia uma cadeirinha de criança ao lado da lareira de azulejos. Ali estava eu sentado, balançando as pernas, quando vi que Jan me olhava fixamente e senti que atrapalhava o casal, ainda que não pudessem fazer grande coisa, já que Matzerath, se bem que invisível, não deixava de ameaçá-los claramente do outro lado do tabique com enguias meio mortas, que ele brandia à maneira de chicotes. E assim trocavam mãos, apertavam e puxavam vinte dedos, estalando as juntas. Esse ruído era o que me faltava. Não bastava a surra de tapete da sra. Kater no pátio? Isso já não atravessava todas as paredes e parecia se aproximar, embora sem aumentar o volume?

Oskar deslizou de sua cadeirinha, acocorou-se um momento ao lado da lareira de azulejos, para não dar à sua saída um caráter demasiado manifesto, e então, totalmente absorvido por seu tambor, sumiu para o quarto.

Para evitar qualquer ruído, deixei a porta do quarto entreaberta, e vi com satisfação que ninguém me chamava. Considerei ainda se Oskar devia se meter debaixo da cama ou no guarda-roupa, e me decidi por este último, já que debaixo da cama teria sujado meu delicado traje azul de marinheiro. Mal conseguia alcançar a chave do armário. Dei uma volta, abri as portas guarnecidas de espelhos e, me servindo de minhas baquetas, empurrei para um lado os sobretudos e coisas de inverno penduradas. Para poder alcançar e mover as pesadas peças tive de trepar no tambor. Finalmente, o oco criado no centro do armário era, senão grande, ao menos suficiente para caber Oskar, que subiu e se agachou nele. Não sem dificuldade, consegui inclusive atrair as portas com espelhos e fixá-las, por meio de um xale que encontrei no piso do armário, de tal maneira que uma frincha da largura de um dedo me proporcionava a necessária vista e ventilação. Ajeitei o tambor sobre os joelhos, mas não toquei nem baixinho, e me deixei invadir e penetrar languidamente pelos eflúvios dos sobretudos.

Que bom que existia o armário e tecidos pesados que mal respiravam, para me permitir concentrar quase todos os pensamentos, reuni-los em um feixe e dedicá-los a um ideal bastante rico para aceitar o presente com uma alegria moderada e quase imperceptível.

Como sempre que me concentrava e vivia de acordo com minha própria capacidade, me trasladava em pensamento ao consultório do dr. Hollatz, no Brunshöferweg, e saboreava aquela parte das visitas de quarta-feira de cada semana que a mim interessava. Assim, pois, deixava voar meus pensamentos não tanto para o médico que me examinava de forma cada vez mais minuciosa quanto para a srta. Inge, sua ajudante. A ela consentia que me despisse e vestisse, e era a única que podia me medir, me pesar e me examinar; em resumo, todos os experimentos que o dr. Hollatz efetuava comigo, ela os executava com uma correção que não excluía a reserva, para logo anunciar, não sem mofa, os fracassos que o dr. Hollatz qualificava de êxitos parciais. Raras vezes eu fitava o rosto dela. Era o branco engomado de seu uniforme de enfermeira, a leve armação de sua touca, o broche simples adornado com a cruz vermelha, que repousavam o meu olhar e o meu coração, de vez em quando agitado, de tambor. Que bom poder observar as pregas sempre impecáveis de seu uniforme de enfermeira! Teria ela um corpo sob o uniforme? Sua cara, que ia envelhecendo, e suas mãos, ossudas apesar de todos os cuidados, deixavam pressentir que a srta. Inge era, apesar de tudo, uma mulher. Mas odores que revelassem uma consistência corpórea como a de mamãe, por exemplo, quando Jan ou mesmo Matzerath a despiam diante de mim, esses odores não desprendia a srta. Inge. Cheirava mais a sabão e a medicamentos soporíferos. Quantas vezes não me senti invadir pelo sonho enquanto ela me auscultava o corpinho que supunham enfermo. Um sono leve, um sono surgido das pregas do tecido branco, um sono envolto em ácido fênico, um sono sem sonho; salvo que, às vezes, na distância seu broche se expandia até converter em — que sei eu? — um mar de bandeiras, um pôr de sol nos Alpes, um campo de papoulas, maduro para a revolta, contra quem? — que sei eu? — contra peles-vermelhas, cerejas, sangue do nariz; contra as cristas dos galos ou os glóbulos vermelhos em ponto de concentração, até que o vermelho açambarcasse a vista inteira e se convertesse em fundo de uma paixão que, então como hoje, é tão compreensível como impossível de definir, porque com a palavrinha "vermelho" não se diz nada, e o sangue do nariz não a define, e o pano da bandeira muda de cor, e se apesar de tudo digo somente vermelho, o vermelho não me quer, vira seu manto do avesso: preto, e vem a Bruxa Preta, o amarelo me assusta, o azul me engana, no azul não creio, o azul não mente, não me faz verde: verde o ataúde no qual me apascento, o verde me cobre, verde sou eu e volto ao branco: o branco me faz preto, o preto me assusta amarelo, o amarelo me engana azul, o azul não o quero verde, o verde floresce em vermelho, vermelho era o broche da senhorita; tinha uma cruz vermelha exatamente na gola postiça de seu uniforme de enfermeira. Mas era raro eu me ater a essa representação, a mais monocrômica de todas, principalmente no guarda-roupa.

Um ruído cantante, procedente da sala, golpeava as portas de meu armário, me despertando de minha sonolência incipiente, dedicada à srta. Inge. Eu estava sentado em jejum e com a língua espessa, com o tambor sobre os joelhos, entre abrigos de inverno de diversos cortes, e sentia o cheiro do uniforme do Partido de Matzerath, que tinha cinturão e bandoleira de couro, e já nada restava das pregas brancas do uniforme de enfermeira: caía a lã fiada, o estame se dependurava, o fio enrugava a flanela, e sobre mim quatro anos de moda de chapéus, e a meus pés, sapatos, sapatinhos, botas e polainas lustradas, tacões, com ou sem tachas, que um raio de luz vindo de fora permitia distinguir; Oskar lamentava ter deixado uma frincha aberta entre os dois batentes.

Que podiam me oferecer os da sala? Talvez Matzerath tivesse surpreendido o par sobre o sofá, o que era quase impossível, já que Jan conservava sempre, exceto no *skat*, um resto de prudência. Talvez, e assim era com efeito, Matzerath houvesse colocado sobre a mesa da sala de estar, na terrina e a ponto de servir, as enguias mortas, lavadas, cozidas, condimentadas e provadas, e havia ousado, já que ninguém queria tomar assento, elogiar a sopa, enumerando todos os ingredientes que entravam em sua receita. Mamãe se pôs a gritar. Gritava em caxúbio, o que Matzerath não entendia nem podia suportar e, contudo, tinha de aguentar. Compreendia bem o que ela queria dizer, só podia se tratar de enguias e, como sempre que mamãe se punha a gritar, da minha queda pela escada da adega. Matzerath não respondia. Ambos sabiam bem seus papéis. Jan formulava objeções. Sem ele não havia drama. Em seguida, o segundo ato: abria-se de chofre a tampa do piano e, sem partitura, de memória, com os pés sobre os pedais, ressoava em terrível confusão o coro de caçadores do *Caçador furtivo*: Que é que na terra...? E em pleno halali, outro golpe na tampa do piano, os pedais que se soltam, o tamborete que se vira, e mamãe se aproxima, já está no quarto: deu ainda uma olhada rápida ao espelho e se jogou, segundo pude observar pela fresta, atravessada no leito conjugal sob o baldaquim azul, e desatou a chorar e a retorcer as mãos com tantos dedos como os que contava a Madalena arrependida da litografia com moldura dourada que estava na cabeceira daquela cidadela conjugal.

Por algum tempo ouvi tão somente os soluços de mamãe, um ligeiro ranger de cama e um murmúrio abafado de vozes procedente da sala. O murmúrio foi sumindo e Jan entrou no quarto. Terceiro ato: estava ali na frente da cama, considerando alternativamente mamãe e a Madalena arrependida, logo se sentava cautelosamente na beira da cama e acariciava mamãe estendida de bruços, acariciava os ombros e o traseiro dela, falando em caxúbio, até que, vendo que as palavras não surtiam efeito, introduzia a mão sob a saia, com o que mamãe cessava de gemer e Jan podia apartar a vista da Madalena de dedos múltiplos. Valia a pena ver. Missão cumprida, Jan se levantava, esfregava a ponta dos dedos com o lenço e se dirigia a mamãe em voz alta, não mais em caxúbio, mas pronunciando distintamente palavra por palavra, para que Matzerath pudesse ouvi-lo da sala: "Venha cá, Agnes, vamos esquecer tudo. Alfred atirou as enguias na privada, já faz tempo. Vamos jogar agora uma partida de *skat*, se quiser inclusive a um quarto de *pfennig*, e quando tudo isso tiver passado, e nos sentirmos bem de novo, Alfred preparará para nós cogumelos com ovos mexidos e batatas fritas."

Mamãe não respondeu, deu a volta sobre a cama, levantou-se, pôs a colcha em ordem, ajeitou o penteado diante dos espelhos das portas do armário e saiu do quarto precedida de Jan. Recuei o olho da frincha e, em pouco tempo, ouvi como embaralhavam as cartas. Alguns risinhos cautelosos, Matzerath cortou, Jan deu, e começou a rodada. Acho que Jan disputava com Matzerath. Este passou com 23. Em continuação mamãe fez Jan subir até 36, ele teve de abandonar nesse ponto, e mamãe jogou um sem-trunfo que perdeu por muito pouco. O jogo seguinte, um ouro simples, Jan ganhou sem a menor dificuldade, ao passo que mamãe faturou o terceiro jogo, uma copa sem damas; por pouco, mas ganhou.

E certo que esse *skat* familiar, logo interrompido por alguns ovos mexidos, cogumelos e batatas fritas, haveria de durar até tarde da noite; deixei de prestar atenção nas jogadas e procurei voltar à srta. Inge e a seu traje profissional branco e adormecedor. Mas a permanência no consultório do dr. Hollatz haveria de continuar turva para mim. Não somente o verde, o azul, o amarelo e o preto voltavam sempre a interromper o texto do broche com a cruz vermelha, também os acontecimentos da manhã vinham se misturar a isso: cada vez que abria a porta do consultório e da srta. Inge, não me deparava com a visão pura e leve do uniforme da enfermeira: nela, sob o farol do quebra-mar de Neufahrwasser, o estivador extraía enguias da cabeça jorrante e efervescente do cavalo, e o que eu tinha de branco e queria atribuir à srta. Inge eram as asas das gaivotas que, no momento, ocultavam de forma enganosa a carcaça e suas enguias, até que a ferida voltava a se abrir, mas sem sangrar nem espalhar vermelho, o cavalo era preto, o mar verde-garrafa, o navio finlandês punha no quadro um pouco de ferrugem e as gaivotas — e não voltem a me falar de pombas — formavam uma nuvem ao redor da vítima, e entrecruzavam as pontas de suas asas e acabavam lançando a enguia na minha srta. Inge, que a colhia, lhe fazia festas e se convertia em gaivota, adotando a forma, não de pomba, mas de Espírito Santo, e nessa forma, que se chama gaivota, baixava em forma de nuvem sobre a carne e celebrava a festa de Pentecostes.

Renunciando ao esforço, deixei o armário, abri mal-humorado as portas de espelhos, desci de meu esconderijo, me encontrei inalterado ante os espelhos mas contente por ver que a sra. Kater não continuava sacudindo tapetes. Havia terminado para Oskar a Sexta-feira Santa: a paixão haveria de começar para ele depois da Páscoa.

Estreitamento até o pé

Mas só depois daquela Sexta-feira Santa da cabeça de cavalo formigante de enguias, só depois do domingo de Páscoa, que passamos com os Bronski em Bissau, na casa da avó e do tio Vinzent, haveria de começar também para mamãe um calvário que nem o tempo risonho de maio pôde atenuar.

Não que Matzerath tenha obrigado mamãe a voltar a comer daquele pescado. Espontaneamente e como possuída de uma vontade enigmática, transcorridas apenas duas semanas da Páscoa, ela começou a devorar peixe em tais quantidades e sem a menor preocupação com a silhueta, que Matzerath teve de lhe dizer: "Não coma tanto peixe; vão pensar que está sendo obrigada."

Começava no desjejum com sardinhas no azeite; duas horas depois, aproveitando a ausência de fregueses na loja, caía sobre as enchovas defumadas de Bohnsack em caixinhas de madeira chapeadas, pedia ao meio-dia solha frita ou bacalhau com molho de mostarda e, pela tarde, já andava outra vez com o abridor de latas na mão: enguia em gelatina, arenque enrolado ao molho de escabeche, atum grelhado e, se Matzerath se negava a de novo fritar ou cozinhar peixe para o jantar, ela se levantava tranquilamente da mesa, sem dizer palavra, sem discutir, e voltava da loja com um pedaço de enguia defumada, o que nos tirava o apetite, porque raspava com a faca a pele da enguia até tirar o último vestígio de gordura e, além disso, comia o peixe com a faca. No decorrer do dia vomitava várias vezes. Matzerath, desconcertado e preocupado, dizia: "Será que está grávida ou o quê?"

— Não diga bobagens — respondia mamãe, se é que o fazia. E quando num domingo, ao aparecer sobre a mesa enguia em molho verde com pequenas batatas frescas nadando na manteiga, a avó Koljaiczek deu um murro entre os pratos e disse: "Pois bem, Agnes, diga para nós de uma vez o que se passa com você! Por que come peixe, se não se sente bem, e não diz o porquê, e se comporta feito doida?", mamãe não fez mais que sacudir a cabeça, separou as batatas, submergiu a enguia na manteiga derretida e continuou comendo deliberadamente, como se estivesse empenhada em alguma tarefa de muita aplicação. Jan Bronski não disse nada. Mas quando mais tarde os surpreendi sobre o divã, de mãos dadas como de costume, e as roupas em desordem, me chamaram a atenção os olhos chorosos de Jan e a apatia de mamãe. Repentinamente, porém, ela mudou de humor. Levantou-se de um salto, me agarrou, me levantou e me apertou contra seu seio e me deixou entrever um abismo que, por certo, não podia ser preenchido nem com enormes quantidades de peixe frito ou no molho de azeite, na salmoura ou defumado.

Alguns dias mais tarde vi mamãe na cozinha não somente às voltas com suas malditas sardinhas no azeite, mas vertendo em uma pequena frigideira o azeite de várias latas velhas que tinha guardado; e pondo-o para esquentar sobre a chama do gás, para logo bebê-lo; presenciando a cena da porta da cozinha, minhas mãos caíram do tambor.

Na mesma noite tiveram de internar mamãe no hospital Municipal. Antes de chegar a ambulância, Matzerath chorava e gemia: "Mas por que não quer essa criança? Não importa de quem seja! Ou é por culpa ainda daquela maldita cabeça de cavalo? Oxalá não tivéssemos ido! Esqueça isso, Agnes, não houve intenção alguma de minha parte."

Chegou a ambulância. Levaram mamãe. Crianças e adultos se amontoaram na rua. Levaram-na, e era manifesto que mamãe não havia esquecido nem o quebra-mar nem a cabeça de cavalo e que levou a recordação do animal — quer ele se chame Fritz ou Hans — consigo. Seus órgãos se recordavam dolorosamente daquele passeio de Sexta--feira Santa e, temendo uma repetição do mesmo, esses órgãos fizeram com que mamãe, que estava de acordo com eles, morresse.

O dr. Hollatz falou de icterícia e de intoxicação causada pelo peixe. No hospital comprovaram que mamãe se achava no terceiro mês de gravidez e lhe deram um quarto à parte; pelo espaço de quatro dias, ela nos mostrou, a nós, que tínhamos autorização para visitá-la, sua cara desfeita e decomposta pelos espasmos, e que, em meio à náusea, às vezes me sorria.

Ainda que ela se esforçasse por proporcionar pequenos prazeres a seus visitantes, da mesma forma que hoje me esforço por parecer feliz nos dias de visita de meus amigos, não podia contudo impedir que uma náusea periódica viesse agitar o corpo que ia definhando lentamente e que já não tinha nada mais a restituir; só no quarto dia de agonia dolorosa concedeu esse mínimo de suspiro que cada um tem de soltar para fazer jus a um certificado de óbito.

Ao cessar em mamãe o motivo daquela náusea que tanto desfigurava sua beleza, todos respiramos aliviados. Depois de lavada e posta em sua mortalha, voltou a exibir sua familiar cara redonda, mescla de ingenuidade e astúcia. A enfermeira-chefe fechou as pálpebras dela, porque Matzerath e Jan, chorando, eram como cegos.

Eu não podia chorar, já que todos os demais, os homens e a avó, Hedwig Bronski e Stephan Bronski, que já andava nos 14 anos, choravam. Também a morte de mamãe quase não me surpreendeu. Com efeito, Oskar, que a acompanhava às quintas-feiras à cidade velha e aos sábados à igreja do Sagrado Coração de Jesus, já percebera que ela buscava há alguns anos a oportunidade de dissolver aquela relação triangular de tal maneira que Matzerath, a quem possivelmente odiava, carregasse com toda a culpa de sua morte e que Jan Bronski, seu Jan, pudesse continuar trabalhando no correio polonês, com pensamentos do tipo: morreu por mim, não queria ser um obstáculo em minha carreira, sacrificou-se.

À parte toda a premeditação de que os dois, mamãe e Jan, eram capazes quando se tratava de proporcionar a seu amor uma cama que ninguém perturbasse, mostravam ainda maior capacidade para o romance: pode-se ver neles, se assim se quiser, Romeu e Julieta, ou o príncipe e a princesinha, que, segundo diz a canção, não puderam se unir porque a água era demasiado profunda.

Enquanto mamãe, que já recebera oportunamente os sacramentos, se tornava fria e para sempre imperturbável sob as orações do cura, encontrei tempo e ócio para observar as enfermeiras, que em sua maioria pertenciam à confissão protestante. Uniam as mãos de modo diferente das católicas, de forma mais consciente, diria eu; recitavam o *Pai-nosso* com palavras que se afastavam do texto católico original e não se benziam como o faziam — digamos — minha avó Koljaiczek, os Bronski ou eu mesmo. Meu pai Matzerath — designo-o ocasionalmente assim, embora tenha sido somente meu progenitor presuntivo —, que era protestante, distinguia-se na oração dos demais protestantes, porque não mantinha as mãos fixas sobre o peito, porém mais baixo, na altura das partes pudendas, repartia dedos convulsos entre uma e outra religião e obviamente se envergonhava de ser visto rezando. Minha avó, de joelhos ao lado do irmão Vinzent junto ao leito mortuário, rezava em voz alta e desenfreadamente em caxúbio, enquanto Vinzent apenas movia os lábios, provavelmente em polonês, abrindo em compensação uns olhos enormes, repletos de essência espiritual. Eu teria querido tocar o tambor. Afinal, era à minha pobre mãe que eu devia os numerosos instrumentos brancos e vermelhos. Fora ela quem, como contrapeso aos desejos de Matzerath, depositara em meu berço a promessa materna de um tambor de lata; e fora, da mesma forma, a beleza de mamãe, sobretudo quando era mais esbelta e não precisava fazer ginástica, que me servira de inspiração em meus concertos. Por fim não pude me conter, evoquei sobre o tambor, na câmara mortuária de mamãe, a imagem ideal de seus olhos cinzentos, lhe dei forma, e me surpreendeu ter sido Matzerath quem calasse o protesto imediato da enfermeira-chefe e quem se pusesse do meu lado dizendo: "Deixe-o, eram tão unidos!"

Mamãe sabia ser alegre. Mamãe sabia ser ansiosa. Mamãe sabia esquecer facilmente. E, contudo, tinha boa memória. Mamãe batia a porta no meu nariz e, contudo, me admitia em seu banho. Às vezes mamãe me perdia, mas seu instinto me encontrava. Quando eu quebrava vidros, mamãe entrava em ação com a argamassa. Às vezes se sentava mal, embora houvesse a seu redor cadeiras suficientes. Mesmo encerrando-se em si mesma, para mim sempre estava aberta. Temia as correntes de ar e, contudo, não parava de provocar vendavais. Vivia a crédito e não gostava de pagar impostos. Eu era o reverso de sua medalha. Se jogava cartas, ganhava sempre. Quando mamãe morreu, as chamas vermelhas do cilindro de meu tambor empalideceram ligeiramente; em contrapartida, o esmalte branco se fez mais branco, e tão ofuscante que às vezes o próprio Oskar, deslumbrado, tinha de fechar os olhos.

Não foi no cemitério de Saspe, como havia desejado uma vez, mas no pequeno e aprazível cemitério de Brenntau que a enterraram. Ali jazia também seu padrasto, o fabricante de pólvora Gregor Koljaiczek, falecido no ano 17 da gripe. O acompanhamento, como é natural no enterro de uma comerciante tão apreciada como ela, foi numeroso, e nele se viam não apenas as caras da clientela fiel, mas também os representantes de diversos atacadistas e mesmo alguns concorrentes tais como o negociante Weinreich e a sra. Probst, da loja de mantimentos da Hertastrasse. A capela do cemitério de Brenntau era pequena para tanta gente. Cheirava a flores e a roupas pretas guardadas em naftalina. No ataúde aberto, minha pobre mãe mostrava uma cara amarela e alterada pelo sofrimento. Durante as complicadas cerimônias, eu não podia deixar de pensar: agora vai levantar a cabeça, vai vomitar mais uma vez, tem ainda no corpo algo que luta para sair, além desse embrião de três meses que, tal como eu, não saberá a que pai deve dar graças; não é apenas ele que quer sair e pedir, como Oskar, um tambor; ali dentro ainda há peixes, mas não certamente sardinhas em azeite; nem falo também de solha; me refiro a um pedacinho de enguia: enguia da batalha naval de Skagerrak, enguia do quebra-mar de Neufahrwasser, enguia de Sexta-feira Santa, enguia saída da cabeça do cavalo e, talvez, enguia de seu pai Joseph Koljaiczek, que foi para debaixo da balsa e se converteu em pasto de enguias: enguia de tua enguia, porque enguia eras e à enguia hás de regressar...

Mas não se produziu nenhuma náusea. Reteve a enguia, levou-a consigo, disposta a enterrá-la para que, finalmente, houvesse paz.

Quando os homens levantaram a tampa do caixão e se dispunham a cobrir a cara, tão decidida como enfastiada, de minha pobre mãe, Anna Koljaiczek os impediu. Pisando as flores em volta do caixão, jogou--se sobre a filha chorando, rasgou a dispendiosa vestimenta mortuária branca e gritou muito alto em caxúbio.

Alguns disseram mais tarde que ela tinha amaldiçoado meu pai presuntivo Matzerath, chamando-o de assassino de sua filha. Parece que também veio à baila minha queda na escada da adega. Ela tinha aceito a fábula de minha mãe e não permitia que Matzerath esquecesse sua suposta culpa em minha suposta desgraça. Nunca deixou de acusá-lo, embora Matzerath, a despeito de toda política e quase a contragosto, a tratasse com respeito subserviente e durante os anos de guerra a suprisse de açúcar, mel artificial, café e querosene.

O verdureiro Greff e Jan Bronski, que chorava alto e de maneira feminina, afastaram minha avó do ataúde. Os homens puderam assim fechar a tampa e fazer finalmente a cara que costumam fazer os empregados de funerárias quando se colocam sob o féretro.

No cemitério semirrural de Brenntau, com suas duas seções de um e outro lado da alameda dos olmos, com sua capelinha que parecia recortada como para um presépio, com seu poço e pequenos pássaros esvoaçantes; ali, sobre a alameda do cemitério cuidadosamente limpa, eu, abrindo o cortejo imediatamente depois de Matzerath, pela primeira vez gostei da forma do ataúde. Desde então tive ocasião de deixar deslizar meu olhar mais de uma vez sobre a madeira negra ou marrom que se emprega nos transes supremos. O ataúde de mamãe era preto. Estreitava-se de forma maravilhosamente harmoniosa até o pé. Há alguma outra forma, neste mundo, que corresponda mais adequadamente às proporções do ser humano?

Se também as camas tivessem esse afinamento até o pé! Se todos os nossos leitos, ocasionais e habituais, fossem se reduzindo assim até o pé! Porque, apesar de todo o ar que concedemos a nós próprios, o ostensivo volume de nossa cabeça, ombros e torso se afunila em direção ao pé, e nessa base estreita todo o edifício deve repousar.

Matzerath ia imediatamente atrás do caixão. Levava seu chapéu de copa na mão e, a despeito da dor e de seu passo lento, se esforçava por manter os joelhos rijos. Cada vez que eu olhava seu pescoço me dava pena ver a nuca saliente, e as duas artérias latejantes que, saindo do pescoço, subiam até a linha do cabelo.

Por que mamãe Truczinski teve de me tomar pela mão e não Gretchen Scheffler ou Hedwig Bronski? Vivia no segundo andar de nosso edifício e provavelmente carecia de nome de batismo: era mamãe Truczinski para todo mundo.

Diante do féretro, o reverendo Wiehnke, com sacristão e incenso. Meu olhar ia da nuca de Matzerath às nucas enrugadas em todos os sentidos dos carregadores do caixão. Tinha de reprimir um desejo selvagem: Oskar queria subir no ataúde. Queria sentar em cima dele e tocar tambor. Mas não na lata, e sim na tampa do caixão. Enquanto os que iam atrás seguiam o reverendo em suas orações, ele queria guiá-los com seu tambor. Enquanto depositavam o caixão sobre pranchas e cordas em cima da cova, Oskar queria se manter firme sobre ele. Enquanto duravam sermão, campainhas, o incenso e a água benta, ele queria imprimir seu latim na madeira e ficar em cima do caixão quando o baixassem com a ajuda das cordas. Oskar queria descer à cova com sua mamãe e o embrião dela. E ficar lá embaixo enquanto os familiares jogassem seu punhado de terra, e não subir, mas permanecer sentado sobre o pé do caixão tocando tambor, tocando-o se possível dentro da terra, até que as baquetas apodrecessem em suas mãos, até que ele apodrecesse por amor de sua mãe e sua mãe por amor dele e entregassem ambos sua carne à terra e a seus habitantes; com os nós dos dedos Oskar teria também gostado de tocar o tambor para as tenras cartilagens do embrião, se fosse possível e permitido.

Ninguém se sentou sobre o caixão. Órfão de companhia, Oskar oscilava sob os olmos e os chorões do cemitério de Brenntau. Entre as tumbas, as galinhas coloridas do sacristão ciscavam em busca de vermes, colhiam o que não tinham semeado. E depois entre as bétulas. Eu atrás de Matzerath, pela mão de mamãe Truczinski; imediatamente atrás de mim, minha avó — amparada por Greff e Jan —, Vinzent Bronski pelo braço de Hedwig, a pequena Marga e Stephan, de mãos dadas, diante dos Scheffler; o relojoeiro Laubschad, o velho sr. Heilandt, Meyn, o trompetista, mas sem instrumento e até certo ponto sóbrio.

Só quando tudo terminou e começaram os pêsames vi Sigismund Markus. De preto, juntava-se timidamente aos que queriam apertar a mão e murmurar algo a Matzerath, a mim, a minha avó e aos Bronski. A princípio não compreendi o que Alexander Scheffler estava lhe pedindo. Mal se conheciam, se tanto; e logo também o músico Meyn se pôs a discutir com o vendedor de brinquedos. Achavam-se atrás de uma sebe mediana dessa planta que, quando esfregada entre os dedos, perde a cor e tem gosto amargo. Nesse momento justamente a sra. Kater e sua filha Susi, espigada e detrás de um lenço, estavam dando os pêsames a Matzerath e não podiam se furtar a me acariciar a cabeça. Detrás da sebe as vozes subiram de tom, mas sem que se pudesse entender nada. O trompetista Meyn tocava com o indicador o traje negro de Markus e o ia empurrando diante de si, logo lhe agarrando o braço esquerdo, ao passo que Scheffler pegava o outro. Os dois cuidavam que Markus, que recuava, não tropeçasse nas bordas das sepulturas, e, ao chegar na alameda principal, mostraram-lhe onde ficava o portão. Sigismund pareceu agradecer a informação, dirigiu-se à saída, enfiou o chapéu de copa e não voltou a olhar para Meyn e o padeiro, embora estes o seguissem com o olhar.

Nem Matzerath nem mamãe Truczinski se deram conta de que eu escapulia, deles e das condolências. Simulando uma necessidade, Oskar saiu por trás, passando junto ao coveiro e seu ajudante, correu, sem consideração com a hera, e alcançou os olmos e Markus antes de chegar à saída.

— Oskarzinho! — exclamou surpreso Markus. — Diga, que têm eles contra Markus? Que lhes fez Markus para que chegassem a isso?

Eu não sabia o que Markus tinha feito, mas peguei a mão dele, banhada de suor, conduzi-o através do portão de ferro forjado do cemitério, que estava aberto e topamos — ele, o guardião de meus tambores, e eu, o tambor, talvez seu tambor — com Leo Schugger, que, como nós, acreditava no paraíso.

Markus conhecia Leo, pois Leo era personagem bem conhecido na cidade. Eu tinha ouvido falar de Leo e sabia que, quando ainda estava no seminário, num belo dia de sol, tinha confundido de tal forma os sacramentos, as confissões, o céu e o inferno, a vida e a morte, que seu universo permaneceu para sempre alterado, sem dúvida, mas nem por isso menos brilhante.

O ofício de Leo consistia em esperar, depois de cada enterro — e estava a par de todos —, com seu traje negro brilhante que lhe ficava largo e suas luvas brancas, os familiares do defunto. Markus e eu compreendemos, portanto, que se encontrava agora ali, ante o portão de ferro do cemitério de Brenntau, por causa de seu ofício, para estender aos parentes aflitos uma luva ávida de pêsames, com seus aquosos olhos esgazeados e de sua boca sempre babosa.

Meados de maio: um dia claro e ensolarado. Sebes e árvores povoadas de pássaros. Galinhas cacarejantes que com seus ovos, e por meio deles, simbolizavam a imortalidade. Um zumbido no ar. Verde fresco sem vestígio de poeira. Leo Schugger levava seu murcho chapéu cilíndrico na mão esquerda enluvada e, com passo leve de bailarino, porquanto era realmente bem-aventurado, vinha a nosso encontro com os cinco dedos bolorentos de luva estendidos. Parou de lado à nossa frente, como se ventasse, ainda que não houvesse um sopro, entortou a cabeça e, quando Markus colocou, primeiro de forma vacilante e logo com decisão, sua mão desnuda na luva ávida de apertos, Leo balbuciou babando: "Que dia bonito! Agora ela está lá onde tudo custa barato. Viram já o Senhor? *Habemus ad Dominum*. Passou e tinha pressa. Amém."

Dissemos amém e Markus confirmou que o dia era belo, afirmando também ter visto o Senhor.

Por trás ouvimos se aproximar o rumor dos familiares que saíam do cemitério. Markus retirou a mão da luva de Leo, achou maneira ainda de lhe dar um trocado, e lançou um olhar à la Markus e se dirigiu precipitadamente ao táxi que o esperava em frente à agência de correio de Brenntau.

Eu ainda acompanhava com o olhar a nuvem de poeira que envolvia o fugitivo, quando mamãe Truczinski me agarrou novamente pela mão. Vinham em grupos e grupinhos. Leo Schugger repartia seus pêsames, chamava a atenção de todos sobre o esplendor do dia, perguntava a cada um se tinha visto o Senhor e, como de costume, recebia gorjetas menores ou maiores, ou não recebia nada. Matzerath e Jan

Bronski pagaram os empregados da funerária, o coveiro, o sacristão e o reverendo Wiehnke que, suspirando, deixou que Leo Schugger lhe beijasse a mão e, com a mão beijada, distribuía bênçãos ao cortejo que se dispersava lentamente.

Quanto a nós, minha avó, seu irmão Vinzent, os Bronski com as crianças, Greff sem senhora e Gretchen Scheffler, tomamos assento nas duas carruagens puxadas por um cavalo. Passando diante de Goldkrug, através do bosque e cruzando as proximidades da fronteira polonesa, levaram-nos a Bissau-Abbau para o banquete fúnebre.

A chácara de Vinzent Bronski ficava num vale. Na sua frente havia álamos, destinados a desviar os raios. Arrancaram de seus gonzos a porta do celeiro, estenderam-na sobre alguns cavaletes de madeira e a cobriram com toalhas. Veio mais gente da vizinhança. O banquete demorou. Estávamos à porta do celeiro. Gretchen Scheffler me tinha sobre seus joelhos. A comida foi gordurosa, depois doce e de novo gordurosa: aguardente de batata, cerveja, um ganso e um leitão, pastel de salsicha, abóbora no vinagre e no açúcar, papa vermelha com creme amargo; ao cair da tarde começou a soprar através do celeiro aberto um pouco de vento; ouviam-se os ruídos dos ratos e o ruído das crianças Bronski, que, com os rapazes da vizinhança, tinham tomado posse do pátio da chácara.

Juntamente com as lamparinas de querosene apareceram sobre a mesa as cartas do *skat*. A aguardente de batata ficou. E também veio o licor de ovos, de fabricação caseira, que trouxe certa alegria. E Greff, que não bebia, interpretava algumas canções. Também os caxúbios cantavam, e Matzerath foi o primeiro a dar as cartas. Jan era o segundo, e o capataz da olaria, o terceiro. Só então me dei conta de que faltava mamãe. Jogou-se até tarde da noite, mas nenhum dos homens conseguiu ganhar uma mão. Quando Jan, de forma incompreensível, perdeu uma mão de copas sem quatros, ouvi-o dizer baixinho a Matzerath: "Sem a menor dúvida, Agnes a teria ganho."

Nisso deslizei da saia de Greta Scheffler e encontrei, fora, minha avó e seu irmão Vinzent. Estavam sentados sobre o timão de um dos carros. Em voz baixa Vinzent falava às estrelas em polonês. Minha avó já não podia mais chorar, mas permitiu que me metesse sob suas saias.

Quem me toma hoje sob suas saias? Quem apaga para mim a luz do dia e a luz das lâmpadas? Quem me dá o odor daquela manteiga amarela e branda, ligeiramente rançosa, que minha avó estocava, albergava e depositava sob suas saias para me alimentar, e que me dava, para abrir o apetite, para ir aprendendo a gostar?

Adormeci sob as quatro saias; ali, muito perto das origens de minha pobre mamãe, ainda que com maior facilidade para respirar, eu estava tão tranquilo quanto ela em sua caixa que se estreitava até o pé.

As costas de Herbert Truczinski

Nada pode substituir uma mãe, dizem. Logo após o enterro comecei a sentir falta de minha pobre mãe. As visitas das quintas-feiras à loja de Sigismund Markus foram suprimidas; ninguém me levava para ver o branco uniforme de enfermeira da srta. Inge. Mas eram sobretudo os sábados que tornavam dolorosamente presente a morte de mamãe: mamãe já não ia se confessar.

A cidade velha, o consultório do dr. Hollatz, a igreja do Sagrado Coração tinham se fechado para mim. Tinha perdido o gosto pelas manifestações políticas. E como podia continuar tentando os transeuntes diante das vitrines, se até o ofício de tentador tinha se tornado para Oskar insípido e sem atrativo? Já não havia uma mãe que me levasse ao teatro Municipal para as funções natalinas ou aos circos Krone ou Busch. Pontualmente, mas sozinho e sem vontade de nada, prosseguia meus estudos; solitário, seguia pelas ruas retilíneas e aborrecidas até o Kleinhammerweg e visitava Gretchen Scheffler, que me contava suas viagens com a organização Força Pela Alegria ao país do sol da meia-noite, enquanto eu continuava comparando sem cessar Goethe a Rasputin, não achava saída para a dita comparação e me subtraía regularmente desse círculo de raios sinistros e deslumbrantes, dedicando-me aos estudos históricos. *Uma luta pela posse de Roma*, a *História da cidade de Dantzig*, de Keyser, e o *Anuário da frota de Kohler*, minhas antigas obras-modelo, me proporcionaram um mediano saber enciclopédico. Assim, por exemplo, hoje ainda estou em condições de informar exatamente acerca da blindagem, do número de canhões, do lançamento, fabricação e tripulação de todos os navios que participaram da batalha naval de Skagerrak e dos que foram a pique ou sofreram danos nessa ocasião.

Andava já pelos 14 anos, gostava de solidão e saía muito para passear. Meu tambor me acompanhava, mas o usava com moderação, porque com a partida de mamãe meu reabastecimento regular de tambores se tornara problemático.

Isso foi no outono de 37 ou na primavera de 38? Em todo caso, eu seguia pela Hindenburgsallee acima, na direção da cidade, e me achava aproximadamente na altura do café das Quatro Estações; caíam as folhas ou se abriam os botões: em todo caso, algo ocorria na natureza; nisso encontrei meu amigo e mentor Bebra, que descendia em linha direta do príncipe Eugênio e, por conseguinte, de Luís XIV.

Fazia três anos que não nos víamos. E, contudo, nos reconhecemos a vinte passos de distância. Não ia só, levava pelo braço uma beldade, elegante e de ar meridional, uns dois centímetros mais baixa que ele e três dedos mais alta que eu, a qual me apresentou como Roswitha Raguna, a sonâmbula mais célebre da Itália.

Bebra me convidou para uma xícara de café no café das Quatro Estações. Sentamos no Aquarium, e as senhoras do café cochicharam: "Olhe os anões, Lisbeth, você os viu? Devem ser do Krone; temos de ir vê-los."

Bebra me dirigiu um sorriso e mostrou mil ruguinhas, antes invisíveis.

O garçom que nos serviu o café era muito alto. Quando a *Signora* Roswitha pediu uma fatia de bolo, o olhar dela subiu pelo traje de noite do garçom como se fosse uma torre.

Bebra comentou: "Parece que as coisas não vão muito bem para nosso vitricida. Que se passa, amigo meu? É o vidro que está em falta, ou foi a voz que enfraqueceu?"

Jovem e impetuoso como era, Oskar tratou de dar uma prova imediata de sua arte em pleno florescimento. Olhei ao redor, buscando, e estava já me concentrando na grande superfície de vidro do aquário, diante dos peixes de enfeite e das plantas aquáticas, quando, antes que lançasse meu grito, Bebra me disse: "Não, amigo meu! Basta-nos sua palavra. Nada de destruições, por favor, nada de inundações nem de matança de peixes."

Envergonhado, apresentei minhas escusas sobretudo à *Signora* Roswitha, que havia tirado um leque miniatura e se abanava nervosa.

— Minha mãe morreu — procurei explicar. — Ela não devia ter feito isso. Hoje me ressinto disso. A gente vive dizendo: uma mãe vê tudo, sente tudo, perdoa tudo. Não passa de blá-blá-blá para o dia das mães. Ela via em mim o anão e, se pudesse, o teria suprimido. Mas não pôde me eliminar, porque os meninos, ainda que anões, estão registrados em papéis e é impossível eliminá-los assim sem mais nem menos. Além do mais, porque eu era *seu* anão e porque me suprimir seria o mesmo que destruir parte de si mesma. Eu ou o anão, ela deve ter dito para si, e finalmente acabou consigo própria; e comeu só peixes, que nem sequer era fresco, e despediu seus amantes, e agora jaz em Brenntau. Dizem todos, os amantes e também seus fregueses da loja: "Foi o anão quem a enterrou a toque de tambor. Não quis continuar vivendo por causa de Oskarzinho; foi ele quem a matou!"

Exagerava manifestamente, porque queria impressionar o máximo possível à *Signora* Roswitha. Afinal, na verdade a maioria das pessoas atribuía a culpa da morte de mamãe a Matzerath e sobretudo a Jan Bronski. Bebra adivinhou meus pensamentos.

— Está exagerando, meu estimado amigo. Por puro ciúme você guarda rancor de sua mãe morta. Sente-se humilhado porque não foi você e sim esses cansativos amantes que a mandaram para o túmulo. Você é mau e vaidoso, o que é próprio dos gênios.

E logo depois de um suspiro e de um olhar de soslaio à Signora Roswitha: "Não é fácil permanecer equânime com nossa estatura. Conservar-se humano sem crescimento externo, que empresa, que ofício!"

Roswitha Raguna, a sonâmbula napolitana que tinha a pele tão lisa quanto enrugada, a quem eu dava 18 primaveras para incontinenti admirá-la como uma anciã de oitenta e talvez noventa anos, a *Signora* Roswitha acariciou o terno elegante, de corte inglês sob medida, do sr. Bebra, voltou logo para mim seus olhos mediterrâneos, negros como jabuticabas, e, com uma voz escura e cheia de promessas frutíferas que me comoveu e me deixou petrificado, disse: "Carissimo Oskarnello! Como compreendo sua dor! *Andiamo*, venha conosco, Milano, Parigi, Toledo, Guatemala!"

Senti uma espécie de vertigem. Tomei a mão fresca e ao mesmo tempo velhíssima da Raguna. Senti bater em minhas costas o mar Mediterrâneo; algumas oliveiras sussurravam ao meu ouvido: "Roswitha será como sua mãe, Roswitha compreenderá. Ela, a grande sonâmbula que penetra e conhece tudo, tudo menos a si mesma, *mamma mia*!, menos a si mesma, *Dio*!

De forma estranha, a Raguna retirou de repente e como que horrorizada a mão, quando mal havia começado a me penetrar e a me radiografar com seu olhar de sonâmbula. Acaso meu faminto coração de 14 anos a teria assustado? Teria ocorrido a ela que para mim Roswitha, anciã ou donzela, significava Roswitha? Sussurrava em napolitano, tremia, se persignava com frequência, como se os horrores que lia em mim não tivessem fim, para acabar desaparecendo sem dizer nada atrás de seu leque.

Confuso, pedi uma explicação, roguei ao sr. Bebra que dissesse algo. Mas ele também, apesar de sua descendência direta do príncipe Eugênio, estava desconcertado, balbuciava, até que finalmente deu a entender: "Seu gênio, meu jovem amigo, o divino mas também o demoníaco desse seu gênio, conturbou um pouco a minha boa Roswitha e eu mesmo tenho de confessar que essa desmesura peculiar que o arrebata de repente me é estranha, ainda que não totalmente incompreensível. Mas de qualquer modo dá no mesmo — Bebra ia recobrando seu domínio —, seja qual for seu caráter, quero que venha conosco e trabalhe conosco no Espetáculo dos Milagres de Bebra. Com um pouco de disciplina e moderação, poderá talvez, mesmo nas condições políticas atuais, encontrar um público."

Compreendi imediatamente. Bebra, que me aconselhara estar sempre nas tribunas e nunca diante delas, tinha passado a fazer parte dos pedestres, ainda que continuasse se apresentando ante o público do circo. De modo que, quando polida e cortesmente recusei sua proposta, e sentindo-o bastante, não se decepcionou. E a *Signora* Roswitha respirou ostensivamente aliviada atrás de seu leque e voltou a me mostrar seus olhos mediterrâneos.

Continuamos conversando algum tempo. Pedi ao garçom um copo vazio, cantei no vidro um recorte em forma de coração, cantei ao redor, em caligrafia gravada, uma inscrição: "Oskar para Roswitha", dei-lhe o copo, ficou feliz e, depois que Bebra pagou adicionando uma boa gorjeta, partimos.

Os dois me acompanharam até a praça de Desportos. Mostrei com a baqueta do tambor a tribuna deserta no outro extremo do campo de Maio e — agora recordo: foi na primavera de 38 — contei a Bebra minhas proezas tamborísticas sob as tribunas.

Bebra sorriu, não sem embaraço, e a Raguna fez cara séria. Ao se distanciar a *Signora* alguns passos, Bebra me sussurrou ao ouvido, despedindo-se: "Fracassei, meu bom amigo; como podia, pois, continuar sendo seu mestre? Ah, que asco a política!"

Beijou-me então na testa, como fizera anos antes ao me encontrar entre as carretas do circo, a dama me estendeu uma das mãos como de porcelana, e eu me inclinei com graça, de forma talvez demasiado habitual para meus ainda 14 anos, sobre os dedos da sonâmbula.

— Voltaremos a nos ver, meu filho — disse Bebra movendo a mão em sinal de despedida. — Quaisquer que sejam os tempos, gente como nós não se perde de vista.

— Perdoe a seus pais! — me aconselhou a *Signora*. — Acostume-se à sua própria existência, para que o coração encontre a paz, e Satanás o desgosto.

Senti como se a *Signora* voltasse a me batizar uma segunda vez, ainda que em vão. *Vade retro* Satanás — mas Satanás não se afastou. Acompanhei-os com o olhar triste e o coração vazio e lhes dei adeus com a mão quando já subiam em um táxi, no qual desapareceram por completo, pois tratava-se de um Ford feito para adultos, de modo que, ao arrancar com meus amigos, parecia vazio e como se em busca de fregueses.

Tentei convencer Matzerath a me levar ao circo Krone, mas não havia quem convencesse Matzerath, entregue por completo ao desespero da perda de mamãe, a quem, todavia, nunca possuíra por completo. Mas quem a tinha possuído por completo? Nem mesmo Jan Bronski. Quando muito eu, pois Oskar sofria com sua ausência, que alterava toda sua vida cotidiana, inclusive pondo-a em perigo. Mamãe me deixara no vazio. De meus dois pais, nada podia esperar. O mestre Bebra encontrara seu mestre em Goebbels, o ministro da Propaganda. Gretchen Scheffler se absorvia por completo na obra do Socorro de Inverno: ninguém há de passar fome, ninguém há de passar frio, diziam. E eu me ative a meu tambor, e fui me isolando totalmente na lata, que um dia fora branca e agora se afinava com o uso. À noite sentávamos, Matzerath e eu, frente a frente. Ele folheava seus livros de cozinha e eu me lamentava com meu tambor. Às vezes Matzerath chorava e escondia a cabeça nos livros. As visitas de Jan Bronski foram rareando cada vez mais. No terreno da política, os dois homens opinavam que se devia ser prudente, já que não se sabia onde aquilo ia parar. Assim, pois, as partidas de *skat* com um terceiro parceiro ocasional foram se espaçando cada vez mais e, quando aconteciam, tinham lugar na nossa sala de estar, sem qualquer discussão política, bem tarde da noite. Minha avó parecia ter esquecido o caminho de Bissau até o Labesweg. Guardava rancor de Matzerath e talvez também de mim, pois a ouvi dizer: "Minha pobre Agnes morreu porque já não podia aguentar mais tanto tambor."

E ainda que talvez eu tivesse a culpa da morte de minha pobre mamãe, nem por isso me aferrava com menos afinco ao tambor difamado, porque este não morria, como morre uma mãe, e podia se comprar um novo ou mandar o velho Heilandt ou o relojoeiro Laubschad consertar o usado; e como ele me compreendia, me dava sempre a resposta correta e me era fiel, assim como eu a ele.

Quando naquela época o apartamento me parecia estreito e as ruas demasiado curtas ou demasiado extensas para meus 14 anos, quando durante o dia não se apresentava ocasião de brincar de tentador diante das vitrines ou à noite a tentação não era bastante intensa para me levar a tentar nos vestíbulos escuros, eu subia, marcando o compasso, os quatro lances da escada, contando os 116 degraus e parando em cada patamar para distinguir os odores que escapavam por cada uma das cinco portas; pois os odores, tanto quanto eu, padeciam da excessiva estreiteza dos apartamentos de dois cômodos.

A princípio ainda tive sorte de vez em quando com o trompetista Meyn. Bêbado e estendido entre os lençóis, podia tocar seu trompete de forma extraordinariamente musical e agradar a meu tambor. Mas, em maio de 38, abandonou a genebra e anunciou ao mundo: "Agora começa uma nova vida!" Fez-se músico da cavalaria da SA. Com suas botas e culotes de couro, absolutamente sóbrio, via-o subir a escada saltando os degraus de cinco em cinco. Seus quatro gatos, um dos quais chamava Bismarck, conservou-os, porque era lícito supor que de vez em quando a genebra vencia de qualquer forma e o tornava musical.

Eu raramente batia à porta do relojoeiro Laubschad, homem velho e silencioso no meio do barulho de duzentos relógios. Tal exagerada perda de tempo eu só podia me permitir uma vez por mês.

O velho Heilandt continuava com sua biboca no pátio do edifício. Não deixara de desentortar pregos torcidos. Também continuavam existindo ali coelhos e coelhos saídos de coelhos como nos velhos tempos. Mas os garotos do pátio eram outros. Aqueles usavam agora uniformes e gravatas pretas e já não faziam sopas de tijolos. Mal sabia os nomes dos que ali cresciam e tinham já duas vezes a minha estatura. Tratava-se de outra geração; a minha já deixara a escola. Achava-se agora na aprendizagem profissional: Nuchi Eyke se tornava barbeiro, Axel Mischke queria ser soldado em Schichau, Susi Kater treinava para vendedora nos grandes armazéns Sternfeld e já tinha um namorado firme. Como tudo pode mudar em três, quatro anos! Verdade é que subsistia a barra para os tapetes e que o regulamento interno continuava prescrevendo: limpeza de tapetes, terças e sextas; mas agora isso ocorria em surdina e como que com timidez. Desde a tomada do poder por Hitler cada vez crescia mais o número de aspiradores no edifício, e as barras de sacudir iam ficando solitárias e não eram úteis senão aos pardais.

Tudo o que me sobrava eram a escada e o sótão. Sob o telhado me dedicava à minha habitual leitura e, quando necessitado de companhia humana, descia a escada e batia na primeira porta à esquerda, no segundo andar. Mamãe Truczinski abria sempre. Desde que no cemitério de Brenntau me tomara pela mão e me levara até a tumba de minha pobre mãe, abria sempre que Oskar se apresentava com suas baquetas diante da porta.

— Mas não toque muito forte, Oskarzinho, porque Herbert ainda está dormindo; passou de novo uma noite pesada e tiveram de trazê-lo de carro. — Levava-me logo à sala, me servia café com leite maltado e me dava também um pedaço marrom de açúcar-cande na ponta de uma linha, para que eu pudesse molhá-lo no líquido e lamber. E eu bebia, chupava o açúcar e deixava o tambor em paz.

Mamãe Truczinski tinha uma cabeça pequena e redonda, coberta de cabelo cinza muito fino, de forma tão precária que transparecia o tom rosado do couro cabeludo. Os fios escassos convergiam para o ponto saliente da parte posterior da cabeça em que um coque que, apesar de seu reduzido volume — era menos que uma bola de bilhar —, via-se de todos os lados, qualquer que fosse a posição adotada por ela. Umas agulhas de tricô asseguravam sua forma. Todas as manhãs, mamãe Truczinski friccionava as maçãs do rosto, que eram redondas e que quando ela ria pareciam postiças, com o papel das embalagens de chicória, que era vermelho e desbotado. Tinha a expressão de um rato. Seus quatro filhos chamavam-se: Herbert, Guste, Fritz e Maria.

Maria tinha a minha idade, acabara de terminar a escola pública e vivia com uma família de funcionários em Schidlitz, onde fazia sua aprendizagem de administração doméstica. Fritz, que trabalhava na fábrica de vagões da ferrovia, quase não era visto. Tinha em rodízio duas ou três namoradas que lhe preparavam a cama e com as quais ia dançar em Ohra, no Hipódromo. Criava no pátio do edifício alguns coelhos, coelhos vienenses azuis, mas era mamãe Truczinski quem tinha de cuidar deles, pois Fritz estava sempre sumamente ocupado com as amiguinhas. Guste, pessoa tranquila de uns trinta anos, servia no hotel

Éden, junto à estação Central. Solteira ainda, vivia, como os demais empregados, no andar superior do arranha-céu desse hotel de primeira classe. E finalmente Herbert, o mais velho, que, afora as noites eventuais do mecânico Fritz, era o único que morava com a mãe, trabalhava de garçom no subúrbio portuário de Neufahrwasser. É dele que agora me proponho a falar. Porque, depois da morte de minha pobre mamãe, Herbert constituiu durante uma breve época feliz a meta de todos os meus esforços, e ainda hoje chamo-o meu amigo.

Herbert trabalhava com Starbusch. Este era o nome do dono da taberna Ao Sueco, situada em frente à igreja protestante dos marinheiros, cujos fregueses eram em sua maioria, como se pode deduzir facilmente da inscrição Ao Sueco, escandinavos. Mas também era frequentada por russos, poloneses do Porto Livre, estivadores de Holm e marinheiros dos navios de guerra do Reich alemão que vinham de visita. Não era fácil servir em meio a essa verdadeira confraternização europeia. Só as experiências acumuladas no Hipódromo de Ohra — pois antes de passar a Neufahrwasser Herbert havia servido naquele arrasta-pé de terceira classe — permitiam-lhe dominar com seu baixo-alemão de subúrbio permeado de modismos ingleses e poloneses a confusão linguística que imperava no Ao Sueco. Mesmo assim, a ambulância o levava uma ou duas vezes por mês, contra sua vontade, mas de graça, para casa.

Nessas ocasiões Herbert tinha que permanecer deitado de barriga para baixo, respirando com dificuldade, porque pesava quase cem quilos, e ficar de cama por uns dias. Mamãe Truczinski incansavelmente, nesses dias, não parava de praguejar, enquanto o atendia, e a cada vez, depois de renovar-lhe a ligadura, tirava do coque uma das agulhas de tricô e apontava com ela um retrato envidraçado que pendia diante da cama e representava um homem bigodudo, de olhar sério e fixo, fotografado e retocado, muito parecido com a coleção de bigodes que figuram nas primeiras páginas de meu álbum de fotografias.

Aquele senhor que a agulha de mamãe Truczinski assinalava não era, contudo, um membro de minha família, mas o papai de Herbert, de Guste, de Fritz e de Maria.

— Acabará como seu pai — instilava ela no ouvido do doente, que respirava com dificuldade. Mas nunca dizia de forma clara como e onde aquele homem da moldura preta havia encontrado ou talvez buscado seu fim. — Quem foi dessa vez? — inquiria a ratazana de cabelo cinza com os braços cruzados.

— Suecos e noruegueses, como sempre — respondia Herbert, revolvendo-se na cama e fazendo-a ranger.

— Como sempre, como sempre! Não me faça crer que são sempre os mesmos! A última vez foram os caras do navio-escola, como se chamava, vamos lá, diga-me, ah, sim, do *Schlageter*. Que é que eu dizia? Ah, sim, e você tenta me impingir suecos e noruegueses!

A orelha de Herbert — eu não podia ver sua cara — ficava rubra até a borda:

— Esses malditos, sempre fanfarronando e se fazendo de valentes!

— Pois deixe-os em paz. Qual a importância deles para você? Na cidade, quando estão de folga, sempre os vejo bem-comportados. Sem dúvida, você tornou a esquentar o sangue deles com suas ideias e com o seu Lênin ou tentou outra vez desfiar sua lenga-lenga sobre a Guerra Civil Espanhola!

Herbert não dava mais resposta e mamãe Truczinski saía arrastando os pés até a cozinha, para fazer seu café.

Uma vez curadas as costas de Herbert, eu podia olhar para elas. Sentava-se na cadeira da cozinha, deixava cair os suspensórios sobre as coxas cobertas de fazenda azul e ia lentamente tirando a camisa de lã, como se graves pensamentos dificultassem seus gestos.

As costas eram redondas, móveis. Os músculos se mexiam incessantemente. Uma paisagem rosada salpicada de sardas. Abaixo das omoplatas crescia em abundância uma coluna poderosa de pelos vermelhos, de ambos os lados da coluna vertebral recoberta de gordura. Para baixo iam se encaracolando, até desaparecer sob as cuecas de lã que Herbert usava inclusive no verão. Para cima, da orla das cuecas até os músculos do pescoço, cobriam as costas algumas cicatrizes avultadas que interrompiam a vegetação, eliminavam as sardas, formavam rugas, coçavam com a mudança de tempo e ostentavam diversas cores que iam do azul-escuro até o branco esverdeado. Essas cicatrizes eu tinha permissão de tocar.

Agora que estou estendido em minha cama vendo pela janela os pavilhões anexos de minha clínica de repouso com o bosque de Oberrath atrás, que contemplo há meses e, contudo, jamais vejo a fundo, me pergunto: o que mais pude tocar tão duro, tão sensível e tão perturbador quanto as cicatrizes das costas de Herbert Truczinski? As partes de algumas moças e mulheres, meu próprio membro, o pequeno regador de gesso do Menino Jesus e aquele dedo anular que, faz apenas dois anos, o cão me trouxe do campo de centeio e eu conservei, até um ano atrás, em um frasco apropriado, sem tocá-lo, sem dúvida, mas de qualquer modo tão claro e completo que ainda hoje em dia, se recorro a minhas baquetas, posso sentir e contar todas as suas articulações. Sempre que me propunha a lembrar as cicatrizes das costas de Herbert Truczinski, sentava-me a tocar o tambor, para ajudar a memória, ante o frasco que continha o dedo. Sempre que queria imaginar o corpo de uma mulher, o que só raramente ocorria, reinventava, carente de convicção a respeito das partes da mulher que parecem cicatrizes, as cicatrizes de Herbert Truczinski. Mas poderia dizer igualmente: os primeiros contatos com aqueles inchaços sobre as vastas espáduas de meu amigo prometiam-me já então que havia de conhecer e possuir temporariamente esses endurecimentos que as mulheres apresentam passageiramente quando se dispõem ao amor. E as cicatrizes das espáduas de Herbert me prometiam da mesma forma, precocemente, o dedo, e ainda antes que as cicatrizes me prometessem algo foram as baquetas do tambor que, a partir de meu terceiro aniversário, me prometeram cicatrizes, órgãos genitais e, finalmente, o dedo. Hei de remontar, porém, mais atrás: já em feto, quando Oskar ainda não se chamava Oskar, prometia-me a brincadeira com meu cordão umbilical, sucessivamente, as baquetas, as cicatrizes de Herbert, as crateras ocasionalmente abertas de mulheres mais ou menos jovens e, finalmente, o dedo anular, assim como, a partir do pequeno regador do Menino Jesus, meu próprio sexo, que, qual monumento permanente de minha impotência e de minhas possibilidades limitadas, levo sempre comigo.

E eis-me agora de volta às baquetas do tambor. Das cicatrizes, das partes brandas e de meu próprio equipamento, que só endurece de vez em quando, só me lembro indiretamente através do caminho que me dita o tambor. Tenho de fazer trinta anos para poder voltar a celebrar meu terceiro aniversário. Sem dúvida, já terão adivinhado: o objetivo de Oskar consiste no retorno ao cordão umbilical; a isso se deve o luxo desses comentários e o tempo dedicado às cicatrizes de Herbert Truczinski.

Antes de prosseguir na descrição e interpretação das costas de meu amigo, quero antecipar que, com exceção de uma mordida na tíbia esquerda, herança de uma prostituta de Ohra, a parte anterior de seu corpo poderoso, alvo amplo e por conseguinte difícil de proteger, não ostentava cicatrizes de nenhum tipo. Não podiam atingi-lo senão pelas costas: as facas finlandesas e polonesas, as navalhas dos estivadores do molhe de depósito e os espadins dos cadetes dos navios-escola só conseguiam marcar as costas dele.

Quando Herbert terminava seu almoço — três vezes por semana havia croquetes de batata que ninguém sabia fazer tão sutis, tão sequinhos e, contudo, tão dourados como mamãe Truczinski —, ou seja, quando empurrava para um lado o prato e eu lhe estendia as *Últimas Notícias*, ele deixava cair os suspensórios, se livrava da camisa e, enquanto lia, me deixava consultar suas costas. Também mamãe Truczinski permanecia durante essas consultas sentada geralmente à mesa, desfiando a lã de velhas meias, fazendo comentários favoráveis ou adversos e — como é de supor — sem deixar de aludir de vez em quando à morte terrível daquele homem que, fotografado e retocado, pendia da parede, atrás do vidro, diante da cama de Herbert.

O interrogatório começava quando eu tocava com o dedo uma das cicatrizes. Às vezes tocava-a também com uma de minhas baquetas.

— Aperte de novo, rapaz. Não sei qual é. Hoje esta parece estar dormindo.

E eu voltava a apertar com mais força.

— Ah, essa! Foi um ucraniano. Se pegou com um de Gdingen. Primeiro estavam sentados juntos à mesa como se fossem irmãos. Depois o de Gdingen disse para o outro: *Russki*. Isso foi como um tiro no ucraniano, disposto a passar por um tudo menos por *russki*. Tinha descido com madeira Vístula abaixo e, antes ainda, por outro par de rios, de modo que trazia na bota boa quantidade de dinheiro, do qual, pagando rodadas, havia soltado já a metade para Starbusch, quando o de Gdingen lhe disse *russki*. Eu, ato contínuo, tive de separá-los, amigavelmente, aliás, como costuma acontecer. E Herbert achava-se ainda com ambas as mãos ocupadas, quando de imediato o ucraniano me chamou de polaco de água doce, e o polonês, que trabalhava de dia na draga tirando barro, me disse uma palavrinha que soava como nazi. Bom, Oskarzinho, você já conhece Herbert Truczinski; num abrir e fechar de olhos o da draga, um tipo pálido de maquinista, jazia arrebentado perto do vestiário. E já me dispunha justamente a explicar ao ucraniano qual era a diferença entre um polaco de água doce e um rapaz de Dantzig, quando ele me pica por trás; e esta é a cicatriz.

Cada vez que Herbert dizia "e esta é a cicatriz", virava sempre as folhas do jornal, como para reforçar suas palavras, e bebia um ou dois goles de café, antes que me fosse permitido apertar a cicatriz seguinte.

— Ah, esta! Esta é muito pequenina. Isso foi há dois anos. Quando fez escala aqui a frota de torpedeiros de Pillau e os marinheiros faziam das suas, se davam ares de senhorezinhos e viravam a cabeça de todas as moças. O que não entendo até hoje é como aquele bêbado chegou à Marinha. Imagine, Oskarzinho, que era de Dresden, de Dresden! Claro que você não pode compreender o que significa um marinheiro vir de Dresden.

Para tirar de Dresden os pensamentos de Herbert, que se compraziam além da conta na bela cidade do Elba, e fazê-lo voltar a Neufahrwasser, eu tocava uma vez mais a cicatriz, que, segundo ele, era muito pequenina.

— Ah, sim, que dizia? Era segundo timoneiro de um torpedeiro. Gritava muito e queria se meter com um pacífico escocês que tinha seu barquinho na doca seca. Foi por causa de Chamberlain, guarda-chuvas e coisas assim. Aconselhei-o amigavelmente, como costumo fazer, que deixasse o outro em paz, visto que o escocês não entendia patavina e ficou apenas desenhando sobre a mesa com seu dedo banhado em aguardente. E quando lhe disse: deixe o rapaz, que você não está em sua casa, mas na Sociedade das Nações, o do torpedeiro me chamou de "alemão estúpido", em saxão, naturalmente; com o que lhe apliquei um par de safanões que bastou para acalmá-lo. Passada meia hora, quando me inclinava para pegar um florim que rolara sob a mesa e fugira de minha vista, porque embaixo da mesa estava escuro, o saxão sacou sua navalhinha e zás!

Rindo, Herbert virava outra página das *Últimas Notícias*, e prosseguia: "E esta é a cicatriz". Deixava o jornal para mamãe Truczinski, que estava resmungando, e se preparava para levantar. Rapidamente, antes que Herbert fosse à privada — pela sua cara eu sabia aonde ele pretendia ir — e quando já se apoiava sobre a borda da mesa, eu tocava de leve numa cicatriz preta violácea, suturada e do tamanho de uma carta de *skat*.

— Herbert tem de ir à privada, menino. Depois eu conto. — Mas eu tornava a insistir, e esperneava como se tivesse três anos de idade... o que sempre dava resultado.

— Bom, vamos lá. Para você sossegar. Mas vou encurtar a coisa — Herbert voltava a se sentar. — Essa foi no Natal de trinta. O porto estava tranquilo. Os estivadores batiam perna pelas ruas, apostando para ver quem cuspia mais longe. Depois da missa do galo, acabávamos de preparar o ponche, vieram, bem-penteados, de azul e engomados, os suecos e finlandeses da igreja do outro lado da rua. A mim a coisa já não agradou; me planto no umbral da porta, vejo suas caras como estampas de devoção e me digo: que querem esses aí com seus botões de âncora? E já se arma a confusão: as facas são longas e a noite curta. Bom, os suecos e finlandeses nunca se toparam muito, a gente sabe. Mas o que Herbert Truczinski tem a ver com eles só o diabo o sabe. O que se passa é que esta é a minha sina e, quando há pancadaria, Herbert não pode ficar inerte. Mal assomei à porta, o velho Starbusch me grita: "Tenha cuidado, Herbert!" Mas Herbert tem uma missão, se propõe a salvar o pastor protestante, que é um jovenzinho inexperiente, recém-chegado de Malmö e do seminário, que nunca celebrou um Natal com suecos e finlandeses em uma mesma igreja; se propõe a salvá-lo, tomando-lhe do braço, para que chegue à sua casa são e salvo; mas, apenas toco na roupa do santo varão, e já a lâmina brilhante me entra por trás, e eu ainda penso "feliz Ano-Novo!", e ainda estávamos em véspera de Natal. E ao voltar a mim, eis-me estendido sobre o balcão do botequim, e meu sangue novo gratuitamente enchendo as canecas de cerveja, e o velho Starbusch se aproximando com sua caixinha de medicamentos da Cruz Vermelha e querendo me fazer o chamado curativo de emergência.

— Mas por que você precisa se meter? — ralhava mamãe Truczinski, desencravando uma agulha de tricô do coque. — Você que além do mais nunca entra numa igreja. Pelo contrário.

Herbert fez um gesto de desaprovação e, arrastando a camisa e os suspensórios atrás de si, dirigiu-se à privada. Os passos eram sombrios e sombria também sua voz: "E esta é a cicatriz." Caminhava como se desejasse de uma vez por todas se ver livre da igreja e das brigas de arma branca relacionadas com esta, como se a privada fosse o recanto onde um homem é, torna-se, ou continua sendo um livre-pensador.

Poucas semanas mais tarde, encontrei Herbert calado e hostil a todo interrogatório. Parecia abatido e, contudo, não trazia a habitual atadura nas costas. Efetivamente, encontrei-o deitado de costas, de forma completamente normal, no sofá da sala. Não estava de cama por causa de nenhum ferimento, e contudo parecia profundamente ferido. Ouvi-o suspirar, invocando Deus, Marx e Engels e maldizendo-os ao mesmo tempo. De quando em quando agitava o punho no ar, para logo deixá-lo cair sobre o peito e, auxiliando-se com o outro, golpeá-lo, como um católico que exclama *mea culpa, mea culpa, mea maxima culpa*.

Herbert tinha matado um capitão da Letônia. O tribunal o absolveu — havia agido, como ocorre com frequência em sua profissão, em legítima defesa. Contudo, apesar da sentença absolutória, o letão continuava morto e pesava terrivelmente na consciência do garçom, por mais que do capitão se dissesse: era um homenzinho franzino e, ainda por cima, muito doente do estômago.

Herbert não voltou ao trabalho. Despediu-se. O patrão, Starbusch, vinha vê-lo com frequência. Sentava-se ao lado do sofá de Herbert, ou com mamãe Truczinski à mesa da cozinha, tirava de sua pasta uma garrafa de genebra Stobbes zero-zero para Herbert ou meia libra de café não torrado procedente do Porto Livre para mamãe Truczinski. Tentava alternadamente convencer Herbert e mamãe Truczinski, para que esta convencesse por sua vez o filho. Mas Herbert se mantinha duro ou brando — como se quiser chamá-lo: não queria continuar sendo garçom, e menos ainda em Neufahrwasser, diante da igreja dos marinheiros. Não queria sequer voltar a ouvir falar de tal ofício, porque ao garçom furam, e o furado acaba matando um belo dia um pequeno capitão da Letônia, ainda que seja só para tirá-lo de cima de si, porque não está disposto a que um punhal letão acrescente nas costas de Herbert Truczinski uma cicatriz a mais entre as muitas cicatrizes finlandesas, suecas, polonesas, hanseáticas e alemãs já desenhadas em todos os sentidos e direções.

— Preferia trabalhar na Alfândega a voltar a ser garçom em Neufahrwasser — dizia Herbert. Mas tampouco ingressou na Alfândega.

Níobe

No ano de 36 aumentaram os direitos alfandegários e a fronteira entre a Polônia e o Estado Livre permaneceu temporariamente fechada. Minha avó já não podia vir pela via férrea ao mercado de Langfuhr; teve de fechar sua barraca. Ficou, por assim dizer, sentada sobre seus ovos, mas sem que sentisse verdadeiro desejo de chocá-los. No porto os arenques empestavam o ar, as mercadorias se amontoavam, os estadistas reuniam-se e chegavam por fim a um acordo. Apenas meu amigo Herbert continuava estendido no sofá, indeciso e sem trabalho, e cismava como um espírito realmente cismarento.

E, contudo, a Alfândega oferecia salário e pão. Oferecia uniformes verdes e uma fronteira verde, digna de ser vigiada. Herbert não ingressou na Alfândega, nem queria mais trabalhar como garçom: queria apenas ficar atirado sobre o sofá e continuar cismando.

Mas um homem tem de trabalhar. E não era mamãe Truczinski a única que assim pensava. Pois, ainda que tivesse se recusado a convencer seu filho Herbert, a instâncias do taberneiro Starbusch, de que voltasse a trabalhar como garçom, em Neufahrwasser, nem por isso deixava de querer afastá-lo do sofá. Também ele se aborreceu logo do apartamento de duas peças e suas cismas foram perdendo pé, até que um dia começou a examinar as ofertas de emprego das *Últimas Notícias* e, em que pese a má vontade, também da *Sentinela*, em busca de algum trabalho.

De bom grado eu o teria ajudado. Precisava um homem como Herbert procurar, além de sua ocupação adequada no subúrbio portuário, ganhos suplementares? Biscates, trabalhos ocasionais, enterrar arenques apodrecidos? Não podia imaginar Herbert sobre as pontes do Mottlau, cuspindo nas gaivotas e entregue ao fumo de mascar. Veio-me a ideia de que, com Herbert, eu podia criar uma sociedade: duas horas de trabalho concentrado por semana, ou quem sabe por mês, e ficaríamos ricos. Ajudado por sua larga experiência nesse domínio, Oskar abriria com sua voz, que continuava sendo diamantina, as vitrines bem providas, sem deixar de manter um olho atento ao mesmo tempo, e Herbert, como se costuma dizer, não teria mais que fazer senão meter a mão. Não necessitávamos de maçarico, gazuas nem outros utensílios. Podíamos nos arranjar sem soco inglês nem tiros. Os "verdes" e nós constituíamos dois mundos que não necessitavam entrar em contato. E Mercúrio, deus dos ladrões e dos comerciantes, nos bendiria, porque eu, nascido sob o signo de Virgem, possuía seu selo e o imprimia ocasionalmente sobre objetos sólidos.

Não teria sentido algum omitir esse episódio. Vou relatá-lo brevemente, ainda que não se deva ver aí uma confissão formal: durante o tempo em que esteve sem trabalho, Herbert e eu cometemos dois saques médios em lojas de comestíveis finos e outro, mais suculento, em uma peleteria. Três raposas azuis, uma foca, uma gola de astracã e um abrigo de pele de potro, não muito valioso, mas que minha pobre mãe teria certamente usado com prazer: nisso consistiu o nosso saque.

O que nos fez abandonar o roubo não foi tanto o sentimento de culpa despropositado, ainda que pesado às vezes, como as dificuldades crescentes de dar saída às mercadorias. Para colocá-las vantajosamente, Herbert tinha de levar os objetos a Neufahrwasser, já que somente no subúrbio portuário havia os intermediários adequados. Mas como essa localidade inevitavelmente lhe lembrava o capitão letão, raquítico e gastrálgico, tratava de se desfazer dos gêneros ao longo da Schichaugasse, do Hakelwerk ou nos Büurgerwiese, em qualquer parte, contanto que não fosse em Neufahrwasser, onde, não obstante, as peles teriam sido vendidas como pão quente. Dessa forma, a venda do nosso saque foi se retardando até que, finalmente, os gêneros das lojas de comestíveis finos acabaram por enveredar pelo caminho da cozinha de mamãe Truczinski, a quem Herbert presenteou também ou, melhor dizendo, tentou presentear a gola de astracã.

Quando mamãe Truczinski viu a gola, ficou séria. Aceitara os comestíveis tacitamente, pensando talvez que se tratasse de um roubo alimentício tolerado pela lei; mas a gola significava um luxo, o luxo frivolidade, e a frivolidade prisão. Tal era a maneira simples e correta de raciocinar de mamãe Truczinski, a qual, fazendo olhos de ratazana e desencravando a agulha de tricô, disse, apontando com ela: "Um dia você acabará como seu pai!" E pôs nas mãos de Herbert as *Últimas Notícias* e a *Sentinela*, como se dissesse: agora procure um emprego decente e não um desses biscates escusos; do contrário, você vai ficar sem cozinheira.

Herbert ainda permaneceu uma semana atirado no sofá mergulhado em suas cismas, com um humor insuportável e sem que se pudesse falar com ele das cicatrizes ou das vitrines. Mostrei-me bastante compreensivo para com o amigo, deixei-o depurar o tormento até as fezes e me entretive por alguns dias com o relojoeiro Laubschad, com seus relógios devoradores de tempo. Também voltei a tentar a sorte com o músico Meyn, mas ele deixara de beber e nada fazia além de perseguir com seu trompete as notas da banda de cavalaria da SA e adotar um ar correto e bizarro, enquanto seus quatro gatos, relíquias de uma época alcoólica, sem dúvida, mas altamente musical, levavam vida de cachorro por falta de nutrição. Em contrapartida, não era raro que, já entrada a noite, eu encontrasse Matzerath, que nos tempos de mamãe só bebia socialmente, com o olhar vítreo atrás de um copinho de aguardente. Folheava o álbum de fotografias e tentava, como eu faço agora, fazer reviver minha pobre mamãe nos pequenos retângulos mais ou menos bem iluminados, para logo, por volta de meia-noite, achar nas lágrimas o estado de ânimo adequado para se defrontar com Hitler ou Beethoven, que sombriamente continuavam frente a frente. Servia-se para isso do "tu" familiar. E parece que o Gênio, não obstante a surdez, lhe respondia, ao passo que o abstêmio Führer calava, porque Matzerath, um pequeno chefe de célula ébrio, era indigno da Providência.

Uma terça-feira — tal é a precisão a que meu tambor me permite chegar —, a situação já estava em seu clímax: Herbert pôs-se dentro de sua casca, o que significa que fez mamãe Truczinski escovar com café frio a calça azul, estreita em cima e larga embaixo, enfiou os pés em seus sapatos flexíveis, ajustou a jaqueta de botões de âncora, borrifou o lenço de seda branca, obtido no Porto Livre, com água-de-colônia, procedente também do esterco isento de impostos do Porto Livre, e se plantou, quadrado e rígido, sob seu boné azul de pala.

—Vou dar uma volta, para ver no que dá — disse Herbert. Imprimiu em seu boné à la príncipe Henrique uma inclinação à esquerda, para cobrar ânimo, e mamãe Truczinski arriou o jornal.

No dia seguinte Herbert tinha emprego e uniforme. Vestia cinza-escuro, e não verde aduaneiro: era guarda do Museu da Marinha.

Como todas as coisas dignas de conservação dessa cidade, tão digna de conservação em seu conjunto, os tesouros do Museu da Marinha enchiam uma velha casa patrícia, ela própria um museu, que conserva um pórtico de pedra e uma ornamentação desconhecida na fachada, e talhada, no interior, em roble escuro, com sacadas em caracol. Exibiam ali a história cuidadosamente catalogada da cidade portuária, cuja glória foi sempre a de se fazer e se manter indecentemente rica entre vizinhos poderosos, mas, de ordinário, pobres. Aqueles privilégios comprados aos Cavaleiros da Ordem e aos Reis da Polônia e consignados em detalhe! Aquelas gravuras em cores dos diversos sítios sofridos pela cidade marítima da desembocadura do Vístula! Aqui se acolhe sob a proteção da cidade, fugindo do antirrei saxão, o desafortunado Stanislaus Leszczynski. No quadro a óleo pode-se perceber claramente seu medo. O mesmo em relação ao primaz Potocki e ao embaixador francês de Monti, pois os russos sob o comando do general Lascy tinham sitiado a cidade. Tudo está inscrito com precisão, e do mesmo modo podem-se ler os nomes dos navios franceses marcados no ancoradouro sob o estandarte com a flor-de-lis. Uma flecha indica: nesse barco se evadiu o rei Stanislaus Leszczynski para Lorena, quando a cidade teve de se render a três de agosto. Contudo, a maior parte das curiosidades expostas eram constituídas pelos despojos de guerras ganhas, já que as guerras perdidas nunca ou só raramente proporcionam troféus aos museus.

 Assim, por exemplo, o orgulho da coleção consistia na escultura de proa de uma grande galera florentina, a qual, ainda que levasse matrícula de Bruges, pertencia aos mercadores Portinari e Tani, oriundos de Florença. Os piratas e capitães municipais Paul Beneke e Martin Bardewiek, atravessando em frente à costa de Zelândia na altura do porto de Sluys, conseguiram capturá-la em abril de 1473. Imediatamente depois da captura, mandaram passar a espada na numerosa tripulação juntamente com os oficiais e o capitão. O navio e seu conteúdo foram trazidos para Dantzig. Um Juízo Final em díptico, obra do pintor Memling, e uma pia batismal de ouro — executados ambos por conta do florentino Tani para uma igreja de Florença — foram expostos na igreja de Nossa Senhora; segundo me consta, o Juízo Final ainda hoje alegra os olhos católicos da Polônia. Quanto ao que foi feito da escultura de proa da galera depois da guerra, não sei. No meu tempo conservava-se no Museu da Marinha.

 Representava uma opulenta mulher de madeira, nua e pintada de verde, que, por baixo de uns braços languidamente levantados, com todos os dedos cruzados, e por cima de uns seios provocantes, olhava diretamente com olhos de âmbar engastados na madeira. Essa mulher, a escultura de proa, trazia desgraça. O comerciante Portinari encomendou a figura, retrato de uma moça flamenga em que estava interessado, a um escultor de imagens que gozava de fama como entalhador de figuras de proa. Mal a figura verde foi fixada sob os gurupés, iniciou-se contra a moça em questão, conforme costume da época, um processo por bruxaria. Antes de arder na fogueira acusou, no curso de um interrogatório minucioso, seu protetor, o comerciante de Florença, e o escultor que tão bem lhe tomara as medidas. Dizem que, temendo as chamas, Portinari se enforcou. Do escultor cortaram ambas as mãos, para que doravante não voltasse a converter bruxas em esculturas de proa. E ainda estava em curso o processo, que por ser Portinari homem rico causava sensação em Bruges, quando o navio com a escultura de proa caiu nas mãos piratas de Paul Beneke. O *Signor* Tani, o segundo comerciante, sucumbiu sob um machado de abordagem; a seguir foi a vez do próprio Beneke; poucos anos depois caiu em desgraça ante os patrícios de sua cidade natal e foi afogado no pátio da Torre da Cidade. Alguns navios em que, após a morte de Beneke, se instalou a escultura arderam ainda no porto, logo depois de lhes ter sido adaptada a figura, incendiando outros navios, mas não, evidentemente, a escultura que era à prova de fogo e, graças a suas formas harmoniosas, voltava sempre a achar novos apreciadores entre os proprietários de navios. Porém, mal a mulher passava a ocupar seu lugar tradicional, tripulações que antes eram pacíficas começavam a desembainhar a espada, amotinando-se abertamente. A fracassada expedição da frota de Dantzig contra a Dinamarca, em 1522, sob a direção do excepcional Eberhard Ferber, conduziu à queda deste e a motins sangrentos na cidade. A verdade é que a história fala de lutas religiosas — em 23 o pastor protestante Hegge levou a multidão à destruição das imagens das sete igrejas paroquiais da cidade —, mas preferimos atribuir a culpa dessa calamidade, cujos efeitos ainda se fariam sentir por muito tempo, à escultura de proa: esta adornava, com efeito, a do navio de Ferber.

Quando, cinquenta anos mais tarde, Stephan Bathory sitiou em vão a cidade, Kaspar Jechke, abade do mosteiro de Oliva, atribuiu a culpa, em seus sermões, à mulher pecadora. O rei da Polônia a tinha recebido de presente da cidade e a levou ao seu acampamento, onde deu ouvidos a seus maus conselhos. Até que ponto a dama de madeira influiu nas campanhas suecas contra a cidade e no prolongado encarceramento do fanático religioso dr. Algidius Strauch, que conspirava com os suecos e pedia que se queimasse a mulher verde que novamente encontrara o caminho da cidade, não o sabemos. Uma notícia algo obscura diz que um poeta chamado Opitz, fugitivo da Silésia, tivera acolhida na cidade durante alguns anos, mas morreu prematuramente, porque havia achado a escultura funesta em um depósito e tentara cantá-la em verso.

Não foi senão em fins do século XVIII, no tempo das divisões da Polônia, que os prussianos, que se tinham apoderado da cidade pela força, decretaram contra a "figura de madeira Níobe" uma proibição real-prussiana. Pela primeira vez ela é aqui oficialmente nomeada e ao mesmo tempo evacuada ou, melhor dizendo, encarcerada naquela Torre da Cidade, em cujo pátio Paul Beneke tinha sido afogado e de cuja galeria eu havia testado com êxito pela primeira vez meu canto a distância, para, à vista dos produtos mais refinados da fantasia humana e frente aos instrumentos de tortura, manter-se calada por todo o século XIX.

Quando no ano 32 subi à Torre da Cidade e devastei com minha voz as vidraças do saguão do teatro Municipal, Níobe — conhecida vulgarmente por "a Marieta Verde" — fora arrancada há anos da câmara de tortura da Torre, afortunadamente, porque — quem sabe? — se não tivesse sido assim, meu atentado contra o clássico edifício teria surtido efeito.

Foi preciso um diretor de museu ignorante e improvisado para, pouco depois da fundação do Estado Livre, tirar Níobe da câmara de tortura onde se mantinha bem guardada e instalá-la no recém-criado Museu da Marinha. Morreu pouco depois de um envenenamento do sangue que, por excesso de zelo, o homem contraíra ao fixar um letreirinho no qual se lia que, acima da inscrição, se expunha uma escultura de proa que respondia pelo nome de Níobe. Seu substituto, prudente conhecedor da história da cidade, queria de novo afastá-la. Pensava presentear a perigosa donzela de madeira à cidade de Lübeck, e não foi senão porque seus habitantes não aceitaram a dádiva que a pequena cidade do Trave saiu relativamente incólume, com exceção de suas igrejas de tijolo, dos bombardeios de guerra.

Níobe, ou a Marieta Verde, permaneceu portanto no Museu da Marinha, e no transcurso de 14 anos malcontados ocasionou a morte de dois diretores — não do prudente, que logo pediu transferência —, o passamento a seus pés de um cura ancião, o final violento de um estudante da Politécnica e de dois calouros da Universidade de São Pedro que acabavam de concluir brilhante exame de admissão, e o fim de quatro honrados serventes do museu, três dos quais casados.

Todos, inclusive o estudante de engenharia, foram encontrados com a cara transfigurada e o peito atravessado por objetos perfurantes do tipo apenas encontrável em museus de marinha: facas de veleiro, arpéus, arpões, pontas de lança finamente cinzeladas da costa do Ouro, agulhas de coser as velas etc.; somente o último, o segundo calouro, teve de recorrer à sua navalha e logo ao compasso escolar, já que, pouco antes de sua morte, todos os objetos cortantes do museu tinham sido presos com correntes ou recolhidos em vitrines.

Embora os criminalistas das comissões investigadoras falassem em suicídios trágicos, persistia na cidade e mesmo nos jornais o rumor de que quem praticara aquilo fora "a Marieta Verde com as próprias mãos". Suspeitava-se, pois, seriamente de Níobe, atribuindo-lhe a morte de homens e rapazes. Discutiu-se o assunto sob todos os seus aspectos, e inclusive os jornais criaram para o caso Níobe uma seção especial na qual os leitores puderam expor as respectivas opiniões. Falou-se de coincidências fatais; a administração municipal falou por sua vez de superstição anacrônica, afirmando que nem se pensava em tomar medidas precipitadas, antes que se provasse naquilo algo de realmente sinistro e sobrenatural!

Assim, a figura verde continuou como o objeto mais conspícuo do Museu da Marinha, já que tanto o Museu Regional de Oliva como o Museu Municipal da rua dos Açougueiros e a administração da Casa de Arturo se negaram a admitir em seu acervo aquela mulher ávida de homens.

Escasseavam os guardas do museu. E não eram somente esses que se negavam a vigiar a virgem de madeira. Também os visitantes evitavam a sala com a figura dos olhos de âmbar. Por algum tempo reinou o silêncio atrás das janelas renascentistas que proporcionavam à escultura moldada ao vivo a indispensável iluminação lateral. A poeira se acumulava. As mulheres encarregadas da limpeza não vinham. E os fotógrafos, antes tão insistentes —, um deles morrera pouco depois de tirar uma foto da escultura de proa, de morte natural, sem dúvida, mas igualmente curiosa se relacionada com a fotografia —, já não proviam a imprensa do Estado Livre, da Polônia, do Reich alemão, e mesmo da França, de instantâneos da figura assassina; destruíram todas as fotografias da Níobe que possuíam em seus arquivos e se limitaram, daí em diante, a fotografar as chegadas e saídas dos distintos presidentes, chefes de Estado e reis em exílio, e a viver sob o signo das exposições avícolas, dos congressos do

Partido, das corridas de automóveis e das inundações de primavera, que estavam no programa.

E assim foi até o dia em que Herbert Truczinski, que já não queria ser garçom e tampouco entrar para o serviço alfandegário, ocupou seu lugar, com o uniforme cinza-rato de guarda do museu, na cadeira de couro ao lado da porta daquela sala que o povo designava como "o salão de Marieta".

No primeiro dia de trabalho acompanhei Herbert até o ponto de bonde da praça Max Halbe. Eu estava bastante preocupado.

—Volte, Oskar, meu filho. Não posso levar você comigo. — Mas me impus com o tambor e as baquetas de forma tão renhida que Herbert anuiu: — Bom, vá lá, venha até o Portão Alto; mas comporte-se bem e logo volte para casa. — No Portão Alto, recusei o bonde número cinco que me levaria de volta para casa. Herbert ainda me conduziu até a rua do Espírito Santo, uma vez mais tentou se desfazer de mim, com o pé no degrau do museu, e finalmente se resignou, suspirando, a pedir na bilheteria uma entrada para criança. Claro que eu já tinha 14 anos e devia pagar inteira, mas quem presta atenção nesses detalhes?

Passamos um dia agradável e tranquilo, sem visitantes e sem controle. De quando em quando, eu tocava o tambor uma meia horinha; de quando em quando, Herbert tirava uma soneca de uma hora. Níobe olhava de frente com seus olhos de âmbar e apontava seus dois seios provocantes que, não obstante, não nos provocavam. Mal nos importávamos com ela. "De qualquer jeito, não é meu tipo", disse Herbert fazendo um gesto depreciativo. "Olhe só essas dobras de toucinho e o queixo duplo."

Herbert inclinava a cabeça e formulava apreciações:

"Olhe só essa bunda! Parece um armário de duas portas tamanho família! Herbert prefere material mais refinado, florzinhas dengosas como bonequinhas!"

Ouvia-o descrever em detalhes qual era seu tipo, e o via moldar com as mãos que pareciam duas pás os contornos de uma graciosa pessoa do sexo feminino que por muito tempo, e na realidade ainda hoje, haveria de continuar sendo meu ideal em matéria de mulher.

Já no terceiro dia de trabalho no museu nos atrevemos a deixar a cadeira ao lado da porta. Sob pretexto de fazer a limpeza — o aspecto da sala era verdadeiramente desastroso —, espanando o pó, varrendo do revestimento de madeira as teias de aranha e suas presas, tentando que aquilo, enfim, correspondesse literalmente à condição de "salão de Marieta", nos acercamos do verde corpo de madeira que, iluminado lateralmente, projetava sombras. A bem da verdade, não é que Níobe nos deixasse totalmente frios. Projetava para frente de forma demasiado tentadora sua beleza, exuberante, certamente, mas de modo algum disforme. Só que não saboreávamos sua aparência com olhos de aspirantes à posse, mas com os de conhecedores objetivos que apreciam cada detalhe pelo que ele vale. Como dois estetas desapaixonados e friamente entusiastas, Herbert e eu medíamos nela, valendo-nos como mira do polegar, as proporções femininas, e encontrávamos nas oito cabeças clássicas uma medida a que Níobe, com exceção das coxas algo curtas, se adaptava quanto à altura, ao passo que tudo referente à largura, bacia, ombros e caixa torácica, reclamava uma medida mais holandesa que grega.

Herbert voltava seu polegar para baixo: "Para mim, ela se comportaria de forma demasiado ativa na cama. A luta livre Herbert já a conhece de Ohra e de Fahrwasser; ele não precisa de mulher para isso." Herbert era um cara escaldado. "Agora, se a gente pudesse tomá-la na mão, como essas que de tão frágeis têm que andar com cuidado para não quebrar em duas, então Herbert não faria objeção alguma."

Claro está que, se fosse o caso, tampouco teríamos tido algo a objetar contra Níobe e sua corpulência atlética. Herbert sabia perfeitamente que a passividade ou a atividade que ele desejava ou não desejava das mulheres desnudas ou semivestidas não é qualidade exclusiva das esbeltas e graciosas, e que podem também possuí-la as robustas e as exuberantes; existem mulheres ternas que não sabem ficar quietas, e mulheronas, em contrapartida, que, como um lago interior adormecido, conseguem não revelar corrente alguma. Mas simplificávamos a coisa deliberadamente, reduzíamos tudo a um denominador comum, e ofendíamos Níobe de propósito e de forma cada vez mais imperdoável. Assim, por exemplo, Herbert me levantou para que com minhas baquetas lhe golpeasse ligeiramente os seios, até que saíssem umas ridículas nuvenzinhas de serragem, porque, embora injetada, ela estava cheia de buracos de caruncho desabitados. Enquanto eu tamborilava, olhávamos o âmbar que substituía os olhos. Mas nada neles se mexeu, pestanejou, chorou ou transbordou. As duas gotas polidas, mais amarelas que avermelhadas, refletiam integralmente, ainda que em distorção convexa, o inventário da sala de exposição e uma parte das janelas iluminadas pelo sol. O âmbar engana, quem não sabe? Também nós sabíamos da perfídia desse produto resinoso elevado à categoria de adorno. E contudo, continuando com nossa limitação masculina a divisão do feminino entre ativo e passivo, interpretamos favoravelmente a indiferença manifesta de Níobe. Sentíamo-nos seguros. Com um risinho sarcástico, Herbert cravou-lhe um prego na rótula: a cada golpe me doía o joelho; ela sequer pestanejou. Fizemos aos olhos daquela madeira inchada toda sorte de asneiras: Herbert pôs sobre os ombros a capa de um almirante inglês, agarrou um telescópio e cobriu a cabeça com o bicorne apropriado. E eu, com um jaleco vermelho e uma peruca longa, me converti em pajem do almirante. Brincávamos em Trafalgar, bombardeávamos Copenhague, destruíamos a frota de Napoleão em frente a Abukir, dobrávamos tal ou qual cabo, e adotávamos posturas históricas, depois de novo contemporânea, ante aquela escultura de proa talhada de acordo com as medidas de uma bruxa holandesa, que acreditávamos propícia ou totalmente alheia à nossa presença.

Hoje sei que tudo nos espia, que nada passa despercebido e que mesmo o papel pintado das paredes tem melhor memória que os homens. E não é o bom Deus que tudo vê. Não, um banco de cozinha, um cabide, cinzeiros pela metade ou a escultura de madeira de uma mulher chamada Níobe bastam para proporcionar testemunho imperecível de cada um de nossos atos.

Por 15 dias ou mais executamos nosso trabalho no tambor e, pela segunda vez, entreguei à mamãe Truczinski seu salário semanal, acrescido de um bônus por risco de vida. Uma terça-feira, porque às segundas o museu fechava, me negaram na bilheteria a meia-entrada e o acesso. Herbert quis saber a razão. O homem da bilheteria, enfastiado, sem dúvida, mas não isento de benevolência, falou que fora apresentada uma reclamação e que desde então as crianças não podiam mais entrar no museu. Se o pai da criança não se opunha, ele, de sua parte, não via inconveniente em que eu permanecesse embaixo, perto da bilheteria, porque ele, sendo comerciante e viúvo, não tinha tempo para me vigiar; mas quanto a entrar na sala, no salão de Marieta, isso não era permitido, porque eu era irresponsável.

Herbert já estava a ponto de ceder, mas empurrei-o, aguilhoei-o. Por um lado ele dava razão ao bilheteiro, por outro, todavia, designava-me como seu talismã, seu anjo da guarda, e falava de minha inocência infantil que o protegia. Em resumo: Herbert quase se fez amigo do bilheteiro e obteve minha admissão naquele dia, que segundo este seria o último, no Museu da Marinha.

E assim subi, uma vez mais, pela mão de meu grande amigo, a escada em caracol encerada de fresco, até o segundo andar, onde morava Níobe. Foi uma manhã tranquila e uma tarde mais tranquila ainda. Ele estava sentado com os olhos semicerrados na cadeira de couro de rebites amarelos. Mantinha-me acocorado a seus pés. O tambor permaneceu calado. Olhávamos, piscando, os barquinhos, as fragatas, as corvetas, os cinco mastros, as galeras e as chalupas, os veleiros de cabotagem e os clíperes que, pendurados no painel de roble, pareciam esperar um vento favorável. Passamos em revista a frota em miniatura, aguardando com ela que se alçasse a brisa, temendo a calmaria dominante do salão; e tudo para não ter que examinar e temer Níobe. O que não teríamos dado para ouvir algum caruncho que nos revelasse que o interior da madeira ia sendo penetrado e minado, lentamente, mas nem por isso de modo menos irreversível, e que Níobe era efêmera! Mas nenhum caruncho fazia tique-taque. O conservador tinha imunizado o corpo da madeira contra os insetos e tornara-o imortal. Assim, não nos restava senão a frota de maquetes, uma vã esperança de vento favorável e um jogo presunçoso com o medo que Níobe nos inspirava; nós a deixávamos de lado, nos esforçávamos por ignorá-la e provavelmente teríamos acabado por esquecê-la se o sol da tarde, dando em cheio nela, não houvesse incendiado de repente seu olho esquerdo de âmbar.

Essa iluminação repentina não deveria ter-nos surpreendido, pois conhecíamos as tardes de sol do segundo andar do Museu da Marinha e sabíamos que hora havia soado ou ia soar quando, caindo da cornija, a luz tomava a frota de assalto. Por outro lado, também as igrejas do setor direito, do bairro velho e do bairro do Pebre contribuíam para dotar de sons cada hora do curso da luz solar, em cujos raios navegavam torvelinhos de poeira, e para rechear de carrilhões nossa coleção de histórias. Que tinha de particular que o sol se tornasse histórico, inscrevendo-se nos objetos expostos e conspirando com os olhos ambarinos de Níobe?

Contudo, naquela tarde em que não tínhamos nem gosto nem coragem de brincar e fazer tolas provocações, o incandescente olhar da madeira, em geral inerte, nos impressionou duplamente. Coibidos, esperamos que transcorresse a meia hora que ainda nos faltava. Às cinco em ponto fechava o museu.

No dia seguinte, Herbert foi ao serviço sozinho. Acompanhei-o até o museu, não quis esperar junto à bilheteria e procurei um lugar em frente ao casarão. Sentei-me com meu tambor sobre uma bola de granito de onde saía uma cauda que os adultos usavam como corrimão. Desnecessário dizer que o outro flanco da escada estava resguardado por uma esfera semelhante com seu correspondente rabo de ferro colado. Só raramente tocava o tambor, mas quando o fazia era com toda violência e protestando contra os transeuntes, mulheres a maioria das vezes, que gostavam de parar junto de mim, perguntar meu nome e me acariciar com suas mãos suadas o cabelo; eu o tinha já então muito belo e um pouco ondulado, embora curto. Passou a manhã. No extremo da rua do Espírito Santo, a igreja de Santa Maria, como uma galinha de tijolo vermelha e preta, com suas torrezinhas verdes e seu grosso campanário ventrudo, chocava. Dos muros abertos do campanário atiravam-se sem cessar pombas que vinham pousar perto de mim, dizendo bobagens e sem saber quanto tempo duraria ainda o choco, o que se estava chocando ou se, finalmente, aquela incubação secular não acabaria por se converter em uma finalidade em si mesma.

Ao meio-dia Herbert saiu à rua. Do farnel que mamãe Truczinski enchia até não poder fechar, tirou um sanduíche de banha de porco com chouriço da grossura de um dedo e o ofereceu a mim, me animando com a cabeça, mecanicamente, pois eu não tinha vontade de comer. Por fim comi, e Herbert, que nada comeu, fumou um cigarro. Antes que o museu voltasse a recuperá-lo, desapareceu na taberna da rua dos Padeiros para tomar dois ou três tragos. Eu observava o pomo de adão dele enquanto esvaziava os copos. Não gostava da forma como os ia empinando. E quando fazia já um tempinho que subira a escada em caracol e eu voltara para minha esfera de granito, Oskar ainda continuava vendo o pomo de adão de seu amigo Herbert.

A tarde arrastava-se pela fachada descolorida do museu. Alçava-se de rosquilha em rosquilha, cavalgava as ninfas e os cornos da abundância, tragava anjos gordos que buscavam flores, dava a uvas maduras uma cor passada, detonava no meio de uma festa campestre, brincava de cabra-cega, elevava-se a uma grinalda de rosas, enobrecia burgueses que negociavam em calças tipo bombacha, apoderava-se de um cervo perseguido por alguns cães, para alcançar finalmente aquela janela do segundo andar que permitia ao sol iluminar brevemente, e contudo para sempre, um olhar de âmbar.

Fui resvalando lentamente de minha bola de granito. O tambor bateu violentamente contra a pedra e sua cauda, das chamas esmaltadas saltaram e jaziam, vermelhas e brancas, ao pé da escada de entrada.

Não sei se disse alguma coisa, se fiz uma prece ou se contei algo: alguns instantes após, a ambulância estava em frente ao museu. Os transeuntes flanqueavam a entrada. Oskar conseguiu se introduzir com os da ambulância no interior do edifício. Fiz o percurso escada acima mais depressa do que eles, que a essa altura, devido aos acidentes anteriores, deveriam conhecer bem a disposição dos cômodos.

O que eu não ri ao ver Herbert! Estava pendurado na Níobe pela frente: quisera possuir a madeira. Sua cabeça tapava a dela. Seus braços se agarravam aos dela, unidos e levantados. Estava sem camisa. Encontraram-na mais tarde, limpa e dobrada, sobre a cadeira de couro ao lado da porta. Suas costas exibiam todas as cicatrizes. Li todas aquelas inscrições, contei bem suas letras. Não faltava nenhuma. Mas não havia nenhuma nova marca que se pudesse discernir.

Aos homens da ambulância, que logo depois de mim entraram precipitadamente na sala, não foi fácil separar Herbert de Níobe. Em seu furor erótico arrancara da corrente de segurança um machado de abordagem duplo; uma cunha ele cravara em Níobe e a outra se enterrara em sua própria carne ao atacar a mulher. Se por cima lograra por completo a união, por baixo, em oposição, onde a calça continuava desabotoada e deixava assomar algo rígido e sem sentido, não achara fundo algum para sua âncora.

Quando estenderam sobre Herbert a coberta com a inscrição "Serviço Municipal de Acidentes", Oskar, como sempre quando perdia algo, voltou a achar o caminho de seu tambor. Golpeava-o ainda com seus punhos quando os homens do museu o arrancaram do "salão de Marieta", levaram-no escadas abaixo e o conduziram finalmente a sua casa em um carro da polícia.

Ainda agora, ao recordar na clínica essa tentativa de amor entre a madeira e a carne, Oskar é compelido a trabalhar com seus punhos para percorrer uma vez mais o labirinto de cicatrizes, em relevo e em cor, das costas de Herbert Truczinski, aquele labirinto duro e sensível, profético e onisciente, mais duro e sensível que qualquer outra coisa por vir. Como um homem cego, lê o que dizem aquelas costas.

E somente agora, depois que desprenderam Herbert de sua escultura insensível, vem meu enfermeiro Bruno com sua cabeça desesperada em forma de pera. Com delicadeza separa meus punhos do tambor, dependura meu instrumento na barra esquerda do pé de minha cama metálica e me alisa a colcha.

— Por favor, sr. Matzerath — adverte —, se continuar tocando assim tão alto, alguém por aí poderá ouvir que o senhor está tocando alto demais. Não gostaria de descansar um pouco ou tocar com mais suavidade?

Sim, Bruno, vou tentar ditar a meu instrumento um próximo capítulo em voz mais baixa, embora este tema exatamente grite diante de uma orquestra voraz e tonitruante.

Fé Esperança Amor

Era uma vez um músico que se chamava Meyn e tocava trompete maravilhosamente. Vivia no quarto andar, sob o telhado de um prédio de apartamentos, tinha quatro gatos, um dos quais se chamava Bismarck, e bebia de manhã à noite numa garrafa de genebra. Ele fez isso até que a calamidade o tornou sóbrio.

Ainda hoje, Oskar se recusa a crer inteiramente em presságios. E contudo deram-se então muitos sinais precursores de uma calamidade que cada vez calçava botas mais longas, executava com botas cada vez maiores passos cada vez mais amplos e se propunha a levar por toda parte a desgraça. Morreu de um ferimento no peito, provocado por uma mulher de madeira, meu amigo Herbert Truczinski. A mulher não morreu. Foi selada e, a pretexto de reparos, levaram-na para o porão do museu. Mas a calamidade não se deixa guardar em porão algum. Junto com a água do esgoto entra na canalização, comunica-se com as tubulações de gás, penetra em todos os interiores, e ninguém que põe sua sopa a aquecer sobre as azuladas chaminhas suspeita que é a desgraça que está preparando sua refeição.

Quando Herbert foi enterrado no cemitério de Langfuhr, vi pela segunda vez Leo Schugger, a quem já conhecera no cemitério de Brenntau. Todos nós, mamãe Truczinski, Guste, Fritz e Maria Truczinski, a gorda sra. Kater, o velho Heilandt, que nos dias de festa matava para mamãe Truczinski os coelhos de Fritz, meu pai presuntivo Matzerath, que, bancando o generoso, arcou com uma boa metade dos gastos do enterro, inclusive Jan Bronski, que mal conhecia Herbert e só viera para ver Matzerath e possivelmente a mim no terreno neutro de um cemitério, todos recebemos de Leo Schugger, baboso e trêmulo, estendendo suas bolorentas luvas brancas, um confuso pêsame no qual prazer e dor não chegavam bem a se distinguir um do outro.

Quando as luvas de Leo Schugger tremeram em direção ao músico Meyn, que viera meio à paisana e meio fardado como os SA, produziu-se novo presságio de desgraça iminente.

Assustado, o pálido tecido das luvas de Leo cobrou altura, foi voando, e arrastou sobre as sepulturas o próprio Leo. Continuou gritando, mas os farrapos de palavras que ficaram pendurados na vegetação do cemitério não tinham nada de condolências.

Ninguém se afastou do músico Meyn. E, contudo, este permaneceu ilhado no meio das exéquias, reconhecido e assinalado por Leo Schugger e manejando embaraçado seu trompete, que trouxera de quebra e com o qual, pouco antes, sobre a tumba de Herbert, havia tocado maravilhosamente. Maravilhosamente, porque Meyn, coisa que não fazia quem sabe desde quando, tinha bebido genebra, pois a morte de Herbert, que era de sua idade, afetara-o diretamente, ao passo que a mim e a meu tambor essa morte emudecia.

Era uma vez um músico que se chamava Meyn e tocava trompete maravilhosamente. Vivia no quarto andar, sob o telhado de um prédio de apartamentos, tinha quatro gatos, um dos quais se chamava Bismarck, e bebia de manhã à noite numa garrafa de genebra, até que em fins de 36 ou princípios de 37, se não me engano, ingressou na SA montada e, na qualidade de trompete de sua banda, começou a tocar com menos erros, sem dúvida, mas já não tão maravilhosamente, porque ao enfiar as bombachas de montar reforçadas com couro abandonou a garrafa de genebra e só soprava em seu instrumento quando sóbrio e forte.

Quando o SA Meyn perdeu seu amigo de infância Herbert Truczinski, com o qual lá pelos anos vinte pertencera primeiro a um grupo da Juventude Comunista e depois aos Falcões Vermelhos, quando chegou a hora do enterro, Meyn pegou seu trompete e uma garrafa de genebra. Pois queria tocar maravilhosamente e não com sobriedade; e como, apesar de seu cavalo baio, conservava ouvido musical, mesmo no cemitério tomou um último gole, e enquanto tocava manteve o traje civil sobre seu uniforme, embora tivesse planejado a exibição vestido de castanho, ainda que de cabeça descoberta.

Era uma vez um SA que, ao tocar maravilhosamente um trompete iluminado pela genebra junto à tumba de seu amigo de infância, deixou-se ficar de casaco sobre seu uniforme de SA montado. E quando aquele Leo Schugger que está em todos os cemitérios quis dar seus pêsames à comitiva fúnebre, todos receberam os pêsames de Leo Schugger. Só o SA deixou de apertar a luva branca de Leo, porque Leo reconheceu o SA, teve medo dele e, gritando, retirou a luva juntamente com o pêsame. E o SA teve de ir embora sem pêsames e com o trompete frio para casa, onde, em sua morada sob o telhado de nosso edifício, achou seus quatro gatos.

Era uma vez um SA que se chamava Meyn. Dos tempos em que bebia diariamente genebra e tocava maravilhosamente o trompete, Meyn guardava em seu apartamento quatro gatos, um dos quais se chamava Bismarck. Quando um dia o SA Meyn voltou do enterro de seu amigo de infância e se sentiu triste e sóbrio outra vez, porque alguém lhe recusara o pêsame, achou-se completamente só no apartamento com seus quatro gatos. Os gatos esfregavam-se contra suas botas de montar, e Meyn lhes deu um embrulho de jornal cheio de cabeças de arenque, o que os afastou de suas botas. Naquele dia era particularmente forte o cheiro de gato no apartamento, porque os quatro gatos eram machos, e um deles se chamava Bismarck e caminhava negro sobre patas brancas. Meyn não tinha genebra no apartamento. Por isso era cada vez mais forte o cheiro de gato macho. Talvez a tivesse comprado em nossa mercearia, não fosse o fato de viver no quarto andar sob o telhado. Pois temia a escada e temia também os vizinhos, ante os quais cansara de jurar que nem uma gota mais de genebra haveria de passar por seus lábios de músico, que agora começava uma nova vida de estrita sobriedade e que doravante se entregaria de corpo e alma à ordem e não mais às bebedeiras de uma juventude malograda e dissoluta.

Era uma vez um homem que se chamava Meyn. Ao se encontrar um dia só com seus quatro gatos, um dos quais se chamava Bismarck, no apartamento sob o telhado, desagradou-lhe particularmente o cheiro dos gatos machos, porque pela manhã lhe sucedera algo desagradável, e também porque não havia genebra em casa. E como o desagrado e a sede foram aumentando, assim como o cheiro de gato macho, Meyn, que era músico de profissão e membro da banda SA montada, lançou mão do atiçador que estava junto à estufa fria e atingiu com ele os gatos sem parar, até que pensou que os quatro, inclusive o gato chamado Bismarck, estavam definitivamente mortos, ainda que o cheiro de gato não houvesse perdido no apartamento nada de sua virulência.

Era uma vez um relojoeiro que se chamava Laubschad e vivia no primeiro andar de nosso prédio, num apartamento de dois cômodos cujas janelas davam para o pátio. O relojoeiro Laubschad era solteiro, membro do Socorro Popular Nacional Socialista e da Sociedade Protetora de Animais. Um homem de bom coração; Laubschad, que ajudava os homens fatigados, os animais doentes e os relógios estragados. Uma tarde em que o relojoeiro se achava sentado junto à janela pensando no enterro de um vizinho que tivera lugar naquela manhã, viu que o músico Meyn, que vivia no quarto andar do mesmo prédio, levava ao pátio e metia em um dos dois caixotes de lixo um saco de batatas cheio até a metade que parecia estar úmido no fundo e gotejava. E como o caixote do lixo estivesse cheio, o músico só com dificuldade pôde fechar a tampa.

Era uma vez quatro gatos machos, um dos quais se chamava Bismarck. Esses gatos pertenciam a um músico chamado Meyn. Como os gatos não eram castrados e exalavam um cheiro forte e sempre dominante, um dia em que por razões particulares o odor se tornara particularmente molesto, o músico matou-os com o atiçador, meteu os cadáveres em um saco de batatas, carregou o saco pelos quatro lances de escada e se apressou em enfiá-lo no caixote do lixo ao lado da barra de sacudir tapetes, porque o tecido do saco era permeável e já a partir do segundo andar começara a gotejar. Mas como o caixote do lixo estava já bastante cheio, o músico teve de apertar o lixo com o saco para poder fechar a tampa. Mal saíra do edifício pela porta da rua — porque não quis voltar ao apartamento com cheiro de gato embora já sem gatos —, eis que o lixo apertado começou a distender-se outra vez, levantou o saco e, com o saco, a tampa do caixote de lixo.

Era uma vez um músico que matou seus quatro gatos, enterrou-os no caixote de lixo e saiu de casa para procurar os amigos.

Era uma vez um relojoeiro que estava sentado e pensativo junto à janela e viu que o músico Meyn pressionava um saco pela metade no caixote de lixo e desaparecia, e que também poucos minutos depois da saída de Meyn a tampa do caixote de lixo começava a se levantar e ia se levantando cada vez um pouco mais.

Era uma vez quatro gatos que, por haverem num dia determinado cheirado particularmente forte, foram mortos, metidos em um saco e enterrados no caixote de lixo. Mas os gatos, um dos quais se chamava Bismarck, não estavam completamente mortos: como sempre acontece aos gatos, eram demasiado resistentes. Assim que começaram a se mexer dentro do saco, movimentaram a tampa do caixote de lixo e fizeram ao relojoeiro Laubschad, que continuava sentado e pensativo junto à janela, esta pergunta: adivinhe o que há no saco que o músico Meyn pôs no caixote de lixo?

Era uma vez um relojoeiro que não podia ver com tranquilidade alguma coisa se movendo no caixote de lixo. Deixou seu apartamento no primeiro andar, desceu ao pátio do edifício, abriu o caixote e o saco e pegou os quatro gatos dilacerados mas ainda vivos, com o propósito de curá-los. Morreram na mesma noite entre seus dedos de relojoeiro, e não teve outro remédio senão denunciar o caso à Sociedade Protetora de Animais, da qual era membro, e informar à direção local do Partido aquele ato de crueldade com os animais, que prejudicava o prestígio do Partido.

Era uma vez um SA que matou quatro gatos, mas foi traído por eles porque ainda não estavam mortos, e denunciado por um relojoeiro. Seguiu-se um processo judicial, e o SA teve de pagar uma multa. Mas também na SA discutiu-se o caso, e o SA foi expulso da SA por comportamento indigno. E ainda que na noite de oito para nove de novembro de 38, que mais tarde haviam de chamar de Noite de Cristal, o SA se distinguisse por seu valor, incendiando junto com outros a sinagoga de Langfuhr da rua de São Miguel e colaborando também ativamente, na manhã seguinte, na invasão de algumas lojas previamente assinaladas, todo esse fervor não impediu que o SA fosse expulso da SA montada. Foi degradado por crueldade inumana com os animais e riscado da lista de membros. Só um ano mais tarde conseguiu ingressar na Milícia Territorial, absorvida mais tarde pela Waffen SS.

Era uma vez um merceeiro que em um dia de novembro fechou sua loja, porque na cidade ocorria algo, tomou pela mão seu filho Oskar e se foi com ele, no bonde da linha número cinco, até a Porta da Langgasse, porque ali, tal como em Zopport e em Langfuhr, ardia a sinagoga. Quase já acabara de arder, e os bombeiros vigiavam para que o incêndio não se estendesse a outras casas. Diante dos escombros, pessoas fardadas e à paisana iam amontoando livros, objetos de culto e tecidos raros. Tocaram fogo no monte, e o merceeiro aproveitou a oportunidade para aquecer os dedos e os sentimentos ao calor da fogueira pública. Mas seu filho Oskar, vendo o pai tão ocupado e entusiasmado, esquivou-se dissimuladamente e correu até a passagem do Arsenal, intranquilo por causa de seus tambores de lata esmaltados de vermelho e branco.

Era uma vez um vendedor de brinquedos que se chamava Sigismund Markus e vendia, entre outros, tambores de lata esmaltados de vermelho e branco. Oskar, que acabamos de mencionar, era o principal comprador dos ditos tambores, porque era tambor de profissão e não podia nem queria viver sem tambor. Por essa razão correu da sinagoga em chamas até a passagem do Arsenal, pois ali vivia o guardião de seus tambores: mas encontrou-o em um estado que o impossibilitava de vender tambores daí por diante ou pelo menos neste mundo.

Eles, os mesmos artífices do fogo, que Oskar acreditava ter deixado atrás, já tinham-se adiantado e visitado Markus, molhado em cor o pincel e escrito em escrita *Sütterklin*, ao longo da vitrine, as palavras "porco judeu"; a seguir, descontentes talvez com sua própria caligrafia, arrebentaram com os tacões de suas botas o vidro da vitrine, de modo que o título que haviam conferido a Markus mal se deixava adivinhar. Desprezando a porta, entraram na loja pela vitrine arrebentada e brincavam, com seu estilo característico, com os brinquedos de crianças.

Ainda os encontrei brincando quando, também pela vitrine, entrei na loja. Alguns tinham baixado as calças e depositado uns salsichões marrons, nos quais se podiam ver ainda ervilhas maldigeridas, sobre barquinhos a vela, sobre macacos violinistas e sobre meus tambores. Todos se pareciam com o músico Meyn e usavam uniformes de SA como Meyn, mas Meyn não estava ali, assim como os que estavam ali tampouco estavam em outra parte. Um deles sacara o punhal. Abria com ele o ventre das bonecas e parecia se surpreender cada vez com o fato de que dos corpos e membros repletos saía apenas serragem.

Eu estava inquieto por causa dos meus tambores. Meus tambores não gostavam deles. Meu instrumento não se atreveu a enfrentar a cólera deles; teve de permanecer mudo e dobrar os joelhos. Mas Markus escapara à cólera deles. Quando quiseram falar com ele em seu escritório, não lhes ocorreu bater com os nós dos dedos e rebentaram a porta apesar de não estar fechada.

O vendedor de brinquedos estava sentado atrás de sua escrivaninha. Como de costume, usava guarda-pó sobre o traje cinza-escuro de todos os dias. Um pouco de caspa sobre os ombros revelava a enfermidade de seu cabelo. Um SA que trazia na mão alguns títeres deu-lhe uma bordoada com a madeira da avó-marionete; a Markus, porém, já não se podia falar, nem se podia ofender. Sobre a escrivaninha via-se um copo d'água que a sede o fez esvaziar no instante preciso em que o ruído da vitrine saltando em estilhaços veio lhe secar a garganta.

Era uma vez um tambor chamado Oskar. Quando lhe tiraram o vendedor de brinquedos e saquearam a loja do vendedor de brinquedos, teve o pressentimento de que para os tambores anões de sua espécie se anunciavam tempos calamitosos. Assim, ao deixar a loja, surrupiou um tambor bom e outros dois quase incólumes e, dependurando-os no pescoço, deixou a passagem do Arsenal e dirigiu-se ao mercado do Carvão para ter com seu pai, que talvez estivesse procurando por ele. Caía a tarde de um dia de novembro. Junto ao teatro Municipal, perto da parada do bonde, algumas religiosas e algumas moças feias tiritavam de frio e distribuíam brochuras piedosas, recolhiam dinheiro em caixinhas de lata e levavam entre duas hastes um estandarte cuja inscrição citava a Primeira Epístola aos Coríntios, capítulo 13: "Fé — Esperança — Amor", leu Oskar, e podia brincar com as três palavrinhas feito um malabarista com suas garrafas: crédulo, gotas de Esperança, pérola de Amor, fábrica Boa Esperança, leite de Virgem do Amor, assembleia de crentes. Achas que vai chover amanhã? Todo um povo crédulo em Papai Noel. Mas Papai Noel era na realidade o homem que acendia os bicos de gás. Ao que parece, estaremos logo no primeiro domingo do Advento. E o primeiro, segundo, terceiro e quarto domingos do Advento abriam-se como se abrem os registros do gás, para que, cheirando plausivelmente a nozes e amêndoas, todos os papa-moscas pudessem acreditar resolutamente:

Já vem! Já vem! Quem vem? O Menino Jesus, o Salvador? Ou era o celestial homem do gás com o gasômetro fazendo tique-taque sob o braço? E ele disse: Eu sou o Salvador deste mundo, sem mim não podeis cozinhar. E aceitou o diálogo, ofereceu uma tarifa favorável, abriu os registrozinhos de gás recém-polidos e deixou sair o Espírito Santo, para que se pudesse assar a pomba. E distribuiu nozes e amêndoas que ao se partirem ali mesmo desprendiam também emanações: do Espírito e do gás, a fim de que os crédulos pudessem ver sem dificuldade, entre o ar espesso e azulado, em todos os empregados da companhia e à porta dos grandes armazéns, Papais Noéis e Meninos Jesus de todos os preços e tamanhos. E assim acreditaram na companhia de gás, sem a qual não há salvação possível, e que, com a pulsação ascendente e descendente dos gasômetros, simbolizava o Destino e organizava a preços módicos um Advento que fazia crer a muitos crédulos que o Natal viria. Mas não sobreviveriam ao cansaço das festas senão aqueles que não conseguiram uma provisão de amêndoas e de nozes suficiente, embora todos tivessem achado que havia de sobra.

Mas logo que a fé em Papai Noel se revelou fé no homem do gás, recorreram, sem respeitar a sequência da Epístola aos Coríntios, ao Amor. Está escrito: Te amo, oh, sim, te amo! Te amas a ti também? E dize-me, me amas tu também, me amas verdadeiramente? Eu também me amo. E de puro amor chamavam-se uns aos outros de rabanetes, amavam os rabanetes, mordiscavam-se e, de puro amor, um rabanete mordia o rabanete do outro. E contavam uns aos outros exemplos de maravilhosos amores celestiais, embora também terrenos, entre rabanetes, e pouco antes de morder sussurravam-se mutuamente, alegre, famélica e categoricamente: Dize-me, rabanete, me amas? Eu também me amo.

Mas, depois que por puro amor tinham arrancado a mordidas os rabanetes e a crença no homem do gás tinha se convertido em religião do Estado, já não restava no armazém, após a fé e o amor que já tinham tido sua vez, senão o terceiro artigo invendável da Epístola aos Coríntios: a Esperança. E enquanto continuavam a roer os rabanetes, as nozes e as amêndoas, esperavam que aquilo terminasse logo, para poder recomeçar a esperar ou para continuar esperando, depois da música final ou então durante a música final, que logo acabaria de se acabar. Ainda não sabiam bem acabar o quê. Esperavam apenas que logo acabasse, que acabasse amanhã, tomara que hoje ainda não, pois que seria deles se aquilo acabasse de repente? E quando aquilo se acabou de verdade, começaram em seguida a fazer do final um novo princípio cheio de esperança, porque, cá entre nós, o final é sempre um princípio, e há esperanças em todo final, mesmo no mais definitivo dos finais. Assim está escrito. Enquanto o homem esperar, voltará sempre a começar a esperar o final cheio de esperanças.

Eu, contudo, não sei. Não sei, por exemplo, quem se esconde hoje em dia sob as barbas do Papai Noel, não sei o que o Diabo leva em seu alforje, não sei como se abrem e fecham as chaves do gás; pois volta a se difundir um ar de Advento, ou continua se difundindo ainda, não sei, talvez a título de ensaio; não sei para quem estarão ensaiando, não sei se posso crer, oxalá sim, que limpem com amor as chaves do gás para que cantem não sei em que manhã, não sei em que tarde, não sei se as horas do dia têm algo a ver com isso; porque o Amor não tem hora, e a Esperança não tem fim, e a Fé não tem limites; só o saber e a ignorância estão ligados ao espaço e ao tempo, e terminam a maioria das vezes prematuramente nas barbas, alforjes e amêndoas, de modo que volto a repetir: eu não sei, oh, não sei, por exemplo, com que eles enchem as tripas, que intestinos são necessários para preenchê-las, não sei com quê, por mais legíveis que sejam os preços do recheio, fino ou grosseiro; não sei o que está compreendido no preço, não sei com que recheiam os dicionários, assim como as tripas; não sei de quem é a carne nem de quem é a linguagem: as palavras significam, os açougueiros calam, eu corto vidros, você abre os livros, eu leio aquilo de que gosto, você não sabe de que gosta: fatias de linguiça e citações de tripas e livros — e nunca chegaremos a saber quem teve de calar, quem teve de emudecer para que as tripas pudessem se encher e os livros pudessem falar, livros embutidos, apertados, de letra miúda, não sei, mas suspeito: são os mesmos açougueiros que enchem os dicionários e as tripas com linguagem e com linguiça; não há nenhum Paulo, o homem se chamava Saulo, e como Saulo falou à gente de Corinto de algumas linguiças prodigiosas, que chamou de Fé, Esperança e Amor, e elogiou-as dizendo que eram de fácil digestão, e ainda hoje, sob alguma das formas sempre mutantes de Saulo, tenta impingi-las a nós.

Quanto a mim, arrebataram-me o vendedor de brinquedos e, com ele, queriam eliminar do mundo os brinquedos.

Era uma vez um músico que se chamava Meyn e tocava trompete maravilhosamente.

Era uma vez um vendedor de brinquedos que se chamava Markus e vendia tambores de lata esmaltados de vermelho e branco.

Era uma vez um músico que se chamava Meyn e tinha quatro gatos, um dos quais se chamava Bismarck.

Era uma vez um tambor que se chamava Oskar e dependia do vendedor de brinquedos.

Era uma vez um músico que se chamava Meyn e matou seus quatro gatos com o atiçador.

Era uma vez um relojoeiro que se chamava Laubschad e era membro da Sociedade Protetora dos Animais.

Era uma vez um tambor que se chamava Oskar e lhe arrebataram o seu vendedor de brinquedos.

Era uma vez um vendedor de brinquedos que se chamava Markus e levou consigo todos os brinquedos do mundo.

Era uma vez um músico que se chamava Meyn e, se não está morto, continua vivendo hoje e tocando sempre maravilhosamente o trompete.

LIVRO II

Ferro-velho

Dia de visita: Maria me trouxe um tambor novo. Quando, por sobre as barras de minha cama, quis me dar, junto com o tambor, o recibo da loja de brinquedos, dispensei-o com a mão e apertei a campainha na cabeceira da cama até que Bruno, meu enfermeiro, viesse e fizesse o que faz sempre que Maria surge com um novo tambor envolto em papel azul. Desfez o barbante do embrulho, deixou se desprender o papel para logo, passada a exibição quase solene do tambor, tornar a embrulhá-lo cuidadosamente. E só então foi andando até a pia — e quando digo "foi andando", penso *naquele* estilo de caminhar! — com o tambor novo, deixou correr a água quente e despregou com cuidado, sem arranhar o esmalte vermelho e branco, a etiqueta com o preço na borda do instrumento.

Quando Maria, após visita breve e não demasiado cansativa, se dispunha a sair, pegou o tambor estropiado durante a descrição das costas de Herbert Truczinski, da escultura de proa e da interpretação quiçá demasiado pessoal da primeira Epístola aos Coríntios; pretendia levá-lo e depositá-lo em nossa adega junto com os demais tambores usados, que me haviam servido para fins em parte profissionais e em parte pessoais.

Antes de ir embora, Maria disse: "Bom, já não há muito espaço na adega. Gostaria só de saber onde guardarei as batatas de inverno."

Sorrindo, e me fazendo surdo às reprimendas da dona de casa que falava pela boca de Maria, roguei-lhe que, com tinta preta, pusesse o número correspondente no tambor que se retirava de serviço, e que trasladasse os breves dados anotados por mim em uma tira de papel, registrando a vida do instrumento, para o diário que há anos se dependura atrás da porta da adega e contém informações sobre todos os meus tambores desde o ano 49.

Maria resignadamente fez que sim com a cabeça e se despediu com um beijo meu. Continua não compreendendo meu sentido de ordem, que se lhe afigura um tanto inquietante. Oskar compreende perfeitamente as reservas mentais de Maria, pois nem ele próprio sabe as razões do pedantismo que o converte em colecionador de tambores de lata destroçados. Além disso, continua desejando, como antes, não voltar jamais a ver esse monte de sucata que se acumula na adega da casa em Bilk. Pois ele sabe, por experiência, que as crianças desprezam as coleções de seus pais e que, por conseguinte, seu filho Kurt, ao herdar um dia os míseros tambores, na melhor das hipóteses vai rir deles.

Que me leva, então, a expressar a Maria, a cada três semanas, tais desejos que, a se cumprirem regularmente, acabarão por abarrotar nossa adega, sem deixar lugar para as batatas?

A estranha ideia fixa, que cada vez me volta mais raramente, de que algum museu possa um dia se interessar por meus instrumentos inválidos, me ocorreu pela primeira vez quando jaziam na adega já várias dezenas de tambores mutilados. Portanto, não é aí que deve residir a origem de minha paixão de colecionador. Quanto mais penso sobre isso, mais me inclino para um motivo basicamente simples: medo, temor de uma escassez, medo de que um dia tambores de lata possam ser proibidos, que os estoques existentes possam ser destruídos. Algum dia Oskar poderia se ver obrigado a confiar determinados tambores não muito maltratados a um latoeiro para que os consertasse e assim me ajudasse, com os veteranos remendados, a superar uma terrível época sem tambores.

É também nesse sentido, embora com outras palavras, que se pronunciam os médicos do hospício sobre a causa de meu afã de colecionar. A dra. Hornstetter quis inclusive saber o dia em que nascera meu complexo. Com bastante precisão, pude lhe indicar o dia nove de novembro de 38, em que perdi Sigismund Markus, administrador da loja de tambores. Se depois da morte de mamãe já se tornara para mim difícil entrar pontualmente na posse de um tambor novo, porque as visitas às quintas-feiras à passagem do Arsenal cessaram, e porque Matzerath só se preocupava com meus instrumentos negligentemente, enquanto Jan Bronski reduzira suas visitas a nossa casa, tanto mais desesperadora se apresentou a situação quando o saque da loja do vendedor de brinquedos e a visão de Markus sentado atrás de sua escrivaninha me fizeram compreender claramente: Markus já não vai dar mais tambores, Markus já não vende mais tambores, Markus interrompeu para sempre suas relações comerciais com a firma que até agora fabricava e fornecia os tambores lindamente esmaltados de vermelho e branco.

Nessa época, todavia, não estava preparado para acreditar que os dias relativamente serenos e lúdicos de minha infância se encerravam com a morte do vendedor de brinquedos. Das ruínas da loja de Markus, apanhei um tambor são e dois outros amassados apenas nas bordas, e, correndo para casa com meu saque, julguei ter tomado as minhas precauções.

Manejava as baquetas com cuidado, tocava raramente, apenas em caso de necessidade, me privava de tardes inteiras de tambor e, muito a contragosto, daqueles desjejuns de tambor que me tornavam o dia suportável. Oskar se entregava ao ascetismo, enfraquecia e teve de ser levado ao dr. Hollatz e à sua ajudante, a srta. Inge, cada vez mais ossuda. Deram-me remédios doces, ácidos, amargos ou insípidos, atribuíram a culpa às minhas glândulas, as quais, segundo a opinião do dr. Hollatz, afetariam meu bem-estar alternativamente por função excessiva ou por deficiência funcional.

Para se livrar do tal Hollatz, Oskar praticou seu ascetismo mais moderadamente, tornou a engordar e, no verão de 39, voltou a ser quase o velho Oskar de três anos, com as graciosas bochechas recuperadas graças ao desgaste definitivo do último dos tambores procedentes ainda da loja de Markus. A lata estava fendida, matraqueava ao menor movimento, desprendia esmalte vermelho e branco, ia enferrujando e pendia dissonante sobre a minha barriga.

Pedir auxílio a Matzerath teria sido inútil, embora ele fosse por natureza prestativo e até bondoso. Desde o desaparecimento de minha pobre mamãe, o homem só pensava nas coisas do Partido, se distraía com as conferências dos chefes de célula ou passava a noite conversando alto e familiarmente, depois de muito álcool, com as efígies de Hitler e Beethoven de nossa sala de estar, deixando-se explicar pelo Gênio o Destino e a Providência pelo Führer; quando estava sóbrio, via nas coletas em favor do Socorro de Inverno seu destino providencial.

Não gosto de recordar aqueles domingos de coleta. Foi em um desses dias que fiz a vã tentativa de arranjar um novo tambor. Matzerath, que durante a manhã estivera coletando na rua principal em frente aos cinemas, assim como em frente aos grandes armazéns Sternfeld, veio ao meio-dia em casa e esquentou, para ele e para mim, algumas almôndegas à Königsberg. Depois da comida, saborosa segundo me lembro ainda hoje — Matzerath, viúvo, cozinhava com paixão e excelentemente —, o coletor exausto se deixou cair no sofá para uma soneca. Mal começou a respirar dormindo, tirei do piano o cofre cheio até a metade, desapareci com ele, que tinha a forma de uma lata de conservas, na loja, sob o balcão, e violei o mais ridículo de todos os cofres de lata. Não que eu tenha querido me enriquecer com moedas de dois tostões; uma ideia tola me impelia a experimentar aquela coisa como tambor. Independentemente da forma como batesse, contudo, ou como combinasse minhas baquetas, a resposta, invariável, sob forma monomaníaca, era: Um pequeno donativo para o Socorro de Inverno! Para que ninguém passe fome, para que ninguém passe frio! Um pequeno donativo para o Socorro de Inverno!

Ao cabo de meia hora me resignei, peguei na caixa do balcão cinco moedas, destinei-as ao Socorro de Inverno e voltei a pôr sobre o piano o cofre enriquecido, a fim de que Matzerath pudesse encontrá-lo e matar o resto do domingo matraqueando em favor do Socorro de Inverno.

Tal tentativa fracassada me curou para sempre. Nunca mais tentei, a sério, usar como tambor uma lata de conservas, um balde emborcado ou a superfície de uma bacia. E, se apesar de tudo o fiz de tempos em tempos, esforço-me por esquecer tais episódios inglórios e não lhes dedico espaço neste papel, ou, pelo menos, o mínimo possível. Porque uma lata de conservas não é um tambor, um balde é um balde, e em uma bacia nos lavamos ou lavamos nossas meias. Não havia então mais sucedâneos do que hoje: um tambor de lata de flamas vermelhas e brancas fala por si mesmo, não tem necessidade de intercessores.

Oskar estava só, traído e vendido. Como conservar com o tempo seu semblante de três anos, se para tanto lhe faltava o mais indispensável, seu tambor? Todas as minhas tentativas de simulação acumuladas durante vários anos, tais como meu ocasional pipi na cama, o balbucio infantil das preces vespertinas toda noite, o medo do Papai Noel, que na realidade se chamava Greff, aquelas incansáveis perguntas dos três anos, tipicamente absurdas, como, por exemplo, por que os automóveis têm rodas?, tudo isso que os adultos esperavam de mim, teria de fazer sem meu tambor. Estava já a ponto de desistir, e em meu desespero me lancei em busca daquele que não era, sem dúvida, meu pai, mas que reuniu as maiores probabilidades de ter me engendrado: Oskar esperou Jan Bronski perto do bairro polonês do Ring.

A morte de minha pobre mãe havia enfraquecido a relação às vezes quase amistosa entre Matzerath e meu tio, promovido entrementes a secretário do correio. O afastamento não se deu repentinamente e de uma vez, mas pouco a pouco, e à medida que a situação política se agravava, tornando-se cada vez mais definitivo, apesar de tantas belas recordações compartilhadas. Paralelamente à dissolução da alma esbelta e do corpo exuberante de mamãe, decaiu a amizade de dois homens que tinham se mirado ambos naquele espelho e nutrido daquela carne, e que, privados agora de tal nutrição e de tal espelho convexo, não achavam mais distração senão nas respectivas reuniões políticas opostas de homens que, no entanto, fumavam todos o mesmo tabaco. Mas um correio polonês e algumas conferências de chefes de célula em mangas de camisa não bastam para substituir uma mulher bonita e sensível até mesmo no adultério. Com toda a prudência — Matzerath precisava levar em conta a freguesia e o Partido, e Jan Bronski, a administração do correio —, no breve período compreendido entre a morte de minha pobre mãe e o fim de Sigismund Markus, meus dois pais presuntivos não deixaram de encontrar ocasião de se reunirem.

Duas ou três vezes por mês, por volta da meia-noite, ouviam-se os nós dos dedos de Jan na vidraça da janela de nossa sala. Matzerath corria as cortinas e abria a janela um palmo; ficavam os dois igualmente embaraçados, até que um ou outro atinava com a palavra salvadora e propunha, em hora tão avançada, uma partida de *skat*. Iam buscar Greff em sua loja de legumes e, caso este se negasse, por causa de Jan, e se negava porque enquanto ex-chefe de escoteiros — havia, nesse ínterim, dissolvido seu grupo — tinha de ser prudente e, além disso, jogava mal e sem prazer o *skat*, convocavam então o padeiro Alexander Scheffler para terceiro parceiro. O próprio Scheffler não gostava lá muito de se sentar à mesa com Jan Bronski, mas um certo afeto por mamãe, transferido como uma espécie de legado para Matzerath, e uma convicção firme de que comerciantes devem ser unidos, induziam o padeiro de pernas curtas a vir correndo do Kleinhammerweg, quando convocado por Matzerath, se sentar à nossa mesa, embaralhar as cartas com seus dedos pálidos, como que carcomidos pela farinha, e distribuí-las como pãezinhos entre gente faminta.

Como tais jogos proibidos não começavam antes da meia-noite, para acabar às três da manhã, quando Scheffler precisava estar na padaria, só raramente eu conseguia, de camisola e evitando o menor ruído, abandonar minha caminhada e alcançar sem ser visto, e também sem tambor, o canto sombrio sob a mesa.

Como já devem ter observado anteriormente, eu achava debaixo da mesa desde sempre a matéria mais cômoda de minhas reflexões: eu fazia comparações. Como tudo mudou desde a morte de mamãe! Nenhum Jan Bronski, cauteloso em cima, embora perdendo partida após partida, e intrépido embaixo, despachava meias sem sapato em expedição por entre as coxas de mamãe. O erotismo, para não dizer amor, desaparecera de sob a mesa de *skat* nesses anos. Seis pernas de calça, mostrando diferentes motivos de espinha de peixe, cobriam seis pernas masculinas mais ou menos peludas, desnudas ou protegidas por ceroulas, que embaixo se esforçavam outras seis vezes para não entrar em contato, nem sequer por casualidade, e se empenhavam em cima, reduzidas à unidade e prolongadas em troncos, cabeças e braços, em um jogo que deveria ter sido proibido por motivos políticos, mas que, em cada caso de uma partida perdida ou ganha, sempre admitia uma desculpa ou um triunfo: a Polônia perdeu uma partida sem trunfo; a Cidade Livre de Dantzig acabava de ganhar sem a menor dificuldade do Grande Reich alemão uma mão de ouros.

Era de prever o dia em que tais manobras chegariam ao fim — do mesmo modo que todas as manobras costumam acabar algum dia transformadas em fatos reais, num plano mais vasto, por ocasião do que se convencionou chamar caso de emergência.

No princípio do verão de 39 tornou-se evidente que Matzerath havia encontrado, nas conferências semanais dos chefes de célula, companheiros menos comprometedores que os funcionários do correio polonês ou os ex-chefes de escoteiros. Jan Bronski teve de recordar — obrigado pelas circunstâncias — o campo a que pertencia a ater-se à gente do correio, entre outros o zelador inválido Kobyella, que, desde seus dias de serviço na legendária legião do marechal* Pilsudski, tinha uma perna mais curta que a outra. Apesar da perna claudicante, Kobyella era um zelador ativo, além de artesão hábil, de cuja boa vontade eu podia esperar o possível conserto de meu tambor doente. O caminho para Kobyella passava por Jan Bronski, razão pela qual quase todas as tardes por volta das seis, mesmo em pleno calor asfixiante do mês de agosto, me postava próximo do bairro polonês e esperava por Jan, que, ao terminar o serviço, ia em geral para casa pontualmente. Ele não vinha. Sem me perguntar explicitamente: que estará fazendo o seu pai presuntivo depois do serviço?, aguardava-o frequentemente

---

* No original, em polonês: *Marszalek*. (N.T.)

até as sete ou sete e meia. Mas ele não vinha. Eu podia ter ido à tia Hedwig. Talvez Jan estivesse doente, ou tivesse febre, quem sabe uma perna fraturada e engessada. Oskar, porém, permanecia em seu lugar e se limitava a fixar de quando em quando o olhar nas janelas e cortinas da casa do secretário do correio. Uma singular timidez impedia Oskar de visitar sua tia Hedwig, cujo olhar bovino e calidamente maternal o entristecia. Por outro lado, tampouco as crianças do casal Bronski, seus meios-irmãos presuntivos, lhe eram agradáveis. Tratavam-no como a uma boneca. Queriam brincar com ele e dele se servir como de um brinquedo. Que direito tinha Stephan com seus 15 anos, aproximadamente a mesma idade dele, de tratá-lo paternalmente, com ar professoral e condescendente? E aquela pequena Marga de dez anos, com suas tranças e uma cara na qual se via sempre a lua cheia e gorda, encarava Oskar como uma boneca de vestir, sem vontade própria, a qual podia pentear, escovar, ajeitar e educar durante horas e horas? Naturalmente os dois viam em mim o anãozinho anormal, digno de pena, e se consideravam a si próprios sadios e promissores; eram também os preferidos de minha avó Koljaiczek, que dificilmente poderia ver em mim seu favorito. Porque eu não me deixava iludir por contos de fadas ou livros com gravuras. O que eu esperava de minha avó, o que ainda hoje minha imaginação se compraz em pintar liberal e voluptuosamente, era bastante claro e, por conseguinte, só raramente obtido: assim que a percebia, Oskar queria imitar seu avô Koljaiczek, imergir debaixo das saias de sua avó e, se possível, não respirar nunca mais fora daquele abrigo.

O que não devo ter feito para me manter debaixo das saias de minha avó! Não posso dizer que ela não gostasse de ter Oskar sentado ali debaixo. Mas vacilava e, a maioria das vezes, me repelia, e teria provavelmente oferecido aquele refúgio a qualquer um, por pouco que se parecesse com Koljaiczek: eu, que não possuía nem a figura nem a caixa de fósforos fácil do incendiário, precisava recorrer a todos os cavalos de Troia para poder me introduzir naquela cidadela.

Oskar se vê ainda como um verdadeiro infante de três anos, brincando com uma bola de borracha, e observa como deixa rolar casualmente a bola para debaixo das saias e em seguida se afasta atrás desse pretexto esférico, antes que sua avó perceba o estratagema e lhe devolva a bola.

Em presença dos adultos, minha avó nunca me tolerava por muito tempo sob suas saias. Os adultos zombavam dela, lhe recordavam de forma às vezes muito cáustica seus esponsais no campo outonal de batatas e a faziam enrubescer violenta e persistentemente, a ela que por natureza nada tinha de pálido, o que, com seus sessenta anos e seu cabelo quase branco, não lhe ficava nada mal.

Em contrapartida, quando estávamos a sós — o que raramente ocorria, principalmente depois da morte de minha pobre mamãe, até que deixei quase totalmente de vê-la depois que teve de abandonar seu ponto no mercado semanal de Langfuhr —, me tolerava mais facilmente, com maior frequência e por mais tempo debaixo das saias cor de batata. Nesse caso, eu sequer precisava recorrer ao tolo expediente da bola de borracha para ser admitido. Deslizando com meu tambor pelo assoalho, com uma perna encolhida e a outra apoiada nos móveis, me arrastava até a montanha avoenga, levantava com as baquetas, ao chegar a seu pé, o quádruplo invólucro e, já debaixo, deixava cair os quatro cortinados de uma vez, mantinha-me quieto durante um breve minuto e me entregava por completo, respirando por todos os poros, ao forte odor de manteiga ligeiramente rançosa que, independente da estação do ano, predominava sempre debaixo das quatro saias. E só então começava Oskar a tocar o tambor. Como conhecia bem o gosto da avó, tocava ruídos de chuvas de outubro, análogos àqueles que ela deve ter ouvido outrora atrás do fogo das folhas de batata, quando Koljaiczek, com seu aroma de incendiário perseguido, se meteu debaixo dela. Eu deixava cair sobre a lata uma chuvinha oblíqua, até que em cima se percebiam suspiros e nomes de santos, e deixo a vocês a tarefa de reconhecer aqueles suspiros e nomes de santos já escutados em 99, quando minha avó permanecia sentada na chuva e Koljaiczek no seu abrigo...

Quando em agosto de 39, postado perto do bairro polonês, eu esperava Jan Bronski, pensava amiúde em minha avó. Talvez estivesse de visita à tia Hedwig. Por mais tentadora que fosse, todavia, a perspectiva de aspirar o odor de manteiga rançosa sentado sob suas saias, não me decidia a subir os dois lances de escada e tocar à porta com o diminuto letreiro que dizia: Jan Bronski. Que tinha Oskar para oferecer à sua avó? Seu tambor estava estragado, seu tambor já não dava nada de si, seu tambor havia esquecido como soa um chuvisco que cai em outubro obliquamente sobre um fogo de folhas de batata. E como a avó de Oskar só era acessível com o fundo sonoro de chuvas outonais, Oskar ficara no Ring, vendo chegar e partir os bondes que subiam e desciam por Heeresanger tocando a campainha e cobrindo todos o trajeto da linha cinco.

Continuava esperando por Jan? Não teria já desistido e permanecido no lugar porque ainda não me ocorrera forma alguma de renúncia aceitável? Uma espera prolongada tem efeitos educativos. Mas também pode ocorrer que uma espera prolongada induza aquele que espera a representar a cena do encontro esperado com tal minúcia que à pessoa esperada já não reste possibilidade alguma de surpreender. Mas Jan me surpreendeu. Possuído da ambição de perceber primeiro aquele que não esperava, de poder sair ao encontro dele ao som do que sobrava de meu tambor, eu permanecia tenso em meu lugar e com as baquetas em alerta. Sem necessidade de grandes explicações prévias, propunha tornar patente, por meio de grandes golpes sobre a lata e do clamor consequente, o desespero de minha situação, e me dizia: cinco bondes mais, outros três, mais esse último; e imaginava, dando fundamento a minhas ansiedades, que por vontade de Jan os Bronski haviam se transferido para Modlin ou Varsóvia, e via-o já secretário-geral do correio em Bromberg ou em Thorn, e esperava, apesar de todos os meus juramentos anteriores, mais um bonde, e já me preparava para empreender o caminho de volta quando Oskar sentiu que o agarravam por trás e um adulto lhe tapava os olhos.

Senti mãos suaves, varonis, que cheiravam a sabonete bom, agradavelmente secas: senti Jan Bronski.

Quando me libertou e, rindo estrepitosamente, me virou para ele, já era demasiado tarde para poder efetuar com meu tambor a demonstração de minha situação fatal. Inseri, consequentemente, as duas baquetas sob os suspensórios de barbante de minhas calças curtas que, naquele tempo em que ninguém cuidava de mim, estavam sujas e desfiadas em volta dos bolsos. E com as mãos livres, levantei bem alto o tambor, que pendia do mísero cordel, muito alto, acusadoramente, até a altura dos olhos, tão alto quanto o reverendo Wiehnke alçava a hóstia durante a missa; e teria podido dizer como ele: este é meu corpo e este é meu sangue; não pronunciei palavra, todavia, só levantei bem alto o sovado metal, sem tampouco desejar transformação fundamental alguma, acaso milagrosa; queria apenas o conserto de meu tambor, mais nada.

Jan cortou de chofre a risada descabida e, pelo que pude adivinhar, nervosa e forçada. Viu o que não podia passar despercebido, meu tambor, desviou o olhar da lata machucada, buscou meus olhos claros que continuavam fitando como se em verdade tivessem apenas três anos, e só viu primeiro duas vezes a mesma íris azul inexpressiva, suas manchas luminosas, seus reflexos, tudo aquilo que poeticamente se atribui aos olhos em matéria de expressão; e finalmente, ao verificar que meu olhar não diferia em nada do reflexo brilhante de uma poça qualquer da rua, arrebanhou toda sua boa vontade, aquela que tinha disponível, e esforçou a memória para voltar a encontrar em meu par de olhos aquele olhar de mamãe, cinzento, sem dúvida, mas quanto ao mais parecido com o meu, no qual durante tantos anos tinha se refletido para ele desde o favor até a paixão. Mas talvez desconcertara-o também um reflexo de si mesmo, que não significava tampouco que Jan fosse meu pai ou, melhor dizendo, meu progenitor. Porquanto seus olhos, tal como os de mamãe e os meus, se distinguiam por aquela beleza ingenuamente astuta e de radiante tolice que exibiam quase todos os Bronski, também Stephan e, um pouco menos, Marga Bronski e, principalmente, minha avó e seu irmão Vinzent. A mim, não obstante minhas pestanas pretas e os olhos azuis, não se podia negar ainda um enxerto do sangue incendiário de Koljaiczek — basta pensar em meus impulsos vitricidas —, enquanto difícil seria me atribuir rasgos renanomatzerathianos.

O próprio Jan, que não gostava de se comprometer, não teria tido outro remédio senão confessar, caso lhe perguntassem naquele momento em que eu levantava o tambor e deixava meus olhos trabalharem: é Agnes, sua mãe, quem está me olhando. Ou talvez eu esteja olhando para mim mesmo. Sua mãe e eu tínhamos, com efeito, muito em comum. Mas também é possível que esteja me mirando meu tio Koljaiczek, aquele que está na América ou no fundo do mar. O único que não está me olhando é Matzerath, e é bom que seja assim.

Jan pegou meu tambor, virou-o, percutiu-o. Ele, tão sem jeito que sequer podia fazer direito a ponta de um lápis, fez como se entendesse algo do conserto de um tambor, e tomando manifestamente uma decisão, coisa rara nele, pegou-me da mão — o que me chamou a atenção, pois o caso não era para tanto —, atravessou comigo o Ring, puxando-me sempre pela mão, chegou à parada do bonde de Heeresanger e subiu, quando chegou o bonde, no reboque para fumantes da linha cinco.

Oskar intuiu: íamos à cidade e queríamos chegar à praça Hevelius, ao correio polonês, onde estava o zelador Kobyella, que tinha a ferramenta e a habilidade pelas quais o tambor de Oskar clamava fazia já várias semanas.

Essa viagem de bonde ter-se-ia convertido em um tranquilo trajeto de lazer não fosse o fato de ser a véspera do dia 1º de setembro de 39. O carro com reboque da linha número cinco, cheio de banhistas desde a praça Max Halbe, mas não menos barulhentos, os quais voltavam do balneário de Brösen, seguia para a cidade badalando. Que belo anoitecer de fim de verão teria nos esperado, depois da entrega do tambor, no café Weitzke, atrás de uma limonada fresca, se à entrada do porto diante da Westerplatte os dois navios de linha *Schleswig* e *Schleswig-Holstein* não houvessem lançado âncora e mostrado ao muro vermelho de tijolo que cobria o depósito de munições seus cascos de aço, suas duplas torrezinhas giratórias e seus canhões de casamata. Que belo teria sido poder tocar na portaria do correio polonês e confiar ao zelador Kobyella, para conserto, um inocente tambor de criança, se desde meses antes o interior do edifício do correio não houvesse sido posto, mediante chapas blindadas, em estado de defesa e o pessoal até então inofensivo, funcionários, carteiros, não tivesse se convertido, graças aos adestramentos de fim de semana em Gdingen e Oxhöft, em uma guarnição de fortaleza.

Avizinhávamo-nos da Porta de Oliva. Jan Bronski suava, olhava fixamente o verde poeirento das árvores da Hindenburgsallee e fumava mais de seus cigarros de piteira dourada que seu espírito de parcimônia teria permitido. Oskar nunca vira seu pai presuntivo suar daquela maneira, com exceção das duas ou três vezes em que o observara com mamãe no sofá.

Mas minha pobre mãe já morrera havia muito tempo. Por que suava Jan Bronski? Depois de observar que pouco antes de cada parada ele tinha ímpetos de saltar, que só no exato momento de fazê-lo percebia a minha presença e que meu tambor e eu é que o obrigávamos a se sentar de novo, tornou-se claro para mim que o suor era devido ao correio polonês, que Jan, na qualidade de funcionário, tinha a missão de defender. Já conseguira empreender uma primeira fuga, me encontrara então com minha sucata de tambor na esquina do Ring com Heeresanger, decidira voltar a seu dever de funcionário, me levara consigo, a mim que nem era funcionário nem estava apto para a defesa do edifício do correio, e agora suava e fumava. Por que não saltava de uma vez? Não seria eu, por certo, quem o impediria. Estava ainda na plenitude da vida, nem chegara aos 45. Seus olhos eram azuis, o cabelo castanho; suas mãos bem-cuidadas tremiam, e não deveriam suar tão lamentavelmente; em todo caso, poderia ser água-de-colônia, e não suor frio, ao que Oskar, sentado ao lado do pai presuntivo, estava cheirando.

No mercado de Madeira saltamos e descemos a pé toda a extensão do Passeio da cidade velha. Era um anoitecer tranquilo de fins de verão. Como todos os dias às oito, os sinos da cidade velha difundiam notas brônzeas pelo céu. Concerto de repiques que fazia levantar em voo nuvens de pombas: "Sê sempre fiel e honrado até a tumba fria." Isso soava bonito e dava vontade de chorar. E, contudo, todo mundo ria. Mulheres com crianças tostadas de sol, com roupões felpudos, com bolas de praia multicoloridas e barquinhos a vela desciam dos bondes que traziam dos balneários de Glettkau e Heubude milhares de pessoas frescas ainda do banho. Com línguas volúveis, as mocinhas lambiam, sob olhares sonolentos, sorvetes de framboesa. Uma de 15 anos deixou cair a casquinha do sorvete e, quando ameaçava se curvar para recuperá-la, arrependeu-se e abandonou ao calçamento e às solas de futuros transeuntes o sorvete que derretia: ela não tardaria a fazer parte dos adultos, e já não poderia continuar lambendo sorvete pela rua.

Na rua dos Serradores dobramos à esquerda. A praça Hevelius, onde tal rua desembocava, estava fechada por homens da Milícia Territorial SS postados em grupos: eram homens jovens, também pais de família, com braçadeiras e carabinas da polícia. Teria sido fácil, fazendo uma volta, contornar a barreira e chegar ao correio pelo lado de Rähm. Jan Bronski foi direto a eles. A intenção era clara: queria que lhe impedissem o passo, que o obrigassem a voltar à vista de seus superiores, que sem dúvida alguma observavam a praça Hevelius do edifício do correio, para fazer um papel mais ou menos decoroso de herói rechaçado e poder voltar para casa pelo mesmo bonde da linha número cinco que o havia levado.

Os homens da Milícia Territorial nos deixaram passar, sem pensar nem remotamente, talvez, que aquele senhor bem-vestido, com um menino de três anos pela mão, pretendia ir ao edifício do correio. Recomendaram-nos simplesmente e com toda a cortesia que fôssemos prudentes e não nos gritaram "alto" até que passássemos o portão gradeado e nos encontrássemos diante da entrada principal. Jan voltou-se, indeciso. A pesada porta entreabrira-se, contudo, e nos puxaram para dentro: estávamos na sala de guichês, semiescura e agradavelmente fresca, do correio polonês.

Jan Bronski não foi recebido por sua gente com muito entusiasmo. Desconfiavam dele, haviam-no descartado, provavelmente, e deram claramente a entender que suspeitavam que o secretário do correio Bronski tentara escapulir. Jan teve dificuldade em rebater as acusações. Sequer ouviram-no. Foi arrastado para uma fileira de homens cuja missão era carregar sacos de areia do porão para a fachada com janelas da sala de guichês. Tais sacos de areia e outros disparates amontoavam-se diante das janelas, e deslocavam-se móveis pesados, como armários de arquivo, até a entrada principal, para poder, em caso de necessidade, obstruir a porta em toda sua largura.

Alguém perguntou quem era eu, mas não teve tempo para esperar que Jan respondesse. As pessoas estavam nervosas; falavam ora aos gritos, ora em voz exageradamente baixa. Meu tambor e a miséria de meu tambor pareciam esquecidos. O zelador Kobyella, com o qual eu contava para devolver à sucata que pendia sobre minha barriga um aspecto decoroso, permanecia invisível e estaria provavelmente amontoando no primeiro ou segundo andar do edifício do correio, como os carteiros e os caixas dos guichês do térreo, sacos repletos de areia, que supunham à prova de bala. A presença de Oskar era penosa para Jan Bronski. Escapei, pois, no momento preciso em que um homem, a quem chamavam dr. Michon, lhe dava algumas instruções. Depois de ter andado procurando por algum tempo, evitando precavidamente mediante desvios aquele dr. Michon, que usava um capacete de aço polonês e era evidentemente o diretor do correio, achei a escada do primeiro andar, e em cima, ao final do corredor, encontrei um quarto de tamanho regular, sem janelas, no qual não havia homens que arrastassem caixas de munições ou empilhassem sacos de areia.

Cestos de roupa com rodas, cheios de cartas franqueadas com selos de todas as cores, ocupavam o espaço, em fileiras apertadas. O compartimento era baixo e o papel das paredes tinha uma cor ocre. Cheirava ligeiramente a goma. Do teto pendia uma lâmpada descoberta. Oskar estava demasiado cansado para procurar o interruptor. De muito longe advertiam os sinos de santa Maria, santa Catarina, são João, santa Brígida, santa Bárbara, da Trindade e do Divino Corpo: São nove horas, Oskar, você precisa ir dormir! Em vista disso, deitei-me em um dos cestos, coloquei o tambor, igualmente esgotado, ao meu lado, e adormeci.

O CORREIO POLONÊS

Dormi em um cesto cheio de cartas que queriam ir a Lodz, Lublin, Lwow, Torun, Cracóvia e Czestochowa ou vinham de Lodz, Lublin, Lemberg, Thorn, Krakau e Tschenstochau. Mas não sonhei com a Matka Boska Czestochowska nem com a Virgem Negra, nem roí, sonhando, o coração do marechal Pilsudski, conservado em Cracóvia, nem aqueles pães de mel que tanta fama têm dado à cidade de Thorn. Nem sequer sonhei com meu tambor ainda não consertado. Estendido sem sonhos sobre cartas em um cesto de roupa com rodas, Oskar não percebeu nada desse cochicho, murmúrio, bate-papo, dessas indiscrições que, segundo contam, se produzem quando muitas cartas se acham empilhadas em um monte. As cartas não me disseram uma só palavra: eu não esperava correio algum e ninguém podia ver em mim um destinatário, e muito menos um remetente. Dormi soberanamente, com minha antena retraída, sobre uma montanha de correspondência que, grávida de notícias, teria podido representar todo um mundo.

Compreensivelmente, não me despertou aquela carta que um certo Pan Lech Milewczyk de Varsóvia escrevia à sua sobrinha de Dantzig-Schidlitz, uma carta, entretanto, suficientemente alarmante para despertar uma tartaruga milenária; a mim não acordaram nem o matraquear próximo das metralhadoras nem as distantes salvas retumbantes das torrezinhas duplas dos navios de linha ancorados no Porto Livre.

Isso se descreve facilmente: metralhadoras, torrezinhas duplas. Não poderia ser também um aguaceiro, uma chuva de granizo ou o prelúdio de uma tormenta de fins de verão, parecida com a que teve lugar na ocasião de meu nascimento? Estava demasiado sonolento para me entregar a semelhantes especulações e, com os ruídos ainda no ouvido, deduzi qual era a situação e, como todos os que ainda estão mergulhados no sono, designei-a por seu nome: estão atirando!

Mal saído do cesto de roupa, vacilante ainda sobre suas sandálias, Oskar preocupou-se com o bem-estar de seu sensível tambor. Com ambas as mãos cavou naquele cesto que albergara seu sono um buraco entre as cartas soltas, mas que faziam uma espécie de massa; sem brutalidade, sem quebrar, nem vergar, nem estragar nada, evidentemente; separei com precaução as cartas misturadas umas às outras, tratei com cuidado cada uma delas, a maior parte violeta, e os carimbos postais providos do selo "Poczta Polska". Prestei atenção a que nenhum dos envelopes abrisse, porque, ainda que em presença de acontecimentos inelutáveis e suscetíveis de modificar a face do mundo, tinha de se preservar sempre a inviolabilidade da correspondência.

À medida que o fogo da metralhadora aumentava, a cratera naquele cesto de roupa tomado de cartas ia se aprofundando. Finalmente estimei que era suficiente, coloquei meu tambor ferido de morte no leito recém-cavado e o recobri cerradamente, não com três, mas com dez, com vinte envelopes enredados uns aos outros, tal como os pedreiros quando assentam tijolos para erigir uma parede sólida.

Mal terminara com tais medidas de precaução, das quais podia esperar alguma proteção para meu tambor contra as balas e os estilhaços de metralha, estalou na fachada do edifício do correio que dava para a praça Hevelius, aproximadamente à altura da sala de guichês, a primeira granada antitanque.

O correio polonês, edifício maciço de tijolo, podia receber tranquilamente certo número daqueles impactos sem temor de que à gente da Milícia Territorial fosse fácil terminar a coisa rapidamente e abrir uma brecha suficientemente grande para um ataque frontal como os que com tanta frequência haviam praticado a título de exercício.

Abandonei meu seguro depósito de cartas sem janelas, protegido por três repartições e o corredor do primeiro andar, para procurar Jan Bronski. Se eu procurava meu pai presuntivo, é óbvio que procurava ao mesmo tempo e ainda com maior afã o zelador inválido Kobyella. Afinal tinha na véspera tomado o bonde e renunciado ao meu jantar para vir à cidade, até a praça Hevelius e aquele edifício postal, que aliás me era indiferente, com o propósito de consertar meu tambor. Por conseguinte, caso não conseguisse encontrar o zelador a tempo, ou seja, antes do assalto final que era de se esperar com segurança, mal poderia pensar na restauração de minha lata.

Assim, pensando em Kobyella, Oskar procurava Jan. Várias vezes percorreu, com os braços cruzados sobre o peito, o comprido corredor ladrilhado, mas não encontrou senão o ruído de seus passos. Sem dúvida, podia distinguir alguns tiros isolados, disparados do edifício do correio, entre a queima contínua de munições da gente da Milícia Territorial, o que lhe dava a entender que, em suas repartições, os parcos atiradores deviam ter trocado seus carimbos por outros apetrechos que igualmente serviram para marcar. No corredor não havia ninguém, nem de pé, nem estendido, nem pronto para um possível contra-ataque. O único que o patrulhava era Oskar, indefeso e sem tambor, exposto ao introito histórico de uma hora excessivamente matutina que sem dúvida não trazia nada de ouro na boca, mas, quando muito, chumbo.

Tampouco nas repartições que davam para o pátio encontrei vivalma. Incúria, observei. Deveriam cobrir a defesa também do lado da rua dos Serradores. A delegacia de polícia ali existente, separada do pátio e da rampa de encomendas postais por uma simples cerca de tábuas, constituía uma posição de ataque tão vantajosa como dificilmente se poderia encontrar em um livro com gravuras. Fiz ressoar meus passos nas repartições, no escritório de expedições certificadas, no dos vales postais, no do guichê para pagamentos de salários e no da recepção de telegramas; ali é que estavam, deitados atrás de pranchas blindadas, de sacos de areia e de móveis de escritório tombados, atirando intermitentemente, quase com avareza.

Na maioria dos escritórios algumas vidraças exibiam já os efeitos das metralhadoras da Milícia Territorial. Apreciei superficialmente os danos e estabeleci comparações com aquelas vidraças que, em tempo de profunda paz, haviam cedido sob o impacto de minha voz diamantina. Pois bem, se me pedissem uma contribuição para a defesa do correio polonês, se aquele pequeno dr. Michon se apresentasse a mim, não como diretor do correio, mas como comandante militar, para me tomar sob juramento a serviço da Polônia, minha voz não falharia: em benefício da Polônia e da economia polonesa, anárquica mas sempre disposta a um novo florescer, de boa vontade teria convertido em brechas negras, abertas às correntes de ar, todas as vidraças das casas defronte, da praça Hevelius, das janelas do bairro do Rähm, a série contínua de vidros da rua dos Serradores, inclusive os da delegacia de polícia, e, também, a uma distância recorde, as vidraças polidas do Passeio da cidade velha e da rua dos Cavaleiros, tudo isso em questão de minutos. Teria provocado confusão entre a gente da Milícia Territorial e também entre simples transeuntes. Teria suprido o efeito de várias metralhadoras pesadas e feito crer, desde o princípio da guerra, em armas milagrosas, mas não teria salvo o correio polonês.

Não se recorreu, todavia, a Oskar. Aquele dr. Michon de capacete de aço polonês em sua cabeça de diretor não me exigiu juramento algum, mas, ao descer, correndo eu a escada que conduzia à sala dos guichês e ao me meter impensadamente entre suas pernas, me deu um bofetão doloroso, para voltar a se dedicar imediatamente depois, praguejando em voz alta e em polonês, a suas tarefas defensivas. Não me restou outro remédio senão a bofetada. As pessoas, inclusive o dr. Michon, que afinal de contas era quem tinha a responsabilidade, estavam excitadas e temerosas e por conseguinte mereciam ser perdoadas.

O relógio da sala de guichês me disse que eram quatro e vinte. Quando marcou quatro e vinte e um, tive de admitir que as primeiras operações bélicas não haviam causado ao mecanismo dano algum. Andava, e eu não soube se devia interpretar aquela indiferença do tempo como presságio bom ou mau.

Seja como for, fiquei na sala de guichês, procurei Jan e Kobyella, evitei o dr. Michon, não encontrei meu tio nem o zelador, constatei danos nas vidraças da sala e alguns feios rombos na parede ao lado da porta principal, e fui testemunha quando levaram os dois primeiros feridos. Um deles, um senhor de certa idade com a risca cuidadosamente marcada ainda em seu cabelo grisalho, falava contínua e excitadamente enquanto lhe vedavam o arranhão de bala no braço. Mal tinham envolvido de branco o ferimento leve, quis se levantar, pegar seu fuzil e se deitar novamente atrás daqueles sacos de areia que pelo visto não eram à prova de bala. Que bom que um ligeiro desmaio provocado pela perda de sangue o obrigasse de novo a cair no chão e lhe impusesse esse repouso sem o qual um senhor de certa idade não recupera suas forças depois de um ferimento. Além disso, o pequeno quinquagenário nervoso que trazia um capacete de aço mas deixava ver o triângulo de um lenço de cavalheiro que saía do bolso peitoral civil, aquele senhor que tinha os gestos nobres de um cavalheiro funcionário, que era doutor e se chamava Michon, que na véspera havia submetido Jan a um interrogatório rigoroso, ordenou agora ao senhor ferido de certa idade que guardasse repouso em nome da Polônia.

O segundo ferido jazia, respirando com dificuldade, sobre um enxergão e não mostrava a menor saudade dos sacos de areia. A intervalos regulares gritava forte e sem pudor, porque levara um tiro na barriga.

Oskar dispunha-se precisamente a inspecionar uma vez mais os homens que estavam detrás dos sacos de areia para encontrar por fim sua gente, quando quase simultaneamente dois impactos de granada, acima e ao lado da entrada principal, abalaram a sala. Os armários empurrados contra a porta abriram-se, liberando pacotes de documentos grampeados que literalmente alçaram voo, desprenderam-se uns dos outros e, aterrissando e deslizando no ladrilho, vieram tocar e cobrir papéis que, segundo os princípios de uma contabilidade regular, nunca deveriam ter encontrado. Inútil dizer que o restante das vidraças pulverizou-se, e da parede e do teto desceram algumas placas mais ou menos grandes de reboco e estuque. Por entre nuvens de gesso e cal arrastavam outro ferido até o meio da sala, mas logo, por ordem do capacete de aço dr. Michon, levaram-no pela escada ao primeiro pavimento.

Oskar seguiu os homens que carregavam o funcionário do correio que gemia a cada degrau; ninguém o mandou voltar, lhe pediu explicações ou, como fizera pouco antes o dr. Michon com sua grosseira mão masculina, lhe deu um bofetão. Com efeito, esforçava-se por não se meter entre as pernas defensoras do correio de nenhum adulto.

Ao chegar ao primeiro andar atrás do cortejo vagaroso, vi confirmado meu pressentimento: levavam o ferido para aquele local sem janelas e por conseguinte seguro que servia de depósito para as cartas e que, na realidade, eu já tinha reservado para mim. Como não havia nenhum colchão disponível, decidiram pelos cestos, um pouco curtos mas bastante macios, como base de repouso para os feridos. Já lamentava ter enterrado meu tambor em um daqueles cestos de roupa com rodas. Não atravessaria talvez o sangue daqueles carteiros e empregados de guichê, rasgados e perfurados, os dez ou vinte envelopes de papel, conferindo ao meu tambor uma cor que até ali só conhecera em forma de esmalte? Que tinha meu tambor de comum com o sangue da Polônia? Que colorissem com aquele suco seus documentos e seu mata-borrão! Que esvaziassem, se preciso, o azul de seus tinteiros e os enchessem de vermelho! Que tingissem seus lenços e a metade de suas camisas engomadas, se outro remédio não houvesse, à vermelha maneira polonesa! Ao fim e ao cabo, tratava-se da Polônia e não de meu tambor! Mas se o que se propunha era que em caso de se perder a Polônia esta se perdesse em alvirrubro, era indispensável que se perdesse também meu tambor, tornando-o mais que suspeito graças à pintura fresca?

Pouco a pouco se foi apoderando de mim essa ideia: não se trata em absoluto da Polônia, mas de meu maltratado tambor. Jan tinha me atraído ao correio para proporcionar aos funcionários, aos quais a Polônia não bastava como guia, uma insígnia que os inflamasse. Durante a noite, enquanto eu dormia em meu cesto de cartas com rodas, mas sem rodar nem sonhar, os empregados do correio de guarda haviam sussurrado entre si, como senha: um tambor moribundo de criança buscou refúgio entre nós. Somos poloneses e temos que defendê-lo, sobretudo porque a Inglaterra e a França concluíram conosco um pacto de garantia.

Enquanto em frente à porta entreaberta do depósito de cartas me entregava a semelhantes considerações inúteis e abstratas que coibiam minha liberdade de ação, ouviu-se pela primeira vez no pátio do correio o matraquear das metralhadoras. Tal como eu havia previsto, a Milícia Territorial intentava seu primeiro assalto a partir da delegacia de polícia da rua dos Serradores. Pouco depois, nossos pés se despegaram do solo: os da milícia tinham conseguido estourar a porta do depósito de encomendas sobre a rampa dos desembarques postais. Ato contínuo penetraram no depósito e em seguida no local de recepção de encomendas: a porta do corredor que conduzia à sala de guichês já estava aberta.

Os homens que haviam subido e depositado o ferido naquele cesto de cartas que ocultava meu tambor saíram precipitadamente; outros seguiram-nos. Guiando-me pelo ruído, cheguei à conclusão de que se estava lutando no corredor do pavimento térreo, depois na recepção de encomendas. A Milícia Territorial foi obrigada a se retirar.

Vacilando primeiro, mas em seguida resolutamente, Oskar penetrou no depósito das cartas. O ferido mostrava uma cara cinza-amarelenta, exibia os dentes e os globos oculares se moviam de um lado para outro atrás de pálpebras cerradas. Cuspia fios de sangue. Mas, como a cabeça estava para fora da borda do cesto, pouco perigo havia de sujar a correspondência. Oskar teve de se pôr na ponta dos pés para alcançar o interior do cesto. O assento do homem descansava exatamente no lugar onde se achava enterrado seu tambor. Procedendo primeiro com precaução, por respeito ao homem e às cartas, mas agindo logo com mais força e, finalmente, puxando e rasgando-os, conseguiu arrancar de debaixo do homem, que continuava gemendo, várias dúzias de envelopes.

Hoje posso dizer que já tocava a borda de meu tambor, quando alguns homens se precipitaram escada acima e ao longo do corredor. Voltavam; tinham rechaçado a milícia do depósito de encomendas, conseguido uma vitória momentânea; ouvia-os rir.

Escondido atrás de um dos cestos, esperei próximo da porta que os homens chegassem perto do ferido. Falando primeiro em voz alta e então praguejando entre os dentes, se puseram a lhe prestar primeiros socorros.

Na altura da sala de guichês explodiram duas granadas antitanque; depois outras duas, depois silêncio. As salvas dos navios de guerra fundeados no Porto Livre, em frente à Westerplatte, retumbavam a distância, com um grunhido regular e bonachão a que a gente acabava por se acostumar.

Sem ser notado pelos homens que estavam junto ao ferido, escapei do depósito de cartas, deixei meu tambor no fogo e saí outra vez em busca de Jan, meu tio e pai presuntivo, e também do zelador Kobyella.

No segundo andar achava-se a residência oficial do primeiro-secretário do correio, Naczalnik, que oportunamente teve de mandar a família para Bromberg ou Varsóvia. Primeiro inspecionei algumas peças que serviam de armazém e davam para o pátio, e por fim encontrei Jan e Kobyella no quarto das crianças.

Um cômodo agradável e claro, de forração alegre mas estragada em alguns pontos por balas perdidas de fuzil. Em tempos de paz, teria sido possível sentar-se ali atrás de alguma das janelas e distrair-se observando a praça Hevelius. Um cavalo de balanço ainda intacto, várias bolas, um forte cheio de soldados de chumbo a pé e a cavalo, espalhados, uma caixa de papelão aberta, cheia de trens de ferro e de vagões de carga em miniatura, várias bonecas em desordem; em resumo, um desperdício de brinquedos revelava que o primeiro-secretário do correio, Naczalnik, devia ser pai de duas crianças bem mimadas, um menino e uma menina. Que bom as crianças terem sido evacuadas para Varsóvia, me evitando o encontro com um par de irmãozinhos no estilo dos Bronski, que eu tão bem conhecia! Com certa satisfação maliciosa imaginava como deveria ter doído ao filho do primeiro-secretário a despedida de seu paraíso infantil repleto de soldadinhos de chumbo. Talvez tenha metido alguns ulanos no bolso da calça, para mais adiante, na ocasião das lutas pelo forte de Modlin, poder reforçar a cavalaria polonesa.

Oskar fala demais dos soldados de chumbo e, contudo, não pode furtar-se a uma confissão: sobre a prateleira superior de uma estante de brinquedos, livros com gravuras e jogos de prendas, alinhavam-se instrumentos musicais de tamanho reduzido. Um trompete cor de mel se levantava silencioso ao lado de um carrilhão que acompanhava os incidentes da luta, repicando a cada impacto de granada. À extrema direita estendia-se ao comprido, inclinado e multicolorido, um acordeão. Os pais foram esnobes o bastante para oferecer à sua descendência um pequeno violino de verdade com quatro cordas de violino de verdade. Ao lado do violino, travado por peças de um jogo de armar para que não saísse rodando, e mostrando sua branca redondez incólume, achava-se, por mais inverossímil que pareça, um tambor esmaltado de vermelho e branco.

De imediato nada fiz para baixar o tambor da estante por meus próprios meios. Oskar era perfeitamente consciente de seu alcance limitado e, nos casos em que sua estatura de anão resultava em impotência, permitia-se recorrer à complacência dos adultos.

Jan Bronski e Kobyella estavam estendidos atrás de alguns sacos de areia que cobriam o último terço das janelas que chegavam até o assoalho. Na janela esquerda ficava Jan, ao passo que Kobyella ocupava seu lugar à direita. Compreendi imediatamente que o zelador dificilmente teria tempo, agora, de resgatar e consertar meu tambor, que se achava debaixo daquele ferido que cuspia sangue e, sem dúvida alguma, iria ficando cada vez mais amassado. Porque Kobyella tinha agora trabalho de sobra: a intervalos regulares disparava seu fuzil por uma fenda aberta no muro de sacos de areia na direção da esquina da rua dos Serradores, por cima da praça Hevelius, onde, pouco antes da ponte do Radaune, acabavam de instalar um canhão antitanque.

Jan estava acocorado, escondia a cabeça e tremia. Reconheci-o apenas por seu elegante traje cinza-escuro, que agora, porém, se via coberto de poeira e areia. O cadarço de seu sapato direito, cinzento também, se desatara. Agachei-me e atei-o de novo. Quando apertei o laço, Jan estremeceu, deslizou um par de olhos demasiado azuis por cima de sua manga esquerda e fixou em mim um olhar incompreensivelmente azul e aquoso. Sem estar ferido, segundo Oskar pôde avaliar através de um exame superficial, chorava em silêncio. Jan Bronski tinha medo. Ignorando sua choradeira, apontei o tambor de lata do filho de Naczalnik e convidei Jan, com gestos inequívocos, a se aproximar da estante e pegar para mim o tambor, tomando para isso todas as precauções e se servindo do ângulo morto do quarto das crianças. Meu tio não me entendeu. Meu pai presuntivo tampouco me entendeu. O amante de minha pobre mãe estava tão ocupado e absorvido com seu próprio medo que meus gestos de pedido de auxílio não podiam fazer mais que aumentá-lo. Oskar teria podido gritar, mas temia ser descoberto por Kobyella, que só parecia atento ao ruído de seu fuzil.

Assim, pois, me estendi à esquerda de Jan detrás dos sacos de areia e me apertei ao seu lado, para comunicar ao meu desgraçado tio e pai presuntivo uma parte de minha serenidade habitual. Instantes depois, achei que estava de fato um pouco mais calmo. Minha respiração marcadamente regular conseguiu imprimir a seu pulso uma regularidade mais ou menos normal. Quando a seguir, muito depressa sem dúvida, voltei a lhe chamar a atenção acerca do tambor do filho de Naczalnik, procurando fazê-lo voltar a cabeça lenta e suavemente a princípio e, por último, de forma decidida, até a estante cheia de brinquedos, Jan não me entendeu pela segunda vez. O medo invadia-o de baixo para cima, refluía de cima para baixo e encontrava aí, provavelmente por causa das solas dos sapatos, uma resistência tão grande que tentava abrir espaço, mas era rechaçado de modo confuso pelo estômago, pelo baço e pelo fígado, e instalava-se na cabeça de tal maneira que os olhos azuis lhe saltavam e deixavam ver em seu branco algumas veiazinhas ramificadas que Oskar nunca tinha observado antes.

Custou-me tempo e trabalho fazer voltar os globos oculares de meu tio ao seu lugar e comunicar ao seu coração um mínimo de compostura. Mas toda minha aplicação a serviço da estética se mostrou inútil quando, pondo pela primeira vez em ação o obus mediano de campanha, a gente da milícia abateu, em tiro direto e apontando através do tubo, a grade de ferro da frente do prédio do correio, começando, para tanto, e com uma precisão admirável que revelava alto grau de treinamento, por tombar um após outro os pilares de tijolo, até que toda a grade acabou por desmoronar. Meu pobre tio sentiu a derrocada de cada um dos 15 a vinte pilares no âmago de sua alma e coração, e isso de forma tão sensivelmente apaixonada como se, junto com os pedestais, apenas houvessem tombado também no pó outros tantos ídolos imaginários que lhe fossem familiares e indispensáveis para sua existência.

Só assim se explica que Jan registrasse cada estrago de obus com um gritinho agudo que, com um pouco mais de empenho e de vontade, teria possuído, como meu grito vitricida, a virtude do diamante cortador de vidros. A verdade, porém, é que Jan gritava com veemência, mas igualmente sem plano algum, com o que só conseguiu finalmente que Kobyella rastejasse em nossa direção seu corpo ossudo de zelador inválido, levantasse sua cabeça de pássaro sem pestanas e passeasse por sobre nossa miséria comum umas pupilas cinzentas e aquosas. Sacudiu Jan. Este gemeu. Abriu-lhe a camisa e apalpou-lhe o corpo em busca de algum ferimento — dava-me vontade de rir — e, não encontrando sinal da menor lesão, derrubou-o de costas, agarrou-lhe o maxilar, sacudiu-o de um lado para outro, fê-lo estalar, obrigou o olhar azul bronskiano de Jan a aguentar o chamejante cinza aguado dos olhos kobyellanos, praguejou em polonês salpicando-lhe a cara de saliva e lhe meteu por fim nas mãos aquele fuzil que até então Jan havia deixado inativo sobre o piso junto da seteira que lhe fora especialmente reservada; pois sequer lhe havia soltado a trava. A culatra bateu-lhe secamente na tíbia. Aquela dor breve, a primeira de caráter corporal, depois de todas as demais dores morais, pareceu fazer-lhe bem, porque agarrou o fuzil, esteve a ponto de horrorizar-se ao sentir o frio do metal em seus dedos e a seguir no sangue, mas, estimulado em parte pelas pragas e em parte pelos argumentos de Kobyella, arrastou-se até a seteira.

Meu pai presuntivo tinha da guerra, apesar da exuberância de sua fantasia, uma ideia tão realista que lhe era de fato difícil, para não dizer impossível, ser valente, devido à sua falta de imaginação. Sem ter inspecionado, através da seteira que lhe havia sido reservada, o campo de tiro que se oferecia e sem haver buscado no mesmo um objetivo que valesse a pena, pôs-se a atirar com o fuzil oblíquo e afastado de si, esvaziou seu arsenal rapidamente e às cegas, por cima dos telhados da praça Hevelius, para voltar a se acocorar ato contínuo, com as mãos vazias, atrás dos sacos de areia. Naquele olhar implorativo que Jan lançou ao zelador de seu esconderijo lia-se a confissão contrita e embaraçada de um aluno que não fez o dever. Kobyella estalou várias vezes seu queixo, em seguida pôs-se a rir sonoramente e, como se não pudesse conter-se, interrompeu de repente sua risada de forma alarmante, e deu em Bronski, não obstante ser este, na qualidade de secretário do correio, seu superior hierárquico, três ou quatro pontapés na canela. E tomava já novo impulso, dispondo-se a cravar nas costelas de Jan seu borzeguim disforme, quando o fogo da metralhadora, recortando o que restava das vidraças superiores do quarto das crianças e abrindo frisos no teto, fê-lo baixar o calçado ortopédico, jogar-se atrás de seu fuzil e disparar rapidamente e mal-humorado, como se quisesse recuperar o tempo perdido com Jan, tiro após tiro — o que deve ser acrescentado ao desperdício de munições durante a Segunda Guerra Mundial.

Será que o zelador não me tinha notado? Ele, que via de regra podia ser tão severo e inacessível como só costumam ser esses inválidos de guerra empenhados em impor certa distância respeitosa, largou-me nesse acampamento exposto ao vento no qual o ar estava carregado de chumbo. Será que Kobyella pensou: este é um quarto de crianças e, por conseguinte, Oskar pode ficar e brincar durante as pausas do combate?

Não sei por quanto tempo estivemos estendidos daquela forma: eu entre Jan e a parede esquerda do quarto, ambos atrás dos sacos de areia, e Kobyella detrás de seu fuzil e disparando por dois. Por volta das dez o fogo amainou. Fez-se tamanho silêncio que eu podia perceber o zumbido das moscas, ouvir as vozes de comando procedentes da praça Hevelius e prestar ocasionalmente atenção ao abafado labor retumbante dos navios de linha no porto. Um dia de setembro, de sereno a nublado. O sol punha em todas as coisas uma fina película de ouro velho; tudo parecia sensível e, todavia, duro de ouvir. Nos próximos dias ia completar meu décimo quinto aniversário. E eu tinha pedido, como todos os anos em setembro, um tambor de lata, nada menos que um tambor de lata; renunciando a todos os tesouros do mundo, meus desejos se orientavam exclusiva e inalteravelmente para um tambor de lata esmaltado de branco e vermelho.

Jan não se mexia. Kobyella respirava de forma tão regular que Oskar pensava que já estaria dormindo e aproveitava a breve trégua para tirar uma sestazinha, pois, afinal, todos os homens, inclusive os heróis, necessitam de vez em quando de uma sestazinha reparadora. Eu era o único que tinha os cinco sentidos despertos e, com a inexorabilidade de minha idade, estava empenhado em conseguir meu tambor. Não é que só agora, enquanto aumentava o silêncio e diminuía o zumbido de uma mosca fatigada de verão, me voltasse ao pensamento o tambor do jovem Naczalnik. De modo algum; nem durante o combate, envolto ainda no ruído da batalha, Oskar o tinha perdido um só momento de vista. Agora, porém, apresentava-se aquela oportunidade que todos os meus pensamentos me incitavam a não desperdiçar.

Oskar levantou-se lentamente e, evitando os estilhaços de vidraça, dirigiu-se sigilosamente, mas nem por isso de maneira menos deliberada, para a estante onde se encontrava o brinquedo, e já estava construindo um pedestal feito de uma cadeirinha de criança mais uma caixa de jogo do arquiteto superposta, quando me alcançaram a voz e, a seguir, a mão seca do zelador. Desesperado indiquei o tambor já tão próximo. Kobyella me puxou para trás. Estendi meus dois braços para o tambor. O inválido vacilava já, dispunha-se já a levantar os braços para me fazer feliz, quando de repente o fogo da metralhadora atacou o quarto das crianças e, frente à porta da entrada, estalaram novas granadas antitanques; Kobyella me lançou ao canto onde estava Jan Bronski, deitou-se de novo atrás do fuzil e o carregava já pela segunda vez, enquanto eu continuava com o olhar ainda grudado no tambor.

Ali jazia Oskar, e Jan Bronski, meu suave tio de olhos azuis, sequer levantou o nariz quando a cabeça de pássaro com o pé disforme e o olhar aguado me atirou, sem pestanejar, para aquele canto, atrás dos sacos de areia, quando estava tão perto do objetivo. Não é que Oskar chorasse. Em absoluto! Antes ia se acumulando em meu peito a cólera. Uns vermes gordos, branco-azulados, carentes de olhos, multiplicavam-se, procuravam um cadáver que valesse a pena: que me importava a Polônia? Que era isso, a Polônia? Não tinham a sua cavalaria, não é? Pois que cavalgassem! Beijavam a mão das damas e só muito tarde se davam conta de que não eram os dedos lânguidos de uma dama, mas a boca sem arrebique de um canhão de campanha que haviam beijado. E eis que já estava descarregando a donzela da família Krupp. Ela lambia os lábios, imitava mal e contudo autenticamente os ruídos de batalha que se ouvem nos jornais da tela, lançava rebuçados fulminantes contra a entrada principal do correio, queria abrir uma brecha e a abriu, e através da sala de guichês aberta queria roer a caixa da escada, para que ninguém pudesse mais subir ou descer. E seu séquito atrás das metralhadoras, inclusive as dos elegantes carros blindados de reconhecimento que traziam pintados a pincel preciosos nomes como "Fronteira Leste" e "País Sudeto", não conseguia saciar-se, mas corria de um lado para outro, diante do correio, blindado, reconhecendo e armando estrépito: duas mocinhas ávidas de cultura, que desejavam visitar um castelo, mas o castelo ainda estava fechado. Isso excitava a impaciência das belas mimadas que queriam entrar, e as obrigava a lançar a todos os aposentos visíveis do castelo olhares cinza-chumbo, penetrantes, do mesmo calibre que causavam à gente do castelo calor e frio e estremecimentos.

Precisamente um dos carros blindados de reconhecimento — creio que o "Fronteira Leste" — lançava-se outra vez contra o correio a partir da rua dos Cavaleiros, quando Jan, meu tio, que há algum tempo parecia estar sem vida, moveu a perna para a seteira e a levantou, na esperança de que um carro de reconhecimento a reconhecesse e nela atirasse ou de que alguma bala perdida dele se compadecesse e, roçando-lhe a barriga da perna ou o calcanhar, lhe infligisse aquele ferimento que permite ao soldado empreender uma retirada exageradamente claudicante.

Tal posição era difícil de ser mantida por muito tempo. De quando em quando Jan se via obrigado a relaxar. E então trocou de posição. Deitado de costas e segurando a perna com ambas as mãos, foi capaz de expor a barriga da perna e o tornozelo por um considerável período, melhorando bastante as perspectivas de ser atingido por uma bala adrede dirigida ou extraviada.

Com toda a indulgência que tinha então por Jan — e tenho ainda hoje — não pude deixar de compreender também a cólera de Kobyella ao ver o seu superior hierárquico, o secretário do correio Bronski, naquele estado lamentável e desesperador. Com um salto o zelador se pôs de pé, com outro estava já junto de nós, não, sobre a gente, e já estava agarrando, agarrava a roupa de Jan e dentro da roupa o próprio Jan, e levantou o pacote, atirou-o com violência no assoalho, fez estalar a roupa, bateu com a esquerda aguentando com a direita, tomou impulso com a direita, deixou cair a esquerda, agarrou-o ainda em voo com a direita e se dispunha a arrematar com a esquerda e a direita de uma vez e a fulminar Jan Bronski, tio e pai presuntivo de Oskar, quando, de súbito, ouviu-se um tilintar, penso que como o dos anjos quando cantam em honra de Deus, e zumbiu como zumbe o éter no rádio, e não atingiu Bronski, não, mas Kobyella. Que colossal brincadeira essa granada tinha se permitido; os tijolos voaram em pedaços e as vidraças viraram poeira, o reboco voltou à condição de farinha, a madeira encontrou seu machado, e todo o quarto das crianças pulava comicamente numa perna só; e aí as bonecas Käthe-Kruse se arrebentaram, aí o cavalo de balanço desembestou, lamentando não ter um cavaleiro para derrubar da sela, aí se fizeram evidentes os defeitos de construção do jogo de arquiteto Märklin e os ulanos poloneses ocuparam em um só movimento os quatro ângulos do quarto, e aí, por fim, caiu a estante com os brinquedos: e o carrilhão anunciava a Páscoa com seus repiques, o acordeão soava desesperado, o trompete soprou algo para alguém, tudo deu o tom ao mesmo tempo, como uma orquestra em ensaio: ouviu-se gritar, estourar, relinchar, repicar, estilhaçar, rebentar, ranger, estridular, cantar, tudo muito alto, o que não impedia que baixinho minassem as fundações. A mim, contudo, a mim, que ao explodir o obus me achava, como convém a um neném de três anos, no nicho do anjo da guarda do quarto das crianças, a mim veio às mãos a lata, veio às minhas mãos o tambor — e o novo tambor de Oskar tinha apenas umas rachas no esmalte e não apresentava, em contrapartida, o menor orifício.

Ao levantar os olhos do objeto de minha recente aquisição que, por assim dizer, viera rodando diretamente até meus pés como por encanto, me vi na obrigação de ajudar Jan Bronski. Não conseguia tirar de cima de si o pesado corpo do zelador. A princípio supus que Jan também estivesse ferido, porque gemia de forma bastante natural. Ao final, todavia, quando fizemos rodar para um lado Kobyella, que gemia com idêntica naturalidade, ficou claro que os danos no corpo de Jan eram insignificantes. Tinha simplesmente alguns arranhões na bochecha direita e no dorso de uma das mãos, provocados por estilhaços de vidro. Uma rápida comparação revelou que meu pai presuntivo tinha o sangue mais claro que o do zelador, que sangrava, de forma escura e suculenta, na altura das coxas, colorindo a perna da calça.

Quanto a saber quem rasgara e virara ao avesso a elegante jaqueta de Jan, não havia maneira de se esclarecer. Teria sido Kobyella ou a granada? Cobria-o como um trapo, tinha o forro desprendido, os botões soltos, as costuras rotas e os bolsos para fora.

Peço indulgência para meu pobre Jan Bronski, que, antes de arrastar Kobyella para fora do quarto das crianças, com minha ajuda, começou a recolher tudo o que o feio vendaval sacudira fora de seus bolsos. Encontrou seu pente, as fotografias dos entes queridos — entre elas havia uma de busto de minha pobre mamãe — e seu porta-níqueis que nem sequer se abrira. Com grande esforço, e não sem perigo, já que o temporal havia varrido em parte a proteção dos sacos de areia, pôs-se a recolher as cartas de *skat* espalhadas pelo quarto; queria reunir as 32 e, não encontrando a trigésima segunda, sentia-se desgraçado. Quando Oskar a encontrou entre duas casas de boneca destruídas e estendeu-a, tomou-a com um sorriso, apesar de ser o sete de espadas.

Quando arrastamos Kobyella para fora do quarto das crianças e nos encontrávamos no corredor, o zelador reuniu a energia necessária para dizer algumas palavras inteligíveis a Jan: "Está tudo aqui?", perguntou preocupado o inválido. Jan meteu a mão na calça, entre as pernas do velho, comprovou estar tudo no devido lugar e, com a cabeça, fez um sinal afirmativo.

Todos éramos felizes. Kobyella conseguira manter o orgulho, Jan Bronski tinha as 32 cartas do *skat*, inclusive o sete de espadas, e Oskar levava um novo tambor de lata que a cada passo se chocava contra seu joelho, enquanto o zelador, debilitado pela perda de sangue, era transportado, por Jan e um indivíduo a que este chamava de Victor, para baixo, rumo ao depósito de cartas.

O castelo de cartas

Victor Weluhn nos ajudou a transportar o zelador que, apesar da hemorragia crescente, se tornava cada vez mais pesado. A essa altura, Victor, que era muito míope, trazia ainda seus óculos e não tropeçava nos degraus de pedra da escada. Victor era de ofício carteiro de vales postais, o que em se tratando de um míope pode parecer inverossímil. Hoje, sempre que se fala dele, chamo-o de pobre Victor. Da mesma forma que minha mãe se converteu, em virtude de um passeio familiar ao molhe do porto, em minha pobre mamãe, assim também converteu-se o carteiro de vales postais Victor, ao perder os seus óculos — o que se verificou devido a outras circunstâncias —, no pobre Victor.

— Tornou a ver o pobre Victor? — pergunto a meu amigo Vittlar em dias de visita. Mas, desde aquela viagem no bonde de Flingern a Gerresheim — de que ainda haveremos de falar —, Victor Weluhn se perdeu de nós. Cabe apenas esperar que seus beleguins também o procurem em vão, que haja encontrado seus óculos ou uns óculos adequados e que eventualmente, míope, mas de óculos, continue da mesma forma fazendo felizes as pessoas com cédulas coloridas e moedas sonoras, não mais a serviço do correio polonês e sim na qualidade de carteiro de vales postais do correio federal alemão.

— Que desastre! — dizia Jan, que agarrara Kobyella do lado esquerdo, arquejante.

— E como acabará isso, se os ingleses e os franceses não vêm? — perguntava preocupado Victor, que carregava o zelador pelo lado direito.

— Mas virão! Rydz-Smigly disse ontem ainda no rádio: Temos a garantia: se nos atacam, a França se levantará como um só homem! — Foi com esforço que Jan conservou o aprumo até o final da frase, pois a visão de seu próprio sangue no arranhão do dorso da mão não punha em dúvida o tratado de garantia franco-polonês, evidentemente, mas permitia temer que Jan pudesse se esvair até a morte antes que a França se levantasse como um só homem e, conforme a garantia prestada, assaltasse a Linha Siegfried.

— Com certeza estão a caminho. E a estas horas a frota inglesa já deve estar sulcando o Báltico! — Victor Weluhn gostava de expressões fortes, retumbantes. Parou na escada, a mão direita ocupada com o corpo do zelador ferido, e levantou a esquerda, teatralmente, uma mão que conferia eloquência a seus cinco dedos: — Vinde, bravos britânicos!

Enquanto os dois, lentamente, sem deixar de considerar as relações polano-franco-britânicas, transferiam Kobyella para o hospital de emergência, Oskar folheava mentalmente os livros de Gretchen Scheffler em busca de passagens adequadas à situação. *História da cidade de Dantzig*, de Keyser: "Durante a guerra franco-prussiana do ano 71, quatro navios de guerra franceses penetraram à tarde de 21 de agosto de 1870 na baía de Dantzig, atravessaram diante do ancoradouro e apontavam já seus canhões para o porto da cidade, quando, ao anoitecer, a corveta a motor *Nymphe* sob o comando do capitão de corveta Weickhmann obrigou a frota ancorada do Putziger Wieck a se retirar."

Pouco antes de atingir o depósito de cartas do primeiro andar, cheguei à seguinte conclusão, que os fatos mais tarde viriam confirmar: enquanto o correio polonês e toda a extensão da Polônia sofriam o assalto, a Home Fleet achava-se estacionada, mais ou menos ao abrigo, em algum fiorde do norte da Escócia; o grande exército francês prolongava seu almoço e pensava ter cumprido o tratado de garantia franco-polonês mandando algumas patrulhas de reconhecimento adiante da Linha Maginot.

Em frente ao depósito-ambulância alcançou-nos o dr. Michon, que continuava usando seu capacete e exibindo no bolso do peito seu lencinho de cavalheiro, juntamente com o enviado de Varsóvia, um tal Konrad. Instantaneamente se patenteou, com mil variações e simulando toda sorte de ferimentos graves, o medo de Jan Bronski. Enquanto Victor Weluhn, que não estava ferido e com seus óculos podia ser um atirador razoável, foi mandado para a sala de guichês do pavimento térreo, pudemos permanecer no local sem janelas, que se achava precariamente iluminado por algumas velas, porque a Companhia de Eletricidade de Dantzig já não estava disposta a fornecer energia ao correio polonês.

O dr. Michon, que não parecia ter acreditado nos ferimentos de Jan, mas que, de qualquer maneira, tinha pouca fé em meu tio como elemento ativo na defesa do prédio do correio, deu a seu secretário a ordem de que, agora na qualidade de enfermeiro, cuidasse dos feridos e vigiasse a mim — acariciou-me de modo fugaz e, segundo me pareceu, desesperado — para que o menino não fosse se meter nas operações bélicas.

Um impacto de obus de campanha na altura da sala de guichês fez a gente cambalear. O capacete de aço Michon, o enviado de Varsóvia Konrad e o carteiro de vales postais Weluhn se precipitaram todos para seus postos de combate. Encontramo-nos, Jan e eu, em companhia de sete ou oito feridos em um local fechado que amortecia o ruído da luta. Nem as velas bruxuleavam especialmente quando lá fora o canhão de campanha se zangava. Reinava ali o silêncio, apesar dos gemidos ou talvez por causa deles. Jan amarrou rápida e desajeitadamente a coxa de Kobyella com tiras cortadas de um lençol; depois preparou-se para pensar em suas próprias feridas. Mas a bochecha direita e o dorso da mão de meu tio já não sangravam. Os arranhões, cobertos de crosta, calavam, mas podiam continuar a doer e a alimentar o medo de Jan, que naquele local baixo e asfixiante não achava saída. Freneticamente revistou os bolsos e encontrou o jogo completo: *skat*! Daí até o amargo fim jogamos *skat*.

Trinta e duas cartas foram embaralhadas, cortadas, distribuídas e jogadas. Como todos os cestos de cartas estavam ocupados com feridos, pusemos Kobyella encostado num deles e, como a cada momento ameaçava cair para a frente, atamo-lo por fim com os suspensórios de outro ferido, ordenamos que se mantivesse firme e o proibimos de deixar cair as cartas, pois necessitávamos dele. Que podíamos fazer sem o terceiro homem indispensável para o *skat*? Quanto aos que estavam nos cestos, dificilmente teriam conseguido distinguir o vermelho do preto e já não tinham disposição para jogar *skat*. Na realidade, tampouco Kobyella tinha disposição para jogar *skat*. O que queria era se deitar. O zelador desejava não se preocupar e deixar o barco correr. Com suas mãos de zelador inativas uma vez na vida e os olhos sem pestanas cerrados, desejava contemplar os últimos trabalhos de demolição. Como não podíamos permitir semelhante fatalismo, atamo-lo e o forçamos a entrar de terceiro parceiro, enquanto Oskar jogava de segundo — e ninguém estranhava que o três vinténs de gente soubesse jogar *skat*.

Sim, quando pela primeira vez emprestei minha voz à fala dos adultos e disse "Dezoito!", Jan me olhou levantando a vista de suas cartas, de forma breve e maravilhosamente azul, mas fez que sim com a cabeça, e eu continuando: "Vinte!" Jan, sem vacilar: "Sigo". E eu: "Dois? E o três? Vinte e quatro!", e Jan, pesaroso: "Passo." E Kobyella? Apesar dos suspensórios, de novo estava caindo. Voltamos a endireitá-lo e esperamos que se apagasse o ruído de um impacto de granada em algum lugar afastado de nosso quarto, para que Jan cochichasse, ao restabelecer-se o silêncio: "Vinte e quatro, Kobyella. Não ouviu o menino cantando?"

Não sei de que profundezas abissais emergiu o zelador. Parecia precisar de alavancas para erguer as pálpebras. Finalmente, deixou errar seu olhar aquoso pelas dez cartas que Jan, discretamente e sem trapaça, lhe havia posto previamente na mão.

— Passo — disse Kobyella. Ou, melhor dizendo, lemos em seus lábios, demasiado ressequidos, sem dúvida, para poder falar.

Joguei um paus simples. Para poder fazer as primeiras vazas, Jan, que jogava contra, teve de gritar ao zelador e cutucá-lo afetuosa mas rudemente nas costelas, a fim de que se concentrasse e não deixasse de participar; porque comecei por destrunfar, sacrifiquei logo o rei de paus que Jan tomou com o valete de espadas, mas voltei a conduzir, posto que tinha falta de ouros, cortando o ás de ouros de Jan com trunfo e puxei logo seu dez de copas com meu valete — Kobyella jogou o nove de ouros — e fiquei senhor absoluto com minhas copas: com um jogo a um são dois, contestado, três, e um quatro, quatro e dois seis, por oito dos paus, são 48, ou seja, 12 *pfennige*. Só na mão seguinte — arriscava eu um contrato mais que perigoso sem dois valetes — a coisa animou, ao me cortar Kobyella, que tinha os outros dois valetes, mas havia passado a 38, o valete de ouros com o de paus. O zelador, a quem a jogada de certo modo reanimara, saiu com ás de ouros e tive que assistir, Jan se desfez do dez, Kobyella ganhou a vaza e jogou o rei, que eu deveria ter cortado, mas não o fiz; em vez disso descartei o oito de paus, enquanto Jan fazia o que podia, assumiu inclusive a mão com o dez de espadas, eu cortei, mas, raios! Kobyella matou com o valete de espadas, do qual havia me esquecido ou pensava que Jan o teria, mas o tinha Kobyella, que matou e, naturalmente, jogou espadas, eu tive de descartar, Jan fez o que pôde, até que finalmente entraram as copas, mas já nada restava a fazer: 52 havia eu contado de um lado e outro: jogos em valetes por três vezes do contrato pleno são sessenta perdido cento e vinte ou trinta *pfennige*. Jan me emprestou dois florins em dinheiro trocado e paguei, mas, apesar de ter ganho, Kobyella voltara a desabar, não queria receber o pagamento, nem sequer a granada antitanque que agora explodia pela primeira vez na escada lhe fez efeito algum, não obstante tratar-se de sua escada, a que ele havia lavado e asseado por vários anos ininterruptamente.

De novo o medo tomou posse do coração de Jan, quando uma explosão sacudiu a porta de nosso depósito de cartas e as chamas das velas não sabiam o que se passava ou para que lado deviam se inclinar. E inclusive quando na escada voltava a reinar uma tranquilidade relativa e a granada antitanque seguinte explodiu na fachada externa, mais afastada, Jan Bronski se mostrava agitado ao embaralhar, equivocando-se duas vezes ao dar as cartas; mas eu já não disse mais nada. Enquanto continuassem atirando, Jan seria inacessível a qualquer observação, era um perpétuo sobressalto, descartava mal, esquecia-se inclusive de tapar as cartas, e não deixava de estender suas orelhas pequenas e bem-feitas, sensualmente carnudas, aos ruídos do exterior, enquanto aguardávamos com impaciência que continuasse o jogo. Contudo, enquanto Jan perdia cada vez mais suas possibilidades de concentração no jogo, Kobyella, ao contrário, quando não estava precisamente a ponto de desmoronar ou necessitava do cutucão nas costelas, não perdia um detalhe. E não jogava tão mal quanto era de esperar em seu estado geral. Com efeito, só desmoronava quando havia vencido uma rodada ou quando, jogando contra, deixava de cumprir com Jan ou comigo um grande contrato. Pouco se lhe dava perder ou ganhar: o que lhe interessava era o jogo em si, e quando contávamos ou voltávamos a contar, ficava dependurado, ladeado dos dois suspensórios e só permitia que o gogó, subindo e descendo de forma terrível, desse sinais de vida do zelador Kobyella.

Também Oskar sentia a tensão desse *skat* entre três homens. Não porque os ruídos e as sacudidas relacionadas com o cerco e a defesa do prédio do correio fossem excessivamente pesados para meus nervos; era sobretudo por aquele primeiro abandono repentino, e em minha opinião temporário, de todo disfarce. Até aquela data, me expusera sem dissimulação apenas ante meu mentor, Bebra, e sua dama sonâmbula, Roswitha; e agora me revelava diante de meu tio e pai presuntivo e de um zelador inválido como um adolescente de 15, segundo seu registro de nascimento, que jogava *skat* com alguma temeridade, sem dúvida, mas não de todo mal. É bem verdade que mais tarde esses dois não poderiam de modo algum funcionar como testemunhas. Esses esforços, conformes com minha vontade mas em desacordo com minhas proporções de anão, me provocaram, em apenas meia hora de jogo, violentas dores nos membros e na cabeça.

Oskar sentia vontade de abandonar a partida, e não lhe teria faltado oportunidade, por exemplo, entre duas das explosões que sacudiram o prédio, de fugir, não fosse por um senso de responsabilidade inédito que o obrigava a aguentar e a combater o medo de seu pai presuntivo com o único recurso eficaz: o jogo de *skat*.

Continuamos, pois, jogando e proibimos Kobyella de morrer. Ele não conseguiu: eu estava demasiado atento a que as cartas circulassem constantemente. E quando, após nova explosão na caixa da escada, caíram as velas e as chamas se extinguiram, fui eu que, com a indispensável presença de espírito, fiz o que obviamente cabia fazer: tirar os fósforos do bolso de Jan e, pegando ao mesmo tempo seus cigarros de boquilha dourada, devolver a luz ao mundo. Acendi para Jan um de seus Regatta a título de calmante e restabeleci, uma após outra, as chaminhas, antes que Kobyella, aproveitando a escuridão, pudesse nos escapar.

Oskar assentou duas velas em seu tambor novo e manteve dois cigarros ao alcance da mão, sem a menor intenção de desfrutar pessoalmente o tabaco, mas para oferecê-los a Jan um após outro; pôs também um na boca contorcida de Kobyella, e a situação melhorou: o jogo reanimou-se, o fumo consolou, acalmou, mas não conseguiu impedir que Jan perdesse partida após partida. Suava e, como sempre que se concentrava em algo, fazia cócegas com a ponta da língua no lábio superior. Chegou a se animar a tal ponto que em seu ardor chamava-me de Alfred e Matzerath, e tomou Kobyella por minha pobre mãe. E quando no corredor alguém gritou "Acertaram o Konrad!" me olhou com ar de reprovação, dizendo: "Por favor, Alfred, desligue o rádio. Não se entende nada!"

A indignação do pobre Jan aumentou quando se abriu a porta de nosso depósito e trouxeram Konrad, que, efetivamente, tinha levado uma definitiva.

— A porta! — protestou. — Não veem que tem corrente de ar?
— E era verdade. As velas bruxulearam de maneira inquietante e não voltaram a acalmar-se até que os homens que haviam deixado Konrad a um canto, como se solta um saco, fecharam a porta atrás de si. Tínhamos, os três, um ar fantástico. A luz das velas batia em nós por baixo e conferia-nos o aspecto de bruxos poderosos. Kobyella anunciou suas copas sem valetes e disse — ou melhor, gorgolejou — 27, trinta,

deixando ao mesmo tempo rodar os olhos de um lado para outro; no ombro esquerdo algo queria sair e brincava e se agitava loucamente, até que por fim cessou. Aí todo ele desabou para a frente, arrastando sobre suas rodas o cesto de roupa com as cartas e o morto sem suspensórios; Jan, concentrando toda sua força em apenas um golpe, deteve Kobyella e o cesto de roupa, e Kobyella, impedido assim mais uma vez de escapulir, pôde finalmente articular seu "copas", e Jan cochichar seu "dobro" e Kobyella replicar "redobro". Então Oskar compreendeu que a defesa do correio polonês tinha sido eficaz e que aqueles que estavam atacando haviam já perdido a guerra que mal acabava de se iniciar, mesmo se no curso dela conseguissem ocupar o Alasca e o Tibete, a ilha de Páscoa e Jerusalém.

O único mal foi Jan não poder jogar até o final sua cartada com quatro valetes, que tinha ganho.

Começou com a frota de paus, chamava-me agora de Agnes, enquanto Kobyella tornara-se seu rival Matzerath, jogou a seguir, com toda a hipocrisia, o valete de ouros — aliás, preferia que me confundisse com minha pobre mamãe que com Matzerath —, depois o valete de copas —, com Matzerath não queria eu que me confundissem em nenhum caso —, e esperava com impaciência que aquele Matzerath que na realidade era inválido e zelador e se chamava Kobyella jogasse sua carta, o que demorou algum tempo, para logo soltar seu ás de copas, não queria nem podia compreender. Nunca havia compreendido bem; só tinha olhos azuis e cheirava a água-de-colônia, mas nunca teve ideia nem pôde compreender; agora, portanto, não compreendia por que Kobyella de repente deixara cair todas as cartas, arrastara o cesto de roupas com as cartas e o morto. Caiu o primeiro morto, logo uma porção de cartas e finalmente o cesto inteiro, de fino trançado, inundando-nos com uma enchente de correspondência, como se fôssemos os destinatários, como se agora fosse a nossa vez de abandonar o jogo e começar a ler cartas ou a colecionar selos. A Jan, porém, pouco interessava ler ou colecionar, pois desde criança muito colecionara, e o que agora se impunha era jogar, jogar sua grande cartada até o final e ganhar; o que Jan queria era vencer. Assim, ergueu Kobyella e assentou o cesto sobre suas rodas, negligenciando, contudo, o morto e as cartas que não repôs no cesto, de modo que este ficou sem peso suficiente; e, contudo, surpreendeu-se quando Kobyella, atado ao cesto móvel e leve, mostrou que carecia de um apoio sólido e se foi inclinando mais e mais, até que Jan gritou para ele: "Vamos, Alfred, por favor, não seja desmancha-prazeres! Está ouvindo? Vamos acabar esta partida e daí vamos para casa, está bem?"

Fatigado, Oskar pôs-se de pé, venceu a dor crescente dos membros e da cabeça, apoiou as pequenas mãos tenazes de tambor sobre os ombros de Jan Bronski e se obrigou a dizer em voz baixa, mas imperativa: "Deixe-o, papai. Está morto e não pode mais. Se você quiser, podemos jogar sessenta e seis."

Jan, a quem eu acabara de chamar de pai, liberou o que restava dos despojos carnais do zelador, fixou em mim um olhar cada vez mais azul, transbordante, e desatou a chorar: nãonãonãonãonão... Acariciei-o, mas ele ainda dizia não. Beijei-o significativamente, mas ele só pensava em sua grande cartada que não havia podido jogar até o final.

— Eu a teria ganho, Agnes, esteja certa de que este jogo era meu. — Lamentava-se comigo como se eu fosse mamãe; e eu — seu filho — prestava-me ao papel e lhe dava razão, jurando que teria ganho, que no fundo ele de fato já a tinha ganho, que simplesmente devia acreditar no que sua Agnes lhe estava dizendo. Mas Jan não acreditava nem em mim nem em mamãe, continuava chorando, primeiro alto, a seguir um chorinho débil e monótono, enquanto extraía as cartas de *skat* de sob a montanha esfriada de Kobyella, entre as pernas deste, em meio à avalanche de envelopes; não se concedeu repouso até juntar as 32. Uma por uma, foi limpando as cartas do sangue grosso que ressumava de Kobyella através da calça. De novo começou a embrulhá-las e queria voltar a dar, até que por fim compreendeu, atrás da pele de sua testa, bem-conformada e não tão estreita mas demasiado lisa e impermeável, que neste mundo já não havia um terceiro para o *skat*.

Fez-se um grande silêncio no depósito de correspondência. Também os de fora se acomodaram a um prolongado minuto em memória do último companheiro de *skat* e terceiro homem. Oskar teve a impressão de que a porta se abria sem ruído. E ao olhar de soslaio por cima do ombro, preparado para qualquer eventualidade sobrenatural, percebeu a cara estranhamente cega e vazia de Victor Weluhn. "Perdi meus óculos, Jan. Você ainda está aí? Temos que partir. Os franceses não vêm, ou chegarão tarde demais. Venha comigo, Jan. Vá me guiando, pois perdi meus óculos."

Talvez o pobre Victor tenha pensado que se enganou de quarto. Porque, sem obter resposta, sem encontrar seus óculos ou o braço de

Jan pronto para a fuga, retirou sua cara sem óculos, cerrou a porta e pude ouvi-lo quando dava alguns passos: Victor, às apalpadelas, fendendo a bruma, empreendia sua fuga.

Que coisa tão cômica teria passado pela cabecinha de Jan? Começou a rir, primeiro baixinho e ainda entre lágrimas, mas logo sonora e alegremente, meneou sua língua fresca, rosada, pontiaguda, feita para toda sorte de ternuras, lançou ao ar o baralho, voltou a caçá-lo no voo e finalmente, no meio daquele quarto com seus homens mudos e suas cartas, naquele silêncio domingueiro que reinava ali, começou a construir, com movimentos cautelosamente ponderados e contendo a respiração, um castelo de cartas sumamente delicado. O sete de espadas e a dama de paus formavam a base. Sobre essas, uma de ouros, o rei. Ao lado dessa primeira coluna estável levantou outra com o nove de copas e o ás de espadas sustentando o oito de paus. Uniu depois as duas bases com outros dez e valetes postos de lado, com damas e ases planos de través, de modo que o todo se sustentava em suas partes. Em seguida, decidiu superpor ao segundo um terceiro andar, o que fez com aquelas mãos de mago encantador que mamãe deve ter conhecido por ocasião de outras cerimônias análogas. E ao encostar a dama de copas no rei com o coração vermelho, o edifício não ruiu: mantinha-se de pé, aéreo, sensível e respirando de leve, naquele quarto cheio de mortos que não respiravam e de vivos que continham o alento. Permitiu-nos juntar as mãos e fez o cético Oskar, que contemplava o castelo de cartas como mandam as regras, esquecer a acre fumarada e o fedor que se filtravam lentamente e em espiral pelas fendas da porta do depósito de correspondência e davam a impressão de que aquele quartinho onde se erigia um castelo de cartas confinava diretamente com o inferno.

Trouxeram lança-chamas; temendo um ataque frontal, decidiram incendiar os últimos defensores. A operação foi conduzida com tanto sucesso que o dr. Michon, tirando seu capacete de aço, lançou mão de um lençol e, ainda não satisfeito, também de seu lenço de cavalheiro e, brandindo ambos, ofereceu a rendição do correio polonês.

Seriam uns trinta, meio cegos, chamuscados e com os braços ao alto e mãos cruzadas atrás da nuca, os que abandonaram o prédio do correio pela saída lateral esquerda; alinharam-se diante do muro do pátio e esperaram a gente da milícia que avançava lentamente. Contou-se mais tarde que, no lapso transcorrido enquanto os defensores se alinhavam no pátio e os atacantes ainda não estavam lá, mas vinham se aproximando, três ou quatro escaparam, através da garagem do correio e da garagem contígua da polícia, para as casas vazias, que haviam sido evacuadas, do Rähm. Encontraram ali roupas para vestir, algumas inclusive com os emblemas do Partido, lavaram-se, aprontaram-se e cada um escapuliu para seu lado. Um deles, de acordo com tal versão, teria ido a uma ótica do Passeio da cidade velha e mandado fazer uns óculos, já que perdera os seus durante as atividades bélicas no edifício do correio. E parece que, provido de seus novos óculos, Victor Weluhn — pois dele se tratava — tomou uma cerveja no mercado da Madeira, e logo outra mais, porque tinha sede devido aos lança-chamas, e valendo-se então de suas novas lentes, que se bem dissipavam um pouco da névoa ante seus olhos, não o faziam como as antigas, empreendeu aquela fuga que perdura ainda até o dia de hoje; a que ponto chega a tenacidade de seus perseguidores!

Os outros, todavia — como eu disse, eram uns trinta os que não optaram pela fuga —, achavam-se junto ao muro, diante da saída lateral, no exato momento em que Jan apoiava a dama de copas no rei de copas e retirava, extasiado, suas mãos.

Que mais direi? Encontraram-nos. Abriram a porta com violência, gritaram "Fora!", fizeram remoinhos de ar, vento, e o castelo de cartas veio abaixo. Não tinham sensibilidade para essa arquitetura. Para eles só havia o cimento. Construíam para a eternidade. E nem sequer repararam na cara indignada e ofendida do secretário de correio Bronski. E ao arrancá-lo não perceberam que Jan recolhia de novo as cartas e levava algo consigo, nem que eu, Oskar, soltava os tocos de vela de meu tambor, pegava o tambor mas desprezava os tocos de vela porque as lanternas que nos encaravam eram em número muito além do necessário; tampouco se deram conta de que suas luzes nos cegavam e a duras penas nos permitiam encontrar a saída. E detrás das lanternas, das carabinas apontadas, gritavam: "Fora!" E continuavam berrando "Fora!" quando Jan e eu já nos encontrávamos no corredor. Mas seu "Fora!" se dirigia agora a Kobyella e a Konrad, o de Varsóvia, e também a Bobek e ao pequeno Wischnewski, que em vida sentava-se atrás do guichê de telegramas. Dava medo aos invasores que esses homens obstinados não quisessem obedecer. E só quando os da Milícia Territorial perceberam que estavam fazendo um papel ridículo diante de Jan e de mim, porque eu ri alto, é que pararam de gritar, exclamaram "Ah!" e nos conduziram para junto dos trinta do pátio, que se mantinham com braços erguidos e mãos cruzadas atrás da nuca, tinham sede e posavam para as atualidades cinematográficas.

A câmera fora instalada no topo de um automóvel. Mal tínhamos sido empurrados pela porta lateral, os homens das atualidades concentraram-se em nós e rodaram esse pequeno segmento de película que mais tarde todos os cinemas haveriam de exibir.

Separaram-me do grupo alinhado junto à parede. A essa altura Oskar se lembrou de sua condição de gnomo, de seus três anos que tudo desculpavam e, como voltasse a sentir dores nos membros e na cabeça, deixou-se cair com seu tambor e começou a agitar-se convulsamente, ao mesmo tempo sofrendo e simulando um ataque, mas sem soltar o tambor. E quando o pegaram e o meteram em um carro de serviço da Milícia Territorial SS, e deram partida rumo ao hospital, Oskar pôde ver que Jan, o pobre Jan, sorria diante dele um estúpido sorriso de bem-aventurança, segurava nas mãos levantadas algumas cartas de *skat* e, acenando com a mão esquerda que escondia uma carta — creio que era a dama de copas —, dizia adeus ao filho e a Oskar que se distanciava.

Ele jaz em Saspe

Acabo de reler o último parágrafo. Se não me satisfaz por completo, deveria satisfazer ao menos à pena de Oskar, já que ela conseguiu, sem mentir abertamente, exagerar concisa e brevemente, dar dos fatos um resumo deliberadamente breve e conciso.

A bem da verdade, agora eu desejaria pegar desprevenida a pena de Oskar e retificar o seguinte: primeiro, que o último jogo de Jan, aquele que por desgraça não pôde jogar até o final e ganhar, não foi uma grande rodada, mas uma mão de ouros sem valete; e, segundo, que, ao abandonar o depósito de cartas, Oskar não levou apenas o tambor novo, mas também o gasto que, juntamente com o morto sem suspensório e as cartas, havia saído do cesto de roupa. Além disso, resta esclarecer que apenas Jan e eu abandonamos o depósito, porque assim nos exigiam os caras da milícia com seu "Fora!" e suas lanternas de bolso e seus fuzis. Oskar como que buscando proteção se colocou entre dois milicianos de aspecto particularmente benévolo e paternal, derramou umas lágrimas de crocodilo e apontou com gestos acusadores Jan, seu pai, fazendo do infeliz um malvado que arrastara ao edifício do correio polonês uma criança inocente, para servir-se dela, de forma inumanamente polonesa, como escudo contra balas.

Mediante esse ardil de Judas, contava Oskar com certa vantagem para o tambor são e para o estragado, e os fatos não o desapontaram: os caras da milícia, com efeito, chutaram o traseiro de Jan, empurraram-no com as culatras de suas carabinas, deixando a mim e aos meus tambores em paz; e, enquanto um miliciano mais velho, com rugas de preocupação ao redor da boca e do nariz e certo ar de pai de família, acariciou-me as bochechas, o outro, um sujeito branco de tão louro, de olhos perenemente sorridentes e, portanto, oblíquos e invisíveis, tomou-me em seus braços, o que desagradou bastante a Oskar.

Hoje, quando temporariamente me envergonho daquela atitude indigna, repito sempre: Jan nada notou; continuava absorto nas cartas e assim permaneceu até o final. Nada, nem mesmo as mais engraçadas ou diabólicas manobras da Milícia Territorial, podia distraí-lo de seu baralho. Enquanto se achava no reino eterno dos castelos de cartas, morando, afortunadamente, em uma dessas mansões que o sopro da fortuna governa, encontrávamo-nos, os milicianos e eu — Oskar já se incluía entre estes —, entre muros de tijolos, sobre as lajes dos corredores, sob tetos com molduras de estuque a tal ponto imbricados entre si com paredes e tabiques que se podia temer o pior no dia em que, estando ao sabor das circunstâncias, toda essa colagem a que chamamos arquitetura viesse a perder sua coesão.

Naturalmente, essa compreensão tardia não pode servir de justificativa para mim, sobretudo quando se lembra que a mim — incapaz de contemplar um andaime de construção sem imaginar esta em processo de demolição — não era estranha a crença em castelos de cartas como a única habitação digna do ser humano. A isso se acrescenta um fator incriminatório de ordem familiar. Nessa tarde, estava absolutamente convencido de que Jan Bronski não era apenas um tio ou pai presuntivo, mas o meu verdadeiro pai. Portanto, uma vantagem que para sempre o distingue de Matzerath: pois Matzerath ou foi meu pai ou nada foi em absoluto.

De 1º de setembro de 39 — admito como ponto pacífico que também vocês terão reconhecido no bem-aventurado Jan Bronski, que jogava cartas naquela tarde aziaga, meu pai —, precisamente desse dia data minha segunda grande culpa.

Nunca, nem mesmo nesses dias de maior propensão à autoindulgência, posso negar: foi meu tambor, não, fui eu mesmo, Oskar, o tambor, quem despachou para a tumba primeiro minha pobre mãe, depois Jan Bronski, meu tio e pai.

Mas, como acontece com todo mundo, em dias em que inoportunos sentimentos de culpa, que nada consegue dissipar, vêm se acomodar em meio aos travesseiros de minha cama de hospital, escudo-me em minha ignorância — ignorância que então virara moda e que ainda hoje muitos dentre nossos cidadãos adotam como se usa um chapéu elegante.

Oskar, o astuto ignorante, foi levado na condição de vítima inocente da barbárie polonesa, com febre e nervos inflamados, ao hospital Municipal. Avisaram Matzerath. Este havia comunicado meu desaparecimento desde a véspera, embora ainda não tivesse ficado estabelecido que eu lhe pertencia.

Quanto aos trinta homens, aos quais se deve acrescentar Jan, alinhados com braços levantados e mãos cruzadas atrás da nuca, depois que as atualidades noticiosas fizeram o filme correspondente, levaram-nos primeiro à escola Vitória, que fora evacuada; mais tarde enfiaram-nos em celas e, finalmente, em princípios de outubro, acolheu-os a areia movediça atrás do muro do cemitério abandonado de Saspe.

Como Oskar veio a saber disso? Vim a sabê-lo por Leo Schugger. Pois, oficialmente, não houve qualquer comunicado sobre que areia e diante de que muro foram fuzilados os 31 homens e em que areia fizeram desaparecer os cadáveres.

Hedwig Bronski recebeu primeiro uma ordem de despejo do apartamento situado no Ring, que foi ocupado por familiares de um oficial superior da Luftwaffe. Enquanto com a ajuda de Stephan apanhava as suas coisas e preparava a mudança para Ramkau — possuía aí alguns hectares de terra e bosque, além da casa do arrendatário —, chegou à viúva uma notícia cujo sentido seus olhos, capazes sem dúvida de refletir mas não de compreender a miséria deste mundo, só puderam decifrar lentamente e com o auxílio de seu filho Stephan: então ela viu, preto no branco, que ficara viúva.

Lá estava:
Juizado do Tribunal do Grupo Eberhardt St. L. 41/39.
Zoppot, 6 de outubro de 1939

Sra. Hedwig Bronski,
cumprindo ordem superior comunicamos pela presente que Bronski, Jan, foi condenado à pena capital por um conselho de guerra e executado na qualidade de guerrilheiro.
Zelewski
(Inspetor da Justiça Militar)

Como veem, nenhuma palavra sobre Saspe. Teve-se consideração pelos familiares; quiseram lhes poupar os gastos com uma sepultura coletiva excessivamente espaçosa e devoradora de flores, bem como os de um possível traslado, aplanando para tanto o areal de Saspe e recolhendo as cápsulas com exceção de uma — pois sempre resta uma —, já que os cartuchos vazios abandonados maculam o aspecto de um cemitério decente, embora abandonado.

E essa única cápsula, que sempre resta e é a que conta, foi encontrada por Leo Schugger, a quem nenhum funeral, por clandestino que fosse, podia permanecer oculto. Leo, que me conhecia do enterro de minha pobre mamãe e do de meu amigo Herbert Truczinski das mil e uma cicatrizes, e que sabia sem dúvida também onde enterraram Sigismund Markus — mas eu nunca lhe perguntei —, estava encantado e mal continha sua alegria quando, em fins de novembro — acabavam de me dar alta no hospital —, pôde me fazer entrega da cápsula acusadora.

Mas antes de conduzi-los com o tal cartucho ligeiramente oxidado, que contivera talvez o chumbo destinado a Jan, ao cemitério de Saspe, na companhia de Leo Schugger, rogo-lhes que comparem a cama metálica do hospital Municipal de Dantzig, seção infantil, com a de meu hospício atual. As duas camas são esmaltadas de branco e, contudo, diferentes. A da seção infantil era mais reduzida se considerarmos o comprimento, porém mais alta se medirmos as barras. E, embora dê preferência ao leito mais curto e de barras mais altas do ano de 39, tenho encontrado, contudo, em minha cama atual de tamanho estandardizado para adultos um repouso cada vez menos espartano. Deixo à direção do hospital a decisão de atender ou não o pedido que fiz há meses de uma cama mais alta, mas igualmente metálica e laqueada.

Hoje, quase sem defesa, sinto-me exposto diante de meus visitantes; outrora, em dias de visita na seção infantil, uma grade mais alta apartava-me do visitante Matzerath e dos casais Greff e Scheffler. Por volta do término de minha hospitalização, minhas grades separavam-me daquela montanha-de-quatro-saias-superpostas que atendia pelo nome de minha avó Anna Koljaiczek em seções angustiadas e de respiração difícil. Vinha, suspirava, levantava de vez em quando suas grandes mãos enrugadas, mostrava os sulcos de suas palmas rosadas e as deixava cair em desalento, mãos e palmas, sobre as coxas, com um ruído sonoro que continuo ouvindo até hoje, mas que só consigo imitar aproximadamente com meu tambor.

Já em sua primeira visita levou consigo o irmão Vinzent Bronski, o qual, aferrado às grades, falava baixo, mas insistentemente e sem parar, da rainha da Polônia, da Virgem Maria; cantarolava ou falava dela cantarolando. Oskar se alegrava quando ali perto deles havia alguma enfermeira. Acusavam-me. Fitavam-me com seus serenos olhos bronskianos e esperavam de mim, que lutava por superar as consequências do jogo de *skat* no prédio do correio polonês e minha febre nervosa, uma indicação, alguma palavra de pêsame ou um informe minucioso acerca das últimas horas de Jan, divididas entre o medo e as cartas. Uma confissão era o que queriam, um testemunho em favor de Jan, como se eu tivesse podido absolvê-lo, como se meu testemunho tivesse algum peso e valor persuasivo!

Suponhamos que eu tivesse enviado ao tribunal do grupo Eberhardt uma declaração. Que poderia dizer? Eu, Oskar Matzerath, confesso que na véspera de 1º de setembro estive esperando Jan Bronski quando ia para sua casa e, valendo-me de um tambor carente de conserto, induzi-o a voltar àquele edifício do correio polonês, que ele já havia abandonado porque não queria defendê-lo.

Oskar não forneceu tal testemunho nem inocentou seu pai presuntivo; mas, quando se dispunha a converter-se em testemunha audível, acometeram-no alguns ataques tão violentos que, a pedido da enfermeira-chefe, o tempo de visita foi limitado e as visitas de sua avó Anna e de seu avô presuntivo Vinzent foram suprimidas.

Quando os dois velhinhos, que vieram de Bissau a pé e me trouxeram maçãs, abandonaram a sala da seção infantil com essa exagerada prudência e esse modo de andar próprios da gente do campo, à medida que as saias oscilantes de minha avó e o traje preto de domingo com cheiro de estrume iam se distanciando, aumentou minha culpa, minha grandíssima culpa.

Tudo acontece ao mesmo tempo. Enquanto Matzerath, os Greff e os Scheffler se agrupavam em torno de minha cama com frutas e bolos, enquanto de Bissau vinham ver-me a pé passando por Goldkrug e Brenntau porque o trecho da estrada de ferro de Karthaus e Langfuhr não estava livre ainda, enquanto algumas enfermeiras brancas e atordoantes comadreavam seus mexericos de hospital e substituíam os anjos na seção infantil, a Polônia não estava perdida ainda, mas logo o estaria; e, finalmente, depois dos famosos 18 dias, a Polônia estava perdida, mesmo não tardando a revelar que não o estava ainda; tanto como hoje, malgrado as associações patrióticas silesianas e prussianas orientais, a Polônia ainda não está perdida.

Oh, insensata cavalaria! Colhendo amoras em lombo de cavalo. As lanças adornadas com bandeirolas alvirrubras. Os esquadrões Melancolia e Tradição. Ataques de livros com gravuras. Cortando campos diante de Lodz e Kutno. Modlin, substituindo o forte. Oh, excelso galope, sempre à espera do vermelho incêndio do ocaso! A cavalaria não ataca senão quando o primeiro plano e o fundo são esplêndidos, pois a batalha é pictórica e a morte um modelo para pintores; firmes primeiro e depois a galope, e depois caindo, à cata de amoras; os botões da roseira-brava rolam e arrebentam, e suscitam o prurido sem o qual a cavalaria não galopa. Os ulanos experimentam de novo o prurido e operam uma conversão com seus cavalos ali pelas medas — e se reagrupam atrás de um homem que na Espanha se chama Dom Quixote, mas aqui tem por nome Pan Kiehot: um polonês de pura cepa e de nobre e triste figura, que ensinou todos os ulanos a beijar as mãos das amazonas, de modo que sempre estão preparados para beijar a mão da morte, devotamente — como se esta fosse uma dama. Mas primeiro se agrupam, com o incêndio do ocaso às costas — pois o ambiente é sua reserva —, os tanques alemães adiante, os potros das coudelarias dos Krupp von Bohlen e dos Halbach: mais nobres ninguém tem montado. Mas esse cavaleiro extravagante até a morte, meio polonês e meio espanhol — o arrojado Pan Kiehot, arrojado demais — baixa sua lança adornada com a bandeirola e nos convida, alvirrubro, ao beija-mãos, e grita ao ocaso incendiado, e às cegonhas que trepidam alvirrubras nos telhados, e às cerejas que cospem seus caroços, e grita à cavalaria: "Bravos poloneses a cavalo, isso que vedes não são tanques de aço, mas apenas moinhos de vento ou ovelhas: convido-vos a beijar a mão das amazonas!"

E assim os esquadrões investiram contra o flanco cinza-aço do inimigo, proporcionando ao ocaso um esplendor um pouco mais vermelho.

Oskar pede desculpas pelos efeitos poéticos dessa descrição de batalha. Melhor teria feito em oferecer números, consignar os números de baixas da cavalaria polonesa entremeados de uma estatística impressionantemente sucinta da chamada campanha da Polônia. Outra solução seria manter o épico da descrição e com um asterisco remeter a uma nota de rodapé.

Até mais ou menos vinte de setembro pude ouvir, deitado em minha cama de hospital, as salvas das baterias situadas nas alturas de Jeschkental e Oliva. E logo rendeu-se o último foco de resistência, a península de Hela. A Cidade Livre hanseática de Dantzig pôde celebrar a anexação de seu gótico de tijolo ao Grande Reich alemão e olhar entusiasticamente os olhos do Führer e chanceler do Reich Adolf Hitler, de pé, infatigável, em seu Mercedes preto e saudando ininterruptamente em ângulo reto: aqueles olhos azuis tinham com os olhos azuis de Jan Bronski um sucesso em comum: o sucesso com as mulheres.

Em meados de outubro Oskar foi liberado do hospital Municipal. A despedida das enfermeiras me foi difícil. E quando uma delas — creio que foi a srta. Berni ou Erni —, quando, pois, a srta. Erni ou Berni me restituiu meus dois tambores: o estraçalhado, que me tornara culpado, e o novo, que conquistara durante a defesa do prédio do correio polonês, então me dei conta de que por várias semanas não voltara a pensar em minha lata e que, afora tambores de lata, havia para mim no mundo algo mais: as enfermeiras!

Instrumentado de novo e equipado com novo saber, abandonei pela mão de Matzerath o hospital Municipal, para confiar-me, no Labesweg, ainda inseguro sobre meus pés de eterno menino de três anos, à vida cotidiana, ao cotidiano aborrecimento e aos domingos, mais aborrecidos ainda, do primeiro ano da guerra.

Uma terça-feira em fins de novembro — saía pela primeira vez à rua depois de várias semanas de convalescença —, Oskar, mal-humorado, percutia à sua frente o tambor, sem prestar atenção no tempo frio e úmido, quando deu de cara com Leo Schugger, o ex-seminarista, na esquina da praça Max Halbe com o Brösener Weg.

Por algum tempo ficamos nos olhando com um sorriso embaraçado; só quando Leo retirou dos bolsos de seu sobretudo as luvas e deslizou sobre os dedos e palmas o invólucro branco-amarelado semelhante a pele é que compreendi quem encontrara e o que aquele encontro me tinha reservado — e então Oskar sentiu medo.

Por um momento examinamos as vitrines do café Kaiser, com os olhos acompanhamos os bondes das linhas cinco e nove, que se cruzavam na praça Max Halbe, caminhamos ao longo das casas uniformes do Brösener Weg, estudamos um anúncio que informava sobre a conversão do florim de Dantzig em marcos do Reich, raspamos um anúncio do Persil, achamos debaixo do branco e do azul um pouco de vermelho. Já contentes, dávamos a volta rumo à praça, quando Leo Schugger empurrou Oskar com ambas as luvas até o interior de um saguão, passou os dedos enluvados da mão esquerda atrás do sobretudo e logo dentro deste, explorou o bolso da calça, esquadrinhou-o, achou algo, examinou ainda o achado no bolso e, aprovando-o, extraiu do bolso o punho cerrado, deixou cair de novo a aba do sobretudo, estendeu o pulso enluvado, cada vez mais empurrou Oskar para a parede do saguão. Seu braço era comprido e a parede não cedia. Abriu enfim a pele dos cinco dedos no momento exato em que eu começara a pensar: agora o braço se desprende do seu ombro, vai ficar independente, vencerá meu peito, o atravessará, encontrará a saída por entre as omoplatas, penetrará na parede deste saguão abafado, e Oskar não saberá nunca o que Leo tinha na mão, mas terá aprendido em todo caso o texto do regulamento interno das casas do Brösener Weg, que não se diferenciava essencialmente do de Labesweg.

Fazendo pressão em um dos botões de âncora de minha roupa de marinheiro, Leo abriu a luva tão rapidamente que ouvi o estalar das articulações de seus dedos: sobre a pele rija e reluzente que cobria a palma de sua mão apareceu a cápsula.

Quando Leo fechou de novo o punho, eu estava disposto a segui-lo. O pedaço de metal tinha me afetado diretamente. Um ao lado do outro, Oskar à esquerda de Leo, descemos o Brösener Weg sem pararmos em frente a vitrine ou anúncio algum, atravessamos a Magdeburgstrasse, deixamos atrás as duas casas altas em forma de caixa que ficam no final do Brösener Weg e em que de noite brilhavam as luzes para os aviões que aterrissavam ou decolavam; seguimos primeiro ao longo da cerca do aeroporto, chegamos então à estrada asfaltada e continuamos seguindo os trilhos do bonde da linha nove em direção de Brösen.

Não dizíamos palavra; Leo, todavia, mantinha o cartucho envolto na luva. Quando eu vacilava e queria voltar atrás por causa do frio e da umidade, ele abria o punho, deixava aparecer o pedacinho de metal sobre a palma da mão e me arrastava assim cem passos a mais, e depois outros cem. Recorreu inclusive a efeitos musicais quando, ao penetrar o território municipal de Saspe, me viu já seriamente decidido a empreender a retirada. Girando sobre seus saltos, pegou o cartucho vazio com a abertura para cima, apertou o orifício à maneira de flauta contra seu baboso e proeminente lábio inferior e lançou em meio à chuva, cada vez mais espessa, um som rouco, ora estridente, ora como que amortecido pela névoa. Oskar tiritava. Não era só a música do cartucho que o fazia tiritar; aquele tempo de cão, que parecia feito sob medida para as circunstâncias, contribuía para que eu nem me esforçasse para dissimular o frio miserável que sentia.

O que é que me atraía para Brösen? Primeiro, claro, aquele caçador de ratos do Leo que silvava no cartucho. Mas também o silvar incessante de muitas outras coisas. Procedentes do ancoradouro e de Neufahrwasser, que ficavam atrás da névoa de novembro, parecida com o vapor de uma lavanderia, nos chegavam, por sobre Schottland,

Schellmühl e a Colônia do Reich, as sirenes dos barcos e o uivo famélico de um torpedeiro, que entrava ou saía, de forma que ficava fácil para Leo fazer-se seguir, em meio à bruma, às sirenes e ao cartucho sibilante, por um Oskar que tiritava de frio.

Aproximadamente na altura do alambrado que tomava a direção de Pelonken e separava o aeroporto do novo campo de manobras e do fosso de Zingel, Leo Schugger parou e considerou por algum tempo, com a cabeça pensa para um lado e a saliva transbordando do cartucho, meu corpo trêmulo de frio. Aspirou o cartucho, prendeu-o com o lábio inferior e bafejado de inspiração, e, sacudindo os braços agitadamente, arrancou seu casaco de cauda, que cheirava a terra úmida, e me atirou este sobre a cabeça e os ombros.

Recomeçamos. Não sei dizer se agora Oskar sentia menos frio. De quando em quando, Leo se adiantava uns cinco passos, parava e, com sua camisa amarrotada porém espantosamente branca, lembrava uma figura saída diretamente de algum calabouço medieval, da Torre da Cidade, por exemplo, usando a deslumbrante camisa que a moda da época prescrevia para os dementes. Cada vez que Leo fitava Oskar, cambaleando dentro do avantajado capote, soltava nova gargalhada que arrematava com um sacudir de asa semelhante ao do corvo ao grasnar. Eu de fato devia parecer um pássaro grotesco, não um corvo talvez, mas uma gralha, já que a cauda do capote varria o asfalto, como um rabo preso por trás. Deixava atrás de mim um rastro amplo e majestoso, que enchia Oskar de orgulho sempre que se voltava: ele evocava, simbolizava um sentimento trágico latente, ainda não definido.

Já na praça Max Halbe pressentira que Leo não pretendia levar-me a Brösen ou a Neufahrwasser. Desde o princípio estava perfeitamente claro que o destino dessa caminhada só podia ser o cemitério de Saspe, em cuja vizinhança se encontrava um moderno *stand* de tiro da polícia.

De fins de setembro a fins de abril, os bondes das linhas dos balneários só circulavam a cada 35 minutos. Quando deixamos as casas do subúrbio de Langfuhr, veio ao nosso encontro um bonde sem reboque. Instantes depois ultrapassou-nos o bonde que na bifurcação da Magdeburgstrasse teria de esperar a passagem do bonde em sentido contrário. Pouco antes do cemitério de Saspe, passou primeiro, badalando, um vagão, e logo outro, que há pouco tínhamos visto estacionar na névoa, porque, devido à má visibilidade, levava aceso na frente um foco amarelo úmido.

A imagem da cara achatada e tosca do condutor do bonde que subia ainda estava fresca em sua retina quando Oskar foi conduzido por Leo Schugger, abandonando a autoestrada asfaltada, para um terreno arenoso que anunciava as dunas da praia. Um muro quadrado cercava o cemitério. Entramos pelo lado sul, por um portãozinho no qual a ferrugem produzia muitos arabescos e que apenas aparentemente estava fechado. Infelizmente, Leo não me deu tempo de contemplar as lápides mortuárias fora de seu lugar, prestes a cair ou já tombadas, de granito preto sueco ou de diábase, geralmente talhadas atrás e dos lados e polidas apenas na frente. Uns cinco ou seis pinheiros raquíticos, crescidos sem ordem nem cuidado, substituíam o arvoredo do cemitério. Em vida, mamãe mostrara, dentro do bonde, preferência por esse lugar em ruínas, em detrimento de outros recantos de repouso. Agora ela jazia em Brenntau. Ali o solo era mais rico; cresciam nele álamos e aceráceas.

Por um portão aberto, sem grade, no lado norte, Leo me levou do cemitério antes que eu pudesse sintonizar meus pensamentos com a decadência romântica deste. Imediatamente após o muro o terreno era plano e arenoso. Tojos, abetos e matas de roseiras-bravas flutuavam rumo à costa, destacando-se fortemente na névoa movediça. Virando para olhar para o cemitério, observei que parte do muro norte fora recentemente caiada.

Solícito, Leo se movia de um lado para outro defronte do muro, de aspecto novo e tão dolorosamente deslumbrante quanto sua camisa amarrotada. Dava uns passos exageradamente largos, parecia contá-los e os contou em voz alta e, segundo Oskar crê ainda hoje, em latim. Cantava o texto, conforme aprendera no seminário. A uns dez metros do muro Leo marcou um ponto e pôs um pedaço de madeira não muito distante do segmento caiado, onde, era óbvio, o muro fora remendado. Tudo isso foi feito com a mão esquerda, pois segurava na direita a cápsula deflagrada. Finalmente, após interminável busca e medição, curvou-se junto ao pedaço de madeira e ali depositou aquele metal ligeiramente afunilado que contivera um miolo de chumbo até que alguém, com o indicador dobrado, encontrara o ponto de disparo sem apertar demais, expulsara o projétil e comandara sua trajetória mortífera.

Continuamos ali plantados, imóveis. A baba escorria da boca de Leo Schugger e formava fios. Ele entrelaçava as luvas, a princípio grunhiu ainda algum latinório, mas, não arranjando quem pudesse acompanhá-lo no responsório, calou-se. Vez por outra olhava com fastio e impaciência por cima do muro para a estrada de Brösen cada vez que os bondes, vazios em sua maioria, paravam na bifurcação, desviavam um do outro tilintando a campainha e iam se distanciando. É possível que Leo esperasse por algum enlutado. Nem a pé nem de bonde viu, contudo, chegar alguém a quem pudesse dar os pêsames com sua luva.

Por um momento rugiram em cima de nós alguns aviões que se dispunham a aterrissar. Não levantamos os olhos e suportamos o estrépito dos motores, sem nos deixar convencer de que fossem três máquinas do tipo Ju-52, piscando luzes nas pontas das asas, dispostas a retornar ao solo.

Pouco depois que os motores nos deixaram — o silêncio era tão penoso quanto era branco o muro ali em frente —, Leo, levando a mão à sua camisa, tirou algo, plantou-se ato contínuo ao meu lado, arrancou dos ombros de Oskar seu casaco de corvo, saiu correndo, em direção aos tojos, às roseiras selvagens e aos abetos, para a praia e, ao se distanciar, deixou cair algo ostensivamente, como querendo que alguém fosse apanhá-lo.

Só quando Leo tinha desaparecido definitivamente — por algum tempo, como um fantasma na terra de ninguém, ficou rodopiando até que umas línguas leitosas do nevoeiro colado no chão o tragaram —, somente quando fiquei completamente a sós com a chuva, apanhei o pedacinho de cartão cravado na areia: era o sete de espadas do *skat*.

Poucos dias depois do encontro no cemitério de Saspe, Oskar topou no mercado semanal de Langfuhr com sua avó Anna Koljaiczek. Ao desaparecerem de Bissau a aduana e a fronteira territorial, novamente podia levar ao mercado seus ovos, sua manteiga, suas couves verdes e maçãs de inverno. As pessoas compravam à vontade e muito porque esperava-se de um momento para outro o racionamento de víveres, o que estimulava o acúmulo de reservas. No momento mesmo em que Oskar viu sua avó agachada atrás de sua banca, sentiu diretamente sobre a pele, debaixo do abrigo, do suéter e da camiseta, a carta de *skat*. Meu primeiro impulso, quando regressava do bonde de Saspe à praça Max Halbe, convidado por um condutor a viajar de graça, tinha sido o de rasgar o sete de espadas.

Mas Oskar não o fez. Ele o deu à sua avó. Quando ela viu Oskar, levou um bom susto atrás de suas couves verdes. Talvez pensasse que

Oskar não lhe trazia nada de bom. Mas logo fez acenos ao gaiato de três anos, meio oculto atrás de alguns cestos de peixe, para que se aproximasse. Oskar fez cerimônia; contemplou primeiro um atum vivo, estendido sobre algumas algas úmidas e que media um metro de comprimento e fingiu que observava certos caranguejos provenientes do lago de Otomin, encerrados às dúzias em um cestinho onde continuavam praticando seu peculiar modo de andar, para logo imitá-los e se aproximar do posto de sua avó apresentando-lhe as costas de seu traje de marinheiro e só mostrando os botões dourados com âncora quando esbarrou em um dos cavaletes que sustentavam a prancha de sua avó e fez saltarem rolando as maçãs.

Schwerdtfeger veio com os tijolos quentes envoltos em jornal, empurrou-os para debaixo das saias de minha avó, tirou com sua pá, como outrora, os tijolos frios, fez uma marca na lousa que levava dependurada, passou à banca seguinte, e minha avó me estendeu uma maçã lustrosa.

Que podia Oskar oferecer em troca, se ela lhe dava uma maçã? Estendeu-lhe primeiro a carta do *skat* e depois o cartucho, que ele tampouco abandonara em Saspe. Durante muito tempo, sem compreender, permaneceu Anna Koljaiczek com o olhar cravado naqueles objetos tão distintos entre si. Então a boca de Oskar se aproximou de sua apergaminhada orelha de velhinha, coberta pelo lenço de cabeça, e, sem mais precaução, pensando na orelha rosada de Jan, pequena porém carnuda, com seus lóbulos largos e bem-formados, sussurrou-lhe ao ouvido: "Ele jaz em Saspe." E, emborcando um cesto de couves, saiu correndo.

Maria

Enquanto a História, em uma enchente de comunicados especiais, percorria como um veículo bem lubrificado as estradas, vias fluviais e rotas aéreas da Europa e as conquistava às pressas, por terra, água ou ar, meus negócios, que se restringiam ao mero desgaste de tambores de brinquedo, iam mal, estagnaram e acabaram parando inteiramente. Enquanto os outros esbanjavam à sua volta metal valioso, eu, uma vez mais, carecia de lata. É verdade que Oskar tinha conseguido salvar do prédio do correio polonês um instrumento novo, só ligeiramente ferido, dando com ele certo sentido à defesa do correio; mas o que podia representar para mim, que em meus bons tempos necessitava apenas de oito semanas para converter a lâmina em sucata, o tambor de lata do sr. Naczalnik Júnior?

Logo após deixar o hospital Municipal, comecei, lamentando a perda de minhas enfermeiras, a trabalhar dobrado e, trabalhando, a rufar. A tarde chuvosa do cemitério de Saspe não arrefeceu meu ofício; pelo contrário, Oskar redobrou a partir de então seus esforços e pôs todo o empenho na tarefa de aniquilar a última testemunha de sua ignomínia frente aos milicianos: o tambor.

Mas este aguentava, respondia, e, quando eu batia nele, devolvia-me as batidas, acusando-me. E é curioso que, quanto mais o percutia, unicamente para erradicar um segmento bastante definido de meu passado, mais me voltava à memória o carteiro de vales postais Victor Weluhn, ainda que este, sendo míope, mal pudesse testemunhar contra minha pessoa. Mas, apesar da miopia, não conseguira ele fugir? Não se poderia pensar que os míopes veem definitivamente mais, e que Weluhn, a quem geralmente chamo de pobre Victor, pode ter lido meus gestos como silhueta negra sobre fundo branco e teria compreendido meu ato de Judas, e levava agora consigo pelo mundo afora o segredo e a desonra de Oskar?

Só em meados de dezembro as acusações da consciência esmaltada em chamas vermelhas e brancas, dependuradas em meu colo, começaram a perder sua força de convicção. O esmalte exibia arranhaduras da espessura de um cabelo e começava a descascar. A lata ficou mole e fina, e furou antes de se tornar transparente. Como sempre que algo sofre e se aproxima de seu fim, a testemunha que assiste ao sofrimento quer reduzi-lo e acelerar o final. Durante as últimas semanas do Advento, Oskar apressou-se e trabalhou tanto que os vizinhos e Matzerath levaram as mãos à cabeça: queria liquidar o assunto para a véspera de Natal, porque de Natal eu esperava ganhar um tambor novo e sem culpa.

Consegui. Na véspera do dia 24 de dezembro pude desprender, do corpo e da alma, algo enxovalhado, bamboleando e sem consistência, que lembrava um carro batido. Descartando-o, eu imaginava, teria varrido para sempre de dentro de mim a defesa do edifício do correio polonês.

Nunca homem algum — se estão dispostos a me aceitar como tal — experimentou festa natalina mais decepcionante do que a que então viveu Oskar, pois sob a árvore de Natal encontrou um montão de presentes entre os quais nada faltava, exceto um tambor de lata.

Havia um jogo de armar que nunca abri. Um cisne de balanço pretendia ser um presente muito especial e converter-me em Lohengrin. Certamente com o intuito de me irritar, atreveram-se a pôr sobre a mesa de presentes três ou quatro livros com gravuras. De tudo só me pareceu utilizável o par de luvas, umas botas de amarrar e um suéter vermelho que Gretchen Scheffler tricotara. Desconcertado, Oskar passeava seu olhar do jogo de armar ao cisne de balanço e fixava os olhos nos instrumentos de toda espécie que os ursinhos Teddy dos livros com gravuras, que pretendiam ser engraçados, tinham entre as patas. Uma daquelas bestas supostamente graciosas sustentava inclusive um tambor, como se soubesse tocar, como se fosse iniciar um número de tambor, como se já se achasse em pleno rufar: e eu tinha um cisne, porém nenhum tambor; tinha provavelmente mais de mil blocos de armar, mas nem um tambor sequer; tinha luvas para as noites de inverno mais gélidas, mas nada nelas que pudesse tirar na noite hibernal, redondo, liso, glacial e de lata esmaltada, para aquecer as orelhas do frio.

Oskar pensou consigo mesmo: Matzerath deve ter o tambor ainda escondido. Ou talvez Gretchen Scheffler, que viera com seu marido padeiro para devorar nosso ganso natalino, esteja sentada em cima. Querem ver como estou contente por receber o cisne, os jogos e os livros com gravuras antes de sair com o verdadeiro tesouro. Cedi, pois; folheei como louco os livros com gravuras, montei no cisne e, com profunda aversão, me balancei pelo menos meia hora. Depois, apesar da temperatura superaquecida da sala, deixei ainda que me vestissem o suéter, com a ajuda de Gretchen Scheffler enfiei as botas — nesse ínterim haviam chegado também os Greff, já que o ganso era para seis pessoas — e, uma vez devorado este, que de resto Matzerath preparara magistralmente recheando-o com frutas e assando-o no forno, durante a sobremesa — ameixas-amarelas e peras —, segurando desesperadamente nas mãos um livro com gravuras que Greff juntara aos demais; depois da sopa, ganso, couve lombarda, batatas cozidas, ameixas-amarelas e peras, sob o hálito de uma chaminé de azulejos que respirava por nós, pusemo-nos todos a cantar — e Oskar com eles — uma canção natalina, e outra estrofe, Ohverdeabetoohverdeabetoquãobelassãosuasfolhasdingdangdingdongdang, até que já, finalmente —, fora começavam a repicar os sinos —, queria meu tambor — o grupo de sopradores bêbados, de que outrora fazia também parte o músico Meyn, soprava a tal ponto que os pingentes de gelo dos frisos das janelas... eu queria meu tambor, mas eles não me davam, não o soltavam; Oskar: "Sim!", e os outros: "Não!"; e então gritei, fazia muito que não gritava, de modo que, depois de uma interrupção prolongada, afinei minha voz para fazer dela um instrumento vitricida, mas não destruí vasos, copos de cerveja ou lâmpadas elétricas, não abri nenhuma vitrine e não prejudiquei a visibilidade de nenhum par de óculos, mas sim concentrei minha voz contra aquelas bolas, sininhos, objetos frágeis de vidro prateado e enfeites de árvores de Natal que brilhavam no ohabetoverde e esparziam ambiente de festa; e todo o adorno da árvore, emitindo clingclang e clingclingcling, virou pó. Também caíram inúmeras agulhas de pinheiro para encher as pás de lixo de maneira supérflua. As velas, porém, continuaram ardendo silenciosa e santamente, e Oskar não conseguiu, apesar de tudo, tambor algum.

Faltava a Matzerath a menor sutileza. Não sei se pretendia educar-me ou se, simplesmente, não pensava em prover-me de tambores com pontualidade e abastança. Tudo concorria para a catástrofe, e só a circunstância de que, concomitantemente à minha ruína iminente, não se podia ocultar em nossa loja uma desordem crescente, veio — como costuma acontecer em casos de necessidade — a socorrer-nos oportunamente, a mim e a loja.

Como Oskar não possuía nem a estatura nem a vontade necessárias para, atrás do balcão, vender pão preto, margarina e mel artificial, Matzerath, a quem para simplificar volto a chamar de meu pai, recrutou para o serviço da loja Maria Truczinski, irmã caçula de meu pobre amigo Herbert.

Não apenas se chamava Maria, era-o de verdade. Além de ter conseguido, em poucas semanas, restaurar a reputação da loja, mostrou, à parte os dotes de administradora amável mas rigorosa (a que Matzerath se submetia de bom grado), certa perspicácia na apreciação de minha situação.

Mesmo antes de ocupar seu lugar atrás do balcão, Maria, em diversas ocasiões, ofereceu-me uma bacia como sucedâneo para o volume de sucata que pendia diante da minha barriga, com o qual subia e descia cento e tantos degraus de nossas escadas internas. Oskar, contudo, não queria sucedâneo de qualquer espécie. Com a maior firmeza se negou a utilizar uma bacia como tambor. Maria, porém, mal assentou pé na loja, conseguiu, contra a vontade de Matzerath, que meus desejos fossem levados em conta. Mesmo assim não houve meio de convencer Oskar a acompanhá-la a alguma loja de brinquedos, já que o interior desses estabelecimentos repletos de objetos variados sem dúvida teria me imposto comparações dolorosas com a loja destruída de Sigismund Markus. Maria, doce e dócil, deixava-me então esperando do lado de fora, ou fazia as compras sozinha e, de acordo com minhas necessidades, levava-me a cada quatro ou cinco semanas um novo instrumento; nos últimos anos da guerra, quando inclusive os tambores de lata escasseavam ou estavam racionados, viu-se obrigada a oferecer aos comerciantes açúcar ou um pouco de café em grão por baixo do balcão, para que entregassem meu instrumento. E tudo isso sem suspirar, sem mover criticamente a cabeça e sem abrir muito os olhos, mas, pelo contrário, com a seriedade mais atenta e com a mesma naturalidade com que me vestia as calças, as meias e as blusas recém-lavadas e cuidadosamente remendadas. E se nos anos subsequentes as relações entre mim e Maria estiveram submetidas a uma variação constante e nem sequer hoje estão muito claras ainda, sua maneira de entregar-me os tambores continua sendo a mesma, ainda que os preços dos tambores de brinquedo sejam hoje consideravelmente mais altos que no ano de 1940.

Hoje Maria assina uma revista de modas. Cada vez que vem está mais elegante. E naquela época?

Maria era bonita? Mostrava um rosto redondo recém-lavado, o olhar era sério mas não frio, de olhos cinza, algo salientes, pestanas curtas porém espessas, sob umas sobrancelhas negras bem marcadas que se juntavam na base do nariz. Suas maçãs do rosto salientes, cuja pele em tempo de frio forte tendia a azulada e se gretava dolorosamente, conferiam ao rosto uma regularidade de superfície sossegada, interrompida apenas pelo nariz minúsculo, mas de modo algum feio e menos ainda cômico, antes pelo contrário, bem-desenhado, apesar da finura. Sua testa era redonda, porém bem baixa, e prematuramente mostrava já algumas rugas verticais, indício de reflexão, no centro, acima do nariz. Seu cabelo castanho e ligeiramente frisado, cujo brilho ainda hoje recorda o dos troncos molhados das árvores, saía redondo das frontes para recobrir logo o crânio pequeno, esférico, que, como o de mamãe Truczinski, mal ostentava um occipício. Quando Maria vestiu o avental branco e se pôs atrás do balcão de nossa loja, usava ainda tranças atrás das orelhas bem coradas, rudemente sãs, cujos lóbulos por azar não se dependuravam livremente, mas se fixavam diretamente, sem por isso formar qualquer sulco feio, mas de forma suficientemente degenerada para permitir que se tirem conclusões acerca de seu caráter, na carne da mandíbula inferior. Mais tarde, Matzerath convenceu-a a fazer permanente e suas orelhas ficaram escondidas. Hoje, sob um penteado curto da moda, Maria só mostra os lóbulos soldados, ainda que dissimule o defeito por meio de grandes argolas de gosto duvidoso.

 Do mesmo modo que a cabeça de Maria, que se podia abarcar com a mão, ostentava faces cheias, maçãs do rosto salientes e olhos de corte generoso de ambos os lados de um nariz curto que quase passava despercebido, o seu corpo se mostrava bem pequeno ou bem menor que o mediano, ombros talvez largos demais, seios fortes que já se erguiam de sob os braços e um esplêndido traseiro, em consonância com a pelve, sustentado, por sua vez, por umas pernas esbeltas, embora robustas, que deixavam um claro abaixo do púbis.

 Talvez Maria tivesse pernas ligeiramente tortas. Também suas mãos, sempre vermelhas, pareciam-me infantis e em desacordo com a figura adulta e definitivamente proporcionada, ao passo que os dedos grossos lembravam salsichas. Até hoje as mãozinhas continuam as mesmas. Seus pés, que tinham então de se ajeitar em uns sapatos pesados e mais tarde em uns de salto alto de minha pobre mãe, elegantes, embora fora de moda, que mal lhe cabiam, foram pouco a pouco perdendo o rubor infantil e a excentricidade, apesar do anti-higiênico calçado de segunda mão, para adaptar-se a modelos modernos italianos ou da Alemanha Ocidental.

Maria não falava muito, mas gostava de cantar, quando lavava a louça e quando enchia de açúcar os saquinhos de libra e meia libra. Depois de fechar a loja, quando Matzerath fazia a caixa, ou aos domingos, ou ao descansar uma meia hora, Maria pegava sua gaita; era um presente do irmão Fritz, quando foi convocado pelo Exército e transferido a Gross-Boschpol.

Maria tocava praticamente tudo com sua gaita. Marchas, que aprendera nos saraus da Federação de Moças Alemãs, melodias de operetas e canções em voga, que ouvia no rádio ou que aprendeu com seu irmão Fritz, que na Páscoa de 40 esteve por uns dias em Dantzig a serviço. Oskar se lembra que Maria tocava "Gotas de chuva" a golpes de língua, e extraía também de sua gaita "O vento ensinou-me uma canção", sem imitar Zarah Leander. Contudo, Maria nunca utilizou sua Hohner nas horas de trabalho. Mesmo quando não havia clientes, privava-se de música e escrevia, com grandes letras redondas e infantis, as etiquetas com os preços e as listas de mercadorias.

Mesmo depois de se tornar claro que era ela quem dirigia o negócio e quem recuperou e converteu em clientes habituais parte da clientela atraída pelos competidores após a morte de minha pobre mamãe, Maria ainda conservava para com Matzerath um respeito que tocava as raias do servilismo, o que a ele, que sempre acreditara em si mesmo, parecia bastante natural.

— Afinal, fui eu que trouxe a menina para a loja e lhe ensinei tudo — tal era seu argumento quando o verdureiro Greff ou Gretchen Scheffler tentavam implicar com ele. Assim era, com efeito, a simplicidade de raciocínio desse homem que na realidade só em sua ocupação favorita, cozinhar, tornava-se sutil e até sensível e, por conseguinte, respeitável. Porque isso Oskar não lhe pode negar: suas costeletas à Kassler com chucrute, seus rins de porco com molho de mostarda, seus escalopes à vienense e, sobretudo, suas carpas com creme e rábanos eram um deleite para os olhos, o paladar e o olfato. É verdade que ele não pôde ensinar a Maria quase nada do negócio; primeiro, porque a moça possuía um sentido inato para o comércio varejista; segundo, porque Matzerath nada entendia dos meandros de servir ao balcão e só tinha um certo jeito para tratar com revendedores; ensinou-a, porém, a cozer, assar e refogar; pois, na verdade, embora tivesse servido de doméstica à família de um funcionário de Schidlitz durante dois anos, ela mal sabia ferver uma água quando começou a trabalhar conosco.

Logo Matzerath pôde retomar o ritmo de vida que levava com minha pobre mamãe: reinava na cozinha, superando-se em cada assado dominical, e podia, tranquilamente, dedicar horas à lavagem da louça, ao mesmo tempo que cuidava das compras e encomendas, das contas com os atacadistas — cada vez mais problemáticas durante a guerra — e com a Secretaria de Comércio. Não sem astúcia, mantinha com as autoridades fiscais a correspondência necessária, decorava com criatividade e bom gosto a vitrine e cumpria assiduamente seus compromissos com o Partido, já que Maria permanecia impávida atrás do balcão, inteiramente ocupada.

Perguntarão vocês: por que tantas observações introdutórias, por que esta descrição detalhada de pelves, sobrancelhas, lóbulos auriculares, mãos e pés de uma jovem? Assim como vocês, também condeno esse tipo de descrição humana. Oskar sabe muito bem que conseguiu magistralmente distorcer a imagem de Maria, talvez desfigurá-la para sempre. Por esta razão acrescento uma última frase que esclarecerá, assim o espero, tudo: Maria, abstraídas todas as enfermeiras anônimas, foi o primeiro amor de Oskar.

Adquiri consciência desse estado de coisas num dia em que escutava o meu tambor, o que fazia raramente, e observei a forma nova, insistente e sem dúvida cautelosa com que Oskar comunicava ao tambor sua paixão. Maria apreciava me ouvir. A mim, no entanto, não me agradava tanto vê-la levar à boca sua gaita, franzindo a testa de modo horrível e sentindo-se no dever de me acompanhar. Muitas vezes, porém, ao remendar as meias ou ao encher os saquinhos de açúcar, caíam-lhe as mãos, fitava-me séria e atentamente, com o rosto inteiramente tranquilo, por entre as baquetas e, antes de voltar às meias, deslizava a mão, num movimento suave e como que sonolento, pelo meu cabelo rente.

Oskar, via de regra arredio a qualquer contato por mais carinhoso que fosse, suportava, tolerava a mão de Maria, e chegou a apreciar de tal modo essa carícia que frequentemente, durante horas e já de forma mais consciente, ele arrancava de seu instrumento ritmos sedutores, até que a mão de Maria acabasse por obedecer e lhe fizesse bem.

Além disso, Maria me punha todas as noites na cama. Despia-me, lavava-me, ajudava-me a vestir meu pijama, lembrava-me de esvaziar a bexiga antes de deitar, rezava comigo, embora fosse protestante, um padre--nosso e três ave-marias, vez por outra o jesusportivivojesusportimorro, e me cobria, finalmente, sorrindo-me com uma cara amável que me enchia de sono.

Por mais belos que fossem estes últimos minutos antes de apagar a luz — pouco a pouco fui substituindo o padre-nosso e o jesusportivivo pelo mais doce e alusivo tesaúdoohestrelinha e o poramordemaria —, tais preparativos de cada noite me eram penosos e acabariam por minar minha segurança, suscitando em mim, que sempre mantive o autocontrole, esse rubor traiçoeiro das donzelas adolescentes e dos jovens atormentados. Oskar confessa-o: toda vez que Maria me despia com suas mãos, me punha na banheira de zinco e, com uma esponja, escova e sabão, lavava-me e raspava da pele o pó de um dia de tambor, ou seja, quando tinha consciência de que eu, com meus 16 anos por completar, me achava inequivocamente nu diante de uma moça que ia fazer 17, corava violentamente e de forma prolongada.

Contudo, Maria não parecia notar a mudança de cor na minha pele. Talvez pensasse que eram a esponja e a escova que me afogueavam? Diria a si própria: a higiene, deve ser a higiene que transmite a Oskar este ardor? Ou será que Maria era bastante pudica e delicada para penetrar tais rubores noturnos e, contudo, não vê-los?

Até hoje, continuo sujeito a essa coloração repentina, impossível de ocultar, que por vezes dura cinco minutos ou mais. Tanto como meu avô Koljaiczek, o incendiário, que ficava incandescente só de ouvir a palavra fósforo, o sangue me ferve nas veias se alguém, mesmo desconhecido, fala sobre nenéns tratados à noite em banheiras com os referidos apetrechos de banho. Oskar fica igual a um pele-vermelha, em tais casos; os circunstantes sorriem, consideram-me excêntrico e até anormal: o que há para ele de particular no ato de ensaboar bebês, esfregá-los e passar-lhes uma esponja inclusive nos mais recônditos lugares?

Ora, Maria, essa criança em estado de natureza, se permitia em minha presença, sem se perturbar de modo algum, as coisas mais atrevidas. Assim, por exemplo, antes de esfregar o assoalho de nossa sala e de nosso dormitório, puxava, da coxa para baixo, as meias que Matzerath lhe dera, com o intento de não desfiá-las. Um domingo, após ter fechado a loja e enquanto Matzerath fazia algo no grupo local do Partido — estávamos a sós —, Maria tirou a saia e a blusa, colocou-se ao meu lado junto da mesa em suas anáguas baratas mas limpas, e começou a clarear com benzina algumas manchas da saia e da blusa de raiom.

A que se devia o fato de Maria, tão logo despisse a sua roupa e se desvanecesse o odor da benzina, difundir um cheiro agradável, ingenuamente embriagador, de baunilha? A alguma raiz desse aroma? Existiria talvez algum perfume barato que irradiasse tal aroma? Ou seria aquele seu cheiro próprio, assim como a sra. Kater cheirava a amoníaco e minha avó Koljaiczek a manteiga rançosa debaixo de suas saias? E Oskar, que gostava de ir ao fundo de todas as coisas, procurou ir atrás da baunilha: Maria não se esfregava com baunilha. Esse era o cheiro de Maria. Ainda hoje estou convencido de que Maria não tinha consciência do perfume que emanava dela; pois, quando aos domingos, depois do assado de vitela com purê de batatas e couve-flor em manteiga dourada, se punha sobre a mesa um pudim de baunilha que tremelicava porque eu batia com meu sapato contra uma das pernas da mesa, Maria, que adorava o pudim simples com calda de framboesa, comia pouco daquele e contra a vontade enquanto Oskar até hoje continua sendo louco pelo referido pudim, o mais simples e possivelmente o mais trivial de todos os pudins.

Em julho de 40, pouco depois de os comunicados especiais terem anunciado o curso rápido e vitorioso da campanha da França, começou a temporada de banhos no Báltico. Enquanto o irmão de Maria, Fritz, enviava na qualidade de sargento os primeiros cartões-postais de Paris, Matzerath e Maria decidiram que Oskar devia ir ao mar, pois o ar marítimo só lhe podia fazer bem. Maria me acompanharia à praia de Brösen no intervalo do meio-dia — a loja permanecia fechada da uma às três da tarde —, e, se não voltasse até as quatro, dizia Matzerath, não tinha importância, de vez em quando ele também gostava de ficar atrás do balcão enfrentando a clientela.

Para Oskar comprou-se um traje de banho azul com uma âncora aplicada no tecido. Maria já tinha um maiô verde debruado de vermelho, que sua irmã Guste lhe dera de presente por ocasião de sua crisma. Em uma bolsa de praia dos tempos de mamãe meteram um roupão, deixado também por mamãe, e além disso sem que houvesse necessidade, um pequeno balde, uma pazinha e várias forminhas para a areia. Maria levava a bolsa. Meu tambor, eu mesmo levava.

Oskar tinha medo de passar de bonde diante do cemitério de Saspe. Não deveria ele temer que a vista daquele lugar tão quieto mas tão eloquente deteriorasse de verdade os já escassos desejos que tinha de se banhar? Como irá se comportar o espírito de Jan Bronski, perguntava-se Oskar, se o autor de sua perdição passar perto de sua sepultura, ao som da campainha do bonde e com um traje leve de verão?

O nove parou. O condutor anunciou a estação de Saspe. Eu olhava fixamente para além de Maria, na direção de Brösen, de onde vinha, avolumando-se paulatinamente, o bonde que subia. Meus olhos não podiam vaguear. O que é que havia ali para ser visto? Pinheiros raquíticos, uma grade com arabescos de ferrugem, desordem de lápides mortuárias vacilantes cujas inscrições só os cardos e a aveia-doida podiam ler. Decididamente, mais valia olhar pela janela para cima: ali zumbiam os robustos Ju-52, como só costumam zumbir os trimotores ou as moscas adiposas em um céu de julho sem nuvens.

A toques de campainha partimos e, por momentos, o bonde oposto nos cobriu a visão. Mas, imediatamente depois do reboque, minha cabeça tornou a virar-se: vi de relance o cemitério inteiro em ruínas, e um pedaço do muro norte, cuja mancha chamativamente branca ficava sem dúvida à sombra, mas que nem por isso era menos dolorosa...

Então o cemitério desapareceu, aproximávamo-nos de Brösen, e de novo fitei Maria. Vestia um fresco vestido florido de verão. Em volta do pescoço redondo, de brilho mate, e sobre as clavículas acolchoadas aparecia um colar de cerejas de madeira, de um vermelho envelhecido, que eram todas iguais e simulavam uma madureza prestes a rebentar. Seria apenas produto de minha imaginação ou eu cheirava isso de verdade? Oskar inclinou-se um pouco — Maria levava para o Báltico seu aroma de baunilha —, aspirou o perfume profundamente, e por instantes conseguiu superar Jan Bronski, que apodrecia. A defesa do correio polonês passara à História antes mesmo que a carne dos seus defensores se desprendesse dos ossos. Oskar, o sobrevivente, tinha nas narinas odores totalmente diferentes daqueles que podia desprender atualmente seu pai presuntivo, outrora tão elegante e agora em estado de putrefação.

Em Brösen Maria comprou uma libra de cerejas, pegou-me pela mão — bem sabia que só a ela isso era permitido — e nos conduziu, através do bosque de abetos, ao balneário. Apesar de meus quase 16 anos — o administrador nada entendia disso — fui admitido na seção para senhoras. Água: 18; Ar: 26; Vento: Leste — tempo bom estável, lia-se na lousa, ao lado do cartaz da Sociedade de Salva-vidas, que continha conselhos referentes à respiração artificial e alguns desenhos desmaiados e fora de moda. Nestes, todos os afogados mostravam trajes de banho listrados, enquanto os salva-vidas usavam bigodes; na água traiçoeira flutuavam chapéus de palha.

A moça do balneário, descalça, ia à nossa frente. Como uma penitente, trazia uma corda em volta da cintura, e da corda pendia uma chave imponente que abria todas as cabines. Passarelas. Corrimãos. Uma passadeira áspera de fibra de coco ao lado de todas as cabines. Coube-nos a cabine 53. A madeira da cabine estava quente, seca, e era de um azul esbranquiçado natural, que eu gostaria de chamar de cego. Ao lado da janelinha um espelho que nem a si próprio levava a sério.

Primeiro Oskar teve de se despir. Com a cara voltada para a parede, só muito a contragosto deixei que me ajudassem. Depois Maria, com um movimento decidido de sua mão prática, voltou-me para ela, estendeu-me o traje de banho e me enfiou, sem consideração alguma, na lã apertada. Mal abotoara meus suspensórios, sentou-me no banco de fundo da cabine, depositou o tambor e as baquetas em meu colo e começou a despir-se com movimentos rápidos e decididos.

A princípio toquei um pouco o tambor, contando os nós das tábuas do piso. Depois parei de cantar e de tocar. Não cheguei a compreender por que Maria, com lábios comicamente apertados, começou a assobiar enquanto saía de seus sapatos: dois tons altos, dois baixos, livrou-se das meias, assobiava como um carreteiro, libertou-se do vestido florido, pendurou, assobiando, as anáguas sobre o vestido, deixou cair o sutiã, e continuava assobiando com afã, sem topar com melodia alguma, ao baixar as calças, que na realidade eram calções de ginástica, até os joelhos, permitindo que deslizassem daí para os pés; e, erguendo as pernas para se livrar da peça enrolada, chutou os calções para o canto.

Com seu triângulo cabeludo, Maria fez Oskar estremecer de susto. Sem dúvida, ele já sabia por sua mamãe que as mulheres não são calvas embaixo, mas, para ele, Maria não era uma mulher no sentido em que sua mamãe se revelara como mulher diante de um Matzerath ou de Jan Bronski.

E naquele momento a reconheci como tal. Raiva, vergonha, indignação, decepção e uma ereção incipiente, meio cômica, meio dolorosa, de meu regadorzinho sob o calção de banho fizeram-me esquecer o tambor e as baquetas, por amor daquela nova baqueta que acabava de crescer.

Oskar levantou-se e se atirou sobre Maria. Ela o recebeu com seus pelos. Estes cresceram entre seus lábios. Maria ria e queria afastá-lo. Eu, porém, continuava absorvendo cada vez mais dela, em mim, continuava na pista do cheiro de baunilha. Maria ria e ria. Admitiu-me inclusive em sua baunilha, o que parecia diverti-la, pois não cessava de rir. Só quando me resvalaram as pernas e o resvalo me machucou — porque eu não abandonava os pelos, ou eles não me abandonavam —, quando a baunilha provocou-me lágrimas nos olhos, quando já começava a sentir o gosto de cogumelos ou lá o que fosse, de sabor forte, porém não mais de baunilha, quando o tal cheiro de terra que Maria ocultava atrás da baunilha fixou-me diante de Jan Bronski putrefato e me infestou para sempre com o gosto do perecível — só então soltei.

Oskar deslizou sobre as tábuas cor de cego da cabine e ainda chorava quando Maria, que uma vez mais voltava a rir, o levantou, tomou-o nos braços e o acariciou, apertando-o contra aquele colar de cerejas, que era a única peça de vestuário que havia conservado.

Balançando a cabeça, tirou-me dos lábios seus pelos, e dizia, maravilhada: "Você, sim, que é um marotinho! Mete a fuça por aí, não sabe o que é, e depois chora."

Pó efervescente

Sabem o que é isto? Outrora, podia-se comprá-lo em qualquer época do ano em saquinhos chatos. Em nossa loja, mamãe vendia alguns saquinhos de Pó Efervescente Aspérula, de um verde nauseante. Outros envelopinhos, aos quais laranjas não inteiramente maduras emprestavam sua cor, diziam: pó efervescente com sabor de laranja. Ademais, havia um pó efervescente com sabor de framboesa, e outro que, quando misturado com água de torneira, crescia, sibilava, borbulhava, fervia e, se bebido antes de se acalmar, tinha um sabor distante, remoto, de limão; a água do copo também tomava a sua cor, só que com maior fidelidade ainda: um amarelo artificial com aspecto de veneno.

Que se lia, além da indicação do sabor, nas embalagens? Produto natural — Patenteado — Proteja contra Umidade, e, abaixo de uma linha pontilhada: Rasgar aqui.

Onde mais se podia adquirir o pó efervescente? Não apenas na loja de mamãe, mas em qualquer mercearia — com exceção do café Kaiser e das cooperativas de consumo. Em todas as mercearias e em todos os quiosques de refrescos, os saquinhos de pó efervescente custavam três *pfennige*.

Maria e eu tínhamos grátis o pó efervescente. Só quando não podíamos esperar até chegar em casa tínhamos de pagar em alguma mercearia ou em uma barraca de refresco os três *pfennige* ou mesmo seis, pois um não nos bastava e pedíamos dois saquinhos.

Quem começou com o pó efervescente? A eterna questão entre amantes! Eu digo que Maria começou. Maria nunca afirmou que Oskar teria começado. Deixava a questão aberta e o máximo que dizia, se pressionada, era: "Foi o pó efervescente."

Evidentemente, toda a gente dará razão a Maria. Oskar era o único que não podia aceitar tal sentença condenatória. Com efeito, nunca admiti que um saquinho de pó efervescente de três *pfennige* — preço de balcão — fosse capaz de tentar Oskar. Contava então 17 anos, empenhava-me em acusar a mim próprio ou, quando muito, Maria, mas nunca um pó efervescente clamando por proteção contra a umidade.

Começou poucos dias depois de meu aniversário. Segundo o calendário, a estação de banhos chegava ao fim. Mas o tempo não queria ainda saber de setembro. Depois de um agosto chuvoso, o verão dava de si tudo o que podia; suas marcas tardias podiam-se ler no quadro ao lado do cartaz da Sociedade de Salva-vidas, pregadas na cabine do chefe dos guarda-vidas: Ar, 29; Água, vinte; Vento, Sudeste — predominantemente bom.

Enquanto Fritz Truczinski na qualidade de sargento enviava cartões-postais de Paris, Copenhague, Oslo e Bruxelas — andava sempre em viagens de serviço —, Maria e eu nos tostávamos ao sol. Em julho tínhamos fixado nosso ponto diante da parede do solário do banho para famílias. Como Maria ali não se sentia ao abrigo das brincadeiras dos alunos do segundo ano do Conradinum, de calção vermelho, e das complicadas e fastidiosas declarações de amor de um estudante da Escola Superior de São Pedro, abandonamos em meados de agosto o banho para famílias e encontramos na seção para senhoras um lugarzinho bem mais tranquilo, próximo da água. Algumas damas robustas de respiração entrecortada, nisso parecidas com as breves ondas do Báltico, enfiavam-se na água até as varizes acima dos joelhos, e meninos pequenos, nus e mal-educados, lutavam contra o destino, construindo castelos de areia que sempre acabavam por desmoronar.

O banho de senhoras: quando as mulheres estão a sós e não se supõem observadas, um jovem, como o que Oskar então ocultava sob sua pele, devia fechar os olhos para não se converter em testemunha involuntária da feminilidade desembaraçada.

Estávamos estendidos na areia. Maria em seu maiô verde debruado de vermelho, e eu em meu calção de banho azul. A areia dormia, o mar dormia, as conchas, esmagadas, não escutavam. O âmbar, que segundo dizem combate o sono, estaria em algum outro lugar; o vento, que conforme o quadro da meteorologia soprava de sudeste, ia adormecendo, e todo o vasto céu, fatigado sem dúvida, não cessava de bocejar; também Maria e eu nos sentíamos um pouco cansados. Já nos havíamos banhado e depois — não antes — comido. E as cerejas jaziam agora, em forma de caroços de cereja ainda úmidos, na areia, ao lado de outros caroços de cereja brancos e secos, mais leves, do ano anterior.

À vista de tantas coisas perecíveis, Oskar deixava cair sobre seu tambor a areia misturada com caroços de cereja de um ano, de mil anos ou recentes ainda, brincando de relógio de areia e tentando fazer o papel da morte, que brinca com ossos. Sob a carne cálida e adormecida de Maria, eu imaginava partes de seu esqueleto sem dúvida bem desperto, saboreava a visão entre a ulna e o rádio, subia e descia praticando jogos numéricos em sua coluna vertebral, introduzia minhas mãos nas duas fossas ilíacas e me divertia com o esterno.

A despeito do passatempo que obtinha representando a morte com o relógio de areia, Maria se mexeu. Às cegas, confiando apenas nos dedos, enfiou a mão na bolsa de praia à procura de algo, enquanto eu derramava o resto da areia com os caroços de cereja sobre meu tambor já enterrado pela metade. Como não encontrasse o que buscava, provavelmente sua gaita, esvaziou a bolsa: de imediato surgiu sobre a toalha não a gaita, mas um saquinho de Pó Efervescente Aspérula.

Maria simulou surpresa. Talvez se surpreendesse de verdade. Eu, sim, é que realmente estava surpreso e me perguntava — continuo me perguntando até hoje: como pôde este pacotinho de pó efervescente, este artigo barato, só comprado por filhos de estivadores e de desempregados porque não têm dinheiro para uma limonada de verdade, como pôde tal saquinho entrar em nossa bolsa de praia?

Enquanto Oskar refletia, Maria ficou com sede. Também eu, interrompendo minhas reflexões, tive de confessar contra minha vontade que tinha uma sede premente. Não tínhamos copo e, além disso, se quiséssemos chegar até a água potável, tínhamos que andar pelo menos 35 passos, se fosse Maria, e uns cinquenta, se fosse eu. E para pedir o copo emprestado ao guarda-vidas e abrir a torneira ao lado da cabine deste era preciso caminhar pela areia ardente entre montanhas de carne untadas de creme Nivea e estendidas de barriga para baixo ou de barriga para cima.

Temíamos ambos o caminho e abandonamos o pacotinho sobre a toalha. Finalmente, antes que ocorresse a Maria apanhá-lo, peguei-o. Mas Oskar tornou a pô-lo sobre a toalha, dando a Maria sua oportunidade. Maria não o pegou. Então, peguei-o e passei a Maria. Maria o devolveu a Oskar. Agradeci e dei-o de presente a ela. Mas ela não queria aceitar presentes de Oskar. Tive, pois, de tornar a deixá-lo sobre a toalha. Ali esteve por algum tempo, sem se mexer.

Oskar afirma que foi Maria quem, depois de uma pausa opressiva, pegou o pacotinho. E não apenas isto, rasgou uma tirinha de papel exatamente onde dizia: Rasgar aqui. Logo me estendeu o saquinho aberto. Dessa vez foi Oskar quem declinou, agradecendo. Maria conseguiu ofender-se. De maneira decidida largou o saquinho aberto sobre a toalha. Que me restava senão pegá-lo, antes que a areia entrasse nele, e oferecê-lo a Maria?

Oskar afirma que foi Maria quem enfiou um dedo pela abertura do saquinho e o retirou, mantendo-o vertical e à vista: na ponta do dedo via-se algo branco-azulado — o pó efervescente. Ela me ofereceu o dedo. Naturalmente, aceitei-o. E, ainda que ele me subisse ao nariz, minha cara conseguiu refletir deleite. Foi Maria quem formou uma concha na mão. E Oskar não teve outro remédio senão colocar um pouco de pó na concha rosada. Ela não sabia o que fazer com o montículo. O monte sobre sua palma era-lhe demasiado novo e surpreendente. Inclinei-me, então, reuni toda minha saliva, direcionei-a sobre o pó efervescente, repeti a dose, e só me recostei de novo quando esgotara minha saliva.

Sobre a mão de Maria começou a dar chiados e a formar-se espuma. E, de repente, a Aspérula converteu-se em vulcão. Aquilo começou a ferver, como a fúria verde de não sei que povo. Ocorria algo que Maria nunca vira antes, sem dúvida, nem nunca sentira, porque sua mão estremecia, vibrava, queria fugir, já que a Aspérula a mordia, a Aspérula lhe atravessava a pele, a Aspérula excitava-a e lhe dava uma sensação, uma sensação, uma sensação...

À medida que o verde aumentava, Maria ia ficando vermelha, levou a mão à boca, lambeu a sua palma com a língua comprida, repetiu isto várias vezes e de forma tão desesperada que Oskar já queria acreditar que a língua, longe de aplacar a sensação da Aspérula que a excitara, aumentava-a até o ponto e ainda mais além do ponto que normalmente está fixado a toda sensação.

Depois a sensação começou a ceder. Maria ria baixinho, olhou ao redor para ver se não havia testemunhas da Aspérula e, ao verificar que as vacas-marinhas que respiravam em seus trajes de banho continuavam estendidas, indiferentes e se tostando com Nivea, deixou-se cair sobre a toalha. Sobre um fundo tão branco se foi extinguindo lentamente o seu rubor.

Talvez a temperatura balnear daquela hora meridiana tivesse tentado Oskar a tirar uma sesta, se, transcorrida apenas meia hora, Maria não houvesse se endireitado e ousado estender a mão para o saquinho de pó efervescente, que estava ainda pela metade. Não sei se lutara consigo mesma antes de despejar o resto do pó na depressão daquela mão a que o efeito da Aspérula não era mais estranho.

Aproximadamente pelo tempo que alguém emprega limpando os óculos, manteve o saquinho à esquerda e a concha rosada à direita, imóveis e um em frente à outra. E não que dirigisse o olhar ao saquinho ou à mão côncava, que hesitasse entre o meio cheio e o vazio; mas fitava entre um e outra com uns olhos sombrios e severos. Tornou-se patente, contudo, o quanto o olhar severo era mais débil que o saquinho meio cheio. Este, com efeito, se aproximou da mão côncava, e a mão se aproximou daquele, enquanto que o olhar ia perdendo sua severidade salpicada de melancolia para tornar-se curioso e, finalmente, ávido. Com uma indiferença dificilmente simulada, Maria amontoou o resto da Aspérula em sua palma estofada e, seca, não obstante o calor, deixou cair o saquinho e a indiferença, apoiou com a mão livre a mão cheia, fixou ainda por algum tempo seus olhos cinza no pó e me fitou: olhava-me com olhos gris, e me pedia, com olhos gris, algo: queria minha saliva. Mas por que não pegava a sua? A de Oskar achava-se quase esgotada; ela teria sem dúvida muito mais, pois a saliva não se renova tão rapidamente; que usasse pois, em boa hora, da sua, que afinal de contas era igual, se não melhor; e, em todo caso, ela devia já ter mais, que eu não podia fabricá-la tão às pressas; e, além disso, ela era maior que Oskar.

Maria queria minha saliva. Desde o princípio ficou claro que só minha saliva estava em questão. Não tirou de cima de mim o olhar imperativo, e eu atribuí a culpa desta cruel inflexibilidade aos lóbulos de suas orelhas, que não caíam livremente, que estavam soldados à sua mandíbula inferior. Oskar engoliu em seco; pensou em coisas que ordinariamente lhe punham água na boca, mas — fosse por culpa do ar do mar ou do ar salino ou do ar salino do mar — minhas glândulas salivares falharam e, aguilhoado pelo olhar de Maria, tive de me levantar e pôr-me a caminho. Tinha de andar cinquenta passos pela areia ardente sem olhar nem à direita nem à esquerda, subir os degraus mais quentes ainda da escada que conduzia à cabine do guarda-vidas, abrir a torneira, pôr debaixo a cabeça virada com a boca aberta, beber, bochechar e engolir, para que Oskar voltasse a ter saliva.

Quando completei o trajeto que ia da cabine à toalha, por mais que o caminho fosse interminável e a vista em toda sua extensão horripilante, encontrei Maria estendida de bruços. Tinha a cabeça enfiada entre os braços cruzados. As tranças repousavam indolentemente sobre suas espáduas.

Empurrei-a, pois agora Oskar dispunha de saliva. Mas Maria não se mexeu. Tornei a empurrá-la. Ela, porém, não queria. Com cuidado abri-lhe a mão esquerda. Permitiu-me fazê-lo: a mão estava vazia, como se jamais tivesse visto vestígios de Aspérula. Endireitei-lhe os dedos da mão direita: a palma rosada, úmida nas linhas, cálida e vazia.

Recorrera à sua própria saliva? Não pudera esperar? Ou talvez teria soprado o pó, afogando a sensação de senti-lo, para depois esfregar a mão na toalha, até fazer surgir de novo a mãozinha familiar de Maria, com seu cômoro da lua ligeiramente supersticioso, seu Mercúrio gordo e o cinturão de Vênus firmemente acolchoado?

Naquele dia voltamos para casa, e Oskar não saberá nunca se Maria fez o pó ferver pela segunda vez naquele mesmo dia ou se foi somente alguns dias mais tarde que aquela mistura de pó efervescente e saliva minha, por repetição, se converteu em vício para ela e para mim.

O acaso, um acaso obediente aos nossos desejos, quis que na noite daquele dia que se acaba de descrever — tomamos sopa de mirtilo e comemos bolo de batata — Matzerath nos comunicasse de maneira pormenorizada que se tornara sócio de um pequeno clube de *skat* do grupo local do Partido e que teria de se reunir duas noites por semana com seus companheiros de jogo, todos eles chefes de célula, no restaurante Springer; e como de vez em quando também iria Sellke, o chefe do grupo local, não podia deixar de comparecer. Por isso, sentindo muito, teria de deixar-nos sós. O melhor seria, acrescentou, que Oskar ficasse, nas noites em questão, dormindo com mamãe Truczinski.

Mamãe Truczinski concordou, tanto mais que preferia aquela solução à proposição que Matzerath lhe fizera na véspera, às escondidas de Maria: que em vez de eu ficar dormindo no apartamento de mamãe Truczinski viesse Maria, duas vezes por semana, pernoitar conosco, dormindo no sofá.

Anteriormente, Maria dormia naquela enorme cama que em outro tempo acalentara as costas de meu amigo Herbert. Aquele móvel pesado continuava no quarto pequeno de trás. Mamãe Truczinski tinha sua cama na sala. Guste Truczinski, que continuava trabalhando, como antes, no café do hotel Éden, morava lá, e ainda que viesse uma ou outra vez em seus dias livres para casa, raramente ficava para passar a noite e, se fosse o caso, dormia no sofá. Mas se ocorresse que Fritz Truczinski viesse de licença e trouxesse presentes de países distantes, então o licenciado do front ou o viajante a serviço dormia na cama de Herbert, Maria na de mamãe Truczinski, e esta se ajeitava no sofá.

Tal ordem veio a ser alterada por minha causa. Primeiro quiseram que eu dormisse no sofá. Este plano foi por mim rechaçado em termos breves mas categóricos. Depois mamãe Truczinski quis ceder-me sua cama de velhinha, contentando-se com o sofá. A isso opôs-se Maria, que não queria que sua velha mãe se sentisse mal-acomodada, e, sem maiores rodeios, declarou-se disposta a partilhar comigo a antiga cama de garçom de Herbert, o que expôs nos seguintes termos: "Não é problema Oskarzinho em uma cama. Quando muito será um oitavo de porção."

Assim, a partir da semana seguinte, Maria levou minha roupa de cama, duas vezes por semana, de nosso andar térreo ao segundo e nos alojou, a mim e ao meu tambor, do lado esquerdo de sua cama. Na primeira noite de *skat* de Matzerath não ocorreu nada. A cama de Herbert me parecia imensa. Deitei-me primeiro; Maria veio depois. Tinha se lavado na cozinha e entrou no quarto vestida com uma camisola, ridícula de tão comprida, reta e fora de moda. Oskar esperava vê-la desnuda e peluda, e a princípio se sentiu decepcionado, mas depois ficou contente, pois aquela peça saída da gaveta da avó lhe recordava, em sua amplitude leve e agradável, a branca caída de pregas do uniforme de enfermeira.

De pé diante da cômoda, Maria desfazia as tranças e assobiava. Sempre que se vestia ou se despia, quando preparava ou desfazia as tranças, assobiava. Mesmo quando se penteava, soprava incansavelmente com seus lábios em bico aquelas duas notas, sem articular, contudo, melodia alguma.

Tão logo largou Maria o pente, interrompeu-se também o assobio. Voltou-se, sacudiu outra vez a cabeleira, pôs ordem com poucos movimentos sobre a cômoda, e a ordem a deixou de bom humor; arremessou um beijo com a mão a um bigodudo papai, fotografado e retocado com moldura de ébano, saltou sobre a cama com impulso exagerado, brincou várias vezes com as molas, agarrou com o último salto o edredão, desapareceu até o queixo sob a montanha sem me tocar, já que me encontrava sob minhas próprias plumas, retirou uma vez mais de sob o edredão um braço redondo pelo qual deslizava a manga da camisola, procurou acima de sua cabeça aquele cordão com que se podia apagar a luz, encontrou-o, apagou, e só no escuro me disse, com voz muito mais alta do que o necessário: "Boa noite!"

A respiração de Maria não tardou a se tornar regular. É provável que não se tratasse de uma simples simulação: adormeceu de verdade, já que a seu labor ativo de cada dia só podia e devia seguir-se uma intensidade de sono parecida.

Por muito tempo, imagens absorventes que tiravam o sono desfilaram diante dos olhos de Oskar. Por mais espesso que fosse o negro entre as paredes e o papel de escurecimento das janelas, não deixavam de inclinar-se umas enfermeiras louras sobre as cicatrizes de Herbert ou saía da branca camisa amarrotada de Leo Schugger uma gaivota que andava por ali e voava, até que se despedaçava contra o muro de um cemitério, que depois se via recém-caiado et cetera et cetera. E somente quando um odor crescente de baunilha, estonteante, fez primeiro vibrar o filme precursor do sono para depois despedaçá-lo definitivamente, achou Oskar uma respiração igualmente regular, como a que Maria já vinha praticando há algum tempo.

Três dias depois Maria voltou a me oferecer a mesma casta representação de como uma moça se prepara para ir para a cama. Veio com sua camisola, assobiou ao desfazer as tranças, continuou assobiando ao se pentear, colocou de lado o pente, parou de assobiar, pôs ordem na cômoda, mandou à foto um beijo com a mão, efetuou o salto exagerado, brincou, agarrou o edredão e percebeu — eu contemplava suas costas — um saquinho — eu admirava sua esplêndida cabeleira —, descobriu sobre o edredão algo verde — eu cerrei os olhos, disposto a esperar até que ela se acostumasse à vista do saquinho de pó efervescente —, e então gemeram as molas sob uma Maria que se atirava para trás, houve um clique e, quando pelo clique Oskar abriu os olhos, pôde confirmar o que já sabia: Maria apagara a luz, respirava irregularmente na escuridão e não pudera acostumar-se ao saquinho de pó efervescente. Pergunto-me, contudo, se a escuridão obtida por ela não intensificava a existência do pó efervescente, fazia florescer a Aspérula e prescrevia à noite um bom bicarbonato borbulhante.

Quero quase crer que a escuridão se punha ao lado de Oskar. Porque, decorridos poucos minutos — se é que se pode falar de minutos em um quarto escuro como breu —, percebi movimentos na cabeceira da cama: Maria procurava pelo cordão às cegas, pescou-o e, ato contínuo, voltava eu a admirar a esplêndida cabeleira longa de Maria, que se esparramava sobre a camisola. Que luz tão regular e amarela difundia a lâmpada, por trás do tecido plissado do abajur! Bojudo e intacto, o edredão continuava amontoado ao pé da cama. Na escuridão, o saquinho não se atrevera a se mexer. A camisola ancestral de Maria sussurrava; uma de suas mangas, com a mãozinha correspondente, ergueu-se e Oskar começou a juntar saliva na cavidade bucal.

No curso das semanas seguintes, esvaziamos da mesma forma mais de uma dúzia de saquinhos de pó efervescente, a maioria com sabor de Aspérula e depois, ao acabar-se este, de limão e framboesa; todos eles fizemos ferver com minha saliva provocando uma sensação que Maria ia apreciando cada vez mais. Tornei-me perito em coletar saliva, lancei mão de truques que faziam com que a água me viesse rapidamente e em abundância à boca, e não tardei a estar em condições de proporcionar a Maria, com o conteúdo de uma única embalagem de pó efervescente, três vezes seguidas a sensação desejada.

Maria mostrava-se contente com Oskar, apertava-o por vezes contra seu peito, chegava a beijá-lo após a satisfação efervescente duas ou três vezes em algum lugar da cara e adormecia quase sempre muito depressa, mas sem que antes Oskar a ouvisse, baixinho, rir na escuridão.

Cada vez me era mais difícil adormecer. Tinha 16 anos, um espírito inquieto, sentia a necessidade, que me tirava o sono, de oferecer ao meu amor por Maria outras possibilidades, insuspeitadas e diversas daquelas que dormitavam no pó efervescente e que, despertadas por minha saliva, produziam sempre a mesma sensação.

As meditações de Oskar não se limitavam ao lapso de tempo que sucedia o apagar da luz. Também de dia eu cismava detrás do tambor, folheava meus extratos de Rasputin já gastos pela leitura, recordava antigas orgias pedagógicas entre Gretchen Scheffler e minha mamãe, consultava também Goethe, de quem, como de Rasputin, possuía excertos das *Afinidades eletivas*; como consequência disso, adotava a energia elementar do curandeiro russo, aplanava-a com o sentimento universal da natureza do príncipe dos poetas, dava a Maria ora o aspecto de czarina, ora os traços da grã-duquesa Anastásia, escolhia damas do excêntrico séquito nobiliário de Rasputin, para voltar a vê-la, repugnado com tanta sensualidade, na transparência celestial de uma Otília ou atrás da paixão castamente contida de Carlota. Alternadamente, Oskar via a si mesmo como o próprio Rasputin ou como seu assassino, frequentemente como capitão, mais raramente como marido hesitante de Carlota. Uma vez — devo confessá-lo — me vi como um gênio que, na figura conhecida de Goethe, flutuava sobre o sono de Maria.

Estranhamente, eu esperava mais estímulos da literatura que da vida nua, real. Assim, por exemplo, Jan Bronski, a quem sem dúvida vira à saciedade bolinar minha pobre mamãe, não podia me ensinar praticamente nada. Embora soubesse que o monte formado alternadamente por mamãe e Jan e por mamãe e Matzerath, esse monte suspirante, exaustivo, que terminava em um gemer desfalecente e se desfazia em baba, significava amor, Oskar não queria acreditar que o amor fosse isso e, por amor, buscava outra forma de amor. Todavia, estava sempre de volta àquele amor embrulhado, e odiava aquele amor — até que, ao praticá-lo ele mesmo, teve de defendê-lo ante seus próprios olhos como o único amor verdadeiro e possível.

Maria tomava seu pó efervescente deitada de costas. Logo que começava a borbulhar, ela se agitava, esperneava, com frequência a camisola subia, até as coxas, já depois da primeira sensação. Na segunda efervescência, a camisola geralmente conseguia vencer a rampa do ventre e se amontoar sob os seios. Um belo dia, depois de ter derramado o pó na mão esquerda durante várias semanas, guardei o resto de um saquinho de pó efervescente com sabor de framboesa e espontaneamente — não tive chance de consultar previamente Goethe ou Rasputin — entornei-o na cavidade de seu umbigo, deixei cair minha saliva em cima antes que ela pudesse protestar e, ao começar a ferver a cratera, Maria perdera todos os argumentos indispensáveis a um protesto, porque o umbigo efervescente apresentava em relação à mão muitas vantagens. O pó era evidentemente o mesmo, minha saliva continuava sendo minha saliva, e tampouco a sensação era diferente, mas, em contrapartida, mais forte, muito mais forte. Tão forte era a sensação que Maria mal podia suportá-la. Inclinava-se para a frente e esforçava-se por acalmar com a língua as framboesas efervescentes no buraquinho de seu umbigo, tal como costumava apagar a Aspérula na cavidade da mão; mas a língua não era comprida o bastante: seu umbigo ficava mais longe que a África ou a Terra do Fogo. De mim, todavia, o umbigo de Maria ficava perto, e assim, pois, afundei nele minha língua em busca de framboesas, encontrava-as cada vez mais, perdi-me nessa busca, chegando a regiões onde nenhum guarda-florestal solicitava licença para colher, e me sentia obrigado a não desperdiçar framboesa alguma, e não tinha nos olhos, na cabeça, no coração e no ouvido outra coisa senão framboesa, cheirava só framboesa e me achava tão enfiado nas framboesas que não foi senão de passagem que Oskar pôde observar: Maria está contente com esta colheita diligente. Por isso apagou a luz. Por isso se abandona confiante ao sono e deixa que você continue a colher: porque Maria era rica de framboesas.

E quando não as encontrei mais, localizei ali como que por acaso fungos. E como estes cresciam mais escondidos sob o musgo e minha língua já não os alcançava, deixei crescer em mim um décimo primeiro dedo, pois os outros dez tampouco alcançavam. E assim Oskar adquiriu uma terceira baqueta — tinha idade suficiente para isso. E, em vez de rufar na lata, tamborilei no musgo. E já não sabia se era eu que tocava ou se era Maria, se aquele era meu musgo ou era o dela. Pertenciam o musgo e o décimo primeiro dedo a outro e a mim somente os fungos? O senhor dali debaixo tinha vontade e cabeça próprias? Quem fazia amor: Oskar, ele ou eu?

E Maria, que em cima dormia e embaixo velava, Maria, que cheirava inocentemente a baunilha e, sob o musgo, a fungos; que em suma queria pó efervescente e não aquele pequeno senhor que tampouco eu queria: aquele que se tornara independente, e que agia à sua maneira, e dava de si algo que eu não sugerira, e se levantava quando eu estava deitado, e tinha sonhos diferentes dos meus e nem sabia ler ou escrever e, contudo, assinava por mim; aquele que hoje ainda segue seu próprio caminho e se separou de mim desde o primeiro dia, e é meu inimigo e aliado inevitável, e me atraiçoa e me abandona; aquele que eu quisera trair e vender, porque me envergonha, que se envergonha também de mim; aquele que eu lavo, que me suja, e não vê nada e fareja tudo, que me é tão estranho que gostaria de chamar-lhe excelência, e tem uma memória totalmente distinta da de Oskar: porque quando hoje Maria entra em meu quarto e Bruno se retira discretamente para o corredor, não a reconhece, e não quer, não pode, mantém-se grosseiramente fleumático, enquanto o coração agitado de Oskar faz minha boca balbuciar: "Escuta, Maria, minhas ternas propostas: eu podia comprar um compasso e traçar um círculo a nossa volta, e com o mesmo compasso medir a inclinação do ângulo de seu pescoço enquanto lê ou cose ou, como agora, gira o botão de meu rádio portátil. Largue o rádio, ternas propostas: eu podia deixar injetar meus olhos e voltar a chorar. No primeiro açougue, Oskar deixaria que passassem seu coração pela máquina de moer, se você estivesse disposta a fazer o mesmo com sua alma. Podíamos também comprar um animalzinho de pelúcia para que permanecesse quieto entre nós. Se eu me decidisse pelas minhocas e você pela paciência, podíamos pescar e ser mais felizes. Ou o pó efervescente daqueles dias, lembra? Chame-me Aspérula e me porei a ferver; peça-me mais e darei a você o resto — Maria, pó efervescente, ternas propostas!

"Por que continua a mexer no rádio e só ouve o rádio, como se possuída de uma avidez selvagem de comunicados especiais?"

Comunicados especiais

O disco branco de meu tambor não se presta muito a experimentos. Deveria sabê-lo. A lata exige sempre a mesma madeira. Quer que lhe perguntem a golpes, quer dar resposta a golpes ou, sob o redobre, deixar livremente a pergunta ou a resposta em suspenso. Não é, portanto, uma frigideira que, esquentada artificialmente, faça contrair a carne crua, nem uma pista de dança para pares que não sabem se seus passos estão combinando. Daí não ter Oskar, nem nas horas mais solitárias, espargido pó efervescente sobre seu tambor, nem misturado com ele sua saliva e preparado um espetáculo que não voltou a ver faz anos e do qual sinto muita falta. É bem verdade que Oskar não pôde evitar uma experiência com o dito pó, mas procedeu de forma mais direta, deixando de lado seu tambor; o que equivale a dizer que me pus a descoberto, pois, sem meu tambor, estou sempre a descoberto.

Para começar, foi difícil encontrar pó efervescente. Mandei Bruno a todos os armazéns de Grafenberg, e ordenei que fosse de bonde a Gerresheim. Pedi-lhe inclusive que tentasse na cidade, mas nem nos quiosques de bebidas que se costumam encontrar nos terminais das linhas de bonde pôde Bruno conseguir pó efervescente. As vendedoras mais jovens sequer o conheciam, os lojistas mais velhos lembravam-se dele com maior loquacidade e, esfregando a testa com as mãos — segundo me informou Bruno —, diziam: "Homem, que deseja? Pó efervescente? Faz muito tempo que desapareceu! Nos tempos de Guilherme, e bem no principiozinho dos tempos de Adolfo, existia no comércio. Aqueles, sim, é que eram tempos! Não quer uma limonada ou uma coca-cola?"

Assim, meu enfermeiro bebeu à minha custa várias garrafas de limonada e de coca-cola e não conseguiu o que eu desejava; até que, enfim, descobriu a forma de satisfazer Oskar. Bruno mostrou-se incansável e ontem me trouxe um saquinho sem rótulo: a praticante do laboratório do sanatório, uma tal de srta. Klein, declarara-se disposta, de maneira bastante compreensiva, a abrir suas caixinhas, gavetas e livros de consulta, a tomar uns gramas disto e outros tantos daquilo e, finalmente, após vários experimentos, a misturar um pó efervescente, do qual Bruno me assegurava: entrava em efervescência, espumava, ficava verde e tinha um sabor muito discreto de Aspérula.

E hoje foi dia de visita. Veio Maria. Mas primeiro veio Klepp. Rimos juntos por uns três quartos de hora a propósito de algo digno de se esquecer. Procurei não ferir Klepp ou seus sentimentos leninistas e não conduzi a conversa no sentido de temas da atualidade, nem mencionei, por conseguinte, o comunicado especial que meu rádio portátil — Maria me deu de presente há algumas semanas — anunciou: a morte de Stalin. De qualquer maneira Klepp parecia estar a par, pois exibia na manga do sobretudo quadriculado, cosido por uma mão inexperiente, a tarja preta. Em seguida Klepp levantou-se e entrou Vittlar. Os dois amigos pareciam estar estremecidos uma vez mais, pois Vittlar saudou Klepp rindo e fazendo chifres com os dedos: "A morte de Stalin me surpreendeu esta manhã enquanto fazia a barba!" disse sarcasticamente, enquanto ajudava Klepp a vestir o abrigo. Com lustrosa expressão de piedade na cara larga, ergueu este com o dedo o bracelete negro da manga do sobretudo. "Por isso estou de luto", suspirou; imitando o trompete de Armstrong, entoou os primeiros compassos fúnebres da "New Orleans functions": tra--tradadá-tra-dadá-dadadá, e se mandou pela porta.

Vittlar ficou, não quis sentar, preferiu dançar diante do espelho e, por um quarto de hora, sorrimos maliciosamente, sem pensar em Stalin.

Não sei se pretendia fazer de Vittlar meu confidente ou se meu propósito era pô-lo fora dali. Fiz-lhe sinal para que se aproximasse da cama, para que encostasse seu ouvido, e cochichei em sua colher de grandes lóbulos: "Pó efervescente. Significa alguma coisa para você, Gottfried?" Um salto de espanto afastou Vittlar de minha cama de grades; recorrendo à sua ênfase e teatralismo costumeiros, apontou--me o indicador tenso e sussurrou: "Por que quer, Satanás, me tentar com o pó efervescente? Será que ainda não sabe que sou um anjo?"

E à maneira de um anjo, Vittlar voou para fora, não sem antes consultar uma vez mais o espelho acima da pia. Realmente os jovens de fora do hospício são estranhos e tendem ao maneirismo.

E então veio Maria. Mandou fazer vestido novo de primavera e com ele usa elegante chapéu cinza-rato, dotado de um discreto e refinado adorno cor de palha, e não o retira nem em meu quarto. Saudou-me superficialmente, estendeu-me a bochecha para ser beijada e imediatamente ligou o rádio portátil que me deu de presente, sem dúvida, mas que parece preservar para seu próprio uso, porque o detestável aparelho de plástico preenche, em dias de visita, parte de nosso colóquio. "Ouviu o noticiário desta manhã? Fantástico, não? — Sim, Maria — respondi pacientemente — não me quiseram fazer segredo da morte de Stalin; mas, por favor, largue o rádio."

Maria obedeceu sem pronunciar palavra, sentou-se sem tirar o chapéu e, como de costume, começamos a conversar sobre o pequeno Kurt.

— Imagine você, Oskar, o maroto não quer mais usar meias longas, estamos em março ainda e vem frio pela frente, segundo informa o rádio. — Prescindi da informação radiofônica e tomei o partido do pequeno Kurt na questão das meias longas. — O rapaz já tem 12 anos, Maria, e se envergonha das meias de lã diante dos companheiros de escola.

— Prefiro sua saúde, porém, e usará meias até a Páscoa.

O prazo foi fixado com tanta segurança que resolvi contemporizar, com prudência: "Nesse caso, devia lhe comprar uma calça de esqui, as meias longas de lã são realmente feias. Lembre-se de quando tinha a idade dele. Em nosso pátio de Labesweg. Que foi que fizeram ao Baixinho, que também tinha de usar meias até a Páscoa? Nuchy Eyke, que tombou em Creta, Axel Mischke, que ficou para sempre lá na Holanda pouco antes do final, e Harry Schlagger, que foi que fizeram ao Baixinho? Untaram-lhe as meias de lã com alcatrão, de modo que se colaram à pele e teve de ser conduzido ao hospital."

— Foi Susi Kater! A culpa foi dela, não das meias! — interpôs Maria, rútila de furor. Embora desde o princípio da guerra Susi Kater tenha se alistado no corpo feminino de transmissões e mais tarde casado, segundo diziam, na Baviera, Maria continuava nutrindo a propósito de Susi, mais velha que ela alguns anos, um rancor tão impenitente como o que só as mulheres são capazes de pôr em suas antipatias de infância para guardá-lo até que sejam avós. De qualquer maneira, a alusão às meias alcatroadas do Baixinho produziu efeito. Maria prometeu comprar para o pequeno Kurt uma calça de esqui. Podíamos imprimir outro rumo à conversação. Havia informes elogiosos a respeito do pequeno Kurt. Na última reunião de pais, o diretor Könnemann se referia a ele favoravelmente. "Imagine você, é o segundo da classe. E nem imagina o quanto me ajuda também na loja."

Assenti com um meneio de cabeça enquanto ela me descrevia as últimas aquisições para a loja de comestíveis finos. Animei Maria a que abrissem uma filial em Oberkassel. Os tempos eram favoráveis, disse, a conjuntura persistia — diga-se de passagem, isto eu ouvira no rádio —, e depois me pareceu que era hora de chamar Bruno. Este surgiu e me entregou o saquinho com o pó efervescente.

O plano de Oskar era premeditado. Sem mais explicações, pedi a Maria que me desse sua mão esquerda. Primeiro ameaçou a direita, retificou-se a seguir e, meneando a cabeça e rindo, estendeu-me o dorso da mão esquerda, pensando talvez que eu quisesse beijá-la. Não mostrou surpresa até que lhe virei a mão e, entre os montes da lua de Vênus, despejei o conteúdo do saquinho. Deixou que eu o fizesse, e só se assustou quando Oskar se inclinou sobre sua mão e começou a excretar sobre o pó sua saliva abundante.

— Deixe de besteira, Oskar! — exclamou indignada; e pondo-se de pé de um salto, afastou-se e ficou contemplando horrorizada o verde pó efervescente e espumante. Da cabeça aos pés Maria corou. Já começava eu a nutrir esperanças quando com três passos pôs-se junto da pia, deixou correr água sobre nosso pó — uma água repugnante, primeiro fria, depois quente — e a seguir lavou as mãos com o meu sabão.

— Às vezes você fica realmente insuportável, Oskar. O que o sr. Münsterberg vai pensar de nós? — Como se pedisse indulgência para mim, fitou Bruno, que durante meu experimento tomara posição ao pé da cama. Para que Maria não se envergonhasse mais, despachei o enfermeiro e, tão logo bateu a porta, pedi a Maria que voltasse a se aproximar da cama: — Não se lembra? Lembre-se, por favor. Pó efervescente! Três *pfennige* o saquinho! Recue um pouco o pensamento: Aspérula, framboesa, como fervia, como fazia espuma! E a sensação, Maria, a sensação!

Maria não se lembrava. Eu lhe inspirava um medo estúpido. Tremeu um pouco, escondeu a mão esquerda e tratou, convulsivamente, de encontrar outro assunto, narrando-me de novo os êxitos escolares do pequeno Kurt, a morte de Stalin, e discorrendo sobre o novo refrigerador da loja de comestíveis finos Matzerath e dos projetos de uma filial em Oberkassel. Eu, no entanto, me mantive fiel ao pó efervescente e disse: pó efervescente; ela se levantou; pó efervescente, supliquei, e ela se despediu apressadamente, levou as mãos ao chapéu, não soube se devia partir, ligou o rádio, este começou a zunir, e eu gritei mais forte: "Pó efervescente, Maria, lembrei!"

Estava já perto da porta, chorava, movia a cabeça e, fechando a porta com a mesma precaução de quem deixa um moribundo, me deixou a sós com o rádio que zunia e assobiava.

Portanto, Maria não pôde mais se lembrar do pó efervescente. Para mim, porém, enquanto viver e tocar tambor, o pó efervescente não cessará de borbulhar; porque foi minha saliva que, em fins do verão do ano 40, animou a Aspérula e as framboesas, despertou sensações, enviou minha carne em busca de algo, tornou-me caçador de cogumelos, e outros fungos, para mim desconhecidos, mas igualmente saborosos, me fez pai, sim, senhores, pai; pai em uma idade prematura, da saliva à paternidade, despertador de sensações, pai, colhendo e fecundando: porque em princípio de novembro já não restava dúvida: Maria estava grávida, Maria estava no segundo mês e eu, Oskar, era o pai.

Disso estou convencido ainda hoje, pois a coisa com Matzerath ocorreu só bem mais tarde, duas semanas, não, dez dias depois que eu engravidara a sonolenta Maria na cama de seu irmão Herbert, pródigo em cicatrizes, próximo dos postais de campanha enviados por seu irmão mais novo, o sargento, no escuro, entre paredes e papel de escurecimento; encontrei Maria, não dormindo, mas dessa vez ativa e lutando desesperadamente por ar em nosso sofá; estava debaixo de Matzerath, deitada, e Matzerath por cima dela.

Oskar, que estivera meditando no sótão, vindo do corredor com seu tambor, entrou na sala de estar. Os dois não deram por mim. Tinham as cabeças voltadas para a estufa de ladrilhos. Sequer tinham se despido totalmente. As cuecas de Matzerath estavam na altura dos joelhos. Sua calça, amontoada sobre o tapete. O vestido e a combinação de Maria enrolados por cima do sutiã na altura das axilas. A calcinha bamboleava no pé direito que, juntamente com a perna e feiamente contorcido, pendia do sofá. A perna esquerda, torcida e como que desinteressada, repousava sobre as almofadas do recosto superior. Entre as pernas, Matzerath. Com a mão direita segurava a cabeça dela, com a outra alargava a abertura dela e procurava pôr-se na pista. Por entre os dedos abertos de Matzerath, Maria olhava de soslaio para o tapete e parecia acompanhar o desenho deste com os olhos, até debaixo da mesa. Ele cravara os dentes numa almofada de veludo, e só abandonava o veludo quando falavam. Porque às vezes falavam, sem por isso interromper o trabalho. Só quando o relógio deu os três quartos de hora, pararam, ele esperou que o carrilhão cumprisse seu dever até o fim e disse, voltando à faina como antes: "Faltam 15." E depois quis saber se estava bom daquele jeito. Ela disse sim várias vezes, pedindo-lhe que fosse prudente. Ele lhe prometeu que teria muito cuidado. Ela lhe pediu, melhor dizendo, implorou que dessa vez prestasse especial atenção. A seguir, ele se informou se para ela faltava muito ainda. E ela disse que não, que já em seguida. E então sofreu provavelmente uma cãibra naquele pé pendurado no sofá, pois escoiceou o ar, mas a calcinha continuou ainda assim pendurada nele. Nisto ele tornou a morder a almofada e ela gritou: saia; e ele queria sair efetivamente, mas não pôde, porque Oskar estava em cima dos dois antes que ele pudesse sair; eu estava em cima e batia nos rins dele com o tambor e no tambor com as baquetas, porque não podia mais ouvir aquele saia e saia, porque meu tambor era mais forte que seu saia, e eu não tolerava que ele saísse à maneira como Jan Bronski saíra sempre de mamãe, porque também mamãe costumava dizer saia a Jan e saia a Matzerath. E então se separavam e deixavam o muco estalar em alguma coisa, em algo ajeitado de antemão ou, sem tempo de alcançá-lo, sobre o sofá ou, eventualmente, sobre o tapete. Isso, porém, eu não podia ver. Afinal, tampouco eu havia saído. Fui o primeiro a não sair, e daí ser eu o pai, e não esse Matzerath que acreditou sempre e até o final que era meu pai, quando na realidade meu pai era Jan Bronski. E isto eu herdei de Jan, o não sair antes de Matzerath, o ficar dentro e deixá-lo dentro; e o que aqui saiu foi meu filho, e não o dele. Ele não tem filho algum. Este não era um verdadeiro pai. Mesmo que houvesse casado dez vezes com minha mãe e mesmo que agora se casasse também com Maria porque estava grávida. E ele pensava que certamente as pessoas de casa e da rua pensariam isso. Claro que pensavam! Pensavam que Matzerath emprenhara Maria e que agora se casava com ela, que contava 17 anos e meio, enquanto ele andava lá pelos 45. Mas ela é muito esperta para sua idade, e o pequeno Oskar pôde se alegrar em tê-la como madrasta, pois Maria não é uma madrasta para a pobre criança, mas uma verdadeira mãe, embora Oskarzinho não seja de todo bom da cachola e devesse na verdade estar em Silberhammer ou em Tapiau, no asilo.

A instâncias de Gretchen Scheffler, Matzerath decidiu casar-se com minha amante. Consequentemente, se o chamo de pai, embora não passe de meu pai presuntivo, hei de fazer constar o seguinte: meu pai casou com minha futura esposa, chamou, depois, de filho a Kurt, que era meu filho, e exigiu de mim que visse em seu neto um meio-irmão e que tolerasse que minha amada Maria, que cheirava a baunilha, compartilhasse na qualidade de madrasta a cama dele, que fedia a ova de peixe. Mas se digo que, na realidade, esse Matzerath não é sequer meu presuntivo pai, mas um ser absolutamente estranho, nem simpático nem digno de minha antipatia, um indivíduo que cozinha bem e que até o presente, cozinhando, me tem feito bem ou mal as vezes de pai, porque minha pobre mamãe mo legou; que agora me rouba diante de todo mundo a melhor das mulheres e faz de mim testemunha de uma boda, e cinco meses depois, de um batismo, isto é, torna-me convidado de duas festas de família que na realidade teria cabido a mim organizar, porque eu é que devia levar Maria ao registro civil e escolher depois os padrinhos do menino. Quando me punha, pois, a considerar os personagens principais dessa tragédia, não podia deixar de observar que a representação da peça padecia de uma falsa distribuição dos papéis mais importantes e acabava por me desiludir do teatro: a Oskar, o verdadeiro protagonista, tinham reservado um papel de figurante que poderia muito bem ser suprimido.

Antes de dar a meu filho o nome de Kurt, antes de chamá-lo como nunca deveria tê-lo chamado — deveria ter dado ao pimpolho o nome de seu verdadeiro avô, Vinzent Bronski —, antes, pois, de me conformar com Kurt, Oskar não quer deixar de contar de que forma se defendeu, durante a gravidez de Maria, contra o nascimento esperado.

Já na própria noite daquele dia em que os surpreendi sobre o sofá e impedi, tocando o tambor e acocorando-me nas costas suarentas de Matzerath, a precaução solicitada por Maria, naquela mesma noite fiz uma tentativa desesperada de reconquistar minha amante.

Matzerath só conseguiu fazer-me descer quando já era tarde demais. Por isso me bateu. Maria, porém, tomou a defesa de Oskar e reprovou em Matzerath a falta de cuidado. Matzerath defendeu-se como um pobre velho. A culpa era de Maria, disse, buscando um pretexto, pois deveria ter se contentado com uma só vez, mas parece que nunca tinha o suficiente. Diante disso Maria se pôs a chorar, dizendo que com ela a coisa não era assim tão rápida quanto um simples meter e tirar e pronto, e que se ele era assim, melhor que procurasse outra, porque ainda que fosse inexperiente, sua irmã, Guste, que estava no Éden e sabia das coisas, lhe tinha dito que aquilo não era tão depressa e lhe recomendara muito que tivesse cuidado, porque havia homens que só queriam soltar seu muco e, pelo visto, ele, Matzerath, era um desses, e sendo assim, ela já não o faria mais com ele, porque o que ele queria era que também a ela a coisa soasse, como acabara de soar. Mas mesmo assim ele devia ter sido cuidadoso, porque ela bem merecia essa pequena consideração. E logo desatou a chorar e continuava sentada no sofá. E Matzerath pôs-se a gritar, de cuecas, e disse que não podia suportar aquela choradeira; mas depois arrependeu-se do arrebatamento e tornou a atentar contra Maria, ou seja, procurou acariciar sob a roupa o que ainda não tinha se tapado, e isso deixou Maria furiosa.

Oskar nunca a vira assim. Subiram-lhe ao rosto umas manchas avermelhadas, e seus olhos cinzentos tornaram-se quase negros. Chamou Matzerath de bunda-mole; e Matzerath, rapidamente, apanhou suas calças, vestiu-as e abotoou-as. Podia ir embora tranquilamente, gritou-lhe Maria, para seus chefes de célula, que eram tão esguichadores rápidos quanto ele. E Matzerath pegou seu paletó e depois o trinco da porta e assegurou, ao sair, que doravante adotaria outro tom, que de mulheres já estava até aqui, e que se ela tinha tanta disposição que fisgasse algum trabalhador estrangeiro, aquele francês, por exemplo, que lhes trazia a cerveja, que sem dúvida esse, sim, faria melhor. Para ele, Matzerath, o amor era algo diferente dessas porcarias; mas agora ia jogar sua partida de *skat*, já que lá sabia pelo menos o que o esperava.

Assim, fiquei a sós com Maria na sala. Agora já não chorava, mas, de forma pensativa e assobiando discretamente, ia vestindo a calcinha. Por algum tempo alisou o vestido, que sobre o sofá havia se amarrotado. Depois ligou o rádio e pareceu ouvir as informações relativas aos níveis de água do Vístula e do Nogat e, quando após a indicação pluviométrica relativa ao curso inferior do Mottlau anunciaram melodias de valsas e estas começaram efetivamente a se ouvir, tirou de novo repentina e inesperadamente a calcinha, foi correndo à cozinha, pegou uma panela e abriu a água, ouvi que o gás fazia puf!, e pensei: Maria está preparando um banho de assento.

Com o fito de fugir a esta evocação desagradável, Oskar concentrou-se na melodia da valsa. Se a memória não me falha, bati alguns compassos de música de Strauss sobre meu tambor e encontrei prazer nisso. Depois interromperam na emissora os sons da valsa e anunciaram um comunicado especial. Oskar apostou tratar-se de um comunicado do Atlântico, e não se enganou. A oeste da Irlanda vários submarinos haviam conseguido afundar sete ou oito navios de tantas ou quantas toneladas brutas de registro. Além disso, outros submarinos tinham mandado ao fundo do Atlântico quase exatamente as mesmas toneladas brutas de registro, tendo se distinguido especialmente um submarino sob o comando do capitão-tenente Schepke — mas pode ter sido também o capitão-tenente Kretschmer; em todo caso foi um dos dois ou outro tenente famoso que tinha o recorde de toneladas, e além disso um contratorpedeiro inglês da classe XY.

Enquanto eu acompanhava no tambor, com variações e emprestando-lhe quase um compasso de valsa, a canção "Iremos à Inglaterra", que se sucedera ao comunicado especial, entrou Maria na sala, com uma toalha pendurada no braço. Disse à meia-voz: "Ouviu, Oskarzinho? Outro comunicado especial! Se isto continua assim..." E, sem revelar a Oskar o que aconteceria se aquilo continuasse dessa forma, sentou-se em uma cadeira em cujo espaldar Matzerath costumava pendurar seu paletó. Maria enrolou a toalha úmida em forma de linguiça e pôs-se a assobiar bastante forte, e inclusive corretamente, as notas do "Iremos à Inglaterra". Repetiu os últimos compassos quando já haviam terminado os do rádio e, assim que se voltaram a ouvir os sons imortais da valsa, desligou o aparelho que estava sobre o aparador. Deixou sobre a mesa a toalha em forma de linguiça, sentou-se e acomodou as mãozinhas sobre as coxas.

Fez-se então um grande silêncio na sala: só o relógio de pé falava cada vez mais forte, e Maria parecia refletir se não seria melhor voltar a ligar o rádio. Mas depois tomou outra decisão. Apoiou a cabeça na toalha-linguiça sobre a mesa, deixou cair os braços por entre os joelhos em direção ao tapete e começou a chorar de maneira silenciosa e regular.

Oskar se perguntava se Maria não estaria talvez envergonhada de que eu a tivesse surpreendido em uma situação tão desagradável. Decidi alegrá-la; escapei da sala e achei na loja, no escuro, ao lado dos pacotes de pudim e das folhas de gelatina, um saquinho que no corredor à meia-luz se revelou como pó efervescente com sabor de Aspérula. Oskar se alegrou com seu achado, porque à época acreditava ter percebido que o sabor de Aspérula era o que mais agradava a Maria.

Quando voltei à sala, a bochecha direita de Maria continuava apoiada sobre a toalha enrolada como linguiça. Também os braços pendurados como antes bamboleavam desamparados entre as coxas. Oskar se aproximou pelo lado esquerdo e experimentou uma decepção ao ver que tinha os olhos cerrados e sem lágrimas. Esperei com paciência que levantasse as pálpebras com pestanas meio coladas e lhe estendi o saquinho; mas ela não viu a Aspérula e parecia olhar através da embalagem e de Oskar.

As lágrimas a terão cegado, disse comigo mesmo desculpando-a, e, após breve deliberação, decidi proceder de forma mais direta. Oskar se mandou para debaixo da mesa, acocorou-se aos pés de Maria, ligeiramente voltados para dentro, tomou-lhe a mão esquerda que com as pontas dos dedos quase tocava o tapete, voltou-a para cima até que pudesse ver a palma, abriu o saquinho com os dentes, verteu o conteúdo do papel na concavidade que se me abandonava sem resistência, acrescentei minha saliva, contemplei ainda a primeira efervescência e recebi a seguir um pontapé muito doloroso no peito, que lançou Oskar sobre o tapete até debaixo do centro da mesa da sala.

Apesar da dor, me levantei imediatamente e saí de debaixo da mesa. Maria havia se levantado também. Encontramo-nos ofegantes cara a cara. Maria pegou a toalha, friccionou bem com ela a mão esquerda, lançou-me o pano aos pés e me chamou de porco maldito, anão venenoso, gnomo tarado, bom para fazer picadinho. Depois me agarrou, bateu-me no cangote, xingou minha pobre mamãe por ter trazido ao mundo um monstro como eu e, vendo-me a ponto de gritar com intenção de espatifar todas as vidraças da casa e do mundo inteiro, meteu-me na boca aquela toalha que era mais dura de morder que um pedaço de carne.

E não me soltou até que Oskar começou a passar de vermelho a azul. Agora teria sido fácil reduzir a estilhaços todos os copos, vidraças da janela e, pela segunda vez, o vidro do mostrador do relógio de pé. E, contudo, não gritei; fui deixando que se apoderasse de mim um ódio tão arraigado que ainda hoje, quando Maria entra em meu quarto, sinto-o entre os dentes como se ainda fosse aquela toalha.

Esquisita como sempre, Maria me soltou, riu com vontade, tornou a ligar o rádio, e se aproximou, assobiando a valsa, para acariciar-me o cabelo, como eu gostava, em sinal de reconciliação.

Oskar deixou-a aproximar-se até bem pertinho e a esmurrou então, com os dois punhos de uma vez, de baixo para cima, exatamente ali por onde ela havia admitido Matzerath. E ao agarrar-me os punhos no ar antes do segundo golpe, mordi-a no mesmo maldito lugar e, sem soltar minha presa, caí com ela sobre o sofá; ouvi realmente que o rádio anunciava um novo comunicado especial, mas Oskar não quis escutá-lo; e por isso ele se exime de dizer-lhe o que afundou, quem afundou ou quanto se afundou, porque um acesso convulsivo de choro me fez soltar os dentes, e fiquei estendido imóvel sobre Maria, que chorava de dor, enquanto Oskar chorava de ódio e amor, de um amor que se convertia em impotência de chumbo, à qual não podia pôr fim.

Oferenda da impotência à sra. Greff

Dele, Greff, eu não gostava. Ele, Greff, não gostava de mim. Nem mais tarde, quando me construiu a máquina-tambor, minha simpatia aumentou. E ainda hoje, quando Oskar mal tem forças para tão tenazes antipatias, não gosto especialmente dele, mesmo que hoje Greff já não exista.

Greff era verdureiro. Mas não se iludam. Não acreditava nas batatas nem nas couves, ainda que possuísse vastos conhecimentos de horticultura e gostasse de se fazer passar por jardineiro, amigo da natureza e vegetariano. Mas era precisamente porque não comia carne que Greff não podia ser um autêntico verdureiro. Tornara-se incapaz de falar dos produtos da terra como se fala dos produtos da terra. "Considere, por favor, esta extraordinária batata", dizia amiúde aos clientes. "Esta carne vegetal, tumefata, exuberante, que sempre inventa novas formas e permanece, contudo, tão casta! Gosto da batata porque ela me fala!" É evidente que um verdureiro de verdade não deve nunca falar assim, sob risco de pôr seus clientes em situação embaraçosa. De minha avó Anna Koljaiczek, por exemplo, que envelhecera entre campos de batata, nunca ouvi, nem nos melhores anos de colheita de batata, afirmação maior que esta: — Parece que são um pouco maiores do que ano passado. — Entretanto Anna Koljaiczek e seu irmão Vinzent Bronski dependiam muito mais da colheita de batatas que o verdureiro Greff, a quem um bom ano de ameixas compensava largamente um mau ano de batatas.

Em Greff tudo era exagerado. Seria, por exemplo, absolutamente necessário que usasse na loja um avental verde? E que grande presunção dar a tal peça verde-espinafre, com um sorriso destinado ao cliente e ar sábio, o título de "verde avental do jardineiro do Senhor!". Acrescia a isto o fato de não prescindir de seus escoteiros. A verdade é que em 38 se vira obrigado a dissolver o grupo — os rapazes foram enfiados nas camisas pardas e nos elegantes uniformes negros de inverno —, o que não impedia que os antigos escoteiros continuassem a visitar regularmente o antigo chefe, em trajes civis ou de uniforme novo, para cantar com ele, que dedilhava o violão diante daquele avental de jardineiro que o Senhor lhe emprestara, canções matutinas, canções vespertinas, canções de marcha, canções de lansquenê, canções de colheita, canções da Virgem e toda espécie de cantos populares nacionais e estrangeiros. E como Greff oportunamente se tornara membro do Corpo Motorizado Nacional-Socialista, e como, a partir de quarenta e um, intitulava-se não só verdureiro, mas também chefe de grupo da defesa passiva, e podia ainda citar a seu favor dois antigos escoteiros que tinham feito carreira no Jungvolk — tornaram-se, respectivamente, chefe de divisão e chefe de seção —, aconteceu que a chefatura distrital da Juventude Hitlerista autorizou os serões musicais da adega de batatas de Greff. E de fato o chefe de treinamento do distrito, Löbsack, convidou-o inclusive para organizar festivais de canção durante os cursos de treinamento, no castelo de Jenkau. Assim, no início de 40, juntamente com um professor primário, foi Greff encarregado de confeccionar para o Distrito do Reich, que incluía Dantzig e a Prússia Ocidental, um livro de canções para a juventude sob o título *Cante conosco*. O livro ficou muito bom e Greff recebeu de Berlim uma carta assinada pelo chefe da Juventude do Reich, convidando-o para um congresso de chefes de coros em Berlim.

Greff era, portanto, um homem valioso. Não só sabia todas as estrofes de todas as canções, como também era capaz de montar tendas de campanha, acender e apagar fogos de acampamento sem produzir incêndios florestais, ir direto a seu objetivo guiando-se pela bússola, enumerar os nomes de todas as estrelas visíveis, narrar contos jocosos ou de aventura, e conhecia todas as lendas do país do Vístula, todos os grão-mestres da ordem e suas datas correspondentes, organizava festivais sob o título Dantzig e a Hansa e ainda sabia muito sobre a missão do germanismo no território da Ordem, e só raramente introduzia em suas práticas alguma frase mais própria de escoteiros.

Greff amava a juventude. Preferia os rapazes às moças. Para dizer a verdade, não gostava nada das moças, amava somente os rapazes. E às vezes amava-os mais ainda do que se pode expressar em uma canção. Talvez fosse a sra. Greff, mulher pouco asseada, de sutiã sempre seboso e calcinha esburacada, que o obrigava a procurar uma medida de amor mais pura entre rapazes vigorosos e muito limpos. Mas também é possível que tivesse outra raiz a árvore em cujos ramos florescia permanentemente a roupa suja da sra. Greff. Quero dizer, talvez ela se descuidasse porque o verdureiro e membro da defesa civil não apreciava como devia a sua exuberância despreocupada e um pouco simples.

Greff apreciava o rígido, o musculoso, o duro. Quando dizia natureza queria indicar ascetismo, e, quando se referia a ascetismo, falava de uma espécie particular de higiene corporal. Greff tinha uma noção exata de seu corpo. Cuidava dele com minúcia, expunha-o ao calor e, de forma particularmente criativa, ao frio. Enquanto Oskar, cantando de perto ou a distância, quebrava o vidro, descongelava ocasionalmente as flores de neve das vitrines ou derretia e fazia tilintar os pingentes de gelo, o verdureiro era, em contrapartida, um homem que quebrava o gelo com um instrumento manual.

Greff abria buracos no gelo. Em dezembro, janeiro e fevereiro abria com um machado buracos no gelo. Muito cedo, de noite ainda, tirava a bicicleta da adega, envolvia o machado em um saco de cebolas e pedalava de Saspe a Brösen; de Brösen, pela orla marítima coberta de neve, em direção a Glettkau; apeava entre Brösen e Glettkau e, enquanto lentamente amanhecia, empurrava a bicicleta, o machado dentro do saco de cebolas, atravessava a areia e adentrava uns duzentos ou trezentos metros no Báltico congelado. Aqui imperava a névoa costeira; da praia ninguém podia ver quando Greff deitava a bicicleta no chão, pegava o machado, permanecia por um instante silencioso e estático, escutava os apitos de nevoeiro dos cargueiros presos no ancoradouro pelo gelo, despia a jaqueta, praticava um pouco de ginástica e começava finalmente a cavar, com golpes poderosos e regulares, um buraco circular no Báltico.

Para isso precisava de uns bons 45 minutos. Por favor, não me perguntem como sei disso. Naquele tempo Oskar sabia praticamente tudo. Por isso sabia também de quanto tempo Greff precisava para acabar o buraco. Greff transpirava e gotas salgadas de suor caíam-lhe da alta testa côncava na neve. Traçava com muita habilidade o contorno, profundo e circular, até trazê-lo de volta ao ponto de origem e levantava então, sem luvas, a tampa de uns vinte centímetros de espessura, erguendo-a da enorme massa de gelo que, podemos presumir, se estendia, se não até a Suécia, pelo menos até Hela. Embaixo a água era cinzenta e velha, salpicada de uma espécie de massa gelada. Desprendia um ligeiro vapor, sem ser por isso uma nascente termal. O buraco atraía os peixes, quer dizer, parece que os buracos no gelo atraem os peixes. Greff teria podido pescar lampreias ou um badejo de vinte libras. Só que ele não pescava, começava a despir-se até ficar nu; porque Greff, quando se despia, ficava nu.

Oskar não se propõe a transmitir-lhes calafrios invernais na espinha. Basta, pois, que diga que durante os meses de inverno o verdureiro Greff tomava banho no Báltico duas vezes por semana. Nas quartas-feiras, banhava-se sozinho, muito cedo. Partia às seis, chegava ao local às seis e meia, trabalhava até sete e quinze, arrancava do corpo, com movimentos rápidos e exagerados, toda a roupa e, depois de esfregar-se com neve, saltava para o buraco e, dentro dele, começava a gritar; algumas vezes o ouvi mesmo cantar "Os Patos Selvagens Voam na Noite" ou "Amamos as Tempestades". Banhava-se e gritava, durante uns dois ou três minutos; saltava sobre a camada de gelo, da qual a sua carne fumegante, mais vermelha que um caranguejo, se destacava com espantosa precisão e corria ao redor do buraco, gritando sempre, até esquentar e poder de novo percorrer o caminho que levava à roupa e à bicicleta. Pouco antes das oito Greff estava de volta ao Labesweg, abrindo a mercearia com toda a pontualidade.

Tomava o segundo banho aos domingos, em companhia de vários rapazes. Oskar não pretende ter visto isto, e na verdade não o viu nunca. Foram mexericos posteriores. O músico Meyn sabia histórias acerca do verdureiro, trombeteava-as por todo o bairro, e uma dessas histórias dizia que, nos meses mais rigorosos de inverno, Greff se banhava todos os domingos em companhia de vários rapazes. Nem o próprio Meyn, porém, chega a afirmar que Greff obrigava os moços a entrar, tão despidos quanto ele, no buraco feito no gelo. Parece que se contentava em vê-los traquinar, musculosos e resistentes, meio despidos ou quase nus, esfregando-se mutuamente com neve. E mais, os rapazes sobre a neve proporcionavam tanta alegria a Greff que às vezes, antes ou depois do banho, fazia travessuras com eles, ajudava a esfregar um ou outro e permitia que toda a horda o friccionasse. E assim pretende o músico Meyn ter visto, do passeio costeiro de Glettkau e apesar da névoa, um Greff terrivelmente despido que cantava, gritava, atraía a si dois de seus discípulos despidos, levantava-os e, despido com um carregamento despido, galopava sobre a espessa camada de gelo do Báltico como parte de uma troca barulhenta e desbocada.

Adivinhar-se-á, então, facilmente que Greff não era filho de pescadores, ainda que houvesse em Brösen e Neufahrwasser muitos pescadores de sobrenome Greff. O verdureiro vinha de Tiegenhof, mas Lina Greff, de solteira Bartsch, conhecera-o em Praust, onde ele ajudava um jovem e empreendedor vigário a dirigir a Organização dos

Jovens Católicos, à qual ela ia todos os sábados por causa do mesmo padre. Segundo uma foto, que ela própria me deve ter dado porque figura até hoje em meu álbum, aos vinte anos Lina era uma moça robusta, rechonchuda, bonachona, leviana e tola. Seu pai tinha uma horticultura de certa importância em Sankt-Albrecht. Como iria jurar mais tarde em todas as ocasiões possíveis, Lina era totalmente inexperiente quando, a conselho do vigário, casou-se aos 22 anos com Greff. Com o dinheiro do pai dela abriram a mercearia em Langfuhr e, visto que o mesmo os provia de quase todos os vegetais e frutas a preço baixo, o negócio andava praticamente sozinho, e Greff não podia lhe fazer grandes estragos.

Aliás, se o verdureiro não tivesse aquela queda infantil pelos trabalhos manuais, não teria sido nada difícil converter a loja, muito bem-situada, longe de toda a concorrência e em um subúrbio populoso, em uma mina de ouro. Mas quando o inspetor de Pesos e Medidas se apresentou pela terceira ou quarta vez — verificou a balança dos legumes, confiscou os pesos, selou a balança e impôs a Greff multas de maior ou menor importância, grande parte de seus clientes habituais o abandonou e passou a fazer as compras no mercado semanal, dizendo: "Não há dúvida, a mercadoria de Greff é sempre de primeira qualidade e até barata, mas alguma coisa ali não é de confiança, já que o fiscal voltou a visitá-lo."

Mas, ainda assim, estou certo de que Greff não tinha intenção de enganar ninguém. Tanto que a balança grande das batatas pesava mesmo a seu desfavor, depois que o verdureiro fez algumas modificações nela: pouco antes da guerra adaptou-lhe, por exemplo, um carrilhão que tocava uma canção diferente para cada peso. Por vinte libras de batatas, podia a freguesia ouvir, como se fora um prêmio, "Na clara ribeira do Saale"; por cinquenta libras, "Sê sempre fiel e honrado"; e um quintal de batatas de inverno arrancava do carrilhão as notas ingênuas e cativantes de "Anita de Tharau".

Mesmo compreendendo facilmente que essas brincadeiras musicais não podiam ser do agrado do Departamento de Pesos e Medidas, Oskar apreciava tais manias do verdureiro. E também Lina Greff se mostrava indulgente com as extravagâncias de seu marido, porque... bem, porque o casamento dos Greff consistia precisamente na indulgência para com as extravagâncias do outro. Assim, bem pode se dizer que o casal Greff era feliz. O verdureiro não batia na esposa, não a enganava nunca com outras mulheres, não bebia nem jogava; pelo contrário, era um homem jovial, cuidadoso com sua aparência e, de natureza sociável e prestativa, era querido não só pela juventude, mas também por aquela parte da clientela que comprava de bom grado a música com as batatas.

Da mesma forma, era com espírito sereno e benevolente que Greff via como a sua Lina ia de ano para ano transformando-se em uma mulher desleixada e cada vez mais malcheirosa. Eu o via sorrir quando pessoas que lhe queriam bem chamavam a coisa pelo nome. Soprando e friccionando as mãos sempre bem cuidadas, apesar das batatas, ouvia--o dizer de vez em quando a Matzerath, a quem a sra. Greff chocava: "Claro que tem razão, Alfred, a pobre Lina é realmente um pouco descuidada. Mas você e eu não temos também nossos defeitos?" E se Matzerath insistia, Greff punha fim à discussão de forma amistosa mas categórica: "Sim, sim, você tem razão em algumas coisas, mas, apesar de tudo, ela tem muito bom coração! Então eu não havia de conhecer a minha Lina!"

E talvez a conhecesse. Ela, porém, mal o conhecia. Assim como os vizinhos e clientes, nunca pudera ver naqueles rapazes e jovens que visitavam o verdureiro com tanta assiduidade outra coisa que não o entusiasmo da juventude por um amigo e educador, diletante, sem dúvida, mas nem por isso menos apaixonado.

A mim, Greff não podia nem entusiasmar nem educar. A verdade é que Oskar também não era seu tipo; a menos que tivesse me decidido a crescer: pois meu filho Kurt, agora com quase 13 anos, encarna à perfeição, com sua figura ossuda e desenvolta, o tipo de Greff, mesmo parecendo-se em tudo com Maria, muito pouco comigo e quase nada com Matzerath.

Juntamente com Fritz Truczinski, que viera de licença, Greff foi testemunha do casamento de Alfred Matzerath e Maria Truczinski. Ele teve lugar apenas no registro civil, uma vez que ambos os noivos eram protestantes. Foi em meados de dezembro. Matzerath disse o "sim" de uniforme do Partido. Maria estava no terceiro mês.

Quanto mais minha amada engordava, mais aumentava o ódio de Oskar. Não que tivesse alguma coisa contra a gravidez; mas pensar que o fruto por mim gerado usaria algum dia o nome de Matzerath me tirava toda a alegria que poderia me ter dado um filho e herdeiro. Maria estava no quinto mês quando fiz minha primeira tentativa de aborto, certamente tarde demais. Era Carnaval; Maria tentava afixar serpentinas e um par de máscaras de palhaço de narizes descomunais na barra de cobre acima do balcão, da qual pendiam linguiças e toucinho. A escada, normalmente apoiada com firmeza nas prateleiras, balançava agora, insegura, contra o balcão. Maria estava em cima, com as mãos entre as serpentinas; Oskar embaixo, ao lado da escada. Usando as baquetas como escoras, ajudado pelo ombro e por um firme propósito, levantei o pé da escada e empurrei-a para um lado: entre as serpentinas e as máscaras Maria lançou um grito de susto abafado, a escada inclinou-se, Oskar afastou-se de um salto e a seu lado caiu Maria, e com ela o papel colorido, as máscaras e algumas linguiças.

Foi mais o barulho que outra coisa. Maria apenas torcera um pé; teve de ficar de cama em repouso, mas não sofreu maiores transtornos. Continuou se tornando cada vez mais disforme e nem sequer contou a Matzerath o que lhe tinha ocasionado o pé torcido.

Só quando eu, em maio do ano seguinte, a umas três semanas da data esperada para o nascimento, empreendi minha segunda tentativa, é que ela decidiu falar com seu esposo, Matzerath, sem contudo dizer toda a verdade. No almoço, em minha presença, disse: "Oskarzinho tem ultimamente umas brincadeiras de selvagem, me bate muito na barriga. Talvez fosse melhor deixá-lo com mamãe até o nascimento; ela tem muito espaço."

Isso foi o que Matzerath ouviu e acreditou. Mas esse meu encontro com Maria fora na verdade um ataque criminoso.

Ela se estendera no sofá, depois do almoço. Matzerath acabara de lavar a louça e estava na loja decorando a vitrine. Na sala reinava o silêncio. Talvez uma mosca, o relógio como sempre e no rádio, muito baixo, notícias dos êxitos dos paraquedistas em Creta. Só prestei atenção quando o grande boxeador Max Schmeling começou a falar. Segundo entendi, o campeão mundial torcera o pé ao aterrissar sobre o solo rochoso de Creta e tinha agora de ficar de cama em repouso, tal como Maria depois da queda da escada. Schmeling falou com calma e comedimento e logo outros paraquedistas menos proeminentes tomaram a palavra; Oskar desistiu de escutar: silêncio, talvez uma mosca, o relógio como sempre, o rádio muito baixo.

Eu estava sentado à janela, no meu banquinho, e observava o corpo de Maria sobre o sofá. Ela respirava profundamente e tinha os olhos fechados. De quando em quando eu batia sem vontade em meu tambor. Mas ela não se mexia, e ainda assim obrigava-me a respirar o mesmo ar que sua barriga. Claro que havia também o relógio, a mosca entre as vidraças e as cortinas e o rádio com a ilha pedregosa de Creta ao fundo. Em poucos instantes, porém, tudo isso desapareceu, e eu já não via senão a barriga, e já não sabia em que quarto tal barriga se inflava, nem a quem pertencia, nem quem a tinha deixado assim, e já não tinha senão um desejo: tem que desaparecer, essa barriga; não vê que é um erro, que tapa a vista? Levante-se, faça alguma coisa! Assim, pois, me levantei. Vamos, veja se pode dar um jeito nela. E fui me aproximando da barriga e peguei algo no caminho. É um inchaço maligno, precisa de um pouco de ar. Levantei, pois, aquilo que pegara no caminho e procurei um espaço na barriga entre as mãos de Maria. Decida de uma vez, Oskar, senão Maria abre os olhos. Sentia-me já observado, mas continuei fitando a mão esquerda dela, que tremia de leve. E vi então que ela erguia a mão direita, que se propunha a fazer alguma coisa com esta e não me surpreendi muito quando, com a mão direita, Maria tirou a tesoura das mãos de Oskar. Permaneci, talvez, ainda alguns segundos com o punho erguido e vazio, escutando o relógio, a mosca e a voz do locutor da rádio que anunciava o fim do programa sobre Creta: dei então meia-volta e, antes de começar a transmissão seguinte — música alegre das duas às três —, já tinha abandonado a sala que, graças a uma barriga que ocupava demasiado espaço, se tornava muito pequena para mim.

Dois dias mais tarde Maria proveu-me de um novo tambor e levou-me àquele apartamento de segundo andar de mamãe Truczinski que cheirava a café e batatas fritas. Primeiro dormi no sofá; Oskar se recusara a dormir na antiga cama de Herbert por medo de remanescências de cheiro de baunilha. Uma semana depois o velho Heilandt subiu pela escada minha caminha de madeira. Consenti que a montassem ao lado daquele leito que guardara silêncio debaixo de mim, Maria e nosso pó efervescente comum.

Junto de mamãe Truczinski, Oskar se acalmou ou se tornou indiferente. Já não era obrigado a ver aquela barriga, pois Maria evitava subir as escadas e eu de minha parte fugia de nosso apartamento, da loja, da rua e até do pátio, no qual, devido à crescente dificuldade de alimentação, tinham voltado a criar coelhos.

Oskar passava grande parte de seu tempo sentado em frente aos cartões-postais que o sargento Fritz Truczinski tinha enviado ou trazido de Paris. Sobre essa cidade tinha eu ideias próprias e assim, quando mamãe Truczinski me trouxe um cartão-postal ilustrado da Torre Eiffel, comecei, inspirado na arrojada construção de ferro, a tocar Paris em meu tambor, a tocar uma museta, ainda que jamais tivesse ouvido uma museta.

A 12 de junho, com 15 dias de antecipação, segundo meus cálculos, nasceu meu filho Kurt sob o signo de Gêmeos e não sob o de Câncer, como eu previra. O pai em um ano de Júpiter, o filho em um ano de Vênus. O pai dominado por Mercúrio em Virgem, o que predispõe ao ceticismo e à imaginação. O filho governado também por Mercúrio, mas no signo de Gêmeos, com uma inteligência fria e ambiciosa. O que em mim era atenuado por Vênus do signo de Balança na casa do ascendente, era agravado em meu filho por Áries na mesma casa: seu Marte ainda havia de trazer-me problemas.

Excitada e inquieta como um rato, mamãe Truczinski comunicou-me a boa-nova: "Imagina, Oskar, que a cegonha te trouxe um irmãozinho! Ainda bem, estava pensando se não seria uma menina, dessas que logo dão desgosto à gente!" Mal interrompi o tamborilar da Torre Eiffel e do Arco do Triunfo, acabado de chegar. Mas mamãe Truczinski também não parecia esperar de mim felicitações por seu novo papel de vovó Truczinski. Embora não fosse domingo, animou-se a dar um pouco de cor às faces, esfregando-as com seu clássico papel de chicória e, assim pintada de fresco, desceu ao andar de baixo para ajudar Matzerath, o pai presuntivo.

Estávamos, como disse, em junho. Um mês enganoso. Vitórias em todas as frentes — se é que se pode chamar de vitória a vitória dos Bálcãs —, e triunfos ainda maiores eram esperados na frente oriental. Ali se concentrava um exército imponente. O movimento nas estradas de ferro era constante. Fritz Truczinski, que até aqui tanto se divertira em Paris, empreendeu para a frente oriental uma viagem que tardaria a chegar ao fim e que não tinha nada a ver com uma viagem de licença. Oskar, contudo, continuava tranquilamente sentado diante dos lustrosos cartões-postais, pensando na doce Paris do começo de verão, tamborilava de leve os "Trois Jeunes Tambores", não se sentia identificado com o exército alemão de ocupação e não temia, portanto, que os guerrilheiros o precipitassem de alguma ponte do Sena. Não: era vestido de civil que subia com meu tambor à Torre Eiffel e apreciava devidamente o vasto panorama livre, apesar da altura, de qualquer ideia agridoce de suicídio. Tão bem me sentia lá em cima que só quando desci e me encontrei com meus 94 centímetros ao pé da torre é que voltei a tomar consciência do nascimento de meu filho.

Voilà, um filho!, pensei comigo. Quando fizer três anos terá um tambor de lata. Então veremos quem é aqui o pai, se esse tal sr. Matzerath ou eu, Oskar Bronski.

Sob o calor do mês de agosto — creio que se anunciava precisamente o êxito de outra batalha de envolvimento, a de Smolensk —, meu filho Kurt foi batizado. Quem teria convidado para a cerimônia minha avó Anna Koljaiczek e seu irmão Vinzent Bronski? Claro que se uma vez mais me decido pela versão que faz de Jan Bronski meu pai e do taciturno e cada vez mais extravagante Vinzent Bronski meu avô paterno, havia motivos de sobra para o convite: afinal, meus avós eram os bisavós de meu filho Kurt.

Só que pensamento tão sensato nunca poderia ter ocorrido a Matzerath, que fora o autor do convite. Porque via a si mesmo, inclusive nos momentos de maior dúvida — quando perdia catastroficamente uma partida de *skat* —, como duplo progenitor, como pai e provedor da casa. Foram outras, enfim, as razões que levaram Oskar a rever seus avós. Tinham sido germanizados os velhinhos: já não eram poloneses e falavam caxúbio só em seus sonhos. Chamavam-lhes agora alemães nacionais do grupo três. Além disso, Hedwig Bronski, a viúva de Jan, casara em segundas núpcias com um alemão do Báltico, líder local dos camponeses de Ramkau. Fora já apresentada uma petição que, quando aprovada, permitiria a Marga e Stephan Bronski adotar o sobrenome de seu padrasto, Ehlers. Stephan, que contava 17 anos, apresentara-se como voluntário e fazia agora seu treinamento no campo de Gross--Boschpol; tinha, portanto, boas chances de visitar todos os teatros de batalha europeus, enquanto Oskar, a quem também não faltava muito para completar a idade do serviço militar, havia de esperar sentado atrás de seu tambor até que, na Marinha, no Exército, ou talvez na Luftwaffe, abrissem uma vaga para um tambor de três anos.

Foi o líder de camponeses Ehlers quem tomou a iniciativa de, 15 dias antes do batizado, se apresentar no Labesweg com Hedwig sentada a seu lado na carroça puxada por dois cavalos. Tinha as pernas em O, sofria do estômago e não se comparava nem de longe a Jan Bronski. Sentado à mesa de jantar ao lado de Hedwig, de olhar bovino, via-se que era uma cabeça mais baixo que ela. Sua chegada surpreendeu o próprio Matzerath. A conversa não chegava a se encetar. Falou-se do tempo, vagamente do que acontecia na frente oriental, mencionou-se a rapidez com que nossas tropas avançavam — muito mais depressa do que em 15, como recordou Matzerath, que em 15 andara pelo leste. Todos se esforçavam para não mencionar Jan Bronski, até que eu resolvi estragar-lhes a brincadeira e, com uma boquinha cômica de criança, perguntei em voz alta e repetidamente onde estava Jan, o tio de Oskar. Matzerath pigarreou e disse alguma coisa amável e profunda sobre seu antigo amigo e rival. Ehlers assentiu imediata e efusivamente, ainda que não lhe tivesse sido dado conhecer seu predecessor. Hedwig achou inclusive umas lágrimas sinceras que lhe deslizaram lentamente pela face e foi ela quem deu ao tema Jan uma conclusão final e precisa: "Era um bom homem, incapaz de fazer mal a uma mosca. Quem havia de pensar que ia acabar assim, ele que era tão tímido e tinha medo de tudo!"

Depois destas palavras Matzerath pediu a Maria, em pé atrás dele, que trouxesse umas garrafas de cerveja e perguntou a Ehlers se ele sabia jogar *skat*. Ehlers sentia muito, mas não sabia, e Matzerath foi mesmo bastante magnânimo para perdoar-lhe esta falta, assegurando ao chefe dos camponeses, quando a cerveja se achava já nos copos, e com umas palmadas amigáveis nas costas, que não tinha nenhuma importância que não soubesse jogar *skat* e que isso não constituía empecilho para que fossem bons amigos.

Foi, portanto, assim, na qualidade de Hedwig Ehlers, que Hedwig Bronski voltou a encontrar o caminho de nossa casa e levou também até ela, no batizado de meu filho Kurt, além do líder local de camponeses, seu antigo sogro, Vinzent Bronski, com sua irmã, Anna Koljaiczek. Matzerath parecia estar informado disso, saiu à rua para dar aos velhos, debaixo da janela dos vizinhos, uma sonora e cordial saudação de boas-vindas e depois em casa, na sala, quando minha avó tirou de debaixo das suas quatro saias um ganso rechonchudo, como presente de batismo, lhes disse: "Isso é que não era preciso, vovó; o importante é sua presença, não o presente." Mas parece que minha avó, que queria ver seu ganso apreciado, não gostou do comentário e protestou, dando uns tapinhas na ave bem cevada: "Não diga isso, Alfred. Não é um ganso caxúbio, é uma ave nacional alemã, e tem exatamente o mesmo gosto de antes da guerra."

Dessa forma se resolveram todos os problemas de nacionalidade, e não voltou a haver dificuldades até a hora do batizado, quando Oskar se negou a entrar em uma igreja protestante. Mesmo quando tiraram meu tambor do táxi, me acenaram com ele e me afirmaram que se podia entrar com o tambor na igreja protestante, eu me mantive católico fanático, e antes teria me confessado breve e sucintamente ao ouvido sacerdotal do reverendo Wiehnke do que escutado um sermão batismal protestante. Matzerath cedeu, provavelmente com medo de minha voz e dos posteriores pedidos de indenização, e me deixou no táxi, enquanto na igreja batizavam. Contemplei, pois, a nuca do motorista, observei no espelho retrovisor a cara de Oskar, recordando meu próprio batizado, já distante no tempo, e os esforços do reverendo Wiehnke para afastar Satanás do pequeno Oskar.

Depois da cerimônia, comemos. Tinham juntado duas mesas e começamos pela sopa de tartaruga. Colher à beira do prato. O pessoal do campo bebia aspirando. Greff levantava o mindinho. Gretchen Scheffler mordia a sopa. Por cima de sua colher Guste dava um sorriso largo. Ehlers falava por cima da colher dele. Vinzent procurava com a sua algo que não encontrava. Só as duas velhas, minha avó Anna e mamãe Truczinski, se dedicavam de corpo e alma às colheres, ao passo que Oskar caiu, por assim dizer, da sua colher. Ele se mandou, enquanto os outros continuavam se empanturrando, e procurou no quarto o berço de seu filho, porque queria refletir sobre ele enquanto os outros, atrás das colheres, se esvaziavam de seus pensamentos à medida que iam esvaziando dentro de si as colheradas.

Um céu de tule azul-claro sobre o cesto com rodas. Como as bordas deste eram demasiado altas, a princípio só consegui ver um montezinho vermelho-azulado. Subi então em meu tambor e logo pude contemplar meu filho, que dormia, estremecendo ligeiramente de quando em quando. Oh, orgulho paternal que sempre busca palavras altissonantes! Fitando meu pequeno rebento não me ocorria senão a frasezinha: quando fizer três anos terá seu tambor de lata. E como meu filho não me abria o mundo de seus pensamentos e só me restava acreditar que era, como eu, um recém-nascido de ouvido fino, continuei prometendo a ele, mais uma vez, um tambor de lata no seu terceiro aniversário, e voltei à sala, para tentar de novo a sorte entre os adultos.

Estavam precisamente acabando a sopa de tartaruga. Maria trouxe as ervilhas enlatadas, verdes, macias, em manteiga derretida. Matzerath era responsável pelo assado de porco e quis servir o prato com as próprias mãos; assim, tirou o paletó e se pôs a cortar em mangas de camisa uma fatia atrás da outra da carne tenra e suculenta, fazendo uma cara tão docemente satisfeita que eu tive de olhar para outro lado.

O verdureiro Greff foi servido à parte. Para ele havia aspargos em lata, ovos cozidos e creme de rabanetes, porque os vegetarianos não comem carne. Como os outros, comeu apenas um pouco do purê de batatas, que não regou com o molho do assado, mas com a manteiga derretida que a sempre atenta Maria lhe trouxe da cozinha numa pequena frigideira crepitante. Enquanto os demais bebiam cerveja, ele se ateve ao suco de maçã. Falava-se da batalha de envolvimento de Kiev e contavam-se nos dedos os prisioneiros. O báltico Ehlers mostrou uma aptidão especial para contar prisioneiros russos: levantava um dedo a cada cem mil, e quando as suas duas mãos esticadas tinham completado o milhão, ele continuava contando pela decapitação de um dedo após outro. Depois que se esgotou o tema dos prisioneiros russos, cujo número sempre crescente reduzia todo valor e interesse, Scheffler falou dos submarinos em Gotenhafen e Matzerath sussurrou ao ouvido de minha avó Anna que nos estaleiros de Schichau estavam se lançando dois submarinos por semana. Em seguida, Greff explicou a todos os convidados por que é que os submarinos tinham de ser lançados de lado e não de popa. Para que entendessem melhor, acompanhou sua exposição com movimentos de mãos que a maioria dos presentes, fascinados pela construção dos submarinos, imitava atenta, mas desajeitadamente. Ao querer reproduzir com a mão esquerda um submarino submergindo, Vinzent Bronski derrubou seu copo de cerveja e minha avó logo se pôs a resmungar. Foi Maria quem a acalmou, assegurando que não era nada, que de qualquer forma a toalha ia ter que ser lavada no dia seguinte e que, além disso, era muito natural que se fizessem nódoas em uma festa de batizado. Nisso já vinha chegando mamãe Truczinski com uma esponja na mão direita para absorver a cerveja e erguendo na esquerda a travessa de cristal cheia de pudim de chocolate salpicado de pedacinhos de amêndoas.

Ah, se com o pudim de chocolate tivessem servido outra calda ou nenhuma em absoluto! Mas teve de ser precisamente calda de baunilha. Espessa, amarela; calda de baunilha. Não há provavelmente neste mundo coisa ao mesmo tempo tão alegre e tão triste como calda de baunilha. Ela perfumava docemente o ambiente e me ia envolvendo, cada vez mais, com Maria, a fonte de toda a baunilha, agora sentada ao lado de Matzerath e segurando a mão dele na sua, de um modo que eu já não podia ver nem suportar.

E assim Oskar foi escorregando de sua cadeirinha de criança para as saias da sra. Greff, a cujos pés se enroscou enquanto lá em cima ela continuava trabalhando ativamente com a colher. E dessa forma veio pela primeira vez a sentir aquela emanação peculiar de Lina Greff que afogava, absorvia e matava instantaneamente toda a baunilha.

Por mais acre que fosse mantive-me imperturbável na nova direção olfativa, até que pareceram se extinguir todas as minhas recordações ligadas à baunilha. Pouco a pouco, silenciosamente e sem convulsões, senti-me invadido por uma náusea libertadora. E enquanto ia vomitando a sopa de tartaruga, o assado de porco em pedaços, as ervilhas verdes enlatadas quase intactas e aquelas poucas colheradas de pudim de chocolate com calda de baunilha, compreendi a minha impotência, nadei em minha impotência, depus aos pés de Lina Greff a impotência de Oskar e decidi daí em diante oferecer à sra. Greff a minha impotência todos os dias.

Setenta e cinco quilos

Viasma e Briansk; chegou então o período da lama. Também Oskar começou em meados de outubro de 41 a revolver ativamente na lama. Que me perdoem se confronto os êxitos na lama do grupo de exércitos do centro com meus êxitos no terreno escabroso e igualmente lamacento da sra. Lina Greff. Tal como os tanques e caminhões atolados ali, pouco antes de Moscou, também eu encalhei; ali, sem dúvida, as rodas continuavam rodando e revolvendo o barro; eu, sem dúvida, tampouco cedi — cheguei literalmente a arrancar espuma da lama da sra. Greff —, mas nem em frente a Moscou nem no quarto dos Greff podia-se falar propriamente em avanços.

Não quero abandonar ainda a comparação: assim como os estrategistas futuros tirariam uma lição das confusas operações na lama, do mesmo modo tirei minhas conclusões da luta contra o fenômeno natural Lina Greff. Não se devem subestimar os esforços levados a cabo durante a última guerra na retaguarda. Oskar contava então 17 anos e adquiriu sua maturidade viril, apesar de sua juventude, no intricado e traiçoeiro terreno de manobras Lina Greff. Abandonando agora o paralelo bélico, meço os progressos de Oskar em termos artísticos, para dizer: se Maria, com sua fragrância ingenuamente excitante de baunilha, ensinou-me o tom menor e me familiarizou com lirismos, como o do pó efervescente ou a colheita de cogumelos, o ambiente odorífero fortemente acre e composto de eflúvios múltiplos da sra. Greff havia de me defrontar em contrapartida com aquela vasta inspiração épica que me permite hoje enunciar conjuntamente, numa mesma frase, os êxitos do front e os do leito. Música, portanto! Da gaita infantilmente sentimental e, contudo, tão doce de Maria, passei diretamente ao púlpito de maestro; porque Lina Greff me brindava com uma orquestra tão rica e variada como só se poderá encontrar talvez em Bayreuth ou Salzburgo. Ali me familiarizei com o sopro, a percussão e o metal, as cordas e as madeiras; ali aprendi a distinguir se se tratava do baixo contínuo ou do contraponto, do sistema dodecafônico ou do clássico, o ataque do *scherzo*, o tempo do andante: meu estilo era ao mesmo tempo de estrita precisão e de uma suave fluidez; Oskar extraía da sra. Greff o máximo, e permanecia, entretanto, descontente, se não insatisfeito, como é próprio de um verdadeiro artista.

De nossa mercearia à loja de hortaliças dos Greff eram apenas uns vinte de meus passinhos. A loja deles situava-se quase defronte da nossa, ou seja, ficava mais bem situada, muito mais bem situada que o apartamento do padeiro Alexander Scheffler em Kleinhammerweg. Possivelmente se deve a essa posição das respectivas lojas o fato de eu realizar mais progressos no estudo da anatomia feminina do que no de meus mestres Goethe e Rasputin. Mas também é possível que tal desigualdade de meu nível cultural, patente ainda hoje, se deixe explicar e ainda justificar pela diversidade entre minhas duas mestras. Enquanto Lina Greff não pretendia de modo algum instruir-me, mas punha simples e passivamente à minha disposição seu material de contemplação e experimentação, Gretchen Scheffler, pelo contrário, levava sua vocação de professora muito mais a sério que o devido. Queria registrar êxitos positivos, ouvir-me ler em voz alta, observar meus dedos de tambor aplicados à caligrafia e familiarizar-me com a doce gramática, tirando ao mesmo tempo alguns benefícios para si de toda essa amizade. Mas, recusando Oskar todo sinal visível de progresso, Gretchen Scheffler perdeu a paciência e, pouco depois da morte de minha pobre mamãe, transcorridos ao todo sete anos de ensinamento, voltou a seu tricô e, como o casal padeiro continuava sem filhos, me presenteava de vez em quando, sobretudo por ocasião das grandes festividades, suéteres, meias e luvas de sua própria confecção. Todo o assunto de Goethe e Rasputin acabou entre nós, e apenas aos extratos dos dois mestres — que guardo ora em um lugar, ora em outro, a maioria das vezes, contudo, na área de serviço de nosso apartamento — deve Oskar o fato de não ter se descuidado inteiramente dessa parte de seus estudos: eduquei-me, pois, eu mesmo e consegui erigir assim um critério próprio.

A enfermiça Lina Greff, porém, estava presa à cama, de sorte que não podia me escapar ou me abandonar, porque sua enfermidade era sem dúvida prolongada, embora não suficientemente séria para que a morte pudesse arrebatá-la de mim prematuramente. Mas como nada é eterno neste vale de lágrimas, foi Oskar quem abandonou a valetudinária no momento em que pôde considerar terminado seus estudos.

Dirão vocês, sem dúvida: em que universo limitado teve de se formar esse jovem! Teve de reunir a bagagem para uma vida ulterior, para sua vida adulta, entre um armazém, uma padaria e uma mercearia.

Mesmo devendo admitir que Oskar reuniu efetivamente suas primeiras impressões, tão importantes, em um ambiente pequeno-burguês assim bolorento, houve, não obstante, um terceiro mestre. A ele estava reservado abrir a Oskar o mundo e fazer dele o que é hoje, uma pessoa que, na falta de melhor título, designo com o nome insuficiente de cosmopolita.

Refiro-me, como os mais perspicazes de vocês já terão percebido, a meu mestre e mentor Bebra, ao descendente direto do príncipe Eugênio, ao rebento da estirpe de Luís XIV, ao liliputiano e palhaço musical Bebra. Quando digo Bebra, penso também, claro, na dama que o acompanhava, na grande sonâmbula Roswitha Raguna, a beleza intemporal em quem, durante aqueles anos sombrios em que Matzerath me surrupiou Maria, tive de pensar amiúde. Que idade poderá ter a *signora*?, eu me perguntava. É uma mocinha na flor dos vinte, se não 19 anos? Ou será essa encantadora anciã nonagenária chamada a encarnar ainda incorruptivelmente por outros cem anos a juventude eterna em miniatura?

Se bem me lembro, meu encontro com esses dois seres que me são tão afins foi pouco depois da morte de minha pobre mamãe. No Café das Quatro Estações bebemos juntos nosso moca, e depois nossos caminhos se separaram. Havia entre nós ligeiras divergências políticas que não deixavam de ter importância: Bebra estava agregado ao Ministério da Propaganda do Reich e, segundo pude deduzir de suas insinuações, tinha acesso às residências privadas dos srs. Goebbels e Goering, o que tentou explicar e justificar das maneiras mais diversas. Falou-me das posições influentes dos bufões nas cortes da Idade Média; mostrou-me reproduções de quadros de pintores espanhóis que mostravam um Felipe e um Carlos quaisquer rodeados de seus cortesãos e, em meio a essas sociedades cerimoniosas, viam-se alguns bufões de cabelos frisados, vestidos com rendas e calças tipo bombacha, de proporções mais ou menos semelhantes às de Bebra ou porventura às minhas. E precisamente porque gostava dessas imagens — ainda hoje posso me confessar um fervoroso admirador do genial pintor Diego Velázquez — não quis tornar as coisas fáceis para Bebra. Parou de comparar a instituição dos bufões na corte de Felipe IV de Espanha com sua posição em relação ao arrivista renano Joseph Goebbels, e começou a falar dos tempos difíceis, dos fracos que temporariamente são obrigados a ceder o passo, da resistência que floresce na clandestinidade; em suma, enunciou o slogan "emigração interior". Eis por que os caminhos de Oskar e de Bebra se separaram.

Não que eu guardasse rancor ao mestre. Ao contrário, no curso dos anos seguintes procurei em todos os cartazes de anúncio de variedades e dos circos, esperando encontrar o nome de Bebra e, de fato, descobri--o duas vezes, juntamente com o da *signora* Raguna, porém nada fiz para provocar um encontro com estes amigos.

Deixava a coisa ao acaso, mas o acaso falhou, porque, se o caminho de Bebra e o meu tivessem se cruzado no outono de 42 e não no ano seguinte, Oskar nunca teria sido aluno de Lina Greff, mas apenas o discípulo de Bebra. Assim, eu atravessava dia após dia o Labesweg, frequentemente muito cedo, entrava na pequena quitanda, detinha-me primeiro por cortesia cerca de meia hora junto ao verdureiro, que ia se tornando cada vez mais um estranho tipo afeiçoado aos trabalhos manuais, contemplava-o construindo suas máquinas extravagantes, que repicavam, uivavam, guinchavam e, quando entrava algum cliente, esbarrava nele inadvertidamente, já que, naquela época, Greff mal se dava conta do que ocorria ao seu redor. Que sucedera? Que é que fizera tão taciturno o jardineiro e amigo da juventude, antes tão espontâneo e jocoso? Que o levava a se isolar dessa forma e a se converter em um homem já mais velho e um pouco negligente nos cuidados que tomava com sua aparência?

A juventude já não vinha visitá-lo. A que estava crescendo agora não sabia quem ele era. A guerra havia dispersado por todas as frentes de batalha os sequazes dos bons tempos de chefe escoteiro. Chegavam cartas dos diversos setores militares, depois apenas cartões-postais, e um dia recebeu Greff indiretamente a notícia de que seu querido Horst Donath, primeiro escoteiro e depois chefe de divisão no Jungvolk, havia tombado como tenente no Donetz.

A partir daquele dia, Greff começou a envelhecer, descuidou da aparência e se entregou por completo aos trabalhos manuais, a tal ponto que se viam na loja de hortaliças mais máquinas repicantes e mecanismos ululantes que batatas e repolhos. Claro está que também a situação geral do abastecimento contribuía para isso; as entradas de mercadorias tornavam-se raras e irregulares, e Greff não estava em condições, como Matzerath, de se converter em hábil comprador dos atacadistas valendo-se de suas relações.

A loja tinha um aspecto triste, e no fundo havia motivo para se alegrar de que os inúteis aparelhos sonoros de Greff decorassem e enchessem o espaço de forma decorativa, ainda que cômica. Agradavam-me os produtos surgidos do cérebro cada vez mais transtornado do maníaco Greff. Quando hoje contemplo as obras de barbantes atados de meu enfermeiro Bruno, recordo-me da exposição de Greff. E da mesma forma que Bruno saboreia meu interesse meio sorridente e meio sério por seus passatempos artísticos, assim também se alegrava Greff, à sua maneira distraída, quando observava que uma ou outra de suas máquinas musicais me agradava. Ele, que por muitos anos não ligara para mim, sentia-se agora decepcionado quando, passada meia hora, eu abandonava sua loja convertida em oficina para visitar sua esposa, Lina Greff.

Que devo lhes contar daquelas visitas à mulher permanentemente acamada, que a maioria das vezes se prolongavam por duas ou duas horas e meia? Oskar entrava e ela lhe fazia sinal da cama: "Ah, é você, Oskarzinho! Venha aqui e entre debaixo das cobertas, que no quarto faz frio, e esse Greff acabou de acender a estufa." Assim eu deslizava debaixo do edredão, deixava meu tambor e aquelas duas baquetas que acabava de estrear junto da cama e só permitia que uma terceira baqueta, algo usada e fibrosa, fosse visitar Lina comigo.

Não que me despisse antes de entrar na cama de Lina. De lã, de veludo e com meus sapatos de couro, subia e, depois de certo tempo, apesar do trabalho cansativo e escaldante, voltava a sair de entre as cobertas revoltas com minhas roupas apenas ligeiramente em desordem.

Recém-saído da cama de Lina e ainda carregado das emanações de sua esposa, visitei várias vezes o verdureiro e estabeleceu-se então um costume a que de minha parte me adaptei de bom grado. Com efeito, enquanto ainda estava na cama da sra. Greff e praticava meus últimos exercícios, o verdureiro entrava no quarto com uma bacia cheia de água morna, depositava-a sobre um banquinho, deixava uma toalha e sabonete a seu lado e saía do quarto em silêncio, sem dedicar à cama uma única olhada.

Usualmente, Oskar saía rapidamente do calor do ninho que lhe tinham oferecido, dirigia-se à bacia e se submetia, a si próprio e à baqueta que acabara de mostrar sua eficácia no leito, a uma limpeza minuciosa; eu bem compreendia que para Greff devia ser insuportável o odor de sua mulher, ainda que de segunda mão.

Assim, portanto, recém-lavado, era bem recebido pelo verdureiro. Fazia-me a demonstração de todas as suas máquinas e dos respectivos ruídos, e ainda me espanta até hoje que, apesar dessa familiaridade tardia, não se estabelecesse entre Oskar e Greff amizade alguma e que Greff continuasse distante de mim e só conseguisse despertar eventualmente meu interesse, jamais minha simpatia.

Em setembro de 42 — acabava eu de passar sem maior alarde meu décimo oitavo aniversário, enquanto no rádio o sexto Exército conquistava Stalingrado —, construiu Greff sua máquina-tambor. Em uma armação de madeira suspendeu em equilíbrio dois pratos cheios de batatas e tirou a seguir do prato esquerdo uma batata: a balança se inclinou, liberando uma alavanca que disparou o mecanismo do tambor instalado sobre a armação; e foi aquele redobrar e bater e crepitar e grasnar, um percutir de pratos de balança e um retumbar de gongo, tudo junto, com um tinido final tragicamente discordante.

Gostei da máquina. Uma vez ou outra pedia a Greff que a fizesse funcionar. Com efeito, Oskar acreditava que o hábil verdureiro a inventara e construíra por sua causa e para ele. Logo, porém, tive a clara revelação de meu erro. É possível que Greff tenha pensado em mim ao fazê-lo, mas a máquina era para ele, e o final da máquina foi também o seu.

Foi uma manhã bem cedo, uma dessas manhãs puras de outubro, como só o vento nordeste entrega grátis em domicílio. Eu havia deixado às primeiras horas a residência de mamãe Truczinski e saía à rua no momento preciso em que Matzerath subia a porta metálica de nossa loja. Cheguei a seu lado quando a fazia subir com um tinido dos sarrafos pintados de verde, acolhi primeiro a nuvem de odores dos objetos da mercearia que haviam se acumulado durante a noite no interior da loja e recebi, a seguir, o beijo matutino de Matzerath. Antes que Maria fizesse sua aparição, atravessei o Labesweg, projetando para oeste uma longa sombra sobre o calçamento; porque à direita, a leste, por sobre a praça Max Halbe, o sol subia por seus próprios meios, servindo-se provavelmente do mesmo truque que teve de empregar o barão de Münchhausen quando, puxando sua própria trança, livrou a si mesmo do pântano.

Qualquer um que, como eu, conhecesse o verdureiro Greff ficaria igualmente surpreendido ao ver que àquela hora a vitrine e a porta de sua loja permaneciam ainda com as cortinas corridas e fechadas. A verdade é que os últimos anos iam tornando Greff cada vez mais esquisito, mas até então nunca deixara de observar pontualmente a hora de abrir e fechar. Talvez esteja doente, pensou Oskar, mas rechaçou logo a ideia. De fato, como podia adoecer de um dia para outro, apesar dos recentes sinais de envelhecimento, aquele naturalista, aquele Greff que, ainda no último inverno, se bem que não com a mesma frequência de antes, abrira buracos no gelo do Báltico para neles se banhar? Ali o privilégio de ficar de cama era reservado à sua esposa, e além disso eu sabia que Greff desprezava as camas macias e dormia de preferência em camas de campanha ou em duros catres. Não, não havia doença alguma capaz de segurar o verdureiro na cama.

Postei-me, então, diante da quitanda fechada, voltei os olhos para nossa loja e observei que Matzerath se achava ocupado lá dentro; só então procedi ao discreto redobre de alguns compassos sobre meu tambor, com a esperança de que alcançassem o ouvido sensível da sra. Greff. Não houve necessidade de muito ruído; logo abriu-se a segunda janela da direita, junto à porta da loja. A sra. Greff, de camisola, com a cabeça repleta de papelotes e um travesseiro apertado contra o peito, mostrou-se sobre a latada dos gerânios. "Ah, é você, Oskarzinho? Entre logo, não fique aí fora, com o frio que está fazendo."

À guisa de explicação, dei com uma das baquetas golpezinhos na cortina metálica da vitrina.

— Albrecht! — gritou. — Albrecht, onde você está? Que anda fazendo? — Sem deixar de chamar o marido, saiu da janela. Houve um bater de portas, ouvi-a mover-se pela loja e logo em seguida se pôs a gritar. Gritava na adega, mas eu não podia ver por que gritava, pois o respiradouro do porão, através do qual as batatas eram despejadas nos dias de entrega — cada vez mais raros durante os anos de guerra —, estava também trancado. Ao colar um olho nas madeiras alcatroadas que tapavam o respiradouro, pude ver que na adega estava acesa a luz elétrica. Podia igualmente vislumbrar a parte superior da escada da adega, onde algo branco jazia, provavelmente o travesseiro da mulher.

Com certeza tinha-o perdido na escada, pois já não se achava na adega; voltava a gritar na loja e, ato contínuo, no quarto de dormir. Pegou o telefone, gritava e discou um número, e depois gritava ao telefone; mas Oskar não podia entender de que se tratava, só a palavra acidente e o endereço, Labesweg 24, que repetiu várias vezes gritando, e depois desligou; em seguida, gritando, de camisola e sem travesseiro, mas com os papelotes, assomou à janela, espalhando-se com toda a sua exuberância peitoral, que eu conhecia bem, sobre a latada de gerânios, martelando com ambas as mãos as carnosas plantas, e gritava a tal ponto, por cima delas, que a rua ficava estreita e Oskar acreditava que, agora, a sra. Greff ia também começar a quebrar vidros com seus gritos; mas nenhum vidro se partiu. Abriram-se precipitadamente as janelas, apareceram os vizinhos, as mulheres interrogaram-se mutuamente aos berros, os homens vieram correndo, o relojoeiro Laubschad — a princípio com apenas a metade de seus braços nas mangas do paletó —, o velho Heilandt, o sr. Reissberg, o alfaiate Libischewski, o sr. Esch, dos portais mais imediatos; veio inclusive Probst — não o barbeiro, mas o da carvoaria — com seu filho. Matzerath chegou correndo com seu avental de trabalho, enquanto Maria, com o pequeno Kurt nos braços, permanecia de pé à porta da mercearia.

Foi-me fácil desaparecer no comício dos adultos e enganar Matzerath, que me procurava. Ele e o relojoeiro Laubschad foram os primeiros que se dispuseram a atuar. Tentaram penetrar na casa pela janela, mas a sra. Greff não deixava ninguém subir, e muito menos entrar. Entre arranhões, golpes e mordidas arranjava tempo para gritar cada vez mais alto e até mesmo coisas parcialmente inteligíveis. Primeiro, gritava, tinha de se esperar pela chegada da ambulância; já fazia tempo que telefonara, e não era necessário, portanto, que ninguém mais chamasse, já que ela sabia muito bem o que fazer nesses casos. Que se ocupassem das próprias lojas, que ela já tinha mais que suficiente ali. Bisbilhotar, era o que queriam, bisbilhotar e nada mais; esses eram os amigos quando a alguém sobrevém a desgraça. E em meio às lamentações deve me ter descoberto no comício em frente à sua loja, pois me chamou e, como entrementes repelira os homens, estendeu-me os braços; alguém — Oskar crê ainda hoje que foi o relojoeiro Laubschad — ergueu-me e, contra a vontade de Matzerath, quis passar-me para dentro, e quase à altura da latada de gerânios Matzerath já estava me alcançando quando Lina Greff me agarrou, me apertou contra sua camisola tépida e não gritava mais, somente chorava e gemia em voz alta e, gemendo em voz alta, absorvia o ar a golfadas.

Na mesma medida em que a gritaria da sra. Greff transformara os vizinhos em um bando gesticulante e desavergonhado, também seu débil mas audível gemido conseguiu fazer do comício que se reunira defronte à latada de gerânios uma massa silenciosa e embaraçada que mal se atrevia a olhar a cara da chorona, pondo toda sua esperança, sua curiosidade e sua simpatia na ambulância que estava por chegar.

Tampouco eram agradáveis a Oskar os gemidos da sra. Greff. Procurei, pois, escorregar um pouco para baixo, para não ficar tão próximo dos queixumes, e consegui com efeito deixar o suporte de seu pescoço e me sentar pela metade na latada das flores. Mas ali Oskar ainda se sentia muito observado, pois Maria, com o bebê no braço, permanecia diante da porta da loja. Assim, abandonei também tal assento, sentindo a dificuldade de minha situação e pensando só em Maria — os vizinhos me eram indiferentes —, consegui me desprender do litoral da sra. Greff, que tremia demais e me recordava a cama.

Lina Greff não percebeu a minha fuga ou já não contava com forças suficientes para reter aquele corpinho que, por tanto tempo, lhe oferecera assiduamente um sucedâneo. Talvez Lina intuísse também que Oskar lhe escapava para sempre, que com seus gritos evocara um ruído que se tornava um muro e barreira sonora entre a doente e o tambor, que derrubava ao mesmo tempo um muro que se alçava entre mim e Maria.

Achava-me no quarto de dormir dos Greff. O tambor caía-me inseguro e de lado. Oskar conhecia bem o quarto e poderia recitar de cor a largura e o comprimento do papel de parede verde-suco. Ainda estava sobre o banco a bacia com água suja e ensaboada do dia anterior. Cada coisa ocupava seu lugar e, contudo, os móveis, usados, gastos e sovados pareciam-me novos ou pelo menos renovados, como se tudo o que ali em volta se mantinha sobre quatro pés ou quatro patas tivesse precisado do grito e depois do gemido agudo de Lina Greff para adquirir um novo brilho terrivelmente frio.

A porta que dava para a loja estava aberta. Oskar não queria; contudo, deixou-se depois atrair para aquele local que cheirava a terra seca e cebolas; a luz do sol, que penetrava pelas frinchas das janelas da loja, dividia-o em listras através das quais flutuava o pó. A maior parte das máquinas de ruído ou de música de Greff permanecia banhada de penumbra, e só em alguns detalhes, numa campainha, nas travessas de contraplacado, na parte inferior da máquina-tambor, se manifestava a luz e me mostrava as batatas mantidas em equilíbrio.

O alçapão que, tal como em nossa loja, tampava atrás do balcão a entrada da adega estava aberto. Nada sustentava a tampa de tábuas que a sra. Greff certamente levantara em sua pressa ululante, esquecendo, contudo, de prender o gancho no suporte do balcão. Com um ligeiro empurrão de Oskar, poderia cair, fechando a adega.

Mantinha-me imóvel atrás das tábuas que exalavam um odor de pó e mofo, com o olhar fixo naquele quadrilátero violentamente iluminado que marcava uma parte da escada e do piso de cimento da adega. Acima e à direita do quadrado via-se parte de um estrado com degraus, que devia ser uma nova invenção de Greff, já que em minhas visitas ocasionais anteriores à adega nunca havia visto aquele estrado. Mas não era o estrado que retinha por tanto tempo o olhar fascinado de Oskar, cravado no interior da adega, mas a visão que, em estranha perspectiva, ofereciam no canto superior direito do quadro duas meias de lã em dois sapatos pretos de laço. Ainda que não conseguisse ver as solas das botas, pude reconhecê-las imediatamente como as botas de marcha de Greff. Não pode ser Greff, pensei comigo mesmo, que está parado aí na adega pronto para iniciar uma caminhada, pois as botas não tocam o chão, mas flutuam por cima do estrado; a menos que, por estar em extensão para baixo, alcancem e toquem as tábuas, ainda que seja com as pontas. E durante um segundo imaginei um Greff mantendo-se sobre as pontas de suas botas, já que a um ginasta e naturalista como ele bem se podia supor capaz de um exercício tão cômico, embora nem por isso menos violento.

Para me convencer da exatidão de minha hipótese, assim como para poder rir depois à custa do verdureiro, desci com cautela os degraus abruptos da escada, tocando ao mesmo tempo em meu tambor, se bem me lembro, aquela coisa que mete medo e que não desvanece: "A Bruxa Negra está aí? Sim, sim, sim!"

Só ao sentir-se firme sobre o piso de cimento deixou Oskar deslizar o olhar em volta por sobre feixes amontoados de sacos de cebolas vazios e por sobre caixas de fruta empilhadas e igualmente vazias, até se aproximar, percorrendo aquele madeirame nunca visto anteriormente, do lugar em que as botas de Greff pendiam, ou melhor, tocavam as tábuas com as pontas.

Sabia, naturalmente, que Greff estava dependurado. As botas estavam dependuradas, e com elas pendiam também as grossas meias verde-escuras. Joelhos nus de homem por cima da dobra das meias; coxas cabeludas até a borda da calça: aí senti uma picada cosquenta que, partindo dos órgãos sexuais e seguindo o traseiro e as costas insensíveis, subia-me ao longo da espinha dorsal, fixava-se na região occipital, banhava-me de suor frio, descia outra vez até se enfiar por entre as minhas pernas, encolhia-me o saquinho já de si pequeno, voltava a se fixar na minha nuca, saltando as costas que já se encurvavam, e aí se estreitava — ainda hoje Oskar sente a picada e o estrangulamento quando alguém fala na sua presença em pendurar, mesmo que seja apenas a roupa: não só as botas estavam dependuradas, as meias de lã, os joelhos e a calça curta, mas o próprio Greff ali estava dependurado do pescoço e fazia, por cima da corda, uma cara contraída não isenta de afetação teatral.

A picada e o estrangulamento cederam de forma surpreendentemente rápida. A visão de Greff foi me parecendo normal, porque, afinal, no fundo, a atitude de um enforcado se torna tão normal e natural como a visão, por exemplo, de um homem que anda sobre as mãos, que se sustém em equilíbrio sobre a cabeça ou que faz realmente uma má figura ao montar sobre um cavalo de quatro patas para cavalgá-lo.

E, além disso, havia o cenário. Só então Oskar pôde apreciar o luxo dos preparativos com que Greff havia se cercado. O quadro, o ambiente em que Greff se achava dependurado era dos mais rebuscados e extravagantes. O verdureiro escolhera uma forma de morte digna de si e achara uma morte de peso exato. Ele que em vida tivera dificuldades e uma troca penosa de correspondência com os funcionários de Pesos e Medidas; ele que vira confiscarem-lhe várias vezes a balança e os pesos; ele, que tivera de pagar multas pelo peso incorreto de frutas e legumes, pesou a si mesmo em gramas com a ajuda de batatas.

A corda, de um brilho débil, provavelmente ensaboada, corria, guiada por roldanas, por sobre duas vigas que ele prendera para seu último dia de propósito em uma trave que não tinha outro fito que o de ser sua última trave. O luxo da madeira de construção de primeira classe levava-me a pensar que o verdureiro não tinha querido ser sovina. Deve ter sido difícil, naqueles tempos de guerra em que tudo escasseava, conseguir as vigas e as tábuas. Provavelmente tivera de recorrer à troca: fornecia fruta e recebia madeira em paga. Daí, tampouco lhe faltaram ao tablado pontões e ornamentos supérfluos simplesmente decorativos. A trave de três partes formando um estrado — Oskar tinha podido ver um ângulo dela, da loja — elevava o conjunto da armação a uma altura quase sublime.

Como na máquina-tambor, que o engenheiro diletante usara provavelmente como modelo, Greff e seu contrapeso ficavam suspensos no interior da armação. Em vivo contraste com os quatro montantes angulares travados, uma elegante escadinha verde ficava entre ele e os produtos agrícolas, igualmente suspensos. Os cestos de batatas haviam sido presos à corda principal por meio de um nó trabalhoso, como só os escoteiros sabem dar. Como o interior da armação estava iluminado por quatro lâmpadas pintadas de branco mas de forte voltagem, Oskar pôde ler, sem necessidade de subir ao andaime de traves e profaná-lo, um letreirinho preso com um arame ao nó escoteiro em cima dos cestos de batatas, que dizia: 75 quilos (menos cem gramas).

Greff pendia vestido com uniforme de chefe de escoteiros. Havia desencavado para seu último dia o uniforme dos anos anteriores à guerra. Ficara pequeno para ele. Não pudera abotoar os dois botões superiores nem o cinturão, o que conferia à sua aparência, sempre tão correta, uma nota lamentável. Cruzara dois dedos da mão esquerda, conforme o hábito dos escoteiros. Antes de se enforcar, o enforcado amarrara no pulso direito o chapéu de escoteiro. Tivera de desistir do lenço de pescoço. Como não pudera fechar os botões do colarinho da camisa, tal como os da calça curta, os pelos negros de seu peito apareciam através da abertura.

Esparzidos sobre as grades do estrado viam-se alguns ásteres impropriamente acompanhados de umas hastes de salsa. É possível que, ao esparzi-las, as flores tenham acabado, já que tinha empregado a maioria dos ásteres para coroar os quatro quadrinhos que pendiam das quatro vigas principais da armação. À esquerda, em primeiro plano, atrás de vidro, *sir* Baden Powell, o fundador do escotismo. Atrás, sem moldura, são Jorge. À direita, ao fundo, a cabeça do Davi de Miguel Ângelo, sem vidro. Com vidro e moldura, sorria finalmente no montante anterior da direita a foto de um belo rapaz cheio de expressão, de uns 16 anos de idade. Uma antiga fotografia de seu querido Horst Donath, que tombou como tenente no front do Donetz.

Talvez deva mencionar ainda os quatro pedaços de papel que jaziam sobre as grades do estrado, entre os ásteres e a salsa. Estavam de tal maneira que se deixavam juntar sem dificuldade. Foi o que fez Oskar, e pôde ler uma citação judicial na qual estava impresso várias vezes o selo da Polícia de Costumes.

Só me resta referir que foi a sirene estridente da ambulância que veio me tirar de minhas meditações sobre a morte do verdureiro.

Imediatamente desceram aos tropeções a escada, subiram o estrado e deitaram a mão no bamboleante Greff. Porém, mal o tinham levantado, os cestos de batatas que serviam de contrapeso caíram e entornaram: tal como com a máquina-tambor, disparou um mecanismo que Greff dissimulara habilmente com madeira e compensado acima da armação. E enquanto embaixo as batatas caíam rolando ruidosamente sobre o estrado e deste sobre o piso de cimento, em cima entrava em ação uma bateria de metal, bronze, madeira e vidro, e uma orquestra frenética martelava o grandioso final de Albrecht Greff.

Continua sendo até agora uma das tarefas mais difíceis para Oskar evocar em seu tambor os ruídos daquela avalancha de batatas — da qual se aproveitaram, aliás, alguns enfermeiros — e o estrépito organizado da máquina-tambor de Greff. Mas, talvez porque meu tambor tenha influído de modo decisivo sobre a forma da morte de Greff, consigo às vezes reproduzir nele um redobre perfeitamente fiel que a traduz. Eu o designo, quando meus amigos e o enfermeiro Bruno perguntam, com o título de Setenta e Cinco Quilos.

O Teatro de Campanha de Bebra

Em meados de junho de 42 meu filho Kurt completou um ano. Oskar, o pai, aceitou com calma o fato e pensou: ainda mais dois anos. Em outubro de 42 enforcou-se o verdureiro Greff em uma forca tão perfeita que desde então eu, Oskar, conto o suicídio entre as formas sublimes de morte. Em janeiro de 43 falava-se muito de Stalingrado. Mas como Matzerath pronunciava o nome desta cidade da mesma forma que antes pronunciara os de Pearl Harbour, Tobruk e Dunquerque, não prestei mais atenção nos acontecimentos dessa cidade remota do que a que tinha concedido a outras que fui conhecendo através dos comunicados especiais. Porque para Oskar os comunicados especiais e os relatórios da Wehrmacht constituíam uma espécie de curso de geografia. De que outra forma poderia eu ter aprendido por onde correm os rios Kuban, Mius e Don? Quem melhor que as explicações detalhadas da rádio acerca dos acontecimentos no extremo oriente para me informar da posição geográfica das ilhas Aleutas, Atu, Kiska e Adak? Foi, portanto, assim que aprendi em janeiro de 43 que Stalingrado fica às margens do Volga, mas me preocupava com o Sexto Exército e muito, em contrapartida, com Maria, que andava naquela época um pouco gripada.

Enquanto melhorava a gripe de Maria, prosseguiam os rapazes do rádio com seu curso de geografia: Rzev e Demiansk são até hoje povoações que Oskar encontra imediatamente e de olhos fechados em qualquer mapa da União Soviética. Maria acabara de restabelecer-se, quando meu filho Kurt foi atacado pela coqueluche e enquanto eu me esforçava por guardar os nomes difíceis de uns oásis da Tunísia, a essa altura muito disputados, terminaram ao mesmo tempo a coqueluche de Kurt e o Afrikakorps.

Oh, doce mês de maio! Maria, Matzerath e Gretchen Scheffler preparavam o segundo aniversário do pequeno Kurt. Também Oskar atribuía suma importância à festa iminente, porque a partir de 12 de junho de 43 faltaria apenas mais um ano. Assim, se pudesse ter estado presente, teria murmurado ao ouvido de meu filho em seu segundo aniversário: "Mais um pouquinho e você também poderá tocar tambor." Aconteceu, porém, que em junho de 43 Oskar não estava em

Dantzig-Langfuhr, mas sim na antiga cidade de Metz, fundada pelos romanos. Minha ausência foi na verdade tão prolongada que Oskar teve consideráveis dificuldades para chegar à sua cidade natal a tempo para o terceiro aniversário de Kurt, em junho de 44, pouco antes dos grandes ataques aéreos.

Que negócios me haviam afastado? Em duas palavras se conta o que aconteceu: em frente à Escola Pestalozzi, agora transformada em quartel da Luftwaffe, encontrei meu mestre, Bebra. É evidente que Bebra, sozinho, jamais teria me convencido a partir. Apoiada a seu braço, porém, vinha Raguna, a *signora* Roswitha, a grande sonâmbula.

Oskar vinha de Kleinhammerweg. Fizera uma visita a Gretchen Scheffler, tamborilara de leve a "Luta por Roma" e acabara descobrindo que já naquele tempo, à época de Belisário, a história tinha altos e baixos, e que já nessa altura se celebravam ou lamentavam respectivamente vitórias ou derrotas junto a passagens de rios ou cidades, com uma visão geográfica bastante ampla.

Atravessei o campo Fröbel, naqueles últimos anos transformados em acampamento da Organização Todt, com os pensamentos vagando por Taginae — onde no ano de 552 Narses derrotou Totila —, mas não era a vitória que fazia meus pensamentos voarem no sentido do grande armênio Narses; o que me impressionara fora a aparência do grande general. Narses era, com efeito, disforme e corcunda e pequeno: um anão, um gnomo, um liliputiano — tudo isso era Narses. Narses, refletia eu, era maior que Oskar uma cabeça de criança. Assim pensando, cheguei à Escola Pestalozzi e parei, ávido de comparações, para dar uma olhadela nas insígnias de alguns oficiais da Luftwaffe que tinham crescido demasiado depressa, dizendo para comigo que Narses não usava nenhuma insígnia, porque não precisava delas. E eis que o vejo em pessoa, a este grande general, parado no meio da porta principal da escola. Levava pelo braço uma dama — por que não haveria Narses de levar uma dama? Caminhando na minha direção, pareciam diminutos ao lado dos gigantes da Luftwaffe, e contudo eram o centro, o fulcro, ambos aureolados de história e lenda, tão antigos entre os heróis aéreos de confecção recente. E esse quartel cheio de Totilas e Tejas, cheio de ostrogodos altos como torres, deixou de ter significado ao lado de um único anão armênio chamado Narses. E Narses ia se aproximando passo a passo de Oskar e acenava-lhe, e o mesmo fazia a dama: a Luftwaffe perfilou-se respeitosamente a um lado enquanto

Bebra e a *signora* Roswitha me saudavam. E eu, aproximando minha boca do ouvido de Bebra, sussurrei: "Querido mestre, tinha-o tomado pelo grande capitão Narses, a quem tenho muito maior consideração do que ao homenzarrão do Belisário."

Bebra declinou modestamente, mas Raguna gostou da minha comparação. Como sabia mover os lábios de maneira encantadora ao dizer: "Ora, Bebra, estará nosso jovem *amico* tão enganado? Não corre por acaso nas tuas veias o sangue do príncipe Eugênio? E Lodovico *quattordicesimo* não é teu antepassado?"

Bebra pegou meu braço e afastou-me, porque a Luftwaffe não parava de nos admirar fixa e molestamente. E então, depois que um tenente e dois sargentos saudaram Bebra — que usava em seu uniforme as insígnias de capitão e na manga uma braçadeira com a inscrição Propaganda-Kompanie — e pediram a Raguna autógrafos, e os obtiveram, então, só então, fez Bebra sinal a seu carro oficial e subimos; ao partirmos, ainda nos seguiu o aplauso entusiasta da Luftwaffe.

Rodamos pela Pestalozzistrasse, Magdeburgerstrasse e Heeresanger; Bebra sentava-se ao lado do motorista. Já na Magdeburgerstrasse, Raguna usou meu tambor como pretexto: "O senhor continua fiel a seu tambor, caro amigo?", murmurou-me com aquela voz mediterrânea que eu há tanto tempo não ouvia. "Aliás, o que é feito de sua fidelidade?" Oskar não respondeu, poupando-lhe a narrativa de suas aventuras femininas, mas permitiu sorridente que a grande sonâmbula acariciasse primeiro seu tambor e depois suas mãos crispadas sobre a lata, com uma ternura que se fazia cada vez mais meridional.

E quando desembocamos no Heeresanger e seguimos a linha do bonde número cinco, resolvi responder-lhe, ou seja, acariciei com minha esquerda sua esquerda, enquanto ela alisava ternamente minha direita com sua destra. Já tínhamos passado a praça Max Halbe, Oskar não podia mais descer, quando percebi que os olhos inteligentes, castanho-claros e antiquíssimos de Bebra observavam pelo retrovisor nossas carícias. Mas tampouco a sra. Raguna não me soltou as mãos que eu, em consideração ao amigo e mestre, queria retirar. Bebra sorriu no retrovisor, desviou o olhar e puxou conversa com o motorista, enquanto Roswitha, acariciando-me com a pressão quente de suas mãos, iniciou com sua boca mediterrânea uma conversa da qual eu era o tema direto e que me penetrava suavemente os ouvidos e acabou, de forma objetiva, mas nem por isso menos suave, com todas as minhas objeções e tentativas de evasão. Continuamos pela Colônia do Reich, em direção à Clínica Ginecológica, e Raguna confessou a Oskar que ele não lhe saíra do pensamento durante todos aqueles anos e que conservava ainda aquele copo do Café das Quatro Estações em que eu gravara com minha voz uma dedicatória; que Bebra era um excelente amigo e um colega de trabalho maravilhoso, mas nem se podia pensar em casamento. Bebra, disse em resposta a uma pergunta minha, tinha de viver sozinho, e deixava-a em absoluta liberdade; aprendera com o correr dos anos que ninguém podia prender Raguna; além disso, Bebra, na qualidade de diretor do Teatro de Campanha, tinha pouco tempo para obrigações conjugais; dedicava-se muito ao teatro, que era de primeira qualidade, e em tempos de paz poderia muito bem ter atuado no Jardim de Inverno ou no Scala; será que eu, Oskar, não tinha vontade de aproveitar meu dom divino, até aqui tão desperdiçado, e entrar para a companhia por um ano, para experiência? Eu já era maior de idade; um ano de experiência, ela garantia que eu ia gostar, mas talvez eu, Oskar, já tivesse outros compromissos. Não? Tanto melhor; iam embora hoje, aquela havia sido sua última representação no setor militar Dantzig-Prússia Ocidental; iam primeiro a Lorena, depois à França, não havia perigo de serem enviados para a frente leste, felizmente isso já ficara para trás; Oskar podia considerar-se um homem de sorte, porque o leste era *passato*; a meta agora era Paris, sem dúvida alguma; Oskar já conhecia Paris? Pois então, *amico*, se Raguna não conseguiu seduzir seu duro coração de tambor, deixe que seja Paris a fazê-lo, *andiamo*!

Acabara a sonâmbula de pronunciar esta última palavra quando o carro parou. A intervalos regulares, as árvores verdes e prussianas da Hindenburgsallee. Descemos. Bebra disse ao motorista que esperasse. Eu não queria ir ao Café das Quatro Estações, porque minha cabeça estava confusa e precisava de ar fresco. Entramos, portanto, no parque Steffen: Bebra à minha direita, Roswitha à minha esquerda. Bebra explicava-me a natureza e objetivos da Propaganda-Kompanie; Roswitha contava-me anedotas da vida cotidiana da Companhia. Bebra falava de pintores de guerra, de correspondentes de guerra e de seu Teatro de Campanha. Roswitha evocava com sua boca mediterrânea os nomes das cidades distantes que eu ouvira no rádio por ocasião dos comunicados especiais. Bebra dizia Copenhague, Roswitha se lamentava feito uma atriz trágica: Atenas. Mas os dois voltavam sempre a Paris e asseguravam que Paris valia mais do que todas as outras juntas.

Finalmente Bebra, na sua qualidade de capitão e diretor de um Teatro de Campanha, me fez o que se pode considerar uma proposta oficial: "Venha conosco, jovem, toque o tambor, quebre com sua voz lâmpadas e copos de cerveja. Na formosa França, na Paris eternamente jovem, o exército alemão de ocupação lhe agradecerá e saberá aclamá-lo."

Foi só para manter as aparências que Oskar pediu tempo para refletir. Durante meia hora caminhei, a certa distância de Raguna e do amigo e mestre Bebra, por entre os arbustos floridos de maio, atormentando-me e batendo na testa; ouvi os passarinhos do bosque — coisa que nunca fizera antes — como se esperasse inspiração e conselho de algum pintarroxo e disse, bem no momento em que da vegetação saía um canto particularmente claro e convidativo: "Querido mestre, a boa e sábia natureza aconselha-me a aceitar vossa proposta. Daqui em diante podeis ver em mim um membro de vosso Teatro de Campanha."

Entramos então no Café das Quatro Estações, bebemos um moca quase sem aroma e discutimos os detalhes de minha fuga, ainda que não a chamássemos de fuga, mas de partida.

Diante do café ainda repassamos todos os pormenores do plano; depois despedi-me de Raguna e do capitão Bebra da Propaganda-Kompanie, e este não se deixou dissuadir de pôr à minha disposição o seu carro oficial. Assim, enquanto os dois davam a pé um passeio pela Hindenburgsallee em direção à cidade, o chofer do capitão, um sargento de certa idade, reconduziu-me a Langfuhr, mas somente até a praça Max Halbe, porque eu não podia nem queria entrar no Labesweg: um Oskar num carro oficial da Wehrmacht teria provocado rebuliço demais num momento impróprio.

Não tinha muito tempo. Uma visita de despedida a Matzerath e Maria. Fiquei muito tempo junto ao cercadinho de meu filho Kurt, achei, se bem me lembro, uns pensamentos paternais e tentei acariciar a cabeça do louro menino, mas ele não estava disposto; Maria, ao contrário, estava, e aceitou um tanto surpreendida as carícias que já há alguns anos eu deixara de lhe prodigalizar, devolvendo-as amavelmente. Estranho: foi difícil despedir-me de Matzerath. O homem estava na cozinha preparando uns rins com molho de mostarda, ele e sua colher eram uma só unidade, sentia-se talvez feliz e não me atrevi a perturbá-lo. Foi somente quando estendeu o braço para trás procurando algo às cegas que Oskar se antecipou, agarrou a tábua com a salsa picada e a entregou para ele. Penso até hoje que Matzerath ainda ficou por muito tempo, mesmo depois que eu já não estava mais na cozinha, com a tábua da salsinha na mão, surpreendido e maravilhado; porque até essa data Oskar nunca lhe estendera nada; nunca segurara nada para ele ou dele recebera algo.

Jantei em casa de mamãe Truczinski, deixei que ela me lavasse e metesse na cama; esperei que fosse para a sua e que se ouvisse seu leve ressonar, localizei depois meus sapatos e roupas, atravessei o quarto em que o ratinho de cabelos brancos ressonava e envelhecia; no corredor tive alguma dificuldade com a chave, mas consegui abrir a fechadura, e descalço, ainda de camisola e com as roupas na mão, subi as escadas até o canto do sótão. Em meu esconderijo atrás de telhas empilhadas e maços de jornais — que continuávamos a guardar ali apesar das prescrições relativas à defesa antiaérea —, tropeçando no monte de areia e no balde da referida defesa, achei um tambor novinho em folha, que tinha conseguido esconder de Maria. Ali também ficava a biblioteca de Oskar: Goethe e Rasputin em um volume. Deveria levar comigo meus dois autores favoritos?

Enquanto Oskar se vestia e calçava, pendurava o tambor e guardava as baquetas nos suspensórios, negociava também com seus deuses Dionísio e Apolo. Enquanto o deus da embriaguez irrefletida me aconselhava a não levar leitura alguma ou, no máximo, umas folhinhas de Rasputin, o astuto e mais que sensato Apolo tentava dissuadir-me por completo de minha viagem à França e insistiu depois, ao ver que Oskar estava decidido a empreendê-la, para que levasse comigo uma bagagem o mais completa possível. Tive, pois, de carregar toda a distinta xaropada que Goethe proclamara séculos atrás, mas, em sinal de protesto e porque sabia que as *Afinidades eletivas* não seriam suficientes para resolver todos os meus problemas de ordem sexual, levei também Rasputin e seu bando de mulheres, nuas, apesar das meias pretas. Assim, se Apolo almejava a harmonia e Dionísio a volúpia e o caos, Oskar era um pequeno semideus que harmonizava o caos, embriagava a razão e, afora suas qualidades de mortal, tinha sobre todos os deuses estabelecidos pela antiguidade e pela tradição uma vantagem decisiva: Oskar podia ler o que lhe agradava, enquanto que os deuses censuravam a si mesmos.

Como pode a gente acostumar-se a um edifício e aos odores culinários de 19 inquilinos! Despedi-me de cada degrau, de cada andar, de cada porta com a plaquinha do nome: Oh, músico Meyn, a quem dispensaram como inepto para o serviço, e que voltava a tocar o trompete e a beber de vez em quando sua genebra, esperando que o tornassem a convocar! — e mais tarde chamaram-no realmente, só que não pôde levar seu trompete. Oh, disforme sra. Kater, cuja filha Susi se dizia auxiliar de transmissões! Oh, Axel Mischke, por que coisa trocou seu chicote! O sr. e a sra. Woiwuth, que sempre comiam nabos. O sr. Heinert, que sofria do estômago e por isso estava em Schichau e não servindo na infantaria. E ali ao lado os pais de Heinert, que se chamavam ainda Heimowski. Oh, mamãe Truczinski! Docemente dormia o ratinho atrás da porta, meu ouvido encostado à madeira ouvia-a ressonar. O Baixinho, que na realidade se chamava Retzel, havia chegado a tenente, apesar de em criança sempre ter usado meias compridas de lã. O filho de Schlager tinha morrido, o filho de Eyke tinha morrido, o filho de Kollin tinha morrido. Mas o relojoeiro Laubschad continuava vivo e trazendo à vida os relógios mortos. O velho Heilandt vivia também e continuava a endireitar pregos tortos. E a sra. Schwerwinski estava doente, mas o sr. Schwerwinski gozava de boa saúde e no entanto morreu antes dela. E em frente, no térreo, quem vivia ali? Ali viviam Alfred e Maria Matzerath e um menino de quase dois anos de idade chamado Kurt. E quem deixava àquela hora adiantada da noite o apartamento que respirava pesadamente? Era Oskar, o pai do pequeno Kurt. E que levava ele para as ruas escuras? Seu tambor e o grande livro em que tinha aprendido. E por que escolheu entre todas as casas escuras que acreditavam no blecaute antiaéreo uma casa escura que acreditava no blecaute antiaéreo e em frente dela parou? Porque nela morava a viúva Greff, a quem não devia sua instrução, mas certas delicadas habilidades manuais. E por que tirou o boné em frente da casa escura? Porque se recordava do verdureiro Greff, que tinha o cabelo encaracolado e o nariz aquilino e se pesara e enforcara ao mesmo tempo, e depois de enforcado continuara tendo o cabelo encaracolado e o nariz aquilino, apesar de seus olhos castanhos, normalmente pensativos e enterrados nas órbitas, lhe terem então saltado desmesuradamente para fora. E por que Oskar tornou a cobrir a cabeça com o boné de marinheiro com fitinhas e se afastou apressado pela noite? Porque tinha um encontro na estação de mercadorias de Langfuhr. E chegou a tempo a esse encontro? Sim, chegou.

Ou melhor, só no último momento consegui chegar à estrada de ferro em aterro que ficava perto da passagem subterrânea de

Brunshöferweg, e não porque me tivesse detido em frente ao consultório do dr. Hollatz, que ficava perto; claro que me despedi em pensamento da srta. Inge e disse adeus à casa do padeiro de Kleinhammerweg, mas fiz tudo isso de passagem e somente a igreja do Sagrado Coração de Jesus me forçou a uma parada que por pouco não me fez chegar atrasado. O portal estava fechado; continuava, porém, a recordar-me muito vivamente do Menino Jesus rosado, desnudo e sentado sobre a perna esquerda da Virgem Maria. Ali estava ela de novo, minha pobre mamãe; ajoelhava no confessionário e enchia o ouvido do reverendo Wiehnke com seus pecados de merceeira, da mesma forma que enchia com açúcar aqueles pacotinhos de libra ou meia libra. Assim também Oskar se ajoelhava diante do altar lateral esquerdo e queria ensinar o Menino Jesus a tocar tambor, só que o garoto não tocava, não me proporcionava nenhum milagre. Foi nessa altura que Oskar jurou, e voltava agora a jurar em frente ao portal fechado, que, mais cedo ou mais tarde, ainda havia de ensiná-lo a tocar!

A perspectiva de longa viagem me fez, contudo, deixar os juramentos para outro dia e voltei as costas ao portal, certo de que Jesus não escaparia de mim. Subi pelo lado da via em aterro sobre a passagem subterrânea, perdi algumas folhas de Rasputin e Goethe na empresa, mas levava ainda a maior parte de minha bagagem cultural quando cheguei aos trilhos. Tão escura estava a noite que tropecei várias vezes nos ferros e pedrinhas e quase derrubo Bebra ao me chocar contra suas pernas.

— Afinal chegou o nosso virtuoso do tambor! — exclamou o capitão e palhaço musical. E depois, recomendando-nos mutuamente cautela, reiniciamos às cegas o caminho sobre trilhos e agulhas, extraviamo-nos entre os vagões de carga de um trem em formação e encontramos por fim o trem que trazia da frente de batalha os soldados de licença e no qual havia um compartimento especial reservado ao Teatro de Campanha de Bebra.

Oskar contava já várias viagens de bonde; ia agora iniciar uma de trem. Quando Bebra me introduziu no compartimento, Raguna levantou os olhos de um trabalho de costura, sorriu-me e beijou-me sorrindo a face. Depois, sem deixar de sorrir e sem largar o trabalho, apresentou-me aos outros membros do Teatro de Campanha, os acrobatas Félix e Kitty. Kitty, de um louro cor de mel e pele um pouco acinzentada, não era desprovida de encanto e devia ter a altura da *signora* Raguna; seu sotaque ligeiramente saxão aumentava-lhe ainda mais o charme. Já o acrobata Félix era sem dúvida o mais alto da companhia, media pelo menos uns 138 centímetros. O coitado se envergonhava de sua altura excessiva e meus 94 centímetros só fizeram aumentar seu complexo. Além disso o perfil do acrobata tinha certas semelhanças com o de um cavalo de corridas, e era talvez por isso que Raguna o chamava, brincando, de "Cavallo" ou "Félix Cavallo". Tal como Bebra, usava o acrobata um uniforme cinza de campanha, só que com as divisas de sargento. As senhoras trajavam roupas de viagem feitas também da mesma fazenda, o que não as favorecia muito. E o trabalho que Raguna tinha entre as mãos era ainda de fazenda cinza de campanha, destinada a converter-se em meu uniforme. Félix e Bebra tinham comprado o pano e Roswitha e Kitty costuravam-no agora alternadamente, cortando e cosendo até que ficaram prontos meu paletó, calças e boné. Quanto ao calçado, não fora possível encontrar no depósito da Wehrmacht nenhuma bota de meu tamanho, e tive de me contentar com minhas velhas botinas de amarrar de civil.

Falsificaram meus papéis, trabalho delicado em que o acrobata Félix se mostrou particularmente hábil. Por pura cortesia não pude protestar contra o fato de a grande sonâmbula me ter feito passar por seu irmão, mais velho, diga-se de passagem: Oscarnello Raguna, nascido em Nápoles a 21 de outubro de 1912. Já usei vários nomes em minha vida; Oscarnello Raguna foi um deles, e certamente não foi o menos harmonioso.

Partimos, então. Viajamos por Stolp, Stettin, Berlim, Hanôver e Colônia, até Metz. Não vi praticamente nada de Berlim, ainda que tivéssemos feito lá uma parada de cinco horas. Naturalmente houve um alarme antiaéreo e tivemos de nos refugiar nas adegas subterrâneas do Thomaskeller. Debaixo do teto abobadado, os soldados amontoavam-se como sardinhas em lata e houve um certo rebuliço quando o policial tentou introduzir-nos. Alguns soldados que vinham do front leste já conheciam Bebra e sua companhia de *tournées* anteriores. Houve aplausos, assobios e Raguna distribuía beijos com as mãos. Fomos convidados a fazer um número e logo se improvisou num canto da antiga cervejaria subterrânea algo parecido com um palco. Bebra não podia recusar, sobretudo quando um major da Luftwaffe lhe rogou, com muita cordialidade e especial deferência, que improvisasse alguma coisa para distrair os rapazes.

Pela primeira vez, portanto, ia Oskar atuar em um verdadeiro espetáculo teatral e, mesmo não estando totalmente desprevenido — durante a viagem Bebra ensaiara várias vezes comigo meu número —, não deixava de me sentir nervoso, o que pareceu a Raguna um bom pretexto para me acariciar.

Com incrível rapidez os soldados trouxeram nossa bagagem profissional, e logo Félix e Kitty começaram seu número de acrobacia. Ambos pareciam feitos de borracha e atavam-se em um só corpo, deslizavam um para fora do outro, contorciam-se um ao redor do outro, desprendiam seus corpos para voltar a fundi-los, trocando pernas e braços e deixando os espectadores espantados com violentas dores musculares e torcicolos para vários dias. Depois, enquanto Félix e Kitty continuavam se atando e desatando, Bebra apresentou seu número de palhaço musical, tocando em garrafas escalonadas de cheias a vazias os sucessos musicais mais populares dos anos de guerra; tocou "Erica" e "Mamatchi", "Quero um cavalo", fez as "Estrelas da pátria" tremeluzirem e ressoarem dos gargalos das garrafas e, quando viu que esta não entusiasmara o público, lançou mão de seu antigo sucesso: "Jimmy the Tiger" enraiveceu-se e rugiu entre as garrafas, agradando não só ao auditório, como também ao ouvido delicado de Oskar. E quando, depois de alguns truques de prestidigitação, vulgares mas bem-sucedidos, Bebra anunciou Roswitha Raguna, a grande sonâmbula, e Oscarnello Raguna, o tambor vitricida, o público estava já bem quente e o sucesso de Roswitha e Oscarnello assegurado. Eu introduzia o nosso número com um ligeiro rufar, preparava os momentos culminantes mediante um crescendo e ao fim de cada execução convidava ao aplauso por meio de um golpe final de muito efeito. Raguna escolhia um soldado ou algum oficial da assistência, sem querer saber se eram veteranos curtidos ou tímidos e insolentes alferes, convidava-os a sentar perto dela e perscrutava-lhes o coração — sim, Raguna sabia ler o coração dos homens. Revelava então à assistência as datas sempre corretas de seus livros de soldo e alguns detalhes da vida privada do respectivo alferes ou sargento. Suas revelações eram cheias de delicadeza e discrição, e no fim ainda dava de presente ao desnudado — assim o consideravam os espectadores — uma garrafa de cerveja, pedindo-lhe que a erguesse bem alto, de modo que todos pudessem vê-la, e dava-me então o sinal: com um redobre de tambor em crescendo a garrafa explodia e saltava em pedaços — brincadeira de criança para minha voz afeita a tarefas bem mais exatas —, e banhava de cerveja a cara espantada do sargento curtido ou do alferes imberbe. Seguiam-se aplausos, ovação prolongada que se misturava com o barulho de um pesado ataque aéreo à capital do Reich.

O que assim oferecíamos não era, ao que se vê, um espetáculo de primeira classe, mas divertia os rapazes e fazia-os esquecer a frente de batalha e a licença que acabava, provocando grandes risadas, um riso interminável. Tanto assim que quando caíram sobre nós os torpedos aéreos, sacudindo e sepultando a adega e deixando-nos sem iluminação e sem luz de emergência, os risos continuaram a ecoar naquele caixão escuro e malcheiroso. "Bebra!", gritavam, "Queremos Bebra!", e o bom e indestrutível Bebra se fazia de palhaço no escuro, arrancava da massa enterrada salvas de risos. Quando reclamaram Raguna e Oscarnello, anunciou ainda com voz de trombeta: "A *signora* Raguna está morta de cansaço, meus queridos soldadinhos de chumbo, e o pequeno Oscarnello tem também de repousar, para maior glória do grande Reich alemão e para a vitória final!"

Ela, Roswitha, estava estendida a meu lado e tinha medo. Oskar, porém, não estava com medo, mas ainda assim estava deitado ao lado de Raguna. Seu medo e minha coragem uniram nossas mãos. Eu procurando às cegas seu medo, ela tentando encontrar minha coragem. Finalmente assustei-me um pouco e ela arranjou um pouco de coragem. E acabava de afastar pela primeira vez seu temor, quando meu viril destemor voltou a erguer-se. E enquanto minha coragem contava 18 esplendorosos anos, ela voltou a sucumbir àquele medo sábio que me inspirava coragem, acumulado em não sei quantos anos de vida nem por não sei quantas vezes. Pois, assim como seu rosto, também seu corpo, sendo diminuto mas nem por isso menos cheio, era imune às marcas do tempo. Intemporalmente valente, intemporalmente medrosa, assim se mostrava uma Roswitha. E ninguém jamais saberá que aquela liliputiana que, na adega soterrada da cervejaria, durante um pesado ataque aéreo à capital do Reich, perdeu seu medo sob minha coragem, até o momento em que o pessoal da defesa antiaérea veio nos desenterrar, contava 19 ou 99 anos. E ao próprio Oskar é fácil ser discreto, na medida em que ele mesmo ignora se aquele primeiro abraço realmente adequado a suas proporções físicas lhe foi concedido por uma anciã cheia de coragem ou por uma donzela a quem o medo arrastara à paixão.

Inspeção do cimento ou místico, bárbaro, maçante

Por três semanas estivemos atuando toda noite nos veneráveis quartéis da antiga guarnição e cidade romana de Metz. O mesmo programa exibimos durante duas semanas em Nancy. Châlons-sur-Marne acolheu-nos hospitaleiramente por uma semana. Algumas palavrinhas francesas já corriam da língua de Oskar. Em Reims podiam-se admirar ainda os estragos da Primeira Guerra Mundial. Aquele curral de pedra que é a catedral mundialmente famosa cuspia água sem cessar, enfastiada da humanidade, sobre as pedras da calçada, o que significa que em Reims choveu dia após dia, e ainda de noite. Em Paris, ao contrário, tivemos um setembro radiante. De braço com Roswitha pude passear ao longo dos *quais* e celebrar meu décimo nono aniversário. Ainda que já conhecesse a metrópole pelos cartões-postais do suboficial Fritz Truczinski, Paris não me decepcionou nem um pouco. Quando pela primeira vez Roswitha e eu olhamos do pé da Torre Eiffel para o alto — eu com meus 94 centímetros e ela com seus 99 —, pudemos nos dar conta, de braço dado, de nossa singularidade e de nossa grandeza. Beijamo-nos em plena rua, o que em Paris, contudo, nada significa.

Oh, magnífica familiaridade com a Arte e com a História! Quando visitei os Inválidos, levando sempre Roswitha pelo braço, e pensei no grande imperador, ainda que não tão grande de tamanho e, por conseguinte, tão afim conosco, falei num estilo napoleônico. Como ele dissera diante da tumba do grande Frederico, que tampouco era um gigante: "Se ele ainda vivesse, não estaríamos aqui", sussurrei ao ouvido de minha Roswitha. "Se o corso vivesse ainda, não estaríamos nós aqui, nem nos beijaríamos sob as pontes, sobre os *quais* ou *sur les trottoirs de Paris*."

No quadro de um programa colossal, atuamos na Sala Pleyel e no Teatro Sarah Bernhardt. Oskar acostumou-se rapidamente às proporções dos palcos das grandes cidades, refinou seu repertório e se adaptou ao gosto exigente das tropas parisienses de ocupação: já não rebentava com minha voz simples garrafas de cerveja, vulgarmente alemãs, mas floreiras e fruteiras seletas, magnificamente torneadas e delicadas como um sopro, tiradas dos castelos franceses. A história da arte fornecia um critério a meu programa. Começava com cristais da época de Luís XIV e pulverizava a seguir produtos de vidro dos tempos de Luís XV. Com veemência, recordando os tempos da Revolução, devastava então taças do infeliz Luís XVI e de sua acéfala Maria Antonieta, um pouco de Luís Felipe e, finalmente, me voltava contra os produtos do *modern style* francês.

Mesmo quando a massa *feldgrau* na plateia e nas galerias não estava em condições de seguir o curso histórico de minhas execuções e só aplaudia os destroços como tais, não faltava de vez em quando algum oficial de estado-maior ou algum jornalista do Reich que, para além dos cacos, aplaudisse também o meu sentido histórico. Certa ocasião, depois de uma sessão de gala para a Kommandantur, fomos apresentados a um tipo uniformizado que vinha a ser um erudito e me disse coisas muito lisonjeiras a propósito de minha arte. Oskar ficou particularmente grato ao correspondente de um dos grandes diários do Reich que residia na cidade do Sena e se revelou um especialista em questões francesas, o qual me chamou discretamente a atenção sobre algumas pequenas falhas, para não dizer incoerências estilísticas, de meu programa.

Permanecemos em Paris todo aquele inverno. Hospedavam-nos em hotéis de primeira classe, e não quero passar por alto que, a meu lado durante todo aquele longo inverno, Roswitha teve sempre ocasião de comprovar e confirmar as excelências da cama francesa. Oskar era feliz em Paris! Havia esquecido seus entes queridos, Maria, Matzerath, Gretchen e Alexander Scheffler? Oskar havia esquecido seu filho Kurt e sua avó Anna Koljaiczek?

Embora não os tivesse esquecido, a verdade é que não sentia saudades de nenhum dos meus familiares. Não mandei nenhum cartão-postal, não dei nenhum sinal de vida; pensei que era melhor brindá-los com a oportunidade de viver sem mim durante um ano, já que o retorno estava decidido desde o momento de minha partida. Ademais, interessava-me ver de que forma tinham se arranjado durante minha ausência. Na rua ou no curso das sessões, procurava traços familiares nas caras dos soldados. Talvez tivessem transferido Fritz Truczinski ou Axel Mischke do front leste para Paris, e inclusive em uma ou duas ocasiões acreditei ter reconhecido em meio a uma horda de homens de infantaria o aprumado irmão de Maria; mas não era ele: o *feldgrau* engana!

A única coisa que dava saudade era a torre Eiffel. Não que, escalando-a, a visão das distâncias despertasse em mim impulsos em direção à terra natal. Oskar subira tantas vezes à torre Eiffel, nos cartões-postais e em pensamento, que uma ascensão real só podia provocar nele uma decepcionante descida. O caso é que, plantado ou acocorado ao pé da torre Eiffel e sem Roswitha, só e debaixo do ousado sopé da construção metálica, aquela abóbada, que apesar de fechada deixava ver através dela, se convertia para mim no teto tapa-tudo de minha avó Anna: acocorado sob a torre Eiffel, acocorava-me sob suas quatro saias; o campo de Marte se tornava para mim o campo de batatas caxúbio; a chuva parisiense de outubro caía oblíqua e infatigável entre Bissau e Ramkau; toda Paris, inclusive o metrô, cheirava para mim em tais dias a manteiga ligeiramente rançosa e me deixava taciturno e pensativo. Roswitha me tratava com delicadeza e respeitava minha dor, porque era muito sensível.

Em abril de 44 — em todas as frentes se anunciavam brilhantes operações de retirada das tropas — tivemos que arrumar nossos equipamentos artísticos, deixar Paris e levar a alegria ao Muro do Atlântico com o Teatro de Campanha de Bebra. Começamos a *tournée* no Havre. Bebra parecia-me taciturno e distraído. Mesmo que durante as apresentações nunca falhasse e continuasse como sempre tendo a seu lado os que riam, assim que caía a cortina sua cara antiquíssima de Narses petrificava-se. A princípio acreditei que fosse por ciúmes ou, pior ainda, por sentir-se impotente ante a força de minha juventude. Mas Roswitha esclareceu-me discretamente. Ela tampouco sabia exatamente de que se tratava, mas falou de oficiais que, depois das apresentações, conferenciavam com Bebra a portas fechadas. Parecia que o mestre tinha abandonado sua emigração interior, era como se planejasse alguma ação direta, como se despertasse nele o sangue de seu antepassado, o príncipe Eugênio. Seus planos haviam-no distanciado tanto de nós, haviam-no colocado em relações tão vastas, que a ligação de Oskar com sua Roswitha de outrora conseguia no máximo pôr um sorriso fatigado em sua cara cheia de rugas. Quando em Trouville — hospedamo-nos no hotel Kursaal — nos surpreendeu abraçados sobre o tapete de nosso camarim comum, ao ver que nos dispúnhamos a nos desenlaçar, fez um gesto e disse, olhando-se no fundo de seu espelho:

"Divirtam-se, crianças, beijem-se; amanhã inspecionaremos o cimento, e já depois de amanhã vão senti-lo entre vossos lábios e o prazer dos beijos desaparecerá!"

Isto ocorria em junho de 44. Entrementes, havíamos percorrido o Muro do Atlântico desde o Golfo de Biscaia até a Holanda, mas permanecendo geralmente no interior, de modo que não tínhamos visto nada das legendárias casamatas, e só em Trouville atuamos pela primeira vez diretamente na costa. Ofereceram-nos uma visita ao Muro do Atlântico. Bebra aceitou. Última apresentação em Trouville. À noite trasladaram-nos à aldeia de Bavent, pouco antes de Caen, a quatro quilômetros das dunas da praia. Alojaram-nos em casas de camponeses. Muita pastagem, cercas vivas, macieiras. Ali se destila a aguardente de frutas Calvados. Bebemos uns tragos e dormimos bem. Pela janela entrava um ar vivo; num charco rãs coaxaram até o amanhecer. Há rãs que sabem tocar tambor. Ouvi-as em meu sono e repreendia-me desta maneira: é tempo de voltar, Oskar, pois logo seu filho Kurt completará três anos e tem que entregar-lhe o tambor que lhe prometeu! Cada vez que Oskar, assim arrependido, despertava, de hora em hora, feito pai atormentado, tateava a seu lado, certificava-se de sua Roswitha e aspirava seu perfume: Raguna cheirava ligeiramente a canela, a cravo e a noz-moscada; cheirava a especiarias pré-natalinas e conservava tal aroma mesmo no verão.

Ao amanhecer, apresentou-se diante da granja um caminhão blindado. No portão todos tiritávamos um pouco. Era cedo, o tempo estava fresco e o vento do mar batia-nos de cara. Subimos: Bebra, Raguna, Félix e Kitty, Oskar e aquele jovem tenente Herzog, que nos conduziu à sua bateria a oeste de Cabourg.

Quando digo que a Normandia é verde, passo por alto todo aquele gado malhado que, à direita e à esquerda da estrada retilínea, em prados úmidos de rocio e ligeiramente brumosos, se dedica à sua ocupação de ruminante, opondo a nosso carro blindado uma indiferença tal que a chapa teria enrubescido de vergonha se previamente não houvesse sido provida de uma capa de camuflagem. Álamos, cercas vivas, vegetação rasteira, e depois os primeiros enormes hotéis de praia, vazios, com os postigos batendo; tomamos a avenida, descemos e seguimos o tenente, que mostrava para com nosso capitão Bebra um respeito algo arrogante, mas, mesmo assim, estrito, através das dunas e contra um vento carregado de areia e de ruído de rebentação.

Não era o doce Báltico, com sua cor verde-garrafa e seus soluços virginais, o que me esperava. Aqui o Atlântico ensaiava sua antiquíssima manobra: assaltava com a preamar e se retirava com a vazante.

E ali estava o cimento. Podíamos admirá-lo e acariciá-lo; não se movia. "Atenção!", gritou alguém no cimento; e, alto como uma torre, surgiu daquela casamata que tinha a forma de uma tartaruga achatada entre duas dunas e, com o nome de Dora Sete, apontava com suas troneiras, seus postigos e suas peças metálicas de pequeno calibre à maré e ao refluxo. Era o cabo Lankes, que se perfilou ante o tenente Herzog e ante nosso capitão Bebra.

Lankes (saudando): Dora Sete, um cabo, quatro homens. Sem novidade!

Herzog: Obrigado! Descansar, cabo Lankes. O senhor ouviu, meu capitão, sem novidade. É assim há muitos anos.

Bebra: Sempre preamar e refluxo! Os eternos números da natureza!

Herzog: Justamente o que dá trabalho a nossos homens. Por isso construímos uma casamata junto a outra. Nossos campos de tiro já se cruzam. Logo teremos que demolir um par de casamatas, para abrir mais espaço para o cimento.

Bebra (tocando com os nós dos dedos o cimento; seus companheiros de teatro imitam-no): E o senhor, tenente, acredita no cimento?

Herzog: Não exatamente. Aqui já não cremos praticamente em nada. Não é, Lankes?

Lankes: Sim, meu tenente, em nada!

Bebra: Apesar do que continuam misturando e despejando.

Herzog: Confidencialmente. Adquire-se experiência. Antes não tinha a menor ideia de construção; havia começado a estudar e, de repente, zás! Espero poder aproveitar depois da guerra meus conhecimentos de cimento. Toda a Alemanha terá de ser reconstruída. Vejam vocês o cimento, aproximem-se (Bebra e sua gente chegam os narizes dentro do cimento). Que veem? Conchas? Nós as temos ao alcance da mão. Basta pegá-las e misturá-las. Pedras, conchas, areia, cimento... Que quer que eu diga, meu capitão! O senhor, na qualidade de artista e ator, compreende tudo. Lankes! Conte ao capitão o que despejamos nas casamatas.

Lankes: Às ordens, meu tenente! Contar a meu capitão o que despejamos nas casamatas. Cimentamos cãezinhos. Em cada alicerce de casamata há um cachorrinho enterrado.

A companhia de Bebra: Um cachorrinho!

Lankes: Em breve não restará em todo o trecho, de Caen ao Havre, um só cachorrinho.

A companhia de Bebra: Não haverá cachorrinhos!

Lankes: Trabalhamos bem.
A companhia de Bebra: E como!
Lankes: Logo teremos que recorrer aos gatinhos.
A companhia de Bebra: Miau!
Lankes: Mas gatos não valem tanto como os cachorros. Por isso esperamos que a função aqui comece logo.
A companhia de Bebra: Função de gala! (Aplaudem.)
Lankes: Já ensaiamos o suficiente. E quando os cachorrinhos nos faltarem...
A companhia de Bebra: Oh!
Lankes: ... não podemos construir mais casamatas, pois os gatos trazem mau agouro.
A companhia de Bebra: Miau, miau!
Lankes: Mas se meu capitão deseja saber por que os cachorrinhos...
A companhia de Bebra: Os cachorrinhos!
Lankes: Só posso lhe dizer: quanto a mim não acredito nisto.
A companhia de Bebra: Fuiií!
Lankes: Mas os companheiros daqui vêm em sua maioria do campo. E aí ainda se observa essa prática, isto é, quando se constrói uma casa ou uma granja ou uma igreja tem-se de pôr debaixo um ser vivo e...
Herzog: Está bem, Lankes. Descansar. Como meu capitão acaba de ouvir, aqui no Muro do Atlântico cultivamos de certo modo a superstição. Exatamente como os senhores no teatro, onde não se deve assobiar antes da estreia, e os atores, antes de começar a função, cospem por cima do ombro...
A companhia de Bebra: Toi-toi-toi! (Cospem-se mutuamente por cima do ombro.)
Herzog: Bem, sem brincadeira, temos de deixar que os homens se distraiam. Recentemente começaram a decorar as entradas das casamatas com mosaicos de conchas e enfeites de cimento, o que é tolerado por ordem superior. A gente quer estar ocupado. E assim repito constantemente ao nosso chefe, a quem os arabescos de cimento aborrecem: mais valem arabescos no cimento, meu comandante, que arabescos no cérebro. Nós, os alemães, somos amantes dos trabalhos manuais. Que se pode fazer?
Bebra: Também nós contribuímos para distrair o exército que espera ao pé do Muro do Atlântico.

A companhia de Bebra: O Teatro de Campanha de Bebra canta para vocês, representa para vocês e os ajuda a obter a vitória final!

Herzog: Muito certo o que você e sua gente dizem. Mas o teatro só não basta. A maior parte do tempo, com efeito, somos deixados à nossa própria sorte, e então cada um faz o que pode. Não é, Lankes?

Lankes: Sim, meu tenente, o que pode!

Herzog: Estão vendo? E se meu capitão me permite, tenho que ir agora a Dora Quatro e a Dora Cinco. Enquanto isso, vejam com tranquilidade o cimento, vale a pena. Lankes lhes mostrará tudo...

Lankes: Tudo, meu tenente!

(Herzog e Bebra trocam saudação militar. Herzog sai pela direita. Raguna, Oskar, Félix e Kitty, que até agora se mantinham atrás de Bebra, saltam para primeiro plano. Oskar segura seu tambor, Raguna um cesto de provisões, enquanto Félix e Kitty sobem ao teto de cimento e começam a executar ali exercícios acrobáticos. Oskar e Roswitha brincam na areia, ao lado da casamata, com um pequeno balde e uma pazinha; dão mostras de amor recíproco, lançam gritinhos e fazem troças de Félix e Kitty.)

Bebra (fleumático, depois de ter inspecionado a casamata por todos os lados): Diga-me, cabo Lankes, qual é na realidade sua profissão?

Lankes: Pintor, meu capitão, mas já faz muito tempo.

Bebra: De parede?

Lankes: Também, meu capitão, embora, geralmente, como artista.

Bebra: Opa! Isso quer dizer que você é um êmulo do grande Rembrandt, de Velázquez, talvez?

Lankes: Algo entre os dois.

Bebra: Homem de Deus! Sendo assim, que necessidade de misturar cimento, de despejar cimento e de guardar cimento? Deveria estar na Propaganda-Kompanie. Pintores de guerra, isso é o que a gente precisa!

Lankes: Isso não é para mim, meu capitão. Em relação às ideias atuais, pinto oblíquo demais. Mas não teria meu capitão um cigarro para o cabo? (Bebra estende um cigarro.)

Bebra: Será que oblíquo quer dizer moderno?

Lankes: Moderno? Antes que começassem com o cimento, o oblíquo foi moderno por algum tempo.

Bebra: Ah, é isso?

Lankes: Sim, senhor.

Bebra: Você pinta a pastel; por acaso também com espátula?

Lankes: Também. E também com o polegar, automaticamente, e de vez em quando colo unhas e botões. Antes de 33 houve uma época em que usava arame farpado sobre cinábrio. Tinha boa crítica. Pertencem agora a um colecionador particular na Suíça, um fabricante de sabão.

Bebra: Esta guerra, esta maldita guerra! E agora o senhor cola concreto! Emprega seu talento em trabalhos de fortificação! Sem dúvida, o mesmo fizeram também em sua época Leonardo da Vinci e Miguel Ângelo. Projetavam máquinas militares e, quando tinham encomenda de alguma Madona, construíam baluartes.

Lankes: Veja o senhor! Sempre há uma falha. Mas quem é artista de verdade tem que se expressar. Aqui, por exemplo, se o meu capitão quiser ter o trabalho de dar uma olhada nos enfeites da entrada da casamata, esses são meus.

Bebra (depois de um exame atento): Surpreendente! Que riqueza de formas! Que força de expressão!

Lankes: Poderíamos chamar esse estilo de formações estruturais.

Bebra: E sua obra, o relevo ou quadro, tem um título?

Lankes: Já o disse: formações e, se se quiser, formações oblíquas. É um novo estilo. Ninguém o fez ainda.

Bebra: Razão de sobra, já que o senhor é um criador, para dar à obra um título inconfundível...

Lankes: Título? Para que servem os títulos? Títulos só existem porque existem catálogos para as exposições.

Bebra: O senhor é modesto demais, cabo Lankes. Veja em mim um amante da arte e não um capitão. Um cigarro? (Lankes aceita) Dizia o senhor?

Lankes: Bem, se vê a coisa assim... Pois bem (Lankes ficou cismando): quando esta coisa se acabar — e um dia ou outro tem que acabar —, as casamatas ficarão, pois as casamatas ficam sempre, mesmo quando todo o resto se esfrangalha. E depois vem o tempo! Vêm os séculos, quero dizer (joga fora o último cigarro). Não tem meu capitão outro cigarro? Muitíssimo obrigado! E os séculos vêm e passam como nada. Mas as casamatas permanecem, como têm subsistido as pirâmides. Então vem um belo dia um desses chamados arqueólogos e diz: que vácuo artístico foi aquele, entre a primeira e a sétima guerra mundial! Mero concreto inexpressivo, cinza-chumbo; de vez em quando, no dentelo das casamatas, umas rosquilhas de diletante, de tipo popular;

e então topa com Dora Quatro, Dora Cinco e Seis, Dora Sete, vê minhas formações estruturais oblíquas e diz: caramba! Eis aqui algo interessante! Quase diria mágico, ameaçador e, contudo, de uma espiritualidade penetrante. Aqui expressou-se um gênio, talvez o único gênio do século XX, definitivamente, e para todos os tempos. Se a obra tem um título? Se uma assinatura revela o artista? E se meu capitão se der ao trabalho de fixar bem os olhos, mantendo a cabeça inclinada, então verá que entre as rudes Formações Oblíquas...

Bebra: Meus óculos. Ajude-me, Lankes.

Lankes: Pois aqui está: Herbert Lankes, *anno*: 1944. Título: *Místico, bárbaro, maçante.*

Bebra: Talvez com isso você tenha batizado nosso século.

Lankes: Então, veja!

Bebra: Talvez nos trabalhos de restauração, em quinhentos ou talvez mil anos, encontrem no concreto ossinhos de cão.

Lankes: O que só fará sublinhar meu título.

Bebra (emocionado): Que é o tempo e que somos nós, meu bom amigo, se nossas obras... Mas veja o senhor: Félix e Kitty, meus acrobatas, fazem ginástica sobre o cimento.

Kitty (faz algum tempo que um papel vem passando de mão em mão entre Roswitha e Oskar, entre Félix e Kitty, no qual escrevem algo. Kitty com ligeiro acento saxônico.): Veja, sr. Bebra, o que se pode fazer sobre o cimento. (De cabeça para baixo, caminha sobre as mãos.)

Félix: E tampouco o salto mortal foi jamais praticado sobre o cimento. (Faz pequena demonstração.)

Kitty: Este é o palco de que precisaríamos na realidade.

Félix: Só que venta um pouco aqui em cima.

Kitty: Em compensação não faz tanto calor nem cheira tão mal como nas carcomidas salas de cinema. (Dá um nó em seu corpo.)

Félix: E inclusive ocorreu-nos um poema aqui em cima.

Kitty: A nós, que significa isso? Ocorreu a Oscarnello e à *signora* Roswitha.

Félix: Bem, quando a rima emperrou, nós ajudamos.

Kitty: Só falta uma palavra, e estará acabado.

Félix: Oscarnello quer saber como se chamam esses talos da praia.

Kitty: Porque precisam entrar no poema.

Félix: Pois senão faltaria algo essencial.

Kitty: Diga-nos então, senhor soldado, como se chamam esses talos?

Félix: Talvez não seja possível, o inimigo pode escutar.
Kitty: Claro que não espalharemos a outras pessoas.
Félix: Só para que a obra de arte não fique inconclusa.
Kitty: Já se esforçou tanto, o Oscarnello.
Félix: E escreveu tão bonito, em escrita *Sütterlin*.
Kitty: Gostaria de saber onde ele aprendeu isto.
Félix: Só lhe falta saber como se chamam esses talos.
Lankes: Meu capitão permite?
Bebra: Se não se trata de um segredo de guerra importante...
Félix: Mas Oscarnello precisa sabê-lo!
Kitty: Porque senão o poema não funciona!
Roswitha: E estamos tão curiosos!
Bebra: E se lhe ordenar na qualidade de superior hierárquico?
Lankes: Pois bem, isto foi construído contra eventuais tanques e lanchas de desembarque. Denominamo-lo, por causa de sua aparência, aspargos de Rommel.
Félix: De Rommel...
Kitty: Aspargos...? Que acha, Oscarnello?
Oskar: Perfeito! (Escreve a palavra no papel e o estende a Kitty sobre a casamata. Kitty aperta ainda mais seu nó e recita, como se se tratasse de uma poesia escolar, o seguinte poema):

Junto ao muro do Atlântico

Por mais que entre canhões e troneiras
Plantemos os aspargos de Rommel,
Pensamos, sim, em épocas mais gratas,
Aos domingos o cozido de batatas,
Nas sextas o peixe suculento:
Aproximamo-nos do refinamento!

Ainda dormimos em alambrados,
E fincamos minas nas latrinas,
Mas sonhamos é com jardins,
Companheiros de doces querubins,
A geladeira, que monumento:
Aproximamo-nos do refinamento!

Mais de um acabará mordendo o chão,
Mais de uma mãe chorará em convulsão,
A morte desce como paraquedista,
Enfeita-se com adereços de batista
E plumas que lhe dão maior movimento:
Aproximamo-nos do refinamento!

(Todos aplaudem, inclusive Lankes.)

Lankes: Já está baixando a maré.
Roswitha: Então, está na hora de comer! (Agita o cesto das provisões, enfeitado com laços e flores artificiais.)
Kitty: Sim, sim! Façamos um piquenique ao ar livre!
Félix: É a natureza que nos abre o apetite!
Roswitha: Oh, sacrossanto ato de comer, que as pessoas une, enquanto dura a refeição!
Bebra: Comamos sobre o cimento. Teremos nele uma base firme. (Todos, exceto Lankes, sobem para a casamata. Roswitha estende uma toalha de mesa alegre, florida. Retira do cesto inesgotável pequenas almofadas com borlas e franjas. Aparece uma sombrinha, rosa e verde-claro, e monta-se um minúsculo gramofone com alto-falante. Distribuem-se pratinhos, colherzinhas, faquinhas, oveiros e guardanapos.)
Félix: Gostaria de experimentar esse patê de fígado.
Kitty: Vocês ainda têm um pouco do caviar que salvamos de Stalingrado?
Oskar: Não devia passar tanta manteiga dinamarquesa, Roswitha!
Bebra: Faz muito bem, meu filho, de se preocupar com a linha dela.
Roswitha: Mas se gosto e não me faz mal! Ah, quando penso na torta com cobertura de creme que nos serviram na Luftwaffe de Copenhague!
Bebra: O chocolate holandês na garrafa térmica conservou-se quente.
Kitty: Gosto muito desses biscoitos americanos!
Roswitha: Sim, mas só com um pouco de geleia de gengibre sul-africana.
Oskar: Não exagere, Roswitha, por favor!
Roswitha: Mas você também corta umas fatias da grossura de um dedo desse detestável *corned beef* inglês!

Bebra: Então, senhor soldado? Aceita uma fatiazinha de pão de passas com geleia de ameixa?

Lankes: Se não estivesse de serviço, meu capitão...

Roswitha: Estou lhe ordenando, na qualidade de superior hierárquico!

Kitty: Sim, ordem superior!

Bebra: Cabo Lankes, ordeno-lhe que aceite um pão de passas com geleia francesa de ameixa, um ovo frito dinamarquês, caviar russo e um copinho de chocolate holandês autêntico.

Lankes: Às ordens, meu capitão! Comer. (Senta-se também sobre a casamata.)

Bebra: Não sobrou nenhuma almofada para o senhor soldado?

Oskar: Cedo-lhe a minha. Eu me sento sobre o tambor.

Roswitha: Mas veja se não vai se resfriar, querido! O cimento é traidor, e você não está acostumado.

Kitty: Ele também pode usar minha almofada. Só preciso me enrolar um pouco e o pão de mel me descerá melhor.

Félix: Mas não vá sair de cima da toalha e manchar o cimento de mel. Equivaleria a atentar contra o moral das forças armadas! (Todos riem.)

Bebra: Ah, que bom o ar do mar!

Roswitha: Muito bom.

Bebra: O peito se dilata.

Roswitha: De fato.

Bebra: O coração muda de pele.

Roswitha: Sim, muda.

Bebra: A alma sai do casulo.

Roswitha: Como nos embeleza fitar o mar!

Bebra: O olhar se torna livre e levanta voo...

Roswitha: Alça voo...

Bebra: Sai voando por sobre o mar, o mar infinito... Diga-me, cabo Lankes, vejo cinco coisas negras lá na praia.

Kitty: Eu também. Com cinco guarda-chuvas!

Félix: Não, seis.

Kitty: Não, cinco! Um, dois, três, quatro, cinco.

Lankes: São as freiras de Lisieux. Evacuaram-nas para cá com seu jardim de infância.

Kitty: Mas Kitty não vê nenhuma criança. Só cinco guarda-chuvas!

Lankes: Os garotos são sempre deixados no povoado, em Bavent, e às vezes aproveitam a maré baixa e apanham conchas e caranguejos que ficam colados nos aspargos de Rommel.

Kitty: Pobrezinhas!

Roswitha: Não devíamos lhes oferecer um pouco de *corned beef* e uns biscoitos americanos?

Oskar: Oskar propõe pão de passas com geleia de ameixa, pois hoje é sexta e o *corned beef* é proibido às freiras.

Kitty: Agora correm! Parecem barcos a vela, com seus guarda-chuvas!

Lankes: É o que fazem sempre que apanham o suficiente. Então começam a brincar. A da frente é a noviça. Agneta, uma coisinha ainda bastante tenra, que não sabe ainda o que está na frente e atrás — mas, se meu capitão tivesse mais um cigarro para o cabo... Muitíssimo grato! E a de trás, a gorda, é a madre superiora, soror Escolástica. Não quer que brinquem na praia, porque contraria as regras da ordem.

(Ao fundo, correm freiras com guarda-chuvas. Roswitha liga o gramofone: soa a "Troica de São Petersburgo". As freiras põem-se a dançar e a lançar gritos de júbilo.)

Agneta: U-hu! madre Escolástica!

Escolástica: Agneta, soror Agneta!

Agneta: Ahá, madre Escolástica!

Escolástica: Volte, minha filha! Soror Agneta!

Agneta: Não posso! Os pés me fogem!

Escolástica: Então reze, irmã, por uma conversão!

Agneta: Por uma conversão dolorosa?

Escolástica: Por uma cheia de graça.

Agneta: Alegre?

Escolástica: Reze, soror Agneta!

Agneta: Eu rezo, sem cessar, mas continuam fugindo!

Escolástica (baixinho): Agneta, soror Agneta!

Agneta: U-hu, madre Escolástica!

(Desaparecem as freiras. Só de vez em quando surgem ao fundo seus guarda-chuvas. O disco acaba. Junto à entrada da casamata soa o telefone de campanha. Lankes salta do teto da casamata e atende, os demais continuam comendo.)

Roswitha: Até aqui, no seio da natureza infinita, tem de haver um telefone!

Lankes: Aqui Dora Sete. Cabo Lankes.

Herzog (vem lentamente pela direita, levando o telefone e o cabo, para muitas vezes e fala ao aparelho): Está dormindo, cabo Lankes? Algo se move em frente a Dora Sete. Não resta a menor dúvida!

Lankes: São as freiras, meu tenente.

Herzog: Que significa isso, freiras aqui! E se não forem?

Lankes: Mas são. Distinguem-se perfeitamente.

Herzog: E nunca ouviu falar de camuflagem, hein? Quinta-coluna, hein? Faz séculos que os ingleses praticam esse truque. Apresentam-se com a Bíblia e, de repente, bum!

Lankes: Mas elas estão catando caranguejos, meu tenente.

Herzog: Limpe imediatamente a praia! Entendido?

Lankes: Às ordens, meu tenente. Mas não fazem outra coisa senão catar caranguejos.

Herzog: O senhor vai se plantar imediatamente atrás da metralhadora, cabo Lankes!

Lankes: Mas se só procuram caranguejos, porque é maré baixa e precisam deles para seu jardim de infância...

Herzog: Ordens superiores!

Lankes: Às suas ordens, meu tenente! (Lankes desaparece dentro da casamata. Herzog sai com o telefone pela direita.)

Oskar: Roswitha, tape ambos os ouvidos, porque vão atirar, como nos jornais da tela.

Kitty: Oh, que terrível! Me amarrarei ainda mais.

Bebra: Eu também suspeito que vamos ouvir algo.

Félix: Devíamos tornar a ligar o gramofone. Isso atenua muitas coisas! (Põe o gramofone para funcionar. The Platters cantam "The Great Pretender". Adaptando-se ao ritmo lento da música que enlanguesce tragicamente, a metralhadora matraqueia. Roswitha tapa os ouvidos. Félix para de cabeça para baixo. Ao fundo, cinco freiras voam com seus guarda-chuvas para o céu. O disco para, se repete; depois, silêncio. Félix planta os pés no chão. Kitty se desamarra. Roswitha apanha rapidamente a toalha com os restos da comida e guarda tudo no cesto de provisões. Oskar e Bebra ajudam-na. Descem todos do teto da casamata. Aparece Lankes à entrada.)

Lankes: Não teria meu capitão outro cigarro para o cabo?

Bebra (sua gente, assustada, agrupa-se atrás dele): O senhor soldado fuma demais.

A companhia de Bebra: Fuma demais!

Lankes: A culpa é do cimento, meu capitão.
Bebra: E se algum dia não houver mais cimento?
A companhia de Bebra: Não há mais cimento.
Lankes: O cimento é imortal, meu capitão. Apenas nós e os cigarros...
Bebra: Já sei, já sei, desvanecemo-nos como a fumaça.
A companhia de Bebra (afastando-se lentamente): Como a fumaça!
Bebra: Enquanto o cimento ainda será contemplado dentro de mil anos.
A companhia de Bebra: Mil anos!
Bebra: E ossos de cães serão encontrados.
A companhia de Bebra: Ossinhos de cachorro.
Bebra: E suas formações oblíquas no cimento.
A companhia de Bebra: *Místico, bárbaro, maçante.*
(Só fica Lankes, fumando.)

Ainda que durante o piquenique sobre o cimento Oskar mal tomasse a palavra, não pôde deixar de guardar esta conversação junto ao Muro do Atlântico, já que tais palavras eram pronunciadas nas vésperas da invasão; aliás, voltaremos ainda a encontrar o referido cabo e pintor de cimento Lankes, quando, em outra folha, rendermos tributo ao pós--guerra e ao nosso atual refinamento burguês em pleno auge.

No passeio da praia ainda nos aguardava o caminhão blindado. A passos largos, o tenente Herzog foi ter com seus protegidos. Arfante, desculpou-se com Bebra a propósito do pequeno incidente: "Zona proibida é zona proibida", disse. Ajudou as damas a subir ao veículo, deu algumas instruções ao motorista, e empreendemos a viagem de volta a Bavent. Tivemos de nos apressar, com pouco tempo para o almoço, porque para as duas da tarde tínhamos anunciada uma sessão na sala dos cavaleiros daquele gracioso pequeno castelo normando, situado atrás dos álamos à saída do povoado.

Restava-nos exatamente meia hora para os ensaios de iluminação e, ato contínuo, Oskar teve de subir a cortina tocando o tambor. Atuávamos para suboficiais e para a tropa. Os risos trovejavam, desagradáveis e frequentes. Forçamos a nota. Eu quebrei com meu canto um urinol de vidro, no qual havia um par de salsichas vienenses em mostarda. Com a cara lambuzada, Bebra chorava lágrimas de palhaço sobre o urinol destroçado, tirava salsichas de entre os vidros partidos, punha nelas um pouco de mostarda e as comia, o que proporcionou aos *feldgraus* um estrondoso regozijo. Kitty e Félix apresentavam-se fazia já algum tempo de calça curta de couro e com chapeuzinhos tiroleses, o que conferia às suas proezas acrobáticas uma nota especial. Roswitha usava, com seu vestido justo de lantejoulas de prata, um par de luvas longas verde-claro e calçava seus diminutos pés com sandálias trançadas a ouro; mantinha caídas as pálpebras, ligeiramente azuladas, e, com sua voz mediterrânea de sonâmbula, exibia aquele poder sobrenatural que lhe era próprio. Eu já disse que Oskar não precisava de nenhum disfarce? Usava meu velho gorro de marinheiro com a inscrição *S.M.S. Seydlitz* bordada, a blusa azul de marinheiro e, em cima, a jaqueta com os botões dourados de âncora, debaixo da qual se podia ver a calça curta e, além disso, umas meias enroladas acima dos sapatos de cadarços muito gastos. E, pendendo-me da nuca, meu tambor de lata esmaltado de branco e vermelho, sereno pela consciência de cinco outros exemplares em minha bagagem de artista.

À noite repetimos a sessão para os oficiais e as auxiliares de um posto de transmissões em Cabourg. Roswitha estava um pouco nervosa, mas não cometeu nenhum erro; entretanto, no meio de seu número colocou óculos escuros de armação azul, mudou de tom e se tornou mais direta em suas profecias. Entre outras coisas, disse a uma *Blitzmädel*,* pálida de timidez, que estava de amores com seu superior hierárquico. A revelação pareceu-me de mau gosto, mas provocou grande hilaridade na sala, porque o superior hierárquico estava sentado ao lado da moça.

Depois do espetáculo, os oficiais do estado-maior do regimento que estavam alojados no castelo deram ainda uma recepção. Enquanto Bebra, Félix e Kitty ficaram, Raguna e Oskar se despediram discretamente, foram para a cama e não tardaram a dormir depois daquele dia agitado. Só foram acordados às cinco da manhã pela invasão que se havia iniciado.

Que lhes posso dizer sobre isso? Em nosso setor, próximo da desembocadura do Orne, desembarcaram os canadenses. Bavent precisava ser evacuada. Já tínhamos preparado nossa bagagem. Devíamos ser trasladados com o estado-maior do regimento. No pátio do castelo havia uma cozinha de campanha fumegante. Roswitha me pediu que lhe trouxesse uma xícara de café, pois ainda estava em jejum. Um pouco nervoso e temendo que pudéssemos perder a saída do caminhão,

---

* Auxiliar do posto de transmissões. (N.E.)

recusei-me a ir e fui até um tanto grosseiro. Então, ela mesma saltou do caminhão, correu com sua caneca sobre os saltos altos até a cozinha de campanha e alcançou o café quente ao mesmo tempo que um obus disparado por um dos navios que atacavam.

Oh, Roswitha, eu não sei que idade você tinha; só sei que media 99 centímetros, que por sua boca falava o Mediterrâneo, que cheirava a canela e a noz-moscada e que sabia ler no coração de todos os homens; o seu próprio coração foi o único que não leu, porque senão teria ficado comigo em vez de correr com tanta ânsia em busca de café quente!

Em Lisieux, Bebra conseguiu para nós uma ordem de traslado para Berlim. Quando nos encontramos diante do comando, pela primeira vez dirigiu-me ele a palavra desde o falecimento de Roswitha: "Nós, anões e bufões, não devíamos ter dançado sobre um cimento despejado e endurecido para gigantes! Oxalá tivéssemos ficado sob as tribunas onde ninguém desconfiava de nossa presença!"

Em Berlim separei-me de Bebra. "O que vai fazer em todos esses abrigos subterrâneos sem sua Roswitha?", disse-me, com um sorriso tênue como uma teia de aranha; e, beijando-me na testa, deu-me Kitty e Félix de escolta até a estação central de Dantzig, providos de salvo-condutos oficiais, e me ofereceu os cinco tambores restantes de nossa bagagem. Assim provido e levando sempre comigo meu livro, cheguei, a 11 de junho de 44, um dia antes do terceiro aniversário de meu filho, à minha cidade natal, a qual, sempre ilesa e medieval, continuava fazendo ressoar de hora em hora seus sinos de diversos tamanhos de campanários de diversas alturas.

A sucessão de Cristo

Ah, o regresso a casa! Às vinte horas e quatro minutos fazia sua entrada na Estação Central de Dantzig o trem dos soldados de licença. Félix e Kitty acompanharam-me até a praça Max Halbe, despediram-se, o que arrancou algumas lágrimas a Kitty, e se dirigiram depois ao quartel-general de Hochstriess. Eram quase vinte e uma horas quando Oskar entrou no Labesweg.

O regresso! Hoje em dia qualquer jovenzinho que falsifique um cheque, se junte por isso à Legião Estrangeira e volte alguns anos mais velho com histórias para contar é considerado logo um Ulisses moderno. Outros há que por distração se metem no trem errado, vão parar em Oberhausen em vez de Frankfurt, têm pelo caminho uma pequena aventura — por que não? — e mal se veem de novo em casa começam a falar aos quatro ventos em Circes, Penélopes e Telêmacos.

Oskar, porém, nada tinha de Ulisses, mesmo porque em seu regresso encontrou tudo inalterado. Sua amada Maria, que, como Ulisses, ele deveria chamar Penélope, não se via acossada por nenhum enxame de lúbricos pretendentes: continuava com Matzerath, por quem se havia decidido muito antes da partida de Oskar. E espero também que os mais cultos de meus leitores não se lembrem agora de ver na minha pobre Roswitha, por causa de suas atividades profissionais de sonâmbula, uma Circe enlouquecedora de homens. Enfim, quanto a meu filho Kurt, não mexeu um dedo sequer pelo pai que retornava, donde se conclui que não era nenhum Telêmaco, ainda que também tivesse sido incapaz de reconhecer Oskar.

Se for indispensável, porém, estabelecer uma comparação — pois me parece que todos que regressam ao lar o fazem —, então prefiro ser comparado ao filho pródigo da Bíblia. Porque Matzerath me abriu a porta e me recebeu como um pai, e não como um pai presuntivo. E mais, ficou tão alegre com o regresso de Oskar, derramou em silêncio umas lágrimas tão sinceras, que a partir daquele dia eu deixei de me chamar somente Oskar Bronski para me chamar também Oskar Matzerath.

Maria acolheu-me de forma mais serena, mas não desprovida de afabilidade. Ela estava sentada à mesa, colando cupões de racionamento para a Secretaria de Comércio, tendo já empilhados na mesinha alguns presentes para o pequeno Kurt. Prática como era, pensou primeiro em meu bem-estar e assim me despiu, me lavou como nos velhos tempos, ignorando meu rubor, e me sentou à mesa já de pijama para comer os ovos fritos com batatas que Matzerath preparara. Para beber deram-me um copo de leite, e enquanto comia e bebia começou o interrogatório: "Mas onde se meteu? Andamos como loucos procurando você por todo lado, e a polícia também, e ainda tivemos de ir ao juizado jurar que não lhe tínhamos feito mal nenhum; mas bom, até que enfim voltou, não sabe as complicações que tivemos por sua causa, e naturalmente ainda vai haver mais, temos que registrar você de novo; só espero que não queiram meter você em algum internato, era o que você merecia, fugindo assim sem dizer nada!"

E Maria não estava enganada, houve realmente complicações. Um funcionário do Ministério da Saúde Pública veio falar confidencialmente com Matzerath, mas este gritava tão alto que se ouvia na casa toda: "Não, de jeito algum, prometi a minha mulher em seu leito de morte, e afinal o pai sou eu, não o Ministério da Saúde Pública!"

Assim sendo, não me internaram. Mas a partir desse dia chegava de duas em duas semanas uma cartinha oficial pedindo a Matzerath uma assinatura que ele negava, embora por causa disso fossem se formando em seu rosto rugas de preocupação.

Mas Oskar antecipou-se; devolvamos ainda por um momento a lisura à cara de Matzerath, já que na noite de meu regresso ele se mostrava radiante e, menos apreensivo que Maria, perguntava também menos que ela e dava-se por satisfeito com minha volta ao lar, em suma, comportava-se como um verdadeiro pai. Quando me puseram para dormir em casa de mamãe Truczinski, que parecia um tanto desconcertada, ele disse: "Como o pequeno Kurt vai gostar de ter de novo um irmãozinho! E amanhã é o terceiro aniversário dele!"

Além do bolo com três velinhas, meu filho Kurt encontrou sobre a mesinha dos presentes um suéter cor de vinho tricotado por Gretchen Scheffler, ao qual não deu a menor importância. Havia também uma bola abominavelmente amarela, sobre a qual se sentou, cavalgou e que acabou cortando com uma faca de cozinha. Depois chupou pela fenda aquela detestável água doce que sempre se forma em bolas de borracha que se sopram, e quando enjoou dela começou a desmantelar o barco a vela, tentando convertê-lo em despojos de um naufrágio. O chicote e o pião ficaram intactos, mas perigosamente ao alcance de sua mão.

Oskar, que pensara no aniversário de seu filho com muita antecedência, que em pleno frenesi de acontecimentos históricos se apressara em voltar para não perder o terceiro aniversário de seu herdeiro, mantinha-se agora afastado; contemplava a obra de destruição, admirava a firmeza do rapaz, comparava suas dimensões físicas com as de seu filho. Tinha de encarar os fatos: durante a sua ausência, disse para comigo, seu filho Kurt ultrapassou-o; aqueles 94 centímetros que você tão bem soube manter desde o dia de seu terceiro aniversário, há cerca de 17 anos, foram ultrapassados em quase uma cabeça pelo menino; é hora, pois, de torná-lo um tambor e de dar a tão rápido crescimento um enérgico basta!

Fui, portanto, buscar em minha bagagem de artista, guardada no sótão atrás das telhas junto com meu grande livro didático, um tambor novinho em folha, recém-saído da fábrica, a fim de proporcionar a meu filho, já que os adultos não o faziam, a mesma oportunidade que minha pobre mamãe me tinha oferecido, cumprindo sua promessa em meu terceiro aniversário.

Tinha eu bons motivos para supor que Matzerath, depois de meu fracasso, via agora no pequeno Kurt um futuro merceeiro. E digo então: isso deve ser evitado a todo custo — quero, porém, que me façam justiça não vendo em mim um inimigo jurado do comércio a varejo. Porque se a mim ou a meu filho tivessem oferecido o controle de um *trust* industrial ou um reino com as colônias dependentes, meu comportamento teria sido exatamente o mesmo. Não queria para mim ou para ele nada de segunda mão. O que Oskar desejava — era aqui que minha lógica falhava — era um tambor para sempre estacionado nos três anos de idade, como se para um jovem cheio de ambição herdar um tambor não fosse tão aborrecido quanto herdar uma mercearia!

Assim Oskar pensa hoje; mas nessa época ele só tinha uma vontade: era preciso colocar ao lado de um pai tambor um filho tambor, era preciso que fossem dois a tocar tambor para os adultos olhando-os debaixo do nariz; era preciso fundar uma dinastia de tambores capaz de perpetuar-se no tempo e de transmitir de geração em geração a minha obra esmaltada de vermelho e branco.

Que futuro se abria diante de nós! Poderíamos rufar um ao lado do outro, mas também em quartos separados; os dois juntos, ou um no Labesweg e o outro na Luisenstrasse, ele na adega e eu no sótão, o pequeno Kurt na cozinha e Oskar no banheiro; pai e filho poderiam ocasionalmente bater juntos na mesma lata e em alguma ocasião favorável poderíamos ter fugido juntos para debaixo das saias de minha avó Anna Koljaiczek e respirar ali, tocando tambor, o cheiro de manteiga ligeiramente rançosa. Acocorados diante daquela porta, eu teria dito ao pequeno Kurt: "Olhe bem para aqui, meu filho, pois é daqui que a gente vem, e se se comportar bem, podemos ainda ter permissão para voltar e visitar aqueles que nos esperam."

E o pequeno Kurt teria metido a cabeça debaixo das saias, teria arriscado uma olhadela e muito polidamente me teria pedido, a mim, seu pai, explicações.

— Essa formosa dama — Oskar teria dito — que está sentada aí no centro brincando com as mãos, com essa carinha redonda tão doce que dá vontade de chorar, essa é minha pobre mamãe, tua avó, que morreu de uma sopa de enguias ou talvez por causa de seu coração excessivamente doce.

— E que mais, papai, que mais? — teria insistido o pequeno Kurt.
— Quem é aquele homem de bigode?

E então eu teria baixado a voz com ar de mistério:
"Esse é seu bisavô, Joseph Koljaiczek. Olhe só os olhos chamejantes de incendiário, e esse cenho franzido pela divina extravagância polonesa e pela astúcia caxúbia. E observe também as membranas natatórias que ligam os seus dedos dos pés. No ano 13, quando lançaram o *Columbus* à água, atirou-se sob balsas de madeira e teve de nadar por muito tempo, até que chegou à América e se tornou milionário. Mas de vez em quando ainda se atira novamente n'água e volta nadando para casa e aparece no lugar onde pela primeira vez achou refúgio como incendiário e deu sua contribuição para o nascimento de minha mãe."

— E esse senhor tão elegante que até agora estava escondido atrás da dama que é minha avó, e que agora se senta a seu lado e lhe acaricia as mãos? Ele tem os olhos azuis exatamente como os seus, papai!

Aí então eu, filho traidor, teria de fazer das tripas coração para poder responder a meu filho: "Esses que te olham, meu pequeno Kurt, são os maravilhosos olhos azuis dos Bronski. Os seus são cinza, como os de sua mãe, mas você, assim como esse Jan que beija as mãos de minha pobre mamãe e seu pai, Vinzent, você também é um Bronski absolutamente maravilhoso, embora tenha puxado muito aos caxúbios. E algum dia também nós voltaremos para aí, à fonte que exala esse suave odor de manteiga rançosa. Alegre-se, pois, meu filho."

Nesses dias parecia-me que uma verdadeira vida familiar só era possível no interior de minha avó Anna Koljaiczek ou, como eu dizia de brincadeira, em sua barriga de manteiga maternal. E ainda hoje, quando com um único mover do polegar alcanço ou mesmo ultrapasso Deus Pai, o Filho e, mais importante ainda, o Espírito Santo de forma eminentemente pessoal e cumpro minhas obrigações de sucessor de Cristo com a mesma displicência com que pratico as minhas outras tarefas, hoje eu, a quem nada é tão inacessível quanto o interior de minha avó, imagino as mais belas cenas familiares no seio de meus antepassados.

Essas fantasias vêm-me especialmente em dias de chuva: minha avó manda os convites e nos reunimos todos dentro dela. Já está chegando Jan Bronski com flores, talvez cravos, nos buracos que as balas fizeram em seu peito de defensor do correio polonês. Maria, convidada por sugestão minha, aproxima-se tímida de mamãe e, para granjear-lhe a benevolência, mostra os livros comerciais do negócio que ela continua dirigindo impecavelmente, e mamãe solta sua grande gargalhada caxúbia, puxa-a para lhe beijar a face e diz, piscando-lhe o olho: "Ora, Maria, para que tudo isso? Afinal, ambas nos casamos com um Matzerath e nutrimos um Bronski!"

Devo, porém, abster-me de outras associações de ideias, como por exemplo a especulação relativa a um filho engendrado por Jan, levado por mamãe para o interior da avó Koljaiczek e nascido finalmente naquele barril de manteiga. Pois isso acarretaria outras consequências e não seria impossível que inspirasse a meu meio-irmão, Stephan, que afinal também pertence ao mesmo círculo, a ideia bronskiana de lançar primeiro o olhar e depois alguma coisa mais para minha Maria. Por isso, prefiro que minha imaginação não ultrapasse os limites de uma inocente reunião familiar sem complicações e renuncio, portanto, a um terceiro e até a um possível quarto tambor, contentando-me com Oskar e o pequeno Kurt. E evoco sossegadamente em meu tambor essa torre Eiffel que em terras estranhas substituiu minha avó, alegrando-me quando os convidados e a anfitriã Anna se animam com o rufar e marcam o compasso batendo uns nos joelhos dos outros.

Mas, por mais tentador que seja descobrir no interior de nossa própria avó o mundo e as relações que o governam e explorar todas as possibilidades de tão reduzida área, Oskar tem de voltar agora — já que, como Matzerath, ele mesmo não passa de um pai presuntivo — aos acontecimentos de 12 de junho de 44, o dia do terceiro aniversário do pequeno Kurt.

Recapitulando: o menino recebera um suéter, uma bola, um barco a vela, um pião e uma fieira para rodá-lo e ainda havia de ganhar de mim um tambor esmaltado de vermelho e branco. Assim que viu que acabara de destruir o veleiro, Oskar aproximou-se dele com o novo presente escondido atrás das costas e deixando pender sobre a barriga o tambor em uso. Apenas um passo nos separava: Oskar, o Pequeno Polegar, e Kurt, o Pequeno Polegar com dois centímetros a mais. Este estava com uma cara furiosa e concentrada — sem dúvida ainda obcecado pela destruição do barco — e, no momento em que peguei o tambor e o levantei no alto, ele quebrou o último mastro do *Pamir*, assim se chamava o veleiro de brinquedo.

Kurt deixou cair os destroços do barco, pegou no tambor, contemplou-o, rodou-o nas mãos; pareceu acalmar-se um pouco, mas sua expressão continuava tensa. Era o momento de lhe estender as baquetas. Infelizmente, porém, ele interpretou mal meus movimentos, sentiu-se ameaçado e bateu com a ponta do tambor nas baquetas, que me caíram das mãos. Quando me abaixei para apanhá-las e oferecê-las pela segunda vez, o menino agarrou a fieira do pião e com seu presente de aniversário me bateu: bateu em mim, Oskar, e não no pião, que para isso fora feito; em mim, seu pai, que lhe queria ensinar a tocar tambor, e parecia pensar: espere só e você vai ver, meu irmãozinho. Assim deve ter Caim açoitado Abel, até que Abel começou a rodar, a princípio ainda vacilante, depois de forma cada vez mais rápida e precisa, fazendo o zunir do chicote passar de obscuro ruído a harmonioso cantar. E quanto mais Caim me batia com o chicote, tanto mais se afinava a minha voz, até que cantei como um tenor canta suas orações matutinas, como cantam os anjos de voz argentina, como os Pequenos Cantores de Viena, como um coro de eunucos. Assim deve ter cantado Abel antes de cair de costas, como eu caí sob o chicote do pequeno Kurt.

Quando me viu estendido e zunindo de aflição, fez estalar várias vezes ainda o chicote no ar, como se seu braço não tivesse ficado satisfeito. E continuava a me olhar com desconfiança, enquanto inspecionava minuciosamente o tambor. Primeiro bateu a lata contra o espaldar de uma cadeira, depois o presente caiu-lhe das mãos e quando o pequeno Kurt se baixou para apanhá-lo achou também o casco maciço do que fora o veleiro, e começou a bater com ele no tambor, não para tocar o instrumento, mas sim para destruí-lo. Suas mãos não tentavam produzir o menor ritmo, por simples que fosse; com uma cara de birra, ele batia, com uma cadência monótona, em uma lata que não esperava semelhante tratamento e que não aguentava o impacto de um tosco casco de madeira, ainda que tivesse podido responder feliz a um leve redobre de baquetas. O tambor cedeu, tentava escapar desprendendo-se das juntas, tornar-se invisível abandonando o esmalte vermelho e branco; no fim pedia compaixão apenas com a lata cinza-azulada. Mas o filho mostrou-se inexorável com o presente de aniversário de seu pai. E quando o pai tentou mais uma vez interceder e se arrastou pelo tapete até ele, apesar de todas as suas inúmeras dores simultâneas, o filho voltou a recorrer ao chicote. Mas a fieira exausta já o conhecia e desistiu de continuar zunindo e girando, e também o tambor renunciou definitivamente à esperança de encontrar um artista sensível que manejasse as baquetas com energia, mas sem brutalidade nem pieguice.

Quando Maria acudiu, o tambor já não passava de uma sucata. Ela tomou-me em seus braços, beijou meus olhos inchados e minha orelha ferida e lambeu meu sangue e os arranhões de minhas mãos.

Ah, se Maria não tivesse beijado apenas a criança maltratada, retardada, lamentavelmente anormal! Se tivesse sabido reconhecer o pai ferido e em cada ferida o amante! Que consolo, que esposo secreto e verdadeiro eu poderia ter sido para ela no curso dos meses sombrios que se avizinhavam!

O primeiro golpe — que não afetava diretamente Maria — foi a morte de meu meio-irmão, Stephan Bronski, que acabara de ser promovido a tenente e que já naquela época usava o sobrenome de seu padrasto, Ehlers. Na frente de batalha do Ártico sua carreira foi definitivamente cortada pela raiz. E enquanto no cemitério de Saspe no dia de seu fuzilamento, Jan, pai de Stephan, tinha debaixo de sua camisa uma carta de *skat*, na jaqueta do tenente Ehlers luziam com a Cruz de Ferro de segunda classe os emblemas do corpo de infantaria e a assim chamada medalha da Carne Congelada.

Em fins de junho mamãe Truczinski sofreu um ligeiro derrame cerebral, porque o correio lhe trouxe más notícias. O sargento Fritz Truczinski tombara por três coisas ao mesmo tempo: pelo Führer, pelo Povo e pela Pátria. A desgraça dera-se no setor central e de lá um capitão chamado Kanauer apressou-se em mandar diretamente a Langfuhr e ao Labesweg a carteira de Fritz com as fotos de lindas moças, em geral de Heidelberg, Brest, Paris, do balneário de Kreuznach e de Salônica, bem como as Cruzes de Ferro de primeira e segunda classes, não sei que outra condecoração por ferimento, a braçadeira do Corpo de Assalto, duas dragonas de Destruidor de Tanques e algumas cartas.

Com a solícita ajuda de Matzerath logo mamãe Truczinski melhorou, se bem que nunca tivesse chegado a se recuperar totalmente. Permanecia sentada junto da janela, imóvel na cadeira, e queria que eu ou Matzerath, que duas ou três vezes ao dia lhe levava alguma coisa de comer, lhe explicássemos onde era exatamente aquele setor central, se ficava muito longe e se algum domingo seria possível ir lá de trem.

Apesar de sua boa vontade, Matzerath não podia ajudá-la e fui eu, por haver adquirido graças aos comunicados especiais e às reportagens sobre o front algumas tinturas de geografia, que assumi o encargo de oferecer à mamãe Truczinski, sentada imóvel com a cabeça insegura, compridas e vespertinas versões de um setor central que ia se tornando cada vez mais elástico.

Foi então que Maria, que gostava muito de seu elegante irmão, se tornou devota. A princípio, durante todo o mês de julho, utilizou a religião que lhe tinham ensinado: ia todos os domingos ao Templo de Cristo ver o pastor Hecht, geralmente acompanhada de Matzerath, ainda que preferisse ir sozinha.

As práticas protestantes foram, contudo, insuficientes, e uma tarde, no meio da semana — era quinta ou sexta-feira? —, pegou-me pela mão e, deixando a loja aos cuidados de Matzerath, empreendeu comigo o caminho do Mercado Novo; tomamos a Elsenstrasse, a Marienstrasse e, depois de passar em frente ao açougue Wohlgemuth, chegamos ao parque de Kleinhammer — Oskar pensou que íamos à estação de Langfuhr, para uma pequena viagem em perspectiva, talvez a Bissau —, mas logo dobramos à esquerda, esperamos, por superstição, que passasse na passagem subterrânea um trem de cargas, atravessamos o túnel que gotejava de modo repugnante, e não continuamos em frente até o Palácio do Filme, mas seguimos ao longo do aterro. Eu começava a entender: levava-me a Brunshöferweg, ao consultório do dr. Hollatz, ou então queria converter-se e estávamos indo à igreja do Sagrado Coração.

O portal da igreja ficava defronte do aterro. E entre este e o portal paramos. Era um entardecer de fins de agosto, cheio de zumbidos no ar. Atrás de nós, em cima do aterro e entre os trilhos, algumas trabalhadoras com a cabeça coberta por lenços brancos labutavam com a pá e a picareta. Nós, parados, olhávamos para o interior da igreja, protegidos por sua sombra fresca; lá no fundo, como um hábil convite, brilhava um olho inflamado: a eterna lâmpada votiva. Atrás de nós as ucranianas suspenderam o trabalho. Soou um apito. Aproximava-se um trem, já estava ali, continuava ali, continuava passando, afastava-se. Outro apito e as ucranianas voltaram ao trabalho. Maria estava indecisa, provavelmente não sabia com que pé devia entrar e deixou toda a responsabilidade para mim, que desde o nascimento e batismo tinha uma relação mais direta com aquela igreja fora da qual não há salvação; foi assim que, depois de tantos anos, depois daquelas duas semanas cheias de amor e de pó efervescente, Maria voltou a abandonar-se nas mãos de Oskar.

Deixamos, portanto, o aterro e seus ruídos, o mês de agosto e seus insetos zumbidores. Um pouco melancólico, tocando de leve com a ponta dos dedos no meu tambor debaixo da blusa, mas conservando uma expressão indiferente, lembrava-me das missas, dos ofícios pontificais, das vésperas e das confissões dos sábados ao lado de minha pobre mamãe, que, pouco antes de sua morte, se tornara devota por seu comércio demasiado veemente com Jan Bronski, aliviava todos os sábados sua consciência por meio da confissão, se fortificava aos domingos com a comunhão para assim aliviada e fortificada ao mesmo tempo encontrar-se todas as quintas-feiras na rua dos Carpinteiros com Jan Bronski. Como se chamava naquele tempo o reverendo? O reverendo chamava-se Wiehnke e continuava vigário da igreja do Sagrado Coração de Jesus, continuava pregando com voz suave e ininteligível e cantava um *Credo* tão tênue e lacrimoso que até eu teria sido atingido por isso a que chamam fé, se não fosse aquele altar lateral com a Virgem e o Menino.

Era aquele altar, contudo, que me induzia a guiar Maria de onde o sol brilhava, através do portal e depois entre as arcadas, até o interior da nave principal.

Oskar não tinha pressa e permanecia sentado, cada vez mais tranquilo e à vontade, ao lado de Maria, no banco de carvalho. Já haviam se passado vários anos e no entanto as pessoas ali sentadas, folheando mecanicamente o Guia do Confessor, enquanto aguardavam o ouvido do reverendo Wiehnke, pareciam-me as mesmas. Estávamos ligeiramente recuados para o centro da nave. Eu queria que Maria escolhesse, sem prejudicá-la na escolha. Assim, não estávamos perto demais do confessionário para que não se sentisse perturbada e pudesse, portanto, converter-se de maneira silenciosa e não oficial; mas não estávamos também tão longe que não pudesse ver como se procedia antes da confissão, ou seja, estava nas melhores condições estratégicas para observar e decidir se queria ou não procurar o ouvido do reverendo Wiehnke para discutir com ele os detalhes de seu ingresso na igreja que tinha o monopólio da salvação. Dava-me pena vê-la tão pequena ajoelhando debaixo do incenso, do pó e do estuque, dos anjos enroscados, de uma luz mortiça e de santos convulsos, ajoelhada e fazendo pela primeira vez o sinal da cruz ao contrário com os dedos ainda desajeitados, em frente, debaixo e em meio a um catolicismo suave e doloroso. E Oskar indicou a Maria, ávida de aprender, como se faz o sinal da cruz e onde habitam as Três Entidades — o Pai atrás da testa, o Filho no fundo do peito e o Espírito Santo nas extremidades das clavículas — e como se devem juntar as mãos para conseguir um Amém eficiente; e Maria, obedecendo, deixou suas mãos repousarem no Amém e começou a rezar.

A princípio Oskar tentou também rezar por alguns de seus mortos, mas ao implorar ao Senhor que desse a sua Roswitha o descanso eterno e ela tivesse acesso às delícias do Paraíso, enredou-se de tal forma em detalhes de natureza terrestre que acabou por identificar o descanso eterno e as delícias celestiais com um hotel de Paris. De modo que me refugiei no Prefácio, pois este não comporta nenhum compromisso, e disse pelos séculos dos séculos, *sursum corda* e *dignum et justum est* — é digno e justo. E com isto me pus a observar Maria de soslaio.

As orações católicas caíam-lhe bem. Era bonita como um quadro, em sua devoção. Rezar encomprida as pestanas, arqueia as sobrancelhas, dá cor às faces, gravidade à fronte, flexibilidade ao colo e faz vibrar as asas do nariz. A expressão dolorosamente desabrochada de Maria esteve a ponto de induzir-me a uma tentativa de aproximação. Mas não se deve atrapalhar nem tentar quem reza, e muito menos deve a gente se deixar tentar por eles, embora seja agradável aos que oram e favoreça as orações saber que estão sendo considerados dignos de observação.

Escorreguei, portanto, da polida madeira eclesiástica, deixando minhas mãos repousarem quietamente sobre o tambor que me enchia o casaco. Oskar fugiu de Maria, achou-se sobre as lajes, deslizou com seu tambor ao longo das cenas da via-crúcis da nave lateral, não parou diante de santo Antônio — rogai por nós — porque não tínhamos perdido a carteira nem a chave de casa, passou pelo santo Adalberto de Praga que ficava do lado esquerdo e fora martirizado pelos antigos prussianos e foi brincando sem parar de laje em laje — pareciam um tabuleiro de xadrez — até que o tapete anunciou as grades do altar lateral esquerdo.

Os leitores não vão certamente duvidar da minha palavra se lhes disser que na igreja do Sagrado Coração de Jesus, construção neogótica de tijolo, e dentro dela, no altar lateral esquerdo, nada tinha mudado. Ali estava o Menino Jesus, desnudo e rosado, sentado sobre a perna esquerda da Virgem, a quem não chamo Maria para que não seja confundida com minha Maria prestes a converter-se. Igualmente sentado sobre o joelho direito da Virgem se apresentava ainda o jovem são João Batista miseravelmente coberto por aquela pele com manchas cor de chocolate. Como sempre, a Senhora apontava com o indicador direito para Jesus, enquanto olhava para João.

Depois de alguns anos de ausência, porém, Oskar estava interessado menos no orgulho maternal do que na constituição dos dois rapazes. Jesus tinha aproximadamente a altura de meu filho Kurt quando completara três anos, portanto dois centímetros a mais que Oskar. João, que, segundo os testemunhos, era mais velho que o Nazareno, apresentava meu tamanho. Os dois tinham, contudo, a mesma expressão de inteligência precoce que eu, com meus permanentes três anos, possuía. Nada mudara. Continuavam a fitar-me com aquele mesmo olhar matreiro de alguns anos atrás, quando eu vinha com mamãe ao Sagrado Coração de Jesus.

Seguindo o tapete, subi os degraus, mas sem Introito; examinei uma por uma as pregas das vestes e fui apalpando com minha baqueta, que tinha mais sensibilidade que todos os dedos juntos, o gesso pintado dos dois nudistas, lentamente, e sem descuidar nada: músculos, ventre, braços. Contei todas as pregas de gordura, todas as covinhas, e era exatamente a compleição de Oskar, a minha carne sã, meus joelhos robustos, um pouco gordos, meus braços curtos, mas musculosos, de tambor. E a atitude do rapaz era também a mesma. Ali sentado na perna da Virgem levantava os braços e os punhos como se pretendesse rufar o tambor, como se o tambor fosse Jesus e não Oskar, como se estivesse apenas esperando meu instrumento, como se desta vez quisesse realmente tocar para nós — a mim, à Virgem e a João — algo deliciosamente cadenciado.

E eu fiz o que fizera anos atrás: tirei o tambor e pendurei-o em Jesus. Com toda a cautela, para não estragar o gesso, coloquei meu instrumento vermelho e branco sobre a carne rosada, mas fi-lo só por prazer, sem esperar insensatamente um milagre, somente para poder contemplar a representação plástica da impotência; porque, ainda que tivesse os punhos levantados, possuísse meu tamanho e minha compleição robusta, ainda que representasse em gesso e sem o menor esforço aquele menino de três anos que a mim me custava tanto trabalho e privações, a verdade é que não sabia tocar tambor, só sabia fingir que tocava. Parecia pensar: se tivesse um, saberia. E eu dizia: aí está, e você não toca. E rebentando de rir introduzi as baquetas entre aqueles dedos que pareciam dez salsichas. Toque agora, dulcíssimo Jesus, toque o tambor, gesso pintado! E pelas três grades e pelo tapete, Oskar se afasta — toque, Menino Jesus! —; Oskar continua se distanciando e torce-se de rir, porque o Jesus ali sentado não pode tocar, ainda que talvez o queira fazer. E o tédio já roía em mim como um rato faz com um couro de toicinho quando... ele bateu, tocou o tambor!

Enquanto tudo permanecia imóvel, ele batia com a baqueta direita, com a esquerda, depois com as duas ao mesmo tempo, depois com elas cruzadas. Não se saía mal, redobrava com muita seriedade, gostava de variar e era tão bom nos ritmos simples quanto nos complicados, desdenhando os efeitos baratos e limitando-se ao instrumento. Não caiu uma só vez no místico ou na apelação comercial, fazia música pura. Tampouco desdenhou os sucessos em voga, tocando o que então todos cantavam; como por exemplo "Tudo Passa" e, claro, "Lili Marlene"; foi então voltando a cabeça para meu lado, um pouco desajeitado, e sorriu orgulhoso enquanto começava uma espécie de *pot-pourri* com as peças favoritas de Oskar: iniciou-o com "Vidro, vidro, vidro quebrado", roçou o "Horário", enfrentou, exatamente como eu, Rasputin e Goethe, subiu comigo à Torre da Cidade, meteu-se comigo debaixo da tribuna, pescou enguias no quebra-mar do porto, caminhou a meu lado atrás do ataúde que se estreitava em direção aos pés de minha pobre mamãe e, o que mais me admirou, não se esqueceu de que podia sempre refugiar-se debaixo das quatro saias de minha avó Anna Koljaiczek.

Oskar aproximou-se; alguma coisa o atraía e já não queria ficar sobre as lajes, mas sim sobre o tapete. Cada degrau do altar o levava ao seguinte. Subi, pois, embora tivesse preferido que fosse ele a descer. "Jesus", disse-lhe, reunindo um resto de voz, "não foi isso que combinamos; devolva imediatamente meu tambor. Você já tem a cruz, isso deveria lhe bastar!" Calmamente, sem se interromper abruptamente, ele terminou de tocar, cruzou as baquetas sobre a lata com um cuidado exagerado e devolveu-me sem protestar o que Oskar tão levianamente lhe emprestara.

Já me preparava para, sem agradecer e como que perseguido por todos os demônios, disparar pelos degraus abaixo, fugindo do catolicismo, quando uma voz agradável, embora imperiosa, me agarrou pelo ombro: "Oskar, você me ama?" Respondi sem me voltar: "Que eu saiba não." E ele, sem elevar a voz: "Oskar, você me ama?" Repliquei áspero: "Sinto muito, mas nem um pouco!" A voz incomodou-me pela terceira vez: "Você me ama, Oskar?" Olhei-o bem na cara: "Odeio você, rapazinho, você e seu ratatá!"

Curiosamente minha agressão pôs na sua voz uma nota de triunfo. À maneira de uma professora primária, levantou o indicador e atribuiu-me uma missão: "Você é Oskar, a rocha, e sobre esta rocha edificarei minha Igreja! Seja meu sucessor!"

Já podem imaginar minha indignação. A raiva me deixou com a pele arrepiada. Quebrei-lhe um dedo do pé de gesso, ele nem se moveu. "Repita isso", ameaçou Oskar, "e raspo-lhe a pintura!"

Silêncio; nada mais que esse velho que desde sempre arrasta os pés como sempre pelas igrejas. Correu os olhos pelo altar lateral esquerdo, não me viu, continuou arrastando os pés e estava já em frente a santo Adalberto de Praga quando desci tropeçando os degraus, passei do tapete às lajes e, sem olhar para trás, me juntei a Maria, que acabava precisamente de benzer-se à maneira católica tão bem como eu lhe ensinara.

Peguei-lhe a mão, conduzi-a à pia de água benta, deixei que se persignasse uma vez mais olhando para o altar-mor, mas não a imitei e, quando se dispunha a ajoelhar uma vez mais, puxei-a pela mão e levei-a para fora, para a luz do sol.

Começava a cair a tarde. As trabalhadoras ucranianas não estavam mais entre os trilhos. Na estação de subúrbio de Langfuhr manobrava um trem de cargas. Flutuavam no ar nuvens de mosquitos. De cima vinha o ruído de sinos, o qual se misturava ao matraquear das manobras.

Os mosquitos mantinham-se em nuvens. Maria tinha lágrimas nos olhos. Oskar sentiu vontade de gritar. Que ia eu fazer com Jesus? Sentia desejos de elevar a voz. Que tinha eu a ver com a cruz? Mas sabia de sobra que minha voz não podia vencer o vidro de suas igrejas. Que continuasse, portanto, a edificar sua Igreja sobre gente chamada Pedro, ou Petrus ou, em prussiano-oriental, *Petrikeit*. "Cuidado, Oskar", sussurrava Satanás dentro de mim. "Deixe em paz os vitrais das igrejas, porque senão você vai arruinar a sua voz." Assim lancei para o alto apenas uma olhadela solitária, medindo com os olhos uma daquelas janelas neogóticas, e afastei-me dali, sem cantar e sem o seguir, trotando com meus passinhos atrás de Maria pela passagem subterrânea da rua da Estação, depois pelo túnel gotejante que desembocava no parque de Kleinhammer; dobrei à direita na Marienstrasse, em frente ao açougue Wohlgemuth, depois à esquerda na rua Elsen, sobre o Striess, até o Mercado Novo, onde estavam construindo uma cisterna para a defesa antiaérea. O Labesweg era comprido, mas finalmente chegamos: Oskar separou-se de Maria e subiu os noventa degraus que levavam ao sótão. Ali estavam estendidos alguns lençóis, e atrás deles amontoava-se a areia da defesa antiaérea, e ainda atrás desta estavam os baldes e os maços de jornais e as pilhas de telhas e bem lá no fundo tinha eu escondido meu livro e uma provisão de tambores da época do Teatro de Campanha. Dentro de uma caixa de sapatos havia também algumas lâmpadas queimadas que conservavam ainda sua forma de peras. Oskar pegou a primeira e quebrou-a com seu canto, escolheu a segunda e pulverizou-a, dividiu com precisão a terceira em duas partes e inscreveu na quarta, com seu canto e em linda caligrafia, a palavra Jesus, pulverizando depois lâmpada e palavra. E já se dispunha a repetir a façanha quando viu que não restava nenhuma lâmpada. Esgotado, deixei-me cair sobre a areia da defesa antiaérea: Oskar ainda possuía sua voz. Jesus encontrara eventualmente um sucessor. Meus primeiros discípulos, porém, haviam de ser os Espanadores.

Os Espanadores

Por mais que Oskar não se julgue indicado para a sucessão de Jesus Cristo, porque para mim o recrutamento de discípulos apresenta dificuldades intransponíveis, o chamado daquele dia acabou encontrando eco em mim, embora de forma indireta, e converteu-me em sucessor apesar da pouca fé que me inspirava o predecessor. Mas conforme a regra — aquele que duvida crê, e aquele que não crê é o mais crente —, não consegui enterrar debaixo das dúvidas aquele pequeno milagre particular que me fora oferecido na igreja do Sagrado Coração; ao contrário, tentei induzir Jesus a repetir sua exibição de tambor.

Várias vezes, portanto, voltou Oskar sem Maria à referida igreja de tijolos. Não me era difícil: mamãe Truczinski, em sua cadeira, não me punha empecilho algum. Que podia Jesus oferecer-me? Por que passava eu metade da noite na nave lateral, deixando que o sacristão me trancasse lá dentro? Por que permanecia Oskar em frente ao altar lateral esquerdo até que suas orelhas se enregelassem e seus membros ficassem hirtos de frio? Apesar de toda minha irretorquível humildade e apesar de blasfêmias não menos irretorquíveis, Jesus não me deixou ouvir nem sua voz nem meu tambor.

Miserere! Nunca em toda a vida meus dentes bateram tanto como naquelas horas noturnas no Sagrado Coração. Nunca bufão algum encontrou melhor guizo que Oskar! Tão depressa imitava eu um setor do front repleto de pródigas metralhadoras, como tinha entre meus maxilares a administração de uma companhia de seguros com todas as suas datilógrafas e máquinas de escrever. Meus dentes batiam em todas as direções, encontrando aqui um eco, ali um aplauso. As colunas tiritavam, as abóbadas ficavam arrepiadas. Minha tosse saltava de um pé só de laje em laje, seguindo o sentido inverso da via-crúcis, subia a nave central, escalava até o coro tossindo sessenta vezes — um conjunto coral de JS. Bach que não aprendera a cantar, mas somente a tossir — e, quando eu já começava a pensar que a tosse de Oskar ficara dentro dos tubos do órgão e não voltaria a sair até o domingo seguinte, anunciava-se ela na sacristia, depois no púlpito, até que ia morrer, tossindo, atrás do altar-mor ao lado do Atleta da Cruz, para lhe entregar, tossindo sempre, a alma. *Consumatum est*, tossia minha tosse, ainda que nada estivesse consumado. O Menino Jesus, rígido e imutável, tinha entre suas mãos minhas baquetas, e sobre a carne rosada meu tambor, porém não tocava nem me confirmava a sucessão que me impusera e que Oskar queria ter por escrito.

Data desse tempo um penoso hábito ou vício. Sempre que visito uma igreja ou uma catedral famosa sou vitimado por uma tosse persistente. Ainda que esteja gozando de ótima saúde, no exato momento em que ponho os pés nas lajes, começa uma tosse que, dependendo do estilo da construção, toma um caráter gótico, romântico ou barroco e que me permitirá, anos depois, evocar ainda sobre o tambor de Oskar a basílica de Ulm ou a catedral de Speyer. Nessa época, contudo, nesses dias de agosto em que eu sofria os efeitos do mais glacial catolicismo, só aqueles que participavam fardados das excursões organizadas pelo Reich é que tinham oportunidade de visitar catedrais longínquas e de, talvez, anotar em seus diários: "Evacuada hoje Orvieto, catedral esplêndida, sobretudo o pórtico; depois da guerra voltar com Mônica para ver com mais calma."

Foi fácil transformar-me em papa-missas, já que nada me prendia em casa. Havia Maria, claro, mas Maria tinha Matzerath. Havia meu filho Kurt, mas o rapaz estava cada dia mais insuportável, me jogava areia nos olhos e me arranhava, enfiava as unhas na carne paterna. Mais: meu filho mostrava-me um par de punhos de nós tão brancos que a simples visão deles fazia com que eu deitasse sangue pelo nariz.

Estranhamente, era Matzerath quem me defendia, cheio de ternura, apesar de sua falta de jeito. Surpreso, Oskar permitia que aquele homem que até então lhe fora indiferente o sentasse sobre os joelhos, o apertasse contra o peito, o contemplasse e, certa ocasião, chegasse mesmo a beijá-lo com lágrimas nos olhos, dizendo mais para si do que para Maria: "Não, não é possível; não se pode fazer isso com nosso próprio filho. Os médicos que digam o que quiserem. Escrevem isso assim à toa. Na certa não têm filhos."

Maria estava sentada à mesa colando cupões de racionamento, como todas as noites, e levantou os olhos para responder: "Calma, Alfred. Você fala como se eu não me importasse. Eu não sei o que pensar, todos dizem que é o melhor, que agora se faz assim. Fico sem saber o que é certo."

Matzerath apontou para o piano, que desde a morte de minha pobre mamãe não voltara a produzir música: "Agnes nunca teria feito ou consentido isso!"

Maria deu uma olhadela ao piano, encolheu os ombros e só voltou a baixá-los quando tomou de novo a palavra: "Claro, era mãe dele, acreditava que ele acabaria por melhorar. Mas veja: não melhorou, é escorraçado de todo lado e não sabe nem viver nem morrer."

Teria Matzerath achado força e ânimo na reprodução de Beethoven que continuava pendurada em cima do piano e fitava com olhos tenebrosos o tenebroso Hitler? "Não", gritou. "Nunca!" E esmurrou a mesa e os cupões úmidos e pegajosos, pediu a carta do estabelecimento a Maria, leu, releu, voltou a ler e rasgou-a em inúmeros pedacinhos que atirou entre os cupões de pão, de óleo, de comida, de viagem, cupões para trabalhadores braçais, para trabalhadores braçais de serviço pesado, para mulheres grávidas e nutrizes. Desse modo, graças a Matzerath, Oskar nunca caiu nas mãos daqueles médicos; mas a partir desse dia e até hoje, sempre que ele põe os olhos em Maria, vê uma esplêndida clínica situada no ar puríssimo da montanha e, dentro dela, uma moderna e clara sala de operações; vê, diante da porta acolchoada da mesma, uma Maria tímida mas sorridente que me entrega confiante a um grupo de médicos de primeira classe, que também parecem sorridentes e confiantes, mas que escondem atrás dos jalecos brancos e esterilizados umas seringas de primeira classe, dignas de confiança e fulminantes.

Assim sendo, todos tinham me abandonado e apenas a sombra de minha pobre mãe, que paralisava os dedos de Matzerath cada vez que este se dispunha a assinar o ofício redigido pelo Ministério da Saúde do Reich, impediu que eu, o abandonado, abandonasse este mundo.

Mas Oskar não quer parecer ingrato. Ainda me restava meu tambor. E também minha voz, que não pode oferecer nada de novo a vocês, que já conhecem meus sucessos frente ao vidro, e pode inclusive parecer fastidiosa àqueles que gostam de variar; mas para mim a voz de Oskar era, ainda mais que o tambor, uma prova sempre renovada de minha existência, eu continuava vivendo enquanto quebrava o vidro com meu canto.

Naquela época Oskar cantava muito. Desesperadamente. Sempre que altas horas da noite deixava a igreja do Sagrado Coração de Jesus, quebrava algo com minha voz. De volta a casa, não me detinha, procurando algo especial, atacava qualquer janelinha de mansarda mal-escurecida ou qualquer lampião de rua pintado de azul conforme as prescrições da defesa antiaérea. Cada noite, ao sair da igreja, escolhia um caminho diferente. Um dia Oskar ia pelo Passeio Anton Möller até chegar à Marienstrasse. Outro, subia Uphagenweg, dava a volta no Conradinum, quebrava ali o portal de vidro da escola e chegava à praça Max Halbe atravessando a Colônia do Reich. Certa vez em que Oskar, já nos últimos dias de agosto, chegou demasiado tarde à igreja e encontrou a porta trancada, decidi dar uma volta maior, a fim de desafogar melhor minha cólera. Subi pela rua da Estação, quebrando cada lampião de três em três, contornei o Palácio do Filme e virei à direita na Adolph-Hitler-Strasse; não toquei nas janelas do quartel de infantaria, mas descarreguei minha raiva em um bonde quase vazio que vinha na minha direção do lado de Oliva, despojando-o de todas as vidraças do lado esquerdo melancolicamente escurecidas.

Pouca atenção prestou Oskar a sua proeza; deixou que o bonde guinchasse e freasse, que as pessoas descessem, se espantassem e voltassem a subir, para continuar então procurando uma sobremesa para seu furor, uma guloseima naquela época tão pobre de guloseimas; e só se deteve em seus sapatos de cadarços quando, no final do subúrbio de Langfuhr, viu, ao lado da carpintaria Berendt e em frente dos espaçosos hangares do aeroporto, o edifício principal da fábrica de chocolates Baltic, à luz da lua.

A essa altura, porém, meu ódio já não era suficiente para cair sobre a fábrica na forma consagrada, e fui com calma: contei as luas que se refletiam em todas as vidraças. Feito isto, teria podido começar de uma vez o espetáculo, mas quis primeiro saber quem eram aqueles adolescentes que já desde a Hochstriess, provavelmente já desde os castanheiros da rua da Estação, me vinham seguindo. Seis ou sete deles estavam postados junto do abrigo do ponto de bonde de Hohenfriedberg Weg, e podia distinguir outros cinco entre as primeiras árvores da estrada de Zoppot.

Estava prestes a adiar a visita à fábrica de chocolates e a tentar despistar a quadrilha, o que implicava fazer um desvio pela ponte sobre a via férrea e pelo aeroporto, para escapulir-me depois através da colônia de Lauben até a fábrica de cerveja de Kleinhammerweg, quando Oskar ouviu, também do lado da ponte, os assobios combinados. Não havia dúvida: era a mim que procuravam.

Em semelhantes situações, no breve espaço de tempo que transcorre entre a identificação dos perseguidores e o início da caçada, é costume enumerar voluptuosamente e em detalhe as últimas possibilidades de salvação. Oskar podia ter gritado por papai e mamãe. Podia ter atraído com o tambor pelo menos um policial. Graças a minha estatura, teria sem dúvida obtido o apoio dos adultos. Mas, coerente com meus princípios, declinei do auxílio de transeuntes adultos e da mediação de algum policial. Por curiosidade e confiança em mim mesmo, quis ver de que se tratava e fiz a coisa mais estúpida que pude imaginar: procurei na cerca alcatroada que delimitava o terreno da fábrica um buraco onde enfiar-me. Não o encontrei. Os jovens deixaram o abrigo do ponto do bonde e as árvores da estrada de Zoppot, e Oskar continuava procurando. Agora aproximavam-se também do lado da ponte e a cerca continuava sem oferecer buraco algum. Mas vinham sem pressa e distanciados uns dos outros, de modo que Oskar podia procurar um pouquinho mais; deixaram-me, com efeito, todo o tempo necessário para procurar um buraco, só que quando finalmente achei uma tábua solta e deslizei por ela arranhando-me, dei de cara com quatro moleques vestidos de capa impermeável que me esperavam com as patas fazendo volume nos bolsos de suas calças de esqui.

Reconhecendo que nada havia a fazer, comecei por procurar o rasgão que fizera na roupa, e acabei encontrando-o na parte posterior direita de minhas calças. Separando dois dedos, medi-o, e pareceu-me fastidiosamente grande, apesar do que banquei o indiferente e, antes de levantar os olhos, esperei que todos os rapazes, os do ponto do bonde, os da estrada e os da ponte, saltassem a cerca, já que o buraco não era suficientemente grande para eles.

Isto acontecia nos últimos dias de agosto. De vez em quando a lua se escondia atrás de uma nuvem. Contei aproximadamente vinte rapazes. Os mais novos andariam pelos 14 anos; os mais velhos entre 16 e 17. Em 44 o verão foi quente e seco. Quatro desses malandros usavam uniforme de auxiliares da Luftwaffe. Lembro-me que em 44 foi boa a safra de cerejas. Rodeavam Oskar em pequenos grupos e falavam entre si à meia-voz, numa gíria que não fiz o menor esforço para compreender. Guardei apenas alguns dos nomes extravagantes por que se tratavam. Assim, por exemplo, chamavam um fedelho de uns 15 anos e olhos de corça ligeiramente velados de Lebre e às vezes Cabrito. Aquele que estava a seu lado era conhecido como Anjinho. O menor, mas não certamente o mais novo, um que tinha o lábio superior muito proeminente e ciciava era um tal de Tição. A um dos oficiais da Luftwaffe denominavam Míster, a outro, bem a propósito, Frango, e havia ainda nomes históricos, como Coração de Leão, Barba Azul — um de cara de queijo —, nomes para mim muito familiares, como Totila e Teia, e dois deles tiveram mesmo o atrevimento de se chamar Belisário e Narses. O que examinei com maior atenção foi Störtebeker, que usava um chapéu de feltro abaulado em forma de charco de patos e uma capa comprida demais: apesar de seus 16 anos, este era o chefe do bando.

Não faziam caso de Oskar; queriam talvez atrapalhá-lo. Assim, entre divertido e desgostoso comigo mesmo por ter me metido nessa aventura tão obviamente impúbere, sentei sobre meu tambor, olhei a lua praticamente cheia e deixei vagar uma parte de meus pensamentos pela igreja do Sagrado Coração de Jesus.

Talvez hoje Ele tivesse querido tocar ou arriscar umas palavrinhas. E eu aqui, sentado no pátio da fábrica de chocolates Baltic, participando desse jogo de polícia e ladrão. Quem sabe Ele não estaria me esperando para, depois de uma breve introdução tamborística, confirmar-me a sucessão de Cristo, e estaria decepcionado porque eu não chegara e franziria neste momento as sobrancelhas, despeitado. Que pensaria Jesus desses malandros? Que tinha que ver Oskar, seu sucessor, seu braço direito e sua imagem, com esse bando? Poderiam as palavras de Cristo "Deixai vir a mim as criancinhas" aplicar-se a uns adolescentes chamados Anjinho, Cabrito, Barba Azul, Tição e Störtebeker?

Störtebeker aproximou-se acompanhado de Tição, seu braço direito. Störtebeker:

— Levante-se!

Oskar continuou com os olhos postos na lua e os pensamentos no altar lateral esquerdo da igreja do Sagrado Coração; não podia se levantar, e Tição, a uma indicação de Störtebeker, de um só pontapé lhe tirou o tambor de debaixo do traseiro.

Ao levantar-me, peguei o tambor e escondi-o debaixo do casaco, para evitar-lhe maiores danos.

Bonito rapaz este Störtebeker, pensava Oskar; os olhos são talvez muito fundos e juntos, mas no desenho da boca há malícia e movimento.

— Você é de onde?

Pronto, ia começar o interrogatório, e, como não era de meu agrado esta maneira de ser abordado, concentrei-me de novo no disco lunar, imaginando que a lua — que tolera todas as fantasias — se parecia com um tambor, e sorri de minha inócua megalomania.

— Olhe, Störtebeker. Está rindo.

Tição não tirava os olhos de cima de mim e propôs a seu chefe uma atividade a que chamou de "espanamento". Outros que estavam em segundo plano, entre eles o espinhento Coração de Leão, o Míster, Cabrito e Anjinho, eram também partidários do "espanamento".

Ainda na lua, soletrei: "espanamento." Bonita palavra, mas certamente nada agradável.

— Aqui eu é que digo quando é hora de "espanar" — impôs-se Störtebeker, pondo fim aos murmúrios de seu grupo. Depois se dirigiu de novo a mim: — Temos visto você rondando a rua da Estação. Que faz por lá? De onde vem?

Duas perguntas. Para permanecer dono da situação, Oskar tinha de responder pelo menos a uma delas. Afastei, portanto, o rosto da lua e olhei Störtebeker com meus avassaladores olhos azuis, dizendo tranquilamente:

— Venho da igreja.

Detrás da capa de chuva de Störtebeker vieram alguns comentários à minha resposta. Tição descobriu que devia ser a igreja do Sagrado Coração.

— Como se chama?

A pergunta era inevitável. Ela tem um lugar importante na conversação humana, e de sua resposta vivem uma porção de obras teatrais de extensão variável e até óperas — *Lohengrin*, por exemplo.

Eu esperei que a lua reaparecesse por entre as nuvens, deixei que meus olhos azuis por ela iluminados atuassem sobre Störtebeker durante o tempo que se demora para engolir três colheres de sopa e só então me apresentei, não com meu nome — Oskar —, que teria sido acolhido com risadas. Oskar disse: "Eu me chamo Jesus."

Esta confissão produziu um silêncio prolongado; enfim Tição, limpando a garganta, disse:

— Não há dúvida, chefe, vamos ter que espaná-lo.

Desta vez não encontrou oposição. Störtebeker deu sua permissão com um estalar de dedos e Tição agarrou-me, enterrou-me os nós dos dedos no braço direito e, com um rápido movimento giratório, infligiu-me uma dor seca, quente e poderosa, até que, com um novo estalido, Störtebeker pôs fim à operação. Então isso é que era o "espanamento"!

— Bem, como se chama? — O chefe do chapéu de feltro começava a dar mostras de aborrecimento. Efetuou com o braço direito um movimento de boxeador que arregaçou a manga demasiado larga da sua capa de chuva, à luz da lua olhou seu relógio de pulso e sussurrou para meu lado: — Mais um minuto de reflexão e depois dou sinal verde aos rapazes.

Oskar tinha, portanto, um minuto para contemplar livremente a lua, procurar inspiração nas suas crateras e reconsiderar a conveniência de manter a sucessão de Cristo, já uma vez afirmada. Mas aquela conversa sobre sinal verde não me agradava, e também não ia deixar aqueles moleques me imporem prazos fixos, de modo que ao fim de 35 segundos eu já estava dizendo:

— Sou Jesus.

O que aconteceu a seguir foi de um efeito surpreendente, mesmo não sendo coreografia minha. Acabara de me apresentar pela segunda vez como o sucessor de Cristo quando, sem dar tempo a que Störtebeker estalasse os dedos e Tição me espanasse, soou o alarme antiaéreo.

Oskar disse "Jesus", respirou uma vez, e uma atrás da outra as sirenes do aeroporto vizinho, do edifício principal do quartel de infantaria de Hochstriess, as do telhado da Escola Superior Horst Wessel, as dos grandes armazéns Sternfeld e, lá longe, na Hindenburgsallee, a da escola de engenharia, todas elas confirmaram minha resposta. E logo depois também as sirenes do subúrbio, como entusiasmados arcanjos de ferro, proclamaram persistentes a boa-nova que eu acabava de anunciar, fizeram a noite erguer-se e baixar, os sonhos explodir e aquietar-se, penetraram nos ouvidos da população adormecida e transformaram a impávida lua em um corpo celeste impossível de camuflar.

Oskar sabia que o alarme estava de seu lado, já que as sirenes puseram Störtebeker nervoso. Para alguns membros de seu bando elas eram um chamado ao dever. Os quatro ajudantes da Luftwaffe tiveram de saltar a cerca e correr para as respectivas baterias, para as respectivas peças de 8,8, entre a garagem dos bondes e o aeroporto. Outros três, entre eles Belisário, tinham vigília antiaérea no Conradinum e também se afastaram rapidamente. Rodeado pelos restantes, uns 15, e vendo que o céu estava calmo, Störtebeker reiniciou o interrogatório:

— Quer dizer que, se entendemos bem, você é Jesus. Muito bem. Outra pergunta: qual é o truque com os lampiões de rua e as janelas? E não tente negar, sabemos de tudo!

Bem, saber mesmo, não sabiam; quando muito podiam ter visto uma ou outra proeza de minha voz. Oskar pensou que não podia ser muito severo com aqueles malandros, que hoje chamaríamos, de forma sucinta e categórica, de delinquentes juvenis. Tentei, portanto, desculpar seu tipo de atuação direta e não muito inteligente mostrando-me objetivo e condescendente. Com que então estes é que eram os famosos "Espanadores" de que toda a cidade falava havia duas semanas, o bando que a polícia e várias patrulhas da Juventude Hitlerista procuravam sem sucesso! Eram, como mais tarde se apurou, estudantes do Conradinum, do colégio São Pedro e da Escola Superior Horst Wessel. Em Neufahrwasser havia outro grupo deles, dirigido também por estudantes, mas composto principalmente por aprendizes dos estaleiros de Schichau e da fábrica de vagões ferroviários. Os dois grupos raramente atuavam juntos, só o fazendo quando, partindo de Schichaugasse, percorriam à noite o parque Steffen e a Hindenburgsallee à caça das chefes da Federação das Moças Alemãs que voltavam para casa vindas de serões educativos na Casa da Juventude de Bischofsberg. Os dois grupos evitavam entrar em conflito delimitando suas áreas de atuação, e Störtebeker via no chefe dos Neufahrwasser mais um amigo do que um rival. Os Espanadores lutavam contra tudo. Invadiam as instalações da Juventude Hitlerista, colecionavam condecorações e insígnias dos soldados de licença que nos parques faziam amor com suas amiguinhas, roubavam armas, munições e gasolina com a cumplicidade dos auxiliares da Luftwaffe de serviço nas baterias antiaéreas e acalentavam o sonho de um ataque decisivo contra o Escritório do Racionamento.

Nessa altura, porém, Oskar ainda não sabia nada sobre a organização ou os planos dos Espanadores, mas estava se sentindo tão só e abandonado que experimentou entre aqueles adolescentes uma certa segurança, a sensação de pertencer a algum lado. Em meu íntimo eu já aderia ao bando dos rapazes e, pondo de lado a objeção relativa à diferença de idade — eu ia fazer vinte anos —, disse comigo: por que não lhes dar uma mostra de minha arte? A juventude está sempre ávida de conhecimentos; você também já teve 15 e 16 anos; dê-lhes um exemplo, faça uma demonstração. Quem sabe não vão admirá-lo e até obedecê-lo talvez? Você poderá então exercer sua influência, enriquecê-los com sua experiência. Não negue sua vocação por mais tempo: reúna discípulos e tome a si a sucessão de Cristo.

Talvez Störtebeker intuísse que minha meditação tinha algum fundamento, porque me deu tempo para pensar. Fins de agosto. Noite de lua, ligeiramente nublada. Alarme antiaéreo. Do lado da costa dois ou três refletores. Provavelmente um avião de reconhecimento. Naqueles dias se evacuava Paris. Na minha frente o prédio principal da fábrica de chocolates Baltic com suas múltiplas janelas. Depois de uma longa retirada o grupo de exércitos do centro parara finalmente no Vístula. A fábrica de chocolates Baltic já não produzia para o comércio a varejo, somente para a Luftwaffe. Oskar tentava habituar-se à ideia de que os soldados do general Patton passeavam debaixo da torre Eiffel com seus uniformes americanos. Invadia-me a dor só de pensar nisso — tantas horas felizes em companhia de Roswitha —, e Oskar levantou uma das baquetas. Störtebeker observou meu gesto, seguiu com os olhos a direção dela, contemplou comigo a fachada da fábrica de chocolates. Enquanto em plena luz do dia os japoneses eram expulsos de uma pequena ilha do Pacífico, aqui a luz se refletia simultaneamente em todas as janelas da fábrica. E Oskar disse a todos que quisessem ouvir:

— Jesus quebra o vidro com sua voz.

Já antes de liquidar as três primeiras vidraças me chamou a atenção o zumbido de uma mosca que voava muito alto por cima de mim. Enquanto outras duas vidraças renunciavam à luz da lua, pensei: só uma mosca moribunda zumbiria tão forte. E logo pintei de preto, com minha voz, as demais janelas do andar superior da fábrica e pude observar a palidez de vários refletores antes de subtrair do reflexo das luzes que deviam proceder da bateria junto ao acampamento de Narvik as janelas do segundo andar e algumas do primeiro. As baterias costeiras abriram fogo e eu terminei o primeiro andar. As baterias de Altschottland, Pelonken e Schellmühl receberam ordem de atirar. Ataquei três janelas do térreo. Os caças noturnos decolaram do aeroporto, passaram raspando o teto da fábrica e, antes de eu acabar o térreo, as baterias antiaéreas interromperam o fogo e confiaram aos caças noturnos o encargo de derrubar um tetramotor cortejado do alto de Oliva por três refletores ao mesmo tempo.

A princípio Oskar temia que os impressionantes esforços da defesa antiaérea pudessem dividir a atenção dos rapazes e inclusive afastá-la por completo da fachada da fábrica para o céu noturno. Daí meu enorme assombro ao ver que uma vez terminado o trabalho o grupo inteiro era incapaz de desviar o olhar da fábrica órfã de vidraças.

E mesmo quando do lado de Hohenfriedberg se ouviram bravos e aplausos como no teatro porque tinham acertado o bombardeiro e este, envolto em chamas, caía agora mais do que aterrissava sobre o bosque de Jeschkental dando um soberbo espetáculo, mesmo nessa altura, só uns poucos membros do bando, entre eles Anjinho, despregaram os olhares da fábrica despojada de vidros. E Störtebeker e Tição, os que mais me interessavam, não se preocuparam nem um pouco com o avião derrubado.

De novo voltaram a brilhar no céu somente a lua e umas estrelas esparsas. Os caças noturnos aterrissavam. Störtebeker voltou-se, mostrando-me como sempre a curva de sua boca, fez aquele gesto de boxeador que revelava seu relógio de pulso, tirou-o e, sem dizer palavra, estendeu-o para mim, respirando forte. Via-se que queria falar, mas as sirenes estavam ainda ocupadas em anunciar o final do alarme. Teve que esperar até elas calarem, e entre os aplausos dos seus, me confessou:

— Está bem, Jesus. Se você quiser, está admitido e pode colaborar. Nós somos os Espanadores, se é que o nome lhe diz alguma coisa.

Oskar sopesou o relógio de pulso, luxuoso objeto de números fosforescentes marcando as doze e vinte e três, e entregou-o a Tição. Este consultou seu chefe com os olhos, que deu o consentimento com um movimento de cabeça. Oskar arrumou então o tambor para o regresso e disse:

— Jesus vos guiará. Segui-me.

Brincadeira de presépio

Nesses dias falava-se muito em armas milagrosas e vitória final. Nós, os Espanadores, não falávamos de uma coisa nem de outra, mas tínhamos a arma milagrosa.

Ao assumir a chefia dos Espanadores, que contavam uns trinta ou quarenta membros, pedi a Störtebeker que me apresentasse ao chefe do grupo de Neufahrwasser. Moorkähne, um rapaz coxo de 17 anos, filho de um alto funcionário do Escritório de Pilotos de Neufahrwasser, devido a seu impedimento físico — a perna direita era dois centímetros mais curta do que a esquerda —, não tinha sido admitido nem como recruta nem como auxiliar na Luftwaffe. Ainda que exibisse por demais ostensivamente seu defeito físico, Moorkähne era tímido e falava baixinho. Este adolescente de sorriso sempre astuto era tido como o melhor aluno do Conradinum e, no caso de o exército russo não fazer objeções, tinha todas as possibilidades de terminar um bacharelado exemplar — Moorkähne queria estudar filosofia.

Tal como Störtebeker, que me respeitava incondicionalmente, também o coxo via em mim o Jesus que comandava os Espanadores. Logo no princípio Oskar insistiu para que lhe mostrassem o depósito e a caixinha, porque os dois grupos reuniam o produto de suas façanhas na mesma adega seca e espaçosa de uma residência discreta e elegante de Langfuhr, no caminho para Jeschkental. Habitavam essa casa, forrada de inúmeras trepadeiras e separada da estrada por um jardim em declive suave, os pais de Anjinho, que se chamavam von Puttkamer; melhor dizendo, o sr. Von Puttkamer encontrava-se na formosa França a mando da sua divisão, era possuidor da Cruz de Cavaleiro e de uma linhagem pomerano-polaco-prussiana, enquanto que a sra. Elisabeth von Puttkamer, com a saúde abalada, estava já há vários meses na Alta Baviera, onde esperava curar-se. Wolgang von Puttkamer, a quem os Espanadores chamavam Anjinho, era pois dono e senhor da residência, já que nunca víamos a velha empregada meio surda encarregada dos andares superiores e do bem-estar de seu jovem amo: sempre entrávamos na adega através da lavanderia.

No depósito amontoavam-se latas de conservas, caixas de cigarros e vários fardos de seda de paraquedas. Em uma das prateleiras estavam expostas duas dúzias de cronômetros do Exército, que, por ordem de Störtebeker, Anjinho tinha de manter em constante funcionamento e regulá-los uns pelos outros. Era ele também quem limpava as metralhadoras, o fuzil de assalto e os revólveres. Ainda me mostraram uma granada antitanque, munição para as metralhadoras e 25 granadas de mão. Tudo isso e mais uma quantidade considerável de latas de gasolina estavam destinados ao assalto do Escritório de Racionamento. A primeira ordem de Oskar, na qualidade de Jesus, foi portanto:

— Enterrem as armas e a gasolina no jardim. Entreguem as matracas e dardos a Jesus. Nossas armas são outras!

Mas quando os rapazes me mostraram uma caixa de charutos cheia de condecorações e insígnias roubadas, Oskar permitiu, sorrindo, que se apoderassem delas. Devia, no entanto, ter-lhes tirado as facas de paraquedista. Mais tarde fizeram uso daquelas lâminas que tão bem se ajustavam à mão e pareciam pedir que as usassem.

Depois trouxeram-me a caixinha. Oskar deixou-os contar, contou também e fez anotar um saldo de 2.420 marcos. Isto acontecia em princípios de setembro de 44. Quando, em meados de janeiro de 45, Koniev e Zukov romperam a linha do Vístula, vimo-nos obrigados a abandonar nossa caixinha no depósito subterrâneo. Anjinho acabou confessando, e, sobre a mesa do Tribunal Distrital, amontoaram-se em maços e pilhas 36 mil marcos.

Durante as operações, Oskar, como era de sua natureza, mantinha-se na sombra. De dia, geralmente sozinho ou em companhia de Störtebeker, eu procurava um objetivo que valesse a pena para a expedição noturna, deixava a organização desta a Störtebeker ou a Moorkähne, e quebrava com meu canto vitricida — a arma milagrosa —, sem abandonar a casa de mamãe Truczinski, a altas horas da noite e da janela do quarto, os vidros do pavimento térreo de vários escritórios do Partido, a janela do pátio de uma tipografia em que eram impressos cupões de racionamento e uma vez até, a pedido dos rapazes e de má vontade, uma das janelas da cozinha do domicílio particular de um professor de quem queriam vingar-se.

Estávamos já em novembro. As V-1 e V-2 voavam para a Inglaterra e lancei meu canto por cima de Langfuhr, fi-lo seguir pelo arvoredo da Hindenburgsallee, pela Estação Central, pela cidade velha, procurei a rua dos Açougueiros e nela o museu, e mandei que meus homens aí entrassem e procurassem Níobe, a escultura de proa.

Não a encontraram. A meu lado mamãe Truczinski permanecia grudada em sua cadeira, balançando a cabeça, e tinha algo em comum comigo, porque, se Oskar operava a distância, o mesmo fazia ela com seus pensamentos, procurando no céu seu filho Herbert e no setor central seu filho Fritz. Seus pensamentos voavam ainda para a longínqua Düsseldorf, Renânia, procurando sua filha Guste, que em princípios de 44 se casara com o chefe de criados Köster, que tinha ali seu domicílio, embora no momento se encontrasse na Curlândia. Guste só pôde conhecê-lo e retê-lo nas duas semanas que ele teve de licença.

Eram noites cheias de paz. Oskar sentava-se aos pés de mamãe Truczinski, improvisava um pouco sobre seu tambor, pegava uma maçã cozida no recanto da lareira de azulejos e desaparecia levando a fruta enrugada, manjar de anciãs e de meninos. Entrava no quarto escuro, onde levantava um pouco o papel de escurecimento, abria um palmo da janela para que entrasse um pouco do frio da noite e lançava seu canto de ação a distância; mas não cantava para nenhuma estrela, não procurava na Via Láctea coisa alguma. Era a praça Winterfeld que eu buscava, e, nesta, não o edifício da rádio, mas aquela caixa de cimento em frente que abrigava o quartel-general distrital da Juventude Hitlerista.

Se o tempo estava claro, meu trabalho não requeria mais de um minuto; entrementes, a maçã cozida esfriara um pouco com o vento. De modo que, comendo-a, voltava para o lado de mamãe Truczinski e de meu tambor e ia em seguida para a cama, certo de que, enquanto Oskar dormia, os Espanadores roubavam em nome de Jesus as caixas do Partido, cupões de racionamento e, ainda mais importante, selos oficiais, formulários impressos ou alguma lista do Serviço de Patrulhas da Juventude Hitlerista.

Era com indulgência que eu via Störtebeker e Moorkähne fazerem toda espécie de bobagens com documentos falsificados. O inimigo principal do bando era, decididamente, o Serviço de Patrulhas, e, pelo que me dizia respeito, podiam perseguir à vontade seus componentes, espaná-los e até — como dizia e fazia Tição — polir os seus colhões.

Eu sempre me mantive afastado dessas ações, que só constituíam um prelúdio e nada revelavam de meus verdadeiros planos, de modo que não pude testemunhar se foram os Espanadores que, em setembro de 44, amarraram os dois chefes superiores do Serviço de Patrulhas, entre eles o temido Helmut Neitberg, e os afogaram no Mottlau, logo acima da ponte das Vacas.

Também se chegou a dizer que os Espanadores tinham tido contato com os piratas Edelweiss, de Colônia, e que guerrilheiros poloneses da região do Tuchler tinham participado e inclusive chefiado nossas ações. Eu, que presidia o bando em meu duplo papel de Oskar e Jesus, desminto categoricamente tais afirmações, relegando-as ao domínio da lenda.

Acusaram-nos ainda, no curso do processo, de ter tido relações com os autores do atentado de 20 de julho, porque o pai de Anjinho, August von Puttkamer, fora íntimo do marechal Rommel e tinha cometido suicídio. Anjinho, que durante a guerra só vira seu pai em quatro ou cinco rápidas visitas e sempre com insígnias de diferente grau, só soube dessa história de oficiais, que no fundo nos deixava indiferentes, no decorrer do processo, e chorou nessa altura de forma tão lamentável e incontrolada que Tição, sentado a seu lado no banquinho, se viu obrigado a espaná-lo na presença dos juízes.

Uma só vez estabeleceram os adultos contato com nossas atividades. Foi quando uns trabalhadores do estaleiro — comunistas, como imediatamente intuí — tentaram aliciar nossos aprendizes de Schichau para o movimento clandestino vermelho. Os aprendizes não pareciam ver a coisa com maus olhos, mas os estudantes eram decididamente contra toda e qualquer tendência política. O auxiliar da Luftwaffe que chamávamos Míster, o cínico e teórico do grupo, expressou assim sua opinião, no curso de uma assembleia: "Não temos nada a ver com os partidos. Nós lutamos contra nossos pais e contra todos os outros adultos, quer sejam a favor, quer sejam contra o que eles querem."

Uma afirmação um tanto exagerada, sem dúvida, mas a maioria dos estudantes concordou com ele. Houve uma cisão, e os aprendizes de Schichau formaram um novo grupo — o que me deu pena, porque os rapazes eram muito ativos —, ainda que, não obstante as objeções de Störtebeker e Moorkähne, continuassem ostentando o antigo nome de Espanadores. Durante o processo — pois caíram ao mesmo tempo que nós — atribuíram-lhes o incêndio do navio-escola de submarinos no estaleiro, que matara de forma atroz mais de cem tripulantes e aspirantes a marinheiros que ali recebiam sua instrução. O fogo começou na coberta, impedindo que a tripulação, que dormia embaixo, abandonasse os camarotes. Quando os aspirantes, que tinham apenas 18 anos, tentaram saltar pelas escotilhas para a água salvadora do porto, ficaram presos pelos quadris e o fogo, que se estendia rapidamente, atingiu-os por trás, de modo que tiveram de ser mortos a tiro das barcaças a motor, porque seus gritos eram demasiado fortes e persistentes.

Não fomos nós que provocamos o incêndio. Ele era talvez responsabilidade dos aprendizes do estaleiro de Schichau, quiçá da Sociedade de Westerland. Os Espanadores não eram incendiários, ainda que eu, seu guia espiritual, pudesse ter herdado de meu avô Koljaiczek um ou dois genes incendiários.

Lembro-me muito bem do mecânico que fora transferido dos Estaleiros Alemães de Kiel para Schichau e que nos visitou pouco antes da cisão do grupo dos Espanadores. Erich e Horst Pietzger, filhos de um estivador de Fuchswall, conduziram-no à adega de nossa residência. Examinou com atenção nosso depósito, lamentando a ausência de armas utilizáveis, mas terminou fazendo-nos alguns elogios, ainda que com reservas. Quando, tendo perguntado pelo chefe do grupo, Störtebeker e Moorkähne apontaram para mim, o primeiro resolutamente, o segundo com vacilação, desatou a rir de modo tão insolente e prolongado que pouco faltou para que Oskar ordenasse que os Espanadores o espanassem.

— Que espécie de gnomo é este? — perguntou a Moorkähne, apontando-me com o polegar por cima do ombro.

Antes que Moorkähne, sorrindo embaraçado, pudesse dizer alguma coisa, Störtebeker respondeu, sinistramente calmo:

— Esse é o nosso Jesus.

O mecânico, que se chamava Walter, não gostou muito da palavrinha e atreveu-se a exteriorizar sua cólera em nossos domínios:

— Me diga uma coisa: vocês são revolucionários ou um bando de coroinhas preparando um presépio para o Natal?

Störtebeker abriu a porta da adega, fez sinal a Tição, deixou que lhe saltasse da manga da jaqueta a lâmina de uma faca de paraquedista e disse, mais ao grupo do que ao mecânico:

— Somos coroinhas e estamos preparando um presépio para o Natal.

De qualquer maneira, nada de muito ruim aconteceu ao senhor mecânico, que foi apenas conduzido de olhos vendados para fora da casa. Pouco depois os aprendizes dos estaleiros de Schichau separaram-se de nós e fundaram um grupo independente liderado pelo mecânico, e estou plenamente convencido de que foram eles que atearam fogo no navio-escola.

Na minha opinião Störtebeker dera a resposta certa. Não nos interessava a política e, depois que a temida Juventude Hitlerista, intimidada, já quase não saía de seus locais de serviço ou, no máximo, controlava na Estação Central os papéis de mocinhas de vida airada, voltamos para as igrejas nosso espírito empreendedor e começamos a preparar, seguindo as palavras do mecânico, presépios para o Natal.

Nossa primeira preocupação foi substituir os aprendizes de Schichau; os rapazes tinham sido bons trabalhadores e faziam falta. Em fins de outubro Störtebeker recebeu o juramento de dois coroinhas da igreja do Sagrado Coração. Eram os irmãos Félix e Paul Rennwand, que conhecera por intermédio da irmã deles, Luzie Rennwand. Apesar de meus protestos, a moça, que contava quase 17 anos, assistiu ao juramento. Os irmãos Rennwand tiveram de pousar a mão esquerda sobre meu tambor, que era uma espécie de símbolo para os exaltados rapazes, e pronunciar a jura dos Espanadores: um texto tão idiota e mirabolante que nem consigo recordar.

Durante a cerimônia, Oskar observava Luzie. Tinha os ombros subidos e na mão esquerda um cachorro-quente que tremia um pouco, mordia o seu lábio inferior, mostrava uma cara rígida, triangular, de raposa. Seu olhar ardia nas costas de Störtebeker. Eu senti medo pelo futuro dos Espanadores.

Começamos por transformar nossa adega. Da casa de mamãe Truczinski dirigia eu, com a colaboração dos coroinhas, a aquisição do mobiliário. Na igreja de Santa Catarina adquirimos um são José de tamanho médio, que descobrimos ser uma autêntica escultura seiscentista, candelabros, alguns cálices sagrados e um estandarte de *Corpus Christi*. Uma visita noturna à Igreja da Trindade proporcionou-nos um anjo de madeira com trombeta e sem nenhum interesse artístico e uma tapeçaria colorida, cópia de um original antigo, que mostrava uma dama fazendo caretas para um animal mitológico conhecido como unicórnio, que estava obviamente sob o poder dela. Störtebeker observou, não sem razão, que o sorriso da dama era tão cruelmente brincalhão como aquele que predominava na cara de raposa de Luzie, e eu fiz votos para que meu lugar-tenente não viesse algum dia a mostrar-se tão submisso quanto o unicórnio mitológico. Penduramos a tapeçaria na parede frontal da adega, que fora decorada com caveiras de pirata, mãos negras e outros absurdos no gênero, e depressa ela se tornou inspiração para todas as nossas deliberações, até que eu disse comigo: Por que, Oskar, por que você acolhe aqui, aqui onde Luzie entra e sai quando quer e ri nas suas costas, por que você acolhe esta outra Luzie tecida, que transforma seus subordinados em unicórnios? Viva ou tecida, é para você que ela lançou o olho, porque só você é realmente fabuloso, o único animal singular de chifre exageradamente enroscado.

Felizmente chegou o Advento, e com ele figuras do presépio em tamanho natural, que recolhíamos nas igrejas dos arredores e com as quais pude esconder depressa a tapeçaria e impedir, ou pelo menos diminuir, sua influência. Em meados de dezembro desencadeou Rundstedt a ofensiva das Ardenas, e nós também completamos os preparativos para o nosso grande golpe.

Depois que fui vários domingos pela mão de Maria — que se tornara, para desespero de Matzerath, uma fervorosa católica — assistir à missa das dez, ordenando a todo o grupo que não deixasse de fazer o mesmo, introduzimo-nos uma noite, a de 18 de fevereiro, familiarizados já com os lugares e sem que Oskar tivesse de quebrar vidro algum, na igreja do Sagrado Coração de Jesus, que os coroinhas Félix e Paul Rennwand nos franquearam.

Nevava, mas a neve derretia ao cair. Deixamos os três carrinhos de mão atrás da sacristia. O menor dos Rennwand tinha a chave da porta principal. Oskar ia na frente; elevou os rapazes, um atrás do outro, até a pia de água benta e fez com que se ajoelhassem na nave central em frente ao altar-mor. Ordenei a seguir que tapassem com uma manta do Serviço do Trabalho a estátua do Sagrado Coração, para que seu olhar azul não atrapalhasse demasiado nossos afazeres. Cabrito e Míster levaram os instrumentos para a nave esquerda e depositaram-nos diante do altar lateral. Primeiro tivemos de arrastar para a nave central o estábulo cheio de figuras e ramos de pinheiro. Pastores, anjos, ovelhas, burros e vacas havia de sobra na nossa adega, só nos faltavam os atores principais. Belisário tirou as flores do altar. Totila e Teia enrolaram o tapete. Tição foi desensacando os instrumentos. Oskar, ajoelhado em um pequeno reclinatório, vigiava a desmontagem.

Primeiro serramos o menino João Batista com sua pele de manchas cor de chocolate. Ainda bem que tínhamos levado uma serra para metal, porque dentro do gesso estavam escondidas umas barras metálicas que uniam o santo à nuvem. Era Tição quem serrava e procedia a isso como um estudante, ou seja, desajeitadamente. Como sentimos a falta dos aprendizes do estaleiro de Schichau! Tição revezou-se com Störtebeker. A coisa começou a andar mais depressa e, depois de meia hora de barulho, pudemos tombar a figura, envolvê-la em uma manta de lã e saborear o silêncio que impregna as igrejas à meia-noite.

Gastamos mais tempo serrando o Menino Jesus, pois este tinha todo o assento colado à coxa esquerda da Virgem. Cabrito, o mais velho dos Rennwand e Coração de Leão trabalharam nisso uns bons quarenta minutos. Mas por que Moorkähne estava tão atrasado? Dissera que viria diretamente de Neufahrwasser com a sua gente e se juntaria a nós na igreja, para não chamar tanto a atenção. Störtebeker estava de mau humor e parecia-me nervoso. Várias vezes perguntou aos irmãos Rennwand por Moorkähne, e quando finalmente, como todos esperávamos, pronunciou-se a palavrinha Luzie, Störtebeker não fez mais perguntas, arrancou a serra das mãos de Coração de Leão e atirou-se ao trabalho com tamanho afinco que em pouco tempo o Menino Jesus se desprendeu.

Quando deitaram Jesus, a auréola partiu-se. Störtebeker desculpou-se comigo, que só a duras penas conseguia dominar a irritação que me invadia e ordenei que recolhessem em dois bonés os fragmentos de gesso dourado. Tição achava que aquilo podia se colar. Rodeamos de almofadas o Jesus serrado e envolvemo-lo em duas mantas de lã.

Nossa ideia era serrar a Virgem pela cintura e efetuar depois um segundo corte entre as solas dos pés e a nuvem, que deixaríamos lá; levaríamos somente à nossa adega da casa dos Puttkamer as duas metades da Virgem, o Menino Jesus, é claro, e se possível também o menino João Batista. Felizmente as figuras eram mais leves do que supúnhamos, o gesso era oco, as paredes tinham no máximo a espessura de dois dedos e só a armação metálica oferecia dificuldades.

Os rapazes, sobretudo Tição e Coração de Leão, estavam esgotados. Foi preciso conceder-lhes um descanso, porque os demais, inclusive os irmãos Rennwand, não sabiam serrar. O grupo estava disperso pelos bancos da igreja, tiritando de frio; Störtebeker, de pé, amassava o chapéu de feltro, que tirara para entrar na igreja. Aquele ambiente não me agradava. Era preciso fazer alguma coisa. Os rapazes ressentiam-se do vazio e da escuridão da arquitetura sagrada. A ausência de Moorkähne contribuía também para aumentar a tensão. Os irmãos Rennwand, que pareciam temer Störtebeker, mantinham-se à parte e cochichavam, até que Störtebeker impôs silêncio.

Lentamente, e acho que com um suspiro, levantei-me de meu reclinatório e caminhei diretamente para a Virgem que ficara para lá. Seu olhar, que antes se dirigira a João, caía agora sobre os degraus poeirentos do altar. Seu indicador direito, que antes apontara Jesus, mostrava agora o vazio, ou melhor, a obscura nave lateral. Subi os degraus um por um, depois olhei atrás de mim, procurando os olhos fundos de Störtebeker que, ausente, só me olhou depois que Tição o catucou. Olhou-me, então, inseguro como se nunca me tivesse visto e sem entender, até que finalmente entendeu, ao menos em parte, e se aproximou devagar, muito devagar, depois galgou os degraus de um só salto e me fez subir sobre a superfície branca, irregular e inabilmente serrada da coxa esquerda da Virgem, onde se desenhava mais ou menos a forma do traseiro de Jesus.

Störtebeker deu imediatamente a volta, aterrissou de um salto nas lajes e já ia sumir de novo em sua cisma quando voltou a cabeça, franziu os olhos já naturalmente juntos; pareciam dois fogos de posição. Tal como o resto do bando disperso pelos bancos da igreja, teve de se mostrar impressionado por me ver sentado no lugar de Jesus de forma tão natural e digna de adoração.

Não precisou muito para compreender meu plano e o compreendeu bastante bem. Fez com que Narses e Barba Azul dirigissem para mim e para a Virgem as duas lanternas de bolso que tinham segurado durante a desmontagem; ordenou, ao ver que a luz me incomodava, que a passassem para vermelho, pediu aos irmãos Rennwand que se aproximassem e sussurrou-lhes algo que eles não queriam fazer; Tição aproximou-se do grupo, com os dedos prontos para espaná-los, os dois irmãos cederam e desapareceram na sacristia, seguidos de perto por Tição e pelo auxiliar da Luftwaffe, Míster. Oskar aguardava paciente, preparando o tambor, e não se surpreendeu nem um pouco quando o comprido Míster e os dois irmãos Rennwand voltaram, aquele metido em hábitos sacerdotais e estes vestidos com a roupa vermelha e branca dos coroinhas. Tição, meio vestido de padre, trouxe tudo que a missa requer, depositou os apetrechos sobre a nuvem e eclipsou-se. O mais velho dos Rennwand segurava o incensário, o outro, o sininho. Apesar de as roupas lhe ficarem bastante grandes, Míster não imitava nada mal o reverendo Wiehnke. Primeiro sua atuação revelou um certo cinismo estudantil, mas depressa se deixou levar pelo texto e pela ação sagrada e ofereceu-nos, em especial a mim, não uma paródia, mas uma missa que, mais tarde, no tribunal, designaram realmente como missa, ainda que lhe tivessem aposto o adjetivo negra.

Os três rapazes começaram com as orações ao pé do altar: o bando espalhado pelos bancos e lajes ajoelhou-se e persignou-se, e Míster começou a celebração, em parte familiarizado com o texto mas também apoiado na prática dos coroinhas. Desde o Introito comecei a mover cuidadosamente as baquetas sobre a lata, intensificando o ritmo do Kirie. *Gloria in Excelsis Deo* — glorificava Deus com meu tambor, exortando todo o grupo à oração. Substituí a epístola do dia por um número comprido de tambor. O Aleluia saiu-me particularmente bem. Durante o *Credo* pude observar que os rapazes criam em mim. Ao chegar ao Ofertório, afrouxei o ritmo, deixei que nos incensassem, a mim e ao cálice, que Míster misturasse o vinho com a água e nos apresentasse o pão e observei como ele se comportava no Lavabo. *Orate, frates*, toquei com meu tambor sob a luz vermelha da lanterninha de bolso, passando então à Eucaristia: este é o meu corpo. *Oremus*, cantou Míster, exortado por ordens celestes — os rapazes dos bancos ofereciam-me duas versões diferentes do Padre-Nosso, mas Míster soube unir católicos e protestantes no sacramento da Comunhão. Enquanto eles ainda comungavam anunciei com meu tambor o *Confiteor*. A Virgem apontava com seu dedo para Oskar, o tambor. Eu era realmente o sucessor de Cristo. A missa deslizava sobre rodas. A voz de Míster engrossava e diminuía. Como pronunciou bem a Bênção: absolvição, perdão e remissão! E quando confiou à vastidão da igreja as palavras finais, *"Ite, missa est"* — ide, estais liberados —, então teve realmente lugar uma liberação espiritual, e quando o braço secular caiu, foi sobre uma comunidade de Espanadores fortalecida na fé e fortificada em nome de Oskar e de Jesus.

Já durante a missa tinha eu ouvido os carros. Também Störtebeker levantara a cabeça. Assim, ele e eu fomos os únicos que não se surpreenderam quando se ouviu o barulho de vozes e tacões de botas vindos da porta principal, da sacristia e da porta lateral.

Störtebeker quis descer-me de meu posto sobre a coxa da Virgem, mas eu lhe fiz sinal que não. Ele compreendeu Oskar, fez com a cabeça um gesto de assentimento e obrigou o bando a ficar de joelhos e a esperar, de joelhos, a polícia judiciária. E os rapazes assim permaneceram, tremendo sem dúvida, mas esperando em silêncio que, através da nave central, da sacristia, e da nave lateral, viessem até nós e nos cercassem.

Muitas e deslumbrantes lanternas de bolso de luz branca. Störtebeker levantou-se, persignou-se, expôs seu corpo às luzes, entregou a Tição, que continuava ajoelhado, seu chapéu de feltro; a capa de chuva dirigiu-se para uma figura rechonchuda que não tinha lanterna — o reverendo Wiehnke —, tirou da sombra uma coisa magra que resistia esperneando — Luzie Rennwand — e bateu na cara triangular e astuta que estava debaixo da boina da moça, até que o golpe de um policial o atirou por entre os bancos.

Ainda sentado na perna da Virgem, ouvi um policial exclamar:

— Olhe só, Jeschke! É o filho do chefe!

Assim saboreou Oskar a pequena satisfação de saber que contava entre seus subordinados com o filho do chefe de polícia; depois, sem resistência e fazendo o papel de um menino de três anos de quem os adolescentes tinham abusado, deixei que me descessem: o reverendo Wiehnke me pegou no colo.

Só os policiais gritavam. Levaram os rapazes. Depressa o reverendo Wiehnke, atingido por tonturas, pousou-me no chão para sentar-se no primeiro banco ao seu alcance. Foi assim que me encontrei ao lado de nossas ferramentas e que, entre os martelos e alavancas, descobri aquele cesto de provisões que Cabrito, pouco antes de ter início a operação, enchera de cachorros-quentes.

Peguei-o e me dirigi à magra Luzie que tiritava dentro de seu miserável casaco, oferecendo-lhe sanduíches. Ela me ergueu, segurou-me no colo à direita, à esquerda segurou o cesto de comida. Pegou um sanduíche e meteu-o entre os dentes. Eu observava sua cara ardida, inchada, machucada: os olhos inquietos cavados em duas estreitas fendas negras, a pele amarrotada, um triângulo que mastigava, boneca, Bruxa Negra, devoradora de salsichas, que ao comer parecia ainda mais magra, mais esfomeada, ficava com a cara mais triangular, mais de boneca — uma visão que me marcou profundamente. Quem poderá tirar aquele triângulo de minha frente? Por quanto tempo ainda continuará mastigando em mim salsichas, pele e homens, e sorrindo um sorriso triangular de que só as damas que nas tapeçarias domesticam unicórnios são capazes?

Quando levaram Störtebeker e este ao passar mostrou a Luzie e a mim sua cara ensanguentada, já não pude reconhecê-lo. Rodeado por cinco ou seis policiais e nos braços de Luzie, que continuava devorando sanduíches, saí atrás do que outrora fora meu bando de Espanadores.

Que ficou de tudo o que vivêramos? Ficou o reverendo Wiehnke com nossas lanternas de bolso de luz vermelha, entre os hábitos sacerdotais e as vestes dos coroinhas, espalhados pela igreja. O cálice e o cibório permaneceram sobre os degraus do altar. O Jesus e o são João serrados ficaram ao lado daquela Virgem que destináramos para contrapeso da dama da tapeçaria.

Oskar foi submetido a um processo que até hoje chamo de o segundo processo de Jesus; terminou com minha absolvição e, por conseguinte, com a absolvição de Jesus.

A TRILHA DAS FORMIGAS

Imaginem os leitores por favor uma piscina bem azul na qual nadam jovens de aspecto esportivo e queimados de sol. À volta da piscina, diante dos vestiários, estão sentados mais moças e rapazes de aspecto igualmente esportivo e igualmente bronzeados. Ouve-se música suave que um alto-falante difunde. Um tédio saudável, um ligeiro erotismo que não compromete, põe tensos os trajes de banho. Os azulejos são escorregadios, mas ninguém escorrega. Aqui e acolá uns poucos letreiros de proibição desnecessários; os banhistas ficam apenas por duas horas e têm outros lugares para fazer as coisas proibidas. De vez em quando alguém salta do trampolim de três metros, sem conseguir conquistar os olhares dos nadadores nem afastar das revistas ilustradas a atenção dos banhistas estendidos ao sol. E de súbito uma brisa levanta-se. Não, não é uma brisa, é um jovem que sobe lenta e resolutamente, degrau após degrau, ao trampolim de dez metros. Baixam-se já as revistas com as reportagens da Europa e do ultramar. Os olhares sobem com ele, os corpos estendidos se esticam, uma mulher jovem põe a mão em pala sobre os olhos, alguém esquece o que estava pensando, uma palavra fica suspensa no ar, um flerte apenas iniciado termina prematuramente no meio de uma frase: ali está ele, forte e viril sobre o trampolim; dá uns saltinhos, apoia-se na curva elegante da varanda tubular, olha para baixo como que aborrecido, desprende-se da varanda com um elegante movimento de quadris, aventura-se pela parte destacada do trampolim que balança a cada passo e deixa que seu olhar se perca em uma piscina azul, surpreendentemente pequena, na qual se mesclam continuamente as toucas de banho vermelhas, amarelas, verdes, brancas, vermelhas, amarelas, verdes, brancas, vermelhas, amarelas das nadadoras. E ali devem também estar Doris e Erika Schüler, e também Jutta Daniels com seu amigo que não condiz com ela. Fazem-lhe sinais, Jutta também lhe acena. Sem descuidar do equilíbrio, responde-lhes com a mão. E agora gritam. Que estão querendo? "Vem!," gritam. "Salta!, grita Jutta. Mas se ele nem tinha pensado nisso, só queria ver como é o mundo visto de cima, para depois descer de novo, tranquilamente, degrau após degrau. E agora gritam forte, para que todos ouçam, gritam: "Salte!" "Salte!" "Vamos, salte!"

Os leitores têm de concordar que, por muito próximo do céu que se esteja no alto de um trampolim, a situação é infernal. Isso foi o que nos ocorreu, ainda que não durante a estação de banhos, a mim e ao grupo dos Espanadores, em janeiro de 45. Tivéramos a ousadia de subir demais, espremíamo-nos agora no trampolim, e lá embaixo, formando uma ferradura ao redor da piscina sem água, estavam sentados os juízes, testemunhas, assessores e jurados.

Störtebeker avançou pela parte elástica, sem proteção, do trampolim.

— Salte! — clamava o coro dos juízes.

Störtebeker, porém, não saltava.

Nisto levantou-se embaixo, no banco das testemunhas, uma figura delgada de moça que usava uma jaqueta à la Berchtesgaden e uma saia de pregas cinzenta. Ergueu uma cara pálida, mas muito limpa — que eu até hoje juro que formava um triângulo —, como que reluzente; Luzie Rennwand não gritou, sussurrou: "Salte, Störtebeker, salte!"

E Störtebeker saltou. E Luzie Rennwand voltou a sentar-se no banco das testemunhas e esticou sobre os punhos as mangas de sua jaqueta à la Berchtesgaden.

Moorkähne caminhou coxeando pelo trampolim. Os juízes exortaram-no a saltar. Moorkähne, porém, não queria, sorria perplexo fitando as unhas e esperou que Luzie subisse as mangas, tirasse delas os punhos e lhe mostrasse o triângulo marcado de negro onde os olhos eram como um traço: então saltou com fúria para o triângulo, mas sem acertar nele.

Tição e Anjinho começaram se desentendendo durante a subida e chegaram às vias de fato no trampolim. Anjinho foi espanado e Tição nem durante o salto o largou.

Cabrito, que tinha pestanas compridas e sedosas, cerrou antes de saltar seus olhos de corça gratuitamente tristes.

Antes de saltar, os auxiliares da Luftwaffe tiveram de tirar seus uniformes.

Também os irmãos Rennwand não puderam pular do trampolim vestidos de coroinhas. Sua irmã Luzie, sentada no banco das testemunhas com um casaco de péssima lã de guerra encorajando o salto, nunca o teria permitido.

Contrariando a história, aqui Belisário e Narses pularam primeiro, e só depois se atiraram Totila e Teia.

Pulou Barba Azul, pulou Coração de Leão, pulou a infantaria do grupo: Narigão, o Selvagem, o Petroleiro, o Pinto, Mostarda, Iatagã, o Garrafeiro.

O último a saltar foi Stuchel, um estudante de segundo grau que era tão vesgo que dava enjoo e que na verdade só pertencia ao grupo eventual e esporadicamente. Só Jesus ficou então no trampolim; o coro dos juízes interrogou Oskar Matzerath e convidou-o ao salto, mas Jesus não fez caso do convite. E quando no banco das testemunhas se levantou a severa Luzie com a trança delgada à Mozart caindo-lhe entre as omoplatas, quando ela abriu os braços com as mangas de malha e sem mover os lábios apertados sussurrou: "Salte, dulcíssimo Jesus, salte!" Então eu compreendi a natureza tentadora de um trampolim de dez metros: senti uns gatinhos cinzentos que começaram a fazer-me cócegas nos joelhos, uns ouriços acasalavam-se debaixo da sola de meus pés, umas andorinhas que voavam nos meus sovacos e vi que a meus pés não tinha apenas a Europa, mas o mundo inteiro. Americanos e japoneses executavam uma dança de archotes na ilha de Luzón e uns e outros, os de olhos oblíquos e os de olhos redondos, perdiam todos os botões de seus uniformes. Em Estocolmo, entretanto, naquele mesmo momento um alfaiate pregava os botões em um traje de gala. Mountbatten nutria os elefantes da Birmânia com projéteis de todos os calibres, enquanto em Lima uma viúva ensinava um papagaio a dizer caramba! No meio do Pacífico dois enormes porta-aviões ornados como catedrais góticas investiam um contra o outro, deixavam que seus respectivos aviões levantassem voo e afundavam-se um ao outro. E assim os aviões já não podiam aterrissar e flutuavam desamparados no ar, como anjos meramente simbólicos, e consumiam, zumbindo inutilmente, todo seu combustível: coisa que não preocupava nem um pouco um condutor de bonde de Haparanda que acabava de terminar sua jornada de trabalho e agora fritava ovos em uma frigideira, dois para si e dois para sua noiva, cuja chegada esperava sorridente e esperançoso. Evidentemente também o recomeço do avanço dos exércitos de Koniev e Zukov poderia ter sido previsto; com efeito, enquanto na Irlanda chovia, romperam eles a frente do Vístula, tomaram Varsóvia demasiado tarde e Königsberg demasiado cedo, sem que isso impedisse uma mulher do Panamá, que tinha cinco filhos e um único marido, de derramar o leite sobre o fogão. E assim era também fatal que o fio dos acontecimentos, que no front se mostrava ainda faminto e tecia malhas e fazia História, fosse deixando atrás de si o tecido do Acontecer. Chamou-me ainda a atenção que atividades como fazer girar os polegares, franzir as sobrancelhas, cabecear, apertar as mãos, fazer filhos, imprimir dinheiro falso, apagar a luz, escovar os dentes, fuzilar ou trocar fraldas fossem praticadas em todo o mundo, embora com habilidade diversa. Estas múltiplas ações de propósitos tão diferentes me perturbavam. Eis por que voltei a prestar atenção ao julgamento organizado em minha honra embaixo do trampolim. "Salte, doce Jesus, salte!", sussurrava a precoce testemunha Luzie Rennwand, que estava sentada sobre os joelhos de Satanás, o que realçava ainda mais sua virgindade. Ele a excitava, oferecendo-lhe um cachorro-quente; ela mordia e no entanto continuava casta. "Salte, doce Jesus, salte!", mastigava ela, oferecendo-me seu triângulo intacto.

Eu, porém, não saltei, nem jamais saltarei de um trampolim. Aquele não era o último processo de Oskar. Muitas outras tentativas, uma delas muito recente, haveriam ainda de ser feitas para me obrigar a saltar. Assim como no processo dos Espanadores, por ocasião do processo do Anular — que eu designo como o terceiro julgamento de Jesus —, havia também espectadores aos montes em redor da piscina azul-celeste e sem água. Estavam no banco das testemunhas e propunham-se a viver durante e depois de meu julgamento.

Eu, porém, dei meia-volta, afoguei as andorinhas de meus sovacos, esmaguei os ouriços que debaixo das solas de meus pés celebravam suas núpcias e deixei que os gatinhos cinzentos de meus joelhos morressem de fome; rígido, desprezando a exaltação do salto, dirigi-me à parte cercada de proteção, cheguei à escada e fiz com que cada degrau me confirmasse que nos trampolins é possível não só subir, como também descer sem ter saltado.

Embaixo me esperavam Matzerath e Maria. O reverendo Wiehnke concedeu-me a bênção sem que eu a tivesse pedido. Gretchen Scheffler trouxera-me um casaquinho de inverno e pastéis. O pequeno Kurt estava crescido e não quis reconhecer-me como pai nem como meio-irmão. Minha avó Anna Koljaiczek apoiava-se no braço de seu irmão, Vinzent. Este compreendia o mundo e falava incoerências.

Quando abandonávamos o Juizado, aproximou-se de Matzerath um funcionário vestido à paisana que lhe entregou um papel e lhe disse: "O senhor devia realmente reconsiderar sua decisão, sr. Matzerath; o menino não deve andar sozinho pelas ruas, o senhor mesmo pode agora ver que espécie de elementos são capazes de abusar de uma criancinha tão indefesa."

Maria chorava e pendurou em meu peito o tambor que o reverendo Wiehnke guardara durante o processo. Fomos andando em direção ao ponto de bonde que ficava em frente à Estação Central. Na última parte do trajeto foi Matzerath quem me levou ao colo. Por cima de seu ombro eu procurava na multidão uma cara triangular e desejava saber se também ela tivera de subir ao trampolim, se havia saltado depois de Störtebeker e Moorkähne ou se, como eu, tinha percebido a possibilidade de uma escada e optado pela descida.

Até hoje não consegui livrar-me do hábito de buscar pelas ruas e lugares públicos uma adolescente magra, nem feia nem bonita, mas capaz de mandar friamente os homens para a morte. Até hoje, na cama do hospício, me assusta quando Bruno anuncia uma visita desconhecida. Meu terror faz-me então pensar: aí vem Luzie Rennwand, a Bruxa Negra que te exorta pela última vez a pular.

Durante dez dias esteve Matzerath tentando decidir se devia ou não assinar o papel e enviá-lo ao Ministério da Saúde. Quando no décimo primeiro dia o subscreveu e enviou, a cidade estava já sob o fogo da artilharia, e podia-se questionar se o correio teria ainda oportunidade de encaminhar a carta. Pontas de lança do exército do marechal Rokossowski avançaram até o Elbing. O Segundo Exército de Von Weiss tomou posição nas colinas em redor de Dantzig. Começou a vida na adega.

Como todos sabemos, nossa adega ficava debaixo da loja. Chegava-se a ela pela entrada do saguão, em frente ao banheiro, descendo 18 degraus. Ficava atrás das adegas de Heilandt e dos Kater e em frente à dos Schlager. O velho Heilandt continuava vivendo ali. A sra. Kater, porém, e também o relojoeiro Laubschad, os Eyke e os Schlager haviam ido embora com tudo o que podiam. Comentou-se mais tarde que todos eles, e também Gretchen e Alexander Scheffler, haviam conseguido lugar em um navio da organização A Força Pela Alegria e tinham partido em direção a Stettin ou Lübeck, como também se disse que haviam topado com uma mina e voado pelos ares. Seja como for, mais da metade dos apartamentos e das adegas estava vazia.

Nossa adega tinha a vantagem de uma segunda entrada que, como também sabemos, consistia em um alçapão situado atrás do balcão da loja. Ninguém podia, portanto, ver o que Matzerath levava ou tirava da adega; caso contrário ninguém nos teria permitido estocar em uma época de guerra a quantidade de víveres que Matzerath conseguiu acumular. O local, seco e quente, estava cheio de comestíveis: legumes secos, massas, açúcar, mel artificial, farinha de trigo e margarina. Caixas de pão de centeio amontoadas sobre caixas de gordura vegetal. Latas de salada de Leipzig ao lado de latas de cenouras e ervilhas em duas prateleiras que o próprio Matzerath, hábil como era, tinha confeccionado e pregado na parede. Alguns postes colocados, no meio da guerra, por indicação de Greff, entre o teto e o cimento do piso, conferiam à adega a segurança de um abrigo antiaéreo. Em várias ocasiões Matzerath esteve a ponto de derrubar os postes, já que, com exceção de alguns ataques de desgaste, Dantzig não sofreu grandes bombardeios. Mas se Greff já não podia exercer sua função de auxiliar da defesa antiaérea, Maria encarregou-se de argumentar por ele, exigindo segurança para o pequeno Kurt, e às vezes também para mim.

Durante os primeiros bombardeios aéreos de fins de janeiro, Matzerath e o velho Heilandt ainda reuniam suas forças para transportar mamãe Truczinski e sua cadeira para a adega. Mas depois, a pedido seu ou para evitar o trabalho, começaram a deixá-la em sua casa, junto da janela. E depois do grande bombardeio do centro da cidade, Matzerath e Maria encontraram a pobre anciã com o maxilar inferior pendente e um olhar tão convulso que parecia que tinha se enfiado em seu olho um mosquito pegajoso.

Despojaram a porta do quarto de dormir. O velho Heilandt foi buscar em seu barracão ferramentas e algumas caixas de tábuas e, fumando um cigarro Derby que Matzerath lhe dera de presente, começou a tirar as medidas. Oskar ajudou-o em seu trabalho; os demais voltaram para a adega, porque as explosões da artilharia aérea voltaram a se fazer sentir.

O velho queria fazer a coisa depressa e confeccionar uma simples caixa sem estreitamento em direção aos pés. Oskar, porém, era partidário da forma tradicional dos caixões e pôs tão resolutamente as tábuas debaixo da serra que ele acabou se decidindo pelo estreitamento a que todo cadáver humano tem direito.

Uma vez terminado, o caixão tinha muito bom aspecto. Lina Greff lavou o corpo de mamãe Truczinski, cortou-lhe as unhas, pegou no armário uma camisola limpa, arranjou e prendeu o coque com três agulhas de tricô, em suma, fez todo o possível para que na morte mamãe Truczinski continuasse parecendo uma ratinha cinzenta que em vida gostava muito de tomar café e de comer purê de batata.

Mas como durante o ataque aéreo a ratinha sentada enrijecera e agora suas pernas estavam dobradas e os joelhos levantados, o velho Heilandt, aproveitando um momento em que Maria saiu do quarto com o pequeno Kurt no colo, teve de fraturar-lhe as pernas, a fim de poder pregar a tampa.

Infelizmente não havia tinta preta, só amarela. Por isso é que mamãe Truczinski foi levada pelas escadas dentro de tábuas sem pintura, mas pelo menos estreitando-se em direção aos pés. Oskar e seu tambor fechavam o cortejo e eu podia contemplar a tampa do caixão em que se lia três vezes e a intervalos regulares: Margarina Vitello, Margarina Vitello, Margarina Vitello, o que vinha confirmar postumamente o gosto de mamãe Truczinski, que em vida sempre preferira a margarina vegetal Vitello à melhor manteiga: porque a margarina é saudável, se conserva fresca, alimenta e alegra o coração.

O velho Heilandt empurrou o carrinho de mão da mercearia Greff com o caixão em cima pela Luisenstrasse, pela Marienstrasse e pelo Passeio Anton Möller — duas casas aí pegavam fogo —, em direção à Clínica Ginecológica. O pequeno Kurt ficara com a viúva Greff em nossa adega. Maria e Matzerath empurravam também e Oskar estava sentado no carrinho ao lado do caixão, e teve vontade de sentar-se em cima deste, coisa que não lhe permitiram. As ruas estavam cheias de fugitivos da Prússia Oriental e do delta. Na passagem subterrânea em frente à praça de Desportos mal se podia passar. Matzerath propôs que se abrisse uma cova no jardim do Conradinum, mas Maria foi contra. O velho Heilandt, que era da idade de mamãe Truczinski, fez com a mão um sinal de discordância. Também eu desaprovava o jardim. Era preciso, no entanto, desistir dos cemitérios municipais, porque a partir da praça dos Desportos a Hindenburgsallee só estava aberta aos veículos militares. Não pudemos, portanto, enterrar a ratinha ao lado de seu filho Herbert, mas escolhemos para ela um lugarzinho atrás do Campo de Maio, no parque Steffen, que ficava bem em frente aos cemitérios municipais.

O chão estava gelado. Enquanto Matzerath e o velho Heilandt iam se revezando com a pá e Maria juntava um pouco da hera que crescia perto dos bancos de pedra, Oskar ficou independente e não tardou a encontrar-se entre as árvores da Hindenburgsallee. Que movimento!

Os tanques que se retiravam das colinas e do delta rebocavam-se uns aos outros. Das árvores — tílias, se bem me lembro — pendiam reservistas do Volkssturm e soldados. Em duas jaquetas estavam afixados cartazes mais ou menos legíveis que os identificavam como traidores. Fitei a cara convulsa de vários dos enforcados e estabeleci comparações de ordem geral, depois mais particulares, com o verdureiro Greff. Vi também uma porção de rapazes pendurados em uniformes que lhes ficavam grandes demais e por mais de uma vez pensei reconhecer Störtebeker — mas todos os rapazes enforcados se parecem. Ainda assim, disse comigo mesmo: Bem, agora que enforcaram Störtebeker, será que não passaram também a corda no pescoço de Luzie Rennwand?

Este pensamento deu asas a Oskar. Perscrutou todas as árvores à direita e à esquerda em busca de uma moça magra pendurada e atreveu-se mesmo a passar, por entre os tanques, para o outro lado da avenida; mas tampouco aqui encontrou mais que velhos reservistas do Volkssturm, soldados e rapazes parecidos com Störtebeker. Decepcionado, percorri a avenida até a altura do Café das Quatro Estações, que estava meio destruído, e, a contragosto, bati em retirada. Enquanto ajudava Maria a espalhar hera e folhas secas sobre a tumba de mamãe Truczinski, de minha cabeça não saía a imagem clara e precisa de uma Luzie enforcada.

Não devolvemos o carrinho de mão à mercearia. Matzerath e o velho Heilandt desarmaram-no e encostaram ao balcão as diversas peças, pois, como explicou Matzerath enfiando três maços de cigarros Derby no bolso do velho, ali ele estava seguro e ainda podia vir a ser útil.

O velho Heilandt não disse nada, pegou apenas nas prateleiras quase vazias alguns pacotes de macarrão e dois saquinhos de açúcar; depois saiu, arrastando as chinelas de feltro que usara também durante o enterro, deixando Matzerath à vontade para trasladar para a adega os poucos artigos que ainda restavam nas prateleiras.

Quase que a gente não ia saindo daquele buraco. Dizia-se que os russos estavam já em Zigankenberg, Pietzgendorf e Schidlitz. Em todo caso deviam ter ocupado as colinas, porque sua artilharia caía sobre a cidade. O centro da cidade, a cidade velha, os subúrbios, a cidade nova, o bairro moderno e a cidade baixa, nos quais se construíra durante setecentos anos, arderam em três dias. Em verdade, este não era o primeiro incêndio da cidade de Dantzig. Já anteriormente os pomeranos, os brandenburgueses, os cavaleiros teutônicos, os poloneses, os suecos, outra vez os suecos, os franceses, os prussianos, os russos e inclusive os saxões haviam, ao fazer a História, considerado a cidade digna de ser incendiada com intervalo de poucas décadas. E agora eram os russos, os poloneses, os alemães e os ingleses, todos juntos, que cozinhavam pela centésima vez os tijolos góticos da cidade. Arderam a rua dos Ganchos, a Langgasse, a Breitgasse, a grande e a pequena rua dos Tecelões, a rua dos Cachorros, a Tobiasgasse, o passeio da cidade velha, o do subúrbio, as muralhas e a ponte Comprida. A porta da Grua era de madeira e ardeu de forma particularmente espetacular. Na rua dos Alfaiates o fogo tirou medidas para várias e deslumbrantes calças. A igreja de Nossa Senhora ardeu de dentro para fora e, através de suas ogivas góticas, mostrou uma iluminação festiva. Os sinos que ainda não tinham sido tirados das igrejas de Santa Catarina, São João, Santa Brígida, Santa Bárbara, Santa Isabel, São Pedro, São Paulo, da Trindade e do Divino Corpo fundiram-se em seus campanários e gotejaram sem tom nem som. No moinho Grande moeu-se trigo vermelho. Na rua dos Açougueiros o assado dominical queimou. O teatro Municipal levava *Sonhos de um incendiário*, peça em um só ato, mas de duplo sentido. A Câmara Municipal, depois do incêndio, concedeu aos bombeiros um aumento de salário de caráter retroativo. A rua do Espírito Santo ardeu em nome dele. Com humildade franciscana se queimou o convento de São Francisco, que amou o fogo e cantou-lhe hinos. A rua das Damas inflamou-se pelo Pai e pelo Filho ao mesmo tempo. Inútil dizer que arderam os mercados da Madeira, do Carvão e do Feno. Na rua dos Padeiros, os pãezinhos não chegaram a sair do forno. Na rua dos Leiteiros o leite ferveu demais e derramou. O único edifício que, por razões puramente simbólicas, se recusou a arder foi o da Companhia de Seguros contra Incêndios da Prússia Ocidental.

Oskar nunca foi grande fã de incêndios. Assim, quando Matzerath subiu correndo as escadas para contemplar do sótão a cidade em chamas, eu teria tranquilamente ficado na adega, se não me tivesse lembrado que meus escassos e combustíveis bens estavam levianamente guardados no sótão. Era preciso salvar o último dos tambores que me restara do Teatro de Campanha, meu Goethe-Rasputin e, mais importante ainda, um leque tênue como um hálito e delicadamente pintado que minha Roswitha agitara graciosamente em vida e que guardava agora entre as páginas do livro. Maria ficou na adega. O pequeno Kurt, no entanto, quis subir ao telhado para ver o incêndio, e se aquela capacidade inesgotável de sentir entusiasmo que meu filho mostrava, por um lado me aborreceu, por outro fez-me pensar que a culpa era dos genes de seu bisavô, e meu avô, Koljaiczek, o incendiário. Maria, porém, não o deixou subir e eu fui sozinho com Matzerath. Apanhei então meus pertences, lancei um olhar pela janela do secador de roupa e tive de maravilhar-me com a esfuziante energia de que nossa antiga e venerável cidade estava dando provas.

Abandonamos o sótão quando algumas granadas começaram a cair perto. Mais tarde Matzerath quis subir de novo, mas Maria não permitiu. Foi então que ele desatou em lágrimas e se pôs a descrever detalhe por detalhe do incêndio à viúva Greff, que permanecera na adega. Ainda subiu ao apartamento e ligou o rádio, mas já não se ouvia nada, nem sequer o crepitar da emissora em chamas, quanto mais um comunicado especial.

Tremendo como um menino que não sabe se deve continuar acreditando em Papai Noel, Matzerath estava plantado no meio da adega, agarrando-se aos postes e exteriorizando pela primeira vez dúvidas quanto à vitória final. A conselho da viúva Greff, arrancou a insígnia do Partido, mas depois não sabia o que fazer com ela, já que o piso da adega era de cimento e Lina Greff não a queria. Maria sugeriu que a enterrasse entre as batatas, mas Matzerath não achava as batatas bastante seguras e já não se atrevia a subir, porque eles não tardariam a chegar, se é que não estavam já ali; do sótão já os tínhamos visto lutar em Brenntau e Oliva. Uma e outra vez se lamentou de não ter deixado aquele bombom lá em cima, na areia da defesa antiaérea, porque se eles o encontravam ali embaixo com o bombom na mão... E nisso deixou-o cair no cimento e quis dar uma de bruto e pôr-lhe o pé em cima; mas já o pequeno Kurt e eu nos precipitávamos sobre ele, e eu o peguei primeiro e me fiz forte, porque o pequeno Kurt me batia, como batia sempre que queria alguma coisa. Não dei a insígnia a meu filho, não queria comprometê-lo, que os russos não estão para brincadeiras, coisa que Oskar aprendera muito bem em seu Rasputin. E assim, enquanto o pequeno me batia e Maria tentava nos separar, pensava eu se seriam russos-brancos ou russos altos, cossacos ou georgianos, calmucos ou tártaros da Crimeia, rutênios ou ucranianos, quem sabe até quirguizes, os que encontrariam o emblema do Partido de Matzerath entre as mãos do pequeno Kurt, no caso de Oskar ceder aos golpes de seu filho.

Quando Maria, com auxílio da viúva Greff, conseguiu nos separar, eu continuava vitoriosamente com o bombom bem seguro em minha mão esquerda. Matzerath estava feliz por se ter desembaraçado de sua condecoração. Maria tentava calar o pequeno Kurt, que berrava. O alfinete aberto picava-me a palma da mão. Eu continuava, como antes, incapaz de encontrar interesse algum naquela coisa. Dispunha-me precisamente a prendê-lo nas costas de Matzerath — sim, porque eu nada tinha a ver com o Partido — quando eles chegaram à loja e, a julgar pelos gritos das mulheres, muito provavelmente também às adegas dos vizinhos.

Quando levantaram o alçapão, o alfinete ainda me picava. Que podia eu fazer senão sentar-me no chão diante dos joelhos trêmulos de Maria e contemplar as formigas, cuja trilha começava nas batatas, cruzava a adega em diagonal e terminava em um saco de açúcar? Russos típicos, de raça não muito pura, pensei comigo assim que eles, em número de seis, apareceram no alto da escada olhando-nos por cima das metralhadoras. Em meio àquela gritaria era tranquilizador que as formigas não se deixassem impressionar pela aparição do exército russo. Elas só pensavam nas batatas e no açúcar, enquanto para os homens das metralhadoras outras conquistas eram prioritárias. Pareceu-me normal que os adultos levantassem as mãos. A gente sabia disso pelos jornais da tela e assim fora quando da defesa do correio polonês. Mas foi para mim incompreensível que o pequeno Kurt se pusesse a imitar os adultos. Ele deveria ter seguido meu exemplo, o exemplo de seu pai; ou, se não o de seu pai, o das formigas. Como três dos uniformes quadrados se entusiasmassem rapidamente com a viúva Greff, um certo movimento animou a adega. Lina Greff, que depois de uma viuvez e um jejum tão prolongados jamais poderia ter esperado tamanha popularidade, gritou a princípio de pura surpresa, mas depressa se acostumou a uma posição que já tinha quase esquecido.

Eu havia lido em Rasputin que os russos amam as crianças. Tive, em nossa adega, oportunidade de comprová-lo. Maria tremia sem razão, não conseguia compreender por que os quatro que não estavam ocupados com Lina Greff permitiam que o pequeno Kurt ficasse sentado em seu regaço, em vez de irem revezar-se; porque, em vez disso, eles acariciavam o menino e lhe diziam dadadá e também acariciavam o cabelo dela.

Uns braços me levantaram e a meu tambor, impedindo-me de continuar observando as formigas e de medir o passar do tempo pelo trabalho delas. O tambor pendia sobre minha barriga e aquele homenzarrão de poros dilatados pôs-se a tamborilar nada mal para um adulto alguns compassos ao som dos quais se poderia dançar. De boa vontade teria Oskar correspondido e tocado algumas de suas peças mais brilhantes, mas não podia, porque o emblema do Partido ainda lhe picava a palma da mão.

Uma atmosfera pacífica e familiar instalou-se em nossa adega. Lina Greff, cada vez mais silenciosa, suportara sucessivamente três daqueles tipos; quando um deles se deu por satisfeito, o que me tinha no colo e tocava tambor com tanta perícia me passou para outro, digamos, um calmuco, que suava e tinha olhos ligeiramente oblíquos. Este segurou-me com a mão esquerda e abotoava as calças com a direita, enquanto seu sucessor, o tambor, fazia exatamente o contrário. Apenas para Matzerath a situação não oferecia variedade alguma. Continuava em pé ao lado das prateleiras onde estavam as latas de salada de Leipzig, com as mãos ao alto mostrando todas as linhas da sua palma, que ninguém parecia disposto a ler. As mulheres, entretanto, mostravam uma surpreendente capacidade de adaptação; Maria aprendia as primeiras palavras de russo, os seus joelhos tremiam mais, deixava de vez em quando ouvir sua risada e teria inclusive tocado sua gaita, se no momento a tivesse à mão.

Oskar, menos volúvel, procurava alguma coisa que substituísse as formigas, e concentrou a atenção em uns animaizinhos achatados e cinzentos que passeavam pela borda do pescoço de meu calmuco. Tinha vontade de agarrar um daqueles piolhos para observá-lo detidamente, já que também eles eram mencionados em meu livro, se bem que não tanto em Goethe como em Rasputin. Como, porém, me era difícil catá-los com uma só mão, decidi desembaraçar-me da insígnia do Partido. À guisa de explicações, informa Oskar: o calmuco já tinha diversas condecorações coladas no peito, portanto estendi a Matzerath, que se achava a meu lado, a mão fechada com o bombom que me picava e me impedia de caçar os piolhos.

Pode-se dizer agora que eu não devia ter feito isso. Mas também é possível replicar que Matzerath não tinha por que ter estendido a mão.

O caso é que a estendeu. E que eu me desembaracei do bombom. Com o emblema do Partido entre os dedos, Matzerath foi sendo invadido pelo terror. Quanto a mim, já com as mãos livres, não quis ser testemunha do que Matzerath pudesse fazer com o bombom. Preocupado demais para catar piolhos, Oskar tentou concentrar-se de novo nas formigas, mas não pôde deixar de perceber um movimento da mão de Matzerath. Incapaz de recordar o que pensei nessa altura, o que em retrospecto posso dizer é que teria sido mais sensato guardar aquela coisa colorida e redonda na mão fechada.

Ele, porém, estava desesperado para se ver livre dela e, apesar da rica imaginação que demonstrara como cozinheiro e decorador de vitrines de mercearia, foi incapaz de encontrar esconderijo melhor que sua cavidade bucal.

A importância de que pode revestir-se um simples movimento de mão! Da mão à boca: isto foi suficiente para assustar os dois Ivans sentados à direita e à esquerda de Maria e para fazê-los levantar de um salto. De pé, apontaram suas metralhadoras para a barriga de Matzerath e toda a gente pôde ver que este tentava engolir alguma coisa.

Se pelo menos tivesse se lembrado de fechar antes o alfinete do prendedor! Assim, o bombom rebelde engasgou-o; ele ficou vermelho, os olhos incharam-lhe; tossia, chorava e ria ao mesmo tempo e com tantas excitações simultâneas já não conseguia manter as mãos ao alto. E isto os Ivans não puderam tolerar; gritavam e queriam ver novamente as suas palmas. Matzerath, contudo, só podia atender a seus órgãos respiratórios, era já incapaz de tossir devidamente e começou a dançar e a mover os braços e depressa caíram da prateleira algumas latas da salada de Leipzig, o que fez com que meu calmuco, até aqui um impassível espectador, me pousasse cuidadosamente no chão para pegar alguma coisa atrás das costas, colocasse algo em posição horizontal e disparasse da cadeira, esvaziando um carregador inteiro, antes que Matzerath acabasse de sufocar.

Que coisas estranhas a gente faz quando o Destino aparece em cena! Enquanto meu pai presuntivo engolia o Partido e morria, eu, involuntariamente e sem me dar conta do que estava fazendo, esmagava entre meus dedos um piolho que acabara de catar no calmuco. Matzerath desabara e cortava agora perpendicularmente a trilha das formigas. Os Ivans abandonaram a adega pela porta da loja, levando alguns sacos de mel artificial. Meu calmuco foi o último a retirar-se e não levou nenhum mel, porque estava ocupado carregando sua metralhadora. A viúva Greff jazia escancarada e de lado entre as caixas de margarina. Maria apertava contra o peito o pequeno Kurt, com tanta força que parecia querer sufocá-lo. Passou-me pela cabeça uma frase de Goethe. As formigas enfrentavam uma situação de emergência, mas não se deixaram desanimar pelo rodeio e depressa traçaram outra trilha estratégica, que contornava o encolhido Matzerath; porque o açúcar que escorria do saco rebentado não perdera nem um pouco de sua doçura durante a ocupação da cidade de Dantzig pelo exército do marechal Rokossowski.

Devo ou não devo?

Primeiro vieram os rúgios, depois os godos e gépidas e a seguir os caxúbios, dos quais Oskar descende em linha direta. Mais tarde, os poloneses enviaram Adalberto de Praga. Este veio com a cruz, e os caxúbios e borussos mataram-no com o machado. Isto teve lugar em uma aldeia de pescadores; a aldeia chamava-se Gyddanyzc. De Gyddanyzc fizeram Danczik, Danczik tornou-se Dantzig,* que depois se passou a escrever Danzig e hoje a cidade chama-se Danzig Gdansk.

Mas, claro, antes de chegar a esta forma ortográfica vieram, depois dos caxúbios, os duques de Pomerélia. Estes ostentavam nomes como Subislaus, Sambor, Mestwin e Swantopolk. A aldeia tornou-se uma pequena cidade. Então vieram os ferozes borussos e destruíram um pouco da cidade. E depois os longínquos brandenburgueses, que a destruíram um pouco mais. Também Boleslaw da Polônia quis destruir um pouquinho e os cavaleiros teutônicos fizeram igualmente questão de que os danos apenas reparados voltassem a se fazer presentes sob suas espadas.

Nesse jogo de demolição e construção foram se revezando durante vários séculos os duques de Pomerélia, os grão-mestres teutônicos, os reis e antirreis da Polônia, os condes de Brandenburg e os bispos de Wloclawek. Os arquitetos e empresários da demolição foram: Otto e Waldemar, Bogussa, Heinrich von Plotzke e Dietrich von Altenberg, que construiu o castelo dos cavaleiros teutônicos no lugar onde haveria de ser a praça Hevelius, em que no século XX teve lugar a defesa do correio polonês.

Vieram então os hussitas, que acenderam uma fogueirinha aqui e outra acolá e se retiraram. Os cavaleiros teutônicos foram expulsos e o seu castelo destruído, porque não se queriam castelos na cidade. Esta tornou-se a essa altura polonesa, o que não lhe fez mal nenhum. O rei que conseguiu esta transformação chamava-se Kazimierz, foi apelidado de o Grande e era filho do primeiro Wladyslaw. Logo veio Louis da Hungria e, depois dele, sua filha Jadwiga, que casou com Jagiello da Lituânia, fundador da dinastia dos Jagiellos. A Wladyslaw II sucedeu Wladyslaw III, e a este um outro Kazimierz, homem não

---
* Grafia adotada, aliás, no texto da presente tradução.

muito entusiasta que além disso dissipou o dinheiro dos bons mercadores de Dantzig em uma luta contra os cavaleiros teutônicos que durou 13 anos. Johann Albrecht, porém, teve de se haver com os turcos. A Alexander seguiu-se Sigismund, o Velho, aliás, Zygmunt Stary. O capítulo relativo a Sigismund August é seguido pelo de Stefan Batory, de quem os transatlânticos poloneses tomam o nome. Este sitiou e bombardeou a cidade por algum tempo — assim está escrito —, mas não conseguiu conquistá-la. Os suecos chegaram a seguir e fizeram o mesmo. Estes, aliás, gostaram tanto de sitiar a cidade que repetiram várias vezes a façanha. Naquela época a baía de Dantzig era tão atraente para ingleses, holandeses e dinamarqueses que vários destes capitães, pelo simples fato de passearem em frente ao ancoradouro, conseguiram se transformar em heróis do mar.

A paz de Oliva! Como isto soa bonito e pacífico! Pela primeira vez as grandes potências se dão conta de que a terra dos poloneses se presta admiravelmente à divisão. Suecos, suecos e mais suecos: redutos suecos, bebida sueca, forcas suecas. Depois vieram os russos e os saxões, porque o pobre rei da Polônia, Stanislaw Leszczynski, estava escondido na cidade. Por conta desse único rei foram destruídas 1.800 casas, e quando o pobre Leszczynski fugiu para a França, porque lá vivia seu genro Louis, os burgueses da cidade tiveram de soltar quase um milhão.

Então a Polônia foi dividida em três partes. Chegaram os prussianos, sem que ninguém os tivesse convidado, e desandaram a pintar todas as portas da cidade com seu pássaro, cobrindo a águia polonesa. O professor primário Johannes Falk acabara de compor seu famoso hino de Natal "O Du fröhliche..." quando os franceses entraram na cidade. O general de Napoleão chamava-se Rapp e rapinou ao povo de Dantzig mais de vinte milhões de francos, depois de cerco lamentável. Que a intervenção francesa foi algo terrível é coisa de que não se deve duvidar. Felizmente só durou sete anos. Depois entraram os russos e os prussianos e tocaram fogo na ilha Speicher. Isto foi o fim do Estado livre concebido por Napoleão, e uma nova oportunidade para os prussianos pintarem seu pássaro em todas as portas da cidade, o que fizeram escrupulosamente e no melhor estilo prussiano, que aliás também empregaram para estabelecer na cidade o 4º regimento de granadeiros, a 1ª Brigada de Artilharia, o 1º Batalhão de Sapadores e o 1º Regimento de Hussardos. O 30º Regimento de Infantaria, o

18º de infantaria, o 30º da Guarda a Pé, o 44º de Infantaria e o 33º de Fuzileiros mantiveram-se na cidade apenas provisoriamente. O famoso Regimento de Infantaria de número 128, no entanto, só deixou Dantzig em 1920. Para não omitir nada, digamos ainda que durante a dominação prussiana a 1ª Brigada de Artilharia se subdividiu em Seção Primeira de Cerco e Seção Segunda a Pé, formando ambas as seções o Regimento número 1 de Artilharia da Prússia Oriental. Junte-se a estes o Regimento de Artilharia a Pé número 2 da Pomerânia, que mais tarde foi substituído pelo regimento de artilharia a pé número 16 da Prússia Ocidental. Ao primeiro Regimento de Hussardos da Guarda seguiu-se o segundo Regimento de Hussardos da Guarda. O 8º Regimento de Ulanos, porém, permaneceu muito pouco tempo na cidade. Em compensação, aquartelou-se fora dos muros, no subúrbio de Langfuhr, o 17º Batalhão de Trem da Prússia Ocidental.

Nos dias de Rauschning, Burckhardt e Greiser, a autoridade germânica era representada no Estado livre apenas pela polícia verde de segurança. Em 39, sob Forster, tudo mudou. Os quartéis de tijolos voltaram a encher-se de alegres rapazes uniformizados que riam e faziam malabarismos com toda espécie de armas. Poder-se-ia agora enumerar os nomes de todas aquelas unidades que, de 39 a 45, tiveram sede em Dantzig e em seus arredores ou aqui embarcaram com destino ao front do Ártico; mas Oskar prefere poupá-los e dizer simplesmente: a seguir veio, como acabamos de ver, o marechal Rokossowski, que, ao contemplar a cidade intacta, recordou-se de seus predecessores internacionais e começou por incendiar tudo, para que os que viessem depois pudessem gastar suas energias reconstruindo-a.

O curioso é que dessa vez, depois dos russos, não vieram nem prussianos, nem suecos, nem saxões, nem franceses: vieram os poloneses.

Poloneses de Vilna Bialistok e Lemberg chegaram com armas e bagagens, procurando um lugar para morar. À nossa casa chegou um senhor que se chamava Fajngold e era sozinho, ainda que se comportasse sempre como se o rodeasse uma família de vários membros e ele tivesse de dirigir a todos. O sr. Fajngold encarregou-se imediatamente da mercearia e foi mostrando a sua mulher, Luba, que permanecia invisível e muda, a balança decimal, o tanque de querosene, a barra de latão para pendurar linguiças, a caixa registradora vazia e, com grande júbilo, as provisões da adega. Maria foi logo contratada como balconista e loquazmente apresentada a sua imaginária esposa, depois do que ela se decidiu a mostrar ao sr. Fajngold o nosso Matzerath, que há três dias jazia na adega debaixo de uma lona; não tínhamos podido enterrá-lo, porque as ruas estavam cheias de soldados russos que andavam experimentando bicicletas, máquinas de costura e mulheres.

Quando o sr. Fajngold viu o cadáver, que tínhamos virado de costas, levou as mãos à cabeça da mesma forma que anos antes Oskar vira Sigismund Markus fazer. Chamou para a adega não só a sra. Luba, como também toda sua família e não há dúvida de que os via chegando, porque dizia Luba, Lew, Jakub, Berek, Leon, Mendel e Zonja, e explicava a todos quem era aquele que ali jazia morto. E depois explicou-nos que todos aqueles que acabava de invocar, e mais sua cunhada e o marido de sua cunhada que tinham cinco filhos, todos eles tinham jazido exatamente da mesma forma antes de irem para os fornos de Treblinka e que só ele, o sr. Fajngold, não tinha jazido, porque tinha de espalhar cal sobre eles.

Depois ajudou-nos a transportar Matzerath para a loja e parece que foi novamente cercado por toda sua família, porque rogava a sua esposa, Luba, que ajudasse Maria a lavar o cadáver. Ela, porém, não ajudou; o que também não preocupou muito o sr. Fajngold, ocupado que estava em transportar as provisões da adega para a loja. Tampouco veio Lina Greff, que já lavara mamãe Truczinski, oferecer seus serviços, porque tinha a casa cheia de russos; a gente os ouvia cantar.

O velho Heilandt, que desde os primeiros dias da ocupação arranjara trabalho como sapateiro e pregava agora solas em botas russas que haviam se esburacado durante a ofensiva, negou-se a princípio a atuar como carpinteiro funerário. Mas quando o sr. Fajngold o trouxe até a loja e lhe ofereceu cigarros Derby em troca de um motor elétrico que ele tinha em sua oficina, o velho Heilandt deixou imediatamente as botas de lado e foi buscar ferramentas e suas últimas tábuas.

Morávamos então, antes que também dali nos expulsassem e o sr. Fajngold nos cedesse a adega, no apartamento de mamãe Truczinski, que vizinhos e poloneses imigrados tinham saqueado. O velho Heilandt tirou dos gonzos a porta que separava a cozinha da sala, porque a que ficava entre a sala e o quarto já fora usada para o caixão de mamãe Truczinski, e armou o caixão no pátio, fumando cigarros Derby. Nós ficamos em cima e eu peguei a única cadeira que tinham nos deixado, abri a janela de vidros partidos e tive de me aborrecer com o velho, pois este pregava a caixa sem o menor cuidado e esquecendo-se de estreitá-la em direção aos pés, como é devido a qualquer caixão que se preze.

Oskar não voltou a ver Matzerath, porque, quando o caixão foi colocado sobre o carrinho da viúva Greff, a tampa feita de caixas de Margarina Vitello estava já pregada, ainda que em vida Matzerath nunca a tivesse comido e chegasse até a proscrevê-la da cozinha.

Maria rogou ao sr. Fajngold que a acompanhasse, porque tinha medo dos soldados russos que andavam soltos pelas ruas. Fajngold, que estava sentado no balcão com as pernas encolhidas e comia colheradas de mel artificial de um copo de papelão, a princípio opôs certa resistência; tinha medo de despertar suspeitas em sua mulher, Luba; mas é de crer que esta acabou por dar sua permissão, pois ele deslizou do balcão, passou-me o copo de mel artificial, eu entreguei-o ao pequeno Kurt, que o liquidou sem deixar vestígio, e o sr. Fajngold, ajudado por Maria, enfiou um comprido casaco preto adornado por uma pele de coelho cinzenta. Antes de fechar a loja, pedindo encarecidamente a sua mulher que não abrisse para ninguém, ainda enterrou na cabeça uma cartola que lhe ficava pequena demais, porque era a que Matzerath usara para vários casamentos e funerais.

O velho Heilandt recusou-se a empurrar o carrinho até os cemitérios municipais. Disse que tinha ainda muitas solas para pregar e que o serviço era urgente. Na praça Max Halbe, onde as ruínas ainda fumegavam, virou à esquerda para o Brösener Weg e eu supus que íamos para Saspe. Defronte das casas, os russos aqueciam-se ao tênue sol de fevereiro, e aproveitavam para separar relógios de pulso de relógios de bolso, polir colheres de prata com areia e esquentar as orelhas com sutiãs. Outros praticavam exercícios acrobáticos de bicicletas em uma pista montada com quadros a óleo, relógios de parede, banheiras, rádios e cabides, entre os quais pedalavam fazendo "oitos", caracóis e espirais, ao mesmo tempo em que se desviavam impavidamente de objetos tais como carrinhos de criança e luminárias de teto, que lhes eram atirados de janelas próximas; suas habilidades eram saudadas com exclamações. À nossa passagem as brincadeiras eram interrompidas por alguns segundos, e uns soldados, com os uniformes enfeitados por roupa íntima de mulher, quiseram ajudar a empurrar o carrinho e tentaram se meter com Maria, mas o sr. Fajngold, que falava russo e exibia um salvo-conduto, chamou-os à ordem. Um outro, que usava um chapéu feminino, ofereceu-nos um periquito empoleirado na barra da gaiola. O pequeno Kurt, que ia trotando a nosso lado, tentou logo agarrar-lhe as penas coloridas e, é claro, arrancá-las, mas Maria, que não se atrevera a recusar o presente, pôs a gaiola sobre o carrinho, fora do alcance de Kurt e a meu lado. Já Oskar, que achava que o pássaro tinha demasiadas cores, colocou a gaiola sobre a caixa de margarina aumentada para Matzerath. Eu estava sentado atrás, com as pernas bamboleando, e observava a cara do sr. Fajngold, a quem as rugas e os pensamentos davam um ar de mau humor, como se estivesse fazendo mentalmente um cálculo complicado que não conseguia acertar.

Resolvi então tocar um pouco meu tambor, para alegrar e afastar os negros pensamentos do sr. Fajngold. Este conservou, no entanto, suas rugas e tinha o olhar perdido não sei onde, talvez na longínqua Galícia, e a única coisa que não via era meu tambor. Oskar desistiu e não se ouviu senão o ranger das rodas do carrinho e os soluços de Maria.

Que inverno suave!, pensava eu quando deixamos para trás as últimas casas de Langfuhr; e pus-me a observar o periquito, que alisava as penas ao sol do entardecer sobre o aeroporto.

O aeroporto estava cercado de sentinelas, o Brösener Weg interditado. Um oficial conversou com o sr. Fajngold, que tirou a cartola para a ocasião e deixou flutuar ao vento seu cabelo escasso e arruivado. O oficial deu umas pancadinhas no caixão, como que para certificar-se de seu conteúdo, cutucou o periquito com os dedos e acabou por nos deixar passar, porém escoltados ou vigiados por dois rapazes, que teriam no máximo 16 anos e ostentavam boinas pequenas demais e metralhadoras grandes demais.

O velho Heilandt continuava empurrando, e não se voltou para trás nem uma só vez. Conseguia também ir acendendo os cigarros com uma só mão, enquanto com a outra, e sem diminuir a marcha, continuava empurrando. No ar havia aviões. Os motores podiam se ouvir perfeitamente, porque estávamos em fins de fevereiro, princípios de março. Somente perto do sol havia umas nuvenzinhas que lentamente foram se colorindo. Os bombardeiros voavam para Hela ou regressavam da península, onde lutavam ainda restos do Segundo Exército.

O tempo e o zunido dos aviões me entristeciam. Não há nada mais maçante ou desanimador do que um céu de março sem nuvens em que zunem ou depois deixam de zumbir aviões. Para piorar ainda mais as coisas, durante todo o trajeto os dois jovens russos foram incapazes de acertar o passo, por mais que o tentassem.

A viagem, primeiro sobre paralelepípedos e depois sobre o asfalto esburacado pelos combates, tinha provavelmente afrouxado algumas das tábuas da caixa improvisada, e como, além disso, tínhamos o vento pela frente, o caso é que começava a cheirar a Matzerath morto e Oskar alegrou-se quando chegamos ao cemitério de Saspe.

Não pudemos levar o carrinho até o portão de ferro forjado, porque a estrada estava bloqueada, pouco antes de se chegar ao cemitério, por um T-34 queimado que ficara atravessado. Em seu avanço em direção a Neufahrwasser, os carros blindados tinham feito o desvio, e havia agora marcas de rodas na areia à esquerda da estrada e uma parte do muro do cemitério fora arrancada. O sr. Fajngold pediu ao velho Heilandt que segurasse a parte de trás, e carregaram o caixão, um pouco abaulado no centro pelos rastros dos tanques e depois, com certa dificuldade, por sobre os escombros do muro do cemitério até chegar, usando suas últimas forças, em meio às lápides caídas ou prestes a cair. O velho Heilandt fumava seu cigarro com avidez e soprava a fumaça no sentido dos pés do caixão. Eu levava a gaiola com o periquito empoleirado. Maria arrastava atrás de si duas pás. O pequeno Kurt carregava, ou melhor, brandia para a direita e para a esquerda uma picareta e batia com ela no granito cinza do cemitério pondo em perigo sua própria vida, até que Maria a pegou e, forte como era, ajudou os dois homens a cavar.

Ainda bem que aqui o terreno é arenoso e não gelado, pensei comigo, enquanto procurava atrás do muro o lugar de Jan Bronski. Podia ter sido aqui, ou um pouco mais para a frente, não se podia saber com precisão, porque as mudanças de estação tinham transformado o branco indiscreto de outrora em um cinza igual ao de todo o muro de Saspe.

Regressei pelo portão de trás, olhei para o cimo dos pinheiros raquíticos e pensei, para não me enredar em coisas mais transcendentais: então agora é Matzerath quem está sendo enterrado aqui. E encontrei um certo sentido no fato de os dois companheiros de *skat* repousarem sob a mesma areia, mesmo não tendo ali minha pobre mamãe para lhes fazer companhia.

Os enterros sempre nos lembram outros enterros.

O terreno arenoso resistia, pedindo, sem dúvida, coveiros mais experientes. Maria fez uma pausa, encostando-se arquejante à picareta, e desatou de novo a chorar ao ver que o pequeno Kurt atirava de longe pedras no periquito na gaiola. Kurt não acertava, porque estava longe demais, Maria chorava estrepitosamente e com sinceridade, porque perdera Matzerath e porque vira em Matzerath alguma coisa que, em minha opinião, ele não tinha, mas que para ela seria para sempre real e digna de seu amor. Tentando consolá-la, o sr. Fajngold aproveitou a oportunidade para fazer uma pausa, porque aquele trabalho era demais para ele. O velho Heilandt parecia procurar ouro, de tal forma manejava a pá com regularidade, jogava a terra para trás e expelia, também a intervalos regulares, a fumaça de seu cigarro. Os dois jovens russos estavam sentados a certa distância de nós e conversavam contra o vento. Lá em cima, só os aviões e um sol que amadurecia.

Já haviam cavado cerca de um metro. E ali estava Oskar, de pé, ocioso e desorientado, entre o velho granito e os pinheiros raquíticos, entre a viúva Matzerath e o pequeno Kurt, que não deixava o periquito em paz.

Devo ou não devo? Você já tem 21 anos, Oskar. Deve ou não deve? É um órfão. Devia, finalmente. Desde que sua pobre mamãe se foi que você é meio órfão. Já naquela altura devia ter se decidido. Logo a seguir depositaram sob a crosta da terra, bem na superfície desta, seu pai presuntivo, Jan Bronski. O que fez de você um órfão presuntivo completo; também então você estava aqui, sobre este mesmo areal que se chama Saspe, e tinha na mão um cartucho ligeiramente oxidado. Chovia e um Ju-52 se dispunha a aterrissar. E este "devo ou não devo?", será que não era mais audível a essa altura, se não no murmúrio da chuva, pelo menos no trepidar do avião de transporte que aterrissava? Você se desculpou, disse a si mesmo que era a chuva, o barulho dos motores: interpretações tão pouco inspiradas como essa encontram-se em qualquer texto. Mas está certo, você queria que as coisas fossem perfeitamente claras, não apenas presuntivas.

Devo ou não devo? Agora cavam um fosso para Matzerath, seu segundo pai presuntivo. Pelo que você sabe, já não há mais pais presuntivos. Então por que continua você fazendo malabarismos com duas garrafas de vidro verde: devo ou não devo? A quem mais quer perguntar? Aos pinheiros raquíticos, que têm eles mesmos tantas dúvidas?

E nisto achei uma pobre cruz de ferro fundido, com desenhos esmaecidos e letras gravadas. Lia-se: Mathilde Kunkel ou Runkel. E encontrei na areia — devo ou não devo? — entre os cardos e a aveia--doida — devo — três ou quatro coroas — não devo — de um metal ferrugento e do — devo — tamanho de um prato, que — não devo — deviam ter representado — devo — folhas de carvalho ou loureiro. Não devo. Sopesei-as, apontei para a extremidade superior da cruz, de uns quatro centímetros de diâmetro — devo —, impus a mim mesmo uma distância de dois metros — não — e lancei as coroas sem acertar. A cruz estava muito oblíqua — devo. Chamava-se Mathilde Kunkel, ou Runkel. Não sei se — devo — Kunkel, ou se — não devo — Runkel. Já era a sexta tentativa, eu estabelecera sete. Seis tentativas — não — e à sétima — devia. E acertei na cruz com a coroa, coroei Mathilde. Louros para a srta. Kunkel. Devo? — perguntei à jovem sra. Runkel. Sim — disse Mathilde. Morrera prematuramente, com 27 anos, tendo nascido em 68. E eu contava 21, quando acertei a sétima tentativa e transformei aquele "devo ou não devo?" em um "devo!" comprovado, coroado, simples e triunfante.

E quando Oskar, com o novo "devo!" na língua e no coração, se dirigia aos coveiros, o periquito gritou, porque o pequeno Kurt o atingira, e soltou umas penas amarelas e azuis; e eu me perguntei qual a dúvida que teria levado meu filho a apedrejar um periquito até que um tiro certeiro lhe respondesse.

Haviam empurrado o caixão até a borda do buraco de um metro e vinte de profundidade, aproximadamente. O velho Heilandt tinha pressa, mas foi obrigado a esperar, porque Maria rezava orações católicas, enquanto o sr. Fajngold apertava a cartola contra o peito e tinha os olhos postos na Galícia. O pequeno Kurt também se aproximou; depois de seu tiro certeiro, tinha provavelmente tomado uma decisão e, por motivos próprios mas tão decidido quanto eu, aproximava-se da sepultura.

Quanto a mim, a incerteza me atormentava. Afinal de contas quem se decidira a favor ou contra alguma coisa fora meu filho. Teria decidido amar em mim seu único e verdadeiro pai? Ou teria escolhido o tambor, agora que era tarde demais? Ou sua resolução seria: morra meu pai presuntivo Oskar que matou meu pai presuntivo Matzerath com uma insígnia do Partido só porque já estava cheio de pais? Será que também ele precisava do homicídio para expressar o carinho pueril que parecia ser desejável entre pais e filhos?

Enquanto o velho Heilandt mais deixava cair do que descia a caixa com Matzerath, que tinha na laringe a insígnia do Partido e na barriga a carga de uma metralhadora, Oskar confessava a si mesmo que o tinha matado deliberadamente porque, segundo todas as probabilidades, Matzerath não era somente seu pai presuntivo, mas também seu pai verdadeiro, e Oskar já estava farto de ter de carregar pela vida afora um pai.

E também não é verdade que o prendedor da insígnia já estivesse aberto quando eu agarrei o bombom no piso de cimento. Não, quem o abriu fui eu, enquanto o tinha escondido na mão. E dei a Matzerath o bombom renitente, pontiagudo e redondo para que achassem a insígnia nele, para que ele pusesse o Partido sobre a língua e se asfixiasse com ele: por causa do Partido, de mim, de seu filho. Porque esta situação não podia se prolongar indefinidamente.

O velho Heilandt começou a jogar terra com a pá. O pequeno Kurt tentava ajudá-lo e não sabia. Nunca amei Matzerath. Houve algumas ocasiões em que gostei um pouco dele. Cuidou de mim mais como um cozinheiro do que como um pai. Era um bom cozinheiro. E se hoje sinto algumas vezes falta dele, é mais de suas almôndegas à Königsberg, seus rins de porco ao molho de mostarda e suas carpas com creme de rabanetes, que sinto ainda entre a língua e os dentes, pratos como a sopa de enguias com legumes, as costeletas à Kassel com chucrute e os inesquecíveis assados dominicais. Esqueceram de pôr uma colher no caixão desse homem que transformava os sentimentos em sopas. Tinham esquecido de pôr no ataúde uma carta de *skat*. Cozinhava melhor do que jogava *skat*, e no entanto jogava melhor que Jan Bronski e quase tão bem quanto minha pobre mamãe. Esta foi sua força e sua tragédia. Nunca o perdoei por causa de Maria, ainda que ele a tratasse bem, nunca lhe batesse e, em caso de briga, fosse sempre o primeiro a ceder. Também não me entregou ao Ministério da Saúde do Reich e só assinou a carta quando o correio não estava sendo mais distribuído. Quando eu nasci, debaixo das lâmpadas me destinou ao comércio. Para não ter que ficar atrás do balcão, Oskar, durante mais de 17 anos, escondeu-se atrás de aproximadamente 120 tambores esmaltados de vermelho e branco. E agora Matzerath já não podia levantar-se. O velho Heilandt enterrava-o fumando seus cigarros Derby. Era esta a hora de Oskar assumir os negócios. Isso, porém, já fora feito pelo sr. Fajngold e sua numerosa família invisível. Eu herdara o restante: Maria, o pequeno Kurt e a responsabilidade por ambos.

Maria chorava e continuava rezando, sincera e catolicamente. O sr. Fajngold passeava pela Galícia ou tentava resolver cálculos complicados. O pequeno Kurt já dava mostras de cansaço, mas continuava cavando afanosamente. Sentados sobre o muro do cemitério, os dois rapazes russos iam tagarelando sem parar. O velho Heilandt, com regularidade e entre grunhidos, ia jogando pazadas de areia do cemitério de Saspe sobre as tábuas das caixas de margarina. Oskar pôde ler ainda três letras da palavra Vitello quando, deixando de dizer "devo ou não devo?" para pronunciar "é preciso", tirou o tambor do pescoço e jogou-o onde já havia areia suficiente para que ele não ressoasse. Atirei também as baquetas, que ficaram enterradas na areia. Tratava-se do tambor do tempo dos Espanadores e procedia da reserva do Teatro de Campanha. Fora Bebra quem me dera de presente aqueles instrumentos de lata. Que diria o mestre de meu ato? Jesus e um russo de poros dilatados, grande feito um armário, haviam tocado naquele tambor. Já não valia grande coisa. Mas quando uma pazada de areia lhe caiu em cima ainda ressoou. E à segunda continuou se fazendo ouvir. Mas à terceira já não respondeu e mostrava apenas um pedaço de esmalte branco, até que a areia o tapou inteiro: acumulava-se areia sobre o tambor, amontoava, crescia — e também eu comecei a crescer; uma forte hemorragia nasal foi o sintoma.

O pequeno Kurt foi o primeiro a notar o sangue. "Ele está sangrando, ele está sangrando!", gritou, trazendo de volta o sr. Fajngold, que continuava na Galícia, arrancando Maria às suas rezas e fazendo com que os dois rapazes russos, ainda sentados no muro conversando a olharem na direção de Brösen, levantassem por um momento, assustados, os olhos.

O velho Heilandt depositou a pá na areia, agarrou a picareta e apoiou o ferro preto-azulado contra minha nuca. O frescor produziu efeito; comecei a sangrar menos. O velho Heilandt voltou à sua faina e já não restava muita areia junto à cova quando deixei por completo de sangrar. O crescimento, porém, subsistia e se manifestava por um rumorejar, um estalar e um ranger interiores.

Quando o velho Heilandt terminou a tumba, pegou uma cruz de madeira meio apodrecida e já sem nenhuma inscrição e cravou-a sobre o túmulo fresco, aproximadamente entre a cabeça de Matzerath e meu tambor enterrado. A seguir disse "Pronto", levantou Oskar, que não podia caminhar, e iniciou a caminhada com ele no colo. Os demais, sem excluir os rapazes russos com suas metralhadoras, seguiram-no para fora do recinto do cemitério, por entre os escombros do muro e ao longo das marcas dos tanques até os trilhos do bonde onde o tanque ficara atravessado e o carrinho fora deixado. Voltando a cabeça, olhei para o cemitério de Saspe. Maria levava a gaiola com o periquito, o sr. Fajngold as ferramentas, o pequeno Kurt não levava nada e os dois russos de boinas pequenas demais levavam suas metralhadoras grandes demais; os abetos continuavam encurvados.

Da areia passamos ao asfalto. Sobre os restos do tanque estava sentado Leo Schugger. Sobre nós, aviões que vinham de Hela ou que iam para Hela. Leo Schugger tentava não sujar as luvas no T-34 incendiado. Do lado da torre de Zoppot o sol descia entre nuvenzinhas túrgidas.

A visão de Leo Schugger provocou o regozijo no velho Heilandt: "Olha só!", exclamou. "O mundo desaba, mas não consegue derrubar Leo Schugger!" E com a mão livre deu-lhe umas pancadinhas amistosas nas costas, sobre a casaca preta, explicando ao sr. Fajngold: "Este é o nosso Leo Schugger. Veio dar os pêsames e nos cumprimentar."

E assim era, com efeito. Leo fez suas luvas flutuarem e, babando como sempre, deu suas condolências a todos os presentes. "Viram o Senhor?", perguntava. "Viram o Senhor?" Mas ninguém o tinha visto. Maria lembrou-se, não sei por que, de lhe oferecer a gaiola com o periquito.

Quando Leo Schugger se aproximou de Oskar, que o velho Heilandt sentara no carrinho, sua cara pareceu se desfazer e o vento inflou sua casaca. As pernas começaram a dançar e, agitando o periquito na gaiola, pôs-se a gritar: "O Senhor, o Senhor! Olhem, aqui está o Senhor! Vejam como cresce!"

E assim dizendo, foi projetado no ar junto com a gaiola e desatou a correr e a voar e a dançar e a cambalear, caindo, volatilizando-se com o pássaro que guinchava, ele mesmo pássaro em pleno voo; e foi se revolteando no campo em direção a Rieselfelder, sua voz ouvindo-se ainda por entre as vozes das duas metralhadoras: "Ele cresce! Cresce!" E inclusive quando se voltaram a ouvir as metralhadoras, quando Oskar já se sentia cair por uma escada sem degraus e um desfalecimento crescente e avassalador o envolvia, ele continuava ouvindo o pássaro, a voz, o corvo. Leo anunciava ao mundo: "Ele cresce! Cresce! Cresce!"

Desinfetantes

A noite passada tive alguns sonhos fugazes. A coisa era como nos dias de visita, quando os amigos vêm me ver. Os sonhos sucediam-se à porta e partiam, depois de me terem contado o que os sonhos consideram digno de contar: histórias tolas cheias de repetições, monólogos a que infelizmente não se pode escapar, porque declamados de forma premente, insistente, com a mímica de péssimos atores. Quando tentei explicar as histórias a Bruno, durante o café da manhã, não encontrei jeito de me desfazer delas, pois esquecera tudo. Oskar carece de talento para sonhar.

Quando recolhia os restos do café da manhã, perguntei-lhe de passagem: "Meu caro Bruno, quanto meço exatamente?"

Bruno, pondo o pratinho de geleia sobre a xícara de café, mostrava-se preocupado: "Mas, sr. Matzerath, o senhor de novo não tocou na geleia!"

Bem, esta repreensão já conheço. Ouço-a sempre depois do café. Todas as manhãs Bruno me traz essa mancha de geleia de morangos para que eu a tape imediatamente com algum papel, com o jornal dobrado em forma de telhado. Porque não posso ver nem comer geleia. Eis por que eu rechacei a reprimenda de Bruno de forma tranquila mas categórica: "Já sabe, Bruno, o que penso a propósito de geleia: melhor me dizer quanto meço."

Bruno tem olhos de peixe morto. E quando tem de pensar lança ao teto esse olhar pré-histórico e fala quase sempre em tal direção; nessa manhã também se dirigiu ao teto, dizendo: "Mas é geleia de morango!" E não foi senão depois de uma pausa prolongada, durante a qual meu silêncio manteve de pé a pergunta acerca da estatura de Oskar, que Bruno, apartando o olhar do teto e fixando-o nas grades de minha cama, respondeu que eu media um metro e vinte e um centímetros.

—Você não quer, meu caro Bruno, por questão de método, voltar a me medir?

Sem desviar o olhar, Bruno tirou do bolso traseiro da calça um metro duplo, arrancou com força quase brutal a coberta de minha cama, cobriu-me a nudez com a camisa que tinha me arregaçado, desdobrou o metro amarelo que estava roto na altura de um e setenta e oito, aplicando-o ao comprido sobre meu corpo; verificou, agiu minuciosamente com as mãos, enquanto seu olhar continuava perdido na era dos sáurios, e, finalmente, fazendo com que se lesse o resultado, deixou o metro em repouso: "Ainda um metro e vinte e um centímetros!"

Por que fez tanto ruído ao fechar o metro e ao recolher o café da manhã? Será que minha medida não lhe agrada?

Logo que deixou o quarto com a bandeja do café e o metro cor de gema ao lado da geleia de morango de uma cor escandalosamente natural, Bruno colou uma vez mais, do corredor, seu olho no postigo e, antes de me deixar a sós com meu metro e vinte e um centímetros, seu olhar me fez sentir antediluviano.

De modo que essa é a altura de Oskar! Para um anão, um gnomo ou um liliputiano, é quase demais. Que altura atingia minha Roswitha, a Raguna, da sola do pé até o cocuruto? Que estatura soube conservar para si meu mestre Bebra, que descendia do príncipe Eugênio? Inclusive Kitty e Félix eu podia olhar hoje de cima, sendo que todos os que acabo de mencionar podiam outrora olhar para baixo e com certa inveja Oskar, que até os seus 21 anos mediu 94 centímetros.

Foi no enterro de Matzerath, no cemitério de Saspe, ao receber aquela pedra na nuca, que comecei a crescer.

Oskar disse: a pedra. Decido-me, por conseguinte, a completar o relato dos acontecimentos do cemitério.

Depois de descobrir, por meio de um jogozinho, que já não havia para mim nenhum "devo ou não devo?", mas somente um "devo, preciso, quero!", despojei-me do tambor, atirei-o com as baquetas na tumba de Matzerath, e resolvi crescer; experimentei simultaneamente um zumbido progressivo nos ouvidos, e foi só então que um seixo do tamanho de uma noz, lançado com a força de seus quatro anos e meio por meu filho Kurt, me bateu na nuca. Ainda que a pancada não me pegasse de surpresa — pois já suspeitava das intenções de meu filho —, nem por isso deixei de cair junto com o tambor na fossa de Matzerath. O velho Heilandt me tirou da cova com suas secas mãos de ancião, deixando lá dentro o tambor e as baquetas; quando meu nariz começou a sangrar, pôs-me a nuca contra o ferro da picareta. Como sabemos, a hemorragia cedeu rapidamente; o crescimento, em contrapartida, começou a progredir, se bem que de forma tão imperceptível que só Leo Schugger pôde percebê-lo e anunciá-lo, gritando e revoluteando como um pássaro alado.

E este é o complemento de informação, por demais supérfluo. Porque o crescimento começara já antes da pedrada e de minha queda na cova de Matzerath. Para Maria e o sr. Fajngold, todavia, não houve desde o princípio senão uma causa de meu crescimento, que chamavam de enfermidade: a pedrada na nuca e a queda na cova. Maria surrou o pequeno Kurt no próprio cemitério. Tive pena dele, porque bem podia ocorrer que houvesse atirado a pedra em mim para me ajudar a acelerar o crescimento. Pode ser que desejasse ter enfim um pai adulto ou, simplesmente, um sucedâneo de Matzerath, já que, em mim, jamais reconheceu e respeitou o pai.

Durante aquele crescimento que durou quase um ano, houve médicos suficientes, de um e outro sexo, que confirmaram a culpa da pedra e da malfadada queda, e que disseram e escreveram em minha história clínica: Oskar Matzerath é um Oskar disforme, porque recebeu uma pedrada na nuca et cetera et cetera.

Não seria demais recordar meu terceiro aniversário. Que diziam na realidade os adultos acerca da origem de minha própria história? Com a idade de três anos Oskar Matzerath caiu da escada da adega no piso de cimento. Essa queda interrompeu seu crescimento et cetera et cetera.

Pode-se reconhecer nessas explicações o compreensível afã humano de proceder à demonstração de todo milagre. Oskar tem de admitir que ele também investiga previamente todo milagre, antes de descartá-lo como fantasia indigna de crédito.

Ao regressar do cemitério de Saspe encontramos na casa de mamãe Truczinski novos inquilinos. Uma família polonesa de oito pessoas povoava a cozinha e os dois cômodos. Era gente amável que queria nos acolher até que encontrássemos outra coisa, mas o sr. Fajngold era contrário a semelhante amontoamento e queria nos ceder novamente o quarto de dormir, ficando provisoriamente com a sala de estar. Maria opôs-se, contudo, porque não considerava conveniente, estando viúva há pouco tempo, viver de maneira tão íntima com um senhor sozinho. O sr. Fajngold, que ainda não se apercebera que ao seu redor não havia sra. Luba nem família alguma e que sentia com frequência atrás de si a esposa enérgica, tinha motivos suficientes para compreender as razões de Maria. Pelo decoro e pela sra. Luba deixou estar a coisa, mas nos cedeu a adega. Ajudou-nos inclusive na arrumação dela, mas não quis aceitar que também eu me alojasse ali. Considerando que eu estava doente, lamentavelmente doente, instalaram uma cama de emergência na sala, ao lado do piano de minha pobre mamãe.

Encontrar médico era difícil. A maioria deles tinha abandonado a cidade em tempo, com os transportes de tropas, porque já em janeiro tinha-se enviado para o oeste a caixa do Fundo de Assistência Médica da Prússia Ocidental, com o que para muitos médicos o conceito de paciente tornara-se irreal. Depois de longa busca o sr. Fajngold descobriu na escola Helena Lange, onde os feridos da Wehrmacht e do exército Vermelho se amontoavam lado a lado, uma doutora de Elbing, que ali amputava. Prometeu passar e passou, de fato, depois de quatro dias; sentou-se à minha cabeceira, fumou, enquanto me examinava, três ou quatro cigarros e dormiu durante o quarto cigarro.

O sr. Fajngold não se atreveu a despertá-la. Maria cutucou-a timidamente. Mas a doutora não voltou a si até que o cigarro, que ia queimando, lhe chamuscasse o indicador esquerdo. Aí levantou-se imediatamente, pisou a bagagem sobre o tapete e disse, de forma breve e irritadiça: "Perdoem-me. Não preguei o olho nas últimas três semanas. Estive em Käsemark com o transporte de crianças da Prússia Oriental. Mas não pudemos utilizar as balsas de travessia, reservadas para a tropa. Eram umas quatro mil. Todas morreram." Ato contínuo, acariciou-me a crescente bochecha infantil com a mesma superficialidade com que havia mencionado as crianças que tinham morrido, enfiou outro cigarro na boca, arregaçou a manga esquerda, tirou da maleta uma ampola e, enquanto aplicava em si mesma uma injeção estimulante, disse a Maria: "Não posso dizer o que este jovem tem. Terá de levá-lo a um hospital. Mas não aqui. Dê um jeito de sair... para o oeste. As articulações do joelho, da mão e do ombro estão inchadas. Provavelmente a cabeça também começará a inchar-se. Faça aplicações de compressas frias. Aqui estão alguns comprimidos, para o caso de sentir dores e não conseguir dormir."

Essa doutora concisa, que não sabia o que eu tinha e o confessava espontaneamente, me agradou. No curso das semanas seguintes, Maria e o sr. Fajngold me aplicaram várias centenas de compressas frias, que me aliviaram bastante, embora isso não impedisse que as articulações do joelho, da mão e do ombro, assim como a cabeça, continuassem inchando e doessem. O que mais horrorizava Maria e o sr. Fajngold era minha cabeça, que aumentava de tamanho. Ela me dava os comprimidos, que acabavam rapidamente. Ele começou a traçar curvas de temperatura com a régua e o lápis, a enveredar por experimentos: fazia com minha febre, tomada cinco vezes ao dia, com a ajuda de um termômetro adquirido no mercado negro em troca de mel artificial, composições audaciosas que davam aos quadros do sr. Fajngold uma aparência de montanhas terrivelmente acidentadas — sugeriam-me os Alpes ou a nevada cordilheira dos Andes. E, contudo, minha febre não era para tanto. Pela manhã tinha geralmente 38,1, à noite subia para 39; 39,4 foi a maior temperatura que registrei durante o período de meu crescimento. Sob os efeitos da febre via e ouvia toda sorte de coisas. Estava montado em um carrossel e queria descer, mas não podia; ia sentado com muitas outras crianças em carros de bombeiro, em cisnes ocos, em cães, gatos, porcas e cervos, e dava voltas, voltas e mais voltas, e queria descer, mas não me deixavam. E todas as crianças começavam a chorar e queriam como eu descer dos carros de bombeiro, dos cisnes ocos, dos cães, gatos, porcas e cervos, e já não queriam andar no carrossel, mas não lhes deixavam saltar. O Pai celestial estava ao lado do dono do carrossel e sempre pagava mais uma volta para nós. E suplicávamos: "Ah, Pai nosso, já sabemos que tem muito dinheiro e sente prazer em nos pagar o carrossel, que se diverte em nos demonstrar a redondeza deste mundo. Mas guarde por favor a bolsa e diga pare, diga alto, bom, basta, desçam, porque já estamos enjoados e somos umas pobres criancinhas, e somos quatro mil em Käsemark, aqui no Vístula, mas não nos deixam passar, porque Seu carrossel, Seu carrossel..."

Mas o bom Deus, Pai nosso e proprietário do carrossel, sorria, como aparece nos livros, e fazia saltar outra moeda de sua bolsa, para que as quatro mil crianças, entre elas Oskar, continuassem dando voltas em carros de bombeiro, em cisnes ocos, em gatos, cães, porcas e cervos, e cada vez que eu passava com meu cervo — continuo crendo ainda que ia montado em um cervo — diante do Pai nosso e dono do carrossel, via-o mudar de fisionomia: era Rasputin que, rindo, tinha entre seus dentes de curandeiro a moeda da próxima volta; era Goethe, o príncipe dos poetas, que ia tirando de uma bolsinha de fino bordado as moedas cunhadas com seu perfil de Pai nosso; e novamente o apaixonado Rasputin, e depois o comedido sr. von Goethe. Um pouco de loucura com Rasputin e depois, em homenagem à razão, Goethe. Os extremistas em torno de Rasputin, as forças da ordem em volta de Goethe. A massa se rebelava com Rasputin e se nutria de citações de almanaque com Goethe... Até que, finalmente — mas não porque a febre tivesse cedido e sim porque sempre se inclina alguém caritativamente sobre quem tem febre —, o sr. Fajngold se inclinava sobre mim e parava o carrossel. Parava os bombeiros, os cisnes e os cervos, depreciava a moeda de Rasputin, mandava Goethe para as Mães infernais, deixava que quatro mil crianças enjoadas voassem sobre o Vístula para Käsemark e para o céu e levantava Oskar de sua cama febril para sentá-lo em uma nuvem de lisol, o que quer dizer, ele me desinfetava.

A princípio, isto tinha relação com os piolhos, mas depois se tornou um hábito. Os piolhos ele descobriu primeiro no pequeno Kurt, em seguida em mim, depois em Maria e em si mesmo. É provável que nos tenham sido legados pelo calmuco que deixara Maria sem seu Matzerath. Como gritou o sr. Fajngold ao descobrir os piolhos! Chamou a mulher e os filhos, suspeitava que toda sua família estivesse infestada, trocou mel artificial e caixas de aveia por pacotes dos desinfetantes mais diversos e começou a desinfetar-se diariamente e a toda sua família, o pequeno Kurt, Maria e a mim, sem excluir minha cama. Esfregava, borrifava e nos empoava. E enquanto borrifava, empoava e esfregava, minha febre florescia e seu discurso fluía. E assim tive notícias de vagões inteiros de ácido fênico, de cloro e de lisol que ele havia borrifado, esparzido e regado, quando ainda era encarregado da desinfecção do campo de Treblinka. Todo dia às duas da tarde o desinfetador Mariusz Fajngold borrifava com água de lisol as pistas do campo, as barracas, as duchas, os fornos crematórios, as roupas emaladas, os que esperavam para entrar na ducha, os que já tinham passado pela ducha: todos os que saíam dos fornos crematórios e todos os que neles entravam. E me enumerava os nomes, porque sabia eles todos: me falava de um tal Bilauer, que num dos dias mais quentes de agosto aconselhava o desinfetador a não regar as pistas de Treblinka com água de lisol, mas com querosene. Assim o fez Fajngold. E o tal Bilauer tinha o fósforo. Todos prestaram juramento ao velho Zew Kurland, do Z.O.B.* E o engenheiro Galewski abriu o depósito das armas. O próprio Bilauer abateu a tiros o comandante Kutner. Sztulbach e um tal Warynski se precipitaram sobre Zisenis, e os outros sobre a gente de Trawniki, e outros mais cortando a cerca de alta-tensão foram eletrocutados. Mas o sargento Schöpke, que ao levar as pessoas à ducha costumava sempre contar piadas, estacou à entrada do acampamento e começou a atirar,

---

* *Zydowska Organizacja Bojowa*: Organização Judia de Combate, movimento clandestino constituído no gueto em 1942-43. (N.T.)

o que não lhe adiantou muito, pois os outros caíram em cima dele: Adek Kawe, um tal Motel Lewit e Henoch Lerer, assim como Hersz Rotblat e Letek Zagiel e Tosias Baran com sua Débora. E Lolek Begelmann gritava:"Que venha também Fajngold, antes que cheguem os aviões." Mas o sr. Fajngold aguardava ainda a sua esposa, Luba, que já não acudia às suas chamadas. De modo que o agarraram por ambos os braços: à esquerda Jakub Gelernter e à direita Mordechaj Szwarcbard. Diante dele corria o pequeno dr. Atlas, que já no campo de Treblinka e mais tarde nos bosques de Vilna aconselhara a borrifar bastante com lisol: o lisol é mais precioso que a vida! Assim o havia de confirmar o sr. Fajngold, porque com lisol borrifava mortos, não um morto, mas mortos, para que dar os números, digo apenas que borrifara mortos com lisol. E sabia tantos nomes que acabava me chateando, já que para mim, que nadava em lisol, a questão da vida ou morte de cem mil nomes não era tão importante como a de saber se com os desinfetantes do sr. Fajngold havia se desinfetado a tempo e devidamente a vida e, se não a vida, ao menos a morte.

Depois a febre cedeu e entramos no mês de abril. Então instalou-se de novo, e o carrossel dava voltas e o sr. Fajngold continuava borrifando lisol sobre os vivos e os mortos. Depois voltou a ceder a febre, e já o mês de abril havia passado. Em princípios de maio meu pescoço encolheu e o tórax se alargou e subiu, de modo que com o queixo podia friccionar a clavícula, sem necessidade de baixar a cabeça. Mais um acesso de febre e de lisol. E no lisol flutuavam palavras de Maria: "Contanto que não se deforme! Contanto que não lhe saia uma corcunda! Contanto que não vire hidrocéfalo!"

Mas o sr. Fajngold consolava Maria e lhe contava de gente que conhecia e que, apesar da corcunda e da hidrocefalia, se tinha tornado importante. Dizia de um tal Roman Frydrych, que emigrara com sua corcunda para a Argentina e fundara um negócio de máquinas de costura que com o tempo foi crescendo e se tornou famoso.

O relato dos sucessos do corcunda Frydrych não foi nenhum consolo para Maria, mas inspirou ao narrador, ou seja, ao próprio sr. Fajngold, tal entusiasmo que decidiu dar a nossa mercearia um outro rumo. Em meados de maio, pouco depois do fim da guerra, fizeram sua aparição na loja novos artigos. Surgiram as primeiras máquinas de costura e as peças de reposição para elas, ainda que os comestíveis persistissem por algum tempo facilitando a transição. Tempos paradisíacos! Pouco se pagava com dinheiro contado: de tudo; se trocava o mel artificial, a aveia e os últimos saquinhos de fermento em pó do Doutor Oetker, assim como o açúcar, a farinha e a margarina se transformaram em bicicletas e peças de reposição, estas em motores elétricos, motores elétricos em ferramentas, as ferramentas em artigos de pele e as peles transformadas pelo sr. Fajngold, como por encanto, em máquinas de costura. Nesse joguinho de troca-troca o pequeno Kurt sabia se fazer útil: atraía clientes, mediava os negócios e se adaptou ao novo ramo muito mais depressa que Maria. Era quase como no tempo de Matzerath. Maria, atrás do balcão, servia aquela parte da antiga clientela que continuava no país e fazia esforços em polonês para inteirar-se dos desejos de seus clientes recém-imigrados. O pequeno Kurt tinha facilidade para línguas. Estava em toda parte. O sr. Fajngold podia contar com ele. Com seus cinco anos incompletos, Kurt havia se tornado um *expert*, e entre cem modelos maus ou medíocres que se ofereciam no mercado negro da rua da Estação escolheu logo as excelentes máquinas de costura Singer e Pfaff: o sr. Fajngold sabia apreciar seus conhecimentos. Quando em fins de maio minha avó Anna Koljaiczek veio a pé de Bissau a Langfuhr, passando por Brenntau, e nos visitou, deixando-se cair arquejante sobre o sofá, o sr. Fajngold fez grandes elogios ao pequeno Kurt e teve também algumas palavras gentis para Maria. Ao explicar a minha avó toda a história de minha doença, sempre insistindo na utilidade de seus desinfetantes, achou também Oskar digno de elogio, porque durante toda a doença havia me portado muito bem e nunca gritara.

Minha avó queria querosene, porque em Bissau já não havia luz. Fajngold contou-lhe as experiências que fizera no campo de Treblinka com o querosene, assim como suas numerosas tarefas de desinfetador, disse a Maria que enchesse de querosene duas garrafas de um litro, acrescentou um embrulho de mel artificial e um sortimento de desinfetantes e, quando minha avó se pôs a contar tudo o que ocorrera em Bissau e em Bissau-Abbau durante as operações militares, escutou com a mente ausente e fazendo ligeiras inclinações de cabeça. Minha avó também estava a par dos danos que sofrera Viereck, que voltava agora a se chamar Firoga, como antes. E a Bissau denominavam também, como antes da guerra, de Bysewo. Quanto a Ehlers, que fora chefe local dos camponeses de Ramkau, homem muito ativo e que se casara com a esposa do filho de seu irmão, ou seja, Hedwig, mulher de Jan do correio, os trabalhadores agrícolas o haviam enforcado em frente a seu escritório. E pouco faltou para que pendurassem também Hedwig, já que, viúva de um herói polonês, se casara com um chefe local de camponeses, e também porque Stephan chegara a tenente e Marga tinha ingressado na Liga das Moças Alemãs.

— Bem — disse minha avó —, com Stephan não adiantava mais nada, porque ele estava morto, lá em cima, no Ártico. Mas Marga, queriam arrastá-la para um campo de concentração. Vinzent, porém, abriu a boca como nunca fizera antes. De modo que Hedwig e Marga estão agora conosco e nos ajudam no campo. Mas Vinzent se abateu tanto com essa história que talvez não aguente muito. Quanto à avó, anda mal do coração e de toda parte, e até da cabeça, porque um daqueles imbecis bateu nela, achando que devia.

Assim se lamentou Anna Koljaiczek, agarrou a cabeça e, acariciando a minha em vias de crescimento, chegou à seguinte e inspirada conclusão: "Sim, Oskarzinho, é o que acontece sempre com os caxúbios. Sempre estão levando pancada na cabeça. Vocês irão para outro lado, onde a coisa estiver melhor, e aqui fica só a avó. Porque os caxúbios não há meio de fazê-los arredar pé: hão de ficar sempre a manter a cabeça erguida, para que outros batam nela, porque não somos poloneses de fato e nem alemães de fato, e se a gente é caxúbio isto não satisfaz nem a alemães nem a poloneses. Eles querem que tudo esteja cem por cento!"

Minha avó riu alto e ocultou as garrafas de querosene, o mel artificial e os desinfetantes sob aquelas quatro saias que, apesar dos mais violentos acontecimentos militares, políticos e históricos, não haviam perdido nada de sua cor de batata.

Quando se dispunha a partir, o sr. Fajngold pediu-lhe que esperasse um momento, pois queria apresentar-lhe a esposa, Luba, e o resto da família. Vendo que a sra. Luba não aparecia, disse Anna Koljaiczek: "Ora, não vá se preocupar. Eu também grito sempre: Agnes, filha, vem ajudar sua mãe a torcer a roupa! E ela não vem, nunca vem, do mesmo jeito que sua Luba. E meu irmão Vinzent, doente como está, sai de noite quando está bem escuro até a porta e acorda os vizinhos, porque chama seu filho Jan, que estava a serviço do correio polonês quando se foi."

Já estava perto da porta, ajeitando o lenço, quando gritei de minha cama: "Babka, babka!", quer dizer, avó, avó. E ela se virou e já começava a levantar as quatro saias, como querendo me admitir debaixo e me levar consigo, quando de pronto se lembrou provavelmente das garrafas de querosene, do mel artificial e dos desinfetantes, que ocupavam já aquele lugar, e foi embora sem mim, sem Oskar.

Em princípios de junho partiram os primeiros comboios rumo ao oeste. Maria não disse nada, mas observei que também ela se despedia dos móveis, da loja, do edifício, das tumbas de ambos os lados da Hindenburgsallee e do túmulo do cemitério de Saspe.

Antes de descer com o pequeno Kurt à adega, às vezes sentava-se à noite ao lado de minha cama, junto ao piano de minha pobre mamãe, segurava com a mão esquerda sua gaita, tocava uma canção e tentava acompanhar-se ao piano com um dedo da mão direita.

O sr. Fajngold, sob o efeito da música, sofria e pedia a Maria que se calasse, mas, assim que ela deixava sua gaita e se dispunha a fechar a tampa do piano, implorava-lhe que tocasse um pouco mais.

Então ele a pediu em casamento. Oskar o pressentira: o sr. Fajngold dirigia-se cada vez menos à sua esposa, Luba, e, quando em um anoitecer de verão cheio de moscas e de zumbidos teve certeza de sua ausência, fez a Maria sua proposta. Estava disposto, além dela, a assumir as duas crianças, inclusive Oskar doente; ofereceu-lhe a residência e uma participação nos negócios.

Maria tinha então 22 anos. A beleza inicial, de certa maneira fortuita, tinha se firmado, quando não endurecido. Os últimos meses de guerra e pós-guerra lhe tinham tirado aquela permanente paga ainda por Matzerath. Não usava mais tranças, como no meu tempo; a longa cabeleira descia sobre os ombros e lhe dava um ar de moça um pouco séria, talvez um tanto amarga; e esta jovem disse que não e recusou a proposta do sr. Fajngold. De pé sobre nosso antigo tapete, Maria tinha o pequeno Kurt à esquerda e apontava com o indicador direito para a estufa de ladrilhos, e o sr. Fajngold e Oskar ouviram-na dizer: "Não é possível. Isto aqui está em ruínas, perdido, sem remédio. Vamos para o Reno, procurar minha irmã, Guste. Está casada com um supervisor da indústria hoteleira chamado Köster e, provisoriamente, acolherá a nós três."

Já no dia seguinte pôs-se em ação. Três dias depois tínhamos os papéis. O sr. Fajngold nada disse, fechou a loja e, enquanto Maria fazia as malas, permaneceu sentado no escuro sobre o balcão, junto da balança, e nem sequer ingeria uma colherzinha de mel artificial. Só quando Maria veio se despedir, ele abandonou seu assento, foi buscar a bicicleta com o reboque e se ofereceu para acompanhar-nos à estação.

Oskar e a bagagem — tínhamos direito a cinquenta libras por pessoa — foram no reboque de duas rodas de pneumático. O sr. Fajngold empurrava a bicicleta. Maria levava o pequeno Kurt pela mão e, na esquina da Elsenstrasse, quando dobramos à esquerda, voltou-se uma vez mais. Eu já não podia me virar na direção do Labesweg, pois essa tentativa me causava dores. Assim, a cabeça de Oskar permaneceu quieta entre os ombros, e apenas com os olhos, que conservavam sua mobilidade, me despedi da Marienstrasse, do riacho Striess, do parque de Kleinhammer, da passagem subterrânea, que continuava gotejando desagradavelmente, da rua da Estação, de minha igreja do Sagrado Coração de Jesus intacta e da estação do subúrbio de Langfuhr, que agora se chamava Wrzeszcz, coisa quase impossível de se pronunciar.

Tivemos que esperar. Quando o trem deu entrada, constatou-se que era cargueiro. Havia muita gente, uma porção de crianças. A bagagem foi controlada e pesada. Soldados despejavam em cada vagão fardos de palha. Não havia música, tampouco chovia. De sereno a nublado o tempo, e soprava o vento leste.

Coube-nos o quarto vagão a contar de trás. O sr. Fajngold estava de pé sobre a linha, com seu escasso cabelo avermelhado ao vento, e quando a locomotiva anunciou sua chegada com uma sacudida, aproximou-se e pôs nas mãos de Maria três pacotinhos de margarina e dois vidrinhos de mel artificial, acrescentando a nossas provisões de viagem, no momento em que vozes de comando em polonês, gritos e choros anunciaram a partida, um pacote de desinfetantes — o lisol é mais precioso que a vida. Assim partimos, deixando atrás o sr. Fajngold, que, tal como deve ser e é normal nas partidas dos trens, foi ficando cada vez menor com seu cabelo avermelhado ao vento, depois era apenas um gesto de adeus e depois mais nada.

Crescimento no vagão de carga

Dói-me ainda hoje. Ainda faz com que enfie a cabeça no travesseiro, como agora. Ainda faz com que sinta as articulações dos pés e dos joelhos e os dentes ranjam, o que quer dizer que Oskar há de ranger os dentes para não ouvir ranger-lhe os ossos e as juntas. Contemplo os dez dedos de minhas mãos e devo admitir que estão inchados. Uma última tentativa sobre o tambor confirma isso: os dedos de Oskar não só estão ligeiramente inchados, como momentaneamente não servem para o ofício; as baquetas do tambor caem-lhe das mãos.

Tampouco a caneta quer se submeter às minhas ordens. Terei que pedir a Bruno algumas compressas frias. E depois, com as mãos, os pés e os joelhos envoltos no frio e com uma toalha na testa, terei que equipar meu enfermeiro Bruno com papel e lápis, porque não gosto de emprestar minha caneta. Bruno ainda pode e quer escutar bem? Corresponderá sua narração exatamente àquela viagem no vagão de carga que começou a 12 de junho de 45? Bruno senta-se diante da mesinha, debaixo do quadro das anêmonas. Agora volta a cabeça, me mostra isso que chamamos cara e, com os olhos de um animal fabuloso, olha sem me ver à minha direita e à minha esquerda. E pela maneira de atravessar o lápis sobre a boca delgada e ácida, pretende fingir que está esperando. Admitamos que ele, de fato, aguarde minha palavra, o sinal para dar início a sua narrativa, seus pensamentos estão voando em torno de suas obras de barbante. Continuará atando barbantes, ao passo que a tarefa de Oskar consiste em desenredar os intricados meandros de minha pré-história. Bruno escreve agora:

Eu, Bruno Münsterberg, oriundo de Altena em Sauerland, solteiro e sem filhos, sou enfermeiro da seção particular deste hospital psiquiátrico. O sr. Matzerath, internado aqui há mais de um ano, é meu paciente. Tenho ainda outros pacientes, dos quais não tenho por que falar aqui. O sr. Matzerath é o meu paciente mais inofensivo. Nunca se exalta a ponto de me ver obrigado a chamar outros enfermeiros. Escreve muito e toca tambor também demais. Com o objetivo de conceder algum descanso a seus dedos fatigados, pediu-me hoje que escrevesse por ele e não fizesse minhas obras de nós de barbante. Contudo, enfiei alguns fios no bolso e, enquanto ele me dita, vou iniciar os membros inferiores de uma figura à qual, seguindo o relato do sr. Matzerath, chamarei O Refugiado do Leste. Não será esta a primeira figura inspirada nas histórias de meu paciente. Até esta data já fiz com barbante sua avó, a qual chamo de Maçã em Quatro Saias; seu avô, o balseiro, que me atrevi a chamar de Cristóvão Colombo; sua pobre mamãe convertida por obra de meus barbantes em A Bela Devoradora de Peixe; seus dois pais, Matzerath e Jan Bronski, dos quais tenho uma figura que batizo de Os Dois Jogadores de *Skat*; também representei em barbante as costas ricas de cicatrizes de seu amigo Herbert Truczinski, chamando o relevo de Trajetória Irregular. Formei também, nó após nó, alguns edifícios, tais como o correio polonês, a torre da Cidade, o teatro Municipal, a passagem do Arsenal, o museu da Marinha, a mercearia de Greff, a escola Pestalozzi, o balneário de Brösen, a igreja do Sagrado Coração, o Café das Quatro Estações, a fábrica de chocolates Baltic, algumas casamatas do Muro do Atlântico, a torre Eiffel de Paris, a estação de Stettin em Berlim, a catedral de Reims e, naturalmente, o imóvel de apartamentos em que o sr. Matzerath viu a luz deste mundo. A grade de ferro e a pedra sepulcral dos cemitérios de Saspe e Brenntau ofereceram seus ornamentos a meus barbantes; fiz correr com grandes fios o Vístula e o Sena e rebentar contra costas de barbantes as ondas do Báltico e o fragor do Atlântico; transformei barbantes em campos de batata caxúbios e em prados da Normandia e povoei os cenários assim formados, a que chamo simplesmente de Europa, com grupos de figuras como: Os defensores do Correio, Os merceeiros, Homens sobre a tribuna, Homens diante da tribuna, Estudantes com pastas, Guardas de museu moribundos, Adolescentes criminosos em preparativos natalinos, Cavalaria polonesa ao crepúsculo, As formigas fazem história, O Teatro de Campanha atua para suboficiais e tropa, Homens em pé desinfetando homens estendidos no acampamento de Treblinka. E agora inicio a figura do Refugiado do Leste, que muito provavelmente se converterá em Grupo de Refugiados do Leste.

O sr. Matzerath saiu de Dantzig, que então já se chamava Gdansk, a 12 de junho de 45, aproximadamente às 11 da manhã. Acompanhavam-no a viúva Maria Matzerath, a quem meu paciente designa como sua ex-amante, e Kurt Matzerath, filho presuntivo de meu paciente. Além disso, parecem ter-se achado no vagão outras 32 pessoas, entre elas quatro freiras franciscanas com hábitos e uma moça com lenço na cabeça, em quem o sr. Oskar Matzerath pretende ter reconhecido uma tal Luzie Rennwand. Em resposta a algumas perguntas minhas, contudo, meu paciente admite que aquela moça se chamava Regina Raeck, o que não o impede de falar a seguir de um rosto triangular anônimo de raposa, que depois volta a chamar de Luzie; de minha parte, continuarei aqui a chamar a referida moça de srta. Regina. Regina Raeck viajava com seus pais, avós e um tio doente, o qual, além de sua família, levava para o oeste um câncer maligno de estômago, falava demais e se apresentou, imediatamente após a saída, como antigo social-democrata.

Pelo que meu paciente se lembra, até Gdynia, que durante quatro anos e meio tinha se chamado Gotenhafen, a viagem transcorreu sem incidentes. Parece que duas mulheres de Oliva, algumas crianças e um senhor de certa idade procedente de Langfuhr choraram até pouco depois de Zoppot, enquanto as freiras se entregavam a suas orações.

Em Gdynia o trem parou por cinco horas. Agregaram-se ao vagão duas mulheres com seis crianças. O social-democrata pôs-se a protestar, porque estava doente e porque, como social-democrata de antes da guerra, exigia tratamento preferencial. Mas o oficial polonês que dirigia o comboio esbofeteou-o, quando não quis abrir espaço, e lhe deu a entender em perfeito alemão que não sabia o que significava social-democrata. Durante a guerra estivera em diversos lugares da Alemanha e nunca a palavra social-democrata lhe chegara aos ouvidos. O social-democrata enfermo não teve ocasião de explicar ao oficial polonês o sentido, a essência e a história do Partido Social-Democrata, porque o oficial polonês deixou o vagão, correu as portas e as fechou por fora.

Esqueci de dizer que toda a gente estava sentada ou estirada sobre a palha. Ao partir o trem, ao anoitecer, algumas mulheres gritaram: "Voltamos a Dantzig." Mas era um erro. O que sucedeu foi que o trem manobrou e saiu depois para oeste na direção de Stolp. Parece que a viagem até Stolp durou quatro dias, pois o trem era detido constantemente em pleno campo por antigos guerrilheiros e por bandos de adolescentes poloneses. Os jovens abriam as portas corrediças, deixavam entrar um pouco de ar fresco e, com o ar viciado, levavam do vagão parte da bagagem. Cada vez que os adolescentes abriam as portas do vagão do sr. Matzerath, as quatro freiras se punham de pé e elevavam os crucifixos pendurados nos hábitos. Esses crucifixos causavam forte impressão nos rapazes. Antes de jogarem no embarcadouro as mochilas e malas dos passageiros, benziam-se.

Quando o social-democrata estendeu aos rapazes um papel no qual em Dantzig ou Gdansk as autoridades polonesas atestavam que fora contribuinte do Partido Social-Democrata desde 31 até 37, os rapazes não se benzeram, arrancaram-lhe o papel dos dedos, suas duas malas e a mochila de sua mulher; também aquele elegante abrigo de xadrez grande sobre o qual o social-democrata se deitava deixou o trem em busca do ar fresco da Pomerânia.

O sr. Matzerath, porém, afirma que os rapazes lhe causaram uma impressão favorável de disciplina. Atribui tal coisa à influência do chefe deles, o qual, apesar de sua juventude — apenas 16 primaveras —, acentuava já sua personalidade e lhe recordou em seguida, de forma dolorosa e ao mesmo tempo prazenteira, o chefe do bando dos Espanadores, o afamado Störtebeker.

Quando aquele jovem tão parecido com Störtebeker quis arrebatar das mãos da sra. Maria Matzerath a mochila e acabou efetivamente arrebatando-a, o sr. Matzerath conseguiu suster no último momento o álbum de fotografias de família que afortunadamente ficava por cima. A princípio o chefe se encolerizou, mas quando meu paciente abriu o álbum e lhe mostrou um retrato de sua avó Koljaiczek, o outro, pensando provavelmente em sua própria avó, deixou cair a mochila da sra. Maria, levou dois dedos ao gorro polonês quadrado, saudou a família Matzerath com um "Do widzenia!", e, tomando em lugar da mochila dos Matzerath as malas de outros viajantes, deixou com seu bando o vagão.

Na mochila, que graças ao álbum de fotografias permaneceu em poder da família Matzerath, havia, afora algumas peças de roupa íntima, os livros comerciais e os comprovantes de impostos de venda, da loja, as cadernetas de depósito da Caixa Econômica e um colar de rubis que pertencera outrora à mãe do sr. Matzerath e que meu paciente havia escondido no pacote de desinfetantes. Também aquele livro didático, formado em parte por extratos de Rasputin, em parte por escritos de Goethe, ia a caminho do oeste.

Meu paciente assegura que durante toda a viagem teve a maior parte do tempo sobre os joelhos o álbum de fotos e, de vez em quando, o livro didático; que ia folheando-os e que os dois livros lhe proporcionaram, apesar de violentas dores em seus membros, muitas horas de prazer e meditação.

Igualmente declara meu paciente que o contínuo solavanco e as contínuas sacudidas, a passagem de agulhas e cruzamentos e o fato de estar estendido sobre o eixo dianteiro de um vagão de cargas em vibração constante haviam fomentado seu crescimento. Que agora este já não se produzia no sentido da largura, como antes, mas do comprimento. As articulações inchadas, mas não inflamadas, foram se desinchando. Inclusive orelhas, nariz e órgãos genitais, segundo entendo, cresceram sob o efeito das sacudidelas do vagão de cargas. Enquanto o trem corria, o sr. Matzerath não sofria dores. E só quando tinha que parar para receber mais visitas de guerrilheiros e bandos de adolescentes, disse meu paciente ter experimentado dores pungentes ou lacerantes que mitigava, como já se disse, com o lenitivo do álbum de fotografias.

Parece que, além do Störtebeker polonês, interessaram-se também pelo álbum vários outros bandidos adolescentes e até um guerrilheiro de certa idade. Este último acabou inclusive por sentar-se, acendeu um cigarro e folheou pensativamente o álbum sem pular um único retângulo. Começou com o retrato do avô Koljaiczek e foi seguindo a ascensão profusamente ilustrada da família, até aqueles instantâneos que mostram a sra. Maria Matzerath com seu filhinho Kurt de um, dois, três e quatro anos. Ao contemplar alguns dos idílios familiares, meu paciente viu-o inclusive sorrir. Só o incomodaram alguns emblemas do Partido, fáceis de identificar nos trajes do defunto sr. Matzerath e nas mangas do sr. Ehlers, que fora chefe local dos camponeses em Ramkau e havia tomado por esposa a viúva do defensor do edifício do correio Jan Bronski. Meu paciente declara ter raspado das fotos, com a ponta de uma faca, à vista daquele indivíduo crítico e para sua satisfação, as insígnias do Partido.

Esse guerrilheiro — como acaba de me informar o sr. Matzerath — deve ter sido um verdadeiro guerrilheiro, ao contrário de muitos outros que não o foram. Eis o que se afirma aqui: os guerrilheiros não são guerrilheiros ocasionais, mas guerrilheiros constantes e permanentes, que ajudam a subir governos que caíram e derrubam governos que subiram precisamente com a ajuda dos guerrilheiros. Os guerrilheiros incorrigíveis, os que pegam em armas contra si mesmos, são, entre todos os fanáticos dedicados à política, segundo a tese do sr. Matzerath — e eis aqui exatamente o que procurava me explicar —, os mais artisticamente dotados, porque abandonam logo o que acabam de criar.

Algo semelhante se poderia dizer de mim mesmo. Não me ocorre, pois, com frequência destruir com um murro minhas figuras de barbante apenas fixadas no gesso? Penso agora especialmente na encomenda que me fez há alguns meses meu paciente de que atasse com simples barbante o curandeiro Rasputin e o príncipe dos poetas Goethe em uma só pessoa, que, a pedido de meu paciente, deveria ser bastante parecida com ele mesmo. Já perdi a conta dos quilômetros de barbante que atei para acoplar em uma síntese definitiva essas duas figuras extremas. Mas, a exemplo daquele guerrilheiro de quem o sr. Matzerath me faz o elogio, permaneço indeciso e insatisfeito: o que ato com a direita, desato com a esquerda; o que cria a minha esquerda, destrói com um murro a minha direita.

Mas tampouco o sr. Matzerath consegue manter em linha reta o seu relato. Porque, sem falar das quatro freiras, as quais ele mesmo designa ora como franciscanas, ora como vicentinas, há o caso da moça com dois nomes e uma suposta cara triangular de raposa, que vem sempre complicar a história, e na realidade teria que me obrigar, como narrador, a dar duas ou mais versões daquela viagem para o oeste. Mas, como isso não faz parte de minhas atribuições, terei de me ater ao social-democrata, que em todo o trajeto não mudou de cara e que até pouco antes de chegar a Stolp não se teria cansado de repetir a todos seus companheiros de viagem, segundo assevera meu paciente, que tinha sido até o ano 37 uma espécie de guerrilheiro e, colando panfletos, teria posto em jogo sua saúde e sacrificado seu tempo livre, porque pretendia ter sido um dos raros social-democratas que colaram panfletos mesmo em tempo de chuva.

Pelo visto foi o que disse quando, pouco antes de chegar a Stolp, o transporte foi detido pela enésima vez, porque um dos bandos de adolescentes anunciava sua visita. Como quase não restava bagagem, os rapazes começaram a tirar a roupa dos viajantes. Felizmente tiveram o bom senso de se limitar às peças externas dos cavalheiros. Mas o social-democrata não atinava com a razão de tal proceder e era de opinião que um alfaiate hábil poderia confeccionar com os vastos hábitos das freiras vários excelentes ternos. O social-democrata era ateu, e o proclamava com profunda convicção. Os jovens bandidos, ao contrário, acreditavam, sem proclamá-lo, mas com a mesma convicção, na igreja fora da qual não há salvação possível, e não queriam os abundantes tecidos de lã das freiras, mas sim o terno reto e leve do ateu. E vendo que este não queria tirar o paletó, nem o colete nem as calças e que começou a relatar uma vez mais sua breve porém brilhante carreira de afixador de panfletos social-democratas, e como, ademais, não parava de falar e opunha resistência a que o despissem, uma das botas da antiga Wehrmacht lhe deu um pontapé no estômago.

O social-democrata pôs-se a vomitar de forma violenta e prolongada, acabando por deitar sangue. Seu terno sofreu com isso, de modo que os rapazes perderam o interesse por aquele tecido sujo, sem dúvidas, mas que uma boa lavagem química ainda podia regenerar. Desistiram, portanto, da roupa externa dos homens, mas em contrapartida despojaram a sra. Maria Matzerath de uma blusa de seda azul-celeste, e àquela moça que não se chamava Luzie Rennwand, mas Regina Raeck, tiraram então a jaquetinha de tricô estilo Berchtesgaden. Depois correram a porta do vagão, sem fechá-la por completo, e o trem partiu, enquanto o social-democrata começava a morrer.

Dois ou três quilômetros antes de chegar a Stolp, o transporte foi passado para uma variante, onde permaneceu toda a noite. A noite era estrelada e clara, mas, segundo parece, fresca para o mês de junho.

Naquela noite — segundo conta o sr. Matzerath —, morreu aquele social-democrata tão apegado a seu terno reto, blasfemando em voz alta e de maneira indecente, exortando a classe trabalhadora à luta, dando vivas à liberdade como os que se ouvem nos filmes, antes de sucumbir a um ataque de vômito que horrorizou o vagão.

Não houve nenhum grito, diz meu paciente. No vagão fez-se um silêncio persistente. Só a sra. Maria Matzerath batia os dentes, porque tinha frio sem a blusa e havia coberto, com a pouca roupa branca que lhe restava, seu filho Kurt e o sr. Oskar. Por volta da madrugada duas monjas resolutas aproveitaram a circunstância de estar aberta a porta do vagão para limpá-lo e pôr fora a palha molhada e os excrementos das crianças e dos adultos, assim como o vômito do social-democrata.

Em Stolp o vagão foi inspecionado por alguns oficiais poloneses. Nesse momento distribuíram-se uma sopa quente e uma bebida parecida com uma infusão de malte. O cadáver que se encontrava no vagão do sr. Matzerath foi confiscado para evitar o perigo de epidemia; alguns enfermeiros levaram-no sobre uma tábua de andaime. A pedido das freiras, um oficial superior permitiu que os familiares lhe dedicassem breve oração. Permitiram também que se retirassem do morto os sapatos, as meias e a roupa. Durante o ato em que o despiram — logo o cadáver foi coberto sobre a tábua com sacos de cimento vazios —, meu paciente observou a sobrinha do cadáver despido. Novamente, com um misto de repulsa violenta e de fascinação, recordou-lhe, ainda que se chamasse Raeck, aquela Luzie Rennwand que modelei com barbantes atados e a quem, nessa figura, chamo de Comedora de Sanduíches. É evidente que, vendo o tio ser despido, a moça do vagão não se pôs a devorar nenhum sanduíche de salsicha, mas em compensação participou da pilhagem; herdou o colete de seu tio, em substituição à jaquetinha de tricô que lhe haviam surrupiado, e obteve em um espelhinho a visão de sua aparência, que aliás não era má. Parece que em seu espelho — e nisso se funda justamente o pânico que até esta data sente meu paciente — ela captou o sr. Matzerath e o lugar em que repousava, refletiu-os e o observou lisa e friamente com aqueles olhos que eram como um traço em um triângulo.

A viagem de Stolp a Stettin durou dois dias. Claro que ainda houve muitas paradas involuntárias e as visitas que já iam se tornando habituais daqueles adolescentes equipados com facas de paraquedista e pistolas automáticas; mas as visitas foram se tornando cada vez mais breves, porque não havia mais nada que tirar dos viajantes.

Meu paciente assevera ainda que durante a viagem de Dantzig--Gdansk a Stettin, ou seja, no curso de uma semana, cresceu nove centímetros, se é que não foram dez. Parece que se espicharam sobretudo as suas coxas e as pernas, enquanto o tórax e a cabeça se mantiveram quase iguais. Em contrapartida, apesar de durante a viagem o paciente ter estado deitado de costas, não foi possível evitar o crescimento de uma corcunda deslocada ligeiramente para a esquerda. Admite também o sr. Matzerath que, depois de Stettin — estando já o transporte a cargo do pessoal das ferrovias alemãs —, as dores aumentaram e que já não era possível acalmá-las simplesmente folheando um álbum. Teve que berrar várias vezes de forma persistente, porém os gritos não ocasionaram dano algum nas vidraças de nenhuma estação (Matzerath: "minha voz perdera seu poder vitricida"), deparando-se apenas, em contrapartida, com as quatro freiras que não paravam de rezar.

Uma boa metade dos companheiros de viagem, entre eles os familiares do defunto social-democrata, com a srta. Regina deixaram o transporte em Schwerin. O sr. Matzerath sentiu muito, pois a visão daquela moça se tornara tão familiar e necessária para ele que, depois de sua partida, lhe sobrevieram alguns violentos ataques convulsivos acompanhados de muita febre. Conforme as afirmações da sra. Maria Matzerath, parece que meu paciente chamava com desespero Luzie, qualificava a si mesmo de animal fabuloso e unicórnio e manifestava ao mesmo tempo medo e desejo de saltar de um trampolim de dez metros.

Em Lüneburg internaram o sr. Matzerath em um hospital. Ali conheceu durante a febre algumas enfermeiras, mas foi transferido pouco depois para a Clínica Universitária de Hanôver. Aí conseguiram reduzir sua febre. À sra. Maria Matzerath e o seu filho Kurt, o sr. Matzerath via-os pouco, e não tornou a vê-los diariamente até que ela encontrou uma colocação de faxineira no hospital. Mas, como não havia alojamento na clínica ou nas proximidades desta para a sra. Maria e para o pequeno Kurt e como também a vida no campo de refugiados se tornava cada vez mais insuportável — a sra. Maria tinha de passar diariamente três horas de viagem em trens repletos, inclusive às vezes no estribo, tal a distância que havia entre a clínica e o campo —, consentiram os médicos, depois de muitas reflexões, na transferência do paciente para os hospitais municipais de Düsseldorf, levando em conta sobretudo que a sra. Maria podia exibir visto de imigração. Sua irmã, Guste, que durante a guerra se casara com um supervisor de garçons ali residente, pôs à disposição da sra. Matzerath um dos quartos de seu apartamento de dois cômodos e meio, já que o garçom não precisava de lugar algum: tinha sido feito prisioneiro na Rússia.

O apartamento ficava bem-situado. Em todos os bondes, que faziam o trajeto da estação de Bilk em direção a Wersten e Benrath, podiam ser alcançados, confortavelmente e sem necessidade de baldeação, os hospitais municipais.

O sr. Matzerath esteve ali hospitalizado de agosto de 45 até maio de 46. Há mais de uma hora, ele me fala de várias enfermeiras. As srtas. Monika, Helmtrud, Walburga, Ilse e Gertrud. Recorda uma porção de intrigas de hospital e atribui aos detalhes da vida das enfermeiras e aos uniformes das mesmas uma importância desmedida. Não diz nem uma palavra sobre a comida de hospital, que segundo me lembro era miserável naquela época, nem sobre a má calefação dos quartos. Para ele não há senão enfermeiras, histórias de enfermeiras, ambiente tedioso de enfermeiras. Sussurrava-se e informava-se confidencialmente, parecia que a srta. Ilse dissera à enfermeira-chefe que esta teria se atrevido a controlar, pouco depois do descanso do meio-dia, os alojamentos das alunas enfermeiras, que algo desaparecera e se suspeitava injustamente de uma enfermeira de Dortmund — creio ter ouvido dizer que era uma certa srta. Gertrud. Conta também, com todo o luxo de detalhes, histórias de jovens médicos que só queriam obter das enfermeiras cupons de cigarros. Acha digna de menção a investigação feita em torno de um aborto que uma técnica de laboratório, não uma enfermeira, praticara em si mesma ou com a ajuda de um médico-assistente. Não entendo como meu paciente pôde dissipar seu talento em semelhantes banalidades.

O sr. Matzerath pede-me agora que o descreva. Atendo de bom grado a esse pedido e omito uma porção dessas histórias que, por envolverem enfermeiras, ele descreve profusamente e enfeita com palavras pomposas.

Meu paciente mede um metro e vinte e um centímetros. Sustenta a cabeça, excessivamente volumosa mesmo para pessoas de estatura normal, entre seus ombros sobre um pescoço raquítico, literalmente falando. O tórax e as costas, que se deve chamar corcunda, sobressaem. Tem olhos azuis brilhantes, inteligentes e móveis, que às vezes se dilatam com entusiasmo. Seu cabelo castanho-escuro, ligeiramente ondulado, é espesso. Gosta de mostrar os braços, robustos em relação ao resto do corpo, e aquelas que ele mesmo chama de suas belas mãos. Em particular quando toca o tambor — o que a direção do estabelecimento permite de três a quatro horas diárias —, seus dedos dão a impressão de ser independentes e de pertencer a outro corpo. O sr. Matzerath enriqueceu muito com discos e ainda continua ganhando dinheiro com eles. Nos dias de visita pessoas interessantes vêm vê-lo. Antes de seu processo, isto é, antes que o internassem conosco, eu já o conhecia de nome, pois o sr. Matzerath é um artista preeminente. Eu pessoalmente creio em sua inocência e me pergunto se ficará conosco ou se o deixarão sair algum dia, de modo que possa voltar a atuar com tanto sucesso como antes. Devo agora medi-lo, embora já o tenha feito há dois dias...

Sem querer ler o relato de meu enfermeiro Bruno, volto a pegar da pena eu mesmo, Oskar.

Bruno acaba de me medir com seu metro duplo. Deixou o metro sobre mim e, proclamando em voz alta o resultado, abandonou o quarto. Inclusive deixou caída sua obra de nós de barbante, em que esteve trabalhando ocultamente enquanto eu prosseguia meu relato. Suponho que foi chamar a dra. Hornstetter.

Mas, antes que venha a doutora e me confirme o que Bruno acaba de medir, Oskar diz a vocês: no decorrer dos três dias em que contei a meu enfermeiro a história de meu crescimento, ganhei — se a isso se pode chamar um ganho — dois bons centímetros.

Assim, pois, Oskar mede de hoje em diante um metro e vinte e três centímetros. Vai contar agora o que aconteceu depois da guerra, quando lhe deram alta dos hospitais municipais de Düsseldorf. Era então um jovem que sabia falar, escrevia lentamente, lia com fluidez e, ainda que disforme, era em conjunto um homem são; podia, pois — como se supõe sempre ao ter alta dos hospitais —, começar uma vida nova, uma vida de adulto.

LIVRO III

Pedras de isqueiro e pedras sepulcrais

Sonolenta, gorda e bonacheirona: Guste Truczinski não precisou mudar muito para se converter em Guste Köster, tanto mais que só tivera de suportar Köster — geralmente nos catres dos abrigos antiaéreos — os 15 dias que durara seu noivado, pouco antes de ele embarcar para a frente de combate do Ártico, e logo depois quando voltara de licença para se casar. Ainda que depois da capitulação do exército da Curlândia continuasse sem notícias sobre o paradeiro de Köster, Guste, ao ser inquirida sobre o esposo, respondia com segurança, apontando a cozinha com o polegar: "Está lá, no cativeiro, com o Ivã. Quando voltar, tudo aqui vai mudar."

As mudanças reservadas a Köster no apartamento de Bilk referiam-se a Maria e, consequentemente, à carreira do pequeno Kurt. Quando recebi alta do hospital e me despedi das enfermeiras, prometendo-lhes algumas visitas ocasionais, tomei o bonde e me dirigi a Bilk, à casa das duas irmãs e de meu filho Kurt, onde, no segundo andar de um edifício incendiado desde o telhado até o terceiro, encontrei um centro de mercado negro operado por Maria e meu filho; ele tinha seis anos e contava nos dedos.

Maria, fiel a Matzerath, mesmo no mercado negro, dedicava-se ao mel artificial. Despejava-o de uns baldes destituídos de qualquer espécie de rótulo, punha-o sobre a balança e, mal fui chegando e tomando pé da situação, delegou-me a confecção de pacotes de um quarto de libra.

O pequeno Kurt estava sentado atrás de uma caixa de Persil que usava à guisa de balcão e contemplou seu pai, que, curado, regressava ao lar; mas seu olhar cinzento e sempre um tanto invernal estava fixado em algo que devia perceber através de mim e que certamente era motivo de consideração. Alinhava sobre um papel colunas imaginárias de números: exatamente seis semanas de aula em classes repletas e mal-aquecidas davam-lhe ares de pensador e arrivista.

Guste Köster bebia café. Café autêntico, comprovou Oskar, ao receber dela uma xícara. Enquanto me dedicava ao mel artificial, ela considerava minha corcunda com curiosidade não isenta de compaixão para com sua irmã Maria. A duras penas conseguia estar sentada sem acariciá-la, pois, para todas as mulheres, acariciar uma corcunda traz sorte. Para Guste, nesse caso, a sorte significava o retorno de Köster, que havia de mudar tudo. Mas se continha, acariciava à guisa de compensação, ainda que sem sorte, a xícara de café, e deixava escapar aqueles suspiros que nos meses seguintes eu havia de ouvir diariamente: "Agora, duma coisa podem estar certos: quando Köster voltar, tudo mudará, e num abrir e fechar de olhos!"

Guste desaprovava o mercado negro, o que, todavia, não a impedia de se deleitar com o café autêntico que nele ganhávamos com o mel artificial. Quando vinham clientes, metia-se na cozinha e começava a resmungar alto e em tom de protesto.

Chegavam muitos clientes. A partir das nove da manhã, imediatamente após o café da manhã, começava a soar a campainha: breve - longo - breve. De noite já, pelas dez, Guste desligava a campainha, a despeito dos protestos do pequeno Kurt, que, por causa das obrigações escolares, não podia cuidar do negócio senão a metade do tempo.

As pessoas diziam: "Mel artificial?"

Maria fazia que sim com a cabeça e perguntava: "Um quarto ou meio?" Havia outros que não queriam mel artificial. Esses perguntavam: "Pedras de isqueiro?" E então o pequeno Kurt, que alternadamente tinha aulas pela manhã e pela tarde, emergia de suas colunas de números, apalpava debaixo do suéter os saquinhos e, com sua voz clara e provocante de criança, lançava cifras no ambiente da sala: "Deseja três ou quatro? Aconselho cinco, porque vão subir pelo menos para 24. A semana passada estavam ainda a 18, esta manhã tive de subi-las para vinte, e se o senhor tivesse chegado duas horas antes, ao sair eu da escola, poderia oferecê-las ainda na base de 21."

Numa extensão de quatro ruas em sentido longitudinal e de seis ruas em sentido transversal, o pequeno Kurt era o único comerciante de pedras de isqueiro. Obtinha-as de alguma parte, mas nunca revelava o segredo da mina, ainda que constantemente repetisse, mesmo ao se deitar, como se fosse uma oração: "Tenho uma mina!"

Na qualidade de pai, eu achava que tinha o direito de saber qual era a mina de meu filho. Assim, pois, ao ouvi-lo proclamar, não mais com ar de segredo, mas confiante em si mesmo "Tenho uma mina!", minha pergunta surgiu imediatamente: "De onde saem as pedras? Agora vai já me dizer onde você desencava as pedras!"

Ao que, invariavelmente, em todos aqueles meses em que me empenhava para averiguar a procedência das pedras, Maria interpunha:

"Deixe o menino, Oskar. Em primeiro lugar, isso não lhe diz respeito e, segundo, se alguém deve perguntar sou eu. E em terceiro, deixe de se comportar como se fosse seu pai. Não se esqueça de que até há dois meses não podia nem dar um pio."

E se eu não cedia e me empenhava com demasiado afinco em averiguar a origem da mina do pequeno Kurt, Maria dava uma palmada em um dos baldes de mel artificial, indignava-se até os cotovelos e, atacando simultaneamente a mim e a Guste, que ocasionalmente apoiava meus desejos de investigação, exclamava: "Faltava essa! Estragar o negócio do menino. Disso vivem vocês, daquilo que ele vende. Quando penso nas calorias que Oskar tem de tomar como doente, e que ele liquida em dois dias, isso me faz ficar doente; de fato, só achando graça."

Oskar não pode negá-lo: na época gozava eu de um apetite que era uma bênção, e a mina do pequeno Kurt fornecia então bem mais que mel artificial, de modo que graças a isso pude recuperar minhas forças, depois do pobre regime do hospital.

Assim, pois, o pai tinha de calar envergonhado e, munido de dinheiro para gastos miúdos pela graça infantil do pequeno Kurt, via-se constrangido a abandonar o apartamento de Bilk sempre que possível, para não ter que contemplar a própria vergonha.

Todos esses críticos sapientes do milagre econômico — e há uma porção deles — proclamam hoje, com tanto maior entusiasmo quanto menos se recordam daquela situação: "Que tempo formidável aquele antes da reforma monetária! Que negócios! A gente não tinha nada no estômago e, contudo, fazia fila para entrar no teatro. E até as festas improvisadas à base de aguardente de batata eram simplesmente fabulosas e muito mais divertidas que as atuais, apesar do champanha e do caviar."

Assim falam os românticos das oportunidades perdidas. Eu poderia me lamentar como um deles, pois, naqueles anos em que a mina das pedras do pequeno Kurt produzia com abundância, pude me instruir quase gratuitamente no círculo dos entusiastas da recuperação e da cultura; assisti a cursos da Universidade Popular, tornei-me frequentador do British Center, conhecido como A Ponte, discutia a culpa coletiva com católicos e protestantes e me sentia culpado com todos aqueles que pensavam: liquidemos tudo isso agora, para acabar de uma vez com o problema e não ter peso na consciência quando chegarem os tempos de bonança.

Em todo caso, devo à Universidade Popular meu nível cultural, modesto, claro está, mas cheio de magníficas lacunas. Naquele tempo eu lia muito. Já não me conformava com aquelas leituras que antes de meu crescimento me repartiam o mundo ao meio entre Rasputin e Goethe, nem com meus conhecimentos do *Calendário da Frota de Köhler* de zero quatro até 16. Não sei mais o que li. Lia na privada; lia nas intermináveis filas de teatro, espremido entre moças de trança à la Mozart, que também liam; lia enquanto o pequeno Kurt vendia suas pedras de isqueiro; lia enquanto preparava as embalagens de mel artificial. E quando havia racionamento de energia, lia entre velas, pois graças às pedras de Kurt não chegaram a faltar-nos.

Envergonhava-me confessar que a leitura daqueles anos não penetrava em mim, mas me atravessava. Algum fragmento de texto, uma ou outra migalha de palavra ficaram. E no teatro? Nomes de atores: a Hoppe, Peter Esser, o R da Flickenschildt, estudantes de arte dramática que aspiravam melhorar ainda o R da Flickenschildt, Gründgens, que no papel de Tasso, todo vestido de preto, tira da peruca a coroa de louros prescrita por Goethe no texto porque, segundo diz, o verde lhe chamusca os caracóis, e o mesmo Gründgens, também de negro, no papel de Hamlet. E a Flickenschildt assevera: Hamlet está gordo. E a caveira de Yorick, que me impressionou, porque Gründgens fazia a seu propósito comentários impressionantes. Depois representavam ante um público emocionado, em salas desprovidas de calefação, *Diante da Porta*;* e Beckmann, com seus óculos em frangalhos, representava para mim o marido de Guste, o Köster que regressa ao lar e que, no dizer de Guste, ia mudar tudo secando a mina das pedras de isqueiro de meu filho Kurt.

Hoje, quando tudo ficou para trás e já sei que uma embriaguez de pós-guerra não passa de uma embriaguez a que se segue a dor de cabeça, que converte em história tudo o que ontem era para nós, fresco ainda e cruento, proeza ou crime, hoje, digo, aprecio as lições que Gretchen Scheffler me dava em meio a suas lembranças da organização. A Força através da Alegria e seus trabalhos de tricô: Rasputin sem excessos, Goethe com moderação, a *História da cidade de Dantzig* de Keyser em frases concisas, a artilharia de um

---

* *Drassen vor del Tür*, drama de Woligang Borchert, que descreve a situação desesperadora dos prisioneiros de guerra que retornavam após a Segunda Guerra Mundial. (N.T.)

navio de linha já há tempo afundado, a velocidade em nós de todos os torpedeiros japoneses que participavam da batalha naval de Tsushima e, além disso, Belisário e Narses, Totila e Teja: a *Luta por Roma* de Félix Dahn.

Na primavera de 47 desisti da Universidade Popular, do British Center e do pastor Niemöller, e me despedi, da segunda fila, de Gustaf Gründgens, que continuava figurando no programa no papel de Hamlet.

Não fazia dois anos ainda que eu me decidira junto ao túmulo de Matzerath pelo crescimento, e já a vida dos adultos perdia interesse para mim. Sentia saudades das proporções perdidas dos três anos: de modo inabalável, desejava medir de novo meus 94 centímetros e ser menor que meu amigo Bebra e que a falecida Roswitha. Oskar sentia falta do tambor. Passeios prolongados levavam-no para a proximidade dos hospitais. E como de qualquer maneira tinha que todo mês ver o professor Irdell, que o considerava um caso interessante, voltava sempre a visitar as enfermeiras que conhecia e, embora essas não dispusessem de tempo para ele, sentia-se bem e quase feliz junto àqueles uniformes brancos, atarefados e prometedores de cura ou de morte.

As enfermeiras gostavam de mim, inventavam brincadeiras infantis desprovidas de malícia a respeito de minha corcunda, serviam-me algo bom de comer e me confiavam seus infinitos e complicados mexericos de hospital, que me produziam uma agradável languidez. E eu escutava, aconselhava e servia inclusive de mediador em pequenas querelas, porque contava com a simpatia da enfermeira-chefe. Entre aquelas vinte ou trinta moças ocultas em seus uniformes de enfermeira, Oskar era o único homem e — o que são as coisas — sentia-se desejado.

Bruno já disse: Oskar tem mãos belas e eloquentes, cabelo ligeiramente ondulado e os tais olhos azuis à la Bronski que continuam fascinando. É possível que minha corcunda e o tórax que me começa imediatamente debaixo do queixo, tão abaulado quanto estreito, façam contraste com a beleza de minhas mãos e a aparência agradável de meu cabelo; em todo caso, não era incomum que as enfermeiras, quando me sentava em sua sala, tomassem minhas mãos, brincassem com todos os meus dedos, acariciassem-me o cabelo e, na saída, dissessem umas às outras: "Quando se olha nos olhos dele, esquece-se o resto."

Eu também superara minha corcunda e, se tivesse ainda meu tambor e confiança em minha capacidade de tambor reiteradamente comprovada, teria sem dúvida decidido empreender conquistas no âmbito dos hospitais. Envergonhado, inseguro e desconfiado das eventuais incitações do meu corpo, abandonava os hospitais depois daqueles ternos prelúdios, esquivando-me de qualquer ação direta, e me desafogava passeando pelo jardim ou ao redor do alambrado estreito e regular que circundava os terrenos e me deixava perfeitamente indiferente. Punha-me a contemplar os bondes que saíam em direção de Wersten e Benrath, aborrecia-me agradavelmente nos passeios ao lado das pistas reservadas aos ciclistas e sorria ante os esforços de uma natureza que brincava de primavera e, conforme o programa, fazia brotar os botões como se fossem petardos.

Defronte, o pintor domingueiro de todos nós ia pondo cada dia um pouco mais de verde, acabado de sair do tubo, nas árvores do cemitério de Wersten. Sempre me atraíram os cemitérios. São bem-cuidados e limpos, lógicos, viris e vivazes. Neles, pode-se tomar coragem e tomar decisões; só neles a vida adquire contornos — não me refiro aqui aos marcos sepulcrais — e, se quiserem, um sentido.

Corria ao longo do muro norte do cemitério uma rua chamada Bittweg. Sete comerciantes de laje tumular faziam ali concorrência. Havia empresas importantes, como C. Schnoog ou Julius Wöbel. Outras não passavam de lojas de artesãos: Krauter, R. Haydenreich, J. Bois, Kühn & Müller e P. Korneff. Um misto de barraca e estúdio, com suas tabuletas pendendo dos telhados, recém-pintadas ou já mal legíveis, onde, abaixo do nome da empresa, liam-se inscrições do gênero: Pedras Sepulcrais — Monumentos Mortuários e Engastes — Serviço de Pedras Natural e Artificial — Arte Funerária. Em cima, na barraca de P. Korneff, soletrei: P. Korneff, lapidário e escultor funerário.

Entre o estúdio e o alambrado que cercava o terreno adjacente, alinhavam-se de maneira panorâmica, sobre pedestais simples ou duplos, os monumentos funerários para túmulos de uma a quatro vagas, estes últimos chamados jazigos de família. Imediatamente atrás do cercado, suportando em tempo de sol a sombra quadriculada da cerca, viam-se os travesseiros de calcário conchífero de poucas pretensões, as lousas polidas de diábase com ramos de palma mates e as típicas lápides de oitenta centímetros de altura para as sepulturas de crianças, com os contornos aparados a cinzel, em mármore silesiano ligeiramente nublado e com relevos no terço superior representando em sua maioria rosas esmagadas. E depois, uma fileira de lousas comuns de arenitos do Meno, procedentes das fachadas dos bancos e dos grandes armazéns destruídos pelos bombardeios e que aqui celebravam sua ressurreição, se isso pode ser dito de uma lousa funerária. No centro da exposição, a obra-prima: um monumento de mármore branco-azulado do Tirol, composto de três pedestais, duas peças laterais e uma lápide central ricamente perfilada, na qual se destacava majestosamente o que os lapidários chamam de *corpus*. Era este um *corpus* com a cabeça e os joelhos, inclinados para a esquerda, a coroa de espinhos e os três cravos, imberbe, mostrando as palmas das mãos e com a ferida do peito sangrando de forma estilizada; creio que eram cinco gotas.

Embora ao longo do Bittweg abundassem os *corpus* virados para a esquerda — antes do início da temporada da primavera havia pelo menos dez no estilo, com os braços estendidos —, o Jesus Cristo de Korneff me havia particularmente seduzido, porque, bem, porque era o que, mostrando os músculos ou inchando o peito, mais se parecia com meu atlético ginasta do altar-mor da igreja do Sagrado Coração de Jesus. Podia passar horas junto daquele cercado. Desejando isto ou aquilo, pensando em tudo e em nada, fazia passar um bastão pela cerca. Korneff continuou ainda sem aparecer. De uma das janelas do estúdio saía uma chaminé chapeada, várias vezes emendada em cotovelos, que se elevava finalmente por cima do telhado. A fumaça amarelenta de um carvão ruim saía em pouca quantidade, caía sobre o cartão alcatroado do telhado, baixava ressumando ao longo das janelas e calhas e se perdia por fim entre pedras não trabalhadas e retalhos de mármore do Lahn. Diante da porta corrediça do estúdio, coberto por uma série de lonas como se estivesse camuflado contra os ataques aéreos, havia um carro de três rodas. Os ruídos que escapavam do estúdio — a madeira batendo no ferro e o ferro fazendo saltar a pedra — revelavam o lapidário dedicado ao seu trabalho.

Em maio faltavam as lonas sobre o carro de três rodas, a porta corrediça do estúdio ficava aberta. No seu interior, cinza sobre cinza, viam-se blocos de pedra sobre os suportes das serras, a forca do brunidor, estantes com modelos de gesso e, finalmente, Korneff. Andava encurvado e com os joelhos flexionados. A cabeça tesa e inclinada para frente. Emplastos cor-de-rosa enegrecidos pela graxa circundavam-lhe o pescoço. Com um ancinho vinha por entre as pedras sepulcrais, rastreando, pois estávamos na primavera. Fazia isso com cuidado, deixando atrás de si pistas cambiantes no cascalho, e coletava também folhas mortas do ano passado coladas em alguns dos monumentos. Muito próximo do alambrado, enquanto cuidadosamente raspava o ancinho entre travesseiros de calcário conchífero e lousas de diábase, me surpreendeu sua voz: "Diga lá, rapaz, não te querem mais em casa ou o quê?"

— Suas pedras sepulcrais me agradam tremendamente — disse-lhe para bajulá-lo.

— Tal coisa não se diz em voz alta — condescendeu —, do contrário recebe-se uma logo em cima.

Só então se esforçou para mexer a nuca rígida, olhou-me ou, melhor dizendo, viu minha corcunda de soslaio: "Que fizeram com você? Isso não se constitui em obstáculo para dormir?"

Esperei que acabasse de rir e lhe expliquei a seguir que uma corcunda não constitui necessariamente estorvo, que de certo modo dominava a minha e que inclusive havia mulheres e moças que gostavam da corcunda, que se adaptavam às condições e possibilidades do corcunda, e que, dizendo de uma assentada, eram vidradas na corcunda.

Korneff meditava com o queixo apoiado no ancinho: — Sim, bastante possível; já ouvi dizer algo parecido.

Depois me falou de seu tempo na Eifel, do trabalho nas canteiras de basalto, de uma mulher que tivera e de quem se podia soltar uma perna de madeira, creio que a esquerda; era um pouco como minha corcova, embora minha "caixa" não fosse destacável. O marmorista evocava as lembranças em comprimento, largura e detalhes. Esperei paciente que terminasse e a mulher repusesse a perna, e pedi que me mostrasse seu estúdio.

Korneff abriu a porta chapeada no centro da cerca, como quem faz um convite apontou com o ancinho na direção da porta corrediça, e fiz com que o cascalho debaixo de mim rangesse, até que me envolveu o odor de enxofre, cal e umidade.

Pesadas toras aplanadas em cima, em forma de pera, com sulcos que deixavam ver a fibra e revelavam um golpear constante no mesmo sentido, repousavam sobre superfícies desbastadas, de lados já esquadriados. Cinzéis para desbastar, buris com cabos de madeira, ferros denteados forjados e azuis ainda, os longos rascadores com mó para o mármore, pasta de esmeril secando-se sobre tamboretes quadrados de madeira; sobre toras de madeira, pronta para sair, uma lápide vertical de mármore travertino fosco, já polida; gorda, amarela, porosa, para uma sepultura de dois corpos.

— Este é o marrão, este é o buril, este é o esquadro e esta — e Korneff alçava uma ripa da largura da mão e de umas duas braças de comprimento e a testava puxando o canto para perto do olho — esta é a régua. Com isto guio os punções, quando estão sem faro.

Minha pergunta não foi de pura cortesia: "O senhor tem aprendizes?"

Korneff se lamentou: "Aqui haveria trabalho para cinco, mas não há jeito de achá-los. Hoje em dia estão no aprendizado do mercado negro, os filhos...!" Tal como eu, o marmorista era contra tais negócios escusos que impediam mais de um jovem de talento de aprender um ofício regular. Enquanto Korneff me mostrava diversas mós de carborundo, grossas ou finas, e me demonstrava sua ação polidora sobre uma lousa de Solnhofen, eu acariciava uma ideia. Pedras-pomes, pedra-laca marrom-chocolate para polir, terra de trípoli para dar brilho ao que antes fora fosco; e, cada vez mais clara, minha ideia. Korneff me mostrava modelos de escrita e falava em caracteres em relevo e baixo-relevo, no dourado das inscrições, e que o dourado não era tão caro como se supunha, já que com um bom táler dos antigos se podia dourar o cavalo e o cavaleiro. Isto me fez lembrar o monumento equestre do imperador Guilherme em Dantzig, no Mercado do Feno, que cavalgava sempre na direção de Sandgrube e que agora os conservadores de monumentos poloneses se propuseram a dourar; mas, apesar do cavalo, do cavaleiro e do dourado de folha, não desisti da minha ideia, que cada vez se tornava mais valiosa para mim, e que continuava acariciando. Quando Korneff me mostrou o pantógrafo de três pernas para trabalhos de escultura, batendo com os nós dos dedos nos diversos modelos de gesso do Crucificado, voltado ora para a esquerda ora para a direita, eu a formulei: "Pretende então contratar um aprendiz?" Minha ideia punha-se em marcha. "Se entendi bem, o senhor está procurando um aprendiz?" Korneff massageou os emplastros da nuca furunculosa. "Quer dizer, o senhor eventualmente me empregaria como aprendiz?" A pergunta estava malformulada e a retifiquei imediatamente: "Por gentileza, não subestime meu vigor, prezado sr. Korneff! Se minhas pernas são um tanto delicadas, os braços, esses sim, aqui não falta nada." Entusiasmado ante minha própria decisão, resolvi lançar-me de todo à frente: descobri o braço esquerdo e ofereci a Korneff, para que o apalpasse, um músculo pequeno, sim, mas tenso como de um boi; e, como não fizera menção de apalpá-lo, tirei do calcário conchífero um cinzel de desbastar, fiz estalar o metal hexagonal a título de prova sobre meu montículo do tamanho de uma bola de tênis; parei essa demonstração quando Korneff pôs para funcionar a polidora, fez girar guinchando um disco azul-acinzentado de carborundo sobre o pedestal de travertino da lápide dupla e, com os olhos sobre a máquina, gritou finalmente, superando o ruído da polidora: "Vai pensando, jovem. Isto aqui não é sopa. E se afinal você se decidir, então pode vir, digamos, como estagiário."

Seguindo o conselho do lapidário, consultei o travesseiro durante toda a semana; de dia comparava as pedras de isqueiro do pequeno Kurt com as pedras sepulcrais do Bittweg e ouvia as censuras de Maria: "Você é um peso pra todo mundo, Oskar. Faça alguma coisa: chá, cacau ou leite em pó!" Mas eu não fazia nada; deixava que Guste tomasse meu partido contra o mercado negro e evocasse o exemplo do ausente Köster. Quem me fazia sofrer, por outro lado, era meu filho Kurt, o qual, inventando colunas de números e anotando-os no papel, não reparava em mim, exatamente do mesmo modo como eu magoara Matzerath, não reparando nele durante tantos anos.

Estávamos sentados à mesa do almoço. Guste havia desligado a campainha a fim de que a clientela não nos surpreendesse comendo ovos mexidos com toucinho. Maria disse: "Veja, Oskar, podemos nos permitir isso porque nos mexemos." O pequeno Kurt suspirou. As pedras de isqueiro haviam baixado para 18. Guste comia à beça sem dizer patavina. Eu a imitava, saboreava a comida, mas apesar disso sentia-me infeliz, provavelmente devido aos ovos em pó; ao morder o toucinho algo cartilaginoso, experimentei de repente e até as bordas das orelhas um grande anseio de felicidade; contra toda a ciência queria eu a felicidade, contra todo meu ceticismo, que não conseguia arrefecer minha sede de felicidade. Queria ser imensamente feliz, e enquanto os outros continuavam comendo e se davam por satisfeitos com os ovos em pó, levantei e me dirigi ao armário, como se em seu interior se achasse a felicidade; remexi em minha gaveta e achei, não a felicidade, mas, atrás de meu álbum de fotografias e do meu livro, os dois embrulhos de desinfetantes do sr. Fajngold, e de um deles extraí, não a felicidade, certamente, mas o colar de rubis de minha pobre mamãe perfeitamente desinfetado. Fazia anos, Jan Bronski roubara-o, em uma noite invernal que cheirava a neve, de uma vitrine na qual pouco antes Oskar, que então era feliz e cortava o vidro com seu canto, fizera um buraco redondo. Saí de casa levando a joia, vendo na joia a escada, vendo o caminho, e peguei o bonde na Estação Central, porque — pensei comigo — se der certo... bem, estava claro que... Mas o Manco e o Saxão, a quem os outros chamavam de auxiliar, só se deram conta do valor material, sem chegarem remotamente a suspeitar como estavam me abrindo a porta da felicidade ao me oferecerem pelo colar de minha pobre mamãe uma pasta de couro autêntico e 15 pacotes de cigarros Lucky Strike.

À tarde estava de volta a Bilk, no seio da família. Abri o embrulho: 15 pacotes — uma fortuna — de Lucky Strike em maços de vinte cada um; deixei que os outros ficassem pasmos, empurrei para eles a montanha de tabaco e disse: isto é para vocês, mas doravante deixem-me em paz, já que os cigarros valem minha tranquilidade. Além disso, preciso de uma marmita de comida, que a partir de amanhã penso carregar diariamente na pasta ao ir para o trabalho. Sejam felizes com o mel artificial e as pedras de isqueiro, disse sem ressentimento ou acusação; minha arte tem outro nome e minha felicidade se inscreverá doravante sobre pedras sepulcrais ou, melhor dizendo, nelas se cinzelará.

Korneff me contratou como estagiário por cem marcos mensais. Isso era quase nada e, contudo, valeu finalmente a pena. Já ao fim de uma semana revelou-se que minhas forças não bastavam para os labores pesados de desbaste. Tinha de desbastar um bloco de granito belga recém-chegado da canteira para um jazigo de quatro lugares, e mal passada uma hora quase não podia sustentar o cinzel e, quanto ao marrão, só conseguia movê-lo pesadamente. Também o desbaste bruto precisei transferir a Korneff; em compensação demonstrei ter jeito para brunir peças, usar o dentelo, esquadrinar uma superfície com duas réguas, traçar as quatro bordas e biselar as mesmas. Um cepo quadrado de madeira em posição vertical com uma prancha em cima em forma de T me servia de assento; segurava o buril com a direita, e com a esquerda, contrariamente aos conselhos de Korneff, que quisera me ver usando a direita, fazia ressoar o porrete de madeira em forma de peça e os diversos marrões e, com os 64 dentes da marreta de desbastar, mordia e abrandava a pedra ao mesmo tempo. Felicidade: não era o tambor, sem dúvida, mas tão somente um sucedâneo; mas a felicidade bem pode ser também um sucedâneo, e até é possível que a felicidade só exista como sucedâneo: a felicidade substitui a felicidade e vai se sedimentando. Felicidade do mármore, felicidade do arenito — arenito do Elba, arenito do Meno, de Ti, de Todos: felicidade de Kirchheim, felicidade de Grenzheim. Felicidade dura: carrara. Nebulosa, frágil felicidade: alabastro. A felicidade de aço cromado penetrando a diábase. Dolomita: a felicidade em verde. Branda felicidade: o tufo. Felicidade multicor do Lahn. Felicidade porosa: basalto. Felicidade fria do Eifel. Como um vulcão brotava a felicidade, e sedimentava-se em pó, e me rangia entre os dentes.

Minha mão se revelava mais feliz quando eu gravava as inscrições. Nisso deixava o próprio Korneff para trás e executava a parte ornamental da escultura: folhas de acanto, rosas cortadas rente para lápides infantis, palmas, símbolos cristãos com o XP e o INRI, ranhuras, ovos e âncoras, cordões e cordões duplos. Com toda sorte de perfis imagináveis Oskar proporcionava felicidade a pedras sepulcrais de todo preço. E quando, após oito horas de trabalho, conseguira gravar em uma lápide polida de diábase, que meu hálito tornava de novo fosca, uma inscrição no estilo de: Aqui descansa em Deus meu querido esposo — outra linha — nosso excelente pai, irmão e tio — outra linha — Joseph Esser — outra linha — nascido a 3.4.1885 falecido a 22.6.1946 — outra linha — a Morte é a porta da Vida —, então, ao reler o texto, experimentava um agradável sucedâneo de felicidade, e dava graças uma ou outra vez por essa felicidade ao tal Joseph Esser, falecido aos 61 anos de idade, e às nuvenzinhas verdes de diábase que se formavam ante meu cinzel, pondo de resto particular esmero no corte dos Os do epitáfio esseriano. A letra O, de que Oskar gostava em particular, ficava sempre regular e infinita, ainda que talvez um pouco grande demais.

Meu trabalho de auxiliar de lapidário começara em fins de maio. Em princípios de outubro apareceram em Korneff dois novos furúnculos, e tivemos de colocar a lápide de mármore travertino de Hermann Webknecht e Else Webknecht (Freytag, em solteira) no cemitério Sul. Até aquele dia o marmorista, que não se fiava ainda em minhas forças, nunca quisera me levar com ele aos cemitérios. Via de regra ajudava-o nos trabalhos de instalação um operário quase surdo, mas de resto bastante útil, da empresa Julius Wöbel. Em compensação, Korneff sempre estava disposto a dar uma mão quando à Wöbel, que empregava oito pessoas, faltava gente. Eu tinha oferecido reiteradamente minha colaboração nesses trabalhos de instalação, dada a atração que exercem sobre mim os cemitérios, mesmo que na ocasião não tivesse tomado ainda nenhuma decisão sobre o que fazer neles. Felizmente, em princípios de outubro teve início no estúdio de Wöbel um período de grande atividade, de modo que até as primeiras geadas não podia prescindir de um só de seus homens. Korneff ficou reduzido a mim.

Colocamos os dois a lousa de travertino sobre cavaletes atrás do automóvel e depois a fizemos deslizar sobre roletes de madeira dura até a plataforma de carregamento; em seguida carregamos o pedestal, protegendo os cantos com sacos vazios de papel, carregamos os instrumentos, cimento, areia, cascalho e os roletes e os cavaletes para a descarga, eu fechei a tampa, e Korneff já se achava sentado ao volante e ligava o motor, quando enfiou a cabeça e a nuca com seus furúnculos pela portinhola lateral e gritou: "Vamos, rapaz, venha! Pegue a sua marmita e suba!"

Lenta viagem em torno dos hospitais municipais. Diante do portão principal, nuvens brancas de enfermeiras. Entre elas, uma conhecida minha, a srta. Gertrud. A saudação com a mão; ela me responde. Eis aí de novo ou ainda a felicidade, penso. Devia convidá--la — mesmo se agora já não a vejo mais, pois seguimos em direção do Reno —, para alguma coisa — em direção de Kappes Hamm —, talvez para um cinema ou um teatro, para ver Gründgens. Mas já nos acena o edifício de tijolo amarelo: convidá-la, mas não obrigatoriamente para ir ao teatro — e a fumaça sobe do crematório sobre árvores meio mortas. Que tal, srta. Gertrud, se alguma vez fôssemos a outra parte? Outro cemitério, outros estúdios de marmoraria. Manobra em honra da srta. Gertrud diante da entrada principal: Beutz & Kranich, Pedras naturais de Pottgiesser, Böhm Arte funerária, Gockeln Flores para cemitério. Controle no portão; não é fácil entrar no cemitério. Administração com boné funerário: travertino para jazigo duplo, número 79, seção oito, mão ao boné funerário, as marmitas podem aquecer-se no crematório; e em frente à casa mortuária, Leo Schugger.

Eu disse a Korneff: "Esse não é um tal de Leo Schugger, esse aí de luvas brancas?"

Korneff, levando a mãos aos furúnculos: "Esse é o Willem Sabber, e não Leo Schugger; mora aqui."

Como podia me dar por satisfeito com semelhante informação? Afinal, também eu vivera antes em Dantzig e vivia agora aqui em Düsseldorf e continuava me chamando Oskar: "Havia na minha terra um sujeito exatamente igual, chamava-se Leo Schugger, e antes, quando se chamava apenas Leo, esteve no seminário."

Korneff, com a mão esquerda nos furúnculos e com a direita manobrando o carro diante do crematório:"É bem possível. Porque conheço uma porção deles que antes estiveram no seminário e agora vivem nos cemitérios e mudaram de nome. Mas este é Willem Sabber."

Passamos perto de Willem Sabber. Cumprimentou-nos com sua luva branca e me senti em casa no cemitério Sul.

Outubro, alamedas de cemitério; o mundo perde cabelos e dentes, quero dizer, continuamente caem no chão folhas amarelas, agitando-se. Silêncio, pardais, transeuntes, o ruído do motor na direção da seção oito, ainda bastante longe. Entrementes, velhas com regadores e netos, sol sobre o negro granito sueco, obeliscos, colunas simbolicamente quebradas ou destroços reais da guerra, um anjo coberto de musgo atrás de um teixo ou de qualquer coisa verde lembrando um teixo. Uma mulher com a mão de mármore diante dos olhos, deslumbrada com o próprio mármore. Um Cristo em pétreas sandálias abençoa os álamos, e outro Cristo, na seção quatro, bendiz uma bétula. Belos pensamentos na avenida entre a seção quatro e cinco: o mar. E o mar lança, entre outras coisas, um cadáver à praia. Do lado do caminho de Zoppot, música de violinos e a tímida aparição de alguns fogos de artifício em favor dos cegos da guerra. Inclino-me, como o Oskar de três anos, sobre os despojos do mar e espero que seja Maria, ou talvez a srta. Gertrud, que eu finalmente devia convidar. Mar é a bela Luzie, a pálida Luzie, segundo me dizem e confirma aquele fogo de artifício que agora se aproxima do ponto culminante. Usa como sempre, quando com más intenções, seu casaquinho de tricô estilo Berchtesgaden. Está molhada a lã, que tiro dela. Também molhado o casaquinho que leva debaixo do casaquinho estilo Berchtesgaden. E de novo eu lhe tiro um casaquinho de tricô estilo Berchtesgaden. E ao final, quando os fogos se esgotaram e só ficaram os violinos, sob a lã, envolto na lã de um maiô da Federação de Moças Alemãs, encontro seu coração, o coração de Luzie, uma minúscula lápide fria sobre a qual está escrito: Aqui jaz Oskar — Aqui jaz Oskar — Aqui jaz Oskar...

— Não durma, rapaz! — Korneff interrompeu meus belos pensamentos trazidos pelo mar e iluminados por fogos de artifício. Dobramos à esquerda, e a seção oito, um campo novo sem arvoredo e com poucas tumbas, abria-se diante de nós, plano e ávido. Destacavam-se nitidamente da monotonia das tumbas não cuidadas, ainda recentes demais, os cinco últimos enterros: montanhas putrescentes de coroas com fitas desbotadas pela chuva.

Não tardamos em achar o número 79 no princípio da ala quatro, pertinho da seção sete, que ostentava algumas árvores jovens de crescimento rápido e bom número de lápides comuns regularmente dispostas, em sua maioria de mármore da Silésia. Aproximamo-nos do 79 por trás e descarregamos as ferramentas, o cimento, o cascalho, a areia, o pedestal e a lousa de travertino, de brilho ligeiramente sebento. O carro de três rodas deu um salto quando rodamos o bloco sobre os roletes de madeira do estrado de carregamento aos cavaletes. Korneff tirou da cabeceira das sepulturas a cruz provisória de madeira, em cuja travessa se lia: H. Webknecht e E. Webknecht, pediu-me a broca e começou a cavar os dois buracos de um e sessenta de profundidade conforme o regulamento do cemitério, para o suporte de cimento, enquanto eu ia buscar água na seção sete, preparava logo a mistura e a tinha pronta quando ele, ao chegar a um e cinquenta, disse: pronto, e eu pude começar a encher os buracos. Agora Korneff, ofegante, estava sentado sobre a lousa de travertino e, levando a mão à nuca, apalpava os furúnculos. "Já estão no ponto. Sei muito bem quando estão maduros e vão arrebentar." Eu ia despejando o cimento sem pensar em nada em particular. Do lado da seção sete avançava lentamente um cortejo fúnebre protestante, cruzando a seção oito, para a nove. Ao passar, a três alas de distância de nós, Korneff se ergueu de seu assento e, do pastor até os parentes mais próximos, tiramos os bonés conforme as disposições do cemitério. Ia atrás do ataúde, completamente só, uma velhinha de preto toda curvada. Os que acompanhavam eram todos muito mais altos e fortes.

— Não os encha completamente! — gemeu Korneff a meu lado.
— Sinto que vão rebentar antes que a gente acabe de fixar a lousa.

Entrementes, o cortejo chegara à seção nove, parara e se fazia ouvir a voz alternadamente ascendente e descendente de um pastor. Teríamos podido colocar agora o pedestal sobre a base, já que a mistura havia secado. Mas Korneff se deitou de bruços sobre a lousa de travertino, pôs o boné entre a testa e a pedra e, deixando a nuca descoberta, começou a puxar as golas do casaco e da camisa, enquanto vinham chegando à seção oito detalhes da vida do defunto da nove. Não só tive de subir na lousa, como sentar-me sobre as costas de Korneff e me certificar: eram dois, um ao lado do outro. Um retardatário, com uma coroa grande demais para ele, dirigia-se à seção nove e ao sermão que ia chegando ao fim. Depois de ter arrancado o emplasto de um puxão só, limpei com uma folha de faia o unguento antisséptico e percebi os dois quistos, quase iguais, de um pardo alcatroado chegado a amarelo. "Oremos", soprava da seção nove o vento. Interpretei isto como um encorajamento, virei a cabeça de lado e, pondo algumas folhas de faia sob os polegares, comecei a apertar e a extrair. "Pai Nosso...", Korneff rangia os dentes: "Não aperte, é preciso puxar!" — Puxei: "...seja Vosso nome", chegava até Korneff "...venha a nós o Vosso reino". Nisso, vendo que puxar não adiantava nada, apertei. "...Seja feita a Vossa vontade, assim como." Que não explodisse, foi um milagre. E de novo "nos dai hoje". Korneff regressava ao texto: "devedores e não nos deixeis cair..." Era mais do que eu esperava. "Reino, Poder e Grandeza." Eu espremia o resto de cor avermelhada. "Eternidade, amém." E enquanto eu espremia, Korneff: "Amém"; e tornei a apertar: "amém", quando os da seção nove começavam já com os pêsames, e Korneff outra vez: "Amém"; e continuava estendido de bruços sobre o travertino, e já aliviado, gemia: "Amém", e também: "Tem mais cimento para o pedestal inferior?" Sim, eu tinha; e ele: "Amém."

Atirei as últimas pazadas à guisa de ligação entre os dois suportes. Nisto Korneff deslizou da superfície polida da inscrição e deixou que Oskar lhe mostrasse as folhas outonais vermelhas com o conteúdo igualmente vermelho dos dois furúnculos. Novamente pusemos os bonés, pegamos a lousa e levantamos o monumento funerário de Hermann Webknecht e de Else Webknecht, em solteira Freytag, enquanto o cortejo fúnebre da seção nove ia se desintegrando.

Fortuna Norte

Nessa época, só podiam se permitir pedras sepulcrais aqueles que deixavam sobre a terra algo de valor. Não precisava ser um diamante ou um colar de pérolas do tamanho de um côvado. Por cinco quintais de batatas se obtinha já uma lousa polida de calcário conchífero de Grenzheim. Um monumento de granito belga sobre três pedestais para duas pessoas nos rendeu tecido para dois ternos com colete. A viúva do alfaiate, que possuía o tecido, ofereceu-nos a mão de obra em troca de uma bonita borda de dolomita, pois ainda conservava um auxiliar.

Assim que uma tarde, ao sair do trabalho, Korneff e eu tomamos o dez em direção de Stockum, procuramos a viúva Lennert e tiramos as medidas. Oskar usava então um ridículo uniforme de caçador de tanques, que Maria havia reformado para ele e, apesar de os botões terem sido mudados de lugar, eu não podia abotoar a roupa devido às minhas dimensões particulares.

O auxiliar, que a viúva Lennert chamava de Anton, fez de uma fazenda azul-escura de listras finas um terno sob medida para mim: paletó reto, com forro cinza, ombros acolchoados, mas sem aparentar além da conta, a corcova sem disfarce, antes decentemente valorizada, e a calça com bainha mas não larga demais. O Mestre Bebra continuava sendo meu modelo em matéria de elegância masculina. Daí o fato de a calça não ter passadores para o cinto, mas botões para os suspensórios, ao passo que o colete era lustroso atrás e fosco na frente, com o forro rosa desbotado. A coisa toda precisou ser experimentada cinco vezes.

E enquanto o auxiliar ainda trabalhava no terno cruzado de Korneff e no meu reto, um traficante de sapatos andava procurando para sua esposa, falecida em 43 em consequência de um bombardeio, uma lápide por metro cúbico. O homem queria a princípio nos pagar com vales, mas preferimos receber em mercadorias. Pelo mármore da Silésia com borda de pedra artificial e sua colocação obteve Korneff um par de sapatos café-escuro e um chinelo com sola de couro. A mim tocou-me um par de botinas de cadarço, bastante fora de moda mas extraordinariamente flexíveis. Tamanho 35: conferiam a meus débeis pés um apoio firme e elegante.

Maria se encarregou das camisas. Pus-lhe um maço de marcos sobre a balança do mel artificial: "Poderia me comprar duas camisas brancas, uma listradinha, e duas gravatas, uma cinza-claro e outra marrom? O resto é para o pequeno Kurt e para você, minha querida Maria, que nunca pensa em si mesma, sempre só nos outros."

Certa vez, estando de humor generoso, presenteei Guste com uma sombrinha de cabo de chifre autêntico e um baralho com cartas de *skat* de Altenburg pouco manuseadas, já que gostava de pôr as cartas para saber quando Köster ia regressar e se incomodava em pedi-las emprestado a algum vizinho.

Maria apressou-se em providenciar a minha encomenda e com o que sobrou do dinheiro comprou um impermeável e uma mochila escolar de pele artificial para o pequeno Kurt, a qual, por horrorosa que fosse, não deixaria de cumprir provisoriamente sua missão. Às camisas e às gravatas acrescentou três pares de meias cinzentas que eu esquecera de encomendar.

Quando Korneff e Oskar foram buscar seus ternos, olhamo-nos desajeitados no espelho da alfaiataria, impressionadíssimos um com o outro. Korneff mal se atrevia a mexer a nuca sulcada de cicatrizes dos furúnculos. Os braços caíam-lhe desajeitadamente para a frente e procurava manter as pernas. A mim o terno novo dava, sobretudo quando cruzava os braços sobre o peito e aumentava assim minhas proporções horizontais superiores, apoiando-me na delgada perna direita e inclinando negligentemente para a esquerda, um ar demoníaco e intelectual. Sorrindo de satisfação diante da cara de assombro que Korneff fazia, aproximei-me do espelho e me pus tão perto daquela superfície dominada por minha imagem que poderia tê-la beijado; contudo, eu me limitei a deixar nela o hálito e dizer, em tom de brincadeira:

— Olá, Oskar! Só lhe falta um alfinete de gravata!

Quando na semana seguinte, em um domingo à tarde, visitei os hospitais municipais e me exibi às enfermeiras de roupa nova, satisfeito e sem que me faltasse o menor detalhe, já era possuidor de um alfinete de gravata prateado, com uma pérola.

Ao me verem sentado em sua sala de enfermagem, as excelentes moças ficaram atônitas. Isto acontecia no final do verão de 47. Cruzei da forma conhecida meus braços sobre o peito e brinquei com minhas luvas de pele. Fazia já um ano que era auxiliar de lapidário e mestre em matéria de estriagem e abertura de ranhaduras. Cruzei uma perna da calça sobre a outra, cuidadosamente, para não desfazer os vincos. Nossa boa Guste cuidava do terno como se tivesse sido confeccionado para aquele Köster cujo regresso havia de mudar tudo. A srta. Helmtrud queria tocar a fazenda, e a tocou, de fato. Para o pequeno Kurt comprei na primavera de 47, quando celebramos seu sétimo aniversário com licor de ovo feito em casa e torta seca de confecção caseira — receita: coma-se! —, um sobretudo cinza de pano não pisoado. Ofereci às enfermeiras, entre as quais se incluía a srta. Gertrud, alguns bombons que nos havia rendido, junto com vinte libras de açúcar-cande, uma lousa de diábase. No meu modo de ver, o pequeno Kurt gostava demais de ir à escola. A professora, ainda em bom estado e sem termo de comparação com a Spollenhauer, elogiava-o e dizia que era inteligente ainda que um pouco sério demais. Quão alegres podem ser as enfermeiras quando a gente lhes oferece bombons! Ao me encontrar alguns momentos a sós com a srta. Gertrud na enfermaria, perguntei-lhe sobre seus domingos livres.

— Ah, hoje, por exemplo, estou livre a partir das cinco. Mas de qualquer maneira, não há nada para se fazer na cidade! — disse com ar de resignação.

Minha opinião era que devíamos experimentar. A princípio, ela era de parecer que não valia a pena tentar e que preferia recuperar o sono atrasado. Então, mais insinuante, formulei meu convite e, ao ver que ela custava a se decidir, concluí em tom de mistério: "Anime-se, srta. Gertrud! A juventude passa, e cupões para bolos não nos faltam!" A título de acompanhamento dei umas palmadinhas ligeiramente estilizadas no meu peito, sobre o tecido do bolso de dentro, ofereci-lhe outro bombom e não deixei de sentir, curiosamente, certo calafrio quando a robusta moça da Westfalia, que não era de modo algum meu tipo, disse, olhando o armário de pomadas: "Ah, sim, se você acha... Digamos às seis; mas não aqui; digamos na praça Cornelius."

Como se eu exigisse da srta. Gertrud um encontro no hall ou diante da entrada principal dos hospitais municipais! Assim, pois, esperei-a sob o relógio da praça Cornelius, que, ressentido ainda dos efeitos da guerra, não marcava as horas. Veio pontualmente, segundo pude comprová-lo no relógio de bolso, não muito caro, que havia adquirido algumas semanas antes. Quase não a reconhecera; porque se a tivesse percebido quando desceu na parada do bonde em frente, digamos a uns cinquenta passos de distância, teria fugido decepcionado; a srta.

Gertrud não vinha como a srta. Gertrud, vale dizer, de branco e com o broche da Cruz Vermelha, mas como uma srta. Gertrud Wilms qualquer, de Hamm ou de Dortmund ou de qualquer outro lugar entre Hamm e Dortmund, em traje civil de confecção medíocre.

Não percebeu meu desencanto e me contou que quase se atrasava, pois a enfermeira-chefe, só para implicar com ela, lhe confiara um encargo pouco antes das cinco.

— Pois bem, srta. Gertrud, posso lhe fazer algumas sugestões? Podíamos ir primeiro tranquilamente a um salão de chá, e depois aonde quiser: ao cinema talvez, porque para o teatro já não há, infelizmente, meio de conseguir entradas; ou então que tal dançar um pouco?

— Ah, sim, vamos dançar? — exclamou entusiasmada, e só tarde demais reparou, mal dissimulando seu espanto, que como parceiro de dança faria eu uma figura impossível, apesar de estar, sem dúvida, bem-vestido.

Com certa maliciosa satisfação — por que ela não viera com aquele uniforme de enfermeira que eu apreciava tanto! — aferrei-me ao plano que já obtivera sua calorosa aprovação, e ela, que carecia de imaginação, não tardou em esquecer seu susto, comeu comigo — eu um pedacinho e ela três pedacinhos — um bolo que deviam ter confeccionado com cimento e, depois que paguei com cupões e com dinheiro, tomou comigo, perto do armazém de Koch do Wehrhahn, o bonde que ia a Gerresheim, porque Korneff me dissera que perto de Grafenberg havia um salão de dança.

Tivemos que fazer a pé o último trecho do caminho, já que o bonde parava antes da subida. Era um entardecer de setembro, tal como se lê nos livros. As sandálias da srta. Gertrud, que eram de sola de madeira e não requeriam cupões para sua aquisição, matraqueavam como o moinho junto ao arroio. Isso me deixava alegre. As pessoas que desciam a encosta se voltavam para nos olhar. À srta. Gertrud isso era penoso. Eu já estava acostumado e não me importava: no final das contas eram meus cupões que lhe haviam proporcionado três pedacinhos de bolo de cimento no salão de chá de Kürten.

O salão de dança se chamava Wedig, e tinha um subtítulo: Castelo do Leão. Já na bilheteria houve risadas sufocadas e, quando entramos, as cabeças se voltaram para nós. Em traje civil, a srta. Gertrud sentia-se insegura e, se o garçom e eu não a tivéssemos segurado, teria tropeçado numa cadeira de armar. O garçom indicou-nos uma mesa perto da pista e eu pedi dois refrescos, acrescentando em voz baixa, de forma que só ouvisse o garçom: "Mas com álcool, por favor."

O Castelo do Leão constava basicamente de uma sala que outrora pôde ter servido de picadeiro. A parte superior, ou seja, o teto bastante danificado, estava enfeitado com serpentinas e grinaldas de papel procedentes do último Carnaval. Luzes esmeriladas e coloridas lançavam reflexos nos cabelos penteados para trás, emplastrados de gomalina, de jovens traficantes do mercado negro, elegantes às vezes, e nas blusas de tafetá de algumas moças que pareciam se conhecer todas entre si.

Quando nos serviram as bebidas com álcool, comprei do garçom dez cigarros americanos, ofereci um à srta. Gertrud e outro ao garçom, que o pôs atrás da orelha e, depois de estender fogo à minha dama, exibi a piteira de âmbar de Oskar e fumei até a metade um cigarro Camel. As mesas do lado se acalmaram. A srta. Gertrud já se atrevia a erguer a vista. E quando apaguei no cinzeiro a soberba metade do Camel e a deixei ali abandonada, a srta. Gertrud agarrou-a com uma mão experta e a guardou em um dos compartimentos internos de sua bolsa de plástico.

— Para meu noivo em Dortmund — disse. — Fuma que nem um desesperado.

Alegrei-me por não ter de ser seu noivo, e também porque a música começara.

A orquestra, composta de cinco músicos, tocou: *Don't fence me in*. Atravessando a pista em diagonal e sem toparem uns com os outros, os varões, que caminhavam sobre solas de crepe, pescavam moças, que, ao levantarem-se, deixavam suas bolsas com alguma amiga para que as guardassem.

Havia alguns casais que dançavam com grande desenvoltura, como se fossem profissionais. Mascava-se muito chiclete. Alguns dançarinos paravam por alguns compassos e sustinham pelo braço as moças que continuavam se agitando com impaciência em seus lugares. Palavras soltas em inglês conferiam sabor ao vocabulário renano. Antes que os casais voltassem a se unir para a dança, passavam-se pequenos objetos de mão em mão: os verdadeiros traficantes do mercado negro não conhecem descanso.

Deixamos passar essa música, e também o foxe seguinte. Oskar olhava ocasionalmente as pernas dos rapazes e, quando a banda atacou *Rosamunda*, convidou a srta. Gertrud, que estava inteiramente desconcertada.

Recordando as habilidades de dançarino de Jan Bronski, lancei-me num tango: media duas cabeças menos que a srta. Gertrud e não só me dava conta do aspecto grotesco de nosso acoplamento, como também tendia a acentuá-lo. Ela se deixava conduzir com resignação, e eu, aguentando-a pela traseira com a palma da mão — senti trinta por cento de lã — empurrei a robusta srta. Gertrud, com minha bochecha junto à sua blusa, para trás, seguindo seus passos e solicitando espaço com nossos braços estendidos pela esquerda, de um extremo a outro da pista. A coisa foi melhor do que eu havia me atrevido a esperar. Permiti-me praticar umas evoluções e, sem perder em cima contato com sua blusa, aguentava-me em baixo, ora à direita, ora à esquerda de sua cadeira, que me oferecia apoio, e girava ao seu redor, sem perder nisso essa atitude clássica do tanguista, que tem por objetivo dar a impressão de que a dama vai cair para trás e o cavalheiro que procura tombá-la vai cair sobre ela, e contudo nem ele nem ela caem, porque ambos são excelentes dançarinos.

Não tardamos em ter espectadores. Eu ouvia exclamações do tipo: "Não te disse que esse era o Jimmy? Olha só como o Jimmy dança bem! *Hallo, Jimmy! Come on, Jimmy! Let's go, Jimmy!*"

Infelizmente eu não conseguia ver a cara da srta. Gertrud e só me cabia esperar que ela tomasse essas incitações com satisfação e calma, com uma ovação da juventude, e que se adaptasse ao aplauso com a mesma naturalidade com que sabia adaptar-se amiúde, em seu trabalho de enfermeira, aos galanteios desajeitados dos pacientes.

Quando nos sentamos, continuavam aplaudindo. A orquestra dos cinco marcou o floreado, no qual o baterista se distinguiu especialmente, e depois outro e mais outro. "Jimmy!" gritavam, e: "Já viu a dupla?" Nisso Gertrud se levantou, balbuciou algo acerca de ir ao toalete, pegou a bolsa com o meio cigarro para o noivo de Dortmund e, toda ruborizada e esbarrando nas cadeiras e nas mesas, dirigiu-se ao toalete ao lado da bilheteria.

E não voltou. Antes de se levantar esvaziara de um só trago o copo de bebida gelada; pude deduzir que o esvaziar do copo significava adeus; a srta. Gertrud me deixou plantado.

E Oskar? Com um cigarro americano na piteira de âmbar, pediu ao garçom, que retirava discretamente o copo esvaziado pela srta. Gertrud, um trago de álcool puro, sem bebida gelada. Custasse o que custasse, Oskar sorria. Sorria dolorosamente, sem dúvida, mas sorria e, cruzando em cima os braços e pondo embaixo uma perna da calça sobre a outra, abanava negligentemente uma elegante botinha de cadarços, tamanho 35, e saboreava a superioridade moral do homem abandonado.

Os jovens frequentadores do Castelo do Leão mostraram-se simpáticos e, ao passarem perto de mim girando sobre a pista, faziam sinais amistosos. *Hallo!* gritavam os varões; *Take it easy!*, as moças. Eu agradecia com minha piteira àqueles representantes do verdadeiro humanitarismo, e me sorri satisfeito quando o baterista começou a redobrar profusamente e, executando um solo de tambor, timbales, pratos e triângulo, que me lembrava meus bons tempos embaixo das tribunas, anunciou que agora cabia às damas escolherem seus pares.

A orquestra esquentou e tocou "Jimmy, the Tiger". Isto era sem dúvida alguma em minha honra, ainda que ninguém do Castelo do Leão pudesse ter a menor ideia de minha carreira de tambor debaixo das tribunas. Em todo caso, aquela mulherzinha irrequieta, de cabelos desgrenhados vermelhos de henê, que tinha me escolhido para seu par me sussurrou ao ouvido, com uma voz enrouquecida pelo fumo e mascando chiclete: *"Jimmy, the Tiger."* E enquanto, evocando a selva e seus perigos, girávamos velozmente, por aproximadamente uns dez minutos, o tigre rondava por ali sobre suas patas de tigre. E novamente houve redobre de tambor, e aplauso, e novo redobre, porque eu levava uma corcova bem-vestida, era ágil de pernas e, como *Jimmy, the Tiger*, não fazia de modo algum má figura. Convidei à minha mesa a dama que me mostrava tal afeto, e Helma — este era seu nome — me pediu licença para chamar sua amiga Hannelore. Esta era lacônica, sedentária e bebia muito. Helma, em contrapartida, era mais fã dos cigarros americanos, e tive que recorrer de novo ao garçom.

Uma noite agradável. Dancei "Hebaberiba", "In the Mood" e "Shoeshine Boy", conversei nos intervalos e entretive duas moças fáceis de contentar. Elas me contaram que trabalhavam na central telefônica da praça Graf-Adolf, seção de interurbano, e que havia outras moças da mesma central que vinham todos os sábados e domingos ao Castelo do Leão. Em todo caso, vinham todos os fins de semana, sempre que não estavam de serviço, e também eu prometi voltar mais frequentemente, porque Helma e Hannelore eram um encanto e porque com as moças dos interurbanos — aqui fiz um jogo de palavras que as duas captaram de imediato — a gente também podia entender-se perfeitamente de muito perto.

Deixei de ir aos hospitais municipais por algum tempo. E quando reencetei visitas esporádicas por lá, a srta. Gertrud havia sido transferida à seção de ginecologia, de modo que não tornei a vê-la; só uma vez, de longe, trocamos um cumprimento. Do Castelo do Leão, em contrapartida, me tornei freguês assíduo. As moças me tratavam bem, mas sem se exceder. Por seu intermédio conheci alguns membros do exército britânico de ocupação, aprendi umas cem palavras em inglês e fiz amizade com alguns músicos da orquestra, a quem inclusive cheguei a chamar de você. Contudo, no que se refere ao tambor, me abstive, e nunca me sentei atrás da bateria; me dava por satisfeito com a pequena felicidade da percussão dos epitáfios na barraca de marmorista de Korneff.

Durante o áspero inverno de 47 e 48 mantive contato com as moças da central telefônica e achei também algum calor, não demasiado custoso, com a calada e sedentária Hannelore; guardamos, contudo, certa distância, limitando-nos aos namoricos sem compromisso.

O marmorista costuma cuidar de seu material durante o inverno. Os instrumentos precisam de reforço, prepara-se a superfície de alguns blocos antigos para as inscrições e, onde faltam os cantos, executam-se filetes ou ranhuras. Korneff e eu voltamos a encher o depósito de lousas funerárias, esvaziado durante o outono, e colamos algumas pedras artificiais com restos de calcário conchífero. Quanto a mim, provei também minha habilidade com o pantógrafo em esculturas fáceis, executei alguns relevos, cabeças de anjo, Cristos coroados de espinhos e a pomba do Espírito Santo. Quando nevava, eu abria caminho na neve com a pá, e, quando não nevava, degelava a tubulação de água da polidora.

Em fins de fevereiro de 48 — o Carnaval havia me enfraquecido e possivelmente adquirira certo ar intelectual, porque algumas moças do Castelo do Leão me chamavam de "doutor" —, vieram, pouco depois da Quarta-feira de Cinzas, os primeiros camponeses da margem esquerda do Reno e examinaram nosso depósito de lápides. Korneff estava ausente. Fazia seu tratamento anual contra reumatismo, trabalhando diante de uns altos-fornos em Duisburg e, quando depois de duas semanas voltou dessecado e sem furúnculos, eu já conseguira vender vantajosamente três lápides, entre elas uma para um jazigo de três lugares. Korneff ainda negociou duas lápides de calcário conchífero de Kirchheim e, em meados de março, começamos a colocação. Um mármore da Silésia foi para Grevenbroich; as duas lápides de Kirchheim se encontram no cemitério de uma aldeia perto de Neuss, e o arenito vermelho do Meno com as cabeças de anjo esculpidas por mim pode ser admirado ainda hoje no cemitério de Stomml. A diábase com o Cristo coroado de espinhos para o jazigo triplo, nós a carregamos em fins de março e fomos devagar, porque o carrinho estava sobrecarregado, em direção de Kappes-Hamm e da ponte de Neuss. Dali fomos a Rommerskirchen passando por Grevenbroich, dobramos então à direita pela estrada de Rheydt, deixamos Niederaussem e levamos a peça com o pedestal, sem rotura do eixo, ao cemitério de Oberaussem, situado sobre uma colina que se inclina suavemente no sentido da aldeia.

Que panorama! A nossos pés a zona carbonífera de Erftland. As oito chaminés da fábrica Fortuna, que elevam seus penachos de fumaça até o céu. Trata-se da nova central elétrica Fortuna Norte, sempre sibilante, sempre a ponto de explodir. Atrás, as montanhas de escórias com seus teleféricos e vagonetas de transporte. A cada três minutos, um trem elétrico, carregado de coque ou vazio. Vindo da central ou indo para a central, passando por sobre o canto esquerdo do cemitério, primeiro como de brinquedo, e, logo, como de brinquedo para gigantes, a linha de alta tensão em colunas de três ao fundo, zumbindo tensa em direção de Colônia. Outras linhas, no horizonte, no sentido da Bélgica e da Holanda: um entroncamento, centro do universo. Colocamos o jazigo de diábase para a família Flies: a eletricidade se produz quando... O coveiro e seu ajudante, que aqui substituía Leo Schugger, vieram com suas ferramentas até perto de onde estávamos, no campo de tensão, e começaram uma exumação três alas abaixo de nós — tinham lugar aqui alguns trabalhos de reparação —, e até nós chegavam os odores típicos de uma exumação precoce demais. Nada repelente, não, estávamos em março. Terras de cultura entre montanhas de coque. O coveiro usava uns óculos emendados de arame e discutia à meia-voz com seu Leo Schugger, até que a sirene de Fortuna Norte emitiu seu alento pelo espaço de um minuto, deixando-nos sem ele — não falemos da mulher exumada — só a alta tensão se mantinha, e depois a sirene balouçou, caiu pela borda fora e se afogou, enquanto dos cinzentos telhados de ardósia da aldeia se elevavam em caracóis as fumaças de meio-dia e, imediatamente após, os sinos da igreja: *ora et labora* — indústria e religião de mãos dadas. Mudança de turno em Fortuna Norte; quanto a nós, nosso pão com toucinho. Só uma exumação não admite descanso, como tampouco a corrente de alta tensão, que vai sem cessar e a toda velocidade rumo às potências vitoriosas, iluminando a Holanda, enquanto aqui continuávamos com o racionamento; contudo, a mulher voltou a ver a luz!

Enquanto Korneff cavava os buracos de um metro e cinquenta para as fundações, tiraram-na no ar fresco, e não fazia muito que jazia embaixo; estava na escuridão apenas desde o outono e, entretanto, já tinha avançado muito; assim como tudo hoje em dia progride rapidamente e como avança também o desmantelamento junto ao Reno e ao Ruhr, assim aquela mulher, durante o inverno que eu havia desperdiçado estupidamente no Castelo do Leão, lutara bravamente consigo mesma sob a crosta da terra gelada da região carbonífera e agora era preciso convencê-la, enquanto amontoávamos o cimento e colocávamos o pedestal, de que se deixasse exumar por partes. Mas para isso estava lá a caixa de zinco, para que nada, absolutamente nada se perdesse. Da mesma forma, as crianças, à saída dos caminhões sobrecarregados de carvão da Fortuna Norte, seguiam-nos correndo para apanhar o carvão que caía, porque o cardeal Frings falara do púlpito: Em verdade vos digo, roubar carvão não é pecado. Mas a ela ninguém mais precisava aquecer. Não creio que no ar de março proverbialmente fresco a mulher sentisse frio, mormente porque lhe restava pele suficiente, ainda que permeável e desfiada, e, além do mais, conservava pedaços de tecido e cabelo, com permanente ainda — daí provavelmente o nome. As ferragens do caixão eram igualmente dignas de traslado, e inclusive os pedacinhos de madeira queriam descansar em outro cemitério onde não houvesse camponeses nem mineiros da Fortuna. Não; a mulher queria voltar à cidade, onde sempre há muito movimento e funcionam 19 cinemas ao mesmo tempo, porque se tratava de uma evacuada, segundo explicava o coveiro, e não de uma nativa do lugar: "A velha veio de Colônia e vai agora para Mülheim, do outro lado do Reno", disse; e teria ainda mais, não fosse pela sirene, que voltou a ser sirene durante um minuto; e eu, aproveitando a sirene, me aproximei da exumação, despistando com rodeios a sirene, pois queria testemunhar a exumação.

Levei algo comigo que depois, perto da caixa de zinco, verificou-se ser minha pá. Eu não a levava com intuito de ajudar, mas simplesmente porque a tinha comigo; maquinalmente também a movi e apanhei com ela alguma coisa. A pá era procedente do antigo Serviço de Trabalho do Reich. E o que apanhei com a pá do S.T.R. era o que haviam sido ou continuavam sendo os dedos médio e anular — segundo acredito — da mulher evacuada. Eles não haviam se desprendido sozinhos, mas aquele que os estava tirando, totalmente desprovido de sentimentos, tinha cortado. E a mim me parecia que deviam ter sido belos e hábeis, e do mesmo modo que a cabeça da mulher, depositada já na caixa de zinco, também conservara certa regularidade ao longo daquele inverno de pós-guerra de 47, que como é sabido foi duro. Também aqui se podia falar de beleza, ainda que já em ruínas. De resto, a cabeça e os dedos da mulher me afetavam mais de perto e de forma mais humana que a beleza da central elétrica Fortuna Norte. É possível que eu admirasse a paisagem industrial da mesma maneira que saboreara antes Gustaf Gründgens no teatro; mas face a essas belezas apreendidas mantinha-me, todavia, cético, enquanto que a evacuada me tocava de forma muito mais natural. Admito que a alta tensão me inspirava um sentimento goethiano do universal, mas os dedos da mulher, em contrapartida, me falavam ao coração. Preferiria que se tratasse de um homem, pois isto convinha melhor às decisões que me propunha adotar e se adaptava também melhor à comparação que fazia de mim um Yorick e da mulher — metade embaixo ainda e metade na caixa de zinco — um Hamlet, ou seja, um homem, se é que se pode considerar Hamlet homem. E eu, Yorick, ato quinto, o bufão: "Eu o conheci, Horácio"; cena I; eu, que em todos os cenários do mundo — "Ah, pobre Yorick!" — empresto minha caveira a Hamlet, a fim de que um Gründgens ou um *sir* Laurence Olivier qualquer possa emitir a seu propósito, no papel de Hamlet, suas reflexões: "Onde estão tuas boas saídas, teus ditos espirituosos?"

Eu tinha em minha pá do Serviço de Trabalho do Reich os dedos de Hamlet, e plantado no solo firme da região carbonífera do Baixo Reno, entre alguns túmulos de mineiros, camponeses e seus familiares, olhava embaixo os telhados de ardósia da aldeia de Oberaussem, tomava o cemitério rural por centro do universo e a central Fortuna Norte por uma imponente semideusa que me encarava; aqueles campos para mim tornavam-se campos de Elseneur, o Erft era meu Belt, e toda aquela podridão apodrecia no reino da Dinamarca. Eu, Yorick, exaltado, tenso, trepidante, cantando acima de mim mesmo; mas eram os anjos da alta tensão que cantavam em colunas de três ao fundo, para o horizonte, onde ficavam Colônia e sua Estação Central perto do monstro gótico, ao qual proviam de corrente, voando sobre campos de nabos, enquanto a terra produzia carvão e o cadáver, não de Yorick, mas de Hamlet. Os demais, em contrapartida, que nada tinham a ver com o teatro, tinham de ficar embaixo — "O resto é silêncio" — e se depositavam lousas em cima deles, tal como impúnhamos à família Flies a tríplice lápide de diábase. Quanto a mim, contudo, quanto a Oskar Matzerath, Bronski e Yorick, começava para mim uma nova era e, sem suspeitar disso ainda, contemplava eu rapidamente, antes que fosse tarde, os dedos mumificados do príncipe Hamlet em minha pá: "Está gordo demais e respira com dificuldade." Deixava que Gründgens se fizesse a pergunta, ato III, cena I, a propósito do ser ou não ser, e rechaçava esta formulação estúpida com coisas bem mais concretas: meu filho e as pedras de isqueiro de meu filho, meus presuntivos pais terrestres e celestiais, as quatro saias de minha avó, a beleza imperecível nas fotos de minha pobre mamãe, o labirinto de cicatrizes nas costas de Herbert Truczinski, os cestos de cartas que bebiam o sangue do edifício do correio polonês, a América — mas, que é a América comparada com o bonde número nove que ia a Brösen?

Opus o cheiro de baunilha de Maria, perceptível ainda de vez em quando, à insânia do rosto triangular de Luzie Rennwand, pedi àquele sr. Fajngold, que desinfetava até a morte, que buscasse na traqueia de Matzerath a insígnia do Partido impossível de se achar, e disse a Korneff ou antes aos postes de alta tensão — já próximo de atingir a decisão mas sentindo, contudo, a necessidade de encontrar uma fórmula teatral que pusesse Hamlet em dúvida e fizesse de mim, Yorick, um verdadeiro cidadão — disse pois a Korneff, quando este me chamou porque precisava firmar as junturas do pedestal com a lápide de diábase — disse-lhe, baixando mais a voz e imitando superficialmente Gründgens, ainda que este não servisse para o papel de Yorick — disse-lhe por cima da pá: "Casar ou não casar, eis a questão."

A partir daquela mudança no cemitério, defronte da Fortuna Norte, deixei de frequentar o *dancing* do Castelo do Leão, chamado Wedig, e rompi toda relação com as moças da central telefônica, cuja vantagem principal fora precisamente poder estabelecer a comunicação de modo rápido e satisfatório.

Em maio comprei para Maria e para mim entradas para o cinema. Depois da sessão fomos a um restaurante, comemos relativamente bem e conversamos; Maria estava preocupada porque a mina das pedras de isqueiro do pequeno Kurt havia se esgotado, porque o negócio do mel artificial estava em baixa e porque eu com minhas pobres forças — a expressão é dela — fazia já meses que sustentava toda a família. Tranquilizei-a, disse-lhe que Oskar o fazia de boa vontade, que nada lhe era tão grato como carregar uma grande responsabilidade; dirigi-lhe alguns cumprimentos a respeito da aparência e me atrevi finalmente a lhe fazer minha proposta de casamento.

Ela pediu tempo para pensar. Minha pergunta à la Yorick não obteve resposta por várias semanas ou só o foi de modo evasivo; até que por fim veio respondê-la a reforma monetária.

Maria me enumerou uma porção de razões, acariciando-me ao mesmo tempo a manga, me chamou de "querido Oskar", disse também que eu era bom demais para este mundo, e me pediu que a compreendesse e não lhe recusasse minha amizade; desejou-me muita sorte em meu ofício de marmorista e, inquerida uma vez mais de forma premente, recusou-se a casar comigo.

E assim Yorick não se tornou um sustentáculo da sociedade, mas sim um Hamlet: um louco.

Madona 49

A reforma monetária veio cedo demais, fez de mim um louco e me obrigou a rever também o orçamento moral de Oskar. Desde então vi-me compelido a buscar em minha corcunda, senão um capital, ao menos meu meio de subsistência.

E contudo teria sido um ótimo cidadão. A época que sucedeu a reforma, que — segundo estamos vendo — comportava todas as premissas do refinamento burguês que logo floresceu, teria também podido favorecer as tendências burguesas de Oskar. Enquanto esposo e homem de bem, teria participado da reconstrução, possuiria agora uma empresa média de marmorista, daria pão e trabalho a trinta oficiais, aprendizes e ajudantes, seria encarregado de conferir certo decoro a todos esses imóveis comerciais e palácios de seguros de nova construção mediante esses adornos tão populares de calcário conchífero e de mármore travertino; em suma, seria um homem de negócios, um homem de bem e um bom esposo. Mas Maria me rejeitara.

Então, Oskar se lembrou da corcunda e se dedicou à arte. Antes que Korneff me despedisse, pois sua existência fundada nas pedras sepulcrais ficava igualmente ameaçada em virtude da reforma monetária, despedi-me eu mesmo e me vi na rua, quando não ficava fazendo girar os polegares na cozinha do apartamento de Guste Köster. Pouco a pouco ia gastando meu elegante terno sob medida e tornando-me negligente. Nada de discussões com Maria, claro está; mas, por via das dúvidas, a maioria das vezes deixava o apartamento de Bilk logo de manhã, visitava primeiro os cisnes da praça Graf-Adolf e depois os de Hofgarten e ficava sentado no parque, pequeno e preocupado, mas de modo algum amargurado, quase em frente ao Departamento do Trabalho e à Academia de Belas-Artes, que em Düsseldorf são vizinhos.

Quando a gente fica assim sentado horas inteiras em um desses bancos de parque, acaba por sentir-se de madeira e precisa de alguma forma de expansão. Anciãos sujeitos às condições atmosféricas, mulheres de idade avançada que lentamente se vão convertendo de novo em mocinhas faladeiras, a estação em curso, cisnes negros, crianças que se perseguem gritando, e casais amorosos que alguém gostaria de observar até o momento, fácil de adivinhar, em que deverão se separar.

Alguns deixam papel cair. Este voa um momento e depois rola no chão até que um homem com gorro, pago pela cidade, o espeta com sua bengala pontuda.

Oskar sabia permanecer sentado, atento para que as joelheiras da calça seguissem um processo idêntico. Sem dúvida, os dois rapazes magros com a moça de óculos me haviam chamado a atenção antes que a gorda, que usava um casaco de pele apertado com um antigo cinturão da Wehrmacht, me dirigisse a palavra. A ideia de falar-me provinha sem dúvida dos dois rapazes, que se vestiam de preto e pareciam anarquistas. Mas, por muito perigosos que parecessem, não se atreviam a falar-me diretamente e sem rodeios, a mim, um corcunda em que se adivinhava certa grandeza oculta. Convenceram pois a gorda de casaco de pele: aproximou-se, ficou plantada sobre as colunas separadas de suas pernas e começou a tartamudear, até que eu a convidei a sentar-se. Sentou-se, tinha os vidros dos óculos embaciados porque havia bruma e quase nevava do lado do Reno, e começou a falar e a falar, até que os óculos ficaram limpos e pôde formular seu desejo de maneira também para mim compreensível. Ato contínuo fez um sinal aos dois jovens tenebrosos, e estes se apresentaram a mim em seguida, sem que eu o solicitasse, como artistas, pintores, desenhistas, escultores em busca de um modelo. Finalmente me deram a entender, não sem veemência, que acreditavam ver em mim um modelo e, como eu fizesse com o polegar e o indicador alguns movimentos rápidos, acenaram-me imediatamente com as possibilidades de ganho de um modelo acadêmico: a Academia de Belas-Artes pagava um marco e oitenta a hora, e para um nu — embora em meu caso não houvesse que pensar nisso, disse a gorda — até dois marcos.

Por que Oskar disse que sim? Atraía-me a arte? Atraía-me o lucro? Arte e lucro me atraíam ao mesmo tempo e permitiram a Oskar dizer que sim. Levantei-me, deixei atrás de mim o banco do parque para sempre, segui a moça de óculos, que ia marcando o passo, e os dois rapazes que andavam algo encurvados como se levassem seu gênio às costas, passamos junto do Departamento do Trabalho, dobramos na Eiskellerbergstrasse e entramos no edifício parcialmente destruído da Academia de Belas-Artes.

Também o professor Kuchen — barba negra, olhos de carvão, chapéu preto de abas caídas e bordas pretas nas unhas: recordava-me o aparador preto de minha infância — viu em mim o mesmo excelente modelo que seus discípulos tinham visto no homem do banco do parque.

Contemplou-me por algum tempo de todos os ângulos, movendo seus olhos de carvão em círculo e de um lado para outro, bufou de modo que lhe saiu um pó negro das narinas, e disse, estrangulando com as unhas negras um inimigo invisível: "A arte é acusação, expressão, paixão! A arte é como o carvãozinho preto que vira pó sobre o papel branco!"

Servi, pois, de modelo a essa arte que vira pó. O professor Kuchen me introduziu no ateliê de seus alunos, subiu-me com suas próprias mãos para a plataforma giratória e a fez girar, não para me deixar tonto, mas para exibir as proporções de Oskar de todos os ângulos. Dezesseis cavaletes se aproximaram do perfil de Oskar. Outra pequena conferência do professor, que bufava pó de carvão. Expressão, era o que pedia: a palavrinha se incrustara nele e falava, por exemplo, de expressão desesperadamente preta e sustentava que eu, Oskar, expressava a figura destroçada do homem de forma acusadora, provocadora, intemporal e expressiva, contudo, da loucura de nosso século, fulminando finalmente por cima dos cavaletes: "Não desenhem esse mutilado: sacrifiquem-no, crucifiquem-no, cravem-no com carvão no papel!"

Esse devia ser o sinal para começar, porque 16 vezes rangeu atrás dos cavaletes o carvão, chiou ao tornar-se pó, triturou-se em minha expressão — leia-se em minha corcunda — tornou-a preta, enegreceu-a e desenhou-a; porque todos os alunos do professor Kuchen cercaram minha expressão com tão espessa negrura que inevitavelmente caíam no exagero, superestimando as dimensões de minha corcunda; tinham de recorrer a folhas cada vez maiores e, todavia, não acertavam com ela no papel.

Aí o professor Kuchen deu aos 16 trituradores de carvão o conselho acertado de não começar pelo perfil de minha corcunda demasiado expressiva — que pelo visto rompia todos os formatos —, mas de esboçar primeiro minha cabeça no quinto superior da folha, o mais à esquerda possível.

Tenho um belo cabelo castanho-escuro e brilhante, mas fizeram de mim um cigano desgrenhado. A nenhum dos 16 apóstolos da arte chamou a atenção o fato de Oskar ter os olhos azuis. Quando, durante uma pausa — porque todo modelo tem direito a um quarto de hora de descanso depois de três quartos de hora de pose —, examinei os quintos superiores esquerdos das 16 folhas, surpreendeu-me, sem dúvida, diante de cada cavalete, o que de contestação social havia em meu semblante acabrunhado; mas dei por falta, ligeiramente constrangido, do brilho de meus olhos azuis: no lugar onde eles deviam brilhar claros e sedutores, alguns traços do mais negro dos carvões rodavam, estreitavam-se, esmigalhavam-se e me apunhalavam.

Invocando a liberdade de interpretação que constitui o privilégio dos artistas, dizia a mim mesmo: os jovens filhos das musas e as moças enredadas na arte reconheceram sem dúvida em você Rasputin; mas quem sabe se algum dia saberão descobrir e despertar aquele Goethe que dormita em você e levá-lo ao papel com um toque leve, utilizando com moderação um lápis argênteo! Nem os 16 alunos, por muito dotados que fossem, nem o professor Kuchen, por muito inconfundível que se dissesse ser seu traço de carvão, conseguiram legar à posteridade um retrato definitivo de Oskar. Mas de qualquer forma eu ganhava bastante, era tratado com respeito e passava seis horas diárias sobre a plataforma giratória, com o rosto voltado para a pia permanentemente entupida, para as janelas cinzentas, azul-celeste e ligeiramente nubladas do ateliê, fitando um biombo espanhol e irradiando expressão à razão de um marco e oitenta à hora.

Depois de algumas semanas, os alunos conseguiram fazer desenhos bastante aceitáveis. O que significa que haviam moderado algo no esboço da expressão, já não exageravam minhas dimensões até o infinito e me transpunham ocasionalmente ao papel da cabeça aos pés, dos botões de meu paletó até aquele lugar onde a fazenda de meu terno, estendida ao máximo, limitava minha corcunda. Em muitas das folhas de desenho havia inclusive lugar para um fundo. A despeito da reforma monetária, aqueles jovens continuavam se mostrando impressionados pela guerra e construíam atrás de mim ruínas com janelas desmanteladas e acusadoramente pretas, ou me colocavam feito um refugiado desnutrido e desesperado entre troncos de árvores ceifados pelos obuses, ou estendiam a meu redor, com eriçada aplicação de carvão, alambrados de arame farpado exageradamente grandes, deixando-me ser vigiado por torres que igualmente ameaçavam do fundo; outras vezes me punham com uma tigela de lata na mão em frente ou debaixo de algumas janelas com grades que serviam de aliciante gráfico, e me vestiam uma indumentária de presidiário; tudo isso, certamente, em nome da expressão artística.

Todo esse negro se aplicava a um Oskar cigano de cabelos negros; como me deixavam contemplar toda essa miséria não com olhos azuis, mas pretos, eu me mantinha quieto na qualidade de modelo, sabendo que não se pode desenhar o arame farpado; de qualquer modo, senti-me contente quando os escultores, que como é sabido têm de se virar sem cenário, me tomaram por modelo, por modelo para nu.

Dessa vez não foi nenhum aluno que me procurou, mas o mestre em pessoa. O professor Maruhn era amigo de meu professor de carvão, o mestre Kuchen. Ao posar uma ocasião no ateliê particular de Kuchen, um local sombrio cheio de manchas de carvão emolduradas, para que aquele barbudo loquaz me fixasse com seu traço inconfundível no papel, veio vê-lo o professor Maruhn, um quinquagenário atarracado e baixote, o qual, a não ser pela boina que testemunhava sua condição de artista, não teria se distinguido muito, com a bata branca de escultor, de um cirurgião.

Maruhn era, conforme notei de imediato, um amante das formas clássicas e me olhou com hostilidade, devido a minhas proporções. Perguntou a seu amigo, em tom de caçoada, se não lhe bastavam os modelos ciganos que enegrecera até então e aos quais devia nos círculos artísticos o apelido de Bolo Cigano.* Queria agora provar seu talento com os disformes? Propunha-se, após aquela fase de sucesso artístico e comercial dos ciganos, a tentar a sorte com uma fase ainda mais vantajosa, artística e comercialmente, de anãos?

O professor Kuchen converteu o escárnio de seu amigo em traços de carvão furioso e preto como a noite: esse foi sem dúvida o retrato mais preto que jamais fizera de Oskar; na verdade, era todo preto, com exceção de uns poucos claros em minhas maçãs do rosto, nariz, testa e mãos, que Kuchen fazia sempre grandes demais, exibindo-as dotadas de nodosidades gotosas, de muita força expressiva, no centro de suas orgias carboníferas. Em todo caso, nesse desenho, que mais tarde iria causar sensação numa exposição, tenho olhos azuis, isto é: olhos claros, sem o menor brilho sinistro. Oskar atribui esse fato à influência do escultor Maruhn, que não era de modo algum um furibundo adepto do carvão, mas um clássico para o qual meus olhos brilhavam com uma claridade goethiana. Foi sem dúvida o olhar de Oskar que induziu o escultor

---

* Trocadilho com a palavra composta "Zigeuner*kuchen*" (grifo nosso), onde Kuchen substantivo comum, tem seu significado original: bolo. (N.T.)

Maruhn, que no fundo não amava senão as proporções regulares, a ver em mim um modelo, seu modelo de escultor.

O ateliê de Maruhn era claro e empoeirado; estava quase vazio e não exibia uma só obra terminada. Por toda parte viam-se armações de esculturas em projeto, tão perfeitamente concebidas que o arame, o ferro e os tubos de chumbo curvados já anunciavam, mesmo sem a massa de modelar, futuras formas cheias de harmonia.

Posava eu cinco horas diárias para o escultor como modelo de nu e cobrava dois marcos por hora. Ele marcava com giz um ponto na plataforma giratória indicando-me onde devia se enraizar a seguir minha perna direita, que me servia de apoio. Uma vertical traçada a partir do maléolo interno da perna de apoio devia tocar exatamente, em cima, meu pescoço entre as clavículas. A perna esquerda era a perna livre, mas esta expressão é equívoca, pois ainda que tivesse de deixá-la ligeiramente dobrada e descuidada para o lado, não podia, contudo, deslocá-la nem movê-la a meu gosto: também a perna livre ficava arraigada na plataforma por meio de um traço marcado com giz.

Durante as semanas em que estive servindo de modelo ao escultor Maruhn, este não conseguiu achar para meus braços uma postura equiparável à das pernas e imutável. Tão logo me fazia deixar dependurado o braço esquerdo e formar com o direito um ângulo sobre minha cabeça, e já me pedia que cruzasse ambos os braços sobre o peito ou sob minha corcunda, ou que os apoiasse nas ancas; surgiam mil possibilidades, e o escultor as ensaiou todas comigo e com as armações de tubo flexível.

Quando finalmente, após um mês de procura frenética de uma pose adequada, se decidiu a converter-me em argila, quer com as mãos cruzadas atrás da nuca ou prescindindo em absoluto dos braços, como torso, havia se esfalfado de tal forma que, mal deitara mão à massa da caixa, voltou a jogar ali o material informe, com um gemido apagado. Depois, sentou-se sobre um banquinho diante da armação; olhou para mim, olhou para a armação com os olhos esbugalhados; seus dedos tremiam desesperadamente: a armação era perfeita demais!

Suspirando com resignação e simulando dor de cabeça, mas sem mostrar o menor ressentimento para com Oskar, desistiu da empresa e pôs no canto, junto a todas as demais armações precocemente terminadas, a armação corcunda, compreendidas as pernas livres e de apoio, com os braços de tubo levantados e os dedos de arame que se cruzavam atrás da nuca de ferro. Suavemente, sem sarcasmo, antes conscientes da própria inutilidade, bamboleavam em minha vasta armação corcunda os barrotes de madeira, também chamados de borboletas, que deveriam suportar a carga de massa de modelar.

A seguir tomamos chá e conversamos cerca de uma hora, que o escultor me pagou como hora de trabalho. Falou-me de tempos pretéritos nos quais, como jovem Miguel Ângelo, pendurava desenfreadamente argila plástica nas armações e executava esculturas que, em sua maior parte, haviam sido destruídas durante a guerra. E eu, por minha vez, falei das atividades de Oskar como marmorista e gravador de inscrições. Conversamos um pouco sobre os respectivos ofícios, até que ele me levou a seus alunos, para que vissem em mim o modelo escultural e construíssem armações adequadas às proporções de Oskar.

Se cabelo longo serve como denotativo de sexo, dos dez alunos do professor Maruhn seis deveriam ser tidos como moças. Quatro delas eram feias e competentes. As outras duas eram lindas, faladeiras, em suma, verdadeiras garotas. Nunca me senti inibido para posar nu. E ainda diria que Oskar saboreou a surpresa das duas lindas e loquazes moças escultoras quando essas me contemplaram pela primeira vez sobre a plataforma giratória e comprovaram com certa irritação que, a despeito da corcunda e da estatura exígua, Oskar ostentava uns órgãos genitais que, se necessário, teriam podido comparar-se com qualquer outro atributo viril dito normal.

Os alunos do mestre Maruhn agiam de maneira diferente dele. Em dois dias já haviam levantado suas armações, comportavam-se como gênios e, possuídos de uma urgência genial, começaram a fazer estalar a argila entre os tubos de chumbo fixados com muita precipitação e pouca ciência: provavelmente tinham colocado borboletas insuficientes na armação de minha corcunda, pois, mal o peso da argila úmida tocava o suporte, conferindo a Oskar um aspecto ferozmente dilacerado, já o Oskar de formação recente oscilava multiplicado por dez, a cabeça caía-me entre os pés, a massa se desprendia dos tubos e a corcunda deslizava até a parte côncava dos meus joelhos. Só então pude apreciar a perícia do mestre Maruhn, construtor tão excelente de armações que nem sequer precisava recobrir o esqueleto com matéria vil.

Até lágrimas saltavam dos olhos das escultoras feias mas competentes, ao verem que o Oskar de argila se desprendia do Oskar-armação. Ao contrário, as duas jovens lindas e loquazes riram com vontade quando, de forma quase simbólica, a carne se desprendeu dos meus ossos. Mas como, ao cabo de algumas semanas, os aprendizes de escultor conseguiram executar alguns bons modelos, primeiro em argila e depois em gesso polido para sua exposição semestral, tive reiteradamente ocasião de estabelecer comparações entre as moças feias e competentes e as bonitas e loquazes. Enquanto as feias copiavam com esmero minha cabeça, meus membros e minha corcunda, e, movidas por um curioso senso de pudor, omitiam ou estilizavam tolamente minhas vergonhas, em compensação, as duas bonitas, cujos grandes olhos e belos dedos não lhes davam nenhuma habilidade, dedicavam pouca atenção às proporções articuladas de meu corpo e punham todo seu interesse na reprodução o mais exata possível de minhas partes genitais consideráveis. E para não esquecer nesse contexto os quatro rapazes escultores, fica dito que eles me tratavam abstratamente, me reduziam a simples cubo em suas pranchetas acanaladas. Quanto àquilo que as moças feias estilizavam e as bonitas representavam com um realismo carnal, a árida compreensão masculina deles o erigia no espaço em forma de viga quadrangular sobre dois cubos iguais, como se se tratasse do órgão fálico, ávido de se perpetuar, de um rei tirado de uma caixa de jogos de armar.

Seja devido a meus olhos azuis ou aos radiadores que os escultores dispunham em redor de mim, de Oskar nu, o caso é que alguns jovens pintores que visitavam as duas lindas escultoras descobriram, ou no azul de meus olhos ou no vermelho-caranguejo de minha pele irradiada, um encanto pitoresco. Arrebatando-me do ateliê de escultura e artes gráficas do térreo, levaram-me aos pavimentos superiores do edifício e começaram em seguida a misturar cores em suas paletas de acordo com minhas próprias cores.

A princípio os pintores se mostraram impressionados demais por meu olhar azul. A tal ponto eu parecia observá-los com olhos azuis, que o pincel do pintor me pintava todo em tal cor. A carne robusta de Oskar, seu cabelo castanho ondulado e sua boca fresca e sanguínea se fanavam e se apagavam em tons macabros de azul e, para acelerar ainda mais a putrefação, introduziam-se aqui e ali, entre minhas carnes azuis, um verde agônico e um amarelo bilioso.

Oskar pôde mudar de cor quando, chegado o Carnaval, que se celebrou durante uma semana nos porões da Academia, descobriu Ulla e a levou na qualidade de musa aos pintores.

Foi na segunda-feira de Carnaval? Sim, foi na segunda de Carnaval que decidi participar da festa, fantasiar-me e misturar à multidão um Oskar mascarado.

Ao me ver diante do espelho, Maria disse: "Fique em casa, Oskar. Vão te pisar." Mas depois ajudou a me fantasiar, recortou retalhos de tecidos que sua irmã Guste coseu imediatamente com uma agulha loquaz, para proporcionar-me um traje de bufão. A princípio pensava eu em algo no estilo de Velásquez. Teria também gostado de me ver de Narses ou talvez de príncipe Eugênio. Afinal pude contemplar-me no espelho grande, no qual os incidentes da guerra tinham causado uma rachadura diagonal que deformava ligeiramente a imagem. Quando tive a visão daquele traje colorido, bufante, rasgado em tiras e enfeitado com guizos, e vi meu filho Kurt tomado de um ataque de riso e de tosse, disse comigo mesmo, não exatamente feliz: agora você é Yorick, o bufão. Mas onde encontrar um rei para entreter, Oskar?

Já no bonde que me levava à Porta de Rating, perto da Academia, reparei que não só não provocava riso algum entre as pessoas, entre todos aqueles que fantasiados de *cowboy* ou de espanhola tentavam esquecer o escritório e o balcão, mas até os assustava. Mantinham-se a distância e assim, apesar de o bonde estar repleto, consegui um lugar sentado. Diante da Academia, os policiais agitavam seus cassetetes autênticos, que não tinham nada de disfarce. O Charco das Musas — esse era o nome da festa dos estudantes de arte — estava cheio e, não obstante, a massa queria assaltar o edifício e discutia com os policiais em tom muito elevado — dir-se-ia sanguíneo.

Quando Oskar fez soar os guizos que lhe pendiam da manga esquerda, a multidão se afastou; um policial, que em razão de seu ofício reconheceu minha grandeza, saudou-me de cima, perguntou-me o que desejava e, agitando seu cassetete, acompanhou-me até as salas do subsolo onde se celebrava a festa. Ali a carne fervia e contudo ainda não estava no ponto.

Agora, ninguém deve imaginar que uma festa de artistas seja uma festa para os artistas. A maioria dos estudantes da Academia permanecia com semblantes sérios e tensos, ainda que pintados, atrás de balcões engenhosos mas instáveis, e vendia cerveja, champanha, salsichas vienenses e aguardentes mal servidas, procurando um dinheiro extra. A verdadeira festa de artistas era celebrada pelos burgueses, que uma vez por ano jogam dinheiro pela janela e querem viver e divertir-se como artistas.

Depois de mais ou menos uma hora ter assustado pelas escadas, cantos e sob as mesas alguns casaizinhos que se dispunham a tirar proveito do incômodo, fiz amizade com duas chinesas que deviam ter sangue grego nas veias, pois praticavam um amor no estilo do que há séculos foi cantado na ilha de Lesbos. Ainda que ambas se atacassem com ardor e abundância de dedos, não chegaram a se exceder nos momentos decisivos e me ofereceram um espetáculo em parte muito divertido, para depois beberem comigo um champanha demasiado quente e, com minha permissão, provarem a resistência do ponto extremo de minha corcunda, o que sem dúvida lhes traria sorte. Isto confirmou uma vez mais minha tese de que uma corcunda traz sorte às mulheres.

Entretanto, quanto mais se prolongava, mais triste me deixava esse contato com mulheres. Assaltava-me uma série de pensamentos, a política me inspirava preocupações; desenhei com champanha na bandeja da mesa a divisão de Berlim, pontilhando a ponte aérea, pus em dúvida, em presença daquelas chinesas que não podiam se unir, a reunificação da Alemanha e fiz o que em outras circunstâncias nunca fiz: Oskar--Yorick procurou o sentido da vida.

Quando minhas duas damas não encontraram mais nada que me mostrar e se puseram a chorar, o que desenhava em seus semblantes pintados traços reveladores, levantei-me, lacerado, bufante e agitando os guizos; dois terços meus empurravam-me para casa, e o terceiro procurava uma pequena aventura Carnavalesca, quando vi — não, foi ele que me dirigiu a palavra — o cabo Lankes.

Lembram-se? Encontramo-lo no muro do Atlântico no verão de 44. Ele vigiava ali o cimento e fumava os cigarros de meu mestre Bebra.

Eu queria subir pela escada onde se comprimia uma multidão espessa e amarrotada, e acabara de acender um cigarro, quando senti que me tocavam e um cabo da última guerra interpelou-me: "Ei, baixinho, não tem um cigarro para mim?"

Não é de espantar que, diante de tais palavras e devido também ao fato de ser sua fantasia de cor cinza-campanha, eu o reconhecesse de imediato. E contudo eu não teria jamais feito menção a esse conhecimento, não tivesse o cabo e pintor de cimento sobre os joelhos cinza-campanha a musa em pessoa.

Permitam-me que fale primeiro com o pintor e que passe depois a descrever a musa. Não só ofereci o cigarro, como fiz funcionar meu isqueiro e, enquanto ele começava a soltar fumaça, disse: "Não se lembra, cabo Lankes? Teatro de Campanha de Bebra? Místico, bárbaro, maçante?"

Ao me ouvir falar dessa forma o pintor levou um susto formidável e deixou cair, não o cigarro, mas a musa que sustentava sobre os joelhos. Apanhei a garota que estava completamente bêbada e tinha as pernas longas, e a devolvi a ele. Enquanto os dois, Lankes e Oskar, falávamos sobre o tenente Herzog, que Lankes denominava de louco, e recordávamos meu mestre Bebra e as monjas que naquele tempo catavam caranguejos entre os aspargos de Rommel, admirava a aparência da musa. Viera fantasiada de anjo, usava um chapéu de papelão prensado no estilo daqueles que se empregam para embalar os ovos de exportação e, apesar de toda sua bebedeira e das asas tristemente quebradas, refletia ainda a graça de uma criatura celeste.

— Esta é Ulla — explicou-me o pintor Lankes. — Na realidade é modista, mas agora enveredou pela arte; eu sou contra, porque com a costura se ganha alguma coisa, e com a arte, nada.

Aí Oskar, que ganhava muito bem a vida com arte, se ofereceu para introduzir a modista Ulla como modelo e musa entre os pintores da Academia de Belas-Artes. Lankes mostrou-se tão entusiasmado com minha proposta, que tirou de meu maço três cigarros de uma vez e em troca deles, de sua parte, nos convidou para ir até seu ateliê, desde que eu — disse, dando ao seu convite as proporções justas — pagasse o táxi.

Fomos imediatamente, deixamos o Carnaval para trás, eu paguei o táxi, e Lankes, que tinha seu ateliê na Sittarder Strasse, preparou num pequeno fogareiro a álcool um café que reanimou a musa. Com a ajuda de meu indicador direito, que provocou o vômito, seu aspecto era quase sóbrio.

Só então reparei que seus olhos azul-claros se moviam em perpétuo assombro; ouvi-lhe também a voz, um tanto pipiante e metálica, é verdade, mas não desprovida de encanto. Quando o pintor Lankes submeteu a ela minha proposta e lhe ordenou, mais do que propôs, atuar como modelo na Academia de Belas-Artes, negou-se a princípio e não queria ser nem modelo nem musa, queria apenas pertencer ao pintor Lankes.

Este, porém, de forma seca e sem dizer palavra, tal como é próprio dos pintores de talento, administrou-lhe com a palma da mão vários bofetões, voltou a perguntar-lhe e tornou a rir satisfeito quando ela, soluçando feito um anjo, se declarou disposta a se fazer de modelo e eventualmente de musa para os pintores da Academia de Belas-Artes.

É preciso levar em conta que Ulla mede aproximadamente um metro e setenta e oito, é esbelta, graciosa e frágil e faz pensar a um tempo em Botticelli e em Cranach. Posamos para um duplo nu. A carne da lagosta lembra um pouco sua carne extensa e lisa, recoberta por uma penugem delicadamente infantil. Seus cabelos são um pouco ralos, mas longos e de um louro palha. Os pelos do púbis, ruivos e crespos, apenas cobrem um pequeno triângulo. Semanalmente raspa os sovacos.

Como era de se esperar, os alunos habituais da Academia não souberam ver todas as possibilidades que nós lhes oferecíamos; dotavam-na de uns braços grandes demais e a mim de uma cabeça demasiado volumosa, e incorreram na falha de todos os principiantes, ou seja, não acertaram em nos dar as proporções adequadas.

Apenas quando Ziege e Raskolnikoff nos descobriram é que surgiram quadros que fizeram justiça a nossas respectivas figuras de musa e de Oskar.

Ela dormindo e eu dando susto nela: Fauno e Ninfa.

Eu acocorado e ela, com uns seios pequenos sempre um tanto trêmulos, inclinando-se sobre mim e acariciando-me o cabelo: A Bela e a Fera.

Ela deitada e eu brincando entre suas longas pernas com uma máscara de cavalo chifrudo: A Dama e o Unicórnio.

Tudo isso no estilo de Ziege ou de Raskolnikoff, algumas vezes em cores e outras em gradações de cinza; ora com detalhes de fina pincelada; ora à maneira de Ziege, com a cor simplesmente jogada sobre a tela com a espátula genial; outras vezes, apenas a insinuação da aura de mistério em torno de Ulla e Oskar; e depois, foi Raskolnikoff quem, com nossa ajuda, achou o caminho do surrealismo. O rosto de Oskar se tornava um mostrador cor de mel, como o que outrora ostentara nosso relógio de pé; em minha corcunda floresciam umas rosas que se alastravam mecanicamente e que Ulla tinha de colher; sentado, via-me folheando um livro entre o baço e o fígado na barriga aberta de Ulla, que em cima sorria e embaixo mostrava suas pernas compridas. Também gostava de nos enfiar em toda sorte de fantasias e fazer de Ulla uma colombina e de mim um triste palhaço com a cara pintada de branco. Por fim, estava reservado a Raskolnikoff — a quem chamavam assim porque falava sempre de crime e castigo — pintar a verdadeira obra-prima: eu sentado — nu, uma criança disforme — sobre a coxa ligeiramente penugenta de Ulla; ela era a Madona e eu representava o Menino Jesus.

Esse quadro circulou depois por muitas exposições com o nome de Madona 49 e surtiu também algum efeito em forma de cartaz, tendo sido visto por minha boa burguesinha Maria e provocado um escândalo doméstico. Mesmo assim, foi comprado por bom preço por um industrial da região do Reno e continua possivelmente pendurado ainda hoje na sala de conferência de algum escritório, exercendo sua influência sobre os membros do conselho de administração.

Aquelas travessuras artísticas que cometiam com minha corcunda e minhas proporções me divertiam. De mais a mais, a Ulla e a mim, que éramos muito solicitados, pagavam dois marcos e cinquenta por hora de duplo nu. Também Ulla se sentia bem como modelo. O pintor Lankes, de grandes mãos propensas ao bofetão, tratava-a melhor desde que lhe levava regularmente dinheiro para casa, e não batia nela senão quando suas abstrações geniais exigiam dele uma mão colérica. Assim, também para este pintor que opticamente nunca a utilizou como modelo, era em certo sentido uma musa, já que só aqueles bofetões que lhe administrava conferiam à sua mão o poder realmente criador.

Sem dúvida, também a mim irritava a fragilidade lacrimogênea de Ulla, que no fundo não passava da tenacidade de um anjo; entretanto, sempre consegui dominar-me e quando sentia desejos de recorrer ao chicote convidava-a para ir a uma confeitaria ou, com certo esnobismo adquirido em meu contato com os artistas, levava-a a passear, como uma planta rara e esticada, em contraste com minhas proporções, pela Königsallee, animada e cheia de olhares embasbacados, e lhe comprava meias lilás e luvas cor-de-rosa.

Coisa diferente acontecia com o pintor Raskolnikoff: sem se aproximar dela, mantinha com Ulla uma relação das mais íntimas. Fazia-a posar sobre a plataforma giratória com as pernas bem abertas, mas não pintava; sentava-se a alguns passos de distância em um tamborete e, murmurando insistentemente mais palavras relacionadas com crime e castigo, olhava fixamente naquela direção, até que o sexo da musa se umedecia e se entreabria. Em virtude disso, também Raskolnikoff chegava, mediante o mero falar e olhar, a um resultado libertador, levantava-se de um salto do tamborete e atacava sobre o cavalete e com grandiosas pinceladas a Madona 49.

Para mim também às vezes olhava Raskolnikoff com a mesma fixidez, ainda que por motivos diferentes. Dizia que me faltava algo. Falava de um vazio entre minhas mãos e foi pondo sucessivamente entre os meus dedos os mais diversos objetos que sua opulenta fantasia surrealista lhe inspirava. Assim, armou Oskar com uma pistola: Jesus apontava à Madona. Tive também que segurar diante dela uma ampulheta e um espelho que a desfigurava de modo atroz, porque era convexo. Segurei com ambas as mãos tesouras, espinhas de peixe, auscultadores de telefone, caveiras, aviõezinhos, tanques de guerra, barcos transatlânticos, sem chegar contudo — Raskolnikoff percebia-o logo — a encher o vazio.

Oskar temia o dia em que o pintor acertasse com o objeto que era o único destinado a ser segurado por mim. E quando finalmente veio com o tambor, gritei: "Não!"

Raskolnikoff: "Pegue o tambor, Oskar, eu o reconheci!"

Eu, tremendo: "Nunca mais. Isso já passou!"

Ele, tétrico: "Nada passa, tudo volta; crime, castigo e novamente crime!"

Eu, com o resto de minhas forças: "Oskar já expiou, dispense-o do tambor; segurarei tudo, menos o tambor!"

Estava chorando quando a musa Ulla se inclinou sobre mim e, cego como me achava pelas lágrimas, não pude evitar que me beijasse, que a musa me beijasse terrivelmente. Todos vocês que provaram alguma vez o beijo de uma musa compreenderão facilmente que Oskar voltasse a segurar, logo após o beijo, aquele tambor que havia apartado de si fazia anos, enterrando-o na areia do cemitério de Saspe.

Mas não toquei. Somente posei e, por lamentável que pareça, fui pintado como Jesus tocando o tambor sobre a coxa esquerda da Madona 49.

Assim me viu Maria no cartaz artístico que anunciava uma exposição de pintura. Visitou sem meu conhecimento a exposição e deteve-se por longo tempo acumulando sua cólera diante do quadro, porque ao me pedir explicações me bateu com a régua escolar de meu filho Kurt. Ela, que havia alguns meses encontrara trabalho bem-remunerado numa loja de comestíveis finos de certa importância, primeiro como vendedora e depois, graças à sua diligência, como caixa, apresentava-se agora diante de mim como uma figura perfeitamente adaptada ao Ocidente, não era mais uma refugiada oriental traficante do mercado negro; por conseguinte, estava em condições de me chamar, com bastante autoridade, de obsceno, prostituto e degenerado. Gritou também que não queria saber do dinheiro sujo que eu ganhava com aquela porcaria, nem de mim, não queria me ver mais.

Ainda que Maria não demorasse para retirar essa última frase e uns 15 dias depois eu voltasse a engordar o orçamento doméstico com uma parte nada mesquinha de meu dinheiro de modelo, resolvi desistir de partilhar um apartamento com ela, com sua irmã Guste e com meu filho Kurt. No fundo queria ir para muito longe, talvez para Hamburgo, se possível, para perto do mar. Mas Maria, que se conformou sem demora com a minha mudança em projeto, convenceu-me, secundada por sua irmã Guste, que procurasse um quarto não longe dela e de Kurt, em todo caso ali mesmo em Düsseldorf.

O Ouriço

Aceito, recusado, eliminado, integrado, rejeitado, compreendido: só na condição de sublocatário Oskar aprendeu a arte de evocar o passado com o tambor. Não foram apenas o quarto, o Ouriço, o depósito de caixões do pátio e o sr. Münzer que me ajudaram nisso; a enfermeira Dorothea também me serviu de estimulante.

Conhecem Parsifal? Também não o conheço muito bem. Tudo o que guardei dele é a história das três gotas de sangue na neve. E esta história é verídica, pois podia ser a minha. É possível que pudesse ser a de qualquer um que tenha uma ideia. Mas Oskar escreve sobre si mesmo; por isso ela me serve como uma luva de forma quase suspeita.

Eu continuava servindo à arte e deixando que me pintassem em azul, em verde, em amarelo e em cor de terra; deixava que me pintassem também em carvão e me pusessem diferentes panos de fundo. Durante um semestre de inverno fecundei, acompanhado da musa Ulla, a Academia de Belas-Artes. Demos também nossa inspirada bênção ao semestre seguinte; mas então já havia caído a neve que absorveu aquelas três gotas de sangue que tornaram fixo meu olhar, tal como o louco Parsifal, de quem o louco Oskar sabe tão pouco que pode se identificar com ele à vontade.

Minha desajeitada imagem será suficientemente clara para vocês: a neve é o uniforme de uma enfermeira; a cruz vermelha, que a maioria das enfermeiras — e também a srta. Dorothea — usa no centro do broche que fecha suas golas brilhava a meus olhos no lugar das três gotas de sangue. E lá estava eu, sem poder desviar o olhar.

Pouco antes de me encontrar fascinado no ex-banheiro do apartamento de Zeidler, tive de procurar o tal quarto. O semestre de inverno aproximava-se do fim e os estudantes desocupavam seus quartos, voltavam pela Páscoa a suas casas e depois voltavam ou não voltavam. Minha colega, a musa Ulla, ajudou-me a procurar um quarto e me acompanhou ao escritório do serviço de assistência estudantil. Ali, facilitaram-me vários endereços e me proveram de um cartão de recomendação da Academia de Belas-Artes.

Antes de começar as visitas aos alojamentos, fui ver de novo, depois de muito tempo, o marmorista Korneff em seu ateliê do Bittweg.

Moveu-me a isso o afeto e o desejo de encontrar trabalho durante as férias de verão, já que as poucas horas que tinha de posar com ou sem Ulla como modelo particular mal davam para me manter as seis semanas seguintes. Por outro lado, precisava também reunir o dinheiro do aluguel de um quarto mobiliado.

Korneff não havia mudado e o encontrei, com dois furúnculos quase curados na nuca e outro ainda amadurecendo, inclinado sobre uma lousa de granito belga que já havia desbastado e que agora ia cinzelando golpe a golpe. Falamos um pouco, brinquei de forma alusiva com alguns buris para inscrições e dei uma olhada em busca de lousas já dispostas sobre cavaletes e que, esmeriladas e polidas, aguardavam os epitáfios. Duas lápides de calcário conchífero a metro e um mármore da Silésia para uma sepultura dupla pareciam estar vendidos e esperar somente um hábil gravador de inscrições. Alegrei-me pelo marmorista, o qual, após a reforma monetária, atravessara uma fase difícil. Na época, porém, tivemos de nos consolar com a reflexão de que mesmo uma reforma monetária tão otimista como aquela não podia impedir que as pessoas morressem e encomendassem pedras sepulcrais.

Com efeito, assim ocorrera. As pessoas continuavam morrendo e comprando. Além disso, havia encomendas inexistentes antes da reforma: os açougues mandavam revestir suas fachadas e até o seu interior de mármore policromo do Lahn, e no arenito e tufo de vários bancos e grandes lojas danificados por bombas era preciso esvaziar e voltar a encher alguns quadrados mais ou menos grandes, para que esses estabelecimentos recuperassem seu decoro em atenção aos correntistas e compradores.

Cumprimentei Korneff por sua atividade e perguntei se sozinho podia com tanto trabalho. A princípio respondeu com evasivas, depois confessou que às vezes desejava ter quatro mãos, e acabou por me propor que gravasse inscrições para ele em regime de meio expediente; pagava 45 *pfennige* por cada letra cuneiforme em pedra calcária, 45 *pfennige* em granito e diábase e, quanto às letras em relevo, pagava 75 *pfennige* por elas.

Pus logo mãos à obra num calcário conchífero, não tardei em recobrar minha habilidade e gravei em escrita cuneiforme: Aloys Küfer — nascido a 3.9.1887 — falecido a 10.6.1946. Terminei as letras e os números em apenas quatro horas e recebi, ao sair, 13 marcos e cinquenta.

Isto representava um terço do aluguel mensal que eu me havia proposto. Não queria pagar mais de quarenta marcos, pois Oskar se havia imposto o dever de continuar contribuindo, ainda que de forma modesta, para o orçamento doméstico de Maria, do rapaz e de Guste Köster.

Dos quatro endereços amavelmente proporcionados pelo pessoal do serviço de assistência estudantil, dei preferência ao de Zeidler, Jülicherstrasse, 7, por ser perto da Academia de Belas-Artes.

Princípio de maio. Era um dia quente, brumoso e típico da Baixa Renânia; com dinheiro suficiente no bolso me pus a caminho. Maria tinha preparado o terno para mim e meu aspecto era decente. O edifício onde Zeidler ocupava no terceiro andar um apartamento de três quartos levantava-se, com seu reboco caindo aos pedaços, atrás de um castanheiro poeirento. Como a metade da Jülicherstrasse não passava de ruínas, ficava difícil falar de casas contíguas ou fronteiras. À esquerda, uma montanha de ferros entremeados em T, coberta de verdura e dentes-de-leão, deixava adivinhar a existência anterior de um edifício de quatro andares contíguo ao de Zeidler. À direita, haviam conseguido restaurar até o segundo andar um prédio parcialmente destruído. Mas provavelmente os recursos não foram suficientes, pois restava consertar a fachada de granito sueco preto polido, rachada e repleta de buracos. À inscrição "Agente Funerário Schörnemann" faltavam várias letras, não me recordo quais. Afortunadamente, os dois ramos de palma cruzados que continuavam mostrando o granito impecavelmente polido estavam intactos, contribuindo dessa forma para conferir à empresa danificada um aspecto até certo ponto piedoso.

O depósito de féretros desta empresa, que existia há 75 anos, ficava no pátio e devia me proporcionar matéria de contemplação mais que suficiente da janela de meu quarto, que dava para os fundos. Via os trabalhadores que, estando o tempo bom, tiraram do galpão alguns caixões, rodando-os sobre cepos, punham-nos em cima de cavaletes de madeira e se serviam de mil procedimentos para refrescar o polimento dessas caixas, as quais, na forma que me era familiar, se estreitavam todas no sentido do pé.

Foi o próprio Zeidler que veio me abrir a porta depois que toquei a campainha. Ali estava, pequeno, atarracado, asmático, na porta, semelhante a um ouriço, com uns óculos de vidros grossos, ocultando a metade inferior da cara sob densa espuma de sabão e, com a mão direita, aplicando o pincel à bochecha: parecia alcoólatra e, a julgar por sua fala, era da Westfalia.

— Se o quarto não lhe agradar, diga logo. Estou me barbeando e ainda tenho que lavar os pés.

Zeidler não era dado a cerimônias. Examinei o quarto. Não podia me agradar: era um banheiro reformado, revestido até a metade de azulejos verde-turquesa e, quanto ao resto, de papel de parede numa copiosa e convulsiva variedade de padrões. Não disse, no entanto, que o quarto não podia me agradar. Sem me preocupar com a espuma de sabão que ia secando em sua cara ou com seus pés por lavar, bati com os nós dos dedos na banheira e perguntei se não se podia prescindir dela, já que de qualquer maneira não tinha cano de esgoto.

Sorrindo, Zeidler abanou a cabeça de ouriço e procurou inutilmente espremer espuma do pincel. Essa foi toda a sua resposta. Em vista disso, declarei-me disposto a alugar o quarto, incluindo a banheira, pela soma de quarenta marcos mensais.

Quando nos encontrávamos de novo no corredor, espécie de tubo mal-iluminado para o qual davam vários aposentos com portas diversamente pintadas e parcialmente envidraçadas, perguntei quem mais morava neste andar.

— Minha mulher e alguns inquilinos.

Toquei em uma porta de vidro fosco no centro do corredor, que ficava a um passo da porta do apartamento.

— Aqui é a enfermeira. Mas isso não interessa ao senhor. De qualquer forma não chegará a vê-la; vem apenas para dormir, e não é sempre que isso acontece.

Não vou dizer que ao ouvir a palavra "enfermeira" Oskar tenha estremecido. Assentiu com a cabeça e não se atreveu a perguntar mais sobre os outros inquilinos, dando-se por inteirado a respeito de seu quarto com banheira: ficava à direita e, com a largura de sua porta, fechava a passagem do corredor.

Zeidler tocou-me na lapela: "Se dispõe de um fogareiro a álcool pode cozinhar em seu quarto. De minha parte tampouco vejo inconveniente em que o faça na cozinha, se o fogão não for alto demais para o senhor."

Foi a primeira alusão dele à estatura de Oskar. O cartão de recomendação da Academia de Belas-Artes, no qual dera uma rápida olhada, produziu seu efeito, pois estava assinado pelo diretor, professor

Reuser. Disse que sim e amém a todas as suas recomendações, tomei nota de que a cozinha ficava à esquerda, ao lado do meu quarto, e lhe prometi que mandaria lavar minha roupa fora, porque temia que o vapor pudesse estragar o papel de parede do quarto-banheiro; podia lhe prometer tal coisa com alguma certeza, pois Maria se declarara disposta a me lavar a roupa.

Devia então ter saído para pegar minha bagagem e preencher os formulários de mudança de domicílio. Mas Oskar não fez nada disso. Não conseguia se separar do apartamento. Sem propósito específico, pediu ao futuro senhorio que lhe indicasse o toalete. Este assinalou com o polegar uma porta de compensado que lembrava os anos de guerra e os anos imediatamente posteriores. Quando Oskar se dispôs a se servir imediatamente do lugar, Zeidler, a quem o sabão secava na cara e ardia, acendeu a luz para ele.

Estando lá dentro, comecei a ficar zangado comigo, pois Oskar não sentia necessidade alguma. Mesmo assim esperei com obstinação até soltar um pouco d'água, o que, em vista da fraca pressão da bexiga, me deu bastante trabalho. Além disso, como ficava demasiado próximo do assento de madeira, tive que me esforçar para não respingá-lo ou aos ladrilhos. Com o lenço eliminei os vestígios no assento gasto, e as solas de Oskar tiveram que massacrar algumas gotas desafortunadas que tinham caído nos ladrilhos.

A despeito do sabão que endurecia desagradavelmente em suas faces, Zeidler não recorrera durante minha ausência ao espelho nem à água quente; esperava-me no corredor e, sem dúvida farejando em mim o bufão, disse: "O senhor é mesmo um sujeito estranho! Nem sequer assinou o contrato e já vai ao banheiro!"

Aproximou-se com o pincel frio e encrostado, pensando sem dúvida em acrescentar mais alguma piada azeda, mas depois, sem me incomodar, abriu a porta do apartamento. Enquanto Oskar se afastava, passando pelo Ouriço e com meio olho atento nele, observei que a porta do toalete ficava entre a da cozinha e aquela outra de vidro fosco, atrás da qual uma enfermeira se entocava de noite, às vezes, irregularmente.

Quando ao entardecer, com sua bagagem, da qual pendia o novo tambor, presente de Raskolnikoff, Oskar voltou a tocar a campainha do apartamento de Zeidler, exibindo os formulários de mudança de domicílio, o Ouriço, já barbeado e provavelmente com os pés lavados, me introduziu em sua sala de estar.

Esta cheirava a charutos apagados. A charutos várias vezes acesos. Junto vinham as emanações de uma porção de tapetes, possivelmente valiosos, enrolados e empilhados nos cantos do aposento. Cheirava também a velhos calendários, mas não vi nenhum: esse cheiro vinha dos tapetes. Em contrapartida, surpreendentemente, as confortáveis poltronas forradas de couro não exalavam odor algum. Isso me decepcionou, pois Oskar, que nunca se sentara em uma poltrona de couro, tinha uma ideia tão real do cheiro de couro em questão que suspeitou imediatamente dos revestimentos das poltronas e das cadeiras de Zeidler e os tomou por couro artificial.

Em uma dessas poltronas escorregadias, inodoras e, como ficaria provado mais tarde, de couro autêntico, achava-se sentada a sra. Zeidler. Usava um costume cinza esporte feito sob medida que ficava mais ou menos bem nela. A saia lhe subira para os joelhos e deixava ver uns três dedos de roupa de baixo. Como não puxou a saia e — segundo Oskar acreditou observá-lo — tinha os olhos envinagrados, não me atrevi a iniciar uma conversa de apresentação e cortesia. Minha inclinação foi muda e voltou-se novamente, em sua fase final, para Zeidler, que me havia apresentado a esposa com um movimento do polegar e pigarreando.

O aposento era espaçoso e quadrangular. O castanheiro que se levantava em frente à casa a escurecia, a engrandecia e a reduzia ao mesmo tempo. Deixei a mala e o tambor junto da porta e me aproximei, com os formulários, de Zeidler, que se achava sentado entre as janelas. Oskar não percebeu o ruído de seus próprios passos, porque — segundo se verificará mais tarde — caminhava sobre quatro tapetes, dispostos um sobre o outro em dimensões decrescentes, os quais, com suas bordas desigualmente coloridas, com ou sem franja, formavam uma escada multicor cujo último degrau, castanho-avermelhado, começava junto às paredes, enquanto o seguinte, de cor verde, desaparecia em grande parte debaixo dos móveis, como o pesado aparador, a cristaleira, cheia de cálices de licor que se contavam a dezenas, e a espaçosa cama de casal. A fímbria do terceiro tapete, que era azul com um desenho, percebia-se já por completo de um extremo a outro. Quanto ao quarto, este era de um aveludado vermelho-vinho, tinha por missão suportar a mesa redonda, extensível e provida de um oleado protetor, e quatro cadeiras, de assento e respaldo de couro, com rebites metálicos a intervalos regulares.

Como pendiam da parede outros tapetes que na realidade não eram tapeçarias e havia mais deles enrolados nos cantos, Oskar supôs que antes da reforma monetária o Ouriço se dedicara ao negócio de tapetes e que depois da reforma ficara com alguns saldos.

Como quadro único pendia da parede das janelas, entre tapetes de cama de estilo oriental, um retrato envidraçado do príncipe Bismarck. O Ouriço lotava por completo uma poltrona debaixo do Chanceler e tinha com este uma certa semelhança familiar. Quando ele me tomou da mão o formulário de transferência de domicílio e o examinou com olho esperto, crítico e impaciente, sua mulher lhe perguntou em voz baixa se alguma coisa não estava em ordem; a pergunta lhe produziu um acesso de cólera que o tornou ainda mais parecido com o Chanceler de Ferro. Entrou em erupção na poltrona. De pé sobre os quatro tapetes, com o formulário na mão, incharam-se ele e o colete de ar e arremeteu contra a esposa, que nesse meio-tempo se inclinara sobre seu trabalho manual, com uma frase no estilo de: quemfalaaquiquandonãoéchamadoenadatemadizersoueueuesóeu! Nenhumapalavraamais!

Como a sra. Zeidler se manteve quieta, sem um pio, manuseando a agulha em seu trabalho, o problema para o Ouriço, impotente sobre os tapetes, consistiu em fazer ressoar e concluir sua cólera de forma plausível. De uma passada larga pôs-se diante da cristaleira, abriu-a com um ressoar, pegou com cautela e com os dedos separados oito dos cálices de licor, retirou as mãos sobrecarregadas da cristaleira sem fazer estrago, avançou com passos contados, como um anfitrião que se dispõe a divertir-se a si mesmo e a seus sete convidados com uma demonstração de habilidade, em direção à estufa de azulejos verdes e, abandonando ali toda cautela, lançou com violência a frágil carga contra a fria porta de ferro fundido da estufa.

O surpreendente é que durante esta cena, que requeria sem dúvida certa pontaria, o Ouriço conservou no campo visual de seus óculos a esposa, que se levantara e procurava, perto da janela da direita, enfiar a linha na agulha, coisa que conseguiu, revelando mão firme, um segundo depois do massacre dos copos. A seguir, a sra. Zeidler voltou à sua poltrona, ainda quente, sentou-se de modo que lhe subiu novamente a saia e tornou a mostrar três dedos de anáguas cor-de-rosa. O Ouriço havia observado o deslocamento da esposa até a janela, o ato de enfiar a linha e a volta à poltrona com um olhar malévolo ainda que submisso. Mal tinha ela se sentado, achou uma pá de lixo e uma vassourinha, varreu os cacos e os recolheu em um papel de jornal já meio cheio de cacos de cálice e que teria sido insuficiente para um terceiro massacre.

Se o leitor imagina que Oskar se reconheceu no Ouriço destruidor de vidro e que viu neste o Oskar que durante anos fizera o mesmo com seu canto vitricida, não posso negar ao leitor certa razão. Também eu, em meus tempos, me comprazia em converter minha cólera em cacos de vidro; no entanto, ninguém nunca me viu recorrer a pazinhas e vassourinhas.

Assim que Zeidler eliminou os vestígios de sua cólera, voltou à poltrona. De novo, Oskar estendeu-lhe o formulário que o Ouriço deixara cair ao usar as duas mãos na cristaleira.

Zeidler assinou o formulário e me deu a entender que em sua casa havia de imperar a ordem, de outro modo, onde iríamos parar; além do mais, fazia 15 anos que ele era representante de máquinas de cortar cabelo; sabia eu o que era uma máquina de cortar cabelo?

Oskar sabia, e fez alguns movimentos descritivos no ar do aposento, pelo que Zeidler pôde deduzir que em matéria de máquinas de cortar cabelo, não fazia segredos para mim. Seu cabelo bem-cortado no estilo escovinha permitia reconhecer um bom vendedor. Depois de me explicar seu método de trabalho — viajava sempre uma semana e permanecia depois dois dias em casa —, perdeu todo interesse em Oskar, começou a oscilar à maneira de um ouriço no couro castanho-claro que estalava, lançou uma série de raios com os vidros de seus óculos de fundo de garrafa e, com ou sem motivo disse: simsimsimsimsimsim. Era, para mim, hora de partir.

Primeiro Oskar se despediu da sra. Zeidler. A mulher tinha mão fria e branda, porém seca. O Ouriço me fez um gesto de adeus da poltrona, apontando na direção da porta onde se achava a bagagem de Oskar. Já tinha as duas mãos ocupadas, quando sua voz me alcançou:

— Que traz dependurado na mala?

— Meu tambor de lata.

— E pensa, portanto, tocar o tambor aqui?

— Não exatamente. Antes, sim, tocava com frequência.

— Por mim não tem importância. De qualquer jeito, nunca estou em casa.

— Há poucas probabilidades de que volte a tocar o tambor.

— E por que o senhor ficou assim tão pequeno, hein?

— Uma queda infeliz freou meu crescimento.

— Contanto que não me traga dificuldades, com ataques e coisas no gênero!

— Nestes últimos anos, meu estado de saúde vem melhorando progressivamente. Veja o senhor como sou ágil.

Então Oskar executou para o sr. e a sra. Zeidler alguns saltos e exercícios quase acrobáticos que aprendera durante sua temporada do Teatro de Campanha, o que fez com que a senhora risse discretamente e que ele, como um autêntico ouriço, desse ainda palmadas nas coxas quando eu estava já no corredor, e, passando em frente da porta de vidro fosco da enfermeira, da do toalete e da cozinha, chegava com minha bagagem e o tambor a meu quarto.

Isto ocorria em princípios de maio. A partir daquele dia, fui tentado, invadido, conquistado pelo mistério da enfermeira. As enfermeiras me deixavam doente, incuravelmente doente, provavelmente porque ainda hoje, quando tudo isso ficou para trás, contradigo meu enfermeiro Bruno, que sustenta categoricamente: só os homens podem ser verdadeiros enfermeiros. Segundo ele, a mania dos pacientes de se fazer cuidar por enfermeiras não passa de sintoma adicional da doença, pois enquanto o enfermeiro cuida do paciente incansavelmente e às vezes o cura, a enfermeira segue o método feminino, vale dizer: à custa de sedução leva o paciente à cura ou à morte, a qual ela tempera com um erotismo leve.

Assim se expressa meu enfermeiro Bruno, a quem não gosto de dar razão. Quem, como eu, a cada dois ou três anos, deixa confirmar a vida pelas enfermeiras, conserva-lhes gratidão, e não permite facilmente que um enfermeiro rabugento, ainda que simpático, lhe arrebate suas colegas somente por ciúmes profissionais.

A coisa começou com minha queda da escada da adega, na ocasião de meu terceiro aniversário. Creio que ela se chamava srta. Lotte e era de Praust.

A enfermeira Inge do dr. Hollatz conservei dentro de mim por vários anos. Depois da defesa do edifício do correio polonês, caí nas mãos de várias enfermeiras de uma vez. Dessas só o nome de uma me ficou: chamava-se srta. Erni ou Berni. Enfermeiras anônimas em Lüneburg, na clínica da Universidade de Hanôver. Depois as enfermeiras dos hospitais municipais de Düsseldorf, com a srta. Gertrud em primeiro plano. E depois veio esta, sem que houvesse necessidade de me internar em nenhum hospital. Em plena saúde topou Oskar com uma enfermeira que, tal como eu, era inquilina dos Zeidler. A partir daquele dia o mundo esteve cheio de enfermeiras para mim. Quando saía de manhãzinha para o trabalho, para gravar inscrições com Korneff, minha parada de ônibus se chamava hospital de Santa Maria. Diante da entrada de tijolo, da esplanada atulhada de flores, sempre havia enfermeiras que iam e vinham, isto é, enfermeiras que já tinham feito ou por fazer seu estafante serviço. Depois chegava o bonde. Frequentemente não era possível evitar o encontro com algumas dessas enfermeiras, que tinham um ar de tremenda fadiga, ou de cansaço ao menos, no mesmo reboque ou debaixo do mesmo abrigo da plataforma de espera. A princípio, repugnava-me seu odor, mas de pronto vim até buscá-lo e me punha a seu lado e até entre seus uniformes.

Depois era o Bittweg. Se o tempo estava bom eu gravava a inscrição do lado de fora, entre as lápides expostas, e reparava como vinham de duas em duas, de quatro em quatro, de braços dados, na hora de descanso, papeando e obrigando Oskar a levantar o olhar de sua diábase e a descuidar de seu trabalho, porque cada olhar me custava vinte *pfennige*.

Cartazes de cinema: na Alemanha houve sempre quantidades de filmes de enfermeiras. A atração de Maria Schell me levava ao cinema. Vestia um uniforme de enfermeira, ria, chorava, cuidava com espírito de sacrifício, tocava música séria sorrindo e sem tirar a coifa, mas logo se desesperava, chegava quase a rasgar a camisola, sacrificava depois de uma tentativa de suicídio seu amor — Borsche de médico — e se mantinha fiel à coifa e ao broche com a cruz vermelha. Enquanto o cérebro e o cerebelo de Oskar riam e diziam toda uma série de indecências da fita, seus olhos choravam lágrimas, e eu vagava meio cego por um deserto cheio de samaritanas anônimas vestidas de branco, buscando a srta. Dorothea, da qual só sabia que tinha alugado o quarto atrás da porta de vidro fosco do apartamento dos Zeidler.

Às vezes ouvia seus passos quando regressava do plantão noturno. Ouvia-a também por volta das nove da noite, quando havia terminado o serviço diurno e se recolhia a seu quarto. Nem sempre permanecia Oskar sentado em sua cadeira quando ouvia a enfermeira no corredor. Não poucas vezes mexia no trinco. Quem resiste a isso? Quem não levanta o olhar quando passa alguma coisa que possivelmente passa de propósito para ele? Quem permanece sentado em sua cadeira quando qualquer ruído do quarto contíguo parece não ter outro objetivo que fazer as pessoas saltarem da cadeira?

E existe algo pior: o silêncio. Já o tínhamos experimentado com aquela escultura de proa, que era uma figura de madeira, quieta e passiva. Ali jazia o primeiro guarda do museu em seu sangue. Disseram: Níobe o matou. Então, o diretor procurou outro guarda, porque não era motivo para fechar o museu. Quando morreu o segundo, as pessoas exclamavam: Níobe o matou. O diretor se viu em apuros para achar um terceiro guarda — ou andava já pelo décimo primeiro? —, o número não importa. Um dia, o guarda encontrado com dificuldade estava morto, mortinho da silva. Todo mundo gritava: Níobe, Níobe, Níobe, a verde, a dos olhos de âmbar, Níobe a de madeira; nua, não se move, não tirita, não sua, não respira, nem sequer tinha traça, porque estava desinfetada contra traças, porque era histórica e preciosa. Por sua culpa uma bruxa precisou ser queimada; cortaram a mão experta do escultor da figura; afundavam-se os navios e ela no entanto escapava a nado. Era de madeira e, no entanto, à prova de fogo: matava e continuava sendo preciosa. Com seu silêncio reduziu ao silêncio bacharéis, estudantes, um velho pároco e um coro de guardas de museu. Meu amigo Herbert Truczinski a assaltou e pereceu na empresa; Níobe prosseguiu seca, e seu silêncio aumentou.

Quando bem de manhãzinha, por volta das seis, a enfermeira deixava seu quarto, o corredor e o apartamento, fazia-se um silêncio enorme, ainda que ela, presente, não fizesse nenhum ruído. Para poder suportá-lo, Oskar tinha que fazer ranger a cama, empurrar uma cadeira ou fazer rolar uma maçã em direção à banheira.

Por volta das oito produzia-se um ruído. Era o carteiro que pela frincha da porta deixava as cartas e os cartões-postais. Além de Oskar, também a sra. Zeidler esperava esse ruído. Ela só começava às nove seu trabalho como secretária na empresa Mannesmann, e deixava que eu me adiantasse. Assim, Oskar era o primeiro que reagia ao ruído do carteiro. Eu procurava fazer o menor ruído possível, mesmo sabendo que ela me ouvia; deixava a porta de meu quarto aberta, para não ter que acender a luz, apanhava todo o correio de uma vez, metia no bolso do pijama, se havia, a carta em que Maria me informava cuidadosamente uma vez por semana acerca de si mesma, de Kurt e de sua irmã Guste, e examinava a seguir rapidamente o resto da correspondência. Tudo o que vinha destinado aos Zeidler ou a um tal de sr. Münzer, que ocupava o quarto no outro extremo do corredor, eu deixava deslizar novamente, antes de me levantar, sobre o piso; quanto à correspondência da enfermeira, em contrapartida, Oskar examinava-a, cheirava-a, apalpava-a, especulando muito especialmente sobre o remetente.

A srta. Dorothea recebia correspondência muito raramente, mas, mesmo assim, mais que eu. Seu nome completo era Dorothea Köngetter, mas eu só a chamava de srta. Dorothea, esquecendo de vez em quando seu sobrenome, o que, aliás, tratando-se de uma enfermeira, não faz diferença. Recebia cartas de sua mãe, que vivia em Hildesheim. Chegavam-lhe também cartas e cartões-postais dos mais diversos hospitais da Alemanha Ocidental. Escreviam-lhe enfermeiras com as quais havia feito seus estudos. Mantinha essas relações com suas colegas de forma negligente e fastidiosa à base apenas de postais, e recebia respostas totalmente néscias e insulsas, segundo Oskar pôde apreciar superficialmente.

Contudo, algo arranquei da vida anterior da srta. Dorothea graças a esses cartões-postais, que exibiam em sua maioria, no anverso, fachadas de hospitais cobertas de hera: havia trabalhado algum tempo no hospital de São Vicente, de Colônia, em uma clínica particular em Aachen e também em Hildesheim, que era de onde lhe escrevia a mãe. Era, portanto, da Baixa Saxônia ou, como no caso de Oskar, uma refugiada do leste que viera pouco depois da guerra. Averiguei, além disso, que a srta. Dorothea trabalhava perto dali, no hospital de Santa Maria, e que devia ter muita amizade com outra tal de srta. Beata, pois vários dos mencionados cartões aludiam a esse fato e incluíam saudações para a tal Beata.

Perturbava-me essa amiga. Oskar fazia conjeturas a propósito de sua existência. Redigia cartas dirigidas à srta. Beata, pedindo-lhe em uma que intercedesse em meu favor e na outra omitindo qualquer menção à srta. Dorothea, pois desejava ganhar primeiro sua confiança e depois me ocupar do outro caso. Redigi cinco ou seis dessas cartas, e algumas até enfiei nos envelopes e as levei ao correio, mas não cheguei a enviar nenhuma.

No entanto, bastante provável é que em minha loucura tivesse acabado por despachar alguma daquelas cartas à srta. Beata, não houvesse encontrado uma segunda-feira — foi quando Maria começou suas relações com seu patrão, um tal de Stenzel, coisa que me deixou curiosamente indiferente —, no corredor, aquela carta que havia de converter em ciúmes minha paixão, na qual não era amor o que faltava.

O nome impresso do remetente me revelava que um certo dr. Erich Werner, do hospital de Santa Maria, havia escrito uma carta à srta. Dorothea. Na terça-feira chegou outra carta, e a terceira veio na quinta. Que sucedeu naquela quinta-feira? Oskar se retirou para seu quarto, deixou-se cair em uma das cadeiras de cozinha que faziam parte do mobiliário, tirou do bolso do pijama o informe semanal de Maria — apesar de seu novo pretendente, Maria continuava escrevendo pontualmente, esmeradamente, sem omitir coisa alguma —, abriu inclusive o envelope, leu, mas ao ler ouviu a sra. Zeidler no corredor e, a seguir, sua voz: chamava o sr. Münzer, que não respondia. Entretanto, devia estar em seu quarto, pois a senhora abriu a porta do mesmo e lhe entregou sua correspondência, sem parar de falar um só momento.

Mas deixei de ouvi-la ainda antes de ter calado. Abandonei-me à loucura do papel pintado da parede, àquela loucura vertical, horizontal e diagonal, e às suas inúmeras curvas; eu me vi como Matzerath, comendo com ele o pão suspeito de todos os cornudos e não me foi difícil fantasiar Jan Bronski de sedutor Barato, com uma maquilagem satânica, e fazê-lo aparecer algumas vezes metido em seu abrigo tradicional com a gola de veludo, outras no jaleco branco do dr. Hollatz e, finalmente, como dr. Werner, para seduzir, e corromper, e profanar, e ultrajar, e espancar, e atormentar — para, em suma, fazer tudo o que se espera de um sedutor que se preze.

Hoje posso sorrir ao recordar aquela ocorrência que, então, deixou Oskar lívido e o contagiou com a loucura do papel pintado: queria estudar medicina o mais depressa possível. Na verdade queria ser médico do hospital de Santa Maria. Queria despedir aquele dr. Werner, desmascará-lo e acusá-lo de incúria e até de homicídio por negligência no curso de uma operação de laringe. Com isso teria se podido comprovar que aquele sr. Werner nunca havia estudado medicina. Durante a guerra trabalhara em um hospital de emergência, onde adquirira alguns conhecimentos empíricos: fora com o falsário! E Oskar era nomeado médico-chefe, tão jovem e, no entanto, em um posto de tamanha responsabilidade. Já era um jovem Sauerbruch* que, acompanhado da srta. Dorothea, sua assistente nas operações, e rodeado de um enxame de enfermeiras vestidas de branco, andava pelos sonoros corredores, efetuando visitas e decidindo-se só no último momento pela operação. Que sorte esse filme nunca ter sido rodado.

---

* Alusão ao professor Ferdinand Sauerbruch (1875-1951), famoso cirurgião alemão. (N.T.)

No guarda-roupa

Ninguém vá agora supor que a vida de Oskar estivesse impregnada apenas de enfermeiras. Afinal, eu tinha minha profissão! O semestre de verão da Academia de Belas-Artes acabava de começar, e tive que abandonar aquele trabalho ocasional de gravador de inscrições praticado durante as férias porque, em troca de um bom salário, Oskar tinha de se manter imóvel, servindo como base para a confirmação dos velhos estilos e, junto com a musa Ulla, para a experimentação dos novos. Suprimiam nossa objetividade, rechaçavam-nos, caluniavam-nos, cobriam tela e papel com linhas, quadrados e espirais, coisas feitas de memória que teriam em todo caso sido úteis ao papel que os tapeceiros usam, e davam a esses modelos, nos quais havia tudo menos Oskar e Ulla e, portanto, tudo menos mistério e tensão, títulos sensacionais como: Trançado Ascendente — Hino ao Tempo — Vermelho em Espaços Novos.

Isso era o que faziam sobretudo os novos alunos, que ainda nem sabiam desenhar bem. Meus velhos amigos dos ateliês dos professores Kuchen e Maruhn e os alunos-mestres Ziege e Raskolnikoff estavam ofuscados demais de preto e cor para tecer seu hino de louvor aos arabescos e às curvas anêmicas.

Quanto à musa Ulla, que quando baixava à terra revelava um gosto muito atualizado por tudo que se relacionava com a arte, se entusiasmou a tal ponto com as novas mostras de papel pintado que não tardou em esquecer o pintor Lankes, que a havia deixado, e achava bonitos, alegres, cômicos, fantásticos, colossais e inclusive elegantes os cenários que, em diversos tamanhos, executava um pintor já de certa idade de nome Meitel. Não se deve conceder demasiada importância ao fato de em seguida ter ficado noiva desse artista, que gostava de formas como as que têm os dulcificados ovos de Páscoa, já que no correr do tempo havia de encontrar amiúde ocasião de celebrar novos esponsais, e está atualmente — confessou-me ontem, por ocasião de uma visita em que trouxe a mim e a Bruno alguns bombons — às vésperas de encetar um relacionamento sério, tal como costuma dizer sempre.

No princípio do semestre, Ulla queria apenas servir de musa às novas tendências que, ai dela!, não a queriam enxergar. Esta ideia fora-lhe incutida pelo seu pintor de ovos de Páscoa, o tal de Meitel, que também lhe legara, à guisa de presente de noivado, um vocabulário que ela treinava falando de arte comigo. Falava de relações, de constelações, de acentos, de perspectivas, de estruturas fluidas, de processos de fusão, de fenômenos de erosão. Ela, que o dia inteiro só comia bananas e bebia suco de tomate, falava-me de células originárias, de átomos coloridos, os quais em horizontal e dinâmica trajetória dentro de seus respectivos campos de energia não só encontravam suas posições originárias, como também... Assim me falava Ulla nos intervalos ou quando eventualmente íamos tomar um café na Ratingerstrasse. E inclusive quando já havia chegado a seu término o noivado com o dinâmico pintor de ovos e ela, depois de brevíssimo episódio com uma lésbica, se entregou novamente a um aluno de Kuchen e, com ele, ao mundo da objetividade, inclusive aí conservou aquele léxico que submetia seu pequeno rosto a tais esforços que lhe apareceram pequenas rugas fundas, quase fanáticas, ao redor da sua boquinha de musa.

Digamos aqui que não foi exclusivamente de Raskolnikoff a ideia de pintar a musa Ulla de enfermeira ao lado de Oskar. Com efeito, depois da Madona 49, ainda voltou a pintar-nos como o *Rapto de Europa*; no qual o touro era eu. E só depois deste discutidíssimo Rapto veio à luz o quadro: *O bufão curando a enfermeira*.

Foi uma ideia minha que incendiou a fantasia de Raskolnikoff. Sombrio, pérfido e ruivo, armava este suas maquinações enquanto lavava os pincéis e falava a Ulla, olhando-a fixamente, de crime e castigo. Foi a essa altura que lhe sugeri que pusesse a mim de crime e a Ulla de castigo: o meu crime era óbvio; o castigo cabia perfeitamente bem num uniforme de enfermeira.

O culpado daquele excelente quadro ter recebido outro título, um título desconcertante, foi exclusivamente Raskolnikoff. Eu o teria chamado de *Tentação*, porque minha mão direita, pintada, aperta uma maçaneta e abre um quarto no qual a enfermeira está de pé. Mas o quadro de Raskolnikoff também teria podido chamar-se simplesmente *A maçaneta*, porque se eu estivesse interessado em dar outro nome à tentação, me atreveria a propor o de maçaneta, já que esse apêndice não faz mais que pedir que o agarrem; era o que eu fazia com a da porta de vidro fosco sempre que sabia que o Ouriço tinha viajado, que a enfermeira estava no hospital e a sra. Zeidler em seu escritório da empresa Mannesmann.

Oskar deixava então seu quarto com a banheira sem esgoto, aparecia no corredor do andar zeidleriano, parava defronte do quarto da enfermeira e girava a maçaneta.

Até meados de junho, como pude comprovar quase todos os dias, a porta não quis ceder. Já me dispunha a ver na enfermeira uma criatura de tal modo acostumada à ordem, como resultado de seu trabalho cheio de responsabilidade, que seria prudente abandonar toda a esperança fundada em uma porta deixada aberta por descuido. Isso explica também aquela reação néscia e mecânica que me fez fechar imediatamente a porta ao encontrá-la certo dia aberta.

É evidente que Oskar sentiu que toda a sua pele se arrepiava no corredor e que por vários minutos foi também assaltado por pensamentos tão diversos e divergentes que seu coração custou a imprimir a tais impulsos algo parecido com um plano.

Só depois que consegui encaminhar meus pensamentos e a mim mesmo para outras paisagens, pensando em Maria e em seu pretendente — Maria tem um pretendente, o pretendente acaba de presentear Maria com uma cafeteira, o pretendente e Maria nos sábados vão ao Apolo, Maria só fora da firma trata o pretendente de você, dentro dela trata-o por senhor, porque é seu patrão — só depois, portanto, de ter considerado Maria e seu pretendente sob vários ângulos pude estabelecer na minha aloucada cabeça um princípio de método e abri a porta de vidro fosco.

Já anteriormente eu havia pensado que o quarto não teria janelas, porque a parte superior da porta, de um vidro vagamente transparente, nunca me havia revelado um raio de luz diurna. Exatamente como no meu quarto, achei o interruptor da luz à direita. Para iluminar este cômodo, pequeno demais para ser chamado de quarto, a lâmpada de quarenta watts era mais que suficiente. Foi desagradável encontrar-me imediatamente com minha meia figura plantada do outro lado do espelho. Mas esta imagem simétrica, que tão poucas novidades podia proporcionar-lhe, não fez Oskar afastar-se; os objetos sobre a penteadeira, que tinha a mesma largura do espelho, atraíam-no com força irresistível e fizeram-no avançar nas pontas dos pés.

O esmalte branco da bacia ostentava algumas marcas entre o azul e o negro. Também a placa de mármore do toucador, na qual a bacia se enterrava até as bordas, estava um tanto danificada. Faltava-lhe o ângulo esquerdo debaixo do espelho, ao qual mostrava seus veios. Na fratura, as marcas de uma cola que descascava revelavam um intento pouco hábil de restauração. Um tremor percorreu meus dedos de lapidário e me lembrei da massa para mármore que Korneff preparava ele mesmo e com a qual até o mais quebradiço mármore de Lahn se convertia naquelas placas resistentes que adornavam fachadas de açougues.

Assim que a familiaridade com a pedra calcária me fez esquecer aquela imagem deformada pelo mísero espelho, consegui identificar o cheiro que já à entrada chamara a atenção de Oskar.

Cheirava a vinagre. Mais tarde, e não faz mais que umas poucas semanas, desculpava eu aquele odor inoportuno supondo que a enfermeira teria lavado a cabeça no dia anterior. Misturaria vinagre na água de enxaguar o cabelo. A verdade é que sobre a penteadeira não havia garrafa alguma de vinagre. E que em nenhum dos recipientes com rótulo pude identificar o menor vestígio de vinagre, e não fazia senão repetir para mim vez por outra que a srta. Dorothea, que no hospital de Santa Maria podia dispor dos banheiros mais modernos, não iria esquentar água na cozinha dos Zeidler, solicitando previamente permissão para isso, para depois lavar a cabeça em seu quarto de forma assaz complicada. Podia-se supor, todavia, que uma proibição geral, ou da enfermeira-chefe, vedasse às enfermeiras o uso de determinadas instalações higiênicas do hospital e que, por isso, a srta. Dorothea se visse obrigada a lavar a cabeça naquela bacia esmaltada e diante de um espelho impreciso.

Mas, mesmo que a penteadeira não apresentasse garrafinhas de vinagre, não faltavam sobre o frio mármore os frascos e as caixinhas. Um pacote de algodão hidrófilo e outro pela metade de toalhas higiênicas desencorajaram Oskar na investigação do conteúdo das diversas caixinhas. Até hoje, porém, continuo convencido de que nelas não havia nada a não ser cosméticos ou, no máximo, algum unguento inofensivo.

A enfermeira tinha o pente fincado na escova de cabelo. Tive de recorrer a alguma violência para desencravá-lo das cerdas e examiná-lo com minúcia. Que bom tê-lo feito, pois naquele exato momento Oskar se deliciou com sua mais importante descoberta: a enfermeira tinha cabelo louro, talvez louro-cinza, embora seja difícil extrair conclusões decisivas de um cabelo morto arrancado pelo pente. Permitam-me, então, que diga simplesmente: a enfermeira Dorothea tinha cabelo louro.

A carga indiciosamente abundante do pente revelava, além disso, que a srta. Dorothea perdia cabelo. A culpa dessa enfermidade, penosa e amarga, sem dúvida, para a alma de uma mulher, devia ser atribuída indubitavelmente às toucas, as quais não acusei, contudo, pois não se pode prescindir de toucas em um hospital que se preze.

Por mais desagradável que fosse para Oskar o cheiro de vinagre, a queda de cabelo da srta. Dorothea não fez senão inspirar em mim um amor refinado, cuidadoso, filtrado de compaixão. Característico de meu estado de ânimo foi o fato de me chegarem à mente, de súbito, vários remédios contra calvície, apregoados como eficazes, que me propunha comunicar à enfermeira quando houvesse oportunidade. E já com o pensamento nesse encontro — Oskar imaginava-o sob um céu quente e tranquilo de verão, em meio a trigais —, tirei do pente os fios soltos, formei com eles um pequeno feixe, atei-os uns com os outros, soprei para livrá-los um pouco do pó e da caspa e os enfiei precavidamente em um dos compartimentos da carteira, rapidamente esvaziado para este fim.

Quando a carteira e o cabelo já estavam bem guardados dentro do bolso do casaco, voltei a pegar o pente, que, a fim de dispor de duas mãos para manipular melhor a carteira, tinha largado sobre a placa de mármore. Levantei-o à contraluz da lâmpada, ficou transparente, com o olhar acompanhei as duas séries de dentes de diversas espessuras, comprovei que faltavam dois deles entre os mais finos. Não pude resistir à tentação de fazer zumbir a unha de meu indicador esquerdo ao longo das pontas dos dentes maiores, com o que Oskar pôde verificar alegremente durante essa pequena diversão o brilho de alguns cabelos que havia deixado ali ex-professo, com o fito de não suscitar suspeita.

O pente voltou a enterrar-se definitivamente na escova. Afastei-me da penteadeira, que me absorvia de modo demasiado unilateral. Ao dirigir-me à cama da enfermeira, dei com uma cadeira de cozinha, de cujo espaldar pendia um sutiã.

Oskar só podia encher as duas formas negativas daquele sutiã, de bordas gastas e descoloridas, com seus dois punhos; mas os punhos não as enchiam por completo: moviam-se estranhos, desajeitados, duros demais e nervosos demais, naqueles dois recipientes que de boa vontade eu teria esvaziado diariamente a colheradas, mesmo desconhecendo a qualidade do alimento e admitindo inclusive uma náusea passageira. Toda sopa dá às vezes vontade de vomitar, mas se torna depois doce, doce demais, ou tão doce que a náusea passa a ser saborosa e põe à prova o verdadeiro amor.

Lembrei-me do dr. Werner e retirei os dois punhos do sutiã. Esqueci-o ato contínuo, e pude plantar-me diante da cama da srta. Dorothea. A cama da enfermeira Dorothea! Quantas vezes a vira Oskar com os olhos da imaginação! E agora lá estava a mesma horrenda armação que oferecia também a meu repouso e à minha insônia ocasional sua estrutura pintada de marrom. Teria desejado uma cama metálica, esmaltada de branco, com bolas de latão e uma leve grade, e não traquitanda totalmente desprovida de graça. Imóvel, com a cabeça pesada, incapaz de toda e qualquer paixão, ou mesmo de ciúmes, permaneci de pé por algum tempo diante deste altar do sono, cuja colcha podia ser de granito, e voltei-me então, evitando essa deplorável visão. Nunca poderia Oskar visualizar a enfermeira Dorothea e seu sono nessa tumba de aspecto odioso.

Já ia voltando à penteadeira, com intenção talvez de abrir por fim as supostas caixinhas de unguentos, mas o guarda-roupa me obrigou a considerar suas dimensões, a qualificar sua pintura de marrom quase negra, a seguir o perfil de suas molduras e, finalmente, a abri-lo, pois todo armário deseja ser aberto.

Virei para cima o grampo que no lugar da fechadura mantinha juntas as portas: imediatamente, e sem que eu nada fizesse para isso, as folhas separaram-se com um gemido e me ofereceram uma visão tal que tive de retroceder alguns passos para poder contemplá-la friamente com os braços cruzados. Oskar não queria se perder em detalhes, como diante da penteadeira; tampouco queria, como diante da cama, pronunciar um veredicto carregado de preconceitos; queria enfrentar o guarda-roupa com a espontaneidade do primeiro dia, já que o armário o recebia de braços abertos.

E contudo Oskar, o esteta empedernido, não pôde esquivar-se por completo da crítica: algum bárbaro havia cortado os pés do guarda-roupa, arrancando-lhe com a pressa algumas lascas, para que descansasse diretamente sobre o assoalho.

A ordem interna do móvel era impecável. À direita empilhavam-se em três gavetas fundas a roupa branca e as blusas. O branco e o rosa alternavam com um azul-claro, que evidentemente não desbotava. Dois sacos de oleado, de quadrados vermelhos e verdes e unidos entre si, penduravam-se do lado de dentro da porta direita do armário, e guardavam em cima as meias cerzidas, embaixo as que estavam por cerzir. Comparadas com as meias que Maria recebia de presente de seu patrão e admirador e usava, essas não me pareciam mais grosseiras, porém mais espessas e resistentes. Na parte mais espaçosa do guarda-roupa pendiam dos cabides, à esquerda, alguns uniformes de enfermeira, engomados e de brilho discreto. No compartimento dos chapéus, as toucas, em sua bela simplicidade, mostravam sua delicadeza e sua repugnância ao contato de mãos inexperientes. Bastou-me uma olhada nos vestidos civis, que estavam à esquerda dos compartimentos da roupa íntima. O sortimento, descuidado e barato, veio confirmar minha secreta esperança: a srta. Dorothea só dedicava um interesse moderado a tal parte de seu vestuário. Havia também três ou quatro chapéus em forma de vaso, colocados negligentemente um em cima do outro, amassando mutuamente as respectivas e grotescas flores de imitação, no compartimento dos chapéus ao lado das toucas; apresentavam em conjunto o aspecto de um bolo solado. Da mesma forma no compartimento dos chapéus uma boa dúzia de livros de lombadas coloridas se apoiava numa caixa de sapatos cheia de restos de lã.

Oskar abaixou a cabeça e teve que se aproximar para poder ler os títulos. Sorrindo com indulgência voltei a endireitar a cabeça: a boa srta. Dorothea lia romances policiais. Mas deixemos a parte civil do guarda-roupa. Atraído pelos livros, conservei a posição favorável e, mais que isso, curvei-me para dentro, sem poder resistir por mais tempo ao desejo cada vez mais veemente de lhe pertencer, de fazer parte daquele armário ao qual a srta. Dorothea confiava parte considerável de sua aparência pessoal.

Sequer necessitei empurrar para o lado os práticos sapatos de passeio que, alinhados com seus saltos baixos sobre a tábua inferior e cuidadosamente limpos, pareciam esperar a saída. Porque, quase intencionalmente, a ordem do guarda-roupa estava disposta de tal maneira que, com os joelhos encolhidos e sentado sobre os calcanhares, Oskar encontrava em seu interior, ao centro, lugar e abrigo suficientes sem necessidade de amassar vestido algum. Enfiei-me, pois, cheio de esperanças.

Todavia, não pude concentrar-me de imediato. Oskar sentia-se observado pelo mobiliário e pela lâmpada do quarto. Com o objetivo de conferir à minha permanência no interior do guarda-roupa maior intimidade, tratei de fechar as portas. Não era nada fácil, pois os cantos delas estavam gastos e as mantinham entreabertas em cima; entrava por aí alguma luz, embora não tanto que pudesse me atrapalhar. Em compensação, o cheiro se tornou mais forte. Cheirava a velho, a limpeza, não a vinagre, mas, discretamente, a produtos contra traças; era um cheiro agradável.

Que fez Oskar, sentado no armário? Apoiou a testa contra o primeiro traje profissional da enfermeira, um avental de mangas que se fechava à altura do pescoço, e no ato viu abrirem-se as portas de todas as enfermarias. Nisso, minha mão direita, em busca talvez de apoio, correu para trás, além dos vestidos civis, se extraviou, perdeu o equilíbrio, agarrou-se, pegou algo liso que cedia, achou finalmente e sem soltar a coisa lisa um ponto de apoio e deslizou ao longo de uma trave de reforço pregada horizontalmente, que fornecia suporte, a um tempo, a mim e ao fundo do guarda-roupa. E já Oskar voltava a ter sua mão direita diante de si e podia dar-se por satisfeito, quando me ocorreu mostrar-me o que havia apanhado às minhas costas.

Vi um cinto de verniz preto, mas na semiescuridão vi ao mesmo tempo algo mais que um cinto de verniz: porque, assim cinza, um cinto de verniz não podia ser apenas isso. Podia também ser outra coisa, algo igualmente liso e esticado, que eu vira no molhe de Neufahrwasser, quando andava com meu tambor e meus três anos: minha pobre mamãe com seu casaco de primavera azul-marinho com enfeites cor de framboesa, Matzerath com seu sobretudo, Jan Bronski com sua gola de veludo e o boné de marinheiro de Oskar com a inscrição *S.M.S. Seydlitz* faziam parte da companhia. O sobretudo e a gola de veludo corriam diante de mim, enquanto mamãe, que por culpa de seus saltos altos não podia saltar de pedra em pedra, ia bamboleando até o farol sob o qual estava sentado o pescador com a corda de estender roupa e o saco de batatas cheio de sal e de movimento. E nós, ao vermos o saco e a corda, quisemos saber por que o sujeito do farol pescava com uma corda de estender roupa, mas ele, que era de Neufahrwasser ou de Brösen ou de onde fosse, não fez mais que soltar uma gargalhada e lançar à água uma cusparada parda que esteve oscilando por algum tempo junto ao quebra-mar, até que veio uma gaivota e a levou, porque as gaivotas sempre levam tudo e não têm nada das pombas delicadas, nem nada das enfermeiras.

Seria simples demais se tudo o que é branco pudesse classificar-se sob um mesmo rótulo e meter-se em um mesmo guarda-roupas; e o mesmo se poderia dizer do preto. Naquele tempo não temia eu ainda a Bruxa Negra, podia permanecer sentado, sem temor algum, no guarda-roupa, que às vezes não era mais guarda-roupa; e então estava de pé sem medo, no molhe de Neufahrwasser, e tinha na mão alguma coisa que aqui era cinto de verniz e lá era algo preto e escorregadio também, mas não cinto; e buscava agora, sentado no guarda-roupa, um termo de comparação, porque os guarda-roupas nos obrigam a procurar termos de comparação. E chamava a Bruxa Negra pelo nome, embora isso pouco significasse para mim naquele tempo, quando ainda era mais perito em matéria de branco, porque se mal conseguia distinguir entre uma gaivota e a enfermeira Dorothea, rechaçava em contrapartida as pombas e outros disparates do gênero, sobretudo porque não estávamos em Pentecostes.

Era uma Sexta-feira Santa esse dia em Brösen em que chegamos ao molhe, e tampouco havia pombas no farol embaixo do qual sentava-se aquele sujeito de Neufahrwasser com a corda de estender roupa que cuspia na água. E quando aquele sujeito de Brösen puxou a corda até o fim, compreendemos por que lhe havia custado tanto puxá-la da água salobre de Mottlau; quando minha pobre mamãe pôs a mão sobre o ombro e sobre a gola de veludo de Jan Bronski, porque o queijo chegara ao seu rosto e queria partir, tive de olhar como o sujeito fazia estalar a cabeça do cavalo sobre as pedras e como as enguias verdes menores saíam de entre as crinas, enquanto as maiores, mais escuras, ele extraía do cadáver como se se tratasse de parafusos; quando alguém rasgou um edredão de penas, ou seja, quando vieram as gaivotas, atacaram, porque quando se juntam três ou mais, facilmente levam uma enguia pequena, ao passo que as maiores lhes dão muito trabalho; quando, pois, o indivíduo agarrou o cavalo pela boca e introduziu um porrete entre as suas queixadas, o que fez com que o cavalo soltasse também uma gargalhada, e metendo-lhe o seu outro braço hirsuto ali dentro, agarrou com uma mão e depois com a outra, assim como me agarrei com uma e outra mão ao guarda-roupa. Assim fez ele e puxou para fora, exatamente como eu com o cinto de verniz, só que duas de uma vez, e as agitou no ar e as bateu contra as pedras, até que minha pobre mamãe soltou o café da manhã pela boca, e este se compunha de café com leite, clara e gema de ovo, assim como de um pouco de geleia de morango e migalhas de pão branco, e era tão abundante que as gaivotas embicaram no ato, desceram um pavimento e atacaram com as patas abertas, sem falar dos gritos nem de seus olhos malignos. Todo mundo sabe que as gaivotas têm olhos maus, e não se deixam afugentar. Não por Jan Bronski, é claro, porque este tinha medo delas e tapava com as mãos os olhos azuis assustados; também não ligaram para meu tambor; não faziam senão engolir, enquanto eu batia furiosamente meu tambor, e inclusive conseguia obter alguns novos ritmos.

Mas à minha pobre mamãe tudo aquilo era indiferente, porque ela queria vomitar, apenas vomitar; só que já não saía mais nada, pois não havia comido muito, queria se manter elegante, visto que ia duas vezes por semana à ginástica na Organização Feminina, o que quase não valia a pena, porque comia às escondidas e sempre achava alguma desculpa. Assim também aquele cara de Neufahrwasser, o qual, contrariamente a toda teoria e quando todo mundo já acreditava que não sairia mais nada, tirou ainda da orelha do cavalo uma enguia. E esta estava salpicada de uma sêmola branca, pois havia se alojado no cérebro do cavalo. Mas o homem a agitou até que a sêmola se desprendeu e a enguia pôde mostrar seu verniz, que brilhava como um cinto de verniz; porque o que quero dizer é isto: quando saía a passeio e não usava o broche da Cruz Vermelha, a srta. Dorothea usava um cinto muito parecido com uma enguia.

Voltamos a casa, embora Matzerath quisesse ficar ainda, pois fazia entrada e levantava ondas um barco finlandês de mil e oitocentas toneladas. O homem deixou a cabeça do cavalo sobre o molhe. O cavalo preto ficou branco e pôs-se a gritar. Mas não gritava como costumam relinchar os cavalos, gritava como uma nuvem de gaivotas, branca, sonora e faminta, que envolve uma cabeça de cavalo. O que no fundo foi agradável, porque assim não se via mais o cavalo, ainda que se pudesse imaginar facilmente o que havia dentro daquele tumulto. Mas também nos divertiu o barco finlandês que levava um carregamento de madeira e estava todo cheio de ferrugem como a grade do cemitério de Saspe. Minha pobre mamãe não se voltou nem para o finlandês nem para as gaivotas. Já tivera o suficiente. Antes não só tocava em nosso piano, como também cantava aquela *Gaivotinha, voa para Helgoland*. Nunca mais havia de voltar a cantá-la, nem essa nem qualquer outra canção; de início tampouco queria comer mais peixe, e contudo começou um belo dia a comer tanto peixe e tão gordo que depois já não pôde mais ou, melhor dizendo, não quis, pois estava farta, não só da enguia mas também da vida e, em particular, dos homens e talvez também de Oskar. Pois na verdade ela, que antigamente não recusava nada, tornou-se de repente frugal e abstinente e se fez enterrar em Brenntau. E é provável que dela me venha isso de não poder, por um lado, recusar nada e de poder, por outro, recusar tudo: a única coisa de que não posso prescindir, por mais caras que sejam, é das enguias defumadas. E isso se aplica também à srta. Dorothea, que nunca tinha visto e cujo cinto de verniz só me agradava com moderação, sem que, contudo, pudesse me livrar dele, que não me deixava e ia se multiplicando. Com a mão livre desabotoei a braguilha, para poder reencontrar a imagem da enfermeira que, com todas aquelas enguias envernizadas e com o barco finlandês, estivera prestes a perder.

Pouco a pouco, e com a ajuda das gaivotas, Oskar, que se sentia arrastado sempre para o molhe, conseguiu voltar ao mundo da srta. Dorothea, pelo menos naquela metade do guarda-roupa que alojava sua roupa profissional, vazia e, contudo, atraente. Quando enfim cheguei a vê-la claramente e julgava perceber detalhes de sua fisionomia, o ferrolho resvalou da minha miserável fechadura: rangeram as portas do armário, ofuscou-me uma claridade repentina, e Oskar se viu em apertos para não sujar o avental de mangas da srta. Dorothea, que era o que estava mais próximo.

Só por vontade de criar alguma transição e para terminar de forma esportiva a estada no interior do guarda-roupa, que se tornara mais pesada para mim do que esperava, pus-me a tamborilar com os dedos — o que não fazia há vários anos — alguns compassos mais ou menos notáveis no fundo seco do guarda-roupa. Saí imediatamente examinando uma vez mais seu estado de limpeza: realmente não tive de que me reprovar, já que inclusive o cinto de verniz conservava ainda seu brilho, exceto em alguns pontos foscos que precisei esfregar depois de havê-los embaciado com meu hálito. Depois disso, o cinto voltou a se parecer de novo com as enguias que nos tempos de minha primeira infância podiam se pescar no quebra-mar de Neufahrwasser.

Então, eu, Oskar, abandonei o quarto da srta. Dorothea, depois de apagar aquela lâmpada de quarenta watts que havia me observado durante todo o tempo de minha visita.

Klepp

Aqui estou eu no corredor levando na carteira uma mecha de cabelo louro descorado. Por um segundo me esforcei para senti-lo através do couro da carteira, através do forro do casaco, do colete, da camisa e da camiseta, mas estava cansado demais e, no meu mau humor, satisfeito demais para ver no pequeno tesouro roubado do quarto algo mais que um rebotalho como o que os pentes costumam guardar.

Só agora se confessava Oskar a si próprio: ele estivera à cata de tesouros de outra espécie. O que estivera tentando encontrar durante minha permanência na alcova da enfermeira Dorothea era algo que me permitisse identificar aquele dr. Werner em algum lugar do quarto, nem que fosse por um desses envelopes que eu já conhecia. O caso, porém, é que não encontrei nada semelhante. Nenhum envelope, menos ainda uma folha escrita. Oskar confessa que retirou do compartimento dos chapéus as narrativas policiais da srta. Dorothea uma por uma, que as abriu e as examinou em busca de alguma dedicatória ou de algum sinal ou ainda de alguma foto, pois Oskar conhecia todos os médicos do hospital de Santa Maria, se não de nome, pelo menos de vista; tudo porém em vão, pois não apareceu fotografia alguma do dr. Werner.

Este parecia não conhecer o quarto da enfermeira Dorothea e, se o havia visitado alguma vez, conseguira não deixar atrás de si o menor rastro. Assim, pois, Oskar deveria ter tido motivo de se alegrar. Não levava eu sobre o doutor uma vantagem considerável? A ausência de qualquer vestígio do médico não revelava talvez que as relações entre ele e a enfermeira só existiam no hospital e eram, por conseguinte, de caráter meramente profissional e, se não profissionais, pelo menos unilaterais?

Os ciúmes de Oskar, contudo, necessitavam de algum motivo. Se é verdade que a mais insignificante pista do doutor teria me afetado, não era menos verdade, por outro lado, que teria me proporcionado uma satisfação que não se deixava comparar com a do minúsculo e breve resultado da permanência no guarda-roupa.

Não sei como voltei a meu quarto. Só recordo que, por trás daquela porta no extremo do corredor que fechava o quarto de um tal de sr. Münzer, ouvi uma tosse fingida que tentava chamar atenção. Que me importava aquele sr. Münzer? Não me bastava já a inquilina do Ouriço? Era preciso que eu aturasse mais um peso por conta daquele Münzer? Sabe-se lá o que estava oculto atrás desse nome? Oskar não levou em conta aquela tosse que o convidava ou, melhor dizendo, só quando me achei em meu quarto compreendi que aquele sr. Münzer, que eu não conhecia e me era indiferente, havia tossido para atrair a mim, Oskar, a seu quarto.

Por algum tempo senti não haver reagido àquela tosse, porque o quarto se tornava ao mesmo tempo tão terrivelmente estreito e tão vasto para mim, que uma conversa com esse sr. Münzer que tossia, por aborrecida e forçada que fosse, teria produzido em mim o efeito de um sedativo. Seja como for, não tive coragem de restabelecer tardiamente a comunicação, talvez tossindo por minha vez no corredor, com o senhor que se achava atrás da porta no outro extremo. Abandonei-me sem vontade ao inexorável ângulo reto da cadeira de cozinha de meu quarto, comecei, como sempre que me sento em alguma cadeira, a sentir sintomas de agitação, peguei em cima da cama uma obra médica de consulta, deixei cair o caro alfarrábio, adquirido com dinheiro ganho a duras penas como modelo, de modo que se formaram dobras e pontas nele, apanhei da mesa o tambor que Raskolnikoff me havia presenteado e o coloquei em posição, mas sem conseguir lhe dar nem com as baquetas e nem com as lágrimas que, se as houvesse vertido, teriam caído sobre o branco do esmalte circular e teriam podido me proporcionar um desafogo rítmico.

Esse poderia ser o ponto de partida para um tratado acerca da inocência perdida. Podia se colocar aí Oskar com tambor, em seus três anos permanentes, ao lado do Oskar corcunda, sem voz, sem lágrimas e sem tambor. Mas isso não corresponderia à realidade, porque já em seus dias de tambor Oskar havia perdido a inocência várias vezes, se bem que depois tornava a achá-la ou deixara que ela de novo crescesse, já que a inocência parece uma erva daninha de crescimento rápido — pensem em todas essas inocentes avozinhas que foram um dia criancinhas miseráveis e rancorosas. Não, não foi o joguinho de culpa e inocência que fez Oskar se levantar da cadeira, antes foi o amor da enfermeira Dorothea que me obrigou a deixar o tambor não percutido, a abandonar o quarto, o corredor e o apartamento dos Zeidler e a ir à Academia de Belas-Artes, embora o professor Kuchen só me houvesse requisitado para o entardecer.

Quando Oskar deixou o quarto com passo inseguro, entrou no corredor e abriu a porta de forma intencionalmente complicada e ruidosa, estendi por alguns momentos o ouvido no sentido da porta do sr. Münzer. Mas este não tossiu, e eu, envergonhado, indignado, satisfeito e ávido, cheio de fastio e de anseio de vida, tão logo sorrindo como a ponto de me desfazer em lágrimas, abandonei o andar e, finalmente, o edifício da Jülicherstrasse.

Poucos dias depois pus em execução um plano longamente premeditado, a cujo propósito o fato de rejeitá-lo reiteradamente havia de se revelar como excelente método para prepará-lo nos mínimos detalhes. Naquele dia não tinha nada que fazer a manhã inteira. Só às três da tarde tinha que posar com Ulla para o engenhoso pintor Raskolnikoff: eu como Ulisses, que em seu regresso obsequia Penélope com sua corcunda. Em vão tentara eu dissuadir o artista dessa ideia. Nesse tempo ele executava com sucesso os deuses e semideuses gregos, e Ulla se sentia à vontade na mitologia. Acedi, portanto, e deixei que me pintassem de Vulcano, de Plutão com Proserpina e, por fim, naquela tarde, de Ulisses corcunda. Interessa-me mais a descrição daquela manhã, contudo. Oskar se abstém de narrar a vocês como estava Ulla de Penélope e lhe diz simplesmente: no apartamento dos Zeidler reinava o silêncio. O Ouriço havia saído com suas máquinas de cortar cabelo em viagem de negócios, a srta. Dorothea estava de serviço, portanto desde as seis achava-se fora de casa, e a sra. Zeidler estava ainda na cama quando, pouco depois das oito, chegou o correio.

Revistei imediatamente a correspondência e não encontrei nada para mim — a última carta de Maria chegara à minha mão fazia dois dias —, mas descobri em contrapartida, à primeira vista, um envelope postado no correio da cidade que ostentava, inconfundivelmente, a caligrafia do dr. Werner.

Primeiro juntei a carta às outras, destinadas ao sr. Münzer e aos Zeidler, parti para o meu quarto e esperei que a sra. Zeidler saísse ao corredor e entregasse ao inquilino Münzer sua carta, em seguida entrasse na cozinha e em seguida em seu quarto e, transcorridos uns dez minutinhos, deixasse o apartamento e o prédio, pois no escritório da Mannesmann o trabalho começava às nove.

Por questão de segurança, Oskar esperou ainda um pouco, vestiu-se de forma exageradamente lenta, limpou as unhas aparentemente tranquilo, e só então se decidiu a atuar. Fui à cozinha, coloquei uma panela de alumínio com água sobre a maior das três bocas do fogão a gás, deixei primeiro fogo bem alto até a água começar a desprender vapores, baixei a seguir a chave até deixar o fogo baixo e, guardando então meus pensamentos e mantendo-os o mais próximo possível da ação, com duas passadas saí para o corredor, diante da alcova da srta. Dorothea, peguei a carta que a sra. Zeidler deslizara sob a porta de vidro fosco, voltei à cozinha e mantive o verso do envelope com toda cautela sobre o vapor, até que pude abri-lo sem dano. Resta dizer que Oskar apagara já o gás antes de se atrever a segurar a carta do dr. Werner acima da panela de alumínio.

Não li o comunicado do médico na cozinha, mas deitado em minha cama. Primeiro me senti decepcionado, porque nem o vocativo inicial nem o floreio final revelavam alguma coisa sobre as relações entre o médico e a enfermeira. "Estimada srta. Dorothea", dizia — e: "Seu devoto Erich Werner."

Tampouco na leitura do texto em si achei alguma palavra marcadamente terna. O dr. Werner sentia não ter falado na véspera à srta. Dorothea, conquanto a tivesse visto em frente à porta do pavilhão privado para homens. Todavia, por motivos que o doutor não explicava, a srta. Dorothea dera meia-volta ao surpreender o médico batendo papo com a srta. Beata — isto é, com a amiga de Dorothea. E o dr. Werner só pedia uma explicação, já que seu diálogo com a srta. Beata tivera um caráter exclusivamente profissional. Como a srta. Dorothea bem sabia — dizia —, ele se esforçava sempre por manter certa distância com relação à referida Beata, que nem sempre se controlava. Que isso nem sempre tinha sido fácil, ela, Dorothea, que conhecia a srta. Beata, podia compreender sem dificuldade, já que a srta. Beata costumava manifestar seus sentimentos sem o menor freio, sentimentos, contudo, aos quais ele, o dr. Werner, nunca correspondera. A última frase do texto afirmava: "Acredite-me, por favor, que a oportunidade de me dirigir a palavra a qualquer momento permanece aberta para a senhorita." Não obstante o formalismo, o gelo e a arrogância de tais linhas, não me foi difícil desmascarar o estilo do dr. Werner e de ver na carta o que efetivamente se propunha a ser, ou seja: uma apaixonada carta de amor.

Mecanicamente deslizei o papel para dentro do envelope; prescindindo de qualquer precaução umedeci com a língua de Oskar a parte gomada que possivelmente o dr. Werner umedecera antes com a sua, e desandei a rir. Pouco depois, rindo ainda, dei umas palmadas na testa e na nuca, até que em meio a essa brincadeira consegui levar a mão de Oskar de sua testa ao trinco de meu quarto, abrir a porta, sair para o corredor e deslizar a carta do dr. Werner, até a metade, sob aquela porta que, com sua moldura pintada de cinza e seu vidro fosco, fechava o dormitório da srta. Dorothea que eu já conhecia.

Permanecia ainda de cócoras, com um dedo ou possivelmente dois sobre a carta, quando do quarto no outro extremo do corredor ouvi a voz do sr. Münzer. Não perdi uma palavra do pedido que me dirigiu, de forma lenta e como se ditasse: "Meu prezado senhor, não me faria o obséquio de trazer um pouco d'água?"

Endireitei-me e pensei que o homem estava doente, mas no mesmo instante compreendi que o indivíduo de trás da porta não estava doente, e que Oskar só procurava se convencer dessa doença para ter um motivo de levar-lhe a água, pois um simples pedido, sem motivação alguma, nunca me teria atraído ao quarto de um sujeito que eu não conhecia em absoluto.

Primeiro propunha-me a levar-lhe a água, morna ainda, da panela de alumínio que me ajudara a abrir a carta do médico. Mas depois pensei melhor: despejei a água usada no ralo, deixei correr água fresca na panela e levei-a diante daquela porta atrás da qual devia se achar aquela voz do sr. Münzer que solicitava a mim e a água, ou talvez só a esta última.

Oskar bateu, entrou e topou em seguida com esse cheiro que é tão característico de Klepp. Se qualifico a emanação de ácida, passo por cima de sua substância ao mesmo tempo forte e doce. O ar em redor de Klepp nada tinha a ver, por exemplo, com a atmosfera acética da srta. Dorothea. Seria igualmente inexato qualificá-la de agridoce. Aquele sr. Münzer ou Klepp, como o chamo hoje, era um flautista e clarinetista de jazz gorducho e preguiçoso, mas não desprovido de mobilidade, propenso sempre ao suor, supersticioso e sujo, mas sem chegar à degeneração, arrebatado a cada instante dos braços da morte e que exalava e exala o odor de um cadáver que não parasse de fumar cigarros, de chupar balas de hortelã-pimenta e de cheirar a alho. Assim cheirava já então e assim continuava cheirando hoje quando se inclina sobre mim nos dias de visita, esparzindo a sua volta a alegria de viver e o gosto da morte, e obriga Bruno, imediatamente após sua saída complicada e anunciadora do retorno, a abrir as janelas e as portas para estabelecer uma corrente de ar purificadora. Hoje é Oskar quem está acamado. Mas então, no apartamento dos Zeidler, achei Klepp nos restos de uma cama. Apodrecia com o melhor dos humores, mantinha ao alcance da mão um fogareiro a álcool bastante fora de moda e de estilo vigorosamente barroco, uma boa dúzia de pacotes de espaguete, latas de sardinha, tubos de molho de tomate, um pouco de sal grosso em um papel-jornal e um engradado de garrafas de cerveja, que, como eu não tardaria em comprovar, estava morna. Costumava urinar sem sair da cama nas garrafas vazias, fechava logo, segundo havia de me informar confidencialmente antes que transcorresse uma hora, os recipientes esverdeados, cheios em sua maioria e adaptados a sua capacidade, e os colocava à parte, estritamente separados das garrafas de cerveja propriamente ditas, a fim de evitar, caso o acamado tivesse sede, uma possível confusão. Tinha água corrente no quarto e, com um mínimo de iniciativa, poderia perfeitamente urinar na pia; mas era preguiçoso demais, ou, melhor dizendo, se achava demasiado impedido por si mesmo de levantar-se, para deixar uma cama adaptada com tanta fadiga a seu corpo e ir buscar água em sua panela de espaguete.

Como Klepp, aliás o sr. Münzer, cozinhava sempre com todo o cuidado suas massas na mesma água, ou seja, guardava como a pupila de seus olhos aquela água várias vezes fervida que ia se tornando cada vez mais espessa, conseguia, graças ao depósito de garrafas vazias, conservar até quatro dias consecutivos sua posição adaptada à cama. A emergência apresentava-se quando o molho do espaguete ficava reduzido a um mero resíduo salgado e pegajoso. A verdade é que Klepp teria podido entregar-se nesse caso ao jejum, mas para isso faltavam-lhe então ainda as premissas ideológicas necessárias e, de mais a mais, seu ascetismo parecia também limitar-se a períodos de quatro ou cinco dias, pois, de outra maneira, tanto a sra. Zeidler, que lhe trazia o correio, como uma panela maior e um depósito de água mais adequado à sua reserva de massas o teriam tornado mais independente ainda do meio exterior.

Quando Oskar violou o segredo postal, fazia cinco dias que Klepp jazia independente em sua cama: com o resto da água dos espaguetes teria podido colar cartazes numa coluna. Mas nisso ouviu no corredor meus passos indecisos, dedicados à srta. Dorothea e às suas cartas. Depois que a experiência lhe revelou que Oskar não reagia aos acessos de tosse fingida e convidativa, resolveu, no dia em que li a carta friamente apaixonada do dr. Werner, forçar um pouco a voz e me pedir: "Meu prezado senhor, não me faria o obséquio de trazer um pouco d'água?"

E eu peguei a panela, derramei a água morna, abri a torneira, deixei correr água fresca até encher pela metade a panela e ainda um pouco mais, e levei: fui, pois, o prezado senhor que supusera em mim e me apresentei a ele como Matzerath, lapidário e gravador de inscrições.

Ele, com a mesma cortesia, ergueu seu tronco em alguns graus e disse chamar-se Egon Münzer, músico de jazz, e pediu-me, não obstante, que o chamasse de Klepp, posto que seu pai se chamava também Münzer. Eu compreendi muito bem esse desejo. Também eu preferia me chamar Koljaiczek ou simplesmente Oskar, não usava o sobrenome Matzerath senão por humildade e só raramente me decidia a me chamar Oskar Bronski. Não foi difícil para mim, portanto, chamar aquele jovem gordo e deitado — trinta anos, eu calculava, mas tinha menos —, simples e francamente de Klepp. Ele me chamou de Oskar, pois o sobrenome Koljaiczek era difícil demais para ele pronunciar.

Entabulamos uma conversa esforçando-nos, contudo, a princípio para manter naturalidade. Papeando tocamos os temas mais leves: perguntei-lhe se considerava nosso destino imutável, coisa que ele confirmou. Perguntou-lhe Oskar se acreditava que todos os homens tinham de morrer. Também a morte final de todos os indivíduos era convicção dele; só não tinha, porém, muita certeza de que todos devessem ter nascido, e falava de seu próprio nascimento como de um erro. Oskar voltou a sentir que tinha muito em comum com ele. Ambos acreditávamos no céu. Mas ele, ao dizer céu, deixou escapar um riso ligeiramente indecente e se coçou debaixo da coberta: dir-se-ia que já em vida o sr. Klepp andava maquinando as obscenidades que se propunha a executar depois no céu. Ao chegar à política, quase se apaixonou, citando-me mais de trezentas coisas principescas alemãs, às quais pretendia conferir dignidade, a coroa, o poder; a região de Hanôver, em contrapartida, atribuía-a ao Império Britânico. Quando perguntei pela sorte da antiga Cidade Livre de Dantzig, não sabia infelizmente onde ficava, o que não o impediu de propor para príncipe daquela pequena cidade, que lamentava não saber onde ficava, um conde do país de Berg que, segundo ele, descendia em linha direta de Jan Wellen. Finalmente — já preparávamo-nos para definir o conceito de verdade, no que fazíamos bons progressos — pude me inteirar, por meio de algumas perguntas incidentais hábeis, que fazia já três anos que o sr. Klepp vinha pagando a Zeidler aluguel na qualidade de inquilino. Lamentamos não nos termos conhecido antes. Pus a culpa disso no Ouriço, que não me havia fornecido dados suficientes acerca do acamado e que tampouco se lembrara de confiar-me a propósito da enfermeira mais que aquela mísera indicação: aí, atrás dessa porta de vidro fosco, mora uma enfermeira.

Oskar não quis molestar desde o princípio o sr. Münzer, ou Klepp, com suas próprias preocupações. Não lhe pedi, pois, informação alguma acerca da enfermeira, interessei-me antes de tudo por sua saúde: "Quanto à saúde — intercalei —, como vai a coisa?"

Klepp voltou a erguer o tronco em alguns graus, mas, ao ver que não conseguia pôr-se em ângulo reto, deixou-se cair novamente e me informou de que, na realidade, ele observava repouso para saber se se encontrava bem, regular ou mal. Esperava poder chegar dentro de algumas semanas à conclusão de que estava mais ou menos.

Então produziu-se o que eu temera e tentara evitar mediante prolongada e tortuosa conversa. "Meu prezado senhor, não gostaria de me acompanhar numa porção de espaguete?" Comemos assim algum espaguete cozido na água fresca que eu levara. Não me atrevi a pedir a pegajosa panela para submetê-la na cozinha a uma lavagem conscienciosa. Klepp cozinhava, depois de ter-se virado para o lado, sem dizer palavra e com a segurança de movimentos de um sonâmbulo. Despejou a água com cuidado numa lata de conservas um pouco maior, meteu depois a mão embaixo da cama, sem com isso modificar sensivelmente sua posição, tirou um prato gorduroso e encrostado com restos de molho de tomate, pareceu indeciso por uma fração de segundo, mas voltou a meter a mão sob a cama, puxou à luz do dia uma bola de papel-jornal amarelento, esfregou com ela o prato, voltou a meter o papel embaixo da cama, soprou sobre o disco gorduroso, como se quisesse livrá-lo do último grão de poeira, e, com ademanes quase majestosos, estendeu-me o mais abominável dos pratos, pedindo-me que me servisse sem cerimônia.

Recusei-me a fazê-lo antes dele, e pedi-lhe que começasse. Depois de me ter provido com uns misérrimos talheres que colavam nos dedos, amontoou sobre meu prato, com uma colher de sopa e um garfo, uma boa parte do espaguete, apertou o tubo de molho de tomate, com movimentos elegantes e fazendo sair em arabescos uma longa minhoca sobre aquela gosma, acrescentou um bocado de azeite da lata, fez o mesmo para si na panela, espalhou um pouco de pimenta sobre ambas as porções, misturou sua parte e me convidou com os olhos a fazer o mesmo com a minha.

— Perdoe-me, meu prezado senhor, por não ter parmesão ralado em casa. Mas de qualquer maneira, desejo-lhe um excelente apetite.

Oskar até hoje não compreende como pôde encontrar forças suficientes para se servir da colher e do garfo. O mais curioso, contudo, foi que o prato me agradou. E inclusive esses espaguetes à Klepp haviam de se tornar para mim ponto de referência culinário com o qual mediria eu daí em diante todo *menu* que me fosse apresentado.

Durante a refeição tive tempo de examinar em detalhes, e discretamente, o quarto do acamado. A atração do lugar consistia em um buraco na chaminé, circular, aberto junto do teto e que respirava negrura. Fora, diante das duas janelas, ventava. Em todo caso, pareciam ser as rajadas de vento que de quando em quando introduziam nuvens de fuligem no quarto de Klepp pelo buraco da chaminé. Iam se depositando regularmente, de maneira fúnebre, sobre os móveis. Como o mobiliário consistia na cama, colocada no centro do quarto, e em alguns tapetes de procedência zeidleriana, enrolados e envoltos em papel de embalagem, podia-se afirmar sem margem de erro que naquele quarto não havia coisa alguma mais enegrecida que o lençol outrora branco, o travesseiro sob o crânio de Klepp e uma toalha com que o acamado cobria o rosto cada vez que alguma rajada mandava ao interior uma nuvem de fuligem.

As duas janelas do quarto davam, como as da sala-dormitório dos Zeidler, para a Jülicherstrasse ou, melhor dizendo, para a folhagem verde daquele castanheiro que se erguia em frente da fachada da casa. Como quadro único, entre as duas janelas, preso com percevejos, pendia o retrato, tirado provavelmente de alguma revista ilustrada, da rainha Elizabeth da Inglaterra. Abaixo do quadro pendia uma gaita de fole cuja procedência escocesa se chegava ainda a perceber sob a capa de fuligem. Enquanto eu contemplava aquela foto colorida, pensando menos em Elizabeth e em seu Philip que na srta. Dorothea, que se achava dividida, talvez desesperadamente, entre Oskar e o dr. Werner, explicou-me Klepp que ele era um fiel e entusiasta devoto da casa real inglesa, e que, por isso, recebera aulas de gaita de fole com os gaiteiros de um regimento escocês do exército inglês de ocupação, tanto mais que a rainha Elizabeth em pessoa mandava no tal regimento; ele, Klepp, a vira nos jornais da tela, vestida com saia escocesa enxadrezada de cima a baixo, passando em revista o regimento em questão.

Curiosamente senti que alvorecia em mim o catolicismo. Expressei dúvidas de que Elizabeth entendesse o mínimo que fosse de música de gaita, fiz também algumas considerações acerca do fim lamentável de Maria Stuart e, em suma, Oskar deu a entender a Klepp que considerava Elizabeth carente de todo sentido musical.

Na realidade, esperava uma explosão de cólera do monarquista. Este, porém, se limitou a rir com ar de superioridade e me pediu que lhe desse uma explicação da qual se pudesse inferir que eu, o baixinho — assim me chamou o gordo —, tinha algum critério afiançável em matéria de música.

Oskar ficou fitando Klepp um longo tempo. Sem o saber, tocara em minha fibra sensível. Da cabeça me passou fulminantemente à corcunda. O dia do juízo de todos os meus velhos tambores estraçalhados e liquidados parecia ser aquele. Os mil tambores que convertera em sucata e aquele que enterrara em Saspe se levantavam, voltavam a nascer e celebravam, inteiros e novinhos, sua ressurreição: ressonavam, invadiam-me, faziam-me levantar da cama, obrigavam-me a deixar o quarto depois de solicitar a Klepp um minuto de paciência, arrastavam--me junto à porta de vidro fosco da srta. Dorothea — o retângulo da carta continuava visível pela metade sobre o assoalho —, faziam-me penetrar precipitadamente em meu quarto e me levaram até o tambor que o pintor Raskolnikoff me havia dado ao pintar a Madona 49. E eu agarrei o tambor e as baquetas, me virei, ou aquilo me virou, deixei o quarto, passei correndo perto da maldita alcova, entrei como um sobrevivente que regressa de uma longa odisseia na cozinha de espaguete de Klepp atônito — e deixei depois cair, como que casualmente, uma das baquetas sobre a lâmina, ah!, e esta respondeu; e já a segunda baqueta atacava por sua vez; e comecei a tocar observando a ordem: no princípio foi o princípio. E a mariposa entre as lâmpadas anunciou sobre o tambor meu nascimento; toquei então a escada da adega com seus 19 degraus e minha queda, enquanto os demais celebravam meu terceiro aniversário; toquei, direito e às avessas, o horário da escola Pestalozzi; subi com o tambor à torre da Cidade, sentei-me com ele debaixo das tribunas políticas, toquei enguias e gaivotas, o sacudir dos tapetes na Sexta-feira Santa; toquei sentado sobre o féretro que se estreitava em direção ao pé de minha pobre mamãe; recorri depois, na qualidade de modelo, às costas sulcadas de cicatrizes de Herbert Truczinski e observei à distância, quando me achava na defesa do edifício do correio polonês da praça Hevelius, um movimento na cabeceira daquela cama sobre a qual estava sentado; vi com o rabo do olho Klepp, meio erguido, que tirava de sob o travesseiro uma flauta ridícula, punha-a na boca e dela extraía alguns sons tão delicados e inefáveis que pude levá-lo comigo ao cemitério de Saspe, com Leo Schugger, e então, quando Leo Schugger terminou sua dança, pude evocar, ante ele, para ele e com ele, a espuma dos pós efervescentes do meu primeiro amor; inclusive à selva da sra. Lina Greff pude conduzi-lo, fiz zumbir também a máquina-tambor do verdureiro Greff mantida em equilíbrio por um peso de 75 quilos, levei Klepp ao teatro de Campanha de Bebra, deixei que Jesus tocasse meu tambor, evoquei Störtebeker e todos os Espanadores saltando do trampolim — embaixo estava Luzie sentada —, até que as formigas e os russos ocuparam meu tambor; no entanto, não o conduzi depois uma vez mais ao cemitério de Saspe, onde deixei que meu tambor acompanhasse Matzerath, mas ataquei o grandioso tema interminável: os campos de batatas caxúbios, a chuvinha oblíqua de outubro e as quatro saias de minha avó; e pouco faltou para que o coração de Oskar ficasse ali petrificado ao ouvir que da flauta de Klepp caía, murmurando, a chuva de outubro; que a flauta de Klepp descobria, sob a chuva e as quatro saias, meu avô, o incendiário Koljaiczek, e que a mesma flauta celebrava e confirmava a concepção de minha pobre mamãe.

Tocamos várias horas. Quando tínhamos executado variações suficientes sobre o tema da fuga de meu avô correndo sobre as balsas, terminamos o concerto, esgotados mas ao mesmo tempo felizes com o hino alusivo ao possível salvamento milagroso do incendiário desaparecido.

Com o último tom vacilando ainda na flauta, Klepp se levantou de um salto da cama fundamente sulcada por seu corpo. Acompanharam-no alguns cheiros de cadáver. Contudo, ele abriu violentamente as janelas, tapou com jornal o buraco da chaminé, esfrangalhou o retrato colorido da rainha Elizabeth, proclamou o fim da era monárquica, deixou correr água da torneira pela pia e começou a se lavar: se lavou; Klepp começou a se lavar. E se pôs a lavar-se todo; aquilo já não era uma lavagem, era uma purificação. E quando o purificado deixou a água e se plantou diante de mim, grosso, gotejante, despido e a ponto de rebentar, com o sexo pendurado feiamente de lado, ele estendeu os braços e me levantou, levantou Oskar, já que este era e continua sendo muito pouco pesado; e quando a risada rebentou nele e fez irrupção e se chocou contra o teto, então compreendi que não só acabava de ressuscitar o tambor de Oskar, mas que Klepp também era um ressuscitado: e nos felicitamos e nos beijamos nas faces.

Nesse mesmo dia — ao entardecer saímos, bebemos cerveja e comemos chouriço com cebola — Klepp me propôs fundar com ele uma orquestra de jazz. Claro que lhe pedi algum tempo para pensar, mas Oskar já estava decidido a abandonar não apenas seu ofício de marmorista e gravador de epitáfios com Korneff, mas também o de modelo com a musa Ulla, e a tornar-se músico de bateria em um conjunto de jazz.

Sobre o tapete de fibra de coco

Assim proporcionou Oskar a seu amigo Klepp motivos para se levantar. Mas, por mais que desse mostras de um entusiasmo irrefreável ao deixar seus lençóis ensebados e se reconciliasse inclusive com a água, convertendo-se por completo em um homem que diz "vamos lá!" e "o mundo é nosso", agora que o acamado é Oskar, sinto vontade de afirmar: Klepp quer vingar-se de mim, quer que eu fique com ódio da cama com grades do hospício, porque fiz com que ele ficasse com ódio da cama de onde cozinhava espaguete.

Uma vez por semana tenho de suportar sua visita, sua otimista verborreia sobre jazz e os manifestos músico-comunistas; pois ele, que em sua cama era um monarquista fiel e devoto da casa real inglesa, se converteu, tirei-lhe a cama e a gaita de fole elizabethana, num membro contribuinte do Partido Comunista Alemão. Ainda hoje ele cultiva esse passatempo ilegal, ao mesmo tempo que bebe cerveja, devora chouriços e prega a uns tontos inofensivos, que se apoiam nos balcões e estudam os rótulos das garrafas, as felizes analogias entre a coletividade de uma banda de jazz que trabalha em regime de tempo integral e um colcós soviético.

Ao sonhador desperto restam hoje em dia muito poucas possibilidades. Uma vez zangado com a cama modelada por seu corpo, Klepp pôde tornar-se camarada, inclusive ilegal, o que aumenta o estímulo. A segunda religião que se lhe oferecia era a mania do jazz e, como terceira possibilidade, ele, que era protestante, teria podido converter-se ao catolicismo.

Nisso é preciso fazer justiça a Klepp: soube manter abertas as vias de todas as confissões. A prudência, suas carnes pesadas e lustrosas e o humor, que vive do aplauso, lhe proporcionaram uma receita segundo a qual os ensinamentos de Marx terão de se misturar ao mito do jazz. Se algum dia atravessasse em seu caminho um padre de tendência esquerdista, do tipo padre proletário, que além disso possuísse uma discoteca com música estilo Dixieland, se veria a partir de tal dia um marxista fanático do jazz receber *aos domingos* os sacramentos e misturar seu odor corporal, já descrito, com as emanações de uma catedral neogótica.

Entre mim e tal destino coloca-se minha cama, da qual Klepp pretende me arrancar com promessas cálidas de vida! Não para de apresentar ao tribunal petição sobre petição, colabora com meu advogado e solicita a revisão do processo: o que persegue é uma sentença absolutória para Oskar, a liberdade de Oskar — tirem nosso Oskar já do hospital psiquiátrico! E tudo isso apenas porque Klepp inveja minha cama.

E, contudo, não lamento ter transformado, na condição de inquilino de Zeidler, um amigo jacente em um amigo andante e ainda, em outras ocasiões, em um amigo que corre. Com exceção daquelas horas pesadas que dedicava, estrênuo, à srta. Dorothea, tinha agora uma vida privada sem preocupações. "Olá, Klepp" disse-lhe com uma palmada no ombro, "fundemos um conjunto de jazz!" E ele me acariciava a corcunda, que amava quase tanto quanto a sua pança. "Oskar e eu" anunciou ao mundo "criamos um conjunto de jazz! Só nos falta um guitarrista que saiba também tocar banjo."

Na realidade, o tambor e a flauta requerem outro instrumento melódico. Um contrabaixo, do ponto de vista meramente ótico, tampouco teria ido mal, mas já os contrabaixos rareavam naquela época, de modo que nos pusemos ativamente em busca do guitarrista que nos faltava. Íamos muito ao cinema, tirávamos fotografias, como já contei em princípio, duas vezes por semana e com as fotos de passaporte, saboreando cerveja e chouriço com cebolas, fazíamos toda sorte de sanduíches. Klepp conheceu então a ruiva Ilse, ofereceu-lhe impensadamente uma foto, e foi unicamente por isso que teve de casar-se com ela, mas quanto ao guitarrista, continuamos sem encontrá-lo.

Graças a minha atuação como modelo, a cidade velha, com suas janelas de vidraças abauladas, mostarda sobre queijo, seu cheiro de cerveja e sua fanfarrice renana, me era relativamente conhecida, porém só com Klepp cheguei a conhecê-la bem. Procuramos o guitarrista em torno da igreja de São Lamberto, em todas as tabernas e sobretudo na Ratingerstrasse, no Unicórnio, pois ali tocava Bobby, que de quando em quando deixava que a gente colaborasse com a flauta e o tambor e aplaudia minha atuação, conquanto ele próprio fosse um excelente baterista, apesar de infelizmente lhe faltar um dedo da mão direita.

E se no Unicórnio não encontramos o guitarrista, de qualquer forma adquiri ali certa tarimba; contava de mais a mais com minha experiência do Teatro de Campanha e me teria tornado em bem pouco tempo um baterista passável, não fosse pela srta. Dorothea, que de vez em quando me atrapalhava a inspiração.

A metade de meus pensamentos estava sempre com ela. Mas isto teria sido contornável ainda, se a outra metade pudesse manter-se por completo no tambor. O caso é que um pensamento começava com o tambor e terminava no broche da Cruz Vermelha da srta. Dorothea. Klepp, que sabia disso e tentava cobrir admiravelmente com sua flauta minhas falhas, preocupava-se cada vez que via Oskar meio perdido em cismas. "Talvez esteja com fome, peço chouriço?"

Detrás de cada mágoa desse mundo Klepp farejava um apetite canino e acreditava por conseguinte poder curar todo sofrimento com uma porção de chouriço. Naquele tempo, Oskar comia muito chouriço fresco com rodelas de cebola e bebia igualmente cerveja, para fazer crer a seu amigo Klepp que o sofrimento de Oskar provinha da fome e não da srta. Dorothea.

Normalmente saíamos muito cedo do apartamento dos Zeidler na Jülicherstrasse e tomávamos o café da manhã na cidade velha. À Academia só íamos quando necessitávamos de dinheiro para o cinema. Entrementes, a musa Ulla voltara a ficar noiva pela terceira ou quarta vez do pintor Lankes e tornara-se inalcançável, pois Lankes começava a receber suas primeiras grandes encomendas industriais. E posar sem musa não tinha para Oskar nenhuma graça. Voltavam a desenhá-lo, a enegrecê-lo terrivelmente. Assim, acabei por me entregar por completo a meu amigo Klepp, já que afinal tampouco perto de Maria e Kurt gozava eu de alguma calma: encontrava-se ali noite após noite o tal Stenzel, seu patrão e admirador, um homem casado.

Um dia, no princípio do outono de 49, Klepp e eu saímos de nossos respectivos quartos e nos achávamos já no corredor à altura da porta de vidro fosco, dispondo-nos a sair providos de nossos instrumentos, quando Zeidler, que deixara a porta de sua sala-dormitório entreaberta, nos chamou.

Empurrava à sua frente um rolo de tapete, fino mas volumoso, em nossa direção, e nos pediu que o ajudássemos a estendê-lo e fixá-lo. Tratava-se de uma passadeira de fibra de coco, que media oito metros e vinte centímetros. Como o corredor do apartamento dos Zeidler media apenas sete metros e 45 centímetros, Klepp e eu tivemos que cortar os 75 centímetros restantes. Trabalhamos sentados, uma vez que o corte das fibras de coco era pesado para nós. O tapete ficou dois centímetros curto demais. Como tinha exatamente a largura do corredor, Zeidler, que pelo visto não podia se agachar, pediu-nos que juntássemos nossas forças para pregá-lo no assoalho. Foi ideia de Oskar esticar o tapete ao pregá-lo; foi desse modo que chegamos a recuperar os dois centímetros que faltavam, tirante um pedacinho de nada. Servimo-nos da operação de tachas de cabeça larga e chata, visto que as de cabeça estreita não teriam proporcionado firmeza suficiente ao tapete de fibra de coco, que era de trançado frouxo. Nem Oskar nem Klepp machucaram os polegares, mas entortaram algumas tachas; porém isso foi culpa da má qualidade delas, que procediam da reserva de Zeidler, ou seja, da época anterior à reforma monetária. Com a metade do tapete presa no assoalho, deixamos os martelos sobre o piso, em forma de cruz, e fitamos o Ouriço, que vigiava nosso trabalho, não com insistência, mas com olhos interessados. Desapareceu em direção de sua sala-dormitório e regressou de pronto com três cálices de licor de sua provisão e uma garrafa de aguardente. Bebemos à longevidade do tapete de fibra de coco e voltamos a insinuar sem insistência, igualmente, mas, igualmente, com expectativa, que a fibra de coco dá sede. Provavelmente os cálices do Ouriço se alegraram de se encher várias vezes consecutivas com aguardente antes que um ataque de cólera familiar os fizesse em pedacinhos. Quando por descuido Klepp entornou um dos cálices vazios sobre o tapete, este não se quebrou nem fez o menor ruído. Todos elogiamos o tapete de fibra de coco. Mas quando a sra. Zeidler, que estava nos contemplando da sala-dormitório, elogiou por sua vez o tapete de fibra de coco, porque este evitara que o cálice se partisse, então o Ouriço se enfureceu. Sapateou na parte ainda não pregada do tapete de fibra de coco, agarrou os três cálices vazios, desapareceu com eles na sala-dormitório, ouvimos tilintar a cristaleira — tirou mais cálices, já que três não lhe bastavam — e logo Oskar ouviu uma música que já lhe era familiar: diante de seu olho interior surgiu a estufa zeidleriana de calor perpétuo, oito cálices de licor jaziam em cacos ao pé dela, e Zeidler baixava-se para alcançar a pá e a vassourinha e varrer o que o Ouriço fizera em pedaços. E a sra. Zeidler não se mexeu da porta, enquanto atrás dela o vidro se partia e saltava em cacos. Parecia interessar-se muito por nosso trabalho, sobretudo porque, quando o Ouriço se enfureceu, voltamos aos martelos. Ele não voltou, mas havia deixado perto de nós a garrafa de aguardente. A princípio, ao levarmos alternadamente a garrafa à boca, nos sentíamos ainda um tanto coibidos pela presença da sra. Zeidler. Ela, porém, fazia com a cabeça sinais amistosos para a gente. Ainda assim não conseguimos nos decidir a lhe passar a garrafa, oferecendo-lhe um trago. De qualquer modo trabalhamos maravilhosamente e continuamos pregando o tapete de fibra de coco tacha após tacha. Quando Oskar pregava o tapete diante da porta da enfermeira, os vidros vibravam a cada martelada. Dolorosamente afetado por isso, teve de dar descanso ao martelo por alguns momentos penosos. Logo que a porta da srta. Dorothea ficou para trás, o martelo voltou a sentir-se melhor. E como tudo termina um dia, também a fixação do tapete de fibra de coco acabou. De um extremo a outro perfilavam-se as tachas de cabeça larga, enterradas no assoalho até o pescoço e conservando, não obstante, as cabeças ao nível das fibras de coco, ondulantes e irregulares. Passeamos satisfeitos pelo corredor, saboreando o comprimento do tapete e elogiando nosso labor; discretamente fizemos notar que não era nada fácil esticar em jejum um tapete de fibra de coco e pregá-lo. Com isso finalmente conseguimos que a sra. Zeidler, aventurando-se por sua vez sobre o tapete novo — diria quase virgem — de fibra de coco, se dirigisse sobre o mesmo à cozinha, nos servisse café e fritasse para nós dois ovos na frigideira. Comemos em meu quarto; ela tinha de ir, por causa do escritório da Mannesmann. Pela porta aberta contemplávamos, mastigando e ligeiramente estafados, nossa obra: o tapete de fibra de coco semelhante a um rio.

Por que dedicar tanta abundância de palavras a um tapete de fibra de coco barato, que afinal só possuía algum valor antes da reforma monetária? Oskar responde a essa legítima pergunta, antecipando-se um pouco: porque sobre o referido tapete encontrei-me na noite seguinte, pela primeira vez, com a srta. Dorothea.

Muito tarde, cerca de meia-noite, voltava eu a casa cheio de cerveja e chouriço. Deixara Klepp na cidade velha. Ele ainda procurava um guitarrista. Encontrei, sem dúvida, a fechadura do apartamento de Zeidler, achei o tapete de fibra de coco no corredor, passei junto ao vidro fosco naquela hora escuro, descobri o caminho de meu quarto e de minha cama, achei meios de sair de minha roupa, mas não encontrei o pijama — mandara-o a Maria para lavar — e encontrei, em compensação, aquele pedaço de 75 centímetros de comprimento que sobrara ao tapete de fibra de coco. Acomodei-o ao lado da cama e me deitei, sem conseguir, contudo, conciliar o sono.

Não há necessidade de referir tudo o que Oskar pensou ou baralhou na mente, sem pensá-lo, enquanto tentava conciliar o sono. Hoje creio ter descoberto a causa de minha insônia de então. Antes de deitar na cama estivera alguns momentos em pé, descalço ao lado da cama, ou seja, sobre aquele pedaço de tapete de fibra de coco. As fibras deste se comunicaram com meus pés e através da pele penetraram no meu sangue, de modo que, mesmo quando já estava deitado há algum tempo, continuava me sentindo sobre as fibras de coco. Isso era o que me impedia de dormir, visto que não há nada tão excitante, tão contrário ao sono e tão propício aos pensamentos como a gente estar de pé e descalço sobre um tapete de fibra de coco.

Muito depois da meia-noite, lá pelas três horas, Oskar continuava de pé e deitado ao mesmo tempo, porém sem conciliar o sono, sobre a esteira e na cama ao mesmo tempo, quando ouviu no corredor primeiro uma porta e depois outra. Deve ser Klepp, pensei, que volta sem guitarrista, mas abarrotado de chouriço. Mas eu sabia que não era Klepp quem movia primeiro uma porta e depois outra. Igualmente pensei: de nada vale a você ficar aqui deitado na cama, sentindo as fibras de coco nos pés; melhor será deixar esta cama e ficar decididamente de pé, e não apenas em imaginação, sobre a esteira de coco. Assim fez Oskar. E com consequências. Mal me senti de pé sobre a esteira, o pedaço de tapete de 75 centímetros me traspassou as plantas dos pés e me fez recordar a sua procedência: o tapete de sete metros e 43 centímetros do corredor. Seja, pois, porque sentisse compaixão pelo pedaço cortado do tapete, seja porque ouvira as portas do corredor e acreditara, sem acreditar nisto, que se tratava do retorno de Klepp, o caso é que Oskar se agachou e, como não encontrara o pijama ao ir para a cama, agarrou com as mãos duas pontas da esteira de coco, separou as pernas até que seus pés já não ficaram sobre a fibra, mas sim sobre o assoalho, puxou a esteira entre suas pernas, levantou-a no alto e pôs os 75 centímetros diante de seu corpo nu, que media um metro e vinte e um centímetros. Assim, tapou com todo o decoro sua nudez, mas ficou completamente exposto à influência das fibras de coco desde as clavículas até os joelhos. Essa sensação aumentou quando Oskar saiu de seu quarto escuro atrás de sua veste de fibra para o escuro corredor, e, portanto, pisando no tapete de fibra de coco.

Nada de especial — ou há? — que sob a incitação fibrosa da passadeira, eu desse passinhos urgentes, querendo evitar o influxo que atuava sob meus pés e tentasse me salvar e corresse para onde não havia fibras de coco, ou seja, para o banheiro.

Mas este estava tão escuro quanto o corredor e quanto o quarto de Oskar e, contudo, estava ocupado. Isso me foi revelado por um tênue grito feminino. Também minha pele de fibra de coco esbarrou no joelho de uma pessoa sentada. Como eu não me dispunha a abandonar o banheiro — pois lá fora me esperava o tapete de fibra de coco —, a pessoa que estava sentada ali em frente quis expulsar-me: "Quem é você? Que quer? Fora!", dizia diante de mim uma voz que de modo algum podia pertencer à sra. Zeidler. E com um tom compungido: "Quem é você?"

— Bem, srta. Dorothea, adivinhe — arrisquei num tom brincalhão, para atenuar um pouco o que nosso encontro tinha de penoso. Ela, porém, não procurava adivinhar, antes se levantou e estendeu as mãos para mim e tratou de me empurrar para fora do banheiro, no sentido do tapete do corredor; não calculou a altura, contudo, e deu com as mãos no vazio, por cima de minha cabeça; procurou a seguir mais abaixo, e ao topar apenas com meu avental fibroso e com minha pele de coco voltou a gritar — isso é o que fazem sempre as mulheres — e, confundindo-me com alguma outra pessoa, pôs-se a tremer e sussurrou: "Meu Deus, o diabo!" Isto me fez soltar um risinho afogado, na verdade sem má intenção. Mas ela o tomou pelo riso debochado do diabo. Como tal palavrinha, diabo, não me agradava, quando voltou a perguntar, já bastante amedrontada: "Quem é você?" Oskar respondeu: "Satanás, que veio visitar a srta. Dorothea!" E ela: "Deus! Mas por quê?"

Pouco a pouco eu me adaptava ao papel e sentia em mim o Satanás como ponto: "Porque Satanás ama a srta. Dorothea." "Não, não, não, eu não quero!", conseguiu suspirar ainda, tentando escapar; mas topou novamente com as fibras satânicas de meu terno de coco — a camisola dela devia ser extremamente leve — e seus dez dedos se enredaram na selva da tentação, o que a tornou débil e vacilante. Foi sem dúvida uma astenia passageira que fez com que pendesse um pouco para a frente. Com minha pelica, que levantei afastando-a do corpo, retive-a quando ia cair e a sustive todo o tempo necessário para adotar uma decisão adequada a meu papel de Satanás. Permiti depois, cedendo um pouco, que se pusesse de joelhos, tomando bastante cuidado, todavia, para que estes não entrassem em contato com o frio ladrilho do banheiro, mas sim com o tapete de fibra de coco do corredor. Deixei em seguida que resvalasse em todo seu comprimento para trás, sobre o tapete, com a cabeça em direção oeste, ou seja, no sentido do quarto de Klepp, e a cobri pela frente, já que a parte posterior de seu corpo tocava a fibra de coco pelo menos um metro e sessenta, com o mesmo material fibroso, embora só dispusesse para isso daqueles 75 centímetros. Mas, como coloquei uma das extremidades quase junto do queixo, a outra ficou um pouco abaixo das suas cadeiras, de modo que tive de correr a esteira uns dez centímetros para cima, até sua boca, deixando, contudo, livre o seu nariz, a fim de que a srta. Dorothea pudesse respirar sem dificuldade. E, efetivamente, quando Oskar se estendeu por sua vez sobre sua esteira, ouviu-a respirar ativamente sob o efeito das mil fibras excitantes. De momento, Oskar não procurou estabelecer um contato direto; esperou a fibra de coco produzir seu pleno efeito, iniciando para tal fim com a srta. Dorothea, que continuava se sentindo débil e murmurando "meu Deus, meu Deus" e perguntando o nome e a procedência de Oskar, uma conversa que a fazia estremecer, entre tapete e esteira, cada vez que eu nomeava Satanás. Sussurrava eu tal nome de forma deveras satânica e descrevia com palavras mordazes meu domicílio infernal; ao mesmo tempo exercitava-me com diligência sobre minha esteira, mantendo-a em movimento, porque, pouco a pouco, as fibras de coco iam comunicando à srta. Dorothea uma sensação análoga à que, anos antes, o pó efervescente transmitira à minha amada Maria. Só que este me proporcionava então uma satisfação plena, completa e triunfante, enquanto agora sobre o tapete de fibra de coco experimentava eu uma derrota humilhante.

Não consegui âncora. Aquele que nos tempos do pó efervescente e em tantas outras ocasiões posteriores tinha-se revelado rígido e agressivo, agora, sob o signo da fibra de coco, baixava lamentavelmente a cabeça e se mostrava enfastiado, tristonho, sem procurar alcançar o objetivo nem dar a menor importância às diversas exortações, tanto de minhas artes persuasivas puramente intelectuais como dos suspiros da srta. Dorothea, que murmurava, gemia, choramingava: "Vem, Satanás, vem!" E eu precisava tranquilizá-la, consolá-la: "Satanás vai logo embora, está quase pronto." E mantinha ao mesmo tempo um diálogo com aquele Satanás que desde meu batismo trago dentro de mim, descompondo-o: "Não seja desmancha-prazeres, Satanás!", suplicando-lhe: "Por favor, Satanás, poupe-me esta humilhação!", bajulando-o: "Mas você não costuma ser assim...", pense no passado, em Maria, ou melhor ainda, na viúva Greff ou nos jogos que costumávamos fazer os dois em Paris com a amável Roswitha. Ele, contudo, pouco disposto a cooperar e sem medo de se repetir, só me dava uma resposta: "Não estou com vontade, Oskar. Quando Satanás perde o desejo, triunfa a virtude. Afinal, até Satanás tem o direito de não ter vontade."

Negou-me assim seu apoio, mencionou essa e outras frases de calendário no gênero, enquanto eu, desfalecendo lentamente, continuava mantendo a esteira de coco em movimento e esfolava a pele da srta. Dorothea, até que afinal respondia a seu sedento: "Vem Satanás, vem de uma vez!", com um ataque desesperado e néscio, sem nenhum fundamento, debaixo das fibras de coco: com uma pistola descarregada tentei acertar na mosca. Ela se dispôs a ajudar Satanás, puxou os dois braços de sob a esteira, quis abraçar-me e me abraçou, encontrou então minha corcunda e minha cálida pele humana, que nada tinha da fibra do coco, não tocou seu anelado Satanás e deixou de balbuciar aquele: "Vem, Satanás, vem!"; pigarreou antes e voltou a martelar, em diferente tom de voz, a pergunta inicial: "Por amor de Deus, quem é você, que quer?" Não tive outro remédio senão render-me e confessar que, segundo diziam meus papéis, eu me chamava Oskar Matzerath, era vizinho dela e amava a srta. Dorothea com um amor apaixonado e fervoroso.

Se algum espírito malévolo acha que a srta. Dorothea me lançou com uma maldição e um safanão sobre o tapete de fibra de coco, Oskar pode informar, com melancolia ainda que também com uma leve satisfação, que a srta. Dorothea apenas separou de minha corcunda suas mãos e seus braços lentamente, quase diria pensativamente, coisa que teve sobre mim o efeito de uma carícia infinitamente triste. Também não tiveram nada de violento o choro e os soluços em que ela prorrompeu ato contínuo. Mal me certifiquei de que se escorria de sob minha esteira, me escapava, ia-se soltando de mim, nem percebi como o tapete ia absorvendo seus passos pelo corredor. Ouvi uma chave se mexer na fechadura, uma porta se abrir e, num instante, os seis quadrados de vidro fosco da alcova da srta. Dorothea se iluminaram por dentro e se tornaram reais.

Oskar permanecia deitado e coberto com a esteira, que conservava ainda algum calor daquele jogo satânico. Meus olhos penduravam-se nos quadrados iluminados. De vez em quando deslizava uma sombra sobre o vidro leitoso. Agora vai ao guarda-roupa, dizia para mim, agora à cômoda. Oskar empreendeu um último intento de tipo canino. Arrastei-me com a esteira pelo tapete até a porta, arranhei a madeira e deslizei uma mão suplicante sobre os dois vidros inferiores. Mas a srta. Dorothea não abriu e continuou se movendo, incansável, entre o guarda-roupa e a cômoda com o espelho. Sabia disto, mesmo que não quisesse confessar a mim mesmo: a srta. Dorothea fazia as malas e fugia, fugia de mim.

Tive inclusive de renunciar à leve esperança de que, ao deixar seu quarto, me mostraria o rosto iluminado pela luz elétrica. Primeiro apagou-se a luz atrás do vidro fosco, ouviu-se depois o ruído da chave, a porta então se abriu, soaram alguns passos sobre o tapete de fibra de coco. Estendi os braços para ela e esbarrei numa mala, numa perna de meia, e aí ela me bateu no peito com um daqueles resistentes sapatos ferrados que eu vira no guarda-roupa, jogou-me sobre o tapete e, quando Oskar se levantou e suplicou uma vez mais: "Srta. Dorothea", já a porta do apartamento se fechava: uma mulher havia me abandonado.

Você e todos que compreendem minha dor dirão agora: vá para a cama, Oskar. Que anda buscando ainda pelo corredor, depois desse episódio humilhante? São quatro da madrugada. Você está nu sobre um tapete de fibra de coco e se cobre precariamente com uma esteira fibrosa. As mãos e os joelhos estão esfolados. Seu coração está sangrando, seu sexo lhe dói, sua vergonha clama ao céu. Você acordou o sr. Zeidler. Este despertou sua mulher. Virão, abrirão a porta de sua sala-dormitório e verão você. Vá para a cama, Oskar, logo serão cinco horas!

Eram exatamente esses os conselhos que eu me dava a mim mesmo enquanto permanecia ali estirado sobre o tapete. Estava tiritando e contudo permanecia deitado. Tentava evocar o corpo da srta. Dorothea. Não sentia, porém, senão as fibras de coco; tinha-as inclusive entre os dentes. Em seguida, uma franja de luz caiu sobre Oskar: a porta da sala-dormitório dos Zeidler se abriu cerca de um palmo e assomou nela a cabeça de ouriço de Zeidler e, por cima desta, a cabeça cheia de rolinhos da sra. Zeidler. Olharam-me estupefatos, ele tossiu e ela riu discretamente; ele me interpelou e eu não respondi, ela continuou rindo, ele reclamou silêncio, ela perguntava o que me acontecera, ele disse que não podia ser, ela disse que aquela era uma casa de respeito, ele me ameaçou com despejo, mas eu calei, pois ainda não tinha me enchido as medidas. Nisso os Zeidler abriram de par em par a porta e ele acendeu a luz do corredor. E vieram aproximando-se com uns olhos pequenos cheios de malevolência e ele se propunha a não descarregar dessa vez seu furor contra os cálices de licor, e Oskar aguardava o furor do Ouriço; todavia ele não teve chance de descarregá-lo, porque se ouviu um ruído na escada, porque uma chave insegura começou a pesquisar e finalmente achou, e porque entrou Klepp trazendo consigo alguém que estava exatamente tão embriagado quanto ele: Scholle, o guitarrista que finalmente encontrara.

Os dois tranquilizaram Zeidler e consorte, inclinaram-se sobre Oskar, não lhe fizeram perguntas, me pegaram e me levaram, juntamente com aquele pedaço satânico de tapete de coco, para o meu quarto.

Klepp friccionou-me até que eu me esquentasse. O guitarrista trouxe minha roupa. Vestiram-me e me enxugaram as lágrimas. Soluços. Diante das janelas começava a manhã. Pardais. Klepp pendurou em mim o tambor e me mostrou sua pequena flauta de madeira. Soluços. O guitarrista alçou ao ombro a guitarra. Pardais. Estava entre amigos: tomaram-me entre os dois e levaram um Oskar soluçante, que não oferecia resistência, para fora do apartamento, fora da casa da Jülicherstrasse, em direção aos pardais. Afastaram a influência da fibra de coco e me conduziram pelas ruas matinais através do parque do Hofgarten em frente do Planetário e até a margem do Reno, que corria cinzento para a Holanda levando barcos sobre os quais se via flutuar roupa estendida.

Das seis da manhã até as nove estivemos sentados, naquele dia brumoso de setembro, o flautista Klepp, o guitarrista Scholle e o percussionista Oskar, na margem direita do Reno, fazendo música, ensaiando, bebendo uma garrafa e piscando para os choupos da outra margem. Demos a alguns vapores carregados de carvão que vinham de Duisburgo o acompanhamento de uma música do Mississipi, ora rápida e alegre, ora lenta e triste. Depois procuramos um nome para o conjunto de jazz que acabava de se constituir.

Quando um pouco de sol coloriu a neblina e a música traduziu o desejo de um copioso café da manhã, Oskar levantou-se. Ele havia interposto entre si e a noite anterior seu instrumento, seu tambor, tirou dinheiro do bolso do casaco — o que significava café da manhã — e anunciou a seus amigos o nome da orquestra que acabara de nascer: The Rhine River Three. E fomos atrás de nosso café da manhã.

Na adega das Cebolas

Amávamos tanto os prados das margens do Reno quanto o proprietário do restaurante Ferdinand Schmuh amava a margem direita, entre Düsseldorf e Kaiserswerth. Via de regra, ensaiávamos nossa música acima de Stockum. Schmuh, ao contrário, explorava com sua escopeta de caça as sebes e as florestas do declive da margem, em busca de pardais. Esse era seu passatempo favorito; com ele se restabelecia. Quando Schmuh tinha contrariedades no trabalho, ordenava a sua mulher que pegasse o volante do Mercedes, tomavam o caminho ao longo da margem, e deixavam o carro acima de Stockum; aí ele se punha imediatamente a caminhar, cruzava o prado com seus pés ligeiramente chatos e sua escopeta apontando para baixo, arrastava a esposa, que teria preferido ficar no carro, instalava-a sobre alguma cômoda pedra da margem e desaparecia entre as sebes. Tocávamos nosso *ragtime*, ao passo que ele fazia ressoar os arbustos. Enquanto cultivávamos a música, Schmuh atirava nos pardais.

Scholle, tal como Klepp, conhecia todos os proprietários de albergues da cidade velha, e dizia, assim que se ouviam os primeiros disparos entre a verdura:

— Schmuh anda caçando pardais.

Como Schmuh já não vive, posso pronunciar minha oração fúnebre aqui mesmo: Schmuh era um bom caçador e, possivelmente também, um bom homem. Quando Schmuh caçava pardais, guardava sem dúvida sua munição de pequeno calibre no bolso esquerdo, mas seu bolso direito, em contrapartida, estava entulhado de alpiste que ele repartia com grandes movimentos generosos, não antes de atirar, mas sim depois, entre os pardais. De resto, Schmuh não matava nunca mais de 12 pardais em uma tarde.

Quando Schmuh ainda estava vivo dirigiu-se a nós numa fresca manhã de novembro do ano de 49 — fazia já semanas que estávamos ensaiando à margem do Reno. Não o fez de modo discreto, mas elevando a voz: "Como posso atirar se vocês com sua música assustam os meus passarinhos?"

— Ah — disse Klepp em tom de desculpa, apresentando sua flauta à maneira de uma espingarda —, o senhor deve ser o cavalheiro que anda atirando por aí de forma tão musical e tão exatamente adaptada às nossas melodias; meus respeitos, sr. Schmuh!

Schmuh se sentiu lisonjeado com o fato de conhecê-lo pelo nome, perguntou, contudo, de onde Klepp o conhecia. Este assumiu um ar de surpresa: mas se todo o mundo conhece o sr. Schmuh! Pode ouvir-se nas ruas: lá vai o sr. Schmuh, aí vem o sr. Schmuh, você viu o sr. Schmuh, onde está hoje o sr. Schmuh, o sr. Schmuh está caçando pardais.

Convertido graças a Klepp em um Schmuh de domínio público, Schmuh ofereceu-nos cigarros, perguntou nossos nomes e pediu que tocássemos algo de nosso repertório. Oferecemos-lhe um *Tiger-rag*, ao fim do qual fez sinal à esposa que, sentada com seu casaco de peles sobre uma pedra, deixava seus pensamentos vagarem com as ondas do Reno. Com o casaco veio ela e tivemos de tocar novamente. Dedicamos-lhe *High Society* e, quando terminamos, exclamou dentro das peles: "Mas Ferdy, era isso precisamente que andava procurando para o negócio!" Ele pareceu ser da mesma opinião, e acreditou certamente que nos havia procurado e encontrado, mas tomando tempo possivelmente para fazer bem suas contas, fez ricochetear alguns seixos chatos, não sem habilidade, sobre a superfície das águas do Reno, antes de nos fazer a seguinte proposta: Música na adega das Cebolas, de nove da noite às duas da madrugada, dez marcos por cabeça; bom, que sejam 12. Klepp disse 17 para que Schmuh pudesse dizer 15, mas Schmuh disse quatorze e cinquenta e fechamos o trato.

Vista da rua, a adega das Cebolas parecia-se com muitos outros desses pequenos restaurantes-boates modernos que se distinguem das boates mais antigas por serem mais caros. A razão dos preços mais altos pode ser buscada na extravagante decoração interior dos ambientes noturnos, chamados "pontos de artistas", bem como nos nomes que costumam ostentar, desde o discreto Ravioli, passando pelo misterioso ou existencialista Tabu, até o ardente e fogoso Paprika — ou por exemplo adega das Cebolas.

Com mão deliberadamente inábil tinham pintado o nome adega das Cebolas e a imagem expressivamente ingênua de uma cebola em um escudo de esmalte que, à antiga maneira alemã, pendia na frente da fachada de uma forca de ferro fundido cheia de arabescos. Vidraças abauladas de um verde-garrafa guarneciam a única janela. Diante da porta de ferro pintada de mínio, que nos tempos ruins deve ter servido de porta a um abrigo antiaéreo, montava guarda, vestido com uma samarra rústica, o porteiro. Não era qualquer um que podia entrar na adega das Cebolas. Sobretudo às sextas-feiras, quando os pagamentos semanais se convertiam em cerveja, era comum não serem ali admitidos alguns frequentadores da cidade velha, para quem, aliás, a adega das Cebolas seria cara demais. Aquele que podia entrar, porém, achava atrás da porta de ferro de mínio cinco degraus de concreto, descia-os, achava-se em um patamar de um metro por um metro — ao qual um cartaz de uma exposição de Picasso conferia maior categoria e originalidade —, descia outros degraus, quatro desta vez, e se encontrava diante do vestiário. "Pede-se pagar depois!", rezava um letreiro de papelão, e o jovem atrás do balcão — geralmente um discípulo barbudo da Academia de Belas-Artes — nunca aceitava dinheiro adiantado, pois a adega das Cebolas era cara, sem dúvida, mas séria.

O dono recebia pessoalmente cada um de seus fregueses e fazia-o com sobrancelhas e gestos extremamente móveis, como se se tratasse de praticar com todo freguês uma cerimônia de iniciação. Como sabemos, o proprietário se chamava Schmuh, caçava eventualmente pardais e possuía o espírito daquela sociedade que, depois da reforma monetária, veio se formar em Düsseldorf com muita rapidez, e noutros lugares menos depressa, mas de qualquer maneira.

A adega das Cebolas propriamente dita era — e aqui se pode apreciar a seriedade dessa acreditada casa noturna — uma autêntica adega, inclusive um tanto úmida. Comparemo-la a um tubo longo de base plana, de uns quatro metros por dezoito, aquecido por duas estufas originais de ferro fundido. Claro que, na realidade, a adega não era a antiga adega. Tinham-lhe subtraído o teto, ampliando-a em cima com o apartamento térreo. E assim, a única janela da adega das Cebolas tampouco era uma janela de porão, mas a antiga janela do apartamento do andar térreo, o que todavia só de forma insignificante afetava a seriedade da acreditada casa noturna. Não fosse pelas vidraças abauladas, teria sido possível olhar pela janela; devido à construção na parte superior da adega, que fora ampliada, de uma galeria, à qual se subia por uma escada de galinheiro extremamente original, bem se pode designar a adega das Cebolas de ambiente sério, ainda que não fosse propriamente uma adega; afinal, por que havia de sê-lo?

Quase me esquecia de dizer que tampouco a escada de galinheiro era na realidade uma escada de galinheiro, mas antes uma espécie de escada de portaló, já que à direita e à esquerda da escada perigosamente empinada podia-se segurar em duas cordas de estender roupa também extremamente originais. Este conjunto oscilava um pouco, fazia pensar em uma viagem marítima e encarecia consequentemente a adega das Cebolas.

Algumas lâmpadas de acetileno, como as que costumam usar os mineiros, iluminavam a adega das Cebolas, espalhavam um cheiro de acetileno — o que dava ensejo a um novo aumento dos preços — e transportavam o freguês pagante da adega das Cebolas às galerias de uma mina, digamos de potássio, 950 metros abaixo da terra: mineiros com os torsos nus trabalham a rocha e atacam um veio, recolhem o sal, as perfuradoras rugem, os vagonetes se enchem; bem atrás, onde a galeria dobra para a sala Friedrich Dois, uma luz oscila: é o chefe de turno; aproxima-se, diz "boa noite!" e move uma lâmpada de acetileno exatamente igual àquelas que pendem das paredes sem reboco, sumariamente caiadas, da adega das Cebolas, iluminando, emitindo cheiro, aumentando os preços e propagando uma atmosfera original.

Os assentos incômodos — caixotes vulgares — estavam forrados com sacos de cebolas, mas as mesas de madeira, em compensação, brilhavam bem polidas e transportavam o freguês da mina para uma aprazível taberna campestre, como às vezes vemos no cinema.

Era tudo! E o balcão? Não havia balcão. Garçom, o cardápio, por favor! Nem garçom, nem *menu*. Falta apenas nomear-nos a nós próprios The Rhine River Three. Klepp, Scholle e Oskar chegavam às nove, sentavam-se sob a escada de galinheiro que era na realidade uma escada de navio, tiravam os instrumentos e começavam a tocar por volta das dez horas. Mas como agora só são nove e quinze, deixemos para depois o que se refere a nós. De pronto fixamos um olho em Schmuh tal como Schmuh apontava sua escopeta para os pardais.

Assim que a adega das Cebolas se enchia — meio cheia contava como cheio —, Schmuh, o dono, colocava a echarpe. A echarpe, de seda azul-cobalto, era estampada, especialmente estampada, e é mencionada porque o ato de pô-la revestia o dono de importância. O motivo estampado pode designar-se como cebolas douradas. E só quando ele a colocava podia se dizer que a adega das Cebolas estava aberta.

Os frequentadores habituais: comerciantes, médicos, advogados, artistas e atores, jornalistas, gente do cinema, desportistas conhecidos, altos funcionários do Estado e do Município e, em resumo, todos quantos hoje em dia se dizem intelectuais sentavam-se ali com suas esposas, suas amigas, secretárias, decoradoras, assim como também com amiguinhas masculinas, sobre os caixotes forrados de estopa e, enquanto Schmuh não punha a echarpe com as cebolas douradas, falavam em voz baixa, em tom de cansaço e como que coibidos. Esforçavam-se por iniciar uma conversa, mas não conseguiam. Os melhores propósitos naufragavam sem chegar a tocar os verdadeiros problemas; de bom grado ter-se-iam soltado, dizendo de uma vez por todas a verdade, desopilando o fígado, o coração, os pulmões, deixando de lado toda reflexão, para expor a verdade sem rebuços e se puserem a nu; mas não era possível. Aqui e ali se apontam os contornos de uma carreira frustrada, de um casamento infeliz. Aquele senhor de cabeça maciça e inteligente e de mãos brandas e quase delicadas parece ter dificuldades com o filho, que não quer aceitar o passado do pai. As duas damas de casaco de vison, que à luz do acetileno não têm mau aspecto, pretendem ter perdido a fé. Em quê? Não se sabe. Tampouco sabemos do passado daquele senhor de cabeça maciça, nem quais podem ser as dificuldades que contrapõem o filho ao pai por causa de seu passado; é, em conjunto — perdoem a Oskar a comparação —, como antes de pôr o ovo: esforços, esforços...

Esforçava-se em vão a adega das Cebolas, até que o proprietário Schmuh fazia uma breve aparição com a echarpe especial, agradecia o "ah!" com que era acolhido, desaparecia depois durante alguns minutos atrás de uma cortina no final da adega, onde ficavam os banheiros e um depósito, e aparecia de novo em cena.

Mas, por que recebe o patrão, ao apresentar-se de novo ante seus fregueses, outro "ah!" ainda mais alegre e quase de liberação? Vejamos: o dono de uma acreditada casa noturna desaparece atrás de uma cortina, pega alguma coisa no depósito, reclama um pouco em voz baixa com a mulher dos toaletes que ali está sentada lendo uma revista, entra de novo em cena e é acolhido como se fosse o Salvador ou um tio milionário.

Schmuh avançava entre seus fregueses com um pequeno cesto dependurado no braço. Recobria o cestinho um pano de xadrez azul e amarelo. Sobre o pano havia algumas tabuinhas de madeira recortadas em forma de porcos e de peixes. O homem da noite Schmuh distribuía entre seus hóspedes essas tabuinhas delicadamente polidas. Fazia reverências e cumprimentos reveladores de que havia passado sua juventude em Budapeste e Viena. O sorriso de Schmuh se assemelhava à cópia extraída de uma cópia da suposta Mona Lisa autêntica.

Os fregueses recebiam as tabuinhas com a maior gravidade. Alguns as trocavam entre si. Alguém apreciava mais a figura do porco, outro — ou outra, se se tratava de uma dama — preferia ao porco doméstico e ordinário a figura mais misteriosa do peixe. Fungavam sobre as tabuinhas, cheirando-as, passavam-nas de um lado a outro, e o patrão Schmuh esperava, depois de ter servido também os clientes da galeria, até que todas as tabuinhas achassem a posição de descanso.

Então — todos os corações o esperavam —, então suspendia, com um gesto que lembrava o de um mágico, suspendia o pano que cobria o cesto: aparecia, recobrindo este, um segundo pano sobre o qual se achavam, difíceis de identificar à primeira vista, facas de cozinha.

Como antes, Schmuh distribuía agora as facas. Agora, no entanto, procedia à sua ronda com maior rapidez, aumentando aquela tensão que lhe permitia elevar os preços. Não prodigalizava mais cumprimentos nem permitia que se trocassem as facas de cozinha; imprimia a seus movimentos uma premência bem dosada e anunciava em voz alta: "Pronto, atenção, já!", e, arrancando do cesto o segundo pano, metia a mão dentro e distribuía, repartia, disseminava entre o povo; era o distribuidor benévolo, o provedor de seus fregueses; distribuía-lhes cebolas, cebolas como as que, douradas e ligeiramente estilizadas, ostentava em sua echarpe: cebolas comuns e correntes, bulbos, nada de bulbos de tulipas, mas cebolas como as que compra a dona de casa, cebolas como as que vende o verdureiro, cebolas como as que plantam e colhem o camponês ou a camponesa ou a moça que ajuda, como as que, mais ou menos bem reproduzidas, podem se ver pintadas nas naturezas-mortas dos pequenos mestres holandeses. Eram essas as cebolas que repartia o homem da noite Schmuh entre seus fregueses, até que todos eles as tinham e já não se ouvia senão o ronronar das estufas e o assobiar das lâmpadas de acetileno: tal era o silêncio que se produzia depois da grande distribuição das cebolas. E Ferdinand Schmuh exclamava: "Quando quiserem, senhoras e cavalheiros!", e jogava uma das extremidades da echarpe sobre o ombro esquerdo, tal como fazem os esquiadores no momento de se lançar; com isso dava o sinal.

Descascavam-se cebolas. Diz-se que elas têm sete peles. As senhoras e os cavalheiros descascavam as cebolas com as facas de cozinha. Desprendiam-lhes a primeira, a terceira pele loura, a dourada, a castanho-avermelhada ou, melhor dizendo, a pele cor de cebola, e iam pelando até que a cebola se tornava vítrea, verde, esbranquiçada, úmida, aquosa, pegajosa, e cheirava, recendia a cebola; e depois se punham a cortar, tal como se cortam as cebolas, e cortavam, com maior ou menor habilidade, sobre umas tabuinhas que tinham perfis de porcos e de peixes, cortavam neste e no outro sentido, e o suco saltava em pequenos esguichos e se comunicava à atmosfera por cima das cebolas. Os senhores de certa idade, pouco experientes em matéria de facas de cozinha, tinham de ter cuidado para não cortar os dedos, o que de qualquer forma alguns faziam sem reparar; as senhoras, porém, eram muito mais hábeis, não todas, mas aquelas que em casa eram boas donas de casa e sabiam como se devem cortar as cebolas para as batatas assadas no forno, digamos, ou para o fígado frito com maçã e rodelas de cebola; não obstante, na adega das Cebolas de Schmuh nada serviam de comer, e quem quisesse comer tinha de ir a algum outro lugar, ao Peixinho, por exemplo, e não à adega das Cebolas, porque aqui só se cortavam cebolas. E por quê? Porque assim se chamava a adega, o principal, porque a cebola, a cebola cortada, se bem se olha dentro dela... não, os fregueses de Schmuh não viam mais nada, ou pelo menos alguns não viam mais nada, porque lhes vinham lágrimas nos olhos. Não porque os corações estivessem tão repletos, pois não se disse de modo algum que quando os corações estão cheios também os olhos transbordam; alguns não conseguem isso nunca, sobretudo durante os últimos decênios, e por isso algum dia se designará o nosso século como o século sem lágrimas, apesar de todos os seus sofrimentos. E por isso também, precisamente em razão dessa falta de lágrimas, as pessoas que dispunham dos meios para isso iam à adega das Cebolas de Schmuh e recebiam do dono uma tabuinha de picar — porco ou peixe — e uma faca de cozinha de oitenta *pfennige* e, por 12 marcos, uma vulgar cebola de cozinha, de jardim ou de campo, e lá iam cortando em pedacinhos cada vez menores, até que o suco conseguia. O quê? Obtinha isso que o mundo e a dor deste mundo não conseguem produzir: a esférica lágrima humana. Aqui se chorava. Aqui, por fim, se voltava a chorar. Chorava-se discretamente ou sem reserva, abertamente. Aqui corriam as lágrimas e tudo lavavam. Aqui chovia, caía o orvalho. Oskar pensa em comportas que se abrem, em diques que se rompem em caso de inundação. Como é o nome desse rio que sai todos os anos de seu leito sem que o governo faça alguma coisa para evitá-lo? E depois daquele cataclismo natural por doze marcos e oitenta *pfennige*, a humanidade, livre já de suas lágrimas, falava. Vacilantes ainda e surpreendidos pela novidade de sua própria linguagem desembaraçada, os fregueses da adega das Cebolas abandonavam-se depois de haver consumido suas cebolas, sentados em incômodos caixotes revestidos de estopa, uns aos outros, e se deixavam perguntar e virar do avesso como se vira um casaco. Oskar, porém, sentado com Klepp e Scholle, sem lágrimas, sob aquela quase escada de galinheiro, quer ser discreto, e de todas aquelas revelações, autoacusações, confissões e declarações não contará senão a história daquela srta. Pioch que voltava sempre a perder o seu sr. Vollmer, o que lhe endureceu o coração e lhe secou os olhos e fez com que tivesse sempre que voltar à dispendiosa adega das Cebolas de Schmuh.

Encontramo-nos no bonde, dizia a srta. Pioch depois de ter chorado. Eu voltava do trabalho — possui e administra uma excelente livraria —, o bonde estava repleto, e Willy — era o sr. Vollmer — me pisou com rudeza no pé direito. Eu não podia me aguentar de pé; foi um amor à primeira vista. Mas, como tampouco podia andar, ele me ofereceu o braço e me acompanhou ou, melhor dizendo, me levou em casa. A partir desse dia, cuidou ternamente daquela unha do pé que sua pisada tornara preto-azulada. Mas também no mais se comportou com muito carinho, até que a unha se desprendeu do dedão direito e nada se opunha ao crescimento de uma nova unha. A partir do dia em que caiu a unha afetada, seu carinho começou a esfriar. Sofríamos os dois o efeito daquele desaparecimento. E nisto me fez Willy, porque continuava a amar-me e também porque os dois tínhamos muito em comum, aquela espantosa proposta: deixe que lhe pise o dedão esquerdo, até que a unha fique azul-avermelhada e depois preto-azulada. Acedi e ele o fez. Instantaneamente voltei a entrar na posse de seu amor e pude saboreá-lo até que a unha do dedão esquerdo caiu também como uma folha caduca. E novamente nosso amor se fez outonal. Então Willy queria voltar a me pisar o dedão direito, cuja unha entrementes havia crescido, para poder amar-me de novo. Mas não permiti isso e lhe disse: se seu amor é verdadeiramente grande e sincero, há de poder sobreviver a uma unha de dedão. Mas ele não me compreendeu e me deixou. Vários meses depois, voltamos a encontrar-nos em uma sala de concertos. Passado o intervalo, e como ao meu lado havia um lugar vazio, ele veio sentar comigo, sem que eu lhe pedisse. Quando durante a Nona Sinfonia começou a cantar o coro, deslizei para os seus o meu pé direito, que previamente descalçara. Ele pisou e eu consegui não atrapalhar o concerto. Sete semanas depois, Willy me abandonou de novo. Duas vezes mais pudemos ainda pertencer um ao outro durante algumas semanas, porque em duas ocasiões lhe estendi uma vez o dedão esquerdo e depois o direito. Hoje tenho ambos os dedos deformados. As unhas se recusam a crescer. De quando em quando Willy vem me visitar, senta-se a meus pés sobre o tapete e contempla comovido e cheio de compaixão para comigo e para consigo próprio, mas sem amor e sem lágrimas, as duas vítimas desunhadas de nosso amor. Às vezes digo: vem, Willy, vamos à adega das Cebolas de Schmuh e choremos ali copiosamente. Mas até o presente nunca quis me acompanhar. O coitado não conhece o consolo das lágrimas.

Mais tarde — Oskar só revela isto para satisfazer a curiosidade que vocês possam estar sentindo — veio também à adega das Cebolas o sr. Vollmer, que, aliás, negociava com aparelhos de rádio. Choraram juntos e, segundo Klepp disse ontem em sua hora de visita, parece que se casaram há pouco.

Embora a tragédia da existência humana se manifestasse amplamente de segunda a sábado — aos domingos a adega não abria — depois do consumo de cebolas, era a clientela da segunda-feira que proporcionava se não os chorões mais trágicos, pelo menos os mais violentos. Às segundas era mais barato. Schmuh oferecia cebolas à juventude pela metade do preço. A maioria eram estudantes de medicina de ambos os sexos, mas também os da Academia de Belas-Artes, sobretudo os que mais tarde pretendiam ser professores de desenho, gastavam em cebolas parte de suas bolsas. Mas de onde — ainda hoje me questiono — tiravam os alunos e alunas do último ano colegial dinheiro para suas cebolas?

A juventude chora de modo diferente da velhice. Também os problemas da juventude são bastante diferentes dos daquela. Nem sempre são problemas de aproveitamento e exames finais. Sem dúvida se discutiam na adega das Cebolas histórias de pais e filhos e de mães e filhas, mas, por mais que a juventude se sentisse incompreendida, tal incompreensão não conseguia arrancar-lhe lágrimas. Oskar alegra-se de que a juventude continuasse a chorar por amor, como antigamente, e não apenas por apetite sexual. Gerard e Gudrun: a princípio sentavam-se sempre embaixo e só mais tarde choravam juntos na galeria.

Ela, grande, forte, jogadora de *handball*, estudava química. Enleava-
-se a abundante cabeleira na nuca. Cinza e não obstante maternal,
tal como antes do fim da guerra se pôde ver durante vários anos nos
cartazes da Organização Feminina, seu olhar era absolutamente limpo
e a maioria das vezes direto. Por muito branca, lisa e saudável que fosse,
o rosto revelava os traços de sua desgraça. Do pescoço para cima, por
sobre o forte queixo redondo e compreendendo ambas as maçãs, uma
barba masculina, que a infeliz raspava sempre, deixava-lhe uns vestígios
horrorosos. É provável que a pele delicada não suportasse bem a lâmina de barbear. Gudrun chorava sua desgraça: uma cara avermelhada,
gretada, espinhenta, onde a barba nunca desistia de crescer. Gerard só
veio à adega das Cebolas um pouco mais tarde. Conheceram-se não
no bonde, como a srta. Pioch e o sr. Vollmer, mas no trem. Estavam
sentados frente a frente e regressavam das férias semestrais. Ele gostou
dela de imediato, com barba e tudo. Ela, complexada da barba, não
se atrevia a gostar dele, mas admirava — justamente o que o fazia
infeliz — a pele do queixo de Gerard, lisa como o bumbum de um
bebê, porque o rapaz não tinha barba, e por isso era tímido com as
moças. Ainda assim, Gerard falou com Gudrun e, quando saltaram do
trem na Estação Central de Düsseldorf, eram já pelo menos amigos.
A partir daquela viagem, começaram a ver-se diariamente. Falavam
disso ou daquilo, comunicavam-se uma parte de seus pensamentos
respectivos, mas ressalvando sempre o assunto da barba ausente e da
que não desistia de crescer. Ademais, Gerard tratava Gudrun com delicadeza e, por causa de sua pele martirizada, não a beijava nunca. E
dessa forma ambos se mantiveram castos, ainda que nem a um nem a
outro importasse muito a castidade, pois, enfim, ela estava entregue à
química e ele aspirava tornar-se médico. Quando em uma ocasião um
amigo comum lhes aconselhou a adega das Cebolas, os dois, céticos
como costumam ser os químicos e os médicos, sorriram a princípio
desdenhosamente. Mas acabaram indo, para praticar ali, segundo se
asseguravam mutuamente, certo tipo de estudo. Oskar poucas vezes viu
dois jovens chorarem como eles choravam. Voltavam uma vez ou outra,
poupavam de sua alimentação os seis marcos e quarenta e choravam
pela barba ausente e pela que destroçava a delicadeza da pele da moça.
Às vezes tentavam evitar a adega das Cebolas e deixavam, com efeito,
de vir uma segunda-feira, mas na seguinte voltavam e revelavam chorando, triturando entre os dedos os pedacinhos de cebola, que tinham

querido economizar os seis marcos e quarenta. Haviam experimentado a coisa no quarto dela com uma cebola barata, mas não era o mesmo que na adega das Cebolas. Fazia falta um auditório. Era muito mais fácil chorar acompanhado. Ao sentimento verdadeiro de comunidade só se podia chegar se à direita e à esquerda e acima na galeria chorassem também os condiscípulos dessa ou daquela faculdade, os da Academia de Belas-Artes e até os colegiais.

Mas no caso de Gerard e Gudrun, além das lágrimas, produziu-se também uma cura progressiva. É possível que o fluido lacrimal lavasse seus respectivos complexos. Chegaram, como se diz, a uma maior intimidade. Ele beijava a pele desolada dela, e ela achava prazer na pele fina dele, até que um belo dia desapareceram: já não precisavam mais da adega. Meses mais tarde, quando Oskar os encontrou, quase não os reconheceu: ele, o glabro Gerard, ostentava uma magnífica barba arruivada, e ela, a Gudrun de pele martirizada, deixava ver apenas uma leve sombra escura, que a favorecia muito, acima do lábio superior. O queixo e as bochechas, em contrapartida, brilhavam lisos e sem nenhum vestígio de vegetação. Casaram-se ainda como estudantes. Oskar pode imaginá-los cinquenta anos depois, rodeados de netos. Ela, Gudrun: "Isso era quando o vovô ainda não tinha barba", e ele, Gerard: "Isso era quando a vovó ainda tinha barba e sofria muito, e às segundas-feiras íamos os dois à adega das Cebolas."

Mas por que, perguntarão vocês, continuam os três músicos sentados debaixo da escada que podia ser de portaló ou de galinheiro? Todo aquele chorar, gemer e ranger de dentes precisava ainda de uma orquestra autêntica e permanente?

Após todos os fregueses terem exaurido as lágrimas e esvaziado os corações, lançávamos mão dos instrumentos e proporcionávamos a transição à conversa normal, facilitando aos fregueses a saída da adega para que pudessem entrar outros. Klepp, Scholle e Oskar eram contrários às cebolas. Além disso, havia em nosso contrato com Schmuh uma cláusula que nos proibia saborear as cebolas da mesma forma que os clientes. Tampouco precisávamos disso. Scholle, o guitarrista, não tinha motivo algum de queixa, pois sempre eu o via feliz e contente, mesmo quando em meio a um *ragtime* lhe rebentavam duas cordas do banjo de uma vez. No que se refere ao meu amigo Klepp, as noções de chorar e rir continuam-lhe perfeitamente indistintas ainda hoje. Acha chorar divertido; nunca o vi rir tanto como por ocasião do enterro da tia que, antes do casamento dele, lhe lavava as camisas e as meias. Mas que estava acontecendo com Oskar? Tinha motivos suficientes para chorar. Não podia, à força das lágrimas, lavar-se da imagem da srta. Dorothea e daquela longa noite inútil sobre um tapete de fibra de coco mais longo ainda? E minha Maria, não me oferecia suficiente motivo de queixa? Seu patrão, o tal de Stenzel, não entrava e saía do apartamento de Bilk conforme queria? Será que meu filho, o pequeno Kurt, não chamava primeiro "tio Stenzel" e depois "papai Stenzel" ao negociante de comestíveis finos que esporadicamente também se ocupava de Carnaval? E detrás de Maria, não jaziam bastante afastados, sob a areia solta do cemitério de Saspe e sob o barro do de Brenntau, minha pobre mamãe, o tresloucado Jan Bronski e o cozinheiro Matzerath, que só sabia expressar seus sentimentos em forma de sopa? Todos esses mereciam ser chorados. Mas Oskar pertencia ao número reduzido dos bem-aventurados que para chorar não precisam de cebola. Meu tambor me ajudava nisso. Só se faziam necessários alguns compassos determinados para que lhe corressem lágrimas nem melhores nem piores que as castas lágrimas da adega das Cebolas.

Tampouco o proprietário Schmuh recorria às cebolas. Os pardais que caçava nas sebes e arvoredos durante suas horas livres lhe proporcionavam um sucedâneo perfeito. Era frequente que Schmuh, depois dos disparos, alinhasse os 12 passarinhos abatidos sobre uma folha de jornal, chorasse lágrimas vivas sobre os corpinhos emplumados, tépidos ainda e, sem deixar de chorar, espalhasse alpiste pelos prados do Reno e sobre os calhaus da margem. Além disso, oferecia-se-lhe na adega das Cebolas outra possibilidade de desafogar a dor. Tinha por costume insultar uma vez por semana a mulher dos banheiros; usava quase sempre palavras antiquadas, como manceba, rameira, mulher-dama, infame, meretriz. "Fora daqui!", ouvia-se Schmuh berrar. "Suma de meus olhos, infame!" E a despedia instantaneamente e contratava outra; logo porém enfrentou dificuldades, pois já não havia maneira de encontrar novas, de modo que tinha de voltar a confiar o posto a mulheres que já havia despedido alguma vez. Elas voltavam de bom grado, primeiro porque não entendiam a maioria dos insultos que Schmuh lhes dirigia, e depois porque na adega das Cebolas ganhavam bom dinheiro. Chorar fazia com que os fregueses tivessem que acudir aos toaletes com maior frequência que em outros lugares e, aliás, o homem que chora é mais generoso que o de olhos secos. Eram especialmente os cavalheiros, quando diziam "vou lá dentro e já volto" que, com cara acesa, úmida e congestionada, metiam mais fundo e de boa vontade a mão no bolso. Ademais, as encarregadas dos banheiros vendiam aos fregueses os célebres lenços com cebolas estampadas que tinham atravessada a inscrição: "Na adega das Cebolas." Tais lenços eram bastante graciosos e se podiam utilizar não somente para enxugar as lágrimas como também na cabeça. Os fregueses masculinos da adega mandavam fazer com eles flâmulas triangulares e as dependuravam no vidro traseiro de seus automóveis, de modo que durante as férias levavam a adega das Cebolas de Schmuh a Paris, à Costa Azul, a Roma, Ravena, Rimini e inclusive à remota Espanha.

Cabia-nos ainda, aos músicos e à nossa música, outra missão. Vez por outra, sobretudo quando alguns fregueses cortavam uma após outra duas cebolas, produziam-se na adega explosões que facilmente teriam degenerado em orgia. Ora, tal falta de continência não agradava a Schmuh, de modo que, quando alguns senhores começavam a arrancar gravatas e algumas senhoras a apalpar as blusas, ordenava-nos que tocássemos, para combater com música a impudicícia incipiente. Mas, por outro lado, era o próprio Schmuh quem sempre desencadeava, até certo ponto, a orgia, facilitando aos frequentadores mais sensíveis uma segunda cebola imediatamente depois da primeira.

Até onde chegam minhas notícias, a explosão mais forte que se produziu na adega das Cebolas havia de converter-se, também para Oskar, se não em ponto crítico de sua existência, pelo menos em acontecimento decisivo. A esposa de Schmuh, a traquina Billy, não costumava frequentar muito a adega, mas quando o fazia, vinha em companhia de alguns amigos de que Schmuh não gostava. Uma noite se apresentou com o crítico de música Wood e o arquiteto Wackerlei fumante de cachimbo. Os dois senhores faziam parte dos fregueses habituais da adega, mas o peso de sua aflição era opressivo e fastidioso: Wood chorava por motivos religiosos — queria converter-se, ou já se havia convertido, ou estava prestes a voltar a se converter —, enquanto o fumante de cachimbo Wackerlei chorava por conta de uma cátedra que havia sacrificado, a desoras, por uma dinamarquesa extravagante, que logo se casara com outro, um sul-americano com quem tivera seis filhos; isso era o que machucava Wackerlei e fazia com que o cachimbo se apagasse constantemente. Foi Wood, sempre malicioso, quem convenceu a sra. Schmuh a cortar uma cebola. Ela o fez, derramou lágrimas e começou a desembuchar, pondo a descoberto Schmuh, o patrão, e revelando coisas que Oskar, por discrição, não lhes dirá. E só com o concurso de homens fortes pôde-se conter Schmuh quando ele se lançou sobre a esposa, já que, definitivamente, o que não faltava ali eram facas de cozinha sobre a mesa. Conseguiu-se, porém, conter o enfurecido até que a insensata Billy conseguiu escapulir do tumulto com seus amigos Wood e Wackerlei.

Schmuh estava alterado e confuso. Reconheci-o por suas mãos agitadas, com as quais a cada instante tentava compor a echarpe. Desapareceu várias vezes atrás da cortina, injuriou a zeladora dos banheiros e voltou finalmente com um cesto cheio, anunciando a seus fregueses, com voz entrecortada e um júbilo fora de qualquer medida, que se sentia de humor dadivoso e ia proporcionar uma rodada grátis de cebolas; imediatamente começou a reparti-las.

O próprio Klepp, que em qualquer situação, por espinhosa que fosse, via sempre excelente motivo de gracejo, pôs-se naquela ocasião, se não pensativo, pelo menos atento, mantendo a flauta ao alcance da mão. Bem sabíamos quão arriscado seria oferecer àquela sociedade sensível e refinada uma segunda possibilidade imediata de lágrimas liberadoras.

Schmuh, vendo-nos com os instrumentos preparados, proibiu-nos de tocar. Nas mesas, as facas começaram seu trabalho de esmigalhar. As primeiras peles, tão belas em sua cor pau-rosa, foram descartadas sem nenhuma consideração. A carne vítrea da cebola, com suas estrias verde-pálido, caiu sob as facas. De maneira curiosa, os prantos dessa vez não foram iniciados pelas damas. Senhores na flor da idade, como o proprietário de um grande moinho, um dono de albergue, que estava com seu amiguinho discretamente empoado, um representante de ascendência nobiliária, uma mesa inteira com fabricantes do ramo da confecção para homens, que se achavam de passagem na cidade por motivo de uma convenção, e aquele ator calvo que entre nós chamávamos de o Range-Range, porque ao chorar rangia sempre os dentes; foram esses que começaram a chorar, antes que as damas cooperassem. Mas nem damas nem cavalheiros se entregaram a esse pranto liberador que se produzia depois da primeira cebola, mas foram tomados de um choro convulsivo. O Range-Range rangia de forma tão espantosa que, se o tivesse feito em qualquer teatro, teria arrastado o público a ranger com ele; o moleiro batia de quando em quando com a cabeça grisalha e bem-cuidada contra a tábua da mesa; o dono de albergue fundia suas convulsões lacrimais com as de seu donairoso amigo; Schmuh, ao pé da escada, deixava cair a echarpe e contemplava com olhos maliciosos e não isentos de satisfação a sociedade já meio desenfreada. E depois, uma dama de certa idade rasgou a blusa diante dos olhos de seu genro. E de repente o amigo do dono de albergue, cujo caráter um pouco exótico já chamara antes a atenção, plantou-se com o torso nu, de um bronzeado natural, sobre uma das mesas e depois sobre outra, e começou a dançar como se deve dançar no Oriente, anunciando com isso o princípio de uma orgia que, ainda que principiada com vigor, não merece por falta de ocorrências — ou porque essas foram insossas — as honras de uma descrição pormenorizada.

Schmuh não foi o único a se mostrar decepcionado; também Oskar arqueou entediado as sobrancelhas. Não faltaram algumas cenas graciosas de *striptease*; homens punham peças íntimas de senhoras, amazonas se lançavam avidamente sobre gravatas e suspensórios; casais desapareciam aqui e ali sob as mesas; a rigor, se deveria mencionar o Range-Range, que rasgou um sutiã com os dentes, mascou-o e provavelmente comeu-o em parte.

É de se acreditar que esse espantoso barulho, os "iuuu!" e "iuaá!" por detrás dos quais não havia praticamente nada, determinaram o decepcionado Schmuh, talvez temendo também a polícia, a abandonar seu posto junto à escada. Inclinou-se para nós, que permanecíamos sentados embaixo, tocou primeiro em Klepp e depois em mim, e sussurrou: "Música! Toquem, estou mandando! Música, para acabar com esse espalhafato!"

Verificou-se que Klepp, todavia, que não era muito difícil de contentar, se divertia com aquilo. Arrebentava-se de tanto rir e não atinava com a forma de levar a flauta à boca. Quanto a Scholle, que considerava Klepp seu mestre, imitava-o em tudo, e assim também no que concernia à gargalhada. Restava apenas Oskar; e Schmuh podia contar comigo. Tirei o tambor de sob o banco, acendi tranquilamente um cigarro e comecei a tocar.

Mesmo sem ter planejado, consegui me fazer compreender com meu tambor. Esqueci naquele momento toda a música rotineira de café. Oskar evitou qualquer coisa de jazz. Aliás, não me agradava que as pessoas vissem em mim apenas um baterista desenfreado, porque, ainda que fosse um perito tambor, não era nem de perto um fã incondicional do jazz. Claro que o apreciava, assim como gosto da valsa vienense.

Podia tocar uma ou outra coisa, mas senti que não devia fazê-lo. Assim, quando Schmuh pediu que atacasse com o tambor, não toquei o que sabia, mas o que sentia brotar do coração. Oskar conseguiu enfiar as baquetas nas mãos do Oskar de três anos. Parti, pois, por velhos caminhos, evoquei o mundo do ponto de vista de meus três anos. Comecei a conduzir aquela sociedade do pós-guerra incapaz de verdadeiras orgias. Isto quer dizer que a conduzi ao Posadowskiweg, ao jardim de infância da titia Kauer, até que a fui deixando boquiaberta, presa das mãos e com as pontas dos pés voltadas para dentro, esperando a mim, seu encantador de ratos. E assim abandonei meu lugar junto à escada de galinheiro, assumi o comando, dei primeiro, e a título de amostra, às damas e aos cavalheiros "assando, assando bolo" e, uma vez registrada com sucesso a alegria infantil geral, preguei-lhes um susto enorme com a Bruxa Negra, a mesma que já anteriormente me assustava de quando em quando e hoje me espanta cada vez mais; gigantesca, mais negra que o carvão, agitei-a enfurecida pela adega das Cebolas, conseguindo aquilo que o homem da noite Schmuh só conseguia com cebolas: que as damas e os cavalheiros começassem a derramar grossas lágrimas, tivessem medo e implorassem temerosos minha compaixão.

E assim, para tranquilizá-los um pouco e para ajudá-los também a se enfiar de novo em suas roupas e peças íntimas, em suas sedas e golas de veludo, toquei "verdes, verdes, verdes são todos os meus vestidos", e também "vermelhos, vermelhos, vermelhos são todos os meus vestidos", e a seguir "azuis, azuis, azuis..." e "amarelos, amarelos, amarelos..."; percorri todas as cores e matizes, até que voltei a encarar uma sociedade elegantemente vestida. Formei depois o jardim de infância para o desfile e o levei comigo através da adega das Cebolas, como se aquele fosse o caminho de Jeschkental, como se subíssemos o Erbsberg contornando o detestável monumento a Gutenberg, como se ali do prado de São João florescessem autênticas margaridas que as damas e os cavalheiros pudessem apanhar em meio a seu regozijo infantil. E então, a fim de que todos os presentes e o próprio Schmuh pudessem deixar uma recordação daquela tarde de brinquedos de jardim de infância, permiti-lhes a satisfação de uma pequena necessidade, e disse com meu tambor, já prestes a penetrar o escuro Desfiladeiro do Diabo: "Agora podeis, criancinhas", e todos fizeram sua pequena necessidade: todos a fizeram, as damas e os cavalheiros, e o próprio Schmuh e meu amigo Klepp e Scholle, e também a remota zeladora dos banheiros; todos fizeram pipis-pipis, molhando suas cuecas, agachando-se para isso e se escutando mutuamente. E quando essa música se extinguiu — Oskar só havia acompanhado a orquestra infantil com um discreto redobre — passei, mediante um golpe forte e direto, à alegria transbordante.

Com um desenvolto:
Vidro, vidro, vidro quebrado
Cerveja sem açúcar misturado,
Pela janela entra a bruxa coroca
E ela o seu piano toca...

levei aquela sociedade exultante, risonha e falante, como um bando de crianças inocentes, primeiro ao vestiário, onde um estudante barbudo estupefato provia de abrigos os infantis fregueses de Schmuh, e depois, ao som da popular "Quem quer ver as lindas lavadeiras", pela escada de concreto acima, junto ao porteiro com samarra, e à rua. Sob um céu estrelado de conto de fadas, que parecia feito sob encomenda, despedi naquela noite de primavera não isenta de frescor do ano cinquenta damas e cavalheiros que, por algum tempo ainda, continuaram fazendo travessuras infantis pela cidade velha, sem achar o caminho de seus respectivos lares, até que alguns policiais os ajudaram a recuperar suas idades e seu decoro e a recordar o número de seus telefones.

Quanto a Oskar, sorrindo e acariciando seu tambor, voltou à adega das Cebolas, onde Schmuh continuava batendo palmas, ao pé da escada, com as pernas afastadas e as calças úmidas. Parecia sentir-se tão contente no jardim de infância da titia Kauer quanto nos prados do Reno onde, como adulto, caçava pardais.

Junto ao muro do Atlântico: as casamatas não podem livrar-se de seu cimento

Eu só havia querido ajudar Schmuh, o dono da adega das Cebolas. Ele, porém, jamais me perdoou aquele solo de tambor, que tinha convertido seus fregueses, bons pagadores, em crianças balbuciantes, sem complexos, que inclusive molhavam as calças e, por isso, choravam: choravam sem cebolas.

Oskar tentava compreendê-lo. Não era legítimo temor à minha concorrência, pois a cada instante os fregueses punham de lado as cebolas tradicionais e solicitavam aos gritos Oskar e seu tambor, solicitavam ao homem que podia evocar com seu instrumento a infância de todos e de cada um deles, por mais avançada que fosse a sua idade.

Schmuh, que até aí se limitara a despedir sem aviso prévio as zeladoras dos banheiros, nos despediu então, a nós, seus músicos, e contratou um violinista que tocava no meio dos fregueses, a quem com boa vontade se podia tomar por cigano.

Mas como após nossa demissão alguns fregueses, e dos melhores, ameaçaram não voltar, Schmuh teve de chegar, ao cabo de algumas semanas, a um acordo: três vezes por semana tocava o violinista, e três vezes tocávamos nós. Para isso pedimos e obtivemos honorários mais elevados: vinte marcos por noite, e as gorjetas afluíam cada vez com maior abundância. Oskar abriu uma caderneta de poupança e alegrava-se com os juros.

Esta caderneta de poupança não tardaria a ser de valiosa ajuda para mim quando a situação ficou difícil: de repente surgiu a morte e nos levou Ferdinand Schmuh, privando-nos de nosso trabalho e de nossa fonte de renda.

Já disse anteriormente que Schmuh caçava pardais. Às vezes, quando saía a caçar, entrávamos com ele em seu Mercedes e íamos observá-lo. Apesar das eventuais hostilidades a propósito de meu tambor, das quais Klepp e Scholle, meus fiéis companheiros, não estavam isentos, as relações entre Schmuh e seus músicos continuavam sendo de amizade, até que, como se acabou de dizer, veio a morte.

Entramos. A esposa de Schmuh, como sempre, ia ao volante. Klepp a seu lado, e Schmuh entre Oskar e Scholle. A escopeta de caça, ele a ajeitava entre os joelhos e, de quando em quando, acariciava-a. Fomos até pouco antes de Kaiserswerth. Como pano de fundo, árvores em ambas as margens do Reno. A esposa de Schmuh ficou no carro e desdobrou um jornal. Klepp comprara fazia pouco uma porção de passas e as ia devorando regularmente. Scholle, que antes de se tornar guitarrista estudara um pouco, sabia recitar de cor poesias sobre o Reno. Este nos mostrava seu aspecto poético. Apesar da época estival, mostrava, além das costumeiras barcaças, algumas folhas outonais que flutuavam em direção a Duisburgo. E a não ser pela escopeta de Schmuh, que de vez em quando se fazia audível, aquela tarde perto de Kaiserswerth se teria podido chamar de serena.

Quando Klepp terminou as passas secando os dedos na relva, Schmuh terminou também. Aos 11 corpinhos emplumados e frios sobre o jornal juntou o duodécimo que, segundo ele, estremecia em convulsões ainda. O caçador estava já embrulhando seu troféu — pois, por razões impenetráveis, Schmuh levava sempre o que caçava para casa —, quando perto de nós, sobre algumas raízes trazidas até ali pela corrente, pousou um pardal, e o fez de forma tão ostensiva, era tão cinzento e um exemplar tão belo de pardal, que Schmuh não pôde resistir, e ele, que nunca caçava mais de 12 pardais em uma mesma tarde, atirou, disparou contra o pardal que perfazia 13. Não deveria ter feito isso.

Assim que Schmuh apanhou o décimo terceiro pardal e o juntou aos outros 12, empreendemos a volta e achamos a esposa de Schmuh adormecida no Mercedes preto. Primeiro subiu Schmuh na frente. Depois subiram Scholle e Klepp, atrás. Era minha vez, mas não subi, disse que pretendia passear ainda um pouco, que tomaria a seguir o bonde e que não se preocupassem comigo. E assim partiram sem Oskar, que havia agido prudentemente, evitando entrar, em direção a Düsseldorf.

Eu os fui seguindo à distância. Não precisei andar muito. Pouco adiante havia uma variante, devido a obras na estrada; o desvio passava junto a uma escavação de onde se retirava cascalho. E nesta, uns sete metros abaixo do nível da estrada, achava-se o Mercedes preto com as rodas para cima.

Alguns trabalhadores da pedreira haviam extraído do carro os três feridos e o cadáver de Schmuh. A ambulância achava-se a caminho. Desci à escavação, em breve meus sapatos estavam cheios de cascalho, ocupei-me um pouco dos feridos, que apesar das dores me faziam perguntas, mas não lhes disse que Schmuh estava morto. Com os olhos imóveis e surpresos ele olhava para o céu, encoberto em suas três quartas partes. O jornal com seu troféu da tarde havia sido lançado para fora do carro. Contei 12, mas não pude achar o décimo terceiro pardal, e continuava procurando quando a ambulância desceu à escavação com dificuldade.

A esposa de Schmuh, Klepp e Scholle sofreram ferimentos leves: contusões e algumas costelas quebradas. Quando mais tarde fui ver Klepp no hospital e lhe perguntei a causa do acidente, contou-me uma história extraordinária: quando passavam lentamente junto à escavação, devido às más condições do desvio, uma centena de pardais, se não várias centenas, levantou-se das sebes, das matas e das árvores frutíferas, arremessou-se contra o Mercedes, chocou-se contra o para-brisa, assustou a esposa de Schmuh e, com sua mera força de pardal, causou o acidente e a morte do proprietário de restaurante Schmuh.

Tome-se o relato de Klepp conforme se desejar; Oskar mantém-se cético; tanto mais que quando Schmuh foi enterrado no cemitério sul, não havia ali mais pardais que alguns anos antes, quando eu ainda trabalhava como marmorista e gravador de inscrições. Em contrapartida, enquanto caminhava em meio ao cortejo fúnebre com uma cartola emprestada, vi na seção nove o marmorista Korneff, que, com um ajudante que eu não conhecia, instalava uma lápide de diábase para sepultura de dois lugares. Quando o féretro com Schmuh passou perto do marmorista em direção à seção dez, de novo traçado, este arrancou o gorro, conforme regulamento do cemitério, mas, possivelmente por causa da cartola, não me reconheceu, e limitou-se a esfregar na nuca indícios de furúnculos maduros prestes a rebentar.

Enterros! Já os acompanhei a muitos cemitérios. Disse mesmo, em algum outro lugar, que os enterros sempre lembram outros enterros. Abstenho-me de falar agora do enterro de Schmuh ou dos pensamentos retrospectivos de Oskar durante o mesmo. Schmuh voltou à terra de maneira natural, sem que se produzisse nada de extraordinário. Todavia, não pretendo ocultar-lhes que, depois do enterro — dispersamo-nos sem cumprimentos, posto que a viúva estava no hospital —, abordou-me um senhor que disse chamar-se dr. Dösch.

O dr. Dösch era diretor de uma agência de concertos, que, todavia, não lhe pertencia; por outro lado, o dr. Dösch revelou-se um antigo freguês da adega das Cebolas. Eu nunca reparara nele. Parece que, contudo, ele estava presente naquela ocasião em que eu convertera os fregueses de Schmuh em crianças balbuciantes e felizes. E mais, segundo ele próprio me afirmou confidencialmente, esse mesmo Dösch voltara à mais terna infância sob a evocação de meu tambor e se propunha agora a lançar-nos, a mim e a meu "valioso truque" — assim o chamava — em grande escala. Estava autorizado, disse-me, a submeter-me um contrato, um contrato fantástico: a única coisa que eu tinha que fazer era assiná-lo. E em frente ao crematório, onde Leo Schugger, que em Düsseldorf se chamava Willem Sabber, esperava com suas luvas brancas o cortejo fúnebre, tirou do seu bolso um papel que, em troca de quantidades fabulosas de dinheiro, me obrigava, como "Oskar, o Tambor", a dar em grandes salas concertos de solista para duas ou três mil pessoas. Quando me recusei a assiná-lo no ato, Dösch mostrou-se inconsolável. Aleguei como desculpa a morte de Schmuh e disse que, considerando a natureza pessoal das relações que eu mantivera com ele em vida, não me parecia apropriado arranjar, ali mesmo no cemitério, um novo patrão. Mesmo assim, prometi pensar, talvez fizesse uma pequena viagem, e ao voltar o procuraria e possivelmente me decidiria a assinar o que ele chamava de um contrato de trabalho.

E, conquanto no cemitério eu não tenha assinado contrato algum, Oskar viu-se obrigado, devido à sua precária situação financeira, a aceitar e embolsar um adiantamento que aquele dr. Dösch me ofereceu fora do cemitério, à entrada deste, onde o carro o aguardava, e que me entregou discretamente dentro de um envelope, juntamente com seu cartão.

E parti em viagem, encontrando inclusive um companheiro. Na realidade, teria preferido fazer essa viagem com Klepp. Mas este se achava no hospital e não podia ir, pois rebentara quatro costelas. Teria também apreciado a companhia de Maria. E, como as férias de verão ainda não haviam terminado, poderia levar o pequeno Kurt. Ela, porém, continuava com seu patrão, aquele Stenzel que se deixava chamar "papai Stenzel" por meu filho.

Assim, pois, parti com o pintor Lankes. Vocês já o conheceram como cabo Lankes e também como noivo temporário da musa Ulla. Quando com meu adiantamento e a caderneta da poupança no bolso fui ver o pintor Lankes na Sittarder Strasse, onde tinha seu ateliê, esperava encontrar ali minha velha amiga Ulla, porque pretendia fazer com ela a viagem.

E ali estava Ulla. Faz 15 dias, revelou-me na porta, que fiquei noiva dele. Com Hänschen Krages a coisa não andava bem, e ela tivera de romper o noivado; perguntou-me se eu conhecia Hänschen Krages.

Oskar não conhecia o último noivo de Ulla, o que sentia muito, e formulou então seu generoso convite de viagem. Teve porém de suportar que, antes que Ulla pudesse aceitar, o pintor Lankes, juntando-se a eles naquele momento, se nomeasse a si mesmo companheiro de viagem de Oskar e tratasse a musa, a musa de pernas longas, a bofetões, porque ela não queria ficar em casa. Ela começou a chorar.

Por que Oskar não se defendeu? Por que, se queria viajar com a musa, não tomou o partido da musa? Por mais bela que imaginasse a viagem ao lado da Ulla esbelta e recoberta de penugem delicada, não deixava de experimentar certo temor de uma convivência demasiado íntima com uma musa. Com as musas, eu me dizia, é preciso se manter certa distância, pois do contrário o beijo da musa se converte em hábito doméstico e cotidiano. Prefiro, por conseguinte, fazer a viagem com o pintor Lankes, que castiga a musa quando esta quer beijá-lo.

Quanto ao destino de nossa viagem, não houve discussão alguma. Não podia ser senão a Normandia. Queríamos visitar as casamatas entre Caen e Cabourg, já que ali nos havíamos conhecido durante a guerra. A única dificuldade consistia em obter os vistos, mas Oskar não acha que valha a pena dedicar uma só palavra a estes.

Lankes é um avaro. Quanto mais abarrota de cores suas telas mal preparadas, cores baratas, além do mais, ou mesmo emprestada, mais tacanho se mostra em matéria de dinheiro, seja cédula ou moeda. Nunca compra cigarros, o que não o impede de fumar constantemente. Para compreender melhor o caráter sistemático de sua avareza, reporta-se aqui que, mal alguém lhe oferece um cigarro, ele pesca do bolso esquerdo da calça uma moeda de dez *pfennige*, a expõe alguns instantes ao ar e passa-a depois para o bolso direito, onde, conforme a hora do dia, junta-a a uma menor ou maior quantidade de moedas idênticas. E como fuma horrores, em um momento de bom humor me revelou que, de um dia para outro, podia ganhar às vezes até dois marcos fumando.

Esse terreno em ruínas que Lankes comprou para si faz um ano em Wersten foi adquirido graças aos cigarros de seus conhecidos próximos ou remotos. Ou melhor dizendo, ele não o comprou — fumou-o.

Esse era o Lankes com quem fui à Normandia. Tomamos um trem direto. Lankes teria preferido enfrentar o autostop, mas como quem pagava e convidava era eu, teve de resignar-se. De Caen a Cabourg tomamos o ônibus. Passamos por entre álamos atrás dos quais se estendiam prados limitados por sebes. As vacas brancas com manchas marrons davam à paisagem o aspecto de um cartaz de propaganda de alguma marca de chocolate ao leite. Contanto — é claro —, que não se mostrem no papel brilhante os estragos da guerra, ainda visíveis, que marcavam e afetavam todas as aldeias, inclusive a de Bavent, onde eu perdera minha Roswitha.

De Cabourg seguimos a pé pela praia, para a desembocadura do Orne. Não chovia. Antes de chegar a Le Home, disse Lankes: "Estamos em casa, jovem! Dê-me um cigarro." E enquanto passava a moeda de um bolso para outro, seu perfil de lobo, projetado sempre para a frente, indicava uma das casamatas incólumes entre as dunas. Pôs em ação os braços longos, agarrou a mochila, o cavalete de campo e a dúzia de telas com o esquerdo, pegou-me com o direito e me conduziu em direção ao concreto. Uma pequena mala e o tambor eram toda a bagagem de Oskar.

No terceiro dia de nossa permanência na costa do Atlântico — entrementes tínhamos esvaziado o interior da casamata Dora Sete da areia ali acumulada pelo vento, eliminando as odiosas marcas dos casais amorosos em busca de refúgio e tornado o local habitável mediante um caixote e nossos sacos de dormir —, Lankes trouxe da praia um soberbo bacalhau fresco que uns pescadores lhe tinham dado. Ele lhes pintara um quadro de seu barco, e lhe haviam oferecido o bacalhau.

Como continuássemos chamando a casamata de Dora Sete, não era de espantar que Oskar enquanto limpava o peixe dedicasse seus pensamentos à srta. Dorothea. O fígado e as ovas do peixe escorreram-lhe entre os dedos. Tirei-lhe as escamas contra o sol, o que proporcionou a Lankes ocasião para uma aquarela improvisada. O sol de agosto caía a prumo sobre a cúpula de concreto. Comecei a temperar o peixe com alguns dentes de alho. O vazio deixado pelas ovas, fígado e intestinos eu tornei a encher com cebola, queijo e tomilho, sem contudo jogar fora o fígado e as ovas, petiscos que, depois de lhe abrir a boca com um limão, enfiei na goela do peixe. Lankes farejava a região. Com ar de proprietário desapareceu na Dora Quatro, Dora Três e em outras casamatas mais distantes. Voltou carregado de tábuas e de grandes caixas de papelão; estas lhe serviam para pintar, e com a madeira alimentou o fogo.

Durante todo o dia conservamos o fogo sem esforço, porque toda a praia estava eriçada de madeiras de deriva, leves como uma pluma, que projetavam sombras diversas. Coloquei um fragmento de grade, que Lankes arrancara do balcão de ferro de uma casa abandonada da praia, sobre as brasas que estavam em pleno sazonamento. Untei o peixe com azeite e o coloquei sobre a grelha quente, previamente azeitada. Espremi limão sobre o bacalhau enrugado e esperei — porque não se deve nunca forçar o cozimento de um peixe — que chegasse lentamente ao ponto.

Armamos a mesa sobre alguns baldes vazios; em cima deles pusemos, de jeito que sobressaíssem os lados, um cartão alcatroado várias vezes dobrado. Levávamos conosco garfos e pratos de metal. Para distrair Lankes — feito uma gaivota faminta, ele dava voltas em redor do peixe que ia cozinhando pouco a pouco —, tirei da casamata meu tambor. Assentei-o na areia e, de cara para o vento e superando o ruído da rebentação e da maré que subia, fui arrancando com as baquetas todo um tema com variações: o Teatro de Campanha de Bebra visita o *front*. Nostalgia caxúbia na Normandia, Félix e Kitty, os dois acrobatas, se amarravam e se desamarravam sobre a casamata e recitavam contra o vento — como Oskar tocava agora de cara para o vento — uma poesia cujo estribilho anunciava em plena guerra a proximidade de uma época feliz e burguesa: "... às sextas o peixe suculento: aproximamo-nos do Refinamento", declamava Kitty com seu acento saxônico; e Bebra, meu prudente Bebra, o capitão da Propaganda-Kompanie, assentia com a cabeça; e Roswitha, minha Raguna mediterrânea, pegava a cesta de piquenique e estendia a toalha sobre o cimento de Dora Sete; também o cabo Lankes comia pão branco, bebia chocolate e fumava os cigarros do capitão Bebra...

— Puxa vida, Oskar! — gritou-me o pintor Lankes, devolvendo-me à realidade —, oxalá pudesse eu pintar como você toca tambor; passe um cigarro! — Larguei o tambor, provi meu companheiro de viagem com um cigarro, examinei o peixe e vi que estava bom: os olhos lhe saíam, ternos, brancos e delicados. Lentamente, sem esquecer lugar algum, espremi um último limão sobre a pele em parte dourada e em parte gretada do bacalhau.

— Estou com fome! — disse Lankes. Mostrou seus dentes compridos, amarelos e pontiagudos e bateu no peito com ambos os punhos, tal como um primata, sob a camisa xadrez.

— Cabeça ou rabo? — propus à sua reflexão, enquanto passava o peixe num papel-pergaminho que recobria, fazendo as vezes de toalha de mesa, o papelão alcatroado.

— Que me aconselha? — perguntou Lankes, apagando o cigarro e guardando a bagana.

— Na posição de amigo, eu diria: pegue o rabo. Mas como cozinheiro só lhe posso aconselhar a cabeça. Já minha mamãe, que foi uma grande comedora de peixes, diria seguramente: pegue o senhor o rabo, sr. Lankes, pois com ele sabe menos o que tem. A meu pai, em contrapartida, o médico aconselhava...

— De médico quero distância — pronunciou-se Lankes, desconfiado.

— O dr. Hollatz costumava aconselhar a meu pai que do bacalhau, ou *dorsch*, conforme o chamávamos em casa, não comesse senão a cabeça.

— Nesse caso, fico com o rabo. Está querendo me tapear, já percebo! — exclamou Lankes, que continuava desconfiando.

— Melhor para mim. Oskar aprecia a cabeça.

— Então, fico mesmo com a cabeça, já que você a aprecia tanto.

— Você complica as coisas, Lankes. — E para pôr fim ao diálogo: — Sirva-se da cabeça e eu fico com o rabo.

— Correto, jovem! Tapeei você, hein?

Oskar admitiu que Lankes o havia enganado. Sabia de sobra que para ele o peixe só teria sabor se, junto com ele, tivesse entre os dentes a certeza de que havia me ludibriado. Disse-lhe que ele era esperto, um felizardo, um sujeito formidável, e caímos em cima do bacalhau.

Ele pegou a cabeça e eu espremi o resto do limão sobre a carne branca que se desfazia do rabo, do qual se desprendiam os pedacinhos de alho, tenros como manteiga.

Lankes, com espinhas entre os dentes, não tirava o olho de mim nem do pedaço da cauda: "Deixe-me provar um pouquinho do rabo." Consenti, provou-o e continuou indeciso, até que Oskar provou por sua vez a cabeça e lhe assegurou uma vez mais que, como sempre, havia levado a melhor.

Com o peixe bebemos um Bordeaux tinto, o que lamentei, porque teria preferido vinho branco em nossas xícaras de café. Mas Lankes me varreu os escrúpulos, contando-me que em seus tempos de cabo, em Dora Sete, sempre bebiam vinho tinto, até o início da invasão:

— Minha nossa! Como estávamos, quando começou a coisa! Kowalski, Scherbach e o pequeno Leuthold, que agora jazem atrás de

Cabourg no mesmo cemitério, nem sequer se deram conta de que começava. Ali, em Arromanches, os ingleses, e aqui em nosso setor montes e montes de canadenses. Não acabáramos de abotoar os suspensórios e já estavam aqui, dizendo: — *How are you?*

E depois, agitando o garfo no ar e cuspindo as espinhas: — Imagine que hoje vi em Cabourg nada menos que Herzog, aquele louco que você já conhece da visita de inspeção. Então era o primeiro-tenente.

É claro que Oskar se lembrava perfeitamente do tenente Herzog. Por cima do peixe, Lankes me contou que Herzog voltava todo ano a Cabourg, com uma série de mapas e instrumentos de medição, porque as casamatas não o deixavam conciliar o sono. Ia passar também por ali, por Dora Sete, para tomar medidas.

Estávamos ainda no peixe — que ia mostrando pouco a pouco sua espinha dorsal — quando o primeiro-tenente Herzog chegou. Usava uma calça curta cáqui e tênis, esta deixava à mostra as gordas barrigas de suas pernas, e da camisa de linho desabotoada saía um pelo entre cinza e castanho. Naturalmente, permanecemos sentados. Lankes me apresentou como seu amigo e companheiro Oskar, e chamava Herzog de tenente da reserva.

O tenente da reserva começou em seguida a inspecionar Dora Sete, mas começou pela parte de fora do cimento, o que Lankes lhe permitiu. Preenchia tabelas e carregava pendurados uns binóculos, com os quais importunava a paisagem e a preamar. Acariciou as seteiras de Dora Seis, ao nosso lado, com tanta ternura como se quisesse dar prazer à sua mulher. Mas quando se dispunha a penetrar Dora Sete, nossa cabana de férias, Lankes lhe proibiu: "Escute, Herzog, não entendo o que anda procurando aqui no cimento! O que então foi atual, há tempo que é *passé*!"

Passé é uma das palavras favoritas de Lankes. Para ele, o mundo se divide em atual e *passé*. Mas o tenente da reserva considerava que nada é *passé*, que a conta não estava ainda saldada, que sempre é preciso voltar a responsabilizar-se ante a História, e que agora ele queria examinar Dora Sete por dentro: "Entendido, Lankes?"

Herzog já projetava sua sombra sobre nossa mesa e nosso peixe. Pretendia contornar-nos e introduzir-se naquela casamata em cuja entrada alguns adornos de cimento continuavam revelando a mão criadora do cabo Lankes.

Herzog não chegou até a mesa. De baixo, com o garfo em punho mas sem se servir dele, Lankes agarrou o tenente da reserva Herzog e o derrubou na areia da praia. Sacudindo a cabeça e lamentando a interrupção de nosso banquete de peixe, Lankes se levantou, agarrou com a esquerda a camisa de linho do tenente à altura do peito, arrastou-o a seu lado, deixando na areia um rastro regular, e o jogou da duna, de modo que já não podíamos vê-lo, ainda que olhássemos. No entanto, tínhamos de ouvi-lo. Herzog recolheu seus instrumentos de medição, que Lankes havia lhe atirado em cima, e se afastou jurando e conjurando todos aqueles fantasmas da História que Lankes acabava de designar como *passé*.

— Herzog não está tão errado — disse Lankes —, embora tenha um parafuso a menos. Se quando começou a coisa não estivéssemos tão de pileque, quem sabe o que teria sido daqueles canadenses.

Não fiz mais que assentir com a cabeça; na véspera tinha encontrado entre as conchas, ao baixar a maré, o botão de um uniforme canadense. Oskar guardou o tal botão na carteira e estava tão contente com ele como se houvesse achado alguma rara moeda etrusca.

A visita do tenente Herzog, por mais breve que fosse, avivou as recordações:"Ainda se lembra, Lankes, quando com o Teatro de Campanha viemos inspecionar o cimento de vocês? Estávamos tomando o café da manhã sobre a casamata e soprava um ventinho como o de hoje, quando, de repente, saíram seis ou sete monjas procurando caranguejos entre os aspargos de Rommel, e você, por ordem de Herzog, teve que evacuar a praia, recorrendo a uma mortífera metralhadora."

Lankes se lembrava, chupava as espinhas do peixe e sabia até os nomes; mencionou a soror Escolástica e a soror Agneta e me descreveu a noviça: um rostinho rosado, com muito preto em volta. Tão vivamente a pintou, que sua imagem, se bem que não chegasse a eliminar por completo aquela de minha Dorothea leiga que tenho sempre presente no espírito, conseguiu encobri-la em parte. E este sentimento se reforçou mais ainda quando, alguns minutos depois da descrição, vimos flutuar sobre as dunas vinda de Cabourg uma freirinha inconfundivelmente rosada, com muito preto em volta. O fato não me surpreendeu tanto que o atribuísse a um milagre.

Levava aberto um guarda-chuva preto, como os que usam os senhores de certa idade para se proteger do sol. Sobre seus olhos arqueava-se uma viseira de celuloide de um verde intenso, parecida com a proteção ocular utilizada pela gente de cinema em Hollywood. Chamavam-na das dunas. Parecia haver outras freiras por ali. — "Agneta, irmã Agneta!" — chamavam. — "Onde está você?"

E soror Agneta, por cima de nossas espinhas de bacalhau cada vez mais visíveis, respondia: "Aqui, madre Escolástica! Aqui, ao abrigo do vento!"

Lankes sorria ironicamente e movia complacente seu crânio de lobo, como se aquela mobilização católica tivesse sido encomendada por ele de antemão, como se nada houvesse que pudesse surpreendê-lo.

A freirinha nos percebeu e parou do lado esquerdo da casamata. Sua carinha rosada, na qual havia dois orifícios nasais perfeitamente circulares, disse entre uns dentes algo salientes, mas impecáveis quanto ao resto: "Oh!"

Lankes girou pescoço e cabeça, mas sem mover o torso: "Com que, então, irmã, dando uma voltinha?"

A resposta não se fez esperar: "Todos os anos a gente vem ao mar. Mas esta é a primeira vez que vejo o mar. Como é grande!"

Isto não se podia negar. E até hoje tal descrição do mar me parece a única adequada.

Lankes praticou as leis da hospitalidade, espetou um pouco da minha porção e ofereceu a ela: "Quer provar um pouquinho de peixe, irmã? Ainda está quente."

A desenvoltura de seu francês me surpreendeu, e Oskar se aventurou também em servir-se do idioma estrangeiro: "Não se preocupe, irmã. Hoje é sexta-feira."

Mas nem essa alusão à severa regra monástica conseguiu que a moça, habilmente dissimulada sob o hábito, decidisse participar de nossa refeição.

— Vocês vêm sempre aqui? — obrigou-a a perguntar sua curiosidade. Achou nossa casamata bonita e um tanto extravagante. Mas nisso introduziram-se infelizmente no quadro, acima das dunas, a madre superiora e outras cinco freiras com guarda-chuvas e viseiras verdes de repórteres. Agneta saiu correndo e, pelo que pude compreender da verbosidade transmitida com arrepios pelo vento leste, repreenderam-na severamente e a colocaram na fila.

Lankes sonhava. Mordia o cabo do garfo, olhava fixamente o grupo que flutuava sobre a duna e dizia:

— Isso não são freiras: são veleiros.

— Os veleiros são brancos — sugeri.

— Estes são pretos. — Com Lankes não se podia discutir! — A da extrema esquerda é o navio-almirante. E Agneta, a corveta ligeira. Vento favorável: formação em coluna, da bujarrona ao joanete de proa, o mastro de traquete, o maior, a bujarrona, as velas a todo pano, proa ao horizonte, para a Inglaterra. Imagine: de madrugada despertam os *Tommies*, olham pela janela e o que veem? Vinte e cinco mil freiras erguendo os estandartes, e zás! aponta o primeiro costado...

— Uma nova guerra religiosa! — completei. — O navio-almirante deveria chamar-se Maria Stuart ou De Valera ou, melhor ainda, Don Juan. Uma nova Armada, mais ligeira, vinga-se de Trafalgar! "Morte aos puritanos!", gritaríamos, e dessa vez os ingleses não teriam um Nelson na reserva. A invasão podia começar: a Inglaterra deixou de ser uma ilha!

Para Lankes a conversa se tornou política demais.

— Agora avançam a todo vapor, as monjas — anunciou.

— A toda vela — retifiquei.

Fosse a todo vapor ou a toda vela, o caso é que se distanciavam em direção a Cabourg. Protegiam-se do sol com seus guarda-chuvas. Apenas uma se mantinha na retaguarda, agachava-se a cada passo, levantava algo e a seguir o deixava cair. O restante da frota — para nos atermos a essa comparação — ia-se dirigindo em zigue-zague contra o vento para as ruínas incendiadas do hotel da Praia.

— Essa não conseguiu levantar a âncora ou talvez o timão esteja avariado — disse Lankes, insistindo na terminologia náutica. — Não será a corveta ligeira, soror Agneta?

Fosse corveta ou fragata, o caso é que era de fato a noviça Agneta que vinha ao nosso encontro, catando conchas e jogando fora algumas delas.

— Que anda juntando aí, irmã? — perguntou Lankes, ainda que pudesse ver isso perfeitamente.

— Conchas! — disse a outra, escandindo as sílabas; e voltou a agachar-se.

— Tem licença para isso? São bens terrestres.

Acudi em apoio da noviça Agneta: "Está enganado, Lankes. As conchas não são nunca bens terrestres."

— Então serão bens marinhos, mas bens, em todo o caso. E as monjas não podem possuir nada. Pobreza, pobreza e mais pobreza. Não é, irmã?

Soror Agneta sorriu mostrando seus dentes salientes: "Junto apenas algumas. São para nosso jardim de infância. As crianças gostam tanto de brincar com elas! Os pobrezinhos ainda não conhecem o mar."

Agneta encontrava-se em frente à entrada da casamata e lançou no interior uma olhada de freira.

— Que tal nossa casinha? — perguntei, para que fosse se familiarizando conosco. Lankes foi mais direto:

— Entre e dê uma olhada em nossa *villa*. Espiar não custa nada, irmã!

A interpelada escavava a areia com os sapatos pontiagudos de cadarço sob a espessa fazenda. Levantava inclusive um pouco de areia, com a qual o vento salpicava nosso peixe. Um tanto mais insegura, e com olhos visivelmente escuros, examinou a nós dois e nossa mesa. "Certamente não é direito", disse, como que para provocar nossa réplica.

— Ora essa, irmã! — Lankes arredou todos os obstáculos e se levantou. — A casamata oferece uma vista magnífica. Através das seteiras se vê a praia em toda sua extensão.

Continuava vacilando e possivelmente já tinha os sapatos cheios de areia. Lankes estendeu a mão na direção da entrada da casamata. Seus enfeites de cimento projetavam fortes sombras ornamentais. — Além disso, está muito limpo lá dentro.

Talvez tenha sido o gesto de convite do pintor que trouxe a monja ao interior da casamata. "Mas apenas um minuto!" disse, decidindo-se. E entrou a seguir, precedendo Lankes. Este friccionou as mãos nas calças — gesto típico de pintor — e, antes de desaparecer, ameaçou-me: "Veja lá se vai comer meu peixe!"

Mas Oskar já estava farto de peixe. Afastei-me da mesa e parei exposto ao vento removedor de areia e aos ruídos exagerados da maré incessante. Com o pé puxei para mim o tambor e me pus a tocá-lo, tentando evadir-me de toda aquela paisagem de concreto, daquele mundo de casamatas e daquele legume chamado aspargo de Rommel.

Primeiro, e com pouco sucesso, experimentei o amor: outrora amara eu também uma irmã. Não uma freira, mas uma enfermeira. Vivia no apartamento dos Zeidler atrás de uma porta de vidro fosco. Era belíssima, embora eu nunca a tivesse visto. Um tapete de fibra de coco se interpunha entre nós. O corredor dos Zeidler estava escuro demais. Sentia assim mais as fibras de coco que o corpo de minha Dorothea.

Ao desembocar esse tema tão bruscamente no tapete de coco, procurei resolver ritmicamente meu antigo amor por Maria e plantá-lo como uma trepadeira contra a parede de cimento. Mas soror Dorothea de novo se interpunha no caminho para Maria: do mar chegava um odor de ácido fênico, as gaivotas me faziam sinais vestidas com uniformes de enfermeira, o sol brilhava como um broche da Cruz Vermelha.

Na realidade, Oskar se alegrou de que interrompessem seu rufar. Soror Escolástica, a madre superiora, se apresentou de novo com suas cinco freiras. O cansaço se estampava em seus rostos; o desespero, em seus guarda-chuvas. "Não viu uma freira jovem, uma noviça? Tão criança ainda. É a primeira vez que vem ao mar. Perdeu-se, sem dúvida. Agneta, soror Agneta!"

Não me restou outro remédio senão enviar toda a frota, agora com o vento em popa, em direção da desembocadura do Orne, para Arromanches e Port Winston, onde antigamente os ingleses haviam ganho ao mar seu porto artificial. Todas juntas não teriam cabido na casamata. A verdade é que por um instante me senti tentado a obsequiar o pintor Lankes com a surpresa daquela visita. Mas logo a amizade, o fastio e a malícia me obrigaram ao mesmo tempo a estender o polegar na direção da desembocadura do Orne. As monjas seguiram a indicação de meu polegar e foram-se convertendo sobre a cumeada das dunas em seis orifícios negros e cada vez mais diminutos. Também o plangente "Agneta, soror Agneta!" ia se tornando cada vez mais um sopro, até que finalmente se perdeu na areia.

Lankes foi o primeiro a sair da casamata. O típico gesto do pintor: esfregou as mãos nas pernas das calças, espreguiçou-se ao sol, pediu-me um cigarro, meteu-o no bolso da camisa e caiu em cima do peixe frio. "Isto dá apetite", explicou de maneira alusiva, e recolheu o rabo que coubera a mim.

— A essas horas deve sentir-se infeliz — atirei na cara de Lankes, sublinhando com prazer a palavra infeliz.

— Por quê? Não tem por que se sentir infeliz.

Lankes não podia imaginar que sua peculiar maneira de agir pudesse tornar alguém infeliz.

— E que está fazendo agora? — perguntei, quando na realidade quisera perguntar outra coisa.

— Está cosendo — explicou Lankes, acionando o garfo. — O hábito sofreu pequenos rasgos e ela está dando uns pontos nele.

A costureira saiu da casamata. Voltou a abrir imediatamente o guarda-chuva e trauteou apenas, denotando, segundo me pareceu observar, certo cansaço: — A vista de dentro é realmente preciosa. Vê-se toda a praia... e o mar.

Ficou contemplando os restos de nosso peixe.

— Posso?

Assentimento geral.

— A brisa do mar abre o apetite — ajuntei, estimulando-a, e ela assentiu por sua vez e, com mãos avermelhadas, gretadas, que faziam sentir as árduas tarefas do convento, pegou nosso peixe, levou um pedaço à boca e comeu com ar grave, concentrado e pensativo, como se com o peixe estivesse mastigando outra coisa previamente saboreada.

Fitei-a sob a touca. Esquecera na casamata a viseira verde de repórter. Pequenas pérolas de suor, todas iguais, se lhe alinhavam na testa lisa, que, em seu limite branco engomado, tinha algo de madona. Lankes me pediu outro cigarro, embora não tivesse fumado ainda o anterior. Joguei-lhe a carteira inteira. E enquanto enfiava três no bolso da camisa e outro entre os lábios, soror Agneta girou sobre si mesma, lançou o guarda-chuva a distância e disparou a correr — só então me dei conta de que estava descalça —, remontou a duna e desapareceu na arrebentação.

— Deixe-a — proferiu Lankes como um oráculo. — Se voltar, bem, e se não, também.

Pude aguentar apenas alguns instantes contemplando o cigarro do pintor. Trepei na casamata e examinei a praia que a maré ia diminuindo.

— Então? — Lankes queria que lhe reportasse algo.

— Está se despindo. — Não conseguiu extrair-me mais detalhes. — Provavelmente vai recorrer a um banho para se refrescar.

A coisa se me afigurou perigosa, devido à maré e também porque fazia tão pouco que havia comido. Estava já metida até os joelhos, ia se afundando cada vez mais e mostrava a espádua redonda. A água, que em fins de agosto não devia seguramente estar demasiado quente, não parecia assustá-la; nadava, nadava destramente, ensaiava diversos estilos de natação e furava as ondas submergindo nelas.

— Deixe-a nadar e desça logo daí! — Voltei-me e vi Lankes estendido, soltando fumaça. A branca espinha dorsal do bacalhau brilhava ao sol e dominava a mesa.

Quando saltei do cimento armado, Lankes abriu seus olhos de pintor e disse: — Daqui vai sair um quadro fantástico: Preamar de Freiras ou Freiras na Preamar.

— Monstro! — gritei. — E se ela se afogar?

Lankes cerrou os olhos e disse: — Então o quadro se chamará: O Afogamento das Freiras.

— E se volta e se arremessa aos seus pés?

O pintor proferiu sua sentença com olhos abertos: então terá de se chamar a ela e ao quadro de Freira Caída.

Para ele era sempre isso ou aquilo, não existia o intermediário: cabeça ou cauda, afogada ou caída. A mim me tirava os cigarros, ao tenente o havia atirado na duna, comia meu peixe e havia mostrado o interior de nossa casamata a uma criança que na realidade estava consagrada ao céu e, enquanto ela continuava nadando no mar aberto, ele, com seu pé grosso e nodulado, desenhava imagens no ar indicando até os formatos e títulos: Preamar de Freiras. Freiras na Preamar. O Afogamento das Freiras. Freira Caída. Vinte e Cinco Mil Freiras. Tamanho maior: Freiras na Altura de Trafalgar. De pé: Triunfo das Freiras sobre Nelson. Freiras de Vento em Popa. Freiras a Toda Vela. Freiras ao Pairo. Preto, muito preto, branco exânime e azul sobre o céu: a Invasão ou Místico, Bárbaro, Maçante — seu antigo título para o cimento dos tempos de guerra.

E todos esses quadros, de pé ou transversais, Lankes os pintou em nosso regresso à Renânia; executou séries completas de freiras, achou um *marchand* entusiasta dos quadros de freiras, expôs 43 deles, vendeu 17 a colecionadores, industriais e museus, inclusive um a um americano, e deu lugar a que a crítica o comparasse a ele, Lankes, com Picasso. Seu êxito me decidiu também a procurar o cartão daquele empresário dr. Dösch, porque não era só sua arte que clamava pelo pão, mas também a minha. Havia chegado o momento de capitalizar as experiências adquiridas por Oskar, acumuladas em seu tambor durante a pré-guerra e a guerra mesma, e de substituir a lata pelo ouro puro e sonante do pós-guerra.

O anular

Então — dizia Zeidler — vocês não querem mais trabalhar. — Irritava-
-o que Klepp e Oskar permanecessem sentados, no quarto deste ou no
outro, sem fazer praticamente nada. É verdade que pagara o aluguel de
outubro dos dois quartos com o resto do adiantamento que o dr. Dösch
me escorregara no cemitério sul por ocasião do enterro de Schmuh,
mas novembro, ameaçador, aproximava-se como um mês igualmente
sombrio do ponto de vista financeiro.

E, contudo, ofertas não faltavam. Podia tocar jazz em alguma boate
ou restaurante noturno. Oskar, porém, não queria voltar a tocar jazz.
Klepp e eu, nesse ponto, não estávamos de acordo. Ele afirmava que
minha nova maneira de tocar tambor já nada tinha a ver com o jazz.
Eu não contestava. Aí ele me chamava de traidor à ideia do jazz.

Só quando em princípios de novembro Klepp conseguiu um novo
percussionista — Bobby, do Unicórnio, um jovem entusiasta — e,
juntamente com ele, um novo contrato na cidade velha, voltamos a
ser amigos, conquanto na época Klepp começasse mais a falar que a
pensar conforme a linha do Partido Comunista Alemão.

Só me restava aberta a portinha da agência de concertos do dr.
Dösch. Para Maria não podia nem queria voltar, sobretudo porque seu
admirador, aquele Stenzel, queria divorciar-se para converter a minha
Maria em uma Maria Stenzel. Vez por outra eu gravava com Korneff
algum epitáfio no Bittweg ou ia de vez em quando à Academia de
Belas-Artes e me deixava tornar preto e abstrato por apóstolos aplicados da arte; visitava também com frequência, mas sem intenção alguma,
a musa Ulla, que pouco depois de nossa viagem ao Muro do Atlântico
rompera seu compromisso com o pintor Lankes, pois este não queria
nada além de pintar quadros caros de freiras e sequer a esbofeteava mais.

O cartão do dr. Dösch continuava, todavia, mudo e importuno,
sobre a mesinha de meu quarto, ao lado da banheira. Em uma ocasião,
quando o rasguei e atirei fora os pedaços, comprovei com horror que,
mesmo não querendo nada com aquele dr. Dösch, eu havia aprendido
de cor o número do telefone e o endereço completo, como se fosse
um poema. Estive assim três dias, e como o número do telefone não
me deixava dormir, no quarto dia enfiei-me em uma cabina telefônica,

chamei Dösch ao telefone, e este me pediu que passasse pela agência aquela mesma tarde, pois queria apresentar-me ao chefe: o chefe esperava o sr. Matzerath.

A agência de concertos Oeste se achava no oitavo andar de um edifício comercial. Antes de tomar o elevador perguntei-me se atrás do nome da agência não se esconderia algum tenebroso propósito político. Se há uma agência de concertos que se chama Oeste, há de haver também em algum outro prédio uma agência chamada Leste. O nome estava mal escolhido, porque imediatamente dei minha preferência à agência Oeste e, ao abandonar o elevador no oitavo andar, tinha já a impressão de ter-me decidido pela opção correta. Tapetes, muito latão, iluminação indireta, tudo à prova de som, harmoniosa distribuição de portas, secretárias de pernas longas que transportavam em um *ruge-ruge* de sedas o odor dos cigarros de seus chefes: por pouco não saí correndo dos escritórios da agência Oeste.

O dr. Dösch recebeu-me de braços abertos. Oskar alegrou-se por não ter sido apertado contra seu peito. Quando entrei, a máquina de escrever de uma moça de pulôver verde calou-se, mas recuperou logo o tempo que minha entrada lhe fizera perder. Dösch anunciou-me ao chefe. Oskar sentou-se ocupando a sexta parte anterior de uma poltrona estofada de vermelhão inglês. Abriu-se uma porta de duas folhas, a máquina de escrever conteve o fôlego, uma corrente me aspirou do assento, as portas fecharam-se atrás de mim, e um tapete que se estendia através de uma sala iluminada levou-me até um móvel de aço que me disse: Oskar está diante da escrivaninha do chefe. Quanto pesará? Ergui meus olhos azuis, procurei o chefe atrás da infindável tampa de carvalho vazia da mesa e encontrei: em uma cadeira de rodas que podia subir e descer e orientar-se tal como uma cadeira de dentista, estava, paralítico e com vida circunscrita aos olhos e às pontas dos dedos apenas, meu amigo e mentor Bebra.

E havia também sua voz. Do fundo de Bebra chegou até mim: — Uma vez mais voltamos a encontrar-nos, sr. Matzerath. Não lhe disse já faz vários anos, quando preferia enfrentar o mundo com seus três anos de idade: gente como nós não se perde? Comprovo unicamente, e dói-me fazê-lo, que alterou suas proporções de forma exageradamente pronunciada e desvantajosa. Não media naquele tempo exatamente 94 centímetros?

Assenti, quase a ponto de chorar. Na parede, atrás da cadeira de rodas acionada por um motor elétrico de ronrom regular, pendia como quadro único a imagem em moldura barroca, de tamanho natural e de busto, de minha Roswitha, a grande Raguna. Sem acompanhar meu olhar, disse Bebra: — Sim, a pobre Roswitha! Teria gostado do novo Oskar? Não muito. Muito diferente do Oskar que ela amava: um Oskar de três anos, bochechudo e, contudo, ardoroso. Adorava-o, segundo me anunciou mais que me confessou. Esse Oskar, porém, um dia não quis ir buscar-lhe café, e então foi ela mesma, e perdeu a vida. Que eu saiba, esse não é o único crime cometido por aquele Oskar bochechudo. Não foi ele, com efeito, quem com seu tambor levou a pobre mamãe à tumba?

Assenti, consegui verter, graças a Deus, algumas lágrimas e mantive os olhos fixos em Roswitha. Bebra já se aprestava todavia a assestar-me outro golpe: — E como foi aquilo do funcionário do correio, Jan Bronski, a quem o Oskar de três anos costumava chamar seu pai presuntivo? Entregou-o aos esbirros. Estes lhe atravessaram o peito com um balaço. Poderia acaso me dizer, sr. Oskar Matzerath, agora que tem a audácia de se apresentar sob outra figura, que é feito do segundo pai presuntivo do tambor de três anos, daquele merceeiro Matzerath?

Confessei o novo crime, admiti ter-me livrado de Matzerath, descrevi sua morte por asfixia provocada por mim e deixei de ocultar-me atrás daquela pistola automática russa, dizendo: — Fui eu, mestre Bebra. Fiz isso e aquilo e provoquei essa morte, e tampouco sou inocente da outra. Piedade!

Bebra desatou a rir. Não podia dizer por que ria. A cadeira de rodas sacudia, um sopro de vento revolvia-lhe as cãs de gnomo sobre as cem mil rugas que lhe constituíam o rosto.

Novamente voltei a implorar misericórdia. Emprestei à minha voz uma doçura que eu sabia produzir efeito; trouxe as mãos, que também sabia serem belas e impressionantes, ao rosto: — Compadeça-se de mim, caro mestre Bebra, tenha compaixão!

Ele, convertido em meu juiz e representando admiravelmente o papel, pressionou então um dos botões daquela tabuinha cor de marfim que tinha entre os dedos e os joelhos.

O tapete trouxe a moça de pulôver verde. Vinha com uma pasta de cartolina dura e estendeu-a sobre aquela tábua de carvalho que, apoiada em uma armação de tubos de aço, ficava aproximadamente à altura de minhas clavículas e não me deixava ver o que a moça estava deixando nela. Logo estendeu-me uma caneta-tinteiro: tratava-se de obter a compaixão de Bebra ao preço de minha assinatura.

Atrevi-me, sem embargo, a formular na direção da cadeira de rodas algumas perguntas. Tornava-se-me difícil estampar às cegas a minha assinatura no lugar que a unha esmaltada me indicava.

— Um contrato de trabalho — informou-me Bebra. — Requer-se o nome completo. Escreva Oskar Matzerath, para que saibamos com quem estamos tratando.

Imediatamente após ter assinado, o zumbido do motor elétrico quintuplicou; ergui os olhos da caneta e ainda consegui ver uma cadeira de rodas que se deslocava rapidamente fazendo-se menor à medida que se afastava, dobrava e, seguindo o parquete, desaparecia por uma porta lateral.

Não faltará quem acredite agora que aquele contrato que firmei em duas vias me comprava a alma ou me obrigava a delitos abomináveis. Ao contrário! Quando, com a ajuda do dr. Dösch, li na antessala o texto do contrato, compreendi de pronto e sem maior dificuldade que a obrigação de Oskar consistia em tocar o solo, com seu tambor, ante o público, e que havia de tocar tal como o fizera aos três anos de idade e, mais tarde, uma noite na adega das Cebolas de Schmuh. A agência de concertos comprometia-se de sua parte a preparar minhas excursões e, antes que aparecesse "Oskar, o Tambor", a tocar ela o tambor da propaganda.

Enquanto se procedia à campanha publicitária, vivi de um segundo generoso adiantamento concedido pela agência de concertos Oeste. De vez em quando ia ao prédio de escritórios, falava com os jornalistas e deixava que me tirassem fotos, e uma vez inclusive me perdi naquele edifício que cheirava, mostrava-se e deixava-se tocar por todas as partes como algo sumamente indecente que fora recoberto com um preservativo isolante infinitamente elástico. O dr. Dösch e a moça do pulôver me tratavam com toda sorte de considerações, mas nunca mais tornei a ver meu mestre Bebra.

Na realidade, já depois da primeira excursão teria podido permitir-me uma habitação melhor. Mas, devido a Klepp, permaneci com os Zeidler e procurei reconciliar-me com o amigo que condenava meu trato com os empresários; contudo, não cedi, nem fui mais com ele à cidade velha, nem voltei a beber cerveja nem a comer chouriço fresco com cebolas. Preparando-me já para minhas futuras viagens, comia nos excelentes restaurantes das estações ferroviárias.

Oskar não acha que aqui seja o lugar apropriado para narrar em detalhe seus êxitos. Uma semana antes da excursão entraram em cena aqueles cartazes escandalosamente eficazes que preparavam meu triunfo e anunciavam a apresentação como a de um mago, de um curandeiro ou de um messias. Primeiro tive de causar estragos nas cidades do vale do Ruhr. As salas em que me exibia eram para mil e quinhentas ou mais de duas mil pessoas. Sentava-me ante uma cortina de veludo negro, completamente só. Um projetor apontava-me com seu dedo. Vestia *smoking*. Ainda que tocasse tambor, meus admiradores não eram os fanáticos jovens do jazz. Eram antes os adultos de 45 anos para cima que vinham me ouvir e aplaudir. Para ser mais preciso, devo dizer que os adultos entre 45 e 55 constituíam aproximadamente a quarta parte de meu público. Eles eram meus admiradores mais jovens. Outra quarta parte eram pessoas entre 55 e sessenta anos. Os anciãos e anciãs constituíam mais da metade de meus ouvintes, exatamente a mais vibrante. Dirigia-me à gente de idade provecta, e quando fazia falar meu tambor de três anos, eles me respondiam, não permaneciam calados e manifestavam sua alegria não certamente na linguagem dos anciãos, mas com um balbuciar e um tartamudear infantis, e assim, tão logo Oskar lhes tocava algo da vida maravilhosa do maravilhoso Rasputin, respondiam em coro com um "Rachu, Rachu, Rachu". Todavia, mais que com Rasputin, que à maioria dos ouvintes parecia demasiado complicado, alcançava meus melhores êxitos com aqueles temas que, sem ação alguma particular, apenas descreviam determinados estados aos quais eu dava títulos como: Os primeiros dentes de leite — A terrível coqueluche — As meias longas de lã espetam — Quem brinca com fogo amanhece molhado.

Isto agradava aos velhinhos; entusiasmava-os. Sofriam com os primeiros dentes. Dois mil anciãos agitavam-se convulsos quando eu os contagiava com a tosse maligna. Como se coçavam quando lhes calçava as meias compridas de lã! Quanta dama, quanto senhor ancião molhava sua roupa de baixo e os bancos, quando eu deixava brincar com fogo as criancinhas! Já não me lembro se foi em Wuppertal ou em Bochum — não, foi em Recklinghaussen: tocava ante um auditório de velhos mineiros; o sindicato subvencionava o concerto, e me disse que aqueles velhos camaradas bem podiam suportar um pequeno susto negro, já que por espaço de tantos anos haviam manipulado o negro carvão. Oskar tocou-lhes, pois, "A Bruxa Negra" e pôde comprovar que 1.500 camaradas que tinham em seu haver explosões de grisu, galerias inundadas, greves e períodos de desemprego forçado, prorromperam em um clamor tão grande — por isso o menciono — devido à perversa Bruxa Negra, que atrás das espessas cortinas algumas vidraças se partiram. E assim, por meio desse rodeio, voltei a achar minha voz vitricida, ainda que dela fizesse uso apenas discreto, pois não queria arruinar meu negócio.

Pois minha *tournée* foi um negócio. Quando regressei e fiz contas com o dr. Dösch, provou-se que meu tambor de lata era uma mina de ouro.

Sem eu haver perguntado pelo mestre Bebra — perdera já a esperança de tornar a vê-lo —, o dr. Dösch anunciou-me que Bebra me esperava.

Minha segunda visita ao mestre foi bastante diferente da primeira. Oskar já não precisou ficar de pé ante o móvel de aço, encontrou para si uma cadeira de rodas acionada por um motor elétrico, dirigível, colocada em frente da cadeira do mestre. Por muito tempo estivemos sentados, sem dizer palavra, ouvindo notícias e comentários da imprensa a propósito da arte tamborística de Oskar, que o dr. Dösch havia gravado em fita que agora fazia rodar. Bebra parecia satisfeito. A mim, ao contrário, a verborragia dos homens da imprensa antes molestava. Convertiam-me em objeto de culto, em um ídolo, e nos atribuíam a mim e a meu tambor curas milagrosas. Diziam que conseguíamos eliminar a perda de memória, e ali soou pela vez primeira esse termo "Oskarismo", que mais tarde havia de converter-se em palavra de ordem.

A seguir a moça do pulôver serviu-me uma xícara de chá. Ela depositou duas pílulas sobre a língua do mestre. Tagarelamos um bocado. Dessa vez não me acusou. A coisa corria como outrora, quando nos sentávamos no café das Quatro Estações, com a diferença, todavia, de que faltava a *signora*, nossa Roswitha. Quando vi que durante minhas profusas descrições do passado de Oskar, Bebra adormecera, brinquei primeiro cerca de um quarto de hora com minha cadeira de rodas, fi--la ronronar e disparar sobre o parquete, dei-lhe volta à direita e logo à esquerda, deixei-a crescer e encolher-se e me foi difícil, em uma palavra, separar-me daquele móvel universal que, com suas infinitas possibilidades, se me oferecia qual vício inocente.

Minha segunda *tournée* artística caiu no Advento. Elaborei, pois, meu programa de acordo e pude registrar os elogios tanto da imprensa católica quanto da protestante. Com efeito, consegui converter alguns velhos pecadores empedernidos em criancinhas que, com vozinhas frágeis e comovidas, cantavam canções natalinas. "Jesus, por ti vivo, Jesus, por ti morro", cantaram duas mil e quinhentas pessoas, que, em idade tão avançada, ninguém suporia capazes de fervor religioso tão infantil.

De maneira similar procedi em minha terceira *tournée*, que caiu nos dias de Carnaval. Em nenhum dos chamados carnavais infantis se teria podido dar um espetáculo tão alegre e espontâneo como nos meus concertos, que transformavam toda vovozinha trêmula e qualquer vovozinho abalado em uma cômica ou ingênua noiva de pirata ou em um capitão de bandoleiros que fazia bangue-bangue.

Depois do Carnaval assinei os contratos com as companhias produtoras de discos. As gravações se desenrolaram em estúdios à prova de som e experimentei a princípio alguma dificuldade devido àquela atmosfera excessivamente esterilizada; mas logo mandei pendurar nas paredes do estúdio fotografias gigantescas de pequenos anciãos como os que se veem nos asilos ou nos bancos de jardins, e com isso consegui tocar o tambor tal como durante os concertos nas salas fervilhantes de calor humano.

Os discos venderam-se como pão quente, e Oskar ficou rico. Deixei, acaso, por isso meu mísero quarto, que fora banheiro, do apartamento dos Zeidler? Não, não o abandonei, porque ali continuava meu amigo Klepp e também a porta de vidro fosco atrás da qual vivera antes a srta. Dorothea. Que fez, pois, Oskar, com o dinheiro? Fez a Maria, à sua Maria, uma proposta.

Disse-lhe: escute, se der a Stenzel o bilhete azul e não só deixar de casar com ele, mas se o puser simplesmente de mãos abanando na rua, compro para você uma moderna loja de comestíveis finos no melhor centro comercial; afinal de contas, você, Maria, nasceu para o comércio e não para o primeiro sr. Stenzel que aparecer.

Com Maria não me enganara. Deixou Stenzel ao vento e, com meu dinheiro, abriu uma loja de comestíveis finos de primeira na rua Friedrich. Segundo me comunicou ontem, contente e não sem reconhecimento, pudemos abrir na semana passada, três anos depois, uma sucursal dela em Oberkassel.

Voltava eu de minha sétima ou oitava excursão? Era durante o quente mês de julho. Na Estação Central chamei um táxi e fui diretamente ao edifício comercial. Assim como na estação, esperavam-me ali os molestos caçadores de autógrafos, em sua maioria homens pensionistas e avós que teriam feito melhor em cuidar de seus netos. Pedi que me anunciassem imediatamente ao chefe e achei efetivamente as bandas da meia-porta e o tapete que conduzia ao móvel de aço, mas, atrás da secretária não estava sentado o mestre, nem me esperava uma cadeira de rodas, mas o sorriso do dr. Dösch.

Bebra tinha morrido. Fazia já várias semanas que o mestre Bebra deixara de existir. A pedido seu não me haviam informado seu péssimo estado. Nada, nem sequer sua morte, podia interromper minha *tournée*. Pouco depois, ao abrir-se seu testamento, herdei uma fortuna apreciável e o retrato de Roswitha, mas experimentei sensíveis perdas financeiras, porque suspendi sem aviso prévio as excursões já contratadas pelo sul da Alemanha e Suíça e tive de responder a uma ação por não cumprimento de contrato.

Afora alguns milhares de marcos, a morte de Bebra afetou-me profundamente por algum tempo. Encerrei meu tambor e mal conseguiam tirar-me do quarto. Ajuntou-se a isso que, por aqueles dias, meu amigo Klepp se casou, fazendo sua esposa uma vendedora ruiva de cigarros, porque na ocasião lhe havia presenteado uma de suas fotos. Pouco antes do casamento, ao qual não me convidaram, Klepp deixou seu quarto, mudou-se para Stockum, e Oskar tornou-se o único inquilino de Zeidler.

Minha relação com o Ouriço mudara um pouco. Depois de quase todos os jornais terem publicado meu nome em letras de fôrma, tratava-me com respeito e, em troca de certa quantidade de dinheiro, entregou-me também a chave do quarto vazio da enfermeira Dorothea, que mais tarde aluguei eu mesmo, para que ele não pudesse realugá-lo.

Dessa forma, minha tristeza tinha um trajeto bem-definido. Abria eu as portas dos quartos e ia da banheira do meu à alcova de Dorothea seguindo o tapete de coco, extasiava-me ali ante o guarda-roupa vazio, deixava que o espelho da cômoda zombasse de mim, desesperava-me ante a pesada cama sem lençol, voltava ao corredor e deste ao meu quarto, que também se me tornara insuportável.

Contando provavelmente como fregueses com as pessoas solitárias, um prussiano oriental muito esperto para os negócios, que havia perdido uma propriedade em Masuria, abriu próximo da Jülicherstrasse um negócio que, de forma simples e apropriada, se chamava Instituto de Aluguel de Cães.

Ali aluguei o Lux, um *rottweiler* preto de pelo brilhante, forte e talvez um pouco demasiado gordo. Saía com ele a passeio, para não ter de correr no apartamento dos Zeidler de minha banheira ao armário vazio da srta. Dorothea e vice-versa.

O cão Lux me conduzia com frequência às margens do Reno. Ali ladrava aos navios. O cão Lux me conduzia com frequência a Rath, ao bosque de Grafenberg, onde ladrava aos casais de namorados. Em fins de julho de 51, o cão Lux me levou a Gerresheim, um subúrbio de Düsseldorf, que só a duras penas conseguia dissimular sua origem aldeã rural mediante umas poucas indústrias e uma fábrica de vidro de certa importância. Imediatamente depois de Gerresheim havia algumas hortas pequenas e, entre elas e por todos os lados, alguns pastos delimitavam com cercas campos em que os cereais — creio que se tratava de centeio — ondulavam ao vento.

Disse já que foi em um dia de calor que o cão Lux me levou a Gerresheim e dali, por entre as hortas, para os campos de cereais? Não soltei Lux senão quando deixamos para trás as últimas casas do subúrbio. E, contudo, não se moveu de meu lado, porque era um cão fiel, um cão particularmente fiel, já que, como cão de instituto de aluguel de cães, tinha de ser fiel a muitos amos.

Em outras palavras: o *rottweiler* Lux me obedecia. Era em tudo diferente de um bassê. Esta obediência canina fazia-se exagerada para mim e teria preferido vê-lo correr, e até cheguei a dar-lhe algum pontapé para que o fizesse; mas ele se agachava, como se não tivesse a consciência limpa, e não cessava de voltar para mim seu pescoço negro e lustroso e de fitar-me com olhos proverbialmente caninos.

— Corra, Lux! — gritava-lhe. — Corra!

Lux obedeceu várias vezes, mas de forma tão breve que tive de surpreender-me agradavelmente ao ver que, em uma delas, tardava um pouco mais e desaparecia no campo de cereal, que aqui era centeio e ondeava ao vento. — Mas que ondear: o ar estava imóvel e ameaçava uma tormenta.

Estará perseguindo um coelho, pensava. Ou talvez só experimente a necessidade de estar só e de poder ser cão, como Oskar, sem o cão, teria gostado de ser homem.

Não dedicava a menor atenção aos arredores. Nem as hortas, nem Gerresheim nem a cidade que se estendia atrás envolta na neblina baixa atraíam o meu olhar. Sentei-me sobre um rolo de cabo vazio e enferrujado, que agora não posso senão designar como tambor de cabo, porque apenas Oskar se tinha sentado sobre a ferrugem, começou a tamborilar nela com os nós dos dedos. Fazia calor e a roupa me pesava, não era suficientemente estival. Lux partira e não voltava. De fato, o tambor de cabo não substituía meu tambor de lata, mas, enfim; lentamente fui deslizando para o passado e, quando já não podia continuar, quando voltavam sempre a interpor-se as imagens dos últimos anos repletos de ambiente de hospital, peguei dois gravetos e me disse: Agora vai ver, Oskar. Agora vamos ver o que você é e de onde vem. E já as duas lâmpadas de sessenta watts de meu nascimento se acendiam. As mariposas noturnas batiam-se alternadamente uma contra a outra. À distância, uma tormenta se deslocava com estrépito de mudança de móveis. E eu ouvia Matzerath falando e, a seguir, mamãe. Ele me prometia a loja, enquanto mamãe me prometia o brinquedo: aos três anos me dariam o tambor. E assim esforçou-se Oskar para deixar para trás aqueles três primeiros anos o mais rapidamente possível: comia, bebia, evacuava, engordava, deixava-me pesar, envolver em cueiros, banhar, pentear, empoar, vacinar, admirar, deixava que me chamassem por meu nome, dava sorrisinhos quando me pediam, punha-me contente para dar-lhes gosto, dormia à minha hora, despertava pontualmente e fazia durante o sono isso que os adultos chamam de carinha de anjo. Várias vezes tive diarreia, resfriei-me amiúde, contraí coqueluche, retive-a por algum tempo e não a liberei até que captei seu ritmo e o fixei para sempre em minhas munhecas; porque, como já sabemos, o pequeno número *Coqueluche* fazia parte de meu repertório, e quando Oskar evocava com seu tambor a coqueluche ante duas mil pessoas, dois mil velhinhos e velhinhas tossiam em uníssono.

Junto a mim, Lux choramingava e roçava-se contra meus joelhos. Que cachorro este do instituto de aluguel de cães que minha solidão me fizera adotar! Aí estava, sobre quatro patas e movendo a cauda; um cão que tinha o olhar canino e exibia algo em seu focinho baboso: um pau, uma pedra ou qualquer outra das coisas que costumam ser preciosas aos cães.

Pouco a pouco meus primeiros anos, tão importantes, me foram escapulindo. Cedeu a dor das gengivas que me anunciava os primeiros dentes de leite, e, cansado, reclinei-me buscando apoio: era um adulto, um corcunda elegantemente vestido, ainda que com roupa demasiado quente, com seu relógio de pulso, a carteira de identidade e um maço de notas na carteira. Tinha já um cigarro entre os lábios, fósforo preparado e me dispunha a deixar que o tabaco fosse eliminando de minha boca aquele gosto infantil tão característico.

E Lux? Lux esfregava-se contra minhas pernas. Enxotei-o, soprei-lhe no focinho a fumaça do cigarro. Não gostava disso e contudo permaneceu esfregando-se contra mim. Lambia-me com os olhos. Lancei um olhar aos fios estendidos entre os postes telegráficos em busca de andorinhas, pois queria servir-me delas como meio contra cães importunos. Mas não havia andorinhas e Lux continuava firme. Seu focinho meteu-se entre as pernas de minha calça e achou o lugar com tanta segurança como se o locador de cães da Prússia Oriental o tivesse amestrado expressamente para esse fim.

Dei-lhe duas vezes com o tacão do sapato. Afastou-se um pouco, mas continuava ali, tremendo sobre quatro patas, estendendo-me o focinho com o pau, a pedra ou o que fosse, de maneira tão insistente que parecia que em lugar de um pau ou uma pedra me estava mostrando minha carteira, que eu apalpava no paletó, ou o relógio, que prosseguia seu tique-taque no meu pulso.

Que me estendia então? Seria tão importante e digno de se mostrar?

Meti os dedos entre seus dentes cálidos, senti-os imediatamente na mão, reconheci no ato o que tinha e, todavia, fiz como se buscasse a palavra que designasse aquele achado que Lux me trouxera do campo de centeio.

Há partes do corpo humano que, uma vez desprendidas e separadas do centro, se deixam contemplar mais facilmente e examinar melhor. Aquilo era um dedo. Um dedo de mulher. Um dedo anular. Um dedo anular feminino. Um dedo de mulher que usava um anel muito elegante. O dedo fora cortado entre o metacarpo e a primeira falange, uns dois centímetros abaixo do anel. Conservava um segmento claramente visível do tendão do músculo extensor.

Era um dedo belo e móvel. A pedra do anel, sustentada por seis garras de ouro, era uma água-marinha, segundo me pareceu então e havia de confirmar-se mais tarde. O anel mesmo estava tão usado em um lugar, delgado até quase a ponto de partir-se, que o tomei por uma herança de família. Ainda que sob a unha a sujeira ou, dito melhor, a terra, tivesse desenhado uma orla, como se o dedo houvesse tido de raspar ou escavar terra, o corte e a comissura da unha davam a impressão de um dedo bem-cuidado. Aliás, uma vez extraído da boca cálida do cão, o dedo era frio, o que confirmava também sua palidez peculiar.

Fazia vários meses Oskar usava no bolso do paletó um lenço de cavalheiro que lhe saía em triângulo. Puxou o pedaço de seda, estendeu-o, envolveu nele o anular e verificou que a face interna do dedo exibia até a altura da terceira falange algumas linhas que indicavam aplicação, tenacidade e uma obstinação ambiciosa.

Uma vez envolto o dedo no lenço, pus-me de pé, acariciei o pescoço do cão Lux e comecei a andar com o lenço e o dedo fechados na mão direita. Queria regressar a Gerresheim e a casa, propondo-me fazer com o achado isto ou aquilo, e cheguei inclusive até a primeira sebe de uma horta, quando senti que alguém me interpelava e vi Vittlar, que estava recostado na forquilha de uma macieira e nos havia observado, a mim, ao cão e à sua descoberta.

O ÚLTIMO BONDE OU ADORAÇÃO DE UM BOIÃO

Sua voz solitária: aquele tom altivo, fanhosamente afetado. Estava recostado na forquilha da macieira, e disse: — Tem um cachorro diligente, meu senhor!

E eu, um tanto desconcertado: — Que está fazendo aí na macieira?

Adotou um tom lânguido e estirou o longo torso: — São apenas maçãs para compota; peço-lhe que não tenha medo.

Cortei-o aparando subentendidos: — E a mim que me importam suas maçãs e compotas? Que teria a temer?

— Bom — sibilou —, o senhor me poderia tomar pela serpente do paraíso; afinal já então existiam compotas de maçã.

Eu, furioso: — Verbosidade alegórica!

Ele, sorrateiro: — Acredita o senhor, porventura, que só a fruta escolhida vale o pecado?

Dispunha-me já a partir. Naquele momento nada me teria sido tão insuportável quanto uma discussão acerca das espécies de fruta do paraíso. Mas ele saltou com agilidade da forquilha e, alto e exposto ao vento próximo da sebe, espetou-me a língua pontiaguda: — Que foi que o cachorro lhe trouxe do campo de centeio?

Não sei por que lhe disse: — Trouxe uma pedra.

Aquilo se tornou um interrogatório: — E você enfiou a pedra no bolso?

— Gosto de carregar pedras no bolso.

— Para mim, o que o cachorro lhe trouxe foi antes um palito.

— Fico com a pedra, mesmo que fosse ou pudesse ser dez vezes um palito.

— Portanto era um palito mesmo?

— Tanto me faz, pau ou pedra, maçã de compota ou fruta escolhida...

— Um palito móvel?

— O cão está puxando para casa, vou indo!

— Um palito cor de carne?

— Melhor que cuide de suas maçãs! Vamos, Lux!

— Um palito móvel, cor de carne, com um anel?

— Que pretende? Sou um transeunte com um cão alugado.

— Preste atenção, gostaria também que me alugasse algo. Não me permitiria experimentar, por um segundo, o belo anel que brilhava em seu palito e fazia do palito um dedo anular? Meu nome é Vittlar, Gottfried von Vittlar, o último de minha linhagem.

Assim foi como fiquei conhecendo Vittlar, e já no mesmo dia fiz amizade com ele, e ainda hoje continuo lhe dando o título de amigo. E por isso mesmo eu lhe dizia há apenas alguns dias, quando veio visitar-me: — Alegro-me, querido Vittlar, que fosse você, meu amigo, quem na ocasião apresentou denúncia na polícia, e não qualquer outra pessoa.

Se há anjos, estes hão de parecer-se com Vittlar: comprido, etéreo, vivo, dobradiço, mais depressa disposto a abraçar o mais infecundo poste de iluminação que uma garota terna e efusiva.

Não se nota Vittlar de imediato. Mostrando alternadamente aspectos diversos de sua pessoa, pode, segundo o ambiente, converter-se em fio, espantalho, em bengaleiro, em forquilha de árvore. Daí que não me chamasse a atenção quando estava eu sentado no tambor de cabo e ele recostado na macieira. E tampouco o cão ladrou para ele, porque os cães não farejam nem ladram aos anjos.

— Faça-me um favor, caro Gottfried — disse-lhe anteontem —, mande-me uma cópia da denúncia que formalizou faz uns dois anos e que deu início a meu processo.

Aqui a tenho, e cedo-lhe a palavra, a ele, que foi meu acusador perante o tribunal:

Eu, Gottfried von Vittlar, me achava aquele dia recostado na forquilha de uma macieira que, na horta de minha mãe, dá ano após ano tantas maçãs de compota quanto podem conter de compota os sete boiões que possuímos para tal finalidade. Achava-me recostado na forquilha, ou seja, de lado, com o ilíaco esquerdo apoiado no ponto mais baixo, meio musgoso, daquela. Meus pés estavam voltados na direção da fábrica de vidro de Gerresheim. Olhava — para onde? —, olhava direto à minha frente, esperando que surgisse algo em meu campo visual.

O acusado, que é hoje meu amigo, introduziu-se em meu campo visual. Acompanhava-o um cachorro, que descrevia voltas a seu redor, comportando-se como se costumam comportar os cães e se chamava, segundo escapou a seguir ao acusado, Lux: tratava-se de um *rottweiler* alugável em um instituto de aluguel de cães, junto da igreja de São Roque.

O acusado sentou-se sobre o tambor de cabo vazio que desde fins da guerra se encontra perto da horta de minha mãe, Alice von Vittlar.

Como é sabido no Tribunal, a estatura do acusado há de designar-se como pequena e inclusive disforme. Isto me chamou a atenção. E mais do que isso o comportamento do pequeno senhor elegantemente vestido. Com efeito, com dois ramos secos pôs-se a tamborilar sobre a ferrugem do tambor de cabo. Agora, se se considerar que o acusado é um profissional do tambor e que, segundo se demonstrou, exerce tal profissão aonde quer que vá; que, por outro lado, o tambor de cabo — não em vão chama-se assim — pode induzir qualquer um a tamborilar, inclusive um leigo, haverá que convir que o acusado Matzerath tomou assento em um dia abafadiço de verão sobre aquele tambor de cabo que ficava frente à horta da sra. Alice von Vittlar e entoou, com dois ramos secos e desiguais de salgueiro, ruídos ritmicamente ordenados.

Prosseguindo, declaro que o cão Lux desapareceu por algum tempo em um campo de centeio a ponto de ceifar. Se me perguntassem por quanto tempo, não saberia responder, pois, tão logo me estendo na forquilha de nossa macieira, perco toda noção de tempo. Se digo, no entanto, que o cachorro desapareceu por algum tempo, isto significa que sentia a sua falta, que seu pelo negro e orelhas caídas me agradavam.

O acusado, em contrapartida — assim creio poder afirmá-lo —, não parecia dar pela falta do cachorro.

Quando este regressou do campo de centeio maduro, levava algo no focinho. Não quero dizer com isso, todavia, que eu conseguira identificar o que trazia. Pensei primeiro em um graveto, em uma pedra, menos em uma lata e muito menos ainda em uma colher de metal. E só quando o acusado tirou do focinho do cão o *corpus delicti* pude dar-me conta do que se tratava. Não obstante, desde o momento em que o cão esfregou o focinho, ocupado ainda, contra a perna da calça do acusado — creio ser a esquerda — até aquele, desgraçadamente impossível de precisar, em que o acusado adiantou a mão para apoderar-se do objeto, transcorreram — com a devida ressalva — vários minutos.

Por mais que o cão se esforçasse para atrair a atenção de seu amo de aluguel, este continuava tamborilando, sem interrupção, à maneira monotonamente característica e, sem embargo, desconcertante com que costumam fazê-lo as crianças. Não foi senão quando o cão recorreu a um procedimento duvidoso e enfiou as ventas túrgidas entre as pernas do acusado, que este deixou os ramos de salgueiro e enxotou aquele com a perna direita — recordo-o exatamente — mediante um pontapé. O cão descreveu aí uma semicircunferência, voltou a aproximar-se dele, tremendo, como agem os cães, e lhe apresentou novamente o focinho.

Sem levantar-se, vale dizer, sentado, o acusado enfiou a mão — desta vez a esquerda — entre os dentes do cachorro. Liberado de seu achado, o cão recuou alguns metros. O acusado, em troca, permaneceu sentado; tinha o achado na mão, fechou-a, voltou a abri-la, cerrou-a ainda uma vez e, ao abri-la de novo, deixou que algo reluzisse. Logo que o acusado se familiarizou com a visão do achado, ergueu-o, com o indicador e o polegar, aproximadamente à altura dos olhos.

Só nesse momento dei ao achado o nome de dedo e, ampliando o conceito em razão daquele brilho, disse para mim: dedo anular; foi assim que, sem me dar conta, batizei um dos processos mais interessantes do pós-guerra. Agora chamam-me efetivamente Gottfried von Vittlar, a testemunha mais importante do processo do anular.

Como o acusado se conservou quieto, permaneci também quieto. Sim, sua calma contagiou-me. E quando ele envolveu cuidadosamente o dedo com o anel nesse lencinho que levava antes, como cavalheiro, no bolso de seu paletó, senti simpatia por aquele indivíduo do tambor de cabo: eis aqui um cavalheiro organizado, disse para mim mesmo; gostaria de conhecê-lo.

Então quando se dispunha a estugar o passo com o cão na direção de Gerresheim, chamei-o. A princípio, porém, ele reagiu de maneira irritada, quase arrogante. Ainda hoje não consigo compreender por que o interpelado, pelo simples fato de achar-se recostado em uma forquilha, insistiu em ver em mim o símbolo de uma serpente. E suas suspeitas se fizeram extensivas às maçãs de compota de minha mãe, das quais disse que eram sem dúvida de natureza paradisíaca.

Admito, de minha parte, que entre os hábitos do mal figura o de postar-se de preferência nas forquilhas dos grandes galhos. Mas devo fazer constar que o que me movia a buscar várias vezes por semana um assento na macieira era um tédio fácil e em mim habitual. Aliás, quem sabe se o tédio não é já em si mesmo o mal? Seja como for, que é que levava o acusado para fora da cidade de Düsseldorf? A ele, segundo adiante me confessou, empurrava-o a solidão. A solidão porventura não é já o nome de batismo do tédio? Exponho tais considerações com o objetivo de explicar o acusado, de maneira alguma para inculpá-lo. Pois era precisamente sua maneira de brincar com o mal, seu tamborilar, que dissolvia ritmicamente o mal, que o fez simpático a mim, de modo que lhe falei e fiz amizade com ele. Do mesmo modo, essa denúncia que nos cita a mim como testemunha e a ele como acusado ante o alto Tribunal não é mais que um brinquedo inventado por nós: um meio a mais para dissipar e nutrir nosso tédio e nossa solidão.

A meu pedido, o acusado tirou após algumas vacilações o anel, que saía facilmente, do anular e o colocou em meu mindinho esquerdo. Servia-me na medida, o que me alegrou. Evidentemente, antes de experimentar o anel, eu já abandonara a forquilha de minha árvore. Achávamo-nos de um e outro lado da cerca, apresentamo-nos com os respectivos nomes, iniciamos conversação ventilando de passagem alguns temas políticos, e ele me entregou o anel. O dedo, em contrapartida, conservou-o e o tratava com cuidado. Estivemos de acordo em que se tratava de um dedo de mulher. Enquanto eu levava o anel e o expunha à luz, começou o acusado, com a mão esquerda livre, a arrancar à cerca um ritmo de dança, alegre e animado. Bem, a cerca de madeira da horta de minha mãe é tão inconsistente que respondia aos apelos tamborísticos do acusado estalando e vibrando em sua natureza lígnea. Não recordo por quanto tempo aí estivemos; entendíamo-nos só com o olhar. Achávamo-nos enterrados nessa brincadeira anódina quando um avião à meia altura fez ouvir seus motores. Provavelmente pretendia aterrissar em Lohhausen. Mesmo que interessasse aos dois saber se o avião aterrissava com dois ou quatro motores, nem por isso deixamos de fitar-nos, sem fazer maior caso dele e, mais adiante, quando de vez em quando achávamos ocasião de praticá-lo, chamamos a este jogo o ascetismo de Leo Schugger, já que o acusado pretende haver tido faz alguns anos um amigo com o qual costumava praticá-lo, de preferência nos cemitérios.

Depois que o avião aterrissou — não posso realmente dizer se se tratava de um aparelho bimotor ou de um quadrimotor — devolvi-lhe o anel. O acusado o pôs no anular, serviu-se novamente de seu lenço para envolvê-lo, e me convidou a acompanhá-lo.

Era dia sete de julho de 1951. Em Gerresheim, junto ao terminal do bonde, tomamos um táxi. Também adiante havia o acusado de ter múltiplas ocasiões de mostrar-se generoso comigo. Fomos à cidade, deixamos o táxi esperando em frente ao Instituto de Aluguel de Cães próximo à igreja de São Roque, entregamos o cão Lux, voltamos ao táxi, e este nos conduziu através da cidade, por Bilk e Oberlbilk, ao cemitério de Wersten; aqui o sr. Matzerath precisou pagar mais de 12 marcos, e então visitamos o ateliê de pedras sepulcrais do marmorista Korneff.

Ali tudo era sujeira de modo que me alegrei por o marmorista ter executado a encomenda de meu amigo em uma hora. Enquanto meu amigo me ia descrevendo de modo detalhado e amável as ferramentas e diversas qualidades de pedra, o sr. Korneff, sem desperdiçar palavra alguma a propósito do dedo, fez deste, sem anel, um modelo em gesso. Durante a operação só observei com o rabo do olho. O dedo precisava ser tratado: untaram-no com banha, puseram uma linha ao longo de seu perfil, e só depois aplicaram o gesso; e antes de que este se pusesse duro, separaram a fôrma com a linha. Sem dúvida, já que sou decorador de ofício, a preparação de um molde de gesso não é nada de novo para mim; de todo modo, tão logo o marmorista o tomou nas mãos, o dedo adquiriu um aspecto feio, que só voltou a desaparecer quando o acusado, uma vez vertido o molde com sucesso, tomou-o, limpou-o da gordura e o envolveu de novo em seu lenço. Meu amigo pagou o marmorista por seu trabalho. A princípio, o outro não queria cobrar nada, pois considerava o sr. Matzerath um colega. Disse também que o sr. Matzerath lhe havia espremido outrora os furúnculos sem cobrar-lhe por isso. Quando o molde endureceu, o marmorista separou a fôrma, entregou a reprodução conforme o original, prometeu extrair nos próximos dias novas reproduções da fôrma, e nos acompanhou através de sua exposição de lápides funerárias até Bittweg.

Outra corrida de táxi levou-nos à Estação Central. Ali o acusado convidou-me para um abundante jantar no excelente restaurante da estação. Tratava o garçom com intimidade, o que me deu a entender que o sr. Matzerath devia ser um cliente habitual do restaurante da estação. Comemos peito de vaca com rábanos frescos, salmão do Reno e, por fim, queijo, e bebemos uma garrafa de champanha. Quando a conversação recaiu novamente sobre o dedo e eu aconselhei o acusado a considerá-lo como propriedade alheia e entregá-lo, sobretudo porquanto já possuía agora um modelo de gesso, declarou-me de forma categórica e decidida que se considerava legítimo proprietário do mesmo, já que lhe havia sido prometido na ocasião de seu nascimento, se bem que de maneira enigmática e com o nome de baqueta de tambor. Podia invocar também as cicatrizes das costas de seu amigo Herbert Truczinski, que, largas como um dedo, o haviam profetizado.

E, ainda, aquele cartucho achado no cemitério de Saspe, igualmente com as dimensões e o significado de um futuro anular.

Mesmo que a princípio a demonstração de meu novo amigo me fizesse sorrir, hei de confessar que para um homem inteligente não há de ser difícil estabelecer a série: baqueta de tambor — cicatriz — cartucho — anular.

Um terceiro táxi me levou depois do jantar a minha casa. Marcamos encontro, e quando, três dias depois, eu visitei, como fora estabelecido, o acusado, ele me preparara uma surpresa.

Primeiro mostrou-me sua casa, vale dizer, seu quarto, porque o sr. Matzerath vivia ali na qualidade de sublocatário. A princípio tinha apenas um quarto muito mesquinho, que era um antigo banheiro, mas logo, quando sua arte tamborística lhe reportou fama e dinheiro, pagava um aluguel suplementar por um quarto sem janelas que ele chamava de a alcova da srta. Dorothea; tampouco se eximia de pagar um preço exagerado por um terceiro quarto, ocupado anteriormente por um tal sr. Münzer, músico e colega do acusado, já que o sr. Zeidler, inquilino principal do apartamento, conhecendo a boa situação financeira do sr. Matzerath, aumentava os aluguéis de forma desavergonhada.

A surpresa fora-me preparada pelo acusado na denominada alcova da srta. Dorothea. Ali, com efeito, sobre o tampo de mármore de uma cômoda-toucador com espelho, havia um boião como os que minha mãe, Alice von Vittlar, utilizava para fazer compota de maçã. Nesse, contudo, nadava em álcool o anular. Com satisfação mostrou-me o acusado vários alentados tomos científicos que o haviam guiado na conservação do dedo. De minha parte folheei os volumes superficialmente, mal me detendo nas ilustrações, mas tive de confessar que o acusado tinha conseguido conservar o aspecto do dedo e que, diante do espelho, o boião com seu conteúdo ficava muito bem. O efeito decorativo era interessante, com o que eu, na qualidade de decorador, não tive outro remédio senão concordar.

Quando o acusado observou que já me familiarizara com a visão do boião, revelou-me que ocasionalmente ele o adorava. Curioso e inclusive algo insolente, pedi-lhe em seguida que me oferecesse uma amostra. Por sua vez pediu-me outro favor: proveu-me com papel e lápis e me rogou que escrevesse sua oração e que, se me ocorresse durante esta formular alguma pergunta acerca do dedo, ele tentaria respondê-la segundo o que estivesse ao seu alcance.

Cito agora em testemunho palavras do acusado, minhas perguntas e suas respostas. A adoração de um boião: eu adoro. Qual eu? Oskar ou eu? Eu, com devoção; Oskar, distraído. Eu, fervorosamente, sem medo de fraquezas nem repetições. Eu, clarividente, porque careço de memória. Oskar, clarividente, porque está atulhado de recordações. Frio, ardente, quente, eu. Culpado com inquisição. Inocente sem inquisição. Culpado porque, sucumbido porque, fiz-me culpado embora, desculpei-me de, sacudi em, abri passagem a mordidas através de entre, mantive-me livre de, ri-me de, chorei por ante sem, blasfemei sem palavras, calei blasfemando, não falo, não calo, oro. Adoro. O quê? O vidro. Que vidro? O boião. Que conserva o boião? O boião conserva o dedo. Que dedo? Anular. De quem? Loura. Que loura? Estatura mediana. Um metro e sessenta? Um metro e sessenta e três. Sinais particulares? Mancha. Onde? Antebraço interno. Direito, esquerdo? Direito. Qual anular? Esquerdo. Comprometida? Sim, mas solteira. Religião? Protestante. Virgem? Virgem. Nascimento? Não sei. Quando? Em Hanôver. Quando? Em dezembro. Sagitário ou Capricórnio? Sagitário. E o caráter? Inquieto. Vontade? Aplicada, também tagarela. Séria? Econômica, sóbria, alegre. Tímida? Gulosa, sincera e beata. Pálida, costuma sonhar com viagens. Menstruação irregular, indolente, gosta de sofrer e falar disso, pouco criativa, passiva ao que vier, escuta atentamente, assente com a cabeça, cruza os braços, ao falar baixa as pálpebras, quando se fala com ela abre os olhos muito grandes, cinza-claro com castanho próximo da pupila, anel, presente de seu superior, casado, a princípio não quis, depois aceitou, aventura horripilante, fibrosa, Satanás, muito branco, se foi, mudou-se, voltou, não pôde deixar de, ciúme infundado, enfermidade mas não a própria, morte mas não a própria, sim, não, não sei, não quero, colhia centáureas, nisto veio, não, já a acompanhava antes, não posso mais... Amém? Amém.

Eu, Gottfried von Vittlar, junto à minha declaração ante o Tribunal esta prece escrita, apenas porque, por muito confusa que pareça, contém dados sobre a proprietária do anular que coincidem em sua maior parte com os dados judiciais a respeito da assassinada, a enfermeira Dorothea Köngetter. Não cabe a mim pôr aqui em dúvida a declaração do acusado de que não assassinou a enfermeira nem a viu nunca cara a cara.

É digno de nota, e me parece hoje ainda falar a favor do acusado, o fervor com que meu amigo se ajoelhou naquela ocasião ante o boião, que colocara sobre uma cadeira, e trabalhou seu tambor, que tinha espremido entre os joelhos.

No curso de mais de um ano voltei amiúde a ter ocasião de ouvir o acusado rezar e tocar o tambor, já que, com um salário considerável, fez de mim o companheiro de suas viagens e me levou consigo em suas excursões artísticas, que havia interrompido por algum tempo mas reencetou pouco depois do achado do anular. Viajamos por toda a Alemanha Ocidental, recebemos ofertas também da zona oriental e inclusive do estrangeiro. Mas o sr. Matzerath não queria sair das fronteiras da Federação nem, segundo suas próprias palavras, ver-se arrastado na roda-viva das viagens de concertos habituais. Nunca o vi rezar e adorar o boião antes de seus concertos. Só depois de sessões muito prolongadas nos reuníamos em seu quarto de hotel: ele tocava tambor e rezava, e eu lhe fazia perguntas e anotava, e depois comparávamos a oração com as orações dos dias e semanas anteriores. Há, logicamente, orações mais longas e outras menores. Ocorre também que as palavras saíam um dia impetuosas e fluíam no dia seguinte quase contemplativas e em períodos longos. Contudo, todas as orações recolhidas por mim, que remeto pela presente ao Tribunal, não dizem mais que aquela primeira cópia que adjuntei à minha declaração.

Durante esse ano de viagens tive ocasião de conhecer superficialmente alguns conhecidos e parentes do sr. Matzerath. Apresentou-me assim, entre outros, sua madrasta, a sra. Maria Matzerath, a quem o acusado venera, porém com recato. Aquela tarde saudou-me também o meio-irmão do acusado, Kurt Matzerath, um estudante do ginásio, de 11 anos de idade e bem-educado. Causou-me também uma excelente impressão a sra. Auguste Köster, irmã da sra. Maria Matzerath. Segundo me confessou o acusado, suas relações familiares haviam sido durante os primeiros anos do pós-guerra mais que conturbadas. Só quando o sr. Matzerath montou para a sua madrasta uma grande loja de comestíveis finos, que vende também frutas do Mediterrâneo, voltando a ajudar com seus meios sempre que o negócio atravessava dificuldades, chegaram madrasta e enteado ao laço realmente amistoso que existe na atualidade.

Também me apresentou o sr. Matzerath a alguns de seus antigos colegas, em sua maior parte músicos de jazz. Por mais jovial e correto que me parecesse o sr. Münzer, a quem o acusado chama familiarmente de Klepp, até o presente não tenho achado nem coragem nem vontade para continuar cultivando tais relações.

Ainda que, graças às liberalidades do acusado, não tenha tido necessidade de continuar exercendo meu ofício de decorador, assim que regressávamos de alguma excursão, encarregava-me, por amor do ofício, da decoração de algumas vitrinas. Também o acusado se interessava amavelmente por minha profissão e, com frequência, permanecia até altas horas na rua, na qualidade de espectador de minha modesta arte. Às vezes, uma vez terminado o trabalho, deambulávamos ainda pela Düsseldorf noturna, sempre evitando, porém, a cidade velha, já que o acusado não pode tolerar as vidraças abauladas em cores ou os antigos escudos alemães das fachadas. Um desses passeios passada a meia-noite — e chego assim ao final de minha declaração — levou-nos através do Unterrath à frente da garagem dos bondes.

Estávamos ali, de pé e perfeitamente de acordo, e contemplávamos a chegada, conforme o horário, dos últimos bondes. Um espetáculo bonito. Em redor, a cidade escura. Longe, porque hoje é sexta-feira, um operário de construção bêbado faz escândalo. De resto, silêncio, pois os últimos bondes que vêm chegando, embora tilintem suas campainhas e façam ranger os trilhos nas curvas, não produzem ruídos. A maioria deles ia diretamente à garagem. Alguns, no entanto, permaneciam nas linhas, voltados em todas as direções, vazios mas iluminados como para uma festa. De quem foi a ideia? Nossa, mas fui eu quem disse: — Bem, caro amigo, que acha? — O sr. Matzerath assentiu com a cabeça, subimos sem pressa alguma, entrei na cabina do condutor e me senti então como em casa: arranquei suavemente e ao ganhar velocidade revelei-me um eficiente condutor de bonde, o que o sr. Matzerath endossou amavelmente — havíamos deixado para trás a claridade da garagem — dizendo: — Sem dúvida alguma você é um católico batizado, Gottfried, porque do contrário não conduziria tão bem.

E efetivamente, tal pequeno trabalho de ocasião proporcionava-me uma grande alegria. Na garagem pareciam não ter dado pela nossa saída, já que ninguém nos perseguia. Ademais, cortando a energia poderiam parar nosso veículo sem a mínima dificuldade. Conduzi o carro em direção de Flingern, atravessamos Flingern, e eu pensava se em Haniel tomaria à esquerda, para Rath e acima até Ratingen, quando o sr. Matzerath pediu-me que pegasse a linha de Grafenberg-Gerresheim. Embora temesse a subida próxima ao salão de baile Castelo do Leão, anuí ao desejo do acusado, tive êxito na subida, e já deixávamos para trás o salão quando precisei frear, pois havia três homens na via que mais me obrigaram que convidaram a parar.

O sr. Matzerath pouco depois de Haniel metera-se no interior do bonde para fumar um cigarro. Na qualidade de condutor, agora, tive de gritar: — Subam, faz favor! — O terceiro homem chamou-me a atenção — sem chapéu, estava no meio dos outros dois, providos de chapéus verdes com tarja preta — pois perdera várias vezes o estribo ao subir quer por inabilidade quer por falta de vista. De forma bastante brutal seus acompanhantes ou guardiães subiram-no à minha cabina e, em continuação, levaram-no ao interior do bonde.

Arrancara já de novo quando atrás de mim, no interior do bonde, ouvi primeiro lamentações e, a seguir, um ruído, como se alguém estivesse dando bofetões; mas logo, para minha tranquilidade, reconheci a voz firme do sr. Matzerath, que repreendia os novos passageiros e os exortava a não espancar um pobre homem ferido, meio cego, que perdera os óculos.

— Não se meta onde não é chamado — ouvi gritar um dos chapéus verdes. — Este vai levar a dele hoje! Tava demorando demais!

Meu amigo, o sr. Matzerath, perguntou, enquanto eu conduzia lentamente para Gerresheim, de que crime acusavam aquele pobre míope. Ato contínuo a conversação tomou um rumo estranho. Bastou um par de frases para remontarmo-nos à época de guerra ou, dito melhor, ao primeiro de setembro do ano 39, ao início daquela, e o meio cego virara o guerrilheiro que defendera, contrariamente à lei, o edifício do correio polonês. Formidável era que o sr. Matzerath, que na época contava no máximo 15 anos, estava ao corrente e reconheceu inclusive no míope, a quem chamou Victor Weluhn, um pobre carteiro de vales postais que durante a refrega perdera seus óculos, fugira sem eles e escapara dos esbirros. Estes, todavia, não deram por encerrada sua missão, continuaram a persegui-lo até o final da guerra e ainda depois desta, exibindo um papel, uma ordem de fuzilamento expedida no ano de 39. Afinal o temos!, gritava um dos chapéus verdes, e o outro assegurava estar feliz pela coisa finalmente ter chegado ao seu termo. Tivera de sacrificar todo seu tempo livre, dizia, inclusive férias, para dar cumprimento a uma ordem de fuzilamento que datava do ano de 39; ao cabo, ele tinha outro ofício, era agente comercial e também seu companheiro tinha problemas típicos de todo refugiado do leste; tivera de começar tudo de novo, proprietário que fora de um bom negócio de alfaiataria; mas agora tudo havia terminado, e naquela mesma noite, por fim, a sentença seria executada, com o que o passado ficava definitivamente para trás — que bom termos alcançado ainda o último bonde!

Vi-me assim convertido contra minha vontade em um condutor de bonde que levava um condenado à morte e seus verdugos, providos de uma ordem de fuzilamento, a Gerresheim. Ao chegar à praça do Mercado do subúrbio, deserta e ligeiramente inclinada, segui à direita, propondo-me levar o carro até o terminal, junto à fábrica de vidro, para descarregar ali os dois chapéus verdes e o Victor míope e empreender com meu amigo a viagem de regresso. Três pontos antes do terminal, o sr. Matzerath deixou o interior do carro e pôs sua pasta — na qual eu sabia que levava, em posição vertical, o boião — aproximadamente onde os motorneiros profissionais costumam colocar suas marmitas.

— Precisamos salvá-lo. É Victor, o pobre Victor! — O sr. Matzerath achava-se manifestamente excitado.

— Ainda não pôde encontrar uns óculos adequados! Extremamente míope, ao ser fuzilado jamais olhará na direção devida! — Eu pensava que os carrascos estivessem desarmados. Os sobretudos rigidamente abaulados dos chapéus verdes, contudo, chamaram a atenção do sr. Matzerath.

— Era carteiro de vales postais no correio polonês de Dantzig. Agora exerce o mesmo ofício no correio federal. Todavia continuam perseguindo-o depois do encerramento do expediente, pois sobrevive ainda a ordem de fuzilamento.

Mesmo sem penetrar inteiramente os pensamentos do sr. Matzerath, prometi acompanhá-lo ao fuzilamento e, se possível, evitá-lo.

Atrás da fábrica de vidro, pouco antes das primeiras hortas — com lua cheia poderia ter enxergado ali o jardim de minha mãe com a macieira —, freei o bonde e gritei ao pessoal de dentro: "Ponto final! Saltem todos!" E os outros obedeceram-me imediatamente, com seus chapéus verdes de tarja negra. De novo o míope sofria com os estribos. Apeou-se então o sr. Matzerath, tirando o tambor de sob o casacão e pedindo-me, ao saltar, que pegasse sua pasta com o boião.

Com o bonde iluminando-nos por um bom trecho, seguimos no encalço dos verdugos e da vítima.

Caminhar ao longo das cercas dos jardins cansava-me. Quando os três pararam à nossa frente, observei que haviam escolhido como lugar da execução a pequena horta da minha mãe. Secundei o sr. Matzerath no protesto contra isso. Não fizeram o menor caso: derrubaram a cerca, aliás já carcomida, ataram o míope que o sr. Matzerath chamava de pobre Victor à macieira, sob minha forquilha, e, diante de nosso protesto renhido, voltaram a exibir à luz de lanternas de bolso a amarrotada ordem de fuzilamento assinada por um inspetor de justiça militar chamado Zelewski. A data indicava, penso, Zoppot, cinco de outubro de 39, e também os selos estavam em ordem, de modo que praticamente nada podia ser feito; e contudo continuamos falando das Nações Unidas, de democracia, da culpa coletiva, de Adenauer, por aí afora; um dos chapéus verdes varreu, no entanto, todas as nossas objeções com a observação de que aquilo não era de nossa competência, que nenhum tratado de paz fora ainda assinado, votava tanto quanto nós em Adenauer, mas que, quanto à ordem, continuava em vigor; com o papel tinham se dirigido às instâncias superiores e pedido conselho, e não faziam, afinal de contas, senão cumprir com seu maldito dever; o melhor que podíamos fazer era deixá-los em paz.

Não o fizemos. Mas, quando os chapéus verdes abriram os sobretudos e sacaram as pistolas automáticas, o sr. Matzerath armou-se do tambor — naquele momento, uma lua quase cheia, apenas ligeiramente amassada, rompeu as nuvens e iluminou seus contornos como se fossem as bordas angulosas e metálicas de uma lata de conservas — e sobre uma superfície semelhante mas intacta de lata o sr. Matzerath iniciou o manejo das baquetas de maneira desesperada. Soava estranho e, contudo, pareceu-me conhecê-lo. De novo e sempre, sem cessar, a letra O ganhava forma: perdida, não perdida, ainda não perdida, a Polônia não está perdida ainda! Esta porém era a voz do pobre Victor que sabia o texto do ritmo do sr. Matzerath: enquanto estivermos vivos, a Polônia não estará perdida ainda. E também os chapéus verdes pareciam conhecer isso, porque estremeciam atrás de suas peças metálicas iluminadas pela lua, pois a marcha que o sr. Matzerath e o pobre Victor entoaram na pequena horta de minha mãe fez entrar em cena a cavalaria polonesa. É possível que para isso contribuísse a lua; que o tambor, a luz e a voz quebrada do míope Victor fizessem brotar do solo tantos corcéis e ginetes: retumbavam os cascos, sopravam as narinas, tiniam as esporas, os garanhões relinchavam, urra! eirra!... Não, nada disso: nada retumbava, soprava, tinia, relinchava ou gritava urra! eirra! Tudo ia deslizando em silêncio por sobre os campos segados de trás de Gerresheim e era, ainda assim, um esquadrão de ulanos poloneses, porque as bandeirolas das lanças ondeavam em vermelho e branco, como o tambor esmaltado do sr. Matzerath; mas não ondeavam e sim flutuavam, como o esquadrão inteiro sob a lua; vinham possivelmente desta, flutuavam, operavam uma conversão à esquerda, no sentido de nossa horta, flutuando; não se assemelhavam à carne nem ao sangue: flutuavam, fantasmagóricos, como de brinquedo, comparáveis talvez às figuras que o enfermeiro do sr. Matzerath ata com barbantes. Uma cavalaria polonesa atada, sem ruído e, contudo, retumbante; sem carne, sem sangue e, todavia, polonesa e a galope solto para nós, que caíamos ao chão e deixamos passar sobre nós a lua e o esquadrão polonês; e caíram também sobre a horta de minha mãe e sobre todas as demais hortas pequenas e bem-cuidadas, mas sem nada estragar, levando apenas o pobre Victor e dois verdugos, e se perderam em campo aberto sob a lua — perdidos, ainda não perdidos, cavalgando rumo leste, para a Polônia, do outro lado da lua.

Esperamos, ofegantes, até que a noite se acalmasse, que o céu se fechasse e suprimisse aquela luz, capaz apenas de convencer a um supremo ataque aquela cavalaria desde há muito putrefata. Levantei-me primeiro e felicitei o sr. Matzerath, sem subestimar a influência da luz, por seu magnífico sucesso. Ele porém abanou a mão fatigado e deprimido, em gesto de desdém: "Sucesso, caro Gottfried? Estou já saturado de sucesso. Gostaria por uma vez de não obtê-lo, mas isso é difícil e requer um tremendo esforço."

A mim não agradou o comentário, pois sou homem trabalhador e nunca conheço o sucesso. O sr. Matzerath pareceu-me ingrato e desaprovei-o assim: "Você é arrogante, Oskar!", atrevi-me a começar, pois então já nos tratávamos por "você". "Todos os jornais estão cheios de você. Construiu um nome. Preferível não falar do dinheiro. Pensa contudo que é fácil para mim, o nome que os jornais ignoram, ficar ao seu lado, ao lado daquele que todo o mundo celebra? Quanto daria para realizar alguma vez, uma vez única e completamente única, uma façanha singular, como a que acaba de realizar você agora e que levasse meu nome, em letras de imprensa, aos jornais: isto foi obra de Gottfried Vittlar!"

Melindrou-me a gargalhada do sr. Matzerath. Deitado de costas, escavava na terra solta um leito para a própria corcunda, com as duas mãos arrancando grama e lançando punhados ao ar com a risada de um deus inumano que tudo pode: "Meu querido amigo, nada mais fácil! Veja, aqui está minha pasta! Foi um milagre não ter ido parar debaixo dos cascos da cavalaria polonesa. Faço-lhe presente dela e já sabe que contém o boião com o anular. Pegue tudo e corra a Gerresheim, ali está parado ainda o bonde iluminado, suba e conduza a si mesmo e ao meu presente à delegacia de polícia, na direção de Fürstenwall, apresente denúncia e amanhã verá seu nome estampado em todos os jornais!"

A princípio refutei a proposição alegando que sem dúvida ele não poderia viver sem o dedo do boião. Mas tranquilizou-me: no fundo, dizia, toda aquela história do dedo já lhe causava náuseas e, de mais a mais, possuía vários modelos em gesso e inclusive providenciara para que lhe fizessem um de ouro; que de uma vez me decidisse e fosse com a pasta ao bonde e apresentasse denúncia à polícia.

Fui então e por muito tempo ainda ouvi a risada do sr. Matzerath. Ele continuava deitado e, enquanto me dirigia à cidade tilintando a campainha do bonde, ele queria submeter-se à influência da noite, arrancar grama e prosseguir rindo. A denúncia — só a formalizei na manhã seguinte — levou-me várias vezes, graças à bondade do sr. Matzerath, aos jornais.

De minha parte, eu, o bondoso sr. Matzerath, estive deitado a noite inteira, rindo às gargalhadas, na grama escura atrás de Gerresheim; rolei morto de rir sob as raras e graves estrelas visíveis, escavei para minha corcova um leito cálido na mãe terra, e me dizia: Durma, Oskar, só uma horinha antes que a polícia acorde. Você não terá mais chance de estar deitado debaixo da lua.

E quando despertei, observei, antes mesmo que pudesse observar que já era dia, que algo, alguém, me lambia o rosto: era algo tíbio, rugoso, regular e úmido.

Seria já a polícia que, alertada por Vittlar, viera e me despertara a lambidas? De qualquer maneira não quis abrir os olhos imediatamente, deixei aquilo que era tíbio, rugoso, regular e úmido lambendo-me e dando-me prazer. Aliás, me era indiferente quem me lambia: será a polícia, conjeturava Oskar, ou uma vaca. E só então abri meus olhos azuis.

Era preta com manchas brancas, estava deitada ao meu lado e me lambeu até que abri os olhos. O dia estava já claro, de nublado a sereno, e eu me disse: Oskar, não continue junto desta vaca, por mais celestial que seja seu olhar e por muito que, com sua língua rugosa, tranquilize e reduza sua memória. Dia já claro, as moscas zumbem e você tem que empreender a fuga. Vittlar denuncia você e portanto tem que fugir. Uma denúncia autêntica requer uma fuga autêntica. Deixe mugir a vaca e fuja. Irão capturar você aqui ou acolá, mas isso não importa.

Empreendi pois a fuga, lambido, lavado e penteado por uma vaca. Dados os primeiros passos sofri um ataque de riso claro e matutino. Larguei o tambor perto da vaca, que permaneceu deitada mugindo, e fugi com a minha gargalhada.

Trinta

Ah, sim, a fuga! É o que me resta contar. Fugi para reforçar o valor da denúncia de Vittlar. Uma fuga, disse comigo mesmo, requer antes de mais nada um objetivo. Para onde pretende ir Oskar? As condições políticas, a chamada Cortina de Ferro, impediam-me uma evasão no sentido do leste. Destarte tive de suprimir da lista de objetivos as quatro saias de minha avó Anna Koljaiczek, que ainda hoje continuam enfunando-se protetoras nos campos de batatas caxúbios. Apesar disso eu me disse que em se tratando de fuga, a única com probabilidade de êxito era a fuga em direção às saias de minha avó.

De passagem apenas: celebro hoje meu trigésimo aniversário. Aos trinta é-se obrigado a falar do tema fuga como um homem e não como um rapazola. Maria, ao me trazer o bolo com as trinta velas, disse: "Trinta anos, Oskar. Já é tempo de criar um pouco de juízo."

Klepp, meu amigo Klepp, presenteou-me, como sempre, com discos de jazz, e precisou de cinco fósforos para acender as trinta velas de meu bolo de aniversário! "A vida começa aos trinta!", anunciou Klepp, que tem 29.

Vittlar, em compensação, meu amigo Gottfried, aquele que está mais próximo de meu coração, ofereceu-me doces e, inclinando-se sobre a grade de minha cama, disse com sua voz fanhosa: "Quando completou trinta anos, Jesus pôs-se a caminho e se rodeou de discípulos."

Vittlar sempre gostou de me confundir. Tenho de renegar a cama e sair à cata de discípulos, pois agora completei trinta anos. Entrou então o advogado agitando um papel, felicitou-me com voz de trombone, fincou o chapéu de náilon ao pé de minha cama e anunciou, a mim e a todos os meus convidados: "Isto é o que chamo de uma feliz coincidência. Meu cliente comemora seu trigésimo aniversário e, precisamente no dia de seu trigésimo aniversário, recebo a notícia de que se vai revisar o processo do anular. Foi encontrada uma nova pista, aquela enfermeira. Beata, vocês sabem..."

Assim, o que vinha temendo há anos, o que temo desde minha fuga, anuncia-se hoje, quando faço trinta anos; surge o verdadeiro culpado, o processo recomeça, absolvem-me, recebo alta do hospício, me arrebatam minha doce cama, me jogam na rua, fria e exposta a todos os ventos, e um Oskar de trinta anos se vê obrigado a reunir discípulos em torno dele e de seu tambor.

Ela, portanto, a srta. Beata, amarela de ciúme como a gema do ovo, foi quem provavelmente assassinou a minha srta. Dorothea.

Talvez ainda se lembrem. Havia ali um dr. Werner, que, como frequentemente acontece no cinema e na vida, se interpunha entre as duas enfermeiras. Beata estava apaixonada por Werner, e Werner por Dorothea, enquanto Dorothea, por seu lado, não estava apaixonada por ninguém ou quando muito, secretamente, pelo pequeno Oskar. Nisto Werner adoeceu. Dorothea cuidava dele por estar internado em sua seção. Beata não podia contemplar nem tolerar isto. Consequentemente convidou a outra a um passeio e, em um campo de centeio pegado a Gerresheim, matou-a ou, melhor dizendo, eliminou-a. Beata podia sem embaraço tratar de Werner. Deve ter cuidado dele de tal forma que ele não só se curou, até pelo contrário. Segundo parece a enfermeira apaixonada disse para si mesma: enquanto estiver doente, pertence-me. Ministrou-lhe remédios em excesso? Remédios contraindicados? Em demasia ou impróprios, o fato é que o dr. Werner morreu. Diante do tribunal, contudo, Beata não confessou terem sido demasiados nem impróprios, tampouco aquele passeio ao campo de centeio que havia de ser o último passeio da srta. Dorothea. E então Oskar, que nada confessou, mas possuía um pequeno dedo acusador dentro de um boião, foi condenado pelo crime do campo de centeio. Todavia, considerando que ele não estava senhor de si, internaram-no para observação, em uma clínica de repouso e regeneração mental. Antes, porém, que o condenassem e internassem Oskar fugiu, porque com minha fuga queria reforçar consideravelmente o valor da denúncia formalizada por meu amigo Gottfried.

Quando fugi contava 28 anos. E faz algumas horas apenas ardiam ainda em cima de meu bolo de aniversário trinta velas que iam se derretendo gota a gota. Também então, quando fugi, estávamos em setembro. Nasci sob o signo da Virgem. Todavia não me proponho a falar aqui de meu nascimento sob as lâmpadas, mas da fuga.

Uma vez que, conforme já se disse, o caminho do leste e de minha avó me estava vedado, vi-me obrigado, como acontece agora com todo mundo, a fugir em direção oeste. Se devido à alta política não pode fugir para sua avó, Oskar, então corra para o seu avô, que vive em Buffalo, nos Estados Unidos: vejamos até onde você chega.

Essa história do meu avô Koljaiczek na América me ocorreu ainda quando a vaca me lambia naquele prado atrás de Gerresheim e eu mantinha os olhos fechados. Não eram mais que sete da manhã e eu me disse: — às oito abre o comércio. Fui embora rindo, estava cansado; é possível que não apresente a denúncia até as oito ou oito e meia; aproveita esta pequena vantagem. Precisei de dez minutos para encontrar um telefone e chamar um táxi ao subúrbio sonolento de Gerresheim. O táxi conduziu-me à Estação Central. Durante o trajeto contei meu dinheiro, equivocando-me várias vezes, porque sempre recomeçava o riso claro e matutino. Depois folheei o passaporte e, graças à previsão da agência de concertos Oeste, dei com um visto válido para a França e outro para os Estados Unidos. Sempre fora o desejo mais caro do dr. Dösch presentear tais países com uma excursão do tambor Oskar.

Voilá!, disse para mim, fujamos para Paris: isso faz boa figura e soa excelente, podia ocorrer em um filme com Gabin, que me persegue fumando tranquilamente cachimbo. Mas quem representará o meu papel? Chaplin? Picasso? Rindo e excitado por estes pensamentos de fuga, estava ainda batendo com a mão na calça ligeiramente amarrotada e já o chofer de táxi me pedia sete marcos. Paguei e tomei o café da manhã no restaurante da estação. Ao lado do ovo quente tinha eu o horário da Rede Ferroviária Federal, encontrei um trem conveniente, tive tempo ainda depois do desjejum de me munir de divisas estrangeiras, comprei então uma maleta de couro fino, enchia-a, pois temia o retorno à Jülicherstrasse, com camisas caras porém mal-adaptadas à minha figura, um pijama verde-pálido, uma escova de dentes e um dentifrício, adquiri, posto que não precisava economizar, passagem de primeira e logo me instalava comodamente em um assento estofado ao lado da janela. Fugia, porém sem pressa. As almofadas favoreciam-me as reflexões. Assim que o trem partiu e a fuga principiou, Oskar pôs-se a pensar em algo que pudesse assustá-lo, pois não há fuga sem temor. Mas que temor, Oskar, pode induzi-lo a fugir, se a própria polícia não lhe provoca senão um riso claro e matutino?

Hoje tenho trinta anos; a fuga e o processo ficaram para trás. Todavia, o medo que durante a fuga me inculquei continua subsistindo.

Foi o zunir dos trilhos ou a cantiga do trem? Monótona me afluía a letra, até que compreendi pouco antes de Aachen; apoderou-se de mim, afogado entre almofadas de primeira classe, e subsistiu depois de Aachen — cruzamos a fronteira aproximadamente às dez e meia

— de forma progressivamente mais clara e terrível, a tal ponto que me alegrei quando os funcionários da Alfândega vieram me distrair. Mostraram mais interesse por minha corcunda que por meu nome ou passaporte, e eu disse cá comigo: esse Vittlar, que dorminhoco! São quase 11 horas e ainda não aportou com o boião na polícia, enquanto, por sua causa, encontro-me desde cedinho em plano de fuga e me inculcando medo para que a fuga tenha também um móvel. Que terrível medo experimentei na Bélgica, enquanto o trem ia cantando: "A Bruxa Negra está aí? Sim, sim, sim! A Bruxa Negra está aí? Sim, sim, sim!"

Hoje tenho trinta anos, e agora, em virtude da revisão do processo e da provável sentença absolutória, terei de viajar e me expor em trens e bondes à cantiga: "A Bruxa Negra está aí? Sim, sim, sim!"

Ainda assim, e abstraído o meu medo de uma Bruxa Negra cuja terrível aparição esperava a cada parada, a viagem foi bonita. Fiquei só em meu compartimento — talvez ela estivesse sentada no compartimento contíguo —, conheci funcionários da alfândega belgas e depois franceses, cochilei de quando em quando por alguns minutos, despertava logo com um grito, folheava — para não estar sozinho, à mercê da Bruxa Negra — o último número da revista *Der Spiegel*, que comprara ainda em Düsseldorf pela janela; admirava-me uma vez mais pelos vastos conhecimentos dos jornalistas. Achei inclusive um comentário sobre meu empresário, o dr. Dösch da agência Oeste, e vi confirmado ali o que já sabia, ou seja: que a agência de Dösch contava apenas com um pilar, o Tambor Oskar — uma excelente foto minha. E assim, pouco antes de chegar a Paris, o pilar Oskar previu a falência da agência de concertos Oeste, que minha detenção e a aparição da Bruxa Negra haviam necessariamente de acarretar.

Nunca em minha vida tinha temido a Bruxa Negra. Não foi senão durante a fuga, quando eu mesmo quis me meter medo, que ela se enfiou debaixo da minha pele e aí se alojou, se bem que fique a maior parte do tempo dormindo, até o dia de hoje, em que comemoro meu trigésimo aniversário, e adota vultos diversos: por exemplo, a palavra Goethe me faz gritar e me enfiar temeroso sob a colcha. Embora desde pequeno estudasse o príncipe dos poetas, sua serenidade olímpica sempre me inspirou certo medo. E se hoje, renunciando a sua clara roupagem clássica, se apresenta diante de minha cama de grades vestido de preto, disfarçado de bruxa, mais tenebroso que Rasputin e por ocasião de meu trigésimo aniversário me pergunta: "A Bruxa Negra está aí?", um grande medo me invade.

Sim, sim, sim!, ia cantando o trem que transportava o fugitivo Oskar para Paris. Na realidade, esperava encontrar os agentes da polícia internacional na Estação do Norte — na Gare du Nord, como dizem os franceses —, mas a única pessoa que ali me interpelou foi um carregador de malas com um bafo tão forte de vinho tinto que nem com a melhor vontade pude tomá-lo pela Bruxa Negra. Confiei-lhe minha maleta e deixei que me conduzisse até próximo da barreira de controle. Pensava: os agentes e a Bruxa Negra quiseram economizar a tarifa de embarque e só o deterão do outro lado da barreira. Será portanto prudente que carregue você a maleta antes de chegar ao controle. E dessa forma tive de arrastá-la até o metrô eu mesmo, porque nem ali os agentes apareceram para me aliviar de minha bagagem.

Não vou me estender em comentários concernentes ao cheiro, mundialmente conhecido, do metrô de Paris. Este perfume, conforme li recentemente, está à venda e se pode aspergi-lo. O que primeiro me chamou a atenção foi que o metrô, exatamente como o trem, embora com ritmo diferente, perguntasse pela Bruxa Negra; depois, que todos os passageiros parecessem conhecer e temer, como eu, a bruxa, porque à minha volta todos eles respiravam igualmente pânico e angústia. Meu plano era chegar de metrô até a Porte d'Italie e recorrer aí a um táxi que me levasse ao aeroporto de Orly; a detenção, já que não tivera lugar na Estação do Norte, eu a imaginava particularmente engraçada e original no famoso aeroporto de Orly, com a bruxa de aeromoça. Tive de efetuar uma baldeação e alegrei-me por minha maleta ser leve. Deixei-me levar então pelo metrô na direção do sul, e ia pensando: aonde vai desembarcar, Oskar? Deus meu, quantas coisas podem ocorrer em apenas um dia! Hoje de manhã estava ainda a poucos passos de Gerresheim, uma vaca o lambia, você estava alegre e contente, e eis que agora está em Paris. Onde vai descer, de onde virá ela, negra e terrível ao seu encontro? Na Place d'Italie ou na Porte d'Italie?

Desembarquei uma estação antes da Porte, na Maison-Blanche, porque dizia comigo mesmo: eles pensam, naturalmente, que você pensa que eles estarão na Porte. Mas a bruxa, ao contrário, sabe perfeitamente o que penso e o que pensam eles. Também já estava farto. A fuga e a fatigante manutenção do medo me cansavam. Oskar já não pretendia chegar ao aeroporto de Orly, a Maison-Blanche parecia-lhe bem mais original, o que os fatos haviam de confirmar. Esta estação conta com uma escada rolante que me havia de acender o ânimo e com seu rangido sugerir outro: a Bruxa Negra está aí? Sim, sim, sim!

Oskar experimenta certo embaraço. A fuga chega perto de seu fim e com ela termina também seu relato: será a escada rolante da estação de metrô Maison-Blanche bastante alta, íngreme e simbólica para proporcionar um final adequado às suas memórias?

De novo recorro aqui à data que hoje comemoro. A título de final, posso oferecer meu trigésimo aniversário a todos aqueles que acham a escada rolante demasiado barulhenta e a quem a Bruxa Negra não inspira medo algum. Pois, não é porventura o trigésimo aniversário o mais significativo de todos os aniversários? Contém o três e permite adivinhar os sessenta, ainda que os torne supérfluos. Enquanto esta manhã as trinta velas ardiam em meu bolo de aniversário, tive vontade de chorar de alegria e entusiasmo, no entanto me contive por causa de Maria: porque aos trinta anos já não se deve chorar.

Assim que me vi arrastado pelo primeiro degrau da escada rolante — se se pode falar em primeiro degrau de uma escada rolante —, desatei a rir. Apesar do medo, ou talvez exatamente pelo medo. A subida era íngreme e lenta; e eles estavam lá em cima. Dava tempo ainda para meio cigarro. Dois degraus acima um casal de namorados desinibido se beijocava. Um degrau abaixo subia uma anciã, que a princípio suspeitei sem motivo pudesse ser a Bruxa Negra. Usava um chapéu cujos enfeites representavam frutas. Enquanto fumava, ocorria-me — esforçava-me nesse sentido — toda sorte de pensamentos relacionados com a escada rolante: primeiro, Oskar representa o papel de Dante que regressa do Inferno, e em cima, ali onde termina a escada, esperam-no os indefectíveis repórteres do *Der Spiegel* e lhe perguntam: "Bom, Dante, que tal lá embaixo?" A mesma brincadeirinha repeti como Goethe, o príncipe dos poetas, e deixei que o pessoal do *Der Spiegel* me perguntasse como se encontrara, embaixo, com as Mães. Por fim fiquei farto de poetas e disse comigo mesmo: lá em cima não estão nem os repórteres do *Der Spiegel* nem aqueles inspetores com as chapas de metal nos bolsos dos sobretudos; quem está lá é a Bruxa Negra; a escada rolante repete: "A Bruxa Negra está aí?" E Oskar respondeu: "Sim, sim, sim!"

Ao lado da escada rolante havia ainda a escada normal. Esta trazia os transeuntes da rua, para baixo, à estação do metrô. Lá fora devia estar chovendo. As pessoas vinham molhadas. Isto me preocupou, porque em Düsseldorf não tivera tempo de adquirir uma capa de chuva. Com um olhar para cima, no entanto, Oskar viu que aqueles senhores de caras inconfundíveis que não queriam chamar a atenção traziam todos guarda-chuvas à paisana — o que, todavia, não punha de maneira alguma em questão a existência da Bruxa Negra.

Como vou me dirigir a eles?, pensava, saboreando lentamente um cigarro sobre uma escada rolante que ia devagar elevando os sentimentos e enriquecendo a experiência: sobre uma escada rolante se rejuvenesce; sobre uma escada rolante se fica mais e mais velho. Restava-me a opção entre deixar a escada como menino de três anos ou como sexagenário, entre apresentar-me à polícia internacional como criança pequena ou como ancião, entre temer a Bruxa Negra naquela ou nesta idade.

Com certeza já é tarde. Minha cama metálica parece muito cansada. Por duas vezes também meu enfermeiro Bruno exibiu no postigo seu olho castanho preocupado. Aqui, sob a aquarela das anêmonas, está o bolo intacto com as trinta velas. Bem possível que Maria já esteja dormindo. Alguém, creio que Guste, irmã de Maria, me desejou felicidade nos próximos trinta anos. Maria goza de um sono invejável. E o que me desejou meu filho Kurt, estudante do ginásio, aluno-modelo e primeiro da classe, em meu aniversário? Quando Maria dorme, dormem também os móveis ao seu redor. Ah, já sei: o pequeno Kurt me desejou melhoras! Eu, de minha parte, desejo para mim uma fatia do sono de Maria, porque estou cansado e mal atino com as palavras. A jovem esposa de Klepp compôs sobre minha corcunda um pequeno poema natalício tão tolo quanto bem-intencionado. Também o príncipe Eugênio era disforme, o que não o impediu de conquistar a cidade e a fortaleza de Belgrado. Maria devia finalmente compreender que uma corcunda traz sorte. Também o príncipe Eugênio tinha dois pais. Agora tenho trinta anos, mas minha corcunda é mais jovem. Luís XIV foi um dos pais presuntivos do príncipe Eugênio. Antes, acontecia com frequência que belas mulheres tocassem em minha corcunda na rua, porque isso traz sorte. O príncipe Eugênio era disforme e por isso morreu de morte natural. Se Jesus tivesse sido corcunda, dificilmente o teriam crucificado. Devo agora realmente, só porque tenho trinta anos, sair pelo mundo e me cercar de discípulos?

E, no entanto, aquilo tudo não passava de uma ideia inspirada pela escada rolante. Esta ia me levando cada vez mais alto. Diante e acima de mim, o casal desenfastiado. Atrás e abaixo, a anciã com seu chapéu. Lá fora chovia, e em cima, muito em cima, estavam os senhores da polícia internacional. Ripas de madeira recobriam os degraus da escada rolante. Quando se está sobre uma escada rolante, deve-se pensar tudo de novo: de onde você vem? Para onde vai? Quem é? Como se chama? Que é que você quer? Assaltavam-me os odores: a baunilha de Maria em sua juventude; o azeite das sardinhas que minha pobre mãe esquentou e bebeu quente até que ela mesma esfriou e foi dar com o corpo debaixo da terra; Jan Bronski, que esbanjava água-de-colônia e no entanto em todos os seus ternos exalava sempre um cheiro de morte precoce; a adega do verdureiro Greff, que cheirava a batatas de inverno e, novamente, o odor das esponjas secas dos apagadores dos alunos do primeiro grau. E minha Roswitha, que cheirava a canela e a noz-moscada. Quando o sr. Fajngold aspergia sobre minha febre seus desinfetantes, eu nadava em uma nuvem de ácido fênico. Ah, e o catolicismo da igreja do Sagrado Coração de Jesus, todo aquele vestuário sem arejar, o pó frio, e eu, diante do altar lateral esquerdo, emprestando meu tambor, a quem?

E, no entanto, aquilo tudo não passava de uma ideia inspirada pela escada rolante. Hoje querem me pregar, me dizem: você tem trinta anos. Portanto precisa arranjar discípulos. Lembre-se do que disse quando foi preso. Conte as velas de seu bolo de aniversário, saia da cama e reúna seus discípulos. Além disso, os trinta anos oferecem tantas possibilidades! Assim, podia, por exemplo, caso me expulsassem realmente do hospício, fazer a Maria nova proposta de casamento. Decididamente conto hoje com maiores chances. Oskar montou o negócio para ela, já se sabe, e ainda continua ganhando bem com os seus discos; ficou mais maduro, mais homem, nesse meio-tempo. Trinta anos, bela idade para se casar! Ou então permaneço solteiro, opto por um de meus ofícios, compro uma boa pedreira de calcário conchífero, contrato marmoristas e trabalho diretamente, sem intermediários, da canteira ao edifício. Trinta anos é uma boa idade para construir um futuro! Ou então — caso as peças pré-fabricadas para fachadas me enfadem com o tempo — vou procurar a musa Ulla e poso com ela e ao seu lado de modelo inspirador das belas-artes. Há ainda a possibilidade de algum dia me casar com ela, com a musa de noivados tão breves e frequentes. Trinta anos é uma boa idade para se casar! Ou então, se me canso da Europa, emigro: América, Buffalo, meu sonho de sempre: procuro meu avô, o milionário e ex-incendiário Joe Colchic, outrora Joseph Koljaiczek. Trinta anos é uma boa idade para o sedentário: ou então, me deixo pregar, afundo no mundo, só porque tenho trinta anos, e desempenho o messias que insistem em ver em mim, e, contra minha própria convicção, faço de meu tambor mais do que ele é: converto-me em símbolo, fundo uma seita, um partido ou ao menos uma loja maçônica.

Apesar do casal de namorados em cima de mim e da senhora de chapéu embaixo, tais ideias me ocorreram na escada rolante. Já disse que o casal se encontrava dois degraus, não um, acima de mim e que no meio instalei minha maleta? Os jovens na França são muito peculiares. Dessa maneira, ela lhe desabotoou, enquanto a escada promovia nossa ascensão, o casaco de pelo e depois a camisa e começou a apalpar sua pele de 18 anos. E procedia com tanta solicitude e movimentos tão práticos e tão totalmente desprovidos de qualquer erotismo que fui tomado da suspeita de que aquele casal estava oficialmente subvencionado para exibir em plena rua o ardor amoroso, a fim de que a metrópole francesa não perdesse sua reputação. Mas quando vi que, apesar de tudo, o casal se beijava, então minha suspeita se desvaneceu: ele esteve a ponto de asfixiar-se com a língua da moça e, quando apaguei meu cigarro para não me apresentar fumando aos agentes da polícia, ele continuava presa de um ataque convulsivo de tosse. Quanto à anciã abaixo de mim e de seu chapéu — quero dizer que o chapéu ficava à minha altura, porque minha estatura compensava a diferença dos dois degraus da escada —, nada fazia de particular, ainda que murmurasse um pouco e praguejasse outro tanto, o que, aliás, fazem muitos velhos em Paris. O corrimão coberto de borracha da escada rolante ia subindo conosco. Podia-se colocar a mão em cima e deixar que ela viajasse ao nosso lado. É o que teria feito, se na ocasião tivesse luvas. Os azulejos da caixa da escada refletiam cada um uma gotinha de luz elétrica. Alguns tubos e alguns feixes de cabos barrigudos, em cor creme, acompanhavam nossa ascensão. E não porque a escada fosse barulhenta: apesar de sua natureza mecânica comportava-se urbanamente. Não obstante o estribilho repetitivo da terrível Bruxa Negra, a estação de metrô Maison-Blanche me parecia familiar e quase confortável. Sentia-me naquela escada rolante como em minha própria casa e, apesar da angústia e do terror infantil, me teria considerado feliz caso a escada tivesse levado comigo, para cima, em vez de toda aquela gente que me era totalmente estranha, meus amigos e parentes vivos e mortos: minha pobre mamãe entre Matzerath e Jan Bronski, o rato de pelos grisalhos, mamãe Truczinski com os filhos Herbert, Guste, Fritz e Maria, o verdureiro Greff e sua Lina imunda e, naturalmente, também o mestre Bebra e a grácil Roswitha: todos que emolduraram a existência problemática ou que haviam naufragado. Lá em cima, onde à escada faltava o ânimo, teria preferido encontrar em vez dos agentes da polícia o antídoto da medonha Bruxa Negra: minha avó Anna Koljaiczek me esperando como uma montanha de repouso e abrigando-nos, a mim e ao meu séquito, sob suas saias e acolhendo-nos no coração da montanha depois de uma feliz ascensão.

Dois senhores estavam ali, no entanto, sem saias rodadas, mas vestindo capas de chuva de talhe americano. Também precisei admitir, ao final da ascensão, sorrindo com os dez dedos do pé em meus sapatos, que o casal de namorados desinibidos acima de mim e a velha senhora resmungona mais abaixo não passavam de simples tiras.

Que mais tenho a dizer: nasci sob lâmpadas elétricas, interrompi deliberadamente o crescimento aos três anos, ganhei um tambor, estilhacei vidro com a voz, cheirei baunilha, tossi em igrejas, alimentei Luzie com sanduíches, observei formigas, decidi crescer, enterrei o tambor, fugi para o Ocidente, perdi o Oriente, aprendi o ofício de marmorista, posei como modelo, voltei ao tambor e inspecionei cimento, ganhei dinheiro e guardei um dedo, dei o dedo de presente e fugi rindo; ascendi, fui preso, condenado, internado, sairei absolvido; e hoje comemoro meu trigésimo aniversário e a Bruxa Negra continua me assustando — amém.

Deixei cair o cigarro apagado. Foi parar nas ripas da escada rolante. Depois de ter ascendido por algum tempo em direção ao céu em um ângulo agudo de 45 graus, Oskar ainda foi levado, em sentido horizontal, cerca de três passinhos para lá e, depois do desinibido casal de namorados policial e antes da avó polícia, deixou-se empurrar da grade de madeira da escada ascendente a uma grade fixa de ferro, e, quando os agentes da polícia se identificaram e o chamaram Matzerath, respondeu, obedecendo à ideia que lhe viera da escada rolante, primeiro em alemão: *"Ich bin Jesus!"*, e depois, como se achasse na presença da polícia internacional, repetiu em francês e, finalmente, em inglês: *"I am Jesus!"*

Apesar disso, prenderam-me na qualidade de Oskar Matzerath. Sem opor resistência, confiei-me à custódia dos inspetores e, como chovia na Avenue d'Italie, aos guarda-chuvas da polícia criminal. Nem por isso deixei de olhar inquieto ao meu redor, buscando a Bruxa Negra, que inclusive vi várias vezes — isto faz parte de sua tática — em meio à multidão da avenida e, com seu semblante terrivelmente tranquilo, no aperto do carro da polícia.

Já não me restavam palavras agora e, no entanto, hei de refletir ainda sobre o que Oskar pensa fazer quando receber alta do hospício, o que parece inevitável. Casar? Continuar solteiro? Emigrar? Posar nu? Comprar uma canteira? Reunir discípulos? Fundar uma seita?

Todas as possibilidades que hoje em dia se oferecem a um homem de trinta anos merecem ser examinadas. Examinadas com que, senão com o meu tambor? Vou, portanto, executar com meu tambor de lata essa pequena canção que vai se tornando cada vez mais viva e angustiosa para mim. Vou chamar a Bruxa Negra e consultá-la para poder anunciar amanhã cedo ao meu enfermeiro Bruno o tipo de existência que Oskar, aos trinta anos, pensa levar no futuro, à sombra de seu medo infantil que vai se tornando cada vez mais negro para ele. Porque o que antigamente me assustava nas escadas, o que na adega quando ia apanhar o carvão fazia buh! e me fazia rir, tinha estado sempre presente: falando com os dedos, tossindo através do buraco da fechadura, suspirando na estufa, rangendo com a porta, saindo em nuvens pelas chaminés; quando os navios faziam soar a sirene na névoa ou quando um mosca ia morrendo durante várias horas entre as vidraças da janela dupla ou também quando as enguias chamavam por mamãe e mamãe pelas enguias, quando o sol desaparecia atrás da torre e vivia para si — âmbar! Em quem pensava Herbert quando atacou a madeira? E também atrás do altar-mor — que seria do catolicismo sem a bruxa que enegrece todos os confessionários? Era ela que projetava sua sombra enquanto os brinquedos de Sigismund Markus se desmantelavam; e os rapazes do edifício, Axel Mischke e Nuchy Euke, Susi, Kater e o pequeno Hans Kollin, eles diziam e cantavam, cozinhando sua sopa de tijolos: "A Bruxa Negra está aí?" A culpa é sua e só sua e de mais ninguém. "A Bruxa Negra está aí?..."

Desde sempre tinha estado aí, inclusive no pó efervescente Aspérula, por muito inocente que fosse sua verde espuma; em todos os guarda-roupas em que então me acocorava, ela também se acocorava. Mais tarde tomou emprestada a cara triangular de raposa de Luzie Rennwand e devorava cachorros-quentes e levou os Espanadores ao trampolim — restou apenas Oskar, que contemplava as formigas porque sabia: esta é a sua sombra, que se multiplicou em insetos negros e procura o açúcar. E todas aquelas palavras: bendita, dolorosa, bem-aventurada, virgem entre as virgens... e todas aquelas pedras: basalto, tufo, diábase, ninhos em calcário conchífero, alabastro tão brando... e todo o vidro partido com a voz, vidro transparente, vidro fino como o hálito... e os gêneros alimentícios: farinha e açúcar em saquinhos azuis de libra e meia libra. Mais tarde, quatro gatos, um dos quais se chamava Bismarck, o muro que teve de ser caiado de novo, os poloneses na exaltação da morte, e os comunicados especiais, quem afundava o quê, quando, as batatas que caíam rolando da balança, o que se estreita em direção ao pé, os cemitérios em que estive, as lajes sobre as quais me ajoelhei, as fibras de coco sobre as quais me estendi... tudo misturado ao cimento, o suco das cebolas que arranca lágrimas dos olhos, o anel no dedo e a vaca que me lambeu... Não perguntem a Oskar quem ela é! Já não lhe restam palavras. Porque o que outrora se sentava nas minhas costas e beijou minha corcunda está agora, agora e para sempre, diante de mim e vem se aproximando:

Negra, a Bruxa Negra sempre esteve atrás de mim.
Agora também está me encarando de frente, negra!
Vira pelo avesso a capa e a palavra, negra!
Me paga com dinheiro negro, negra!
Enquanto as crianças cantam e deixam de cantar:
A Bruxa Negra está aí? Sim, sim, sim!

Conheça os títulos da Coleção Clássicos de Ouro

132 crônicas: cascos & carícias e outros escritos — Hilda Hilst
24 horas da vida de uma mulher e outras novelas — Stefan Zweig
50 sonetos de Shakespeare — William Shakespeare
A câmara clara: nota sobre a fotografia — Roland Barthes
A conquista da felicidade — Bertrand Russell
A consciência de Zeno — Italo Svevo
A força da idade — Simone de Beauvoir
A força das coisas — Simone de Beauvoir
A guerra dos mundos — H.G. Wells
A idade da razão — Jean-Paul Sartre
A ingênua libertina — Colette
A linguagem secreta do cinema — Jean-Claude Carrière
A mãe — Máximo Gorki
A mulher desiludida — Simone de Beauvoir
A náusea — Jean-Paul Sartre
A obra em negro — Marguerite Yourcenar
A riqueza das nações — Adam Smith
As belas imagens — Simone de Beauvoir
As palavras — Jean-Paul Sartre
Como vejo o mundo — Albert Einstein
Contos — Anton Tchekhov
Contos de terror, de mistério e de morte — Edgar Allan Poe
Crepúsculo dos ídolos — Friedrich Nietzsche
Criação — Gore Vidal
Dez dias que abalaram o mundo — John Reed
Física em 12 lições — Richard P. Feynman
Grandes homens do meu tempo — Winston S. Churchill
História do pensamento ocidental — Bertrand Russell
Memórias de Adriano — Marguerite Yourcenar
Memórias de um negro americano — Booker T. Washington
Memórias de uma moça bem-comportada — Simone de Beauvoir
Memórias, sonhos, reflexões — Carl Gustav Jung
Meus últimos anos: os escritos da maturidade de um dos maiores gênios de todos os tempos — Albert Einstein
Moby Dick — Herman Melville
Mrs. Dalloway — Virginia Woolf

Novelas inacabadas — Jane Austen
O amante da China do Norte — Marguerite Duras
O banqueiro anarquista e outros contos escolhidos — Fernando Pessoa
O deserto dos tártaros — Dino Buzzati
O eterno marido — Fiódor Dostoiévski
O Exército de Cavalaria — Isaac Bábel
O fantasma de Canterville e outros contos — Oscar Wilde
O filho do homem — François Mauriac
O imoralista — André Gide
O muro — Jean-Paul Sartre
O príncipe — Nicolau Maquiavel
O que é arte? — Leon Tolstói
O tambor — Günter Grass
Orgulho e preconceito — Jane Austen
Orlando — Virginia Woolf
Os 100 melhores sonetos clássicos da língua portuguesa — Miguel Sanches Neto (org.)
Os mandarins — Simone de Beauvoir
Poemas de amor — Walmir Ayala (org.)
Retrato do artista quando jovem — James Joyce
Um homem bom é difícil de encontrar e outras histórias — Flannery O'Connor
Uma fábula — William Faulkner
Uma morte muito suave (e-book) — Simone de Beauvoir

Direção editorial
Daniele Cajueiro

Editora responsável
Ana Carla Sousa

Produção editorial
Adriana Torres
Laiane Flores
Juliana Borel

Revisão
Luara França
Rita Godoy
Gabriel Demasi
Eduardo Carneiro
Luciana Bastos Figueiredo

Capa
Victor Burton

Diagramação
Futura
Marina Lima

Este livro foi impresso em 2025, pela Vozes, para a Nova Fronteira. O papel do miolo é Avena 70g/m² e o da capa é cartão 250g/m².